DE REIZIGER

JOHN TWELVE HAWKS

DE REIZIGER

the house of books

Oorspronkelijke titel
The Traveler
Uitgave
Doubleday, New York
Copyright © 2005 by John Twelve Hawks
Copyright voor het Nederlandse taalgebied © 2005 by The House of Books,
Vianen/Antwerpen

Vertaling
Annemarie Lodewijk
Omslagontwerp
Studio Jan de Boer BNO, Amsterdam
Omslagdia
Getty Images
Opmaak binnenwerk
ZetSpiegel, Best

ISBN 90 443 1427 0
D/2005/8899/160
NUR 332

VOOR MIJN PADVINDERS

Inleiding

RIDDER, DOOD EN DUIVEL

Maya pakte de hand van haar vader toen zij vanuit de ondergrondse het licht tegemoet liepen. Thorn duwde haar niet weg en zei ook niet dat ze op haar houding moest letten. Glimlachend leidde hij haar via een smalle trap naar boven, naar een lange, hellende tunnel met witte tegelwanden. Aan één kant van de tunnel waren stalen tralies aangebracht en deze barrière zorgde ervoor dat een doodgewone gang deel leek uit te maken van een reusachtige gevangenis. Als zij alleen had gereisd, had Maya zich wellicht opgesloten en ongemakkelijk gevoeld, maar ze hoefde nergens bang voor te zijn want vader was bij haar.

Dit is de meest volmaakte dag van mijn leven, dacht ze. Nu ja, misschien de op één na meest volmaakte. Ze herinnerde zich nog hoe vader twee jaar geleden haar verjaardag en kerstavond had gemist, maar op tweede kerstdag voor de deur had gestaan met een taxi vol cadeautjes voor Maya en haar moeder. Die ochtend was helder en vol verrassingen geweest, maar deze zaterdag leek een duurzamer geluk te beloven. In plaats van het gebruikelijke ritje naar het lege pakhuis bij Canary Wharf, waar haar vader haar leerde boksen en trappen en met wapens omgaan, hadden zij de hele dag in de Londense dierentuin doorgebracht, waar hij haar allerlei verhalen had verteld over de dieren daar. Vader had over de hele wereld gereisd en kon als een volleerde reisleider over Paraguay en Egypte vertellen.

Mensen hadden naar hen gekeken toen zij langs de kooien slenterden. De meeste Harlekijns probeerden op te gaan in de menigte, maar haar vader viel op in een groep gewone burgers. Hij was een Duitser, met een krachtige neus, schouderlang haar en donkerblauwe ogen. Thorn kleedde zich in sombere kleuren en droeg een stalen *kara*-armband die op een gebroken handboei leek.

In de kast van hun huurflat in oostelijk Londen had Maya een oud boek over kunstgeschiedenis gevonden. Ergens voor in het boek stond een afbeelding van een gravure van Albrecht Dürer, *Ridder, dood en duivel* genaamd. Ze keek graag naar die illustratie, ook al bezorgde het haar een vreemd gevoel. De geharnaste ridder leek op haar vader, rustig en moedig, rijdend door de bergen terwijl de Dood een zandloper vasthield en de Duivel hem volgde, in de gedaante van een schildknaap. Thorn droeg ook een zwaard, maar dat zat verborgen in een metalen koker met een leren schouderriem.

Hoewel zij trots was op Thorn, bracht hij haar tegelijkertijd ook weleens in verlegenheid. Soms wilde ze liever een doodgewoon meisje zijn met een kleine, dikke vader die op kantoor werkte – een opgewekte man die ijsjes kocht en grapjes vertelde over kangoeroes. De wereld om haar heen, met zijn vrolijke modebeeld en popmuziek en televisieshows, was een constante verleiding. Ze wilde zich onderdompelen in dat warme water en zich laten meevoeren door de stroming. Het was vermoeiend om Thorns dochter te zijn, altijd het toezicht van de Grote Machine te moeten ontwijken, altijd op haar hoede te zijn voor vijanden, zich altijd bewust te zijn van de hoek waaruit ze een aanval kon verwachten.

Maya was twaalf jaar, maar nog niet sterk genoeg om een Harlekijnzwaard te hanteren. In plaats daarvan had vader vanmorgen, voordat ze de flat verlieten, een wandelstok uit de kast gepakt en aan haar gegeven. Maya had Thorns blanke huid en krachtige gelaatstrekken en het dikke, zwarte haar van haar Sikh-moeder. Haar ogen waren zo lichtblauw dat ze vanuit een bepaalde hoek bijna doorschijnend leken. Ze vond het vreselijk wanneer goedbedoelende vrouwen naar haar moeder toe kwamen en haar complimenteerden met Maya's uiterlijk. Over een paar jaar was ze oud genoeg om zich te vermommen en zo gewoon mogelijk te lijken. Ze verlieten de dierentuin en wandelden door Regent's Park. Het was eind april en er liepen jongens te voetballen op het modderige gras, terwijl vaders en moeders dik ingepakte baby's voortduwden in kinderwagens. De hele stad leek naar buiten te zijn gekomen om na drie dagen regen van het zonnetje te genieten. Maya en haar vader namen de metro van Piccadilly naar Arsenal; het begon al donker te worden toen ze de uitgang op straatniveau bereikten. In Finsbury Park was een Indiaas restaurant, waar Thorn een tafeltje voor hen had gereserveerd. Maya hoorde lawaai – bulderende megafoons en geschreeuw in de verte – en vroeg zich af of er misschien een of andere demonstratie aan de gang was. Toen leidde vader haar het draaihek door en een oorlog in.

Ze stond op de stoep en zag een menigte mensen over Highbury Hill Road lopen. Ze droegen geen protestborden en spandoeken, en Maya realiseerde zich dat ze naar het eind van een voetbalwedstrijd stond te kijken. Aan het eind van de straat bevond zich het Arsenal-stadion waar zojuist een ploeg met blauw-witte kleuren – dat was Chelsea – had gespeeld. De Chelsea-supporters kwamen uit de bezoekerspoort aan de westkant van het stadion en liepen door een smalle straat met rijtjeshuizen. Normaal gesproken was het een korte wandeling naar het station, maar nu werd de supporters in deze Noord-Londense straat het vuur na aan de schenen gelegd. De politie beschermde Chelsea tegen agressieve Arsenal-supporters die hen aanvielen en vechtpartijen uitlokten.

Politieagenten aan de zijkanten. Blauw en wit in het midden. Rood gooide met flessen en probeerde door de linie te breken. Mensen die in het nauw gedreven waren wrongen zich tussen geparkeerde auto's door en stootten vuilnisbakken om. Langs de stoeprand stonden bloeiende meidoorns en hun roze bloesem trilde wanneer iemand tegen een boom werd geduwd. Blaadjes dwarrelden door de lucht en vielen op de deinende mensenmassa.

Het grootste deel van de menigte naderde nu het metrostation, ongeveer honderd meter verderop. Thorn had linksaf kunnen slaan en Gillespie Road kunnen nemen, maar hij bleef op het trottoir staan en bestudeerde de mensen om hen heen. Hij glimlachte flauwtjes, vol vertrouwen in zijn eigen kracht en geamuseerd door het zinloze geweld van deze sloebers. Behalve het zwaard droeg hij nog minstens één mes en een vuurwapen dat hij had gekocht van contacten in Amerika. Als hij dat wilde, kon hij een groot aantal van deze mensen doden, maar dit was een openbare confrontatie en de politie was erbij. Maya keek op naar haar vader. Eigenlijk moeten we hier weg, dacht zij. Deze mensen zijn compleet gestoord. Maar Thorn keek zijn dochter boos aan, alsof hij haar angst aanvoelde, en Maya hield haar mond.

Iedereen schreeuwde door elkaar heen. De stemmen versmolten tot een woedend gebrul. Maya hoorde een hoge fluittoon. Het geloei van een politiesirene. Een bierflesje zeilde door de lucht en spatte een meter van waar zij stonden in duizend stukjes uiteen. Opeens drong een driehoeksformatie van rode truien en sjaals door het politiekordon heen, en zij zag mannen elkaar schoppen en stompen. Het bloed stroomde over het gezicht van een politieman, maar hij tilde zijn wapenstok op en vocht terug.

Ze kneep in vaders hand. 'Ze komen deze kant op,' zei ze. 'We moeten hier weg.'

Thorn draaide zich om en trok zijn dochter mee naar de ingang van het metrostation, alsof zij daar veilig zouden zijn. Maar de politie dreef de Chelsea-supporters voort als een kudde vee en ze werd omringd door mannen in het blauw. Gevangen in de menigte, werden Maya en haar vader langs het kaartloket geduwd, waar de al wat oudere man achter de balie angstig wegdook achter het dikke glas.

Vader sprong over het draaihek en Maya volgde hem. Ze bevonden zich weer in de lange tunnel, op weg naar de treinen. Het komt wel goed, dacht zij. Nu zijn we veilig. Toen realiseerde ze zich dat mannen in het rood zich een weg naar de tunnel hadden geknokt en met hen meerenden. Een van de mannen droeg een wollen sok die gevuld was met iets zwaars – stenen, kogellagers – en hij zwaaide de sok als een knuppel naar de oude man vlak voor haar, sloeg de bril van diens gezicht en brak zijn neus. Er verschenen nog meer Arsenal-supporters en zij sloegen een Chelsea-supporter tegen het stalen traliewerk aan de linkerkant van de tunnel. De man probeerde weg te komen terwijl zij hem schopten en sloegen. Bloed. Nog meer bloed. En nergens politie.

Thorn greep de achterkant van Maya's jack en sleepte haar mee. Een man probeerde hen aan te vallen, maar vader schakelde hem ogenblikkelijk uit met een bliksemsnelle stoot tegen zijn keel. Maya rende de tunnel door en probeerde de trap te bereiken. Voordat ze iets kon doen, voelde ze iets wat op een touw leek over haar rechterschouder en haar borst glijden. Maya keek omlaag en zag dat Thorn een blauw-met-witte Chelsea-sjaal om haar lichaam had geknoopt.

In een flits realiseerde ze zich dat de dag in de dierentuin, de grappige verhalen en het uitstapje naar het restaurant allemaal deel uitmaakten van een plan. Vader had geweten dat er was gevoetbald. Waarschijnlijk was hij hier al eerder geweest om hun aankomst te timen. Toen ze over haar schouder keek zag ze Thorn glimlachen en knikken alsof hij haar zojuist iets grappigs had verteld. Toen draaide hij zich om en liep weg.

Maya draaide zich bliksemsnel om en zag drie Arsenal-supporters schreeuwend op zich afkomen. Niet nadenken. Reageren. Ze stak de wandelstok als een speer naar voren en de stalen punt trof met een krakend geluid het voorhoofd van de grootste man. Het bloed stroomde uit zijn hoofd en hij wilde zich op haar werpen, maar inmiddels had zij zich al omgedraaid om de tweede man op de stok te laten inlopen. Toen hij achteruitwankelde, sprong zij hoog in de lucht en trapte hem in zijn gezicht. Hij draaide om zijn as en viel op de grond. Ziezo. Die ligt. Ze schoot naar voren en trapte hem nog een keer.

Terwijl zij haar evenwicht hervond, greep de derde man haar van achteren beet en tilde haar van de grond. Hij kneep zo hard mogelijk en probeerde haar ribben te breken, maar Maya liet de stok vallen, reikte met haar beide handen naar achteren en greep zijn oren. De man gilde het uit toen zij hem over haar schouder trok en op de grond wierp.

Maya bereikte de trap, rende met twee treden tegelijk naar boven en zag vader op het perron bij de open deuren van een treinstel staan. Hij greep haar met zijn rechterhand vast en gebruikte zijn linker om de trein binnen te komen. De deuren schoven heen en weer en gleden uiteindelijk dicht. Arsenal-supporters renden op de trein af en beukten met hun vuisten op de ruiten, maar de trein schoot naar voren en verdween in de tunnel.

De mensen stonden dicht opeengepakt. Ze hoorde een vrouw huilen en de jongen voor haar drukte een zakdoek tegen zijn mond en neus. Het treinstel maakte een bocht en zij viel tegen haar vader aan en begroef haar gezicht in zijn wollen overjas. Ze haatte hem en hield van hem, ze wilde hem aanvliegen en omhelzen – allemaal tegelijk. Niet huilen, dacht ze. Hij kijkt naar je. Harlekijns huilen niet. En ze beet zo hard op haar onderlip dat ze haar eigen bloed proefde.

1

Maya kwam laat in de middag aan op het vliegveld Ruzyně en nam de shuttlebus naar het centrum van Praag. Haar keuze van vervoer was een kleine uiting van rebellie. Een Harlekijn zou een auto hebben gehuurd of een taxi hebben genomen. In een taxi kon je altijd de keel van de chauffeur doorsnijden en het stuur van hem overnemen. Vliegtuigen en bussen waren gevaarlijke keuzes, kleine vallen met slechts een paar manieren om te ontsnappen.

Niemand gaat mij vermoorden, dacht zij. Het kan niemand iets schelen. Reizigers erfden hun krachten en dus probeerden de Tabula iedereen in dezelfde familie uit te roeien. Harlekijns beschermden de Reizigers en hun leermeesters, de Padvinders, maar dat was een vrijwillige keuze. Een Harlekijnkind kon de weg van het zwaard afzweren, een burgernaam aannemen en een plekje vinden in de Grote Machine. Als hij zich rustig hield, lieten de Tabula hem met rust. Een paar jaar geleden was Maya op bezoek geweest bij John Mitchell Kramer, de enige zoon van Greenman, een Engelse Harlekijn die om het leven was gekomen door een Tabula-autobom in Athene. Kramer was varkensfokker geworden in Yorkshire en Maya zag hem door de drek sjouwen met emmers voer voor zijn krijsende dieren. 'Wat hen betreft, heb jij de grens nog niet overschreden,' zei hij tegen haar. 'Het is je eigen keuze, Maya. Je kunt het nog steeds de rug toekeren en een normaal leven leiden.'

Maya besloot Judith Strand te worden, een jonge vrouw die een paar cursussen productvormgeving had gevolgd aan de Salford Universiteit in Manchester. Ze verhuisde naar Londen, vond werk als assistente bij een ontwerpbureau en kreeg uiteindelijk een full-time baan aangeboden. Haar drie jaar in de stad waren een aaneenschakeling geweest van persoonlijke uitdagingen en kleine overwinningen. Maya kon zich nog goed de eerste keer herinneren dat zij ongewapend van huis was gegaan. Ze had geen bescherming tegen de Tabula en ze voelde zich kwetsbaar en naakt. Iedereen op straat keek naar haar; iedereen die ze tegenkwam was een potentiële moordenaar. Ze wachtte op de kogel of het mes, maar er gebeurde niets.

Langzaam maar zeker bleef ze steeds langer buiten en stelde haar nieuwe houding ten opzichte van de wereld op de proef. Maya keek niet meer in de winkelruiten om te zien of ze gevolgd werd. Wanneer ze met haar nieuwe vrienden in een restaurant at, verstopte ze geen pistool in het steegje erachter en ging ze niet met haar rug naar de muur zitten.

In april overtrad ze een belangrijke Harlekijnregel door een psychiater te bezoeken. Vijf peperdure sessies lang zat ze in een spreekkamer vol boeken in Bloomsbury. Ze wilde over haar jeugd praten en over dat allereerste verraad in het metrostation Arsenal, maar dat was onmogelijk. Dr. Bennett was een keurige, kleine man die heel veel wist van wijn en antiek porselein. Maya wist nog hoezeer hij in verwarring was geraakt toen zij hem een burger noemde.

'Maar natuurlijk ben ik een burger,' zei hij. 'Ik ben in Engeland geboren en getogen.'

'Het is gewoon een etiket dat mijn vader gebruikt. Negenennegentig procent van de bevolking bestaat uit burgers of sloebers.'

Dr. Bennett nam zijn bril met gouden montuur af en poetste de glazen schoon met een groen flanellen lapje. 'Zou je me dat kunnen uitleggen?'

'Burgers zijn mensen die menen te begrijpen wat er in de wereld gaande is.'

'Ik begrijp niet álles, Judith. Dat heb ik nooit beweerd. Maar ik ben goed op de hoogte van actuele zaken. Wanneer ik 's ochtends op mijn loopband sta kijk ik altijd naar het nieuws.'

Maya aarzelde even en besloot hem toen de waarheid te vertellen. 'De feiten die u kent zijn grotendeels een illusie. De werkelijke geschiedenis speelt zich onder de oppervlakte af.'

Dr. Bennett glimlachte meewarig. 'En hoe zit het met de sloebers?'

'Sloebers zijn mensen die zo in beslag genomen worden door de strijd om te overleven dat zij zich van niets anders bewust zijn dan van hun eigen leventje van alledag.'

'Je bedoelt arme mensen?'

'Ze kunnen arm zijn of gevangenzitten in de Derde Wereld, maar ze zijn niet in staat zichzelf te veranderen. Vader zei altijd: "Burgers negeren de waarheid. Sloebers zijn er gewoon te moe voor."'

Bennett zette zijn bril weer op en pakte zijn schrijfblok. 'Misschien moeten we het eens over je ouders hebben.'

Met die vraag kwam er een einde aan de therapie. Wat kon ze vertellen over Thorn? Haar vader was een Harlekijn die vijf moordaanslagen van de Tabula had overleefd. Hij was trots en wreed en heel erg moedig. Maya's moeder kwam uit een Sikh-familie die al generaties lang samenwerkte met de Harlekijns. Ter ere van haar moeder droeg zij een stalen *kara*-armband om haar rechterpols.

Aan het eind van die zomer vierde ze haar zesentwintigste verjaardag en nam een van de vrouwen bij het ontwerpbureau haar mee om te winkelen in de boetieks van West-Londen. Maya kocht wat modieuze, vrolijk gekleurde kleren. Ze begon televisie te kijken en probeerde het nieuws te geloven. Soms voelde ze zich gelukkig – bijna gelukkig – en was ze blij met de eindeloze afleidingen van de Grote Machine. Er was altijd wel weer iets nieuws om je ongerust over te maken of een nieuw product dat iedereen opeens wilde kopen.

Hoewel Maya geen wapens meer droeg, bezocht ze af en toe een kickboksschool in Zuid-Londen om met de instructeur wat te trainen. Op dinsdag en donderdag volgde ze een cursus voor gevorderden op een kendo-school en vocht met een bamboe *shinai*-zwaard. Maya probeerde net te doen alsof ze alleen maar in vorm wilde blijven, net als collega's op kantoor die hardliepen of tennisten. Maar ze wist dat het meer was dan dat. Wanneer je vocht ging je daar volledig in op en was je er alleen maar op gericht je te verdedigen en je tegenstander te verslaan. Niets wat zij in het burgerleven deed kon zich meten met dat intense gevoel.

Nu was ze in Praag om haar vader te bezoeken en keerde al die vertrouwde Harlekijnparanoia in volle omvang terug. Nadat ze op de luchthaven een kaartje had gekocht, stapte ze in de shuttlebus en ging bijna achterin zitten. Dit was een slechte verdedigingspositie, maar ze was niet van plan zich daar iets van aan te trekken. Maya keek hoe een bejaard echtpaar en een groep Duitse toeristen in de bus stapten en hun bagage neerzetten. Ze probeerde afleiding te vinden door aan Thorn te denken, maar haar lichaam nam het roer over en dwong haar een andere zitplaats te kiezen, vlak bij de nooduitgang. Verslagen door haar training en vervuld van boosheid, klemde ze haar handen ineen en staarde uit het raam.

Toen ze de luchthaven verlieten begon het te miezeren en tegen de tijd dat zij het centrum van de stad bereikten regende het dat het goot. Praag was gebouwd aan beide zijden van een rivier, maar de smalle straten en grauwe stenen gebouwen gaven haar het gevoel opgesloten te zitten in een doolhof. De stad stond vol met kathedralen en kastelen, en hun puntige torens piekten hemelwaarts.

Bij de bushalte werd Maya voor nog meer keuzes gesteld. Ze kon te voet naar haar hotel gaan of een taxi aanhouden. De legendarische Japanse Harlekijn, Sparrow, had eens geschreven dat ware strijders 'willekeur dienden te cultiveren'. In die paar woorden had hij een volledige filosofie samengevat. Een Harlekijn hield zich verre van gedachteloze routines en ingesleten gewoontes. Je leidde een gedisciplineerd leven, maar je was niet bang voor wanorde.

Het regende. Ze werd nat. De meest voor de hand liggende keuze was de taxi te nemen die op de hoek stond te wachten. Maya aarzelde een paar seconden en besloot toen zich te gedragen als een normale burger. Terwijl ze haar tassen in één hand nam, trok ze het achterportier open en stapte in. De chauffeur was een kleine, gedrongen man met een baard. Hij leek wel wat op een trol. Ze noemde de naam van haar hotel, maar hij reageerde niet.

'Hotel Kampa,' zei ze in het Engels. 'Is dat een probleem?'
'Geen probleem,' antwoordde de chauffeur en reed weg.

Hotel Kampa was een groot gebouw van vier verdiepingen, solide en respectabel, met groene luifels. Het stond in een met keien bestrate zijstraat, vlak bij de Karelsbrug. Maya betaalde de chauffeur, maar toen zij wilde uitstappen bleek de deur op slot te zitten.

'Doe die rotdeur eens open.'

'Neemt u mij niet kwalijk, mevrouw.' De trol drukte op een knopje en het slot klikte open. Glimlachend keek hij toe hoe Maya uit zijn taxi stapte.

Ze liet de portier haar bagage naar binnen dragen. Omdat ze haar vader ging opzoeken, had ze zich genoodzaakt gevoeld de gebruikelijke wapens mee te nemen; ze zaten verborgen in een camerastatief. Aan haar verschijning viel niet te zien welke nationaliteit zij had en de portier sprak haar aan in het Engels en het Frans. Voor de reis naar Praag had ze haar kleurige Londense kleren verruild voor half hoge laarzen, een zwarte trui en een wijdvallende grijze broek. Er bestond een kledingstijl voor Harlekijns die de nadruk legde op donkere, dure stoffen en op maat gemaakte kleren. Niet te strak of te modieus. Niets dat je in een gevecht zou kunnen hinderen.

In de foyer stonden clubfauteuils en lage tafeltjes. Aan de muur hing een verschoten wandkleed. In de eetzaal zat een groepje oudere dames thee te drinken en te kwetteren boven een schaal gebak. Bij de receptie wierp de hotelmedewerker een korte blik op het statief en de videocamera en leek tevreden. Het was een Harlekijnregel dat je altijd een verklaring moest hebben voor wie je was en waarom je je op een bepaalde plek bevond. De video-uitrusting was een bekend hulpmiddel. De portier en de receptionist zagen haar waarschijnlijk aan voor een of andere filmmaakster.

Haar hotelkamer was een suite op de derde verdieping, donker en vol replica's van Victoriaanse lampen en overvloedig gestoffeerde meubelen. Het ene raam keek uit op straat en het andere op de hoteltuin, waar de gasten in de open lucht konden eten. Het regende nog steeds; het restaurant was gesloten. De gestreepte tafelparasols waren doorweekt en de restaurantstoelen leunden als vermoeide soldaten tegen de ronde tafeltjes. Maya keek onder het bed en vond een klein welkomstcadeautje van haar vader – een werpanker en vijftig meter klimtouw. Indien de verkeerde persoon aan haar deur klopte, kon zij binnen tien seconden het raam uit zijn.

Ze trok haar jas uit, plensde wat water in haar gezicht en legde het statief op het bed. Wanneer ze op een luchthaven langs de beveiliging ging, waren ze altijd een hele tijd bezig met het inspecteren van de videocamera en de verschillende lenzen. De echte wapens zaten in het statief verborgen. In een van de poten zaten twee messen – een verzwaard werpmes en een stiletto. Ze stak de messen in hun schedes en schoof ze tussen een paar elastieken banden om haar onderarmen. Zorgvuldig rolde ze de mouwen van haar trui weer af en bekeek zich in de spiegel. De trui was wijd genoeg om beide wapens volledig te verbergen. Maya kruiste haar polsen, maakte een snelle beweging met haar armen en opeens had ze een mes in haar rechterhand.

De zwaardkling zat in de tweede poot van het statief. In de derde poot zaten het gevest en de stootplaat. Maya bevestigde ze aan de kling. De stootplaat zat aan een spil, die opzij kon worden geklapt. Wanneer zij het zwaard op straat droeg, zat de stootplaat parallel aan de kling zodat het hele wapen één rechte lijn vormde. Wanneer het noodzakelijk werd om te vechten, kon ze de stootplaat in de goede stand klikken.

Behalve het statief en de camera had ze ook nog een één meter twintig lange metalen koker bij zich, met een schouderriem. De koker zag er ietwat technisch uit, als iets wat een kunstenares mee zou nemen naar haar atelier. Zij gebruikte hem om haar zwaard in mee te nemen wanneer ze door de stad liep. Maya kon het zwaard binnen tien seconden uit de koker halen, en daarna kostte het haar nog maar één seconde om aan te vallen. Toen ze een tiener was had haar vader haar geleerd met het wapen om te gaan en zij had haar techniek verder ontwikkeld in een kendo-klas met een Japanse instructeur.

Harlekijns werden ook getraind in het gebruik van pistolen en geweren. Maya's favoriete wapen was een pompgeweer, bij voorkeur met een pistoolgreep en een inklapbare kolf. Het gebruik van een ouderwets zwaard naast moderne wapens was geaccepteerd – en werd zelfs gewaardeerd – als onderdeel van een Harlekijnse levensstijl. Vuurwapens waren een noodzakelijk kwaad, maar zwaarden stonden buiten het moderne tijdperk en de controle en de gevaren van de Grote Machine. Door te leren zwaardvechten leerde je evenwicht, strategie en meedogenloosheid. Net zoals de *kirpan* van een Sikh, verbond het zwaard van een Harlekijn elke zwaardvechter met zowel een spirituele verplichting als een traditie van strijders.

Verder was Thorn ervan overtuigd dat zwaarden een praktisch nut hadden. Verborgen in uitrustingsstukken zoals een statief, kwam je ermee door de beveiligingssystemen van luchthavens. Een zwaard was geruisloos en zo onverwacht dat je in het geval van een nietsvermoedende vijand het voordeel van de verrassing had. Maya stelde zich een aanval voor. Een schijnbeweging naar het hoofd van je tegenstander en vervolgens laag naar de zijkant van de knie. Een lichte weerstand. Het breken van bot en kraakbeen; en je hebt iemands been afgehakt.

In de windingen van het ontsnappingstouw lag een bruine envelop. Maya scheurde hem open en las het adres en het tijdstip voor haar afspraak. Zeven uur. Betlémské náměsti in de Oude Stad. Ze legde het zwaard op haar schoot, deed het licht uit en probeerde te mediteren.

Er zweefden allerlei beelden door haar hoofd, herinneringen aan de enige keer dat zij alleen had gevochten als Harlekijn. Ze was zeventien geweest en haar vader had haar meegenomen naar Brussel om een zenmonnik te beschermen die een bezoek bracht aan Europa. De monnik was een Padvinder, een van de geestelijke leraren die een potentiële Reiziger de oversteek konden leren maken naar een ander rijk. Hoewel de Harlekijns niet verplicht waren Padvinders te beschermen, hielpen zij hen zoveel mogelijk. De monnik was een groot leermeester – en hij stond op de dodenlijst van de Tabula.

Die nacht in Brussel waren Maya's vader en zijn Franse vriend Linden boven, bij de hotelsuite van de monnik. Maya had opdracht gekregen de ingang naar de dienstlift in de kelder te bewaken. Toen er twee Tabula-huurlingen verschenen, was er niemand om haar te helpen. Ze schoot de ene man met een automatisch pistool in zijn keel en hakte met haar zwaard op de ander in tot hij dood was. Bloedspetters bedekten haar grijze dienstmeisjesuniform en haar armen en handen. Maya zat hysterisch te huilen toen Linden haar vond.

Twee jaar later kwam de monnik om het leven bij een auto-ongeluk. Al dat bloed en die pijn waren voor niets geweest. Rustig nu, zei ze tegen zichzelf. Zoek een persoonlijke mantra. Onze Reizigers die in de Hemelen zijn. Laat ze allemaal naar de hel lopen.

Tegen zessen hield het op met regenen en ze besloot te voet naar Thorns appartement te gaan. Ze verliet het hotel, slaagde erin de Mostecká-straat te vinden en volgde die tot de Karelsbrug. De stenen, gotische brug was breed en verlicht met gekleurde lampjes die een lange rij standbeelden verlichtten. Een rugzaktoerist speelde op een gitaar met een hoed voor zich op straat, terwijl een kunstenaar met behulp van houtskool een schets maakte van een bejaarde toeriste. Halverwege de brug stond een standbeeld van een Tsjechische heilige, en ze herinnerde zich ooit gehoord te hebben dat het geluk bracht. Geluk bestond niet, maar ze raakte voor alle zekerheid even het bronzen gedenkplaatje aan de onderkant van het beeld aan en fluisterde iets voor zich uit. Dat iemand van mij mag gaan houden en dat ik van hem ga houden.

Beschaamd om dit vertoon van zwakheid, versnelde ze haar pas en liep de brug over naar de Oude Stad. Hier stonden winkels en kerken en kelders met nachtclubs op elkaar gepakt als passagiers in een overvolle trein. De jonge Tsjechen en buitenlandse rugzaktoeristen stonden buiten voor de kroegen, keken verveeld uit hun ogen en rookten marihuana.

Thorn woonde in de Konviktská-straat, één blok ten noorden van de geheime gevangenis op Bartolomějská. Tijdens de Koude Oorlog had de veiligheidspolitie een klooster overgenomen en gebruikt voor hun cellen en martelkamers. Nu hadden de Liefdezusters het heft weer in handen en was het politiebureau in andere gebouwen in de buurt gevestigd. Terwijl Maya door de wijk rondliep, besefte ze waarom Thorn zich hier had gevestigd. Praag had nog steeds een middeleeuws karakter en de meeste Harlekijns hadden een hekel aan alles wat nieuw leek. De stad beschikte over redelijke medische voorzieningen, goed openbaar vervoer, en internetcommunicatie. Een derde factor was zo mogelijk nog belangrijker: de gedragsnormen van de Tsjechische politie stamden uit het communistische tijdperk. Als Thorn de juiste mensen omkocht, kon hij toegang krijgen tot politiedossiers en paspoorten.

In Barcelona had Maya ooit eens een zigeuner ontmoet die haar uitlegde waarom hij het recht had om zakken te rollen en toeristenhotels te beroven. Toen de Romeinen Jezus kruisigden, hadden zij een gouden nagel gemaakt om het hart van de Verlosser mee te doorboren. Een zigeuner – kennelijk waren die er al in het oude Jeruzalem – had die nagel gestolen en daarom had God hun toestemming gegeven om tot het einde der tijden te blijven stelen. Harlekijns waren geen zigeuners, maar Maya vond dat hun gedachtegang wel erg overeenkwam. Haar vader en zijn vrienden hadden een sterk ontwikkeld eergevoel en een eigen persoonlijke moraal. Ze waren gedisciplineerd en loyaal ten opzichte van elkaar, maar keken neer op alle burgerwetten. Harlekijns geloofden dat zij het recht hadden om te doden en te vernietigen vanwege hun gelofte om de Reizigers te beschermen.

Ze wandelde langs de Kerk van het Heilige Kruis en keek naar de overkant van de straat, Konviktská nummer 18. Het was een rode deur, ingeklemd tussen een loodgietersbedrijf en een lingeriewinkel, waar de etalagepop een jarretelgordel droeg en een paar met lovertjes bezette kousen. Er waren nog twee verdiepingen boven en alle bovenramen gingen schuil achter gesloten luiken of een ondoorzichtige grijze laag. Harlekijns hadden minimaal drie uitgangen in hun huizen, en een daarvan was altijd geheim. Dit gebouw had de rode deur en een tweede deur in het steegje erachter. Waarschijnlijk was er een geheime gang die naar de lingeriewinkel op de begane grond leidde.

Ze klapte de bovenkant van de koker met het zwaard open en kantelde hem een beetje naar voren, zodat het heft er een paar centimeter uit gleed. Het verzoek om hier te komen had haar in Londen op de gebruikelijke manier bereikt, door middel van een onopvallende bruine enveloppe die onder haar deur door was geschoven. Ze had geen idee of Thorn nog leefde en in dit gebouw op haar wachtte. Als de Tabula erachter waren gekomen dat zij betrokken was geweest bij de hotelmoorden van negen jaar geleden, was het gemakkelijker om haar uit Engeland weg te lokken en haar in een vreemde stad uit de weg te ruimen.

Maya stak de straat over, bleef voor de lingeriewinkel staan en keek in de etalage. Ze was op zoek naar een traditioneel Harlekijnteken, zoals een masker of een kledingstuk met een ruitpatroon, iets om het gevoel van spanning weg te nemen. Het was zeven uur. Langzaam liep ze over het trottoir en zag een krijtteken op het beton. Het was een ovaal met drie rechte lijnen: een abstracte weergave van een Harlekijnluit. Als de Tabula dit hadden gedaan, zouden ze beter hun best hebben gedaan en ervoor hebben gezorgd dat de tekening echt op het instrument leek. In plaats daarvan zag het er slordig en een beetje smoezelig uit – alsof het door een verveeld kind was getekend.

Ze drukte op de bel, hoorde een gonzend geluid en zag dat er een beveiligingscamera verborgen was in het metalen afdakje boven de deur. Het slot klikte open en zij stapte naar binnen. Maya stond in een kleine gang die naar een steile metalen trap leidde. Achter haar gleed de deur dicht en een acht centimeter lange grendel gleed in een slot. Gevangen. Ze trok haar zwaard, schoof het gevest op zijn plaats en liep de trap op. Boven bevond zich weer een stalen deur en een tweede deurbel. Ze drukte op het knopje en even later klonk er een elektronische stem uit de kleine speaker.

'Stemprint, alstublieft.'

'Krijg de kolere.'

Een computer analyseerde haar stem en drie seconden later klikte de tweede deur open. Maya betrad een grote witte kamer met een glanzende houten vloer. Het appartement van haar vader was sober en schoon. Er was niets van plastic, niets onechts, niets dat pijn deed aan je ogen. Een half hoge muur gaf de hal en de woonkamer aan. Er stonden een leren stoel en een glazen salontafel met een enkele gele orchidee in een vaas.

Aan de muur hingen twee ingelijste posters. De ene kondigde een tentoonstelling van Japanse samoeraizwaarden aan in een museum, het Nezu Instituut voor Schone Kunsten in Tokio. *De weg van het zwaard. Het leven van de krijger.* De tweede poster was een afbeelding van een assemblage uit 1914 van Marcel Duchamp, *Trois stoppages etalon* – drie standaard obstructies. De Fransman had van een meter hoog een paar touwtjes op een Pruisisch blauw doek laten vallen, en vervolgens hun omtrekken nagetekend. Net als de Harlekijns, verzette Duchamp zich niet tegen willekeur en onzekerheid. Hij had ze juist gebruikt om zijn kunst te scheppen.

Ze hoorde het geluid van blote voeten op de vloer en even later verscheen er een jonge man met een kaalgeschoren hoofd en een pompgeweer van Duitse makelij in zijn hand. De man glimlachte en het wapen was in een hoek van vijfenveertig graden naar beneden gericht. Als hij zo stom was om het wapen op te tillen, zou ze een stap naar links doen en met haar zwaard zijn gezicht openrijten.

'Welkom in Praag,' zei hij in Engels met een Russisch accent. 'Je vader komt eraan.'

De jonge man droeg een joggingbroek en een mouwloos, met Japanse karakters bedrukt T-shirt. Maya zag talrijke tatoeages op zijn armen en hals. Slangen. Demonen. Een visioen van de Hel. Ze hoefde hem niet naakt te zien om te weten dat hij een soort wandelend heldendicht was. Op de een of andere manier leken Harlekijns altijd zonderlingen en freaks om zich heen te verzamelen om hen te dienen.

Maya schoof het zwaard weer in het foedraal. 'Hoe heet je?'

'Alexi.'

'Hoe lang werk je al voor Thorn?'

'Het is geen werk,' zei de jongeman met een zelfgenoegzame blik. 'Ik help je vader en hij helpt mij. Ik ben me aan het bekwamen in de oosterse vechtkunsten.'

'En dat gaat erg goed,' zei haar vader. Ze hoorde eerst zijn stem en vervolgens kwam Thorn de hoek om rijden in een elektrische rolstoel. Zijn Harlekijnzwaard was in een schede aan een van de armleuningen bevestigd. Thorn had in de afgelopen twee jaar een baard laten staan. Zijn armen en borst waren nog krachtig en deden je bijna zijn verschrompelde, nutteloze benen vergeten.

Thorn bleef staan en glimlachte naar zijn dochter. 'Hallo, Maya.' De laatste keer dat ze haar vader had gezien was in Peshawar in de nacht dat Linden hem naar beneden had gedragen uit de bergen in het noordwestelijke grensgebied. Thorn was bewusteloos en Lindens kleren waren bedekt met bloed.

Met behulp van valse krantenartikelen hadden de Tabula Thorn, Linden, een Chinese Harlekijn met de naam Willow en Libra, een Australische Harlekijn, naar een gebied in Pakistan gelokt waar de bevolking in stamverband leefde. Thorn was ervan overtuigd dat twee kinderen – een jongetje van twaalf en zijn tienjarige zusje – Reizigers waren die bedreigd werden door een fanatieke godsdienstige leider. De vier Harlekijns en hun bondgenoten liepen in een bergpas in een val van Tabula-huurlingen. Willow en Libra werden gedood. Thorns ruggenmerg werd geraakt door een granaatscherf en hij raakte vanaf zijn middel verlamd.

Twee jaar later woonde haar vader in een Praags appartement met een getatoeëerde freak als bediende en was er niets meer aan de hand; laten we het verleden vergeten en naar de toekomst kijken. Op dat moment was Maya bijna blij dat haar vader verlamd was. Als hij niet gewond was geraakt, zou hij hebben ontkend dat de hinderlaag had plaatsgevonden.

'Hoe gaat het met je, Maya?' Thorn wendde zich tot de Rus. 'Ik heb mijn dochter een tijdje niet gezien.'

Het feit dat hij het woord 'dochter' gebruikte maakte haar woedend. Het betekende dat hij haar naar Praag had laten komen om haar om een gunst te vragen. 'Meer dan twee jaar,' zei zij.

'Twee jaar?' Alexi glimlachte. 'Dan hebben jullie vast heel veel te bespreken.'

Thorn gebaarde met zijn hand en de Rus pakte een scanner van een dressoir. De scanner zag eruit als een kleine versie van de apparaten die op vliegvelden werden gebruikt, maar was speciaal ontworpen om de traceerknopjes op te sporen die gebruikt werden door de Tabula. De knopjes waren zo groot als parels en zonden een signaal uit dat kon worden opgespoord door GPS-satellieten.

Je had radiotraceerknopjes en speciale exemplaren die infrarood-signalen afgaven.

'Doe maar geen moeite. De Tabula hebben geen belangstelling voor mij.'

'Je kunt niet voorzichtig genoeg zijn.'

'Ik ben geen Harlekijn en dat weten ze best.'

De scanner piepte niet. Alexi verliet de kamer en Thorn gebaarde naar de stoel. Maya wist dat haar vader het gesprek in gedachten had gerepeteerd. Waarschijnlijk was hij een paar uur bezig geweest met het bedenken van wat hij aan zou trekken en hoe hij het meubilair neer zou zetten. Hij bekeek het maar. Ze was vast van plan zich niet door hem te laten inpakken.

'Leuke bediende heb je.' Ze ging op de stoel zitten en Thorn reed naar haar toe. 'Bijzonder kleurrijk.'

Normaal gesproken spraken ze in privé-gesprekken Duits met elkaar. Dat ze nu Engels spraken was een concessie van Thorn aan zijn dochter. Maya had paspoorten voor verschillende nationaliteiten, maar tegenwoordig beschouwde ze zichzelf als Engelse. 'Ja, het inktwerk.' Haar vader glimlachte. 'Alexi laat door een tatoeagekunstenaar een beeld van het Eerste Rijk op zijn lichaam creëren. Niet erg prettig, maar het is zíjn keus.'

'Ja, we mogen allemaal onze eigen keuzes maken. Zelfs Harlekijns.'

'Je lijkt niet erg blij me te zien, Maya.'

Ze was van plan geweest kalm en gedisciplineerd te zijn, maar de woorden kwamen vanzelf. 'Ik heb je Pakistan uit gekregen. Ik heb zo'n beetje het halve ambtenarenapparaat daar omgekocht of bedreigd om jou op dat vliegtuig te krijgen. En vervolgens zijn we in Dublin en neemt Mother Blessing het over en dat is prima – dat is haar terrein. De volgende dag bel ik het nummer van haar satelliettelefoon en zegt ze: "Je vader is vanaf zijn middel verlamd. Hij zal nooit meer kunnen lopen." En dan hangt ze op en laat meteen haar telefoon afsluiten. Dat was het. Bam. Einde oefening. En vervolgens hoor ik twee jaar lang niets van je.'

'We wilden je beschermen, Maya. Het is tegenwoordig heel erg gevaarlijk.'

'Zeg dat maar tegen die knul met die tatoeages. Ik heb zo vaak meegemaakt dat je gevaar en veiligheid als excuses voor van alles en nog wat gebruikte, maar zo werkt het niet meer. Er wordt geen strijd meer geleverd. Er zijn bijna geen Harlekijns meer – op een handjevol na, zoals jij en Mother Blessing.'

'We hebben Shepherd nog, in Californië.'

'Drie, vier mensen kunnen niets meer uitrichten. De oorlog is voorbij. Besef je dat dan niet? De Tabula hebben gewonnen. *Wir haben verloren.*'

De Duitse woorden leken hem iets dieper te raken dan de Engelse. Thorn gebruikte de handbediening van zijn rolstoel en draaide zich een beetje om, zodat zij zijn ogen niet kon zien.

'Jij bent ook een Harlekijn, Maya. Dat is je ware ik. Je verleden en je toekomst.'

'Ik ben geen Harlekijn en ik ben niet zoals jij. Dat zou je inmiddels toch moeten weten.'

'We hebben je hulp nodig. Het is belangrijk.'

'Het is altijd belangrijk.'

'Ik wil dat je naar Amerika gaat. Wij betalen en regelen alles.'

'Amerika is Shepherds territorium. Laat hem het maar afhandelen.'

Haar vader gebruikte de volle kracht van zijn ogen en stem. 'Shepherd is in een ongebruikelijke situatie verzeild geraakt. Hij weet niet wat hij moet doen.'

'Ik heb nu een echt leven. Ik maak hier geen deel meer van uit.'

Met zijn hand op het besturingsmechanisme maakte Thorn een sierlijke acht door de kamer. 'Ahhh, ja. Een burgermansleven binnen de Grote Machine. Zo prettig en ontspannen. Vertel.'

'Je hebt er nooit eerder naar gevraagd.'

'Je werkt toch op een of ander kantoor?'

'Ik ben industrieel ontwerpster. Ik werk met een team aan de ontwikkeling van verpakkingsmaterialen voor verschillende bedrijven. Vorige week heb ik een nieuw parfumflesje ontworpen.'

'Een hele uitdaging. Ik weet zeker dat je er goed in bent. En de rest van je wereldje? Zijn er nog vriendjes die ik zou moeten kennen?'

'Nee.'

'Was er niet die advocaat – hoe heet hij ook weer?' Natuurlijk wist Thorn het wel, maar hij deed alsof hij zijn geheugen afzocht. 'Connor Ramsey. Rijk. Aantrekkelijk. Goede familie. En toen verliet hij je voor die andere vrouw. Ik heb begrepen dat hij gedurende jullie hele relatie al een verhouding met haar had.'

Maya had het gevoel dat Thorn haar zojuist een klap in haar gezicht had gegeven. Ze had kunnen weten dat hij zijn Londense contacten zou gebruiken om op de hoogte te blijven. Hij leek altijd alles te weten.

'Daar heb je niets mee te maken.'

'Maak je maar niet meer druk om die Ramsey, dat is tijdverspilling. Een paar maanden geleden hebben een stel huurlingen die voor Mother Blessing werken zijn auto opgeblazen. Nu denkt hij dat er terroristen achter hem aan zitten. Hij heeft lijfwachten in dienst genomen. Leeft in angst. En zo hoort het ook. Of niet soms? Mr. Ramsey moest gestraft worden voor het bedriegen van mijn kleine meisje.'

Thorn draaide zijn rolstoel om en keek haar lachend aan. Maya wist dat ze nu woest op hem moest worden, maar ze kon het niet. Ze dacht eraan hoe Connor haar op de pier in Brighton in zijn armen had genomen en hoe Connor haar drie weken later in een restaurant had medegedeeld dat zij geen geschikte huwelijkspartner voor hem was. Maya had in de krant over de autobom gelezen, maar had de aanslag niet in verband gebracht met haar vader.

'Dat had je niet hoeven doen.'

'Maar ik heb het wel gedaan.' Thorn reed weer naar de salontafel.

'Het opblazen van een auto verandert helemaal niets aan de zaak. Ik ga nog steeds niet naar Amerika.'

'Wie heeft het nu weer over Amerika? We zitten gewoon wat te praten.'

Haar Harlekijntraining vertelde haar dat ze nu in de aanval moest gaan. Net als Thorn had zij zich op de ontmoeting voorbereid. 'Vertel me eens iets, vader. Eén ding maar. Houd je van me?'

'Je bent mijn dochter, Maya.'

'Ik wil antwoord op mijn vraag.'

'Sinds de dood van je moeder ben jij de enige in mijn leven die nog iets voor me betekent.'

'Goed. Laten we dat antwoord voorlopig even voor lief nemen.' Ze boog zich naar voren in haar stoel. 'De Tabula en de Harlekijns waren ooit vrij gelijkwaardige tegenstanders, maar de Grote Machine heeft dat evenwicht veranderd. Voorzover ik weet zijn er geen Reizigers meer en nog maar een paar Harlekijns.'

'De Tabula hebben de beschikking over gezichtsscanners, elektronische bewakingssystemen, de medewerking van de overheid en...'

'Ik hoef geen reden te horen. Daar hebben we het niet over. Ik wil alleen feiten en conclusies. In Pakistan ben jij gewond geraakt en zijn er twee mensen omgekomen. Ik mocht Libra heel erg graag. Wanneer hij in Londen was nam hij me altijd mee naar het theater. En Willow was een mooie, sterke vrouw.'

'Beide strijders kenden het risico,' zei Thorn. 'Ze zijn allebei een eervolle dood gestorven.'

'Ja, ze zijn dood. In de val gelokt en vermoord, helemaal voor niets. En nu wil jij dat ik op dezelfde manier ga sterven.'

Thorn greep de leuningen van zijn rolstoel vast en even dacht ze dat hij zijn lichaam zou dwingen om op te staan, uit pure wilskracht. 'Er is iets heel bijzonders gebeurd,' zei hij. 'We hebben voor het allereerst een spion aan de andere kant. Linden staat met hem in contact.'

'Dat is gewoon weer een val.'

'Misschien. Maar tot op heden klopt alle informatie die we ontvangen. Een paar weken geleden kregen we bericht over twee mogelijke Reizigers in de Verenigde Staten. Het zijn broers. Jaren geleden heb ik hun vader, Matthew Corrigan, beschermd. Vlak voordat hij onderdook heb ik hem een talisman gegeven.'

'Weten de Tabula van het bestaan van die broers?'

'Ja, ze houden hen vierentwintig uur per dag in de gaten.'

'Waarom vermoorden de Tabula ze niet gewoon? Dat doen ze immers meestal?'

'Het enige dat ik weet is dat de Corrigans in gevaar zijn en dat wij hen zo snel mogelijk moeten helpen. Shepherd komt uit een Harlekijnfamilie. Zijn grootvader heeft honderden levens gered. Maar een toekomstige Reiziger zou hem nooit vertrouwen. Shepherd is niet erg doortastend of intelligent. Hij is een...'

'Een stommeling.'

'Precies. Jij zou het aankunnen, Maya. Het enige dat je zou hoeven doen is de Corrigans vinden en hen naar een veilige plek brengen.'

'Voor hetzelfde geld zijn het gewone burgers.'

'Dat weten we pas wanneer we hen kunnen ondervragen. Wat één ding betreft heb je gelijk: er zijn geen Reizigers meer. Dit is misschien onze laatste kans.'

'Je hebt mij niet nodig. Stuur een paar huurlingen.'

'De Tabula hebben meer geld en macht. Huurlingen verraden ons altijd.'

'Dan doe je het zelf.'

'Ik ben invalide, Maya. Ik zit hier vast, in dit appartement, in deze rolstoel. Jij bent de enige die de leiding kunt nemen.'

Heel even overwoog ze daadwerkelijk haar zwaard op te nemen en ten strijde te trekken, maar toen herinnerde ze zich het gevecht in het station van de Londense ondergrondse. Een vader hoorde zijn dochter te beschermen. In plaats daarvan had Thorn haar kindertijd verpest.

Ze stond op en liep naar de deur. 'Ik ga terug naar Londen.'

'Weet je dan niet meer wat ik je heb geleerd? *Verdammt durch das Fleisch. Gerettet durch das Blut...*'

Verdoemd door het vlees. Gered door het bloed. Al sinds ze een klein meisje was had Maya deze Harlekijnuitdrukking gehoord – en gehaat.

'Leer je strijdkreten maar aan je nieuwe Russische vriend. Bij mij werken ze niet.'

'Als er geen Reizigers meer zijn, dan hebben de Tabula uiteindelijk toch de geschiedenis overwonnen. Binnen één of twee generaties zal het Vierde Rijk een kille, steriele plek zijn waar iedereen in de gaten wordt gehouden en wordt gecontroleerd.'

'Zo is het nu al.'

'Dit is onze plicht, Maya. Het komt door wie we zijn.' Er klonk verdriet en spijt in Thorns stem. 'Ik heb vaak genoeg een ander leven gewenst. Ik heb gewenst dat ik blind en onwetend geboren was. Maar ik heb me nooit af kunnen wenden en het verleden kunnen ontkennen, al die Harlekijns kunnen ontkennen die hun leven hebben gegeven voor zo'n belangrijke zaak.'

'Je hebt me wapens gegeven en je hebt me leren doden. En nu stuur je me op pad om zelf gedood te worden.'

Thorn leek veel kleiner, bijna verschrompeld, in de rolstoel. Zijn stem was een schorre fluistering. 'Ik zou voor jou willen sterven.'

'Maar ik wil niet sterven voor een zaak die niet langer bestaat.'

Maya stak haar hand uit naar Thorns schouder. Het was een afscheidsgebaar, een kans om zich nog één keer met hem verbonden te voelen – maar bij het zien van zijn boze blik trok zij haar hand terug.

'Dag, vader.' Ze liep weer naar de deur en drukte de klink omlaag. 'Ik heb één kleine kans om gelukkig te worden en die laat ik me door jou niet afnemen.'

2

Nathan Boone zat in een ruimte op de tweede verdieping van een pakhuis aan de overkant van de lingeriewinkel. Turend door een nachtkijker zag hij Maya Thorns gebouw verlaten en de straat op lopen. Boone had Thorns dochter al gefotografeerd bij haar aankomst op de luchthaven, maar hij vond het prettig haar weer te zien. Een groot deel van zijn werkzaamheden speelde zich tegenwoordig achter een computerbeeldscherm af, voor het natrekken van telefoongesprekken en creditcardrekeningen, het lezen van medische verslagen en politieberichten uit een twaalftal verschillende landen. Het zien van een echte Harlekijn bracht hem weer in contact met de realiteit van waar hij mee bezig was. De vijand bestond nog steeds – ook al waren het er nog maar een paar – en het was zijn verantwoordelijkheid ze uit te schakelen.

Twee jaar geleden, na het vuurgevecht in Pakistan, had hij Maya teruggevonden in Londen. Haar gedragingen in het openbaar wezen erop dat zij de gewelddadigheid van de Harlekijns had afgezworen en besloten had een normaal leven te leiden. De Broeders hadden overwogen Maya te executeren, maar in een lange e-mail had Boone hun geadviseerd dit niet te doen. Hij wist dat zij hem naar Thorn, Linden of Mother Blessing kon leiden. De drie Harlekijns waren nog steeds gevaarlijk. Ze moesten opgespoord en uitgeschakeld worden.

Wanneer iemand haar in Londen had gevolgd zou Maya dat zeker hebben gemerkt, dus had Boone een technisch team naar haar appartement gestuurd en al haar tassen en koffers van traceerknopjes laten voorzien. Zodra zij een van deze voorwerpen meenam buiten haar eigen buurt, gaf de GPS-satelliet dat door aan de computers van de Broeders. Hij had geluk gehad dat Maya op een conventionele manier naar Praag was gereisd. Soms verdwenen Harlekijns simpelweg uit een land, om zevenduizend kilometer verderop weer op te duiken met een compleet nieuwe identiteit.

Boone hoorde Loutka's stem uit zijn koptelefoon komen. 'Wat nu?' vroeg Loutka. 'Volgen we haar?'

'Dat is Halvers werk. Daar heeft hij geen hulp bij nodig. Ons belangrijkste doelwit is Thorn. Maya handelen we vanavond wel af.'

Loutka en de drie technici zaten achter in een bestelwagen die op de hoek geparkeerd stond. Loutka was een Tsjechische politie-inspecteur en hun contactpersoon met de plaatselijke autoriteiten. De technici waren er alleen om hun gespecialiseerde werk te doen en vervolgens weer naar huis te gaan.

Met Loutka's hulp had Boone in Praag twee professionele moordenaars ingehuurd. De huurlingen zaten achter hem op de grond te wachten tot iemand hun een opdracht zou geven. De Hongaar was een grote man die geen woord Engels sprak. Zijn Servische vriend, een ex-soldaat, sprak vier talen en leek intelligent, maar Boone vertrouwde hem niet. Hij was zo iemand die ervandoor ging wanneer er sprake was van verzet.

Het was koud in de kamer en Boone droeg een dikke anorak en een gebreide muts. Met zijn kortgeknipte haar in militaire stijl en zijn stalen brilmontuur kwam hij gedisciplineerd en fit over, als een scheikundig ingenieur die in de weekends marathons liep.

'Laten we gaan,' zei Loutka.

'Nee.'

'Maya loopt terug naar haar hotel. Ik denk niet dat Thorn vanavond nog meer bezoekers krijgt.'

'Jij begrijpt deze mensen niet. Ik wel. Ze doen opzettelijk onvoorspelbare dingen. Misschien besluit Thorn wel weg te gaan. Misschien komt Maya nog terug. Laten we nog vijf minuten wachten en kijken wat er gebeurt.'

Boone liet de nachtkijker zakken en bleef de straat in de gaten houden. Hij werkte al zes jaar voor de Broeders, een kleine groep mannen uit verschillende landen, verbonden door een bepaalde toekomstvisie. De Broeders – door hun vijanden 'de Tabula' genoemd – hadden gezworen zowel de Harlekijns als de Reizigers uit te roeien.

Boone was een contactpersoon tussen de Broeders en hun huurlingen. Het kostte hem geen moeite om te gaan met mensen zoals de Serviër en inspecteur Loutka. Een huurling was altijd uit op geld of bepaalde gunsten. Eerst onderhandelde je over een prijs en vervolgens besloot je of je bereid was die te betalen.

Hoewel de Broeders Boone een royaal salaris betaalden, voelde hij zich geen huurling. Twee jaar geleden had hij een collectie boeken mogen lezen met de titel *De Kennis*, die hem een beter inzicht hadden gegeven in de doelstellingen en de filosofie van de Broeders. *De Kennis* liet Boone zien dat hij deelnam aan een historische strijd tegen de krachten van de chaos. De Broeders en hun bondgenoten stonden op het punt een volmaakt gecontroleerde maatschappij te grondvesten, maar dit nieuwe systeem zou het niet redden als Reizigers de kans kregen zich aan het systeem te onttrekken om vervolgens terug te keren en de geaccepteerde zienswijzen te ondermijnen. Vrede en voorspoed waren alleen mogelijk als mensen ophielden met het stellen van nieuwe vragen en de beschikbare antwoorden accepteerden.

De Reizigers brachten chaos in de wereld, maar Boone haatte hen niet. Een Reiziger was geboren met het vermogen om de oversteek te maken; ze konden er niets aan doen dat ze deze vreemde eigenschap hadden geërfd. Harlekijns waren anders. Hoewel er Harlekijnfamilies bestonden, maakte elke man of vrouw zelf een keuze om de Reizigers te beschermen. Hun opzettelijke willekeur was in tegenspraak met de regels die Boones leven beheersten.

Een paar jaar eerder was Boone naar Hongkong gereisd om een Harlekijn genaamd Crow te doden. Bij het doorzoeken van de kleding van de man trof hij niet alleen de gebruikelijke wapens en valse paspoorten aan, maar ook een elektronisch apparaatje, dat een Willekeurige Getallen Generator werd genoemd. De WGG was een piepkleine computer die een wiskundig willekeurig getal produceerde wanneer je op het knopje drukte. Soms gebruikten Harlekijns WGG's om beslissingen te nemen. Een oneven getal kon ja betekenen, een even getal nee. Een druk op de knop en de WGG vertelde je welke deur je binnen moest gaan.

Boone herinnerde zich hoe hij het apparaatje in zijn hotelkamer had zitten bekijken. Hoe kon iemand zo leven? Wat hem betreft moest iedereen die willekeurige getallen gebruikte om zijn leven te leiden worden opgejaagd en neergeknald. Orde en regels waren de waarden die ervoor zorgden dat de westerse samenleving niet uiteenviel. Je hoefde maar naar de zelfkant van de samenleving te kijken om te zien wat er zou gebeuren als mensen de grote beslissingen in hun leven lieten afhangen van willekeurige keuzes.

Er waren twee minuten verstreken. Hij drukte op een knopje op zijn horloge en zag eerst zijn hartslag en vervolgens zijn lichaamstemperatuur oplichten. Dit was een spannende situatie en het deed Boone deugd te zien dat zijn hartslag maar zes slagen hoger lag dan gemiddeld. Hij wist niet alleen precies hoe hoog zijn hartslag in rust en bij inspanning was, maar ook het vetpercentage van zijn lichaam, zijn cholesterolgehalte en hoeveel calorieën hij dagelijks consumeerde.

Er werd een lucifer afgestreken en een paar tellen later rook hij tabaksrook. Toen hij zich omdraaide zag hij dat de Serviër een haal nam van een sigaret.

'Maak die sigaret uit.'

'Waarom?'

'Ik houd er niet van giftige lucht in te ademen.'

De Serviër grijnsde. 'Je ademt helemaal niets in, vriend. Het is mijn sigaret.'

Boone stond op en liep weg van het raam. Met een ondoorgrondelijk gezicht beoordeelde hij de oppositie. Was deze man gevaarlijk? Was het voor het welslagen van de operatie van belang dat hij hem even goed bang maakte? Hoe snel kon hij reageren?

Boone stak zijn rechterhand in een van de bovenste zijzakken van zijn anorak, voelde het scheermes en klemde het stevig tussen zijn duim en wijsvinger. 'Maak onmiddellijk die sigaret uit.'

34

'Zodra ik hem op heb.'

Boones hand schoot omlaag en sneed de punt van de sigaret af. Voordat de Serviër kon reageren, greep Boone de huurling in zijn kraag en hield de scherpe rand van het scheermes een halve centimeter voor het rechteroog van de man.

'Als ik nu je ogen open zou snijden, zou mijn gezicht het laatste zijn wat je ooit zou zien. Dan zou je de rest van je leven aan me blijven denken, Josef. Het zou voorgoed in je geheugen gegrift staan.'

'Niet doen,' prevelde de Serviër. 'Alsjeblieft, nee...'

Boone deed een stap naar achteren en stak het scheermes weer in zijn zak. Hij keek even naar de Hongaar. De grote man leek onder de indruk.

Terwijl hij terugliep naar het raam, klonk de stem van inspecteur Loutka door zijn koptelefoon. 'Wat is er aan de hand? Waar wachten we op?'

'We wachten niet meer,' zei Boone. 'Zeg maar tegen Skip en Jamie dat het tijd is om hun geld te gaan verdienen.'

Skip en Jamie Todd waren twee broers uit Chicago die zich hadden gespecialiseerd in elektronische beveiliging. Ze waren allebei klein en gezet en droegen identieke bruine overalls. Terwijl Boone door zijn nachtkijker toekeek, haalden de twee mannen een aluminium ladder uit de bestelwagen en droegen hem over de stoep naar de lingeriewinkel. Ze zagen eruit als elektriciens die waren opgebeld om een probleem met de bedrading te komen verhelpen.

Skip schoof de ladder open en Jamie klom omhoog naar het uithangbord dat boven de etalage van de winkel hing. Eerder die dag was er een radiografisch bestuurde minicamera aan de rand van dat bord bevestigd. Zonder dat zij het wist was er een video-opname van Maya gemaakt toen zij op de stoep stond.

Thorn had een beveiligingscamera onder het afdakje boven zijn voordeur laten aanbrengen. Jamie klauterde opnieuw naar boven, verwijderde de camera en verving hem door een mini-dvd-recorder. Toen de broers klaar waren, schoven ze hun ladder in en droegen hem terug naar de bestelwagen. Met drie minuten werk hadden ze zojuist tienduizend dollar verdiend en een gratis bezoek aan een bordeel in de Korunni-straat.

'Zorg dat je klaarstaat,' zei Boone tegen inspecteur Loutka. 'We komen eraan.'

'En Harkness?'

'Zeg maar tegen hem dat hij in het busje blijft zitten. Zodra het veilig is roepen we hem naar boven.'

Boone stak de nachtkijker in zijn zak en gaf de lokale huurlingen een teken. 'We gaan.'

De Serviër zei iets tegen de Hongaar en de twee mannen stonden op.

'Wees voorzichtig wanneer we het appartement binnengaan,' zei Boone. 'Harlekijns zijn bijzonder gevaarlijk. Wanneer ze worden aangevallen, reageren ze ogenblikkelijk.'

De Serviër kreeg alweer wat praatjes. 'Misschien dat ze voor jou gevaarlijk zijn. Maar mijn vriend en ik kunnen elk probleem aan.'

'Harlekijns zijn niet normaal. Ze zijn al sinds hun jeugd bezig te leren hoe ze hun vijanden moeten doden.'

De drie mannen gingen de straat op en liepen naar Loutka. De politie-inspecteur zag wat bleekjes in het licht van de straatlantaarn. 'Wat als het niet lukt?' vroeg hij.

'Als je bang bent blijf je in de bestelbus bij Harkness, maar dan krijg je niet betaald. Maak je geen zorgen. Wanneer wij een operatie organiseren, lukt alles.'

Boone stak voor de mannen uit de straat over naar Thorns deur en trok zijn lasergestuurde automatische pistool. In zijn linkerhand hield hij een afstandsbediening. Hij drukte op het gele knopje en de dvd begon een opname af te spelen van Maya, zoals zij hier een halfuur eerder op de stoep had gestaan. Hij keek naar links. En naar rechts. Iedereen was er klaar voor. Hij drukte op de deurbel en wachtte. Boven liep de jonge Rus – Thorn zou het waarschijnlijk niet zijn – naar de monitor van de bewakingscamera, keek naar het beeldscherm en zag Maya. Het slot klikte open. Ze waren binnen.

De vier mannen liepen naar boven. Toen ze op de eerste verdieping waren, haalde Loutka een recordertje tevoorschijn.

'Stemprint alstublieft,' zei een elektronische stem.

Loutka zette de recorder aan en speelde de geluidsopname af die eerder die dag in de taxi was opgenomen. 'Doe die rotdeur eens open,' zei Maya. 'Doe open...'

Het elektrische deurslot klikte en Boone was als eerste binnen. De getatoeëerde Rus stond met een theedoek in zijn handen en keek stomverbaasd. Boone hief het pistool en schoot van dichtbij. De 9mm-kogel trof de Rus als een gigantische vuistslag in de borst en hij werd naar achteren gesmeten.

In een poging zijn bonus voor de volgende dode te bemachtigen, rende de Hongaar om de halfhoge muur heen die de ruimte in tweeën verdeelde. Boone hoorde de grote man schreeuwen. Hij rende naar voren, gevolgd door Loutka en de Serviër. Zij kwamen een keuken binnen en zagen dat de Hongaar met zijn gezicht in Thorns schoot lag, met zijn benen op de grond en zijn schouders ingeklemd tussen de armleuningen van de rolstoel. Thorn probeerde het lichaam weg te duwen en zijn zwaard te grijpen.

'Pak zijn armen,' zei Boone. 'Schiet op! Doe het!'

De Serviër en Loutka grepen Thorns armen en hielden hem in bedwang. Bloed spoot over de rolstoel. Toen Boone de Hongaar wegtrok zag hij het heft van een werpmes uit de keel van de dode man steken. Thorn had hem met het mes gedood, maar de Hongaar was naar voren gevallen en had de stoel geraakt.

'Ga maar liever een stukje naar achteren,' zei Boone tegen hen. 'Voorzichtig. Zorg dat er geen bloed aan je schoenen komt.' Hij haalde een soort plastic boeien tevoorschijn en bond Thorns polsen en benen vast. Toen hij klaar was deed hij een stap naar achteren en bekeek de verlamde Harlekijn. Thorn was verslagen, maar nog even trots en arrogant als altijd.

'Aangenaam kennis met je te maken, Thorn. Ik ben Nathan Boone. We zijn elkaar twee jaar geleden in Pakistan net misgelopen. Het werd wel heel snel donker, vond je ook niet?'

'Ik praat niet met Tabula-huurlingen,' zei Thorn op zachte toon. Boone kende de stem van de Harlekijn van opnames van afgeluisterde telefoongesprekken. In het echt was zijn stem dieper, angstaanjagender.

Boone keek om zich heen. 'Ik vind dat je een mooi appartement hebt, Thorn. Echt waar. Schoon en sober. Smaakvolle kleuren. In plaats van het helemaal vol te zetten met rotzooi, heb je voor de minimalistische stijl gekozen.'

'Als je me wilt doden, doe dat dan. Verspil mijn tijd niet met nutteloze conversatie.'

Boone gaf een teken aan Loutka en de Serviër. De twee mannen sleepten het lichaam van de Hongaar naar de woonkamer.

'De lange oorlog is voorbij. De Reizigers zijn verdwenen en de Harlekijns zijn verslagen. Ik zou je nu meteen kunnen doden, maar ik heb je hulp nodig om mijn werk af te maken.'

'Ik verraad niemand.'

'Als je meewerkt laten we Maya een normaal leven leiden. Zo niet, dan staat haar een bijzonder onaangename dood te wachten. Toen we in Pakistan die Chinese Harlekijn gevangen hadden genomen, hebben mijn huurlingen haar twee dagen lang verkracht. Ze vonden het lekker dat ze zich verzette en terugvocht. Ik denk dat de lokale vrouwen in een soortgelijke situatie het gewoon opgeven.'

Thorn zei niets en Boone vroeg zich af of hij het aanbod overwoog. Hield hij van zijn dochter? Waren Harlekijns tot dergelijke gevoelens in staat? Thorns armspieren spanden zich toen hij probeerde zich van de plastic boeien te ontdoen. Hij gaf het op en zakte achterover in de rolstoel.

Boone zette zijn koptelefoon aan en zei iets in de microfoon. 'Mr. Harkness, u kunt naar boven komen met uw materialen. De kust is veilig.'

De Serviër en Loutka sleurden Thorn uit de rolstoel, droegen hem naar de slaapkamer en gooiden hem daar op de grond. Een paar minuten later verscheen Harkness, worstelend met zijn onhandige kist. Hij was een al wat oudere Engelsman die vrijwel nooit iets zei, maar Boone had er moeite mee om naast hem te zitten in een restaurant. De gele tanden van de man en zijn bleke gelaatskleur deden hem aan dood en verderf denken.

'Ik weet wel waar jullie Harlekijns van dromen. Een eervolle dood. Zo noemen jullie dat toch? Ik zou dat voor je kunnen regelen – een dood die nobel is en nog enige waardigheid kan geven aan het eind van je leven. Maar daar wil ik dan wel iets voor terug hebben. Vertel me hoe ik die twee vrienden van je kan vinden, Linden en Mother Blessing. Als je weigert, is er een vernederend alternatief...'

Harkness zette de kist in de deuropening van de slaapkamer. Er zaten luchtgaten in de bovenkant, bedekt met dik kippengaas. Klauwen krasten over de metalen bodem van de kist en Boone hoorde een schorre, hijgende ademhaling.

Hij haalde het scheermes uit zijn zak. 'Terwijl jullie Harlekijns gevangenzaten in jullie middeleeuwse dromen, hebben de Broeders een nieuwe bron van kennis verworven. Ze hebben de uitdagingen van genetische manipulatie overwonnen.'

Boone sneed in de huid onder de ogen van de Harlekijn. Het wezen in de kist kon Thorns bloed ruiken. Het maakte een eigenaardig lachend geluid, beukte tegen de zijpanelen en rukte met zijn klauwen aan het gaas.

'Dit dier is genetisch gemanipuleerd om agressief te zijn en geen angst te kennen. Het valt aan zonder aan zijn eigen veiligheid te denken. Dit wordt geen eervolle dood. Je zult worden opgevreten als een homp vlees.'

Inspecteur Loutka verliet de gang en liep terug naar de woonkamer. De Serviër keek nieuwsgierig en angstig. Hij stond ongeveer een meter achter Harkness in de deuropening.

'Laatste kans. Geef me één feit. Erken onze overwinning.'

Thorn rolde in een andere houding en staarde naar de kist. Boone realiseerde zich dat de Harlekijn terug zou vechten wanneer het wezen hem aanviel en zou proberen het met zijn lichaam te pletten.

'Je kunt denken wat je wilt,' zei hij langzaam. 'Maar dit is een eervolle dood.'

Boone ging terug naar de deuropening en trok zijn pistool. Zodra het dier klaar was met Thorn zou hij het moeten afmaken. Het lachende geluid stopte en het dier hield zich zo stil als een jager die op zijn prooi wacht. Boone knikte naar Harkness. De oude man ging schrijlings boven de kist staan en trok het zijpaneel omhoog.

3

Tegen de tijd dat ze de Karelsbrug bereikte, realiseerde Maya zich dat ze werd gevolgd. Thorn had eens gezegd dat ogen energie uitstraalden. Als je gevoelig genoeg was, kon je de golven op je af voelen komen. In de tijd dat Maya opgroeide in Londen, betaalde haar vader af en toe straatdieven om haar na schooltijd naar huis te volgen. Het was haar taak ze te herkennen en ze te slaan met de zak kogellagers die ze altijd in haar schooltas bij zich had.

Toen ze de brug over was en rechtsaf was geslagen, de Saskástraat in, begon het al wat donkerder te worden. Ze besloot naar de Maria-onder-de-Kettingkerk te gaan; daar lag een onverlichte binnenplaats met drie verschillende mogelijkheden om te ontsnappen. Gewoon doorlopen, zei ze tegen zichzelf. Niet over je schouder kijken. De Saská-straat was smal en slingerend. De spaarzame straatverlichting verspreidde een donkergeel licht. Maya passeerde een steeg, keerde meteen op haar schreden terug en stapte in de schaduw. Ze verborg zich achter een vuilcontainer en wachtte.

Er gingen tien seconden voorbij. Twintig seconden. Toen zag ze de kleine trol van een taxichauffeur die haar naar het hotel had gebracht aankomen. Niet aarzelen. Altijd reageren. Toen hij de ingang van het steegje passeerde, trok zij de stiletto, dook achter hem op, greep met haar linkerhand zijn schouder vast en drukte de punt van het mes tegen de achterkant van zijn nek.

'Verroer je niet. Probeer niet te vluchten.' Haar stem klonk zacht, bijna verleidelijk. 'We gaan hier naar rechts en ik wil geen problemen.'

Ze draaide hem om, trok hem mee de schaduw in en duwde hem tegen de vuilcontainer. Nu rustte de punt van het mes tegen zijn adamsappel.

'Vertel me alles. Geen leugens. Misschien laat ik je dan leven. Begrepen?'

De doodsbange trol knikte behoedzaam.

'Wie heeft je ingehuurd?'

'Een Amerikaan.'

'Hoe heet hij?'

'Dat weet ik niet. Hij was een vriend van politie-inspecteur Loutka.'

'En hoe luidden je instructies?'

'Ik moest jou volgen. Meer niet. Ik moest je oppikken met de taxi en je vanavond volgen.'

'Wacht iemand me op bij mijn hotel?'

'Dat weet ik niet. Ik zweer het je.' Hij begon te jammeren. 'Doe me alsjeblieft geen pijn.'

Thorn zou hem nu meteen hebben neergestoken, maar Maya besloot niet toe te geven aan die waanzin. Als ze dit domme, kleine mannetje vermoordde, zou dat haar eigen leven verwoesten.

'Ik ga nu de straat weer op en jij gaat de andere kant op, terug naar de brug. Begrepen?'

De trol knikte snel. 'Ja,' fluisterde hij.

'Als ik je nog een keer zie, ben je dood.'

Maya verliet de steeg, in de richting van de kerk, toen ze opeens aan haar vader dacht. Was de trol haar helemaal naar Thorns appartement gevolgd? Hoeveel wisten ze?

Ze haastte zich weer terug naar de steeg en hoorde de stem van de trol. Hij had een mobiele telefoon in zijn hand en stond met zijn baas te praten. Toen zij uit de schaduw tevoorschijn kwam, schrok hij en liet de telefoon op de keien vallen. Maya greep hem bij zijn haar, trok hem recht overeind en stak de punt van de stiletto in zijn linkeroor.

Dit was het moment waarop ze het mes nog kon stoppen. Maya

was zich bewust van de keuze die ze maakte en de duistere tunnel die zich voor haar opende. Doe het niet, dacht ze. Je hebt nog een kans. Maar ze werd voortgedreven door trots en woede.

'Luister goed,' zei ze. 'Dit is het allerlaatste dat je ooit zult weten. Je bent gedood door een Harlekijn.'

Hij worstelde met haar, probeerde zich los te rukken, maar zij stootte het mes door zijn gehoorgang in zijn brein.

Maya liet de taxichauffeur los en hij zakte aan haar voeten op de grond. Bloed vulde zijn mond en droop uit zijn neus. Zijn ogen waren open en hij keek verbaasd, alsof iemand hem zojuist onaangenaam nieuws had verteld.

Ze veegde de stiletto schoon en verborg het wapen onder haar trui. Terwijl ze steeds in de schaduw bleef, sleepte ze de dode man naar het eind van de steeg en bedekte hem met vuilniszakken uit de container. Morgenochtend zou iemand het lichaam vinden en de politie bellen.

Niet rennen, zei Maya tegen zichzelf. Niet laten zien dat je bang bent. Ze probeerde heel rustig te kijken terwijl ze de rivier weer overstak. In de Konviktská-straat klom ze via een brandtrap op het dak van de lingeriewinkel en maakte de sprong van anderhalve meter naar Thorns gebouw. Geen bovenlicht of branddeur. Ze zou een andere manier moeten vinden om binnen te komen.

Maya sprong verder naar het volgende dak en ging zo het hele blok langs tot zij op een van de daken een waslijn zag die tussen twee metalen palen was gespannen. Ze sneed de waslijn door met haar mes, keerde terug naar het gebouw van haar vader en bond de lijn om een schoorsteenpijp. Het was donker, op het schijnsel van een enkele straatlantaarn en een nieuwe maan na, die eruitzag als een dun, geel streepje in de lucht.

Ze testte de waslijn en overtuigde zich ervan dat hij haar zou houden. Voorzichtig stapte ze over het lage muurtje aan de rand van het dak en liet zich hand over hand naar het raam van de tweede verdieping zakken. Toen ze door het glas keek, zag ze dat er een grijzig-witte rook in het appartement hing. Maya zette zich af van het gebouw en trapte het raam in. De rook stroomde uit het gat en werd opgeslokt door de nacht. Ze trapte nog een keer en nog eens, om de scherpe randen van het glas te verwijderen die nog uit het kozijn staken.

Te veel rook, dacht ze. Voorzichtig, anders kan je straks niet meer weg. Ze zette zich zo hard mogelijk af en zwaaide vervolgens door het gat. De rook steeg op naar het plafond en dreef het kapotte raam uit; vlak boven de vloer was de lucht helder. Maya liet zich op handen en knieën zakken. Ze kroop de woonkamer door en trof de Rus dood naast de glazen salontafel aan. Schotwond in de borst. Een plas bloed omringde zijn bovenlichaam.

'Vader!' Ze stond op, liep om het halfhoge muurtje heen en zag dat er in het midden van de eettafel een stapel boeken en kussens lag te branden. Vlak bij de keuken struikelde ze over een ander lichaam: een grote man met een mes in zijn keel.

Hadden ze haar vader te pakken gekregen? Was hij hun gevangene? Ze stapte over de grote man heen en liep de gang in naar de volgende kamer. Daar stonden een bed en twee lampenkappen in brand. Bloedige handafdrukken besmeurden de witte muren.

Naast het bed lag een man op zijn zij. Zijn gezicht was van haar afgewend, maar ze herkende haar vaders kleren en lange haar. Rook kringelde langs haar lichaam omhoog toen ze zich weer op handen en knieën liet vallen en als een klein kind naar hem toe kroop. Ze hoestte. Huilde. 'Vader!' bleef ze maar roepen. 'Vader!'

En toen zag ze zijn gezicht.

4

Gabriel Corrigan en zijn oudere broer, Michael, waren opgegroeid op de snelweg en beschouwden zichzelf als experts op het gebied van truckerscafés, toeristenmotels en museumpjes waar dinosaurusbotten werden tentoongesteld. Tijdens de lange autoritten zat hun moeder tussen de twee broertjes in op de achterbank en las hun voor of vertelde verhalen. Een van hun lievelingsverhalen ging over Edward de Vierde en zijn broertje, de Hertog van York, de twee jonge prinsen die door Richard de Derde waren opgesloten in de Londense Tower. Volgens hun moeder stonden de prinsjes op het punt gewurgd te worden door een van Richards beulen, toen ze net op tijd een geheime doorgang vonden en de slotgracht overzwommen naar de vrijheid. Vermomd in lompen en geholpen door Merlijn en Robin Hood, beleefden de prinsen allerlei avonturen in het vijftiende-eeuwse Engeland.

Toen ze klein waren speelden de broertjes Corrigan in parken en wegrestaurants graag dat zij de gevluchte prinsen waren. Maar nu ze volwassen waren, keek Michael heel anders tegen het spelletje aan. 'Ik heb het opgezocht in een geschiedenisboek,' zei hij. 'Het is Richard de Derde wel degelijk gelukt. Allebei de prinsjes zijn vermoord.'

'Wat maakt dat nu uit?' vroeg Gabriel.

'Ze heeft gelogen, Gabe. Het waren gewoon verzinsels. Toen we klein waren vertelde mam ons al die verhalen, maar ze vertelde ons nooit de waarheid.'

Gabriel was het wel met Michael eens: het was beter om alle feiten te kennen. Maar soms vermaakte hij zichzelf met een van zijn moeders verhalen. Op zondag verliet hij voor dag en dauw Los Angeles en reed in het donker op zijn motor naar het stadje Hemet. Hij voelde zich als een van de prinsjes, alleen en door niemand herkend. Hij tankte bij een goedkoop benzinestation en ging ontbijten in een klein cafeetje. Toen hij de grote weg verliet, kwam de zon uit de aarde tevoorschijn als een feloranje luchtbel. Toen maakte zij zich los van de zwaartekracht en zweefde naar de hemel.

Het vliegveld van Hemet bestond uit een geasfalteerde startbaan, waar het onkruid tussen de scheuren vandaan omhooggroeide, een plek waar de vliegtuigen stonden en een armoedige verzameling caravans en noodgebouwtjes. Het HALO-kantoortje was gevestigd in een brede caravan vlak bij het begin van de startbaan. Gabriel parkeerde zijn motor bij de ingang en maakte de schokbestendige snelbinders los waarmee zijn spullen waren vastgemaakt.

Sprongen van grote hoogte waren duur, en Gabriel had Nick Clark, de HALO-instructeur, verteld dat hij zichzelf op een rantsoen had gezet van één sprong per maand. Er waren nog maar twaalf dagen verstreken en nu was hij alweer terug. Toen hij de caravan binnenkwam, grijnsde Nick hem toe als een bookmaker die een van zijn vaste klanten begroet.

'Kon je het niet laten?'

'Ik heb weer wat geld verdiend,' zei Gabriel. 'En ik weet niet waaraan ik het anders uit moet geven.' Hij overhandigde Nick een handvol bankbiljetten en ging het herentoilet binnen om thermisch ondergoed en een parachutistenpak aan te trekken.

Toen Gabriel weer naar buiten kwam, was er een groepje van vijf Koreaanse mannen binnengekomen. Ze droegen identieke groenmet-witte uniformen, en hadden een dure uitrusting bij zich en geplastificeerde kaartjes met nuttige Engelse zinnetjes. Nick kondigde aan dat Gabriel samen met hen zou springen, en de Koreanen kwamen naar de Amerikaan toe om hem de hand te schudden en een foto van hem te nemen.

'Hoeveel HALO-sprongen heb jij al gemaakt?' vroeg een van de mannen.

'Dat houd ik niet zo bij,' zei Gabriel.

Dit antwoord werd vertaald en ze keken hem verbaasd aan. 'Wel bijhouden,' zei de oudste man tegen hem. 'Dan weet je hoeveel.'

Nick zei de Koreanen dat ze zich klaar moesten maken, en de groep begon een gedetailleerde checklist af te werken. 'Die kerels willen op alle zeven continenten een sprong van grote hoogte maken,' fluisterde Nick. 'Dat zal een lieve duit kosten. Wanneer ze boven Antarctica springen dragen ze speciale ruimtepakken.'

Gabriel mocht de Koreanen wel – ze namen de sprong tenminste serieus – maar hij was toch liever alleen wanneer hij zijn uitrusting controleerde. Hij genoot van de voorbereiding, het was bijna een vorm van meditatie. Hij trok een parachutistenpak aan over zijn kleren, controleerde zijn thermische handschoenen, helm en flexibele vliegbril en vervolgens de hoofd- en reserveparachutes, de koorden en de hendel. Al die voorwerpen leken op de grond nog vrij gewoon, maar zouden een ware gedaantewisseling ondergaan zodra hij uit het toestel stapte.

De Koreanen namen nog snel een paar foto's en stapten toen in het vliegtuig. De mannen zaten met z'n tweeën naast elkaar en bevestigden hun zuurstofslangen aan het vliegtuigpaneel. Nick sprak nog even met de piloot en het vliegtuig steeg op en begon langzaam naar een hoogte van dertigduizend voet te stijgen. De zuurstofmaskers bemoeilijkten het praten en Gabriel was blij dat er een eind kwam aan de gesprekken. Hij deed zijn ogen dicht en concentreerde zich op zijn ademhaling terwijl de zuurstof zachtjes sissend uit zijn masker kwam.

Hij haatte de zwaartekracht en de behoeftes van zijn lichaam. De beweging van zijn longen en het kloppen van zijn hart voelden als de mechanische handelingen van een eentonige machine. Hij had weleens geprobeerd het Michael uit te leggen, maar het leek net alsof zij twee verschillende talen spraken. 'Niemand heeft erom gevraagd geboren te worden, maar we zijn hier nu eenmaal,' zei Michael. 'Er is maar één vraag die we moeten bentwoorden: staan we onder aan de heuvel of boven op de top?'

'Misschien is de heuvel niet belangrijk.'

Michael keek geamuseerd. 'Wij gaan allebei naar de top,' zei hij. 'Ik ga daar naartoe en ik neem jou met me mee.'

Toen ze de twintigduizend voet waren gepasseerd verschenen er ijskristallen aan de binnenkant van het toestel. Gabriel deed zijn ogen open toen Nick door het smalle gangpad naar de achterkant van het vliegtuig liep en de deur een paar centimeter openduwde. Toen een ijskoude wind de cabine binnendrong, begon Gabriel opgewonden te raken. Nu ging het gebeuren. Het moment van bevrijding.

Nick keek omlaag, zoekend naar de droppingszone, en praatte intussen over de intercom met de piloot. Ten slotte gaf hij een teken zich voor te bereiden en de mannen zetten hun vliegbrillen op en trokken hun koorden aan. Er verstreken twee, drie minuten. Nick zwaaide nog een keer en tikte op zijn masker. Ze hadden allemaal een kleine zuurstoffles aan het linkerbeen bevestigd voor de sprong. Gabriel trok aan de hendel van zijn fles en voelde een plofje in zijn eigen masker. Nadat hij zich van het zuurstofpaneel had losgekoppeld, was hij klaar voor de sprong.

Ze bevonden zich op dezelfde hoogte als de Mount Everest en het was heel erg koud. Misschien waren de Koreanen het liefst even in de deuropening blijven staan om een mooie sprong te maken, maar Nick wilde ze zo snel mogelijk in de veilige zone hebben, voordat hun zuurstofflessen leeg waren. Een voor een stonden de Koreanen op, schuifelden naar de deuropening en lieten zich naar buiten vallen. Gabriel had de plek het dichtst bij de piloot uitgekozen zodat hij als laatste zou springen. Hij bewoog zich heel langzaam en deed net of hij zijn parachutekoord nog wat aan moest trekken, zodat hij helemaal alleen zou zijn tijdens zijn afdaling. Eenmaal bij de deur nam hij nog een paar tellen om zijn duim op te steken tegen Nick en toen was hij het vliegtuig uit en viel door de lucht.

Gabriel draaide zich op zijn rug zodat hij niets anders boven zich zag dan lucht. De hemel was donkerblauw, veel donkerder dan wanneer je er vanaf de grond naar keek. Middernachtelijk blauw met heel in de verte een puntje licht. Venus. Godin van de Liefde.

Een onbedekt stukje van zijn wang begon te prikken, maar hij ne-geerde de pijn en concentreerde zich op de hemel zelf, de vol-maakte zuiverheid van de wereld die hem omringde.

Op aarde was twee minuten een reclameboodschap op tv, een halve kilometer filerijden op een verstopte snelweg, een couplet van een populair liefdesliedje. Maar wanneer je door de lucht viel, zette elke seconde uit als een piepkleine spons die in het water wordt gegooid. Gabriel viel door een laag warme lucht en keerde toen weer terug in de kou. Hij was vervuld met gedachten, maar dacht niet na. Alle twijfels en compromissen van zijn leven op aarde waren verdwenen.

De hoogtemeter om zijn pols begon hard te piepen. Hij draaide zich weer om. Nu keek hij omlaag naar het saaie bruine Zuid-Californische landschap en een rij heuvels in de verte. Toen hij dichter bij de aarde kwam, zag hij auto's en huizen en het gelige waas van luchtvervuiling die boven de autowegen hing. Gabriel wilde wel eeuwig blijven vallen, maar een zacht stemmetje in zijn hoofd zei tegen hem dat hij aan de hendel moest trekken.

Hij keek omhoog naar de lucht – probeerde precies in zijn geheu-gen te prenten hoe het eruitzag – en toen vouwde het parachute-scherm zich boven hem open.

Gabriel woonde in een huis in het westelijk deel van Los Angeles op nog geen zes meter afstand van de San Diego Freeway. 's Avonds stroomde een witte rivier van koplampen in noordelijke richting door de Sepulveda Pass, terwijl evenwijdig daaraan een rivier van remlichten naar het noorden voerde, naar de kuststeden en Mexi-co. Nadat Gabriels huisbaas, Mr. Varosian, erachter was gekomen dat er zeventien volwassenen en vijf kinderen in zijn huis woon-den, had hij hen allemaal terug laten sturen naar El Salvador en vervolgens een advertentie geplaatst voor 'één enkele huurder, geen uitzonderingen'. Hij nam aan dat Gabriel betrokken was bij iets il-legaals – een illegale nachtclub of de verkoop van gestolen auto-onderdelen. Die auto-onderdelen konden Varosian niets schelen, maar hij had wel degelijk een paar regels. 'Geen wapens. Geen drugs. Geen katten.'

Gabriel hoorde voortdurend het zoevende geluid van auto's en vrachtwagens en bussen op weg naar het zuiden. Elke ochtend liep hij naar de gaasafscheiding die de achterkant van zijn tuin omringde om te kijken wat de snelweg die nacht had achtergelaten. Mensen gooiden altijd van alles uit hun autoraampjes: hamburgerverpakkingen en kranten, een plastic barbiepop met getoupeerd haar, mobiele telefoons, een homp geitenkaas met een hap eruit, gebruikte condooms, tuingereedschappen en een plastic crematie-urn, gevuld met zwartgeblakerde tanden en as.

De vrijstaande garage was volgespoten met graffiti en het gazon aan de voorkant was overwoekerd door onkruid, maar Gabriel deed nooit iets aan de buitenkant van het huis. Het was een vermomming, net als de lompen waarin de ontsnapte prinsjes zich hadden gehuld. Vorige zomer had hij op een ruilbeurs een bumpersticker van een religieuze groepering gekocht met de tekst: ZONDER HET BLOED VAN ONZE VERLOSSER ZIJN WIJ VERDOEMD TOT IN DE EEUWIGHEID. Gabriel had alles eraf geknipt, behalve VERDOEMD TOT IN DE EEUWIGHEID en de sticker op de voordeur geplakt. Wanneer makelaars en vertegenwoordigers zijn huis oversloegen voelde dat alsof hij een kleine overwinning had behaald.

Het interieur van zijn huis was schoon en gezellig. Elke ochtend, wanneer de zon op een bepaalde hoogte stond, waren de kamers licht en zonnig. Zijn moeder beweerde dat planten de lucht schoon hielden en je positieve gedachten bezorgden, dus had hij meer dan dertig planten in huis, in hangmandjes aan het plafond of in potten op de grond. Gabriel sliep op een futon in een van de slaapkamers en bewaarde al zijn bezittingen in een paar canvas plunjezakken. Zijn kempo-helm en uitrusting hingen op een speciale standaard, naast het rek met het bamboe *shinai*-zwaard en het oude Japanse zwaard dat van zijn vader was geweest. Als hij 's nachts wakker werd en zijn ogen opendeed, was het net of een samoeraikrijger de wacht over hem hield.

De tweede slaapkamer was leeg, op een paar honderd boeken na die in stapels tegen de muur stonden. In plaats van een bibliotheekkaart aan te vragen en bewust boeken uit te kiezen, las Gabriel elk boek dat toevallig zijn weg naar hem wist te vinden. Sommige van zijn klanten gaven hem boeken die zij uit hadden en hij nam ook altijd afgedankte boeken mee uit wachtkamers, of raapte ze op langs de kant van de weg. Er zaten populaire pockets bij met felgekleurde omslagen, technische verslagen over metaallegeringen, en drie romans van Dickens met grote vochtplekken.

Gabriel was niet aangesloten bij clubs of een politieke partij. Als er iets was waarin hij geloofde dan was het wel dat hij altijd buiten het Netwerk moest zien te blijven. In het woordenboek werd dit woord omschreven als een stelsel van evenwijdig lopende horizontale en verticale lijnen die konden worden gebruikt voor het vinden van een bepaald voorwerp of punt. Als je op een bepaalde manier naar de moderne beschaving keek, leek het wel of elke commerciële onderneming of overheidsprogramma deel uitmaakte van een reusachtig Netwerk. De verschillende lijnen en vierkanten konden je opsporen en vinden; ze konden bijna alles van je te weten komen.

Het Netwerk was samengesteld uit rechte lijnen op een plat vlak, maar het was nog steeds mogelijk een geheim leven te leiden. Je kon een baan nemen in de ondergrondse economie of je zo snel verplaatsen dat de lijnen je nooit konden vastpinnen op een exacte locatie. Gabriel had geen bankrekening en geen creditcard. Hij gebruikte zijn echte voornaam, maar op zijn rijbewijs stond een valse naam. Hoewel hij twee mobieltjes had, een voor privé-gebruik en een voor zijn werk, stonden ze allebei op naam van zijn broers makelaarskantoor.

Gabriels enige connectie met het Netwerk stond op een bureau in de woonkamer. Een jaar geleden had Michael hem een computer gegeven met een ADSL-aansluiting. Het internet stelde Gabriel in staat Duitse *trance Musik* te downloaden, hypnotiserende geluidsspiralen, geproduceerd door dj's die waren aangesloten bij een mysterieuze groep die zich *Die Neuen Primitiven* noemde. De muziek hielp hem in slaap te komen wanneer hij 's avonds laat thuiskwam. Wanneer hij zijn ogen sloot hoorde hij een vrouw zingen: *Lotuseters, verdwaald in New Babylon. Eenzame pelgrim, zoek je weg naar huis.*

Gevangen in zijn droom viel hij door de duisternis, viel hij door wolken en sneeuw en regen. Hij viel op het dak van een huis en stortte door de cederhouten dakspanen, het teerpapier en het houten raamwerk. Hij was weer een kind en stond in de gang op de eerste verdieping van de boerderij in South Dakota. En het huis stond in brand; het bed van zijn ouders – de ladenkast en de schommelstoel in hun kamer rookten en smeulden en vatten toen vlam. Rennen, zei hij tegen zichzelf. Ga Michael zoeken. Verstop je. Maar zijn kinderlijke ik, het kleine figuurtje dat door die gang liep leek zijn volwassen waarschuwing niet te horen.

Er explodeerde iets achter een muur en hij hoorde een doffe bons. Toen bulderde het vuur via het trapgat omhoog en omvatte de trapleuning en de spijlen. Doodsbang stond Gabriel in de gang en zag het vuur in een golf van hitte en pijn op zich af razen.

Het mobieltje dat naast het futonmatras lag begon te rinkelen. Gabriel tilde zijn hoofd op van het kussen. Het was zes uur 's ochtends en de zon scheen al door een opening tussen de gordijnen. Er is geen brand, stelde hij zichzelf gerust. Het is weer dag.

Hij zette de telefoon aan en hoorde de stem van zijn broer. Michael klonk bezorgd, maar dat was normaal. Al sinds hun kindertijd had Michael de rol van de verantwoordelijke oudere broer op zich genomen. Wanneer hij op de radio iets hoorde over een motorongeluk, belde Michael Gabriel meteen op om zich ervan te verzekeren dat hem niets mankeerde.

'Waar ben je?' vroeg Michael.

'Thuis. In bed.'

'Ik heb je gisteren wel vijf keer gebeld. Waarom heb je niet teruggebeld?'

'Het was zondag. Ik had geen zin om met iemand te praten. Ik heb mijn mobieltjes thuisgelaten en ben naar Hemet gereden voor een sprong.'

'Je moet zelf weten wat je doet, Gabe. Maar laat me in elk geval weten waar je naartoe gaat. Ik maak me zorgen wanneer ik niet weet waar je bent.'

'Oké. Ik zal proberen eraan te denken.' Gabriel draaide zich op zijn zij en zag zijn schoenen met stalen neuzen en leren motorkleding her en der verspreid op de grond liggen. 'Hoe was jouw weekend?'

'Net als anders. Ik heb wat rekeningen betaald en een partijtje gegolfd met twee projectontwikkelaars. Ben jij nog bij mam geweest?'

'Ja. Ik ben zaterdag langs geweest in het verpleeghuis.'

'Is het wel oké daar?'

'Ze heeft het er niet slecht.'

'Het moet beter zijn dan niet slecht.'

Twee jaar geleden was hun moeder in het ziekenhuis opgenomen voor een routine-operatie aan haar blaas en hadden de artsen een kwaadaardige tumor ontdekt op haar buikwand. Hoewel ze meteen chemotherapie had gekregen, was de kanker uitgezaaid en had zich door haar hele lichaam verspreid. Inmiddels woonde ze in een verpleeghuis voor terminale patiënten in Tarzana, een voorstad in het zuidwesten van San Fernando Valley.

De gebroeders Corrigan hadden de verantwoordelijkheid voor hun moeders behandeling verdeeld. Gabriel zocht haar om de andere dag op en sprak met de mensen die haar verzorgden. Zijn oudere broer ging één keer in de week langs en betaalde alles. Michael stond altijd erg wantrouwig tegenover artsen en verpleegsters. Zodra hij vermoedde dat er iets schortte aan de toewijding, liet hij zijn moeder overplaatsen naar een nieuwe inrichting.

'Ze wil hier niet weg, Michael.'

'Niemand heeft het over weggaan. Ik wil alleen dat de artsen hun werk doen.'

'De artsen doen er niet meer toe nu ze geen chemotherapie meer heeft. Het gaat nu om het verplegend personeel dat haar verzorgt.'

'Als er ook maar iets is, moet je me dat meteen laten weten. En zorg een beetje voor jezelf. Ga je vandaag werken?'

'Ja. Ik denk het wel.'

'Die brand in Malibu breidt zich uit en nu is er weer een nieuwe brand in het oosten, vlak bij Lake Arrowhead. Alle pyromanen zijn op pad met hun lucifers. Zal wel door het weer komen.'

'Ik heb over brand gedroomd,' zei Gabriel. 'We waren in ons oude huis in South Dakota. Het stond in lichterlaaie en ik kon er niet uit.'

'Daar moet je niet meer aan denken, Gabe. Dat is tijdverspilling.'
'Wil jij dan niet weten wie ons destijds heeft aangevallen?'
'Mam heeft ons wel tien verklaringen gegeven. Kies er een uit en
ga verder met je leven.' In Michaels appartement rinkelde een
tweede telefoon. 'Laat je mobieltje aan staan,' zei hij. 'We praten
vanmiddag verder.'

Gabriel nam een douche, trok een korte sportbroek en een T-shirt
aan en ging naar de keuken. Hij mixte wat melk, yoghurt en twee
bananen in een blender. Terwijl hij van het drankje dronk, gaf hij
alle hangplanten water, ging toen weer naar de slaapkamer en begon zich uit te kleden. Als Gabriel naakt was, kon je de littekens
van zijn laatste motorongeluk zien: bleekwitte strepen op zijn linkerbeen en -arm. Zijn bruine krullen en gladde huid gaven hem iets
jongensachtigs, maar dat veranderde toen hij een spijkerbroek, een
T-shirt met lange mouwen en zware motorlaarzen aantrok. De
laarzen zaten vol krassen en kale plekken van de agressieve manier
waarop hij overhing in de bochten. Zijn leren jack was ook geha-
vend en de mouwen en manchetten waren donker van de motor-
olie. Gabriels twee mobiele telefoons waren verbonden met een
koptelefoon met ingebouwde microfoon. Gesprekken die met zijn
werk te maken hadden gingen naar zijn linkeroor. Privé-gesprekken naar het rechter. Tijdens het rijden kon hij beide telefoons ac-
tiveren door met zijn hand tegen een jaszak te drukken.

Met een van zijn motorhelmen onder zijn arm liep Gabriel de
achtertuin in. Het was oktober in Zuid-Californië en uit de noordelijke canyons waaide een warme Santa Ana-wind. De lucht was
helder, maar toen Gabriel naar het noordwesten keek, zag hij een
wolk van donkergrijze rook van de brand in Malibu. Er hing een
benauwd, gespannen gevoel in de lucht, alsof de hele stad een kamer zonder ramen was geworden.

Gabriel opende de garagedeur en inspecteerde zijn drie motoren.
Als hij in een vreemde omgeving moest parkeren, nam hij meestal
de Yamaha RD400. Het was zijn kleinste motor, gebutst en nuk-
kig. Het moest wel een stommeling van een motordief zijn die zo'n
stuk oud roest zou willen stelen. Verder had hij een V11 Moto

Guzzi, een krachtige Italiaanse motor met een cardanaandrijving en een krachtige motor. Het was zijn weekendmotor die hij gebruikte voor lange ritten door de woestijn. Vandaag besloot hij zijn Honda 600 te nemen, een middelgrote sportmotor die met gemak meer dan honderdzestig kilometer per uur haalde. Gabriel krikte het achterwiel op, spoot de ketting in met een spuitbus smeerolie en liet de oplossing er goed in trekken. De Honda had problemen met de aandrijfketting, dus pakte hij een schroevendraaier en een verstelbare moersleutel van de werkbank en gooide ze in zijn koerierstas.

Op het moment dat hij op de motor stapte en hem startte, ontspande hij zich. De motor gaf hem altijd het gevoel dat hij het huis en de stad voorgoed achter zich kon laten, en net zolang kon doorrijden tot hij verdwenen was in de donkere nevel aan de horizon.

Zonder een speciaal doel voor ogen draaide Gabriel Santa Monica Boulevard op en reed in westelijke richting naar het strand. De ochtendspits was al begonnen. Vrouwen die uit roestvrij-stalen koffiebekers dronken reden in hun Land Rovers naar hun werk, en bij oversteekplaatsen stonden de klaar-overs met hun veiligheidsvesten. Toen hij voor een rood stoplicht stond, stak Gabriel zijn hand in zijn jaszak en zette zijn zakelijke mobiele telefoon aan.

Hij werkte voor twee koeriersdiensten: Sir Speedy en zijn concurrent, Blue Sky Messengers. De eigenaar van Sir Speedy was Artie Dressler, een voormalige advocaat van ruim honderdzeventig kilo die vrijwel nooit zijn huis in het Silver Lake District verliet. Artie was geabonneerd op verschillende pornowebsites en beantwoordde telefoontjes terwijl hij zat te kijken hoe naakte schoolmeisjes hun teennagels lakten. Hij had de pest aan zijn concurrent, Blue Sky Messengers, en de eigenaresse, Laura Thompson. Laura had ooit gewerkt als filmeditor en woonde nu in een statig huis in Topanga Canyon. Zij geloofde in een schoon darmkanaal en oranjekleurig voedsel.

Toen het licht op groen sprong ging de telefoon over en hoorde hij Arties schorre New Jersey accent uit de koptelefoon komen. 'Gabe! Met mij! Waarom stond je telefoon niet aan?'

'Sorry. Vergeten.'

'Ik zit op mijn computer naar een live webcam-opname te kijken van twee meisjes die samen onder de douche staan. Het begon wel goed, maar nu hangt er allemaal stoom voor de lens.'

'Klinkt interessant.'

'Je moet iets voor me oppikken in Santa Monica Canyon.'

'Is dat in de buurt van de brand?'

'Welnee. Die is kilometers verderop. Geen probleem. Maar er is ook brand in Simi Valley. En die loopt helemaal uit de hand.'

De handvaten van de motorfiets waren kort en de pedalen en het zadel stonden zo dat hij altijd naar voren leunde. Gabriel voelde de vibratie van de motor en hoorde het doorschakelen van de versnellingen. Wanneer hij hard reed, werd de machine een deel van hem, een uitbreiding van zijn lichaam. Wanneer hij de onderbroken witte streep volgde die de rijbanen van elkaar scheidde waren de punten van zijn handvaten soms slechts luttele centimeters verwijderd van rijdende auto's. Hij keek voor zich uit en zag stoplichten, voetgangers, vrachtwagens die een langzame bocht maakten, en wist onmiddellijk of hij moest stoppen, of juist gas moest geven en om de obstakels heen rijden.

Santa Monica Canyon was een enclave van dure huizen, gebouwd in de buurt van een tweebaansweg die naar het strand voerde. Gabriel pikte de bruine enveloppe op die op iemands stoep lag te wachten en bracht hem naar een hypotheekkantoor in West Hollywood. Toen hij bij het adres aankwam, zette hij zijn helm af en ging het kantoor binnen. Aan dit aspect van het werk had hij een hekel. Op de motor was hij vrij om te gaan en te staan waar hij wilde. Nu hij hier voor de receptioniste stond, voelde zijn lichaam traag, gehinderd door zijn zware laarzen en jack.

Weer terug op de motor. Starten. Rijden maar. 'Lieve Gabriel, kan je me horen?' Het was Laura's zachte stem die uit zijn koptelefoon klonk. 'Ik hoop dat je vanmorgen goed hebt ontbeten. Samengestelde koolhydraten helpen je bloedsuiker te stabiliseren.'

'Wees maar niet bang. Ik heb iets gegeten.'

'Mooi zo. Je moet iets voor me ophalen in Century City.'

Gabriel kende dit adres vrij goed. Hij was uit geweest met een paar van de secretaresses en receptionistes die hij had leren kennen bij het bezorgen van pakjes, maar hij had er slechts één echte vriendin aan overgehouden, een strafpleiter met de naam Maggie Resnick. Ongeveer een jaar geleden was hij naar het kantoor gegaan om iets op te halen en had een hele tijd moeten wachten terwijl haar secretaresses een zoekgeraakt juridisch document zochten. Maggie had hem naar zijn werk gevraagd en uiteindelijk hadden ze wel een uur zitten praten – het document was intussen allang gevonden. Hij stelde voor haar een keer mee te nemen voor een ritje op zijn motor en was aangenaam verrast toen zij op zijn aanbod inging.

Maggie was in de zestig, een kleine energieke vrouw die graag rode jurken en dure schoenen droeg. Volgens Artie Dressler verdedigde zij filmsterren en andere beroemdheden die in moeilijkheden kwamen, maar sprak ze bijna nooit over haar zaken. Ze behandelde Gabriel als een lievelingsneef die een beetje een losbol was. Je moet gaan studeren, zei ze tegen hem. Een bankrekening openen. Een huis kopen. Gabriel volgde haar adviezen nooit op, maar vond het een prettig idee dat ze zo bezorgd was.

Eenmaal op de tweeëntwintigste verdieping, stuurde de receptioniste hem verder de gang in naar Maggies kantoor. Toen hij naar binnen liep zat zij met een sigaret in haar hand te telefoneren.

'Natuurlijk kun je een afspraak maken met de officier van justitie, maar er valt geen deal te maken. En er valt geen deal te maken omdat hij geen zaak heeft. Kijk maar hoe hij erover denkt en bel me dan terug. Ik ga nu lunchen, maar ze verbinden je wel door met mijn mobiel.' Maggie hing op en tikte de as van haar sigaret. 'Ellendelingen. Leugenachtige ellendelingen zijn het, allemaal.'

'Heb jij een pakje voor mij?'

'Ik heb geen pakje. Ik wilde je gewoon zien. Ik betaal Laura de bezorgkosten wel.'

Gabriel leunde achterover op de bank en ritste zijn jack open. Op de salontafel stond een fles mineraalwater en hij schonk wat in een glas.

Met een felle blik in haar ogen boog Maggie zich naar voren. 'Als jij in drugs handelt, Gabriel, dan beloof ik je dat ik je persoonlijk zal vermoorden.'

56

'Ik handel niet in drugs.'

'Je hebt me over je broer verteld. Je moet je niet met zijn zwendelpraktijken inlaten om geld te verdienen.'

'Hij koopt onroerend goed, Maggie. Dat is alles. Kantoorgebouwen.'

'Dat hoop ik dan maar, schat. Ik snijd zijn tong uit als hij je bij iets illegaals betrekt.'

'Wat is er aan de hand?'

'Ik werk samen met een ex-politieman die in de beveiliging is gegaan. Hij helpt me weleens als de een of andere gestoorde een van mijn cliënten stalkt. Gisteren had ik hem aan de telefoon en opeens zegt hij: "Jij kent toch een motorkoerier die Gabriel heet? Ik heb hem op je verjaardag ontmoet." Dus ik zeg natuurlijk: "Ja." En toen zegt hij: "Een paar vrienden van me hebben naar hem gevraagd. Waar hij werkt. Waar hij woont."'

'Wie waren dat dan?'

'Dat wilde hij me niet vertellen,' zei Maggie. 'Maar je moet goed uitkijken, schat. Iemand die behoorlijk wat macht heeft, is in jou geïnteresseerd. Ben je betrokken geweest bij een verkeersongeluk?'

'Nee.'

'De een of andere rechtszaak?'

'Natuurlijk niet.'

'Hoe zit het met vriendinnen?' Ze keek hem oplettend aan. 'Een rijk iemand? Een getrouwde vrouw?'

'Ik ben uit geweest met dat meisje dat ik op jouw verjaardag heb ontmoet. Andrea...'

'Andrea Scofield? Haar vader bezit vier wijnboerderijen in Napa Valley.' Maggie begon te lachen. 'Dat is het! Dan Scofield laat uitzoeken wat voor vlees hij in de kuip heeft.'

'We zijn een paar keer een eindje wezen rijden.'

'Maak je geen zorgen, Gabriel. Ik zal het er met Dan over hebben en hem vertellen dat hij niet zo beschermend moet zijn. Maak nu maar dat je wegkomt. Ik moet me gaan voorbereiden op een voorgeleiding.'

Toen hij door de ondergrondse garage liep, voelde Gabriel zich angstig en argwanend. Hield iemand hem op dit moment in de gaten? Die twee mannen in dat bestelbusje? De vrouw met de aktetas in haar hand, die nu naar de lift liep? Hij stak zijn hand in de koerierstas en raakte even de zware verstelbare moersleutel aan. Zo nodig kon hij dat als wapen gebruiken.

Zijn ouders zouden onmiddellijk op de vlucht zijn geslagen op het moment dat zij hoorden dat iemand naar hen had geïnformeerd. Maar hij woonde nu al vijf jaar in Los Angeles en tot nu toe was nog niemand zijn deur komen intrappen. Misschien moest hij Maggies raad opvolgen: naar school gaan en een echte baan zoeken. Als je deel uitmaakte van het Netwerk, kreeg je leven meer vastigheid.

Toen hij de motorfiets aantrapte, moest hij aan het troostrijke verhaal van zijn moeder denken. Hij en Michael waren de prinsjes, vermomd in lompen, maar vindingrijk en moedig. Gabriel denderde de steile oprit naar de uitgang op, mengde zich in het verkeer en haalde een pick-up in. Tweede versnelling. Derde versnelling. Sneller. En hij was weer op weg, altijd op weg, een klein sprankje bewustzijn omringd door machines.

5

Michael Corrigan zag de wereld als een slagveld in een constante staat van oorlog. Deze oorlog omvatte de hightech militaire campagnes die door Amerika en zijn bondgenoten werden georganiseerd, maar er waren ook kleinere conflicten tussen derdewereldlanden en genocidale aanvallen tussen verschillende stammen, rassen en godsdiensten. Er waren terroristische bomaanslagen en moorden, krankzinnige sluipschutters die mensen vermoordden om krankzinnige redenen, straatbendes, sektes en misnoegde wetenschappers die wildvreemde mensen miltvuur toestuurden. Immigranten uit de zuidelijke landen overstroomden de grenzen naar noordelijke landen en brachten gruwelijke nieuwe virussen en vleesetende bacteriën mee. De natuur was de overbevolking en vervuiling zo zat dat zij terugvocht met droogtes en orkanen. De ijskap was aan het smelten en het zeewater steeg, terwijl de ozonlaag aan flarden werd gevlogen door straalvliegtuigen. Soms raakte Michael het spoor van een bepaalde dreiging even bijster, maar hij bleef zich bewust van het algemene gevaar. Er zou nooit een einde komen aan de oorlog. Hij werd alleen maar groter en massaler en eiste op subtiele manieren steeds meer slachtoffers.

Michael woonde op de achtste verdieping van een flatgebouw in het westen van Los Angeles. Het had hem vier uur gekost om de flat in te richten. Op de dag dat hij het huurcontract ondertekende, reed hij naar een enorme meubelzaak op Venice Boulevard en koos een standaardinrichting uit voor een woonkamer, een slaapkamer en een werkkamer. Michael had aangeboden in hetzelfde gebouw een identieke flat te huren voor zijn broer en die in te richten met dezelfde meubels, maar Gabriel had zijn aanbod afgeslagen. Om de een of andere belachelijke reden woonde zijn jongere broer liever in wat waarschijnlijk het lelijkste huis van Los Angeles was en ademde daar de uitlaatgassen van de snelweg in.

Als Michael op het kleine balkon ging staan kon hij in de verte de Stille Oceaan zien, maar hij interesseerde zich niet voor vergezichten en hield de gordijnen meestal gesloten. Na zijn telefoongesprek met Gabriel zette hij koffie, at een mueslireep en begon vastgoed-investeringsfirma's in New York te bellen. Vanwege het tijdverschil van drie uur waren zij al op kantoor, terwijl hij nog in zijn ondergoed door de woonkamer liep. 'Tommy! Met Michael! Heb je dat voorstel al gekregen dat ik je heb toegestuurd? Wat vond je ervan? Wat zei de leencommissie?'

Over het algemeen waren de leencommissies laf en dom, maar daar kon je je niet door laten tegenhouden. In de afgelopen vijf jaar had Michael genoeg investeerders om twee kantoorgebouwen te kopen en de aankoop van een derde gebouw aan Wilshire Boulevard was bijna rond. Michael verwachtte altijd dat mensen nee zouden zeggen en had zijn tegenargumenten al paraat.

Tegen achten deed hij zijn kast open en koos een grijze pantalon en een marineblauwe blazer uit. Terwijl hij een roodzijden stropdas omdeed liep hij door het appartement, van het ene televisietoestel naar het andere. Het ging die ochtend voornamelijk over de branden en de krachtige Santa Ana-wind. Een brand in Malibu bedreigde het huis van een bekende basketballer. In het oosten van de bergen woedde weer een andere brand en op de televisie waren beelden te zien van mensen die fotoalbums en armenvol kleren in hun auto's gooiden.

Hij daalde met de lift naar de parkeergarage af en stapte in zijn Mercedes. Op het moment dat hij zijn appartement verliet, voelde hij zich als een soldaat die ten strijde trekt om geld te verdienen. De enige persoon op wie hij kon rekenen was Gabriel, maar het was wel duidelijk dat zijn jongere broer nooit een echte baan zou krijgen. Hun moeder was ziek en Michael betaalde nog steeds voor haar chemotherapie. Niet klagen, zei hij tegen zichzelf. Gewoon doorknokken.

Zodra hij genoeg geld had gespaard, zou hij een eiland kopen, ergens in de Stille Oceaan. Hij en Gabriel hadden op dit moment geen van beiden een vriendin en Michael kon maar niet beslissen welk soort echtgenote geschikt zou zijn voor een tropisch paradijsje. In zijn droom reden hij en Gabriel te paard door de branding en stonden de twee vrouwen een beetje wazig aan de kant in lange, witte jurken. De wereld was warm en zonnig en zij zouden veilig zijn, echt veilig. Voor altijd.

6

In de westelijke heuvels brandde het struikgewas nog steeds en toen Gabriel bij het verpleeghuis aankwam was de hemel mosterd-geel gekleurd. Hij zette zijn motor op de parkeerplaats en ging naar binnen. Het verpleeghuis was een verbouwd motel van twee verdiepingen, met bedden voor zestien patiënten met een terminale ziekte. Een verpleegster uit de Filippijnen, Anna genaamd, zat in de hal achter een bureau.

'Fijn dat je er bent, Gabriel. Je moeder vraagt naar je.'

'Sorry dat ik vanavond geen donuts heb meegebracht.'

'Ik ben dol op donuts, maar ze zijn een beetje te dol op mij.' Anna raakte haar mollige bruine arm aan. 'Ga maar meteen naar je moeder toe. Het is belangrijk.'

De verpleeghulpen waren doorlopend bezig met het soppen van vloeren en het verschonen van bedden, maar toch rook het gebouw naar urine en dode bloemen. Gabriel nam de trap naar de eerste verdieping en liep de gang in. De tl-buizen aan het plafond maakten een zacht gonzend geluid.

Toen hij haar kamer binnenkwam lag zijn moeder te slapen. Haar lichaam liet het witte laken nog maar nauwelijks opbollen. Altijd als hij op bezoek kwam, probeerde Gabriel zich te herinneren hoe zijn moeder was geweest toen hij en Michael klein waren. Ze zong graag wanneer ze alleen was, vooral oude rock-'n-roll-nummers, zoals *Peggy Sue* of *Blue Suede Shoes*. Ze was dol op verjaardagen of welke andere reden dan ook om een feestje te geven. Ook al woonden ze in motelkamers, toch stond ze er altijd op om boomplantdag te vieren of de kortste dag van het jaar.

Gabriel ging naast het bed zitten en pakte zijn moeders hand. Die voelde koud aan, dus hield hij hem stevig vast. In tegenstelling tot de andere patiënten in het verpleeghuis, had zijn moeder geen speciale kussens of ingelijste foto's meegenomen om de steriele omgeving een beetje huiselijker te maken. Haar enige persoonlijke inbreng was dat ze had gevraagd de televisie weg te halen uit haar kamer. De tv-kabel lag als een kleine zwarte slang opgerold op een plank. Michael stuurde elke week een vers boeket bloemen naar haar kamer. De laatste zending van drie dozijn rozen was nu bijna een week oud en afgevallen rozenblaadjes vormden een rode cirkel om de witte vaas.

Mrs. Corrigans ogen knipperden open en ze keek haar zoon aan. Het duurde even voordat ze hem herkende.

'Waar is Michael?'

'Die komt woensdag weer.'

'Nee, woensdag is te laat.'

'Waarom?'

Ze liet zijn hand los en zei op kalme toon: 'Ik ga vanavond dood.'

'Waar heb je het over?'

'Ik wil die pijn niet meer. Ik heb genoeg van mijn omhulsel.'

Het omhulsel was zijn moeders benaming voor haar lichaam. Iedereen had een omhulsel en in al die omhulsels zat een klein beetje van wat zij het Licht noemde.

'Je bent nog sterk,' zei Gabriel. 'Je gaat nog helemaal niet dood.'

'Bel Michael maar en zeg dat hij moet komen.'

Ze deed haar ogen dicht en Gabriel liep de gang op. Daar stond Anna met een stapeltje schone lakens. 'Wat heeft ze tegen jou gezegd?'

'Ze zegt dat ze doodgaat.'

'Dat heeft ze ook tegen mij gezegd toen ik mijn dienst begon,' zei Anna.

'Wie is vanavond de dienstdoende arts?'

'Chatterjee, die dokter uit India. Maar hij is gaan eten.'

'Piep hem op. Alsjeblieft. Nu meteen.'

Anna ging naar beneden, naar de verpleegsterspost, terwijl Gabriel zijn mobiele telefoon aanzette. Hij toetste Michaels nummer in en na drie keer overgaan nam zijn broer op. Op de achtergrond hoorde hij het geluid van diverse stemmen.

'Waar zit je?' vroeg Gabriel.

'Dodger Stadium. Vierde rij, vlak achter het thuishonk. Geweldig.'

'Ik ben in het verpleeghuis. Je moet meteen komen.'

'Ik kom om een uur of elf nog wel even langs, Gabe. Misschien iets later. Na de wedstrijd.'

'Nee. Dit kan niet wachten.'

Gabriel hoorde de menigte op de achtergrond en de gedempte stem van zijn broer, die zei: 'Sorry. Neem me niet kwalijk.' Waarschijnlijk had Michael zijn zitplaats verlaten om de trappen van het honkbalstadion op te lopen.

'Je begrijpt het niet,' zei Michael. 'Ik zit hier niet voor mijn plezier. Het is zakelijk. Ik heb heel veel geld betaald voor deze plaatsen. Die bankiers gaan de helft van mijn nieuwe gebouw financieren.'

'Mam heeft gezegd dat ze vanavond gaat sterven.'

'Maar wat zegt de dokter?'

'Die is gaan eten, dus die is er niet.'

Waarschijnlijk had een van de honkballers een goeie bal geslagen, want het publiek begon te juichen. 'Ga hem dan zoeken!' riep Michael.

'Ze weet het heel erg zeker. Ze zou best weleens gelijk kunnen hebben. Kom zo snel mogelijk hier naartoe.'

Gabriel zette de telefoon uit en ging terug naar de kamer van zijn moeder. Hij pakte opnieuw haar hand, maar het duurde een paar minuten voordat ze haar ogen opende.

'Is Michael hier?'

'Ik heb hem gebeld. Hij komt eraan.'

'Ik heb aan de Leslies liggen denken...'

Dit was een naam die hij nooit eerder had gehoord. Op verschillende momenten had zijn moeder het over verschillende mensen en vertelde ze verschillende verhalen, maar Michael had gelijk – het sloeg allemaal nergens op.

'Wie zijn de Leslies?'

'Vrienden van de universiteit. Ze waren op de bruiloft. Toen je vader en ik op huwelijksreis gingen, hebben we hen in ons appartement in Minneapolis laten logeren. Hun eigen flat werd geschilderd...' Mrs. Corrigan kneep haar ogen stijf dicht, alsof ze alles voor zich probeerde te zien. 'Toen we thuiskwamen van huwelijksreis was de politie er. Een paar mannen hadden 's nachts ingebroken in onze flat en onze vrienden in hun slaap doodgeschoten. Het was hun bedoeling om ons te vermoorden, maar ze hadden zich vergist.'

'Wilden ze jullie vermoorden?' Gabriel probeerde rustig te klinken. Hij wilde haar niet laten schrikken en een eind maken aan het gesprek. 'Zijn de moordenaars gepakt?'

'Je vader heeft me in de auto geduwd en we zijn gaan rijden. Dat was het moment waarop hij me vertelde wie hij werkelijk was...'

'En wie was hij dan?'

Maar ze zakte alweer weg in haar schaduwwereld halverwege hier en heel ver weg. Gabriel bleef haar hand vasthouden. Ze rustte wat, werd toen weer wakker en stelde dezelfde vraag.

'Is Michael er? Komt Michael al?'

Om acht uur kwam dr. Chatterjee terug en Michael arriveerde enkele minuten later. Hij was zoals gewoonlijk één en al vastberadenheid en energie. Michael informeerde wat er nu precies aan de hand was.

'Mijn moeder beweert dat ze doodgaat.'

Chatterjee was een beleefde, kleine man in een smoezelige doktersjas. Hij bekeek hun moeders medische status om te laten zien dat hij zich bewust was van het probleem. 'Zulke dingen zeggen kankerpatiënten wel vaker, Mr. Corrigan.'

'Hoe staat ze ervoor?'

De dokter maakte een aantekening op de status. 'Het kan nog een paar dagen duren, of een paar weken. Het is moeilijk te zeggen.'

'Maar kan het ook vanávond gebeuren?'

'Haar toestand is niet veranderd.'

Michael draaide zich weg van dr. Chatterjee en liep de trap op.

Gabriel volgde zijn broer. Ze liepen samen naar boven. Niemand kon hen horen.

'Hij noemde je Mr. Corrigan.'

'Inderdaad.'

'Sinds wanneer gebruik je onze echte achternaam?'

Michael bleef even staan. 'Dat doe ik al een jaar. Ik had het je alleen nog niet verteld. Ik sta op dit moment overal officieel ingeschreven en ik betaal belasting. Ik word volkomen legaal eigenaar van mijn nieuwe gebouw aan Wilshire Boulevard.'

'Maar nu zit je wel op het Netwerk.'

'Ik ben Michael Corrigan en jij bent Gabriel Corrigan. Dat is nu eenmaal wie we zijn.'

'Je weet wat pap altijd zei...'

'Verdomme, Gabe! We kunnen deze discussie toch niet eeuwig blijven voeren. Onze vader was gek. En mam was zo zwak dat ze er nooit tegen inging.'

'Waarom hebben die mannen ons dan indertijd overvallen en het huis platgebrand?'

'Vanwege onze vader. Kennelijk had hij iets verkeerds gedaan, iets illegaals. Wíj hebben niets gedaan.'

'Maar het Netwerk...'

'Het Netwerk is niks anders dan het moderne leven. Daar kan niemand onderuit.' Michael legde zijn hand op Gabriels arm. 'Jij bent mijn broer, oké? Maar je bent ook mijn beste vriend. Ik doe dit voor ons allebei. Ik zweer het je. We kunnen ons niet blijven gedragen als kakkerlakken, die zich in de muur verstoppen zodra iemand het licht aandoet.'

De twee broers liepen de kamer in en gingen allebei aan een kant van het bed staan. Gabriel pakte zijn moeders hand. Het voelde alsof al het bloed uit haar lichaam was weggevloeid. 'Wakker worden,' zei hij zachtjes. 'Michael is er.'

Ze deed haar ogen open en glimlachte toen ze haar twee zoons zag. 'Jullie zijn er,' zei ze. 'Ik heb over jullie allebei gedroomd.'

'Hoe voel je je?' Michael keek naar haar gezicht en haar lichaam en probeerde haar toestand in te schatten. De spanning in zijn schouders en de snelle bewegingen van zijn handen verraadden dat hij zich zorgen maakte, maar Gabriel wist dat zijn broer dat nooit zou toegeven. Zwakheid was iets wat hij niet accepteerde en hij was een echte doorzetter. 'Ik vind dat je er wat beter uitziet.'

'O, Michael.' Ze schonk hem een vermoeid glimlachje, alsof hij zojuist modderige voetstappen op haar schone keukenvloer had achtergelaten. 'Doe toch niet zo. Niet vanavond. Ik wil jullie over je vader vertellen.'

'We kennen alle verhalen,' zei Michael. 'Laten we het daar vanavond niet over hebben. Oké? We moeten met de dokter praten en zorgen dat jij er comfortabel bij ligt.'

'Nee, laat haar praten.' Gabriel boog zich over het bed. Hij vond het spannend, maar ook een beetje eng. Misschien was dit het moment waarop het eindelijk zou worden onthuld – de reden van het verdriet in zijn familie.

'Ik weet dat ik jullie allerlei verschillende verhalen heb verteld,' zei Mrs. Corrigan. 'Dat spijt me. De meeste van die verhalen waren niet waar. Ik wilde jullie alleen maar beschermen.'

Michael keek met een triomfantelijke blik over het bed. Gabriel wist precies wat zijn broer wilde zeggen. *Zie je nu wel? Ik heb het je altijd al gezegd: het was allemaal onzin.*

'Ik heb veel te lang gewacht,' zei ze. 'Het is zo moeilijk uit te leggen. Jullie vader was... Toen hij zei... Ik wist niet...' Haar lippen beefden alsof duizenden woorden zich verdrongen om eruit te komen. 'Hij was een Reiziger.'

Ze keek Gabriel aan. *Geloof me,* zei de uitdrukking op haar gezicht. *Alsjeblieft. Geloof me.*

'Ga verder,' zei Gabriel.

'Reizigers zijn in staat hun energie uit hun lichaam te projecteren en de overgang te maken naar andere rijken. Daarom willen de Tabula hen vermoorden.'

'Mam, zeg nu maar niets meer. Het put je veel te veel uit.' Michael keek verstoord. 'We gaan de dokter halen, zodat hij je iets kan geven waardoor je je wat beter voelt.'

Mrs. Corrigan tilde haar hoofd van het kussen. 'Geen tijd, Michael. Geen tijd meer. Je moet naar me luisteren. De Tabula hebben geprobeerd om...' Ze begon weer verward te raken. 'En toen zijn we...'

'Rustig maar. Rustig maar,' fluisterde Gabriel bijna op zangerige toon.

'Toen we in Vermont woonden werden we gevonden door een Harlekijn, Thorn genaamd. Harlekijns zijn gevaarlijke mensen, heel erg gewelddadig en wreed, maar ze hebben gezworen Reizigers te beschermen. Een paar jaar lang waren we veilig, maar toen kon Thorn ons niet langer tegen de Tabula beschermen. Hij gaf ons geld en het zwaard.'

Haar hoofd viel weer terug op het kussen. Elk woord had haar uitgeput en had haar kleine beetjes van haar leven gekost. 'Ik heb jullie zien opgroeien,' zei ze. 'Ik heb jullie allebei geobserveerd en gekeken of ik de tekenen zag. Ik weet niet of jullie de overgang kunnen maken. Maar als jullie de gave hebben, moeten jullie je verbergen voor de Tabula.'

Ze kneep haar ogen stijf dicht tegen de pijn die door haar hele lichaam trok. Michael raakte even haar gezicht aan. 'Ik ben bij je. En Gabe ook. Wij zullen je beschermen. Ik ga er nog meer artsen bij halen. Allerlei artsen...'

Mrs. Corrigan haalde diep adem. Haar lichaam verstijfde en ontspande zich toen weer. Het voelde alsof de kamer opeens koud was geworden, alsof er een soort energie was ontsnapt door de kleine kier onder de deur. Michael draaide zich om en rende om hulp roepend de kamer uit. Maar Gabriel wist dat het voorbij was.

Nadat dokter Chatterjee de dood had vastgesteld, haalde Michael bij de verpleegsterspost een lijst van plaatselijke begrafenisondernemers en belde er een op. Hij gaf hun het adres door, vroeg om een standaardcrematie en gaf het nummer van zijn creditcard.

'Ben je het daarmee eens?' vroeg hij aan Gabriel.

'Natuurlijk.' Gabriel voelde zich doodmoe. Hij keek naar het ding dat nu door een laken werd bedekt. Een omhulsel zonder Licht.

Ze bleven bij het bed staan tot er twee mannen van de begrafenisonderneming arriveerden.

Het lichaam werd in een lijkzak geschoven, op een brancard gelegd en naar beneden gedragen, naar een onopvallende ambulance. Toen de ambulance wegreed, stonden de twee broers in het schijnsel van de buitenverlichting.

'Wanneer ik genoeg geld had verdiend wilde ik een huis voor haar kopen met een hele grote tuin,' zei Michael. 'Ik denk wel dat ze dat fijn had gevonden.' Hij keek om zich heen over de parkeerplaats alsof hij zojuist iets heel kostbaars had verloren. 'Een huis voor haar kopen was een van mijn doelen.'

'We moeten praten over wat ze ons heeft verteld.'

'Waar zouden we over moeten praten? Kan jij het me uitleggen? Mam heeft ons verhalen verteld over geesten en pratende dieren, maar ze heeft het nooit over een "Reiziger" gehad. Het enige reizen dat wij ooit hebben gedaan was in die ellendige pick-up.'

Gabriel wist dat Michael gelijk had; wat hun moeder hun had verteld sloeg nergens op. Hij had altijd gedacht dat zij hun nog eens een verklaring zou geven voor wat er met hun gezin was gebeurd. Nu zou hij er nooit achter komen.

'Maar misschien is er toch wel iets van waar. Op de een of andere manier...'

'Ik heb geen zin om erover in discussie te gaan. Het is een lange avond geweest en we zijn allebei moe.' Michael stak zijn armen uit en omhelsde zijn broer. 'We zijn nu nog maar met ons tweeën. We moeten elkaar helpen. Ga maar slapen, dan praten we morgen verder.'

Michael stapte in zijn Mercedes en reed het parkeerterrein af. Tegen de tijd dat Gabriel op zijn motor was gestapt en hem had gestart, draaide Michael Ventura Boulevard al op.

De maan en de sterren gingen verscholen achter een dikke nevelsluier. Een asdeeltje dwarrelde door de lucht en kwam terecht op het plexiglas vizier van zijn helm. Gabriel schakelde naar de derde versnelling en stak de kruising over. Toen hij de boulevard langs keek, zag hij Michael de oprit naar de snelweg op rijden. Een paar honderd meter achter de Mercedes reden vier auto's. Zij gingen sneller rijden, vormden een groep en reden de oprit op.

Het gebeurde allemaal heel erg snel, maar Gabriel begreep meteen dat de auto's bij elkaar hoorden en dat ze zijn broer volgden.

Hij schakelde door naar de vierde versnelling en gaf gas. Hij voelde het vibreren van de motor in zijn armen en benen. Stuur naar links. En nu naar rechts. En toen was hij op de snelweg.

Na ongeveer anderhalve kilometer had Gabriel de vier auto's ingehaald. Het waren twee onopvallende bestelwagens en twee terreinwagens met kentekenplaten van de staat Nevada. Allevier de wagens hadden getinte ramen en het was moeilijk om te zien wie erin zaten. Michael reed nog steeds met dezelfde snelheid; hij leek niet in de gaten te hebben wat er gebeurde. Gabriel zag hoe een van de terreinwagens Michael links inhaalde terwijl een andere vlak achter hem ging rijden. De vier chauffeurs stonden kennelijk met elkaar in contact – ze waren bezig zich in positie te manoeuvreren en zich voor te bereiden om tot actie over te gaan.

Op het moment dat Michael op het punt stond de San Diego Freeway op te rijden, gleed Gabriel naar de rechterrijbaan. Ze reden nu allemaal zo hard dat de lichten langs hem heen leken te flitsen. In de bocht gaan hangen. Een beetje gas terugnemen. En nu lieten ze de bocht achter zich en reden de heuvel naar de Sepulveda Pass op.

Na nog eens anderhalve kilometer begon de terreinwagen voor de Mercedes vaart te minderen, terwijl de twee bestelwagens links en rechts naast hem kwamen rijden. Nu zat Michael opgesloten tussen de vier auto's. Gabriel was dichtbij genoeg om te kunnen horen hoe zijn broer claxonneerde. Michael ging een paar centimeter naar links, maar de chauffeur van de terreinwagen reageerde agressief en reed tegen de zijkant van de Mercedes. De vier wagens begonnen nu tegelijkertijd gas terug te nemen, terwijl Michael een uitweg probeerde te vinden.

Gabriels mobieltje ging over. Even later hoorde hij Michaels angstige stem. 'Gabe! Waar zit je?'

'Vijfhonderd meter achter je.'

'Ik heb een probleem. Een paar kerels hebben me ingesloten.'

'Gewoon doorrijden. Ik zal proberen je eruit te krijgen.'

Toen zijn motor door een gat in de weg reed, voelde Gabriel iets verschuiven in zijn koerierstas. Hij had nog steeds de schroevendraaier en de verstelbare moersleutel bij zich. Terwijl hij met zijn rechterhand het stuur vasthield, trok hij het klittenband los, stak zijn hand in de tas en greep de moersleutel. Gabriel voerde zijn snelheid nog verder op en glipte tussen zijn broers Mercedes en de bestelwagen op de rechterbaan.

'Let op,' zei hij tegen zijn broer. 'Ik rijd nu vlak naast je.'

Gabriel ging zo dicht mogelijk bij de bestelwagen rijden en gaf met de moersleutel een beuk tegen het zijraam. Het glas barstte in een ingewikkeld lijnenspel. De tweede klap verbrijzelde de hele ruit.

Heel even zag hij de chauffeur – een jonge man met oorringetje en een kaalgeschoren hoofd. De man keek stomverbaasd toen Gabriel hem met de moersleutel in zijn gezicht sloeg. De bestelwagen zwenkte naar rechts en raakte de vangrails. Metaal kraste langs metaal en vonken spatten op in de duisternis. Doorrijden, dacht Gabriel. Niet omkijken. En hij reed achter zijn broer aan de snelweg af.

7

De vier wagens verlieten de snelweg niet, maar Michael reed alsof ze hem nog steeds op de hielen zaten. Gabriel volgde de Mercedes een steile bergweg op. Langs de weg rezen grote landhuizen op, waarvan de funderingen werden ondersteund door dunne metalen pylonen. Na een aantal scherpe bochten eindigden ze ten slotte in de heuvels die uitkeken over de vallei van San Fernando. Michael verliet de grote weg en stopte op de parkeerplaats van een dichtgetimmerde kerk. Het asfalt lag bezaaid met lege flessen en bierblikjes.

Michael zette zijn motorhelm af en zijn broer stapte uit de auto. Michael zag er vermoeid en kwaad uit.

'Dat waren de Tabula,' zei Gabriel. 'Ze wisten dat moeder op sterven lag en dat wij naar het verpleeghuis zouden gaan. Ze hebben op de boulevard staan wachten en besloten om jou als eerste te grazen te nemen.'

'Die lui bestaan helemaal niet. Ze hebben nooit bestaan.'

'Kom nou, Michael. Ik heb toch zelf gezien hoe ze jou van de weg probeerden te duwen.'

'Je begrijpt het niet.' Michael liep de parkeerplaats een eindje op en trapte tegen een leeg blikje. 'Weet je nog dat ik dat eerste gebouw aan Melrose Avenue kocht? Waar denk je dat het geld vandaan kwam?'

'Je zei dat het van investeerders aan de oostkust kwam.'

'Het was van mensen die liever geen inkomstenbelasting betalen.

Ze hebben heel veel contant geld dat ze niet op bankrekeningen kunnen storten. Het grootste deel van de financiering kwam van een gangster uit Philadelphia, ene Vincent Torrelli.'

'Waarom zou je met zo iemand zaken willen doen?'

'Wat had ik anders moeten doen?' vroeg Michael op opstandige toon. 'De bank weigerde me een lening te geven. Ik gebruikte niet mijn eigen naam. Dus nam ik het geld van Torrelli aan en liet dat gebouw neerzetten. Een jaar geleden zat ik naar het nieuws te kijken en zag ik dat Torrelli voor een casino in Atlantic City was doodgeschoten. Toen ik niets meer van zijn familie of vrienden hoorde, heb ik verder ook geen geld meer gestuurd naar de postbus in Philadelphia. Ik nam aan dat hij niemand iets had verteld van zijn investeringen in Los Angeles.'

'En nu zijn ze erachter gekomen?'

'Dat moet haast wel. Het zijn geen "Reizigers" en al die andere idiote verhalen die mam ons altijd vertelde. Het zijn gewoon gangsters die hun geld terug willen.'

Gabriel draaide zich om naar zijn motor. In het oosten kon hij de San Fernando Vallei zien liggen. Vertekend door de lens van smerige lucht, leek de straatverlichting in de vallei een eigenaardige oranje kleur te hebben. Op dat moment had hij het liefst op zijn motor willen springen om de woestijn in te rijden, naar de een of andere eenzame plek waar hij de sterren kon zien terwijl zijn koplamp over een zandpad scheen. Alles achter zich laten. Hij zou er alles voor overhebben om zijn hele verleden en het gevoel dat hij opgesloten zat in een reusachtige gevangenis achter zich te laten.

'Het spijt me,' zei Michael. 'Het begon net allemaal goed te gaan. Nu is het weer een zooitje.'

Gabriel keek zijn broer aan. Ooit, toen ze nog in Texas woonden, had hun moeder eens zoveel dingen aan haar hoofd gehad dat ze Kerstmis helemaal was vergeten. Op kerstavond was er helemaal niets in huis geweest, maar de volgende ochtend was Michael met een kerstboom aan komen zetten en een paar videospelletjes die hij uit een elektronicawinkel had gepikt. Wat er ook gebeurde, ze zouden altijd broers zijn – zij tweeën tegen de rest van de wereld.

'Vergeet die mensen nu maar, Michael. Laten we weggaan uit Los Angeles.'

'Geef me een paar dagen. Misschien kan ik iets regelen. Tot die tijd nemen we een motelkamer. Het is niet veilig om naar huis te gaan.'

Gabriel en Michael brachten de nacht door in een motel even ten noorden van de stad. De kamers lagen nog geen vijfhonderd meter van de Ventura Freeway en het geluid van passerende auto's drong door de ruiten heen. Toen Gabriel om vier uur 's ochtends wakker werd, hoorde hij Michael in de badkamer telefoneren. 'Ik heb wel degelijk een keus,' fluisterde Michael. 'Je doet het net voorkomen alsof ik helemaal geen keus meer heb.'

's Ochtends bleef Michael met de dekens over zijn hoofd in bed liggen. Gabriel verliet de kamer, liep naar een nabijgelegen restaurant en bestelde een paar muffins en koffie. De krant in het rek had een foto op de voorpagina van twee mannen die wegrenden voor een muur van vlammen, met daarboven de kop: STERKE WIND WAKKERT BRANDEN IN SOUTHLAND AAN.

Toen hij weer terugkwam in de kamer bleek Michael inmiddels ook te zijn opgestaan en een douche te hebben genomen. Hij zat met een vochtige handdoek zijn schoenen op te wrijven. 'Er komt straks iemand langs om mij te spreken. Ik denk dat hij het probleem kan oplossen.'

'Wie is het?'

'Zijn echte naam is Frank Salazar, maar iedereen noemt hem Mr. Bubble. In zijn jonge jaren bediende hij in Los Angeles een zeepbellenmachine in een dancing.'

Terwijl Michael de televisie aanzette en naar het financiële nieuws keek, lag Gabriel op zijn bed naar het plafond te staren. Hij deed zijn ogen dicht en stelde zich voor hoe hij op zijn motor over de hoge bergweg naar Angeles Crest reed. Hij leunde diep in de bochten terwijl de groene wereld aan hem voorbijgleed. Intussen liep Michael onafgebroken heen en weer over het smalle stukje tapijt voor de televisie.

Er werd aangeklopt. Michael gluurde tussen de gordijnen door en deed toen de deur open. Even later stond er een reusachtige

Samoaan met een breed gezicht en een woeste bos zwart haar in het gangetje. Hij droeg een open hawaïhemd over een T-shirt en deed geen enkele poging de schouderholster te verbergen waarin een .45 automatisch pistool zat.

'Hé, Deek. Waar is je baas?'

'Die zit nog in de auto. Eerst de boel even controleren.'

De Samoaan kwam binnen en inspecteerde de badkamer en de kleine kast. Hij liet zijn enorme handen onder het beddengoed glijden en keek onder alle kussens op de bank.

Michael bleef glimlachen alsof er niets aan de hand was. 'Geen wapens, Deek. Je weet dat ik die nooit bij me heb.'

'Voorzichtigheid vóór alles. Dat zegt Mr. Bubble altijd.'

Na de broers te hebben gefouilleerd, ging Deek weer weg, om even later terug te komen met een kale Latijns-Amerikaanse lijfwacht en een bejaarde man met een grote zonnebril en een turkooizen golfshirt. Mr. Bubble had levervlekken op zijn huid en bij zijn nek was het roze litteken van een operatie zichtbaar. 'Jullie wachten buiten,' zei hij tegen de twee lijfwachten en deed de deur dicht.

Mr. Bubble gaf Michael een hand. 'Fijn je te zien.' Hij had een zachte, beverige stem. 'Wie is je vriend?'

'Dit is mijn broer, Gabriel.'

'Het is goed om familie te hebben. Val je familie nooit af.' Mr. Bubble gaf Gabriel ook een hand. 'Je hebt een slimme broer. Dit keer misschien een beetje te slim.'

Mr. Bubble ging in de stoel naast de televisie zitten. Michael ging tegenover hem zitten, op de punt van het bed. Al sinds de tijd dat ze waren weggelopen van de boerderij in South Dakota, had Gabriel zijn broer wildvreemden zien overhalen om iets te kopen of mee te werken aan een van zijn plannetjes. Mr. Bubble zou zich niet zo gemakkelijk laten overhalen. Je kon zijn ogen achter die donkere glazen bijna niet zien en er speelde een flauw glimlachje om zijn lippen, alsof hij zich verheugde op een leuke televisiekomedie.

'Heb je je vrienden in Philadelphia al gesproken?' vroeg Michael.

'Het kost even tijd om dat te regelen. Ik zal jou en je broer een paar dagen beschermen, totdat het probleem is opgelost. We geven het gebouw aan Melrose Avenue aan de familie Torrelli. Als betaling daarvoor neem ik jouw aandeel van het gebouw op Fairfax van je over.'

'Dat is te veel voor één gunst,' zei Michael. 'Dan heb ik helemaal niets meer.'

'Je hebt een vergissing begaan, Michael. En nu willen die mensen je vermoorden. Hoe je het ook wendt of keert, het probleem zal uit de wereld moeten worden geholpen.'

'Dat kan wel zo zijn, maar...'

'Voorzichtigheid vóór alles. Je raakt twee kantoorgebouwen kwijt, maar je leeft nog.' Nog steeds glimlachend leunde Mr. Bubble achterover in zijn stoel. 'Beschouw het als een wijze les.'

8

Maya ging terug naar hotel Kampa om de videocamera en het statief op te halen, maar haar koffer en kleren liet ze achter in de kamer. In de trein naar Duitsland controleerde ze de video-uitrusting uiterst zorgvuldig, maar ze vond geen traceerknopjes. Het was wel duidelijk dat haar leven als burger voorbij was. Wanneer de Tabula de dode taxichauffeur vonden, zouden ze haar opsporen en doodschieten. Ze wist dat het moeilijk zou worden om zich verborgen te houden. Waarschijnlijk hadden de Tabula haar tijdens haar verblijf in Londen meerdere malen gefotografeerd. Misschien hadden ze ook haar vingerafdrukken wel, en een stemprint en een DNA-monster van de zakdoekjes die ze op kantoor in de prullenbak gooide.

In München aangekomen, sprak ze op het station een Pakistaanse vrouw aan en vroeg haar het adres van een islamitische kledingzaak. Het liefst had Maya zich volledig willen bedekken met de blauwe burka die door Afghaanse vrouwen werd gedragen, maar die omvangrijke kledij was lastig bij het hanteren van wapens. Uiteindelijk koos ze voor een zwarte chador voor over haar westerse kleren, een *hijab*-hoofddoek en een donkere zonnebril. Toen ze weer terug was op het treinstation vernietigde ze haar Britse paspoort en gebruikte een reservepaspoort om Gretchen Voss te worden, een studente geneeskunde met een Duitse vader en een Iraanse moeder.

Vliegen was te gevaarlijk, dus nam ze een trein naar Parijs, ging naar het metrostation Gallieni en nam daar de dagelijkse charterbus naar Engeland. De bus zat vol Senegalese arbeiders en Noord-Afrikaanse gezinnen met tassen vol oude kleren. Toen ze Het Kanaal bereikten, stapten ze uit de bus en zwermden uit over de enorme veerboot. Maya zag Britse toeristen belastingvrije drank kopen, muntstukken in gokautomaten gooien en naar een komische serie op een televisiescherm kijken. Het leven was zo normaal – bijna saai – wanneer je een burger was. Ze leken zich niet te realiseren – en misschien kon het hun ook gewoon niet schelen – dat ze in de gaten werden gehouden door de Grote Machine.

Er waren vier miljoen televisiebewakingscamera's in Engeland, ongeveer één camera voor elke vijftien mensen. Thorn had haar eens verteld dat een gemiddelde Engelsman die in Londen werkte op een willekeurige dag door driehonderd verschillende bewakingscamera's werd gefotografeerd. Toen de camera's hun intrede hadden gedaan, had de overheid aanplakbiljetten laten ophangen om iedereen te laten weten dat ze 'Veilig waren onder Waakzame Blikken'. Onder het mom van nieuwe antiterrorismewetten volgden alle industrielanden het Engelse voorbeeld.

`Maya vroeg zich af of de burgers er bewust voor kozen de inmenging te negeren. De meesten geloofden oprecht dat de camera's hen beschermden tegen criminelen en terroristen. Ze gingen ervan uit dat ze nog steeds anoniem over straat konden gaan. Slechts een enkeling begreep de macht van de nieuwe gezichtsscanners. Op het moment dat je gezicht door een beveiligingscamera werd gefotografeerd, kon het worden omgezet in een opname met de juiste afmetingen, contrast en helderheid om te kunnen worden vergeleken met een rijbewijs- of paspoortfoto.

De scannerprogramma's herkenden individuele gezichten, maar de overheid kon de camera's ook gebruiken om afwijkend gedrag te signaleren. Deze zogenaamde Schaduwprogramma's werden al gebruikt in Londen, Las Vegas en Chicago. De computer analyseerde de door camera's vastgelegde beelden en alarmeerde de politie als iemand een pakketje voor een openbaar gebouw achterliet of een auto in de berm of langs de snelweg liet staan. Schaduw zag iedereen die door de stad wandelde om de wereld om hem heen te bekijken in plaats van naar zijn werk te sjokken. De Fransen hadden een naam voor zulke mensen – *flâneurs* – maar wat de Grote Machine betrof was elke voetganger die op de hoek van een straat bleef dralen of bij bouwplaatsen bleef kijken ogenblikkelijk verdacht. Binnen enkele seconden werden beelden van deze mensen overgezet in kleur en naar de politie gestuurd.

In tegenstelling tot de Britse overheid werden de Tabula niet gehinderd door regelgeving of ambtenaren. Hun organisatie was betrekkelijk klein en beschikte over voldoende financiële middelen. Hun computercentrum in Londen kon elk systeem van beveiligingscamera's kraken en met een effectief scanprogramma alle beelden bekijken. Gelukkig waren er in Noord-Amerika en Europa zoveel beveiligingscamera's dat de Tabula werden overspoeld met informatie. Zelfs als ze door middel van vergelijking met hun eigen beeldmateriaal iemand herkenden, konden ze niet snel genoeg reageren om naar een bepaald treinstation of hotel te gaan. Nooit stoppen, had Thorn haar altijd voorgehouden. Zolang je in beweging blijft krijgen ze je niet te pakken.

Het gevaar school in elke handeling uit gewoonte waarvoor een Harlekijn een dagelijkse, voorspelbare route naar de een of andere locatie volgde. De gelaatsscanner zou het patroon uiteindelijk ontdekken en vervolgens konden de Tabula hun hinderlaag voorbereiden. Thorn was altijd heel voorzichtig geweest met situaties die hij 'doorlopers' of 'vastlopers' noemde. Een doorloop was wanneer je een bepaalde route moest volgen en de autoriteiten je in de gaten hielden. Vastlopers waren doorlopers die naar een plek leidden zonder uitweg – zoals een vliegtuig of verhoorruimtes van de douane. De Tabula hadden het voordeel van geld en technologie. De Harlekijns hadden overleefd door hun moed en hun talent voor het creëren van toevallige situaties.

Toen Maya in Londen aankwam, nam ze de metro naar station Highbury-Islington, maar keerde niet terug naar haar flat. In plaats daarvan wandelde ze naar Hurry Curry, een afhaalrestaurant. Ze gaf de bezorger een sleutel van haar voordeur en vroeg hem twee uur te wachten en vervolgens een kipmenu bij haar in de gang te zetten. Toen het donker begon te worden, klom ze op het dak van de Highbury Barn, een café aan de overkant van haar flat. Verscholen achter een schoorsteen, keek ze hoe mensen wijn kwamen kopen bij de slijterij op de begane grond van het gebouw waar zij woonde. Met aktetassen en boodschappentassen beladen burgers haastten zich naar huis. Voor de ingang van haar flat stond een witte bestelwagen geparkeerd, maar er zat niemand in.

Precies om halfacht verscheen de Indiase jongen van Hurry Curry. Op het moment dat hij de sleutel gebruikte om de deur te openen die toegang gaf tot het gebouw, sprongen er twee mannen uit het witte busje en duwden hem naar binnen. Misschien zouden ze de jongen doden en misschien zouden ze hem alleen een paar vragen stellen en hem in leven laten. Het kon Maya weinig schelen. Ze viel weer helemaal terug in de Harlekijnmentaliteit: geen mededogen, geen vriendschappen, geen genade.

Ze sliep die nacht in een flat in Oost-Londen die haar vader jaren geleden had gekocht. Haar moeder had er gewoond, verscholen binnen de Oost-Aziatische gemeenschap, tot zij in het jaar dat Maya veertien werd overleed aan een hartaanval. De driekamerflat bevond zich op de bovenste verdieping van een verwaarloosd appartementengebouw in een zijstraat van Brick Lane. Op de begane grond was een Bengaals reisbureau gevestigd en sommige van de mannen die daar werkten konden tegen betaling werkvergunningen en identiteitskaarten regelen.

Oost-Londen had altijd buiten de muren van de stad gelegen, een geschikte plek om iets illegaals te kopen of te doen. Honderden jaren lang was het een van de ergste achterbuurten ter wereld geweest, het jachtgebied van Jack the Ripper. Nu werden hordes Amerikaanse toeristen rondgeleid op nachtelijke Ripper-wandelingen, was de oude Truman-brouwerij een openluchtpub geworden en verrezen in het hart van de oude buurt de glazen torens van het kantorencomplex Bishop's Gate.

Wat ooit een doolhof van donkere steegjes was geweest, was nu bezaaid met kunstgaleries en trendy restaurants, maar als je de weg wist kon je er nog steeds een breed assortiment producten vinden die je konden helpen bij het ontduiken van het alziend oog van de

Grote Machine. Elk weekeinde verschenen er venters op Brick Lane, vlak bij Cheshire Street. Zij verkochten stiletto's en koperen boksbeugels voor straatgevechten, illegale video's en Simcards voor mobiele telefoons. Voor een paar pond extra werden die geactiveerd met een creditcard die op naam stond van een lege vennootschap. Hoewel de autoriteiten over de technologie beschikten om telefoongesprekken af te luisteren, konden ze het gesprek niet herleiden naar de eigenaar van een mobiele telefoon. Het kostte de Grote Machine geen enkele moeite burgers met permanente adressen en bankrekeningen in de gaten te houden. Harlekijns die buiten het Netwerk leefden gebruikten een eindeloze hoeveelheid telefoons en identiteitskaarten. Op hun zwaarden na werd bijna alles maar een paar keer gebruikt, om vervolgens te worden weggegooid als een toffeepapiertje.

Maya belde haar oude werkgever bij de ontwerpstudio en vertelde hem dat haar vader kanker had en dat zij ontslag moest nemen om voor hem te kunnen zorgen. Ned Clark, een van de fotografen die voor de studio werkten, gaf haar de naam van een homeopathisch arts en vroeg haar vervolgens of ze problemen met de belastingen had.

'Nee. Waarom vraag je dat?'

'Omdat iemand van de belastinginspectie op kantoor naar je heeft geïnformeerd. Hij heeft met de mensen op boekhouding gesproken en informatie opgevraagd over je belastingbetalingen, telefoonnummers en adressen.'

'En dat hebben ze hem verteld?'

'Ja, natuurlijk. Hij was van de overheid.' Clarks stem werd zachter. 'Als je een huis in Zwitserland hebt, dan zou ik daar maar meteen naartoe gaan. Laat ze doodvallen. Wie wil er nu belasting betalen?'

Maya wist niet of de man van de belastingen een echte inspecteur was, of gewoon een Tabula-huurling met een valse identiteitskaart. Hoe dan ook, ze waren naar haar op zoek. Terug in de flat, zocht Maya de sleutel van een opslagplaats in een pakhuis in Brixton. Als klein meisje was ze er weleens geweest met haar vader, maar dat was jaren geleden. Nadat ze het pakhuis enkele uren in de gaten had gehouden, ging ze het gebouw binnen, liet haar sleutel zien aan de portier en mocht vervolgens de lift naar de tweede verdieping nemen. De opslagruimte was een kamer zonder ramen met ruwweg de afmetingen van een inloopkast. Het pakhuis werd ook gebruikt voor de opslag van wijn en de airconditioning zorgde ervoor dat het er vrij koud was. Maya knipte het licht aan, deed de deur op slot en begon in de dozen te zoeken.

In haar jeugd had haar vader haar geholpen veertien paspoorten van verschillende landen te verzamelen. Harlekijns kochten de geboortebewijzen van mensen die omgekomen waren bij verkeersongelukken en gebruikten die documenten dan om officiële identiteitspapieren aan te vragen. Helaas was het grootste deel van deze vervalste documenten onbruikbaar geworden nu de overheid biometrische informatie verzamelde – gelaatsscans, irispatronen en vingerafdrukken – en die informatie vervolgens op een digitale chip toevoegde aan paspoorten of nationale identiteitspapieren. Wanneer de chip door een scanner werd gelezen, werden de gegevens vergeleken met de informatie die was opgeslagen in het Engelse Nationale Identiteitsregister. Op internationale vluchten naar Amerika moesten de paspoortgegevens overeenkomen met de iris- en vingerafdrukscans die op het vliegveld werden gemaakt.

Zowel Australië als de Verenigde Staten gaven paspoorten uit met identiteitschips in de kartonnen omslag. Deze nieuwe paspoorten waren erg handig voor de douanebeambten, maar ze gaven de Tabula ook een machtig wapen in handen voor het opsporen van hun vijanden. Een zogenaamde *skimmer* kon zelfs de informatie op een paspoort lezen dat in iemands zak of tas zat. Skimmers konden in liften of busstations worden geïnstalleerd – elke plek waar mensen korte tijd verbleven. Terwijl een burger zat te bedenken waar hij zou gaan lunchen, was de skimmer ongemerkt bezig een heel scala aan persoonlijke informatie te downloaden. De skimmer kon speciaal zoeken naar namen die wezen op een bepaald ras, religie of etnische achtergrond. Hij kon achter de leeftijd, het adres en de vingerafdrukgegevens van de burger komen – en ook waar deze de afgelopen jaren allemaal naartoe was gereisd.

Door de nieuwe technologie kon Maya slechts gebruikmaken

van drie valse paspoorten die overeenkwamen met drie verschillende versies van haar biometrische gegevens. Het was nog steeds mogelijk de Grote Machine om de tuin te leiden, maar daar moest je wel erg handig en vindingrijk voor zijn.

Het eerste wat je moest doen was je uiterlijk veranderen. Herkenningssystemen concentreerden zich op de kernpunten waaruit ieder uniek menselijk gezicht was opgebouwd. De computer analyseerde iemands kernpunten en zette ze om in een reeks getallen waarmee een afbeelding van het gezicht werd gemaakt. Gekleurde contactlenzen en pruiken konden je uiterlijk oppervlakkig gezien wel veranderen, maar de scanners lieten zich alleen misleiden door speciale medicijnen. Steroïden maakten haar huid en lippen pafferig. Tranquilizers maakten haar huid slapper en deden haar ouder lijken. De medicijnen moesten in haar wangen en voorhoofd worden ingespoten voordat ze op een luchthaven met scanners aankwam. Elk van haar valse paspoorten vereiste verschillende doseringen van de medicijnen en een andere volgorde van de injecties.

Maya had eens een sciencefictionfilm gezien waarin de held door een iriscontrole kwam door de oogbollen van een dode voor de scanner te houden. In werkelijkheid was dit geen optie. Irisscanners schenen met een rode lichtstraal in het menselijk oog en de pupillen van een dode zouden dan niet samentrekken. Overheidsinstellingen riepen om het hardst dat irisscanners een volkomen betrouwbaar identificatiemiddel waren. De unieke oneffenheden en pigmentvlekken in iemands iris ontwikkelden zich al in de baarmoeder. Hoewel een scanner in de war kon raken van lange wimpers of tranen, bleef de iris je hele leven onveranderd.

Thorn en de andere Harlekijns die ondergronds leefden hadden al een paar jaar voordat de irisscanners in gebruik werden genomen een oplossing verzonnen. Zij betaalden opticiens in Singapore duizenden dollars om speciale contactlenzen te vervaardigen. Op het flexibele plastic oppervlak werd het irispatroon van iemand anders gegraveerd. Wanneer het rode licht van de scanner in de pupil scheen trok de lens net zo samen als menselijk weefsel.

Het laatste biometrische obstakel was de vingerafdrukscanner. Hoewel zuren of plastische chirurgie iemands vingerafdrukken konden veranderen, waren de resultaten permanent en lieten ze littekens achter. Tijdens een verblijf in Japan ontdekte Thorn dat wetenschappers van de Universiteit van Yokohama erin waren geslaagd vingerafdrukken te kopiëren die waren achtergelaten op drinkglazen en er een gelatinelaagje van te maken dat iemand over zijn vingertoppen kon schuiven. Deze vingerschildjes waren heel kwetsbaar en moeilijk aan te brengen, maar elk van Maya's valse paspoorten had een andere set afdrukken voor de bewuste identiteit.

Bij het doorzoeken van de dozen in de opslagruimte vond Maya een leren toilettas met twee injectienaalden en een verscheidenheid aan medicamenten waarmee ze haar uiterlijk kon veranderen. Paspoorten. Vingerschildjes. Contactlenzen. Ja, het was er allemaal. Ze zocht ook in de andere dozen en vond messen, vuurwapens en pakketjes geld uit verschillende landen. Verder was er een ongeregistreerde satelliettelefoon, een laptop en een Willekeurige Getallen Generator ter grootte van een lucifersdoosje. De WGG was een echt Harlekijnwerktuig, dat even belangrijk was als het zwaard. In vroeger tijden droegen de ridders die pelgrims beschermden uit been of ivoor gesneden dobbelstenen bij zich die ze voor de strijd konden werpen. Nu hoefde ze alleen maar op een knopje te drukken en de willekeurige getallen verschenen op het schermpje.

Op de satelliettelefoon zat met een stukje plakband een gesloten envelop geplakt. Maya scheurde hem open en herkende haar vaders handschrift.

Wanneer je op internet zit, kijk dan uit voor Carnivoor. Doe je altijd voor als burger en let op je woorden. Wees op je hoede, maar niet bang. Je bent altijd sterk en vindingrijk geweest, als klein meisje al. Nu ik ouder ben, is er maar één ding in mijn leven waar ik trots op ben – dat jij mijn dochter bent.

Toen ze nog in Praag was had Maya niet om haar vader gehuild. Gedurende de reis naar Londen had ze zich op haar eigen veiligheid geconcentreerd. Maar nu, alleen in de opslagruimte, ging ze op de grond zitten en begon te huilen. Er waren nog een paar Harlekijns in leven, maar in principe was ze alleen. Ze hoefde maar één fout te maken, hoe klein dan ook, en de Tabula zouden haar vernietigen.

9

In zijn hoedanigheid van neuroloog had dr. Phillip Richardson een veelheid aan technieken gebruikt om het menselijk brein te bestuderen. Hij had CT-scans, röntgenfoto's en MRI-scans bestudeerd die lieten zien hoe het brein dacht en reageerde op stimuli. Hij had hersenen ontleed, gewogen en het grijsbruine weefsel in zijn hand gehouden.

Al deze ervaringen stelden hem in staat de activiteit van zijn eigen brein te observeren terwijl hij de Dennison Wetenschapslezing hield aan de Yale Universiteit. Richardson hield zijn lezing met behulp van losse kaartjes met aantekeningen en drukte op een knopje om verschillende beelden te tonen op het scherm achter hem. Hij krabde aan zijn nek, verplaatste zijn gewicht naar zijn linkervoet en liet zijn schoen over het gladde oppervlak van het podium glijden. Dit alles deed hij terwijl hij intussen telde hoeveel mensen er in de zaal zaten en de toehoorders in verschillende categorieën indeelde, zoals zijn collega's van de medische faculteit en een stuk of twaalf studenten. Hij had een provocerende titel gekozen voor zijn toespraak – 'God in een doos: nieuwe ontwikkelingen in de neurologie' – en het deed hem goed te zien dat ook een aantal niet-academici besloten had te komen.

'De afgelopen tien jaar heb ik een studie gemaakt van de neurologische basis van de spirituele beleving van de mens. Ik heb een onderzoeksgroep samengesteld van personen die vaak mediteerden of baden en hen met een radioactieve contrastvloeistof geïnjecteerd op het moment dat zij het gevoel hadden in rechtstreeks contact te staan met God en het oneindige universum. Dit zijn de resultaten...'

Richardson drukte op het knopje en op het scherm verscheen een fotonemissie van een menselijk brein. Enkele delen van de hersenen lichtten rood op terwijl andere delen een vaag oranje kleur hadden.

'Wanneer de persoon bidt, concentreert de prefrontale cortex zich op de woorden. Intussen is de voorste pariëtale hersenkwab boven in de hersenen donker geworden. De linkerkwab verwerkt informatie over onze positie in ruimte en tijd. Het geeft ons het idee dat we een afzonderlijk fysiek lichaam hebben. Wanneer de pariëtale hersenkwab stil ligt, kunnen we geen onderscheid meer maken tussen ons ik en de rest van de wereld. Dientengevolge gelooft de persoon in kwestie dat hij of zij in contact staat met de eeuwige en oneindige macht van God. Het voelt als een spirituele ervaring, maar in werkelijkheid is het niets anders dan een neurologische illusie.'

Richardson klikte nog een keer en liet een andere afbeelding van een brein zien. 'Ook heb ik de afgelopen jaren de hersenen onderzocht van mensen die menen een mystieke ervaring te hebben gehad. Let op deze serie foto's. De persoon die een religieus visioen heeft reageert in feite op flitsen van neurologische stimulatie in de slaapkwab, het gedeelte dat verantwoordelijk is voor taal en denkvermogen. Teneinde de ervaring na te bootsen, heb ik elektromagneten op de schedels van mijn vrijwillige proefpersonen bevestigd en een zwak magnetisch veld gecreëerd. Alle proefpersonen hadden het gevoel uit hun lichaam te zijn getreden en in rechtstreeks contact te staan met een goddelijke macht.

Experimenten zoals deze dwingen ons vraagtekens te zetten bij de traditionele opvattingen aangaande de menselijke ziel. In het verleden zijn deze zaken onderzocht door filosofen en theologen. Voor Plato of Thomas van Aquino zou het ondenkbaar zijn geweest dat een arts zich in de discussie had gemengd. Maar wij zijn een nieuw millennium ingegaan. Terwijl de priesters blijven bidden en de filosofen blijven speculeren, zijn het nu de neurologen die het dichtst bij de beantwoording van de meest fundamentele vragen van de mensheid zijn. Het is mijn wetenschappelijke overtuiging, gestaafd door experimenten, dat God in het voorwerp leeft dat verborgen zit in deze doos.'

De neuroloog was een lange, slungelige man van halverwege de veertig, maar al zijn slungeligheid leek te verdwijnen toen hij naar een kartonnen doos liep die op een tafel naast het podium stond. De menigte keek toe. Iedereen wilde het zien. Hij stak zijn hand in de doos, aarzelde, en haalde er toen een pot van plexiglas uit met daarin een menselijk brein.

'Een menselijk brein. Gewoon een bonk weefsel in formaldehyde. Met mijn experimenten heb ik bewezen dat ons zogenaamde spirituele bewustzijn slechts een cognitieve reactie is op neurologische veranderingen. Ons gevoel voor het goddelijke, ons geloof dat wij omringd worden door een spirituele macht, wordt gecreëerd door het brein. Al deze gegevens in overweging nemende, is de laatste stap dat u zult moeten concluderen dat ook God een creatie is van ons neurologische systeem. Wij hebben een bewustzijn ontwikkeld dat zichzelf kan vereren. En dat is het werkelijke wonder.'

De hersenen van een dode hadden voor een dramatisch einde van de lezing gezorgd, maar nu moest Richardson ze mee naar huis nemen. Voorzichtig zette hij de pot terug in de doos en liep het trapje van het podium af. Een paar vrienden van de medische faculteit verdrongen zich om hem heen om hem te feliciteren en een jonge chirurg liep met hem mee naar de parkeerplaats.

'Wiens hersenen zijn het?' vroeg de jonge man. 'Een beroemd persoon?'

'Welnee zeg. Ik denk dat ze al meer dan dertig jaar oud zijn. De een of andere patiënt die zijn lichaam ter beschikking heeft gesteld van de wetenschap.'

Dr. Richardson zette de doos met het brein in de kofferbak van zijn Volvo en reed in noordelijke richting weg van de universiteit. Nadat zijn vrouw de scheidingspapieren had getekend en in Florida was ingetrokken bij een leraar ballroomdansen, had Richardson overwogen zijn Victoriaanse woning aan Prospect Avenue te verkopen. Zijn verstand zei hem dat het huis te groot was voor één persoon, maar hij had bewust toegegeven aan zijn gevoelens en besloten het huis te houden. Elke kamer in het huis was als een deel van het brein. Hij had een bibliotheek vol boeken en boven had hij een slaapkamer met foto's uit zijn jeugd. Als hij zijn emotionele oriëntatie wilde veranderen, hoefde hij alleen maar in een andere kamer te gaan zitten.

Richardson zette zijn auto in de garage en besloot de hersenen in de kofferbak te laten staan. Morgenochtend zou hij ze terugbrengen naar de medische faculteit en terugzetten in de glazen vitrine.

Hij liep de garage uit en trok de kanteldeur omlaag. Het was een uur of vijf in de middag. De hemel was donkerpaars gekleurd. Richardson kon de rook uit de schoorsteen van zijn buurman ruiken. Het beloofde een koude avond te worden. Misschien kon hij na het eten de open haard in de woonkamer wel aansteken. Dan kon hij in de grote groene stoel gaan zitten en de eerste kladversie van een dissertatie van een van zijn studenten doornemen.

Een onbekende man stapte uit de groene terreinwagen aan de overkant van de straat en liep zijn oprit op. Hij leek een jaar of veertig met kort haar en een bril met een stalen montuur. Zijn houding had iets intens en geconcentreerds. Richardson vermoedde dat de man een deurwaarder was die zijn ex-vrouw hem op zijn dak had gestuurd. Nadat zij hem een aangetekende brief had gestuurd waarin ze om meer geld vroeg, was hij vorige maand expres vergeten haar alimentatie over te maken.

'Jammer dat ik de lezing heb gemist,' zei de man. 'God in een doos klonk erg interessant. Was het druk?'

'Neemt u mij niet kwalijk,' zei Richardson. 'Ken ik u?'

'Ik ben Nathan Boone. Ik werk voor de Evergreen Stichting. Wij hebben uw onderzoek gesubsidieerd. Dat klopt toch?'

De afgelopen zes jaar had de Evergreen Stichting Richardsons neurologische onderzoek gesponsord. Het was moeilijk geweest de subsidie te krijgen. Je kon geen aanvraag indienen bij de stichting; zij namen contact op met jou. Maar wanneer je die eerste barrière eenmaal was gepasseerd, werd de toelage automatisch verlengd.

De stichting belde je nooit en stuurde ook niemand naar het laboratorium om je onderzoek te beoordelen. Richardsons vrienden hadden lacherig opgemerkt dat je in de wetenschap nooit iets gratis kreeg, behalve van Evergreen.

'Ja. Jullie steunen mijn werk al geruime tijd,' zei Richardson. 'Kan ik iets voor u doen?'

Nathan Boone stak zijn hand in zijn binnenzak en haalde er een witte enveloppe uit. 'Dit is een kopie van uw contract. Mij is gevraagd u te wijzen op clausule 18-C. Bent u bekend met die clausule, dokter?'

Natuurlijk kende Richardson de bewuste clausule. Het was iets unieks voor de Evergreen Stichting en was in hun contracten opgenomen om verspilling en fraude te voorkomen.

Boone haalde het contract uit de enveloppe en begon te lezen. '*Nummer 18-C. De ontvanger van de subsidie* – dat bent u dus, doctor – *gaat ermee akkoord op een nader te bepalen tijdstip een vertegenwoordiger van de stichting te ontmoeten teneinde een beschrijving te geven van het lopende onderzoek alsmede een verklaring aangaande de besteding van subsidiegelden. Het tijdstip voor deze ontmoeting zal door de stichting worden bepaald. Voor vervoer wordt gezorgd. Bij weigering om op dit verzoek in te gaan zal de subsidie nietig worden verklaard. In dat geval dient de ontvanger alle eerder uitgekeerde fondsen terug te betalen aan de stichting.*'

Boone bladerde de rest van het manuscript door tot hij de laatste pagina voor zich had. 'En u heeft dit getekend, dr. Richardson? Is dat juist? Dit is uw handtekening?'

'Natuurlijk. Maar waarom wilt u mij juist op dit moment spreken?'

'Waarschijnlijk gaat het om een klein probleempje dat even moet worden opgelost. Als u een paar schone sokken en een tandenborstel inpakt, dokter, dan breng ik u naar ons onderzoekscentrum in Purchase, New York. Ze willen vanavond nog wat gegevens met u doornemen, zodat u morgenochtend de staf kunt ontmoeten.'

'Dat is uitgesloten,' zei Richardson. 'Ik heb afspraken met mijn postdoctorale studenten. Ik kan nu niet weg uit New Haven.'

Boone greep Richardson bij zijn rechterarm. Hij kneep net voldoende om te voorkomen dat de dokter weg zou lopen. Boone had geen pistool getrokken of dreigementen geuit, maar hij had iets heel intimiderends. In tegenstelling tot de meeste mensen toonde hij geen enkele twijfel of aarzeling.

'Ik ken uw lesrooster, dr. Richardson. Dat heb ik bekeken voordat ik hier naartoe kwam. U heeft morgen geen colleges.'

'Laat me los. Alstublieft.'

Boone liet zijn arm los. 'Ik zal u niet dwingen in de auto te stappen en mee te gaan naar New York. Dat ga ik zeker niet doen. Maar als u besluit niet voor rede vatbaar te zijn, dient u zich wel voor te bereiden op de negatieve consequenties. In dit geval zou ik het ernstig betreuren als zo'n briljant man als u de verkeerde keuze zou maken.'

Als een soldaat die zojuist een boodschap heeft afgeleverd, draaide Boone zich snel om en liep met grote stappen terug naar zijn auto. Dr. Richardson voelde zich alsof hij een stomp in zijn maag had gekregen. Waar had die man het over? Negatieve consequenties.

'Een ogenblikje, Mr. Boone. Alstublieft...'

Boone bleef op de stoep staan. Het was te donker om zijn gezicht te kunnen zien.

'Als ik met u meega naar het onderzoekscentrum, waar moet ik dan overnachten?'

'Wij beschikken over bijzonder comfortabele woonverblijven voor onze stafleden.'

'En ben ik dan morgenmiddag weer terug?'

Boones stem klonk alsof hij glimlachte. 'Daar kunt u op rekenen.'

10

Dr. Richardson pakte wat spullen in voor een overnachting, terwijl Nathan Boone beneden in de gang op hem wachtte. Ze vertrokken meteen en reden in zuidelijke richting naar New York. Toen ze Westchester County binnenreden, vlak bij het stadje Purchase, sloeg Boone een landweg in. De wagen reed door een buitenwijk met dure woningen. Op de gazons in de voortuinen stonden hier en daar witte eiken en esdoorns en het gras was bedekt met herfstbladeren.

Het was een paar minuten over acht toen Boone een graveloprit op reed en ze de ingang bereikten van een ommuurd gebouwencomplex. Een onopvallend bord meldde dat dit een onderzoekscentrum van de Evergreen Stichting was. De bewaker in het hokje herkende Boone en opende de poort.

Ze parkeerden op een kleine, door dennenbomen omringde parkeerplaats en stapten uit. Toen ze een flagstonepad op liepen, zag Richardson de vijf grote gebouwen waaruit het complex bestond. Op de hoeken van een vierkante binnenplaats stonden vier constructies van glas en staal, die met elkaar in verbinding stonden via overdekte galerijen op de eerste verdieping. In het midden van het plein stond een gebouw zonder ramen en een wit marmeren gevel. Het deed dr. Richardson denken aan foto's van de Käaba, het heiligdom van de moslims in Mekka, waar de geheimzinnige zwarte steen werd bewaard die Abraham van een engel had gekregen.

'Dat is de bibliotheek van de stichting,' zei Boone, wijzend op het gebouw op de noordhoek van het plein. 'Met de klok mee ziet u vervolgens het gebouw waar genetisch onderzoek plaatsvindt, het computerresearchgebouw en het administratieve centrum.'

'En dat witte gebouw zonder ramen?'

'Dat is het Neurologisch Cybernetisch Onderzoeks Instituut. Dat hebben ze een jaar geleden gebouwd.'

Boone bracht Richardson naar het administratiegebouw. De hal was leeg, op een beveiligingscamera na die aan de muur hing. Achter in de hal bevonden zich twee liften. Terwijl de twee mannen door de hal liepen, opende een van de liften zijn deuren.

'Zit er iemand naar ons te kijken?'

Boone haalde zijn schouders op. 'Dat is altijd mogelijk, doctor.'

'Dat moet wel, anders waren die deuren niet opengegaan.'

'Ik heb een identificatiechip met radiofrequentie. Wij noemen het een "Security Link". De chip vertelt de computer dat ik me in het gebouw bevind en een ingang nader.'

De twee mannen stapten in de lift en de deuren gleden dicht. Boone wuifde naar een grijs vlakje dat in de liftwand was ingebouwd. Er klonk een zachte klik en de lift kwam in beweging.

'Bijna overal gebruiken ze gewoon identiteitspasjes.'

'Er lopen hier ook nog wel mensen rond met pasjes.' Boone tilde zijn arm op en Richardson zag een litteken op de rug van zijn rechterhand. 'Maar iedereen die toegang heeft tot zwaar beveiligde ruimtes heeft een Security Link onder zijn huid laten implanteren. Een implantaat is veiliger en efficiënter.'

Ze bereikten de tweede verdieping. Boone bracht Richardson naar een suite met een slaapkamer, badkamer en zitkamer. 'Hier slaapt u vannacht,' zei Boone. 'Neem plaats en maak het uzelf gemakkelijk.'

'Wat gaat er nu verder gebeuren?'

'Niets om u zorgen om te maken, doctor. Er is iemand die u graag wil spreken.'

Boone verliet de kamer en de deur gaf een zachte klik. Dit is belachelijk, dacht Richardson. Ze behandelen me als een misdadiger. De neuroloog ijsbeerde enkele minuten door de kamer. Toen zakte zijn woede wat. Misschien had hij echt iets verkeerds gedaan. Die conferentie in Jamaica bijvoorbeeld, en wat nog meer? Een paar diners en hotelkamers die niets met zijn onderzoek te maken hadden. Maar hoe konden ze dat te weten zijn gekomen? Wie had het hun verteld? Hij dacht aan zijn collega's aan de universiteit en kwam tot de conclusie dat verschillenden van hen jaloers waren op zijn succes.

De deur zwaaide open en een jonge Aziatische man kwam de kamer binnen met een dikke groene map onder zijn arm. De man droeg een smetteloos wit overhemd en een smalle zwarte stropdas, waardoor hij er keurig en gekleed uitzag. Richardson kalmeerde wat.

'Goedenavond, doctor. Ik ben Lawrence Takawa, de manager speciale projecten van de Evergreen Stichting. Voordat we beginnen wil ik eerst nog zeggen hoezeer ik van uw boeken heb genoten, vooral van *De machine in de schedel*. U hebt bijzonder interessante theorieën over de hersenen ontwikkeld.'

'Ik wil weten waarom ik hier ben.'

'Wij wilden met u praten. Clausule 18-C biedt ons die mogelijkheid.'

'Maar waarom vanavond? Ik weet dat ik het contract heb getekend, maar dit is hoogstongebruikelijk. U had mijn secretaresse kunnen bellen en via haar een afspraak kunnen maken.'

'Wij moesten snel reageren op een bepaalde situatie.'

'Wat wilt u van mij? Een samenvatting van mijn onderzoek van het afgelopen jaar? Ik heb u een inleidend verslag toegestuurd. Heeft niemand dat gelezen?'

'U bent hier niet om ons iets te vertellen, dr. Richardson. In plaats daarvan willen wij u belangrijke informatie verstrekken.' Lawrence gebaarde naar een van de stoelen en de twee mannen gingen tegenover elkaar zitten. 'U hebt de afgelopen zes jaar een aantal verschillende experimenten uitgevoerd, maar uw onderzoek bevestigt één idee in het bijzonder: het universum kent geen spirituele realiteit. Het menselijk bewustzijn is niets anders dan een biochemisch proces in onze hersenen.'

'Dat is vrij simplistisch samengevat, Mr. Takawa. Maar in principe klopt het.'

'Uw onderzoeksresultaten ondersteunen de filosofie van de Evergreen Stichting. De mensen die de stichting leiden geloven dat elk menselijk wezen een autonome biologische eenheid is. Ons brein is een organische computer waarvan het vermogen om informatie te verwerken genetisch bepaald is. Gedurende ons leven vullen wij ons brein met verworven kennis en geconditioneerde reacties op verschillende ervaringen. Wanneer wij sterven, wordt onze breincomputer met alle opgeslagen informatie en besturingsprogramma's vernietigd.'

Richardson knikte. 'Dat lijkt me wel duidelijk, ja.'

'Dat is een prachtige theorie,' zei Lawrence. 'Helaas klopt hij niet. Wij zijn erachter gekomen dat er in elk levend ding een energiedeeltje huist, onafhankelijk van het brein of het lichaam. Elke plant en elk dier krijgt deze energie bij de geboorte mee. Wanneer wij sterven verlaat het ons weer.'

Richardson probeerde niet te lachen. 'U hebt het over de menselijke ziel.'

'Wij noemen het het Licht. Blijkbaar volgt het de wetten van de kwantumtheorie.'

'U noemt het maar zoals u wilt, Mr. Takawa. Dat kan mij niet veel schelen. Laten we ervan uitgaan dat wij inderdaad een ziel hebben die in ons is zolang wij leven. Hij verlaat ons wanneer we sterven. Zelfs als we de ziel accepteren, heeft die geen enkele betekenis voor ons leven. Ik bedoel, we kúnnen niets met de ziel. Meet de ziel. Stel het bestaan ervan vast. Haal hem eruit en stop hem in een potje.'

'Een groep mensen die zich de Reizigers noemen is in staat hun Licht te beheersen en uit hun lichaam te sturen.'

'Ik geloof helemaal niets van die spirituele onzin. Zoiets kan nooit bewezen worden in een experiment.'

'Lees dit maar eens en vertel me dan wat u ervan denkt.' Lawrence legde de groene map op de tafel. 'Ik kom straks weer terug.'

Lawrence ging weg en Richardson was weer alleen. Het gesprek was zo vreemd en onverwacht dat de neuroloog niet wist wat hij ervan moest denken. Reizigers. Het Licht. Waarom gebruikte een werknemer van een wetenschappelijke organisatie zulke mystieke termen? Dr. Richardson legde zijn vingertoppen heel zachtjes op de omslag van de groene map, alsof hij zijn handen kon branden aan de inhoud. Hij haalde een keer diep adem, sloeg de eerste pagina op en begon te lezen.

Het boek bestond uit vijf afzonderlijk genummerde hoofdstukken. De eerste paragraaf gaf een samenvatting van de ervaringen van verschillende mensen die geloofden dat hun geest hun lichaam had verlaten, vier barrières was gepasseerd en de overgang had gemaakt naar een andere wereld. Deze 'Reizigers' geloofden dat alle mensen een energie met zich meedroegen in hun lichaam, als een tijger die zit opgesloten in een kooi. Totdat de deur van de kooi openging en het Licht vrijkwam.

Hoofdstuk twee beschreef de levens van een aantal Reizigers die zich gedurende de afgelopen duizend jaar hadden gemanifesteerd. Enkele van deze mensen werden kluizenaar en gingen in de woestijn wonen, maar veel Reizigers stichtten bewegingen en daagden de autoriteiten uit. Omdat zij buiten de wereld waren getreden, zagen Reizigers alles vanuit een ander perspectief. De schrijver van hoofdstuk twee suggereerde dat St. Franciscus van Assisi, Jeanne d'Arc en Isaac Newton Reizigers waren geweest. Newtons beroemde *Dark Journal*, dat opgeborgen lag in een bibliotheekkluis van de Universiteit van Cambridge, onthulde dat de Britse wiskundige had gedroomd dat hij barrières van water, aarde, lucht en vuur was gepasseerd.

In de jaren dertig van de twintigste eeuw had Josif Stalin besloten dat Reizigers een bedreiging vormden voor zijn dictatorschap. Hoofdstuk drie beschreef hoe de Russische geheime politie meer dan honderd mystici en spirituele leiders had gearresteerd. De arts Boris Orlov onderzocht de Reizigers, die werden vastgehouden in een speciaal gevangenenkamp buiten Moskou. Wanneer de gevangenen de overgang naar andere rijken maakten, sloeg hun hart nog maar één keer in de dertig seconden en hielden zij op met ademhalen. 'Het zijn net doden,' schreef Orlov. 'De levensenergie heeft hun lichaam verlaten.'

Heinrich Himmler, hoofd van de Duitse SS, kreeg een vertaling van Orlovs rapport onder ogen en besloot de Reizigers aan te wenden als een geheim nieuw wapen waarmee de oorlog kon worden gewonnen. Hoofdstuk vier van het verslag beschreef hoe Reizigers die in bezette landen gevangen werden genomen naar een concentratiekamp werden gestuurd waar een speciaal onderzoekscentrum werd geleid door de beruchte 'Dokter des doods', Kurt Blauner. Bij de gevangenen werden delen van de hersenen verwijderd en zij werden blootgesteld aan elektroshocks en ijsbaden. Toen de experimenten geen nieuw wapen opleverden, besloot Heinrich Himmler dat de Reizigers 'een gedegenereerd kosmopolitisch element' waren en werden zij het doelwit van SS-moordcommando's.

Richardson voelde zich absoluut niet verbonden met de primitieve onderzoeken die in het verleden waren uitgevoerd. Mensen die dachten dat zij naar andere werelden konden reizen leden aan abnormale hersenactiviteit. Theresa van Avila, Jeanne d'Arc en al die andere zieners waren waarschijnlijk epileptici geweest met aanvallen die voortkwamen uit de slaapkwab van de hersenen. Natuurlijk hadden de nazi's het bij het verkeerde eind. Deze mensen waren geen heiligen en ook geen vijanden van de staat; ze hadden alleen moderne kalmeringstabletten nodig gehad en therapie om te leren omgaan met de emotionele stress van hun ziekte.

Toen Richardson aan het vijfde hoofdstuk van het boek begon, zag hij tot zijn genoegen dat de experimentele gegevens waren verkregen met behulp van moderne neurologische hulpmiddelen zoals CAT-scans en MRI-scans. Hij wilde de namen van de wetenschappers weten, maar al die informatie was met een zwarte pen doorgekrast. De eerste twee rapporten waren gedetailleerde neurologische evaluaties van de mensen die Reizigers waren geworden. Wanneer deze personen in trance gingen, raakte hun lichaam in een sluimertoestand. Op CAT-scans was vrijwel geen neurologische activiteit te zien, op de hartslagrespons na, die werd geregeld door de hersenstam.

Het derde verslag beschreef een experiment in een medisch onderzoekscentrum in Beijing, waar een groep Chinese onderzoekers iets had uitgevonden dat zij een Neurale Energie Monitor noemden. Deze NEM mat de biochemische energie die door het menselijk lichaam werd geproduceerd. Het toonde aan dat Reizigers het vermogen hadden om korte uitbarstingen op te wekken van wat Lawrence Takawa het Licht noemde. Deze neurale kracht was ongelooflijk, tot driehonderd keer sterker dan de zwakke kracht die door een doorsneezenuwstelsel loopt. De niet bij naam genoemde onderzoekers suggereerden dat de energie in verband stond met het vermogen om naar andere werelden te reizen.

Dit bewijst nog steeds niets, dacht Richardson. De energie overweldigt het brein en die mensen denken dat ze engelen hebben gezien.

Hij sloeg de bladzijde om naar het volgende verslag en begon snel te lezen. In dit experiment hadden Chinese geleerden elke Reiziger in een plastic kist – bijna een doodskist – gezet, met speciale apparaatjes om hun energieactiviteit te controleren. Telkens wanneer een Reiziger in trance ging, kwam er een intense energie-uitbarsting van het lichaam vrij. Het Licht zette de monitoren in werking, ging dwars door de kist heen en verdween. Richardson zocht tussen de voetnoten, nieuwsgierig naar namen van geleerden en Reizigers. Elk verslag eindigde met een paar woorden die wel iets weg hadden van een terloopse opmerking aan het eind van een lang gesprek. *Proefpersoon wederom in verzekerde bewaring gesteld. Proefpersoon weigert verdere medewerking. Proefpersoon overleden.*

Dr. Richardson transpireerde hevig. Het was benauwd in de kamer; de ventilatie leek het niet te doen. Zet een raam open, dacht hij. Adem wat koele avondlucht in. Maar toen hij de zware gordijnen opentrok, ontdekte hij een blinde muur. Er waren geen ramen in de suite en de deur zat op slot.

11

Aan het eind van Brick Lane bevond zich een Bengaalse winkel van bruidskleding. Als je langs de gouden sari's en het roze decoratiemateriaal liep, kwam je in een achterkamertje waar je gebruik kon maken van een veilige internetverbinding. Maya zond gecodeerde boodschappen naar Linden en Mother Blessing. Met de creditcard van de winkeleigenaar liet zij overlijdensadvertenties plaatsen in *Le Monde* en de *Irish Times*.

In Praag overleden aan de gevolgen van een plotselinge ziekte: H. Lee Quinn, oprichter van Thorn Security Ltd. Laat een dochter, Maya, achter. In plaats van bloemen wordt een bijdrage aan het Reizigersfonds op prijs gesteld.

Later die middag kreeg ze een antwoord op een Harlekijnmededelingenbord: een gemetselde muur bij Holborn Station waar een boodschap kon worden achtergelaten in de vorm van graffiti. Met behulp van een stukje oranje krijt had iemand een Harlekijnluit getekend, gevolgd door een rij cijfers en de woorden: Vijf/Zes/Bush/Green. Dat was gemakkelijk te ontcijferen. De cijfers waren het tijdstip en de datum. De ontmoetingsplek was Shepherd's Bush Green 56.

Maya stak het pistool in de zak van haar regenjas en hing het zwaardfoedraal over haar linkerschouder. Shepherd's Bush Green nummer 56 bleek een bioscoop in een steeg naast het Empire Theater. Die middag draaiden er een Chinese kung fu-film en een reisdocumentaire getiteld: *Provence: Land der Betovering*.

Maya kocht een kaartje van de slaperige jonge vrouw achter het loket. Iemand had vlak bij de ingang van zaal twee drie in elkaar grijpende Harlekijnruiten gekrabbeld, dus liep ze naar binnen en trof op de derde rij een slapende dronkaard aan. Toen de lichten uitgingen en de film begon, viel het hoofd van de man naar achteren en begon hij te snurken.

De film had niets met het Franse platteland te maken. De muziek bij de film was een krasserige opname van de Amerikaanse jazz-zangeres Josephine Baker die *J'ai deux amours* zong, terwijl het scherm nieuwsbeelden en historische foto's vertoonde die van het internet waren gehaald. Elke burger die toevallig in de bioscoop verzeild was geraakt zou de film hebben beschouwd als visueel gebazel, een reeks los van elkaar staande beelden van pijn, onderdrukking en angst. Alleen Maya besefte dat de film in het kort een beeld gaf van de manier waarop Harlekijns tegen de wereld aankeken. De conventionele geschiedenis uit de schoolboekjes was een illusie. Reizigers waren de enige kracht ter wereld die voor verandering konden zorgen, maar de Tabula wilden hen vernietigen.

Duizenden jaren lang was het moorden uitgevoerd door koningen en religieuze leiders. In een traditionele samenleving verscheen een Reiziger ten tonele en introduceerde een nieuwe visie die een bedreiging vormde voor de machthebbers. Deze persoon verzamelde volgelingen om zich heen en werd vervolgens vernietigd. In de loop der tijd begonnen de heersers een 'koning-Herodes-strategie' te volgen. Als er binnen bepaalde etnische of godsdienstige groepen meer Reizigers voorkwamen, slachtten de autoriteiten alle leden van deze groep af die zij konden vinden.

Tegen het eind van de Renaissance begon een kleine groep mannen die zichzelf Broeders noemden deze aanvallen te organiseren. Gebruikmakend van hun rijkdom en relaties, konden zij Harlekijns doden of Reizigers opsporen die naar andere landen waren gevlucht. De Broeders dienden koningen en keizers, maar stelden zichzelf boven de heersende macht. Wat zij boven alles stelden was stabiliteit en gehoorzaamheid: een geordende maatschappij waarin elk individu zijn plek kende.

In de achttiende eeuw ontwierp de Britse filosoof Jeremy Bentham het Panopticon: een modelgevangenis waar één toeschouwer ongezien honderden gevangenen kon observeren. De Broeders gebruikten het ontwerp voor het Panopticon als theoretische basis voor hun ideeën. Zij geloofden dat het mogelijk moest zijn de hele wereld te controleren zodra alle Reizigers waren uitgeroeid.

Hoewel de Tabula over de macht en het geld beschikten, hadden de Harlekijns de Reizigers honderden jaren lang met succes weten te beschermen. De wijdverbreide invoering van computers en de verspreiding van de Grote Machine veranderde echter alles. De Tabula beschikten nu eindelijk over de middelen om hun vijanden op te sporen en te vernietigen. Na de Tweede Wereldoorlog waren er in de hele wereld nog ongeveer twee dozijn Reizigers. Nu waren er helemaal geen Reizigers meer en waren de Harlekijns teruggebracht tot een handjevol strijders. Hoewel de Broeders op de achtergrond bleven, waren ze zelfverzekerd genoeg om een openbare organisatie op te richten die zij de Evergreen Stichting noemden.

Elke journalist of historicus die de verhalen over Harlekijns en Reizigers wilde onderzoeken, kreeg een waarschuwing of werd ontslagen. Websites over Reizigers werden besmet met virussen die uit de hand liepen en de rest van het systeem ondermijnden. Tabula-computerexperts schakelden officiële websites uit en vervingen ze door valse websites die de theorieën over de Reizigers in verband brachten met graancirkels, UFO's en het boek *Openbaring*. Gewone burgers hoorden wel geruchten over het geheime conflict, maar wisten niet of het waar was.

Josephine Baker bleef maar zingen. De dronkelap lag nog steeds te snurken. Op het witte doek ging het moorden door. De meeste Reizigers waren gedood en de Harlekijns konden hen niet langer beschermen. Maya keek naar nieuwsbeelden van topfunctionarissen in verschillende landen, stuk voor stuk oudere mannen met dode ogen en zelfgenoegzame glimlachjes die het bevel voerden over legers soldaten en politiemensen. Dat waren de Broeders en hun volgelingen. Wij zijn verloren, dacht Maya. Voorgoed verloren.

Halverwege de film kwamen een man en een vrouw de bioscoop binnen en gingen op de voorste rij zitten. Maya haalde het automatische pistool uit haar jaszak en ontgrendelde het. Ze was klaar om zich te verdedigen, maar toen ritste de man zijn gulp open en boog de prostituee zich over de armleuning heen om hem van dienst te zijn. Josephine Baker en de beelden van de vernietiging van de Reizigers hadden geen enkel effect op de dronkaard, maar nu werd hij wakker en zag de nieuwkomers. 'Jullie zouden je moeten schamen!' zei hij met dubbele tong. 'Dat kan je ook ergens anders doen, hoor!'

'Sodemieter op,' zei de vrouw en er volgde een luidruchtige woordenwisseling die ermee eindigde dat het stel vertrok en de dronkelap achter hen aan waggelde.

Nu zat Maya alleen in de bioscoop. De film stond stil op een beeld van de president van Frankrijk die de Amerikaanse minister van Buitenlandse Zaken de hand schudde. Toen de deur van de projectieruimte krakend openging stond zij op, bracht het automatische pistool omhoog en stond klaar om te schieten.

Een grote man met een kaalgeschoren hoofd kwam uit het hokje en klom van een korte ladder. Net als Maya droeg hij zijn Harlekijnzwaard in een metalen koker over zijn schouder.

'Niet schieten,' zei Linden. 'Dat zou m'n hele dag verpesten.'

Maya liet haar wapen zakken. 'Werkten die twee voor jou?'

'Nee. Dat waren gewoon een paar sloebers. Ik dacht dat ze nooit weg zouden gaan. Hoe vond je de film, Maya? Ik heb hem vorig jaar samengesteld, toen ik in Madrid woonde.'

Linden liep het gangpad door en omhelsde Maya. Hij had sterke armen en schouders en ze voelde zich beschermd door zijn omvang en kracht. 'Ik vind het heel erg van je vader,' zei Linden. 'Hij was een groot man. De moedigste man die ik ooit heb gekend.'

'Volgens mijn vader heb jij een informant die voor de Tabula werkt.'

'Dat klopt.'

Ze gingen naast elkaar zitten en Maya legde haar hand op Lindens arm. 'Ik wil dat je uitzoekt wie mijn vader heeft vermoord.'

'Dat heb ik al aan de informant gevraagd,' zei Linden. 'Waarschijnlijk was het een Amerikaan, ene Nathan Boone.'

'Waar kan ik hem vinden?'

'Boone vermoorden heeft niet onze hoogste prioriteit. Drie dagen voordat jij in Praag aankwam heeft je vader mij gebeld. Hij wilde dat je naar de Verenigde Staten zou gaan om Shepherd te helpen.'

'Dat heeft hij me inderdaad gevraagd. Ik heb geweigerd.'

Linden knikte. 'En nu vraag ik het je nog een keer. Ik zorg voor het vliegticket. Je kunt vanavond nog vertrekken.'

'Ik wil de man vinden die mijn vader heeft vermoord. Ik vermoord hem en daarna verdwijn ik.'

'Jaren geleden ontdekte je vader een Reiziger met de naam Matthew Corrigan. De man woonde met zijn vrouw en twee zoons in de Verenigde Staten. Toen duidelijk werd dat zij in gevaar verkeerden, gaf je vader Corrigan een koffer vol geld en een zwaard dat ooit eigendom was geweest van Sparrow. Thorn had het zwaard gekregen toen hij Sparrows verloofde uit Japan had helpen ontsnappen.'

Maya was onder de indruk van haar vaders geschenk. Een zwaard dat was gebruikt door een beroemde Harlekijn als Sparrow was een kostbaar bezit. Maar haar vader had de juiste keuze gemaakt. Alleen een Reiziger kon de macht van een talisman ten volle benutten.

'Vader zei dat de Corrigans zijn ondergedoken.'

'Ja. Maar de Tabula zijn hen op het spoor gekomen in South Dakota. We hoorden dat huurlingen iedereen hadden vermoord, maar kennelijk zijn de moeder en de zoons ontkomen. Ze zijn heel lang zoek geweest tot een van de broers, Michael Corrigan, zijn echte naam opgaf aan de Grote Machine.'

'Weten de zoons of zij de gave bezitten?'

'Ik denk het niet. De Tabula zijn nu van plan de twee broers gevangen te nemen en Reizigers van hen te maken.'

'Dat kun je niet menen, Linden. Dat hebben de Tabula nog nooit gedaan.'

Opeens stond de Fransman op. Hij torende hoog boven Maya uit. 'Onze vijanden hebben iets ontwikkeld dat zij een kwantumcomputer noemen. Met behulp van die computer hebben ze een belangrijke ontdekking gedaan, maar meer informatie heeft onze informant niet kunnen achterhalen. Maar wat het ook is, het heeft de Tabula ertoe gebracht van strategie te veranderen. In plaats van de Reizigers te doden, willen zij nu hun macht gebruiken.'

'Daar moet Shepherd iets aan doen.'

'Shepherd is nooit een goede strijder geweest, Maya. Altijd wanneer ik hem zie, heeft hij het over het een of ander nieuw plannetje om geld te verdienen. Ik heb overwogen om zelf naar Amerika te vliegen, maar de Tabula weten te veel over mij. Niemand kan Mother Blessing vinden. Ze heeft al haar communicatiekanalen stilgelegd. We hebben nog wel contacten met een paar betrouwbare huurlingen, maar die kunnen zo'n probleem niet aan. Iemand moet de Corrigans vinden voordat zij gevangen worden genomen.'

Maya stond op en liep naar de voorkant van de zaal. 'Ik heb in Praag iemand vermoord, maar dat was nog maar het begin van de nachtmerrie. Toen ik terugging naar de flat van mijn vader, trof ik hem liggend op de slaapkamervloer aan. Hij was vrijwel onherkenbaar. Uiteindelijk herkende ik hem aan die oude steekwonden op zijn handen. Het een of andere beest had zijn lichaam verminkt.'

'Een researchteam van de Tabula is bezig met het fokken van genetisch gemanipuleerde dieren. De geleerden noemen ze "splitsers" omdat verschillende DNA-strengen eerst worden gesplitst en vervolgens weer met elkaar worden verbonden. Misschien hebben ze een van die dieren gebruikt om je vader aan te vallen.' Lindens massieve handen balden zich tot vuisten, alsof hij oog in oog stond met zijn vijanden. 'De Tabula hebben deze macht verkregen zonder aan de consequenties te denken. De enige manier waarop wij hen kunnen verslaan is door Michael en Gabriel Corrigan te vinden.'

'Die Reizigers kunnen me geen moer schelen. Ik herinner me dat mijn vader me eens vertelde dat de meeste Reizigers zelfs een hekel aan ons hebben. Zij zweven weg naar andere werelden en wij zitten gevangen in deze wereld – voor eeuwig.'

'Je bent Thorns dochter, Maya. Kun je zijn laatste verzoek weigeren?'

'Nee,' zei ze. 'Nee.' Maar haar stem verraadde haar.

12

Lawrence Takawa keek op het scherm van zijn computermonitor naar dr. Richardson. Er waren vier beveiligingscamera's in de gastensuite verborgen. Ze hadden Richardson nu al twaalf uur gefilmd terwijl hij over de Reizigers las en af en toe wat sliep en een douche nam.

Een beveiligingsman die voor het researchcentrum werkte was zojuist de suite binnengegaan om het dienblad op te halen waarop het ontbijt was geserveerd. Lawrence bewoog zijn cursor naar de bovenkant van het scherm. Hij drukte een plusteken in en meteen zoomde camera twee in op het gezicht van de neuroloog.

'Wanneer krijg ik de directie van de stichting te spreken?' vroeg Richardson.

De beveiligingsman was een grote man uit Ecuador, Immanuel genaamd. Hij droeg een marineblauw colbert, een grijze pantalon en een rode stropdas. 'Dat weet ik niet, sir.'

'Gaat het wel vanmorgen gebeuren?'

'Niemand heeft mij iets verteld.'

Met het dienblad in zijn ene hand, opende Immanuel de deur naar de gang.

'De deur hoeft niet op slot,' zei Richardson. 'Dat is niet nodig.'

'Wij sluiten u niet in, sir. Wij sluiten u buiten. Er is een speciale pas voor nodig om vrij door het gebouw te mogen lopen.'

Toen de deur dichtviel, vloekte Richardson hartgrondig. Hij

sprong overeind alsof hij iets van plan was en begon toen door de kamer te ijsberen. Aan zijn gezicht viel gemakkelijk af te lezen wat er in hem omging. Twee emoties wisselden elkaar voortdurend af: woede en angst.

Als tweedejaarsstudent op de Duke Universiteit had Lawrence Takawa geleerd zijn emoties te beheersen. Hij was in Japan geboren, maar zijn moeder had hem meegenomen naar Amerika toen hij een halfjaar oud was. Lawrence haatte sushi en weigerde Japans te leren. Op een dag kreeg de universiteit bezoek van een rondreizend gezelschap Noh-acteurs en kreeg hij een dag lang voorstellingen te zien die zijn hele leven veranderden.

Aanvankelijk leek het Noh-toneel exotisch en moeilijk te begrijpen. Lawrence raakte gefascineerd door de gestileerde bewegingen van de acteurs op het toneel, de mannen die vrouwen speelden, en het mysterieuze geluid van de *nohkan*-fluit en drie trommels. Maar de echte openbaring waren de Noh-maskers. De uit hout gesneden maskers werden gedragen door de hoofdrolspelers, de vrouwenrollen en de oude mensen. Geesten, demonen en krankzinnigen droegen afzichtelijke maskers die één sterke emotie verbeeldden, maar de meeste acteurs droegen een masker met een opzettelijk neutrale uitdrukking. Zelfs de mannen van middelbare leeftijd die zonder masker acteerden probeerden hun gezicht niet te bewegen. Elk gebaar op het toneel, elke handeling en elke reactie was een bewuste keuze.

Lawrence was kort daarvoor lid geworden van een studentenvereniging die feesten organiseerde waar veel werd gedronken en er uitgebreide ontgroeningsrituelen op na hield. Wanneer hij in de spiegel keek zag hij onzekerheid en verwarring: een jongeman die bang was dat hij er niet bij zou horen. Een levend masker was de oplossing voor zijn probleem. Voor de spiegel in zijn badkamer oefende hij maskers van vrolijkheid, bewondering en enthousiasme. In zijn laatste studiejaar werd hij tot voorzitter van zijn studentenvereniging gekozen en gaven zijn docenten hem lovende aanbevelingen mee voor zijn vervolgstudie.

De telefoon op het bureau rinkelde zachtjes en Lawrence wendde zich af van het computerscherm. 'Hoe reageert onze nieuwe gast?' vroeg Boone.

'Hij maakt een geagiteerde indruk en is wat angstig.'

'Dat kan geen kwaad,' zei Boone. 'Generaal Nash is zojuist gearriveerd. Haal Richardson maar en breng hem naar de Waarheidskamer.'

Lawrence nam de lift naar de tweede verdieping. Net als Boone droeg hij een identificatiechip in zijn hand. Hij zwaaide met zijn hand naar de deursensor. De gesloten deur klikte open en hij liep de suite binnen.

Dr. Richardson draaide zich om en liep op Lawrence af. Hij wees met zijn wijsvinger voor zich uit. 'Dit is ronduit schandalig! Mr. Boone zei dat ik de directie te spreken zou krijgen. In plaats daarvan zit ik hier opgesloten als een gevangene.'

'Mijn excuses voor het uitstel,' zei Lawrence. 'Generaal Nash is zojuist gearriveerd en wil u graag spreken.'

'Bedoelt u Kennard Nash? De algemeen directeur?'

'Inderdaad. U hebt hem vast en zeker weleens op televisie gezien.'

'De laatste paar jaar niet meer.' Richardson begon zachter te praten en leek zich enigszins te ontspannen. 'Maar ik weet nog wel dat hij adviseur van de president is geweest.'

'De generaal heeft altijd betrekkingen gehad met de overheid. Het was dus een logische stap voor hem om directeur te worden van de Evergreen Stichting.' Lawrence haalde een metaaldetector uit zijn zak – zo eentje die ook wel op luchthavens wordt gebruikt. 'Uit veiligheidsoverwegingen verzoeken wij u alle metalen voorwerpen in de kamer achter te laten. Inclusief uw horloge, muntgeld en riem. Dat is standaardprocedure voor onze researchfaciliteiten.'

Als Lawrence het hem rechtstreeks had opgedragen had Richardson misschien geweigerd. In plaats daarvan moest hij nu maar aannemen dat het heel normaal was om je horloge af te doen wanneer je een belangrijk persoon ging ontmoeten. Hij legde zijn bezittingen op tafel en vervolgens liet Lawrence de detector over het lichaam van de neuroloog gaan. De twee mannen verlieten de kamer en liepen de gang door naar de lift.

'Hebt u gisteravond al het materiaal gelezen?'

'Jazeker.'

'Ik hoop dat u het interessant vond.'

'Het is ongelooflijk. Waarom zijn die recente onderzoeken nooit gepubliceerd? Ik heb nog nooit iets gelezen over Reizigers of de NEM-machine.'

'De Evergreen Stichting geeft er de voorkeur aan die informatie geheim te houden.'

'Maar zo werkt dat niet in de wetenschap, Mr. Takawa. Belangrijke ontdekkingen zijn juist te danken aan het feit dat geleerden over de hele wereld de beschikking hebben over dezelfde gegevens.'

Ze namen de lift naar de kelder en liepen een gang door naar een witte deur zonder handgrepen of knoppen. Toen Lawrence zijn hand ervoor hield, gleed de deur open. Hij liet dr. Richardson voorgaan en de geleerde betrad een ruimte zonder ramen. Het meubilair bestond slechts uit een tafel en twee stoelen.

'Dit is een speciaal beveiligde kamer,' legde Lawrence uit. 'Alles wat hier wordt besproken is volkomen vertrouwelijk.'

'En waar is generaal Nash?'

'Maakt u zich geen zorgen. Die komt eraan.'

Lawrence zwaaide met zijn rechterhand en de deur gleed dicht, zodat Richardson zat opgesloten in de Waarheidskamer. De afgelopen zes jaar had de Evergreen Stichting een geheim onderzoek bekostigd om uit te zoeken wanneer iemand loog. Dit gebeurde niet door middel van een stemanalyse of met een leugendetector die bijhield hoe snel iemand ademde en hoe hoog zijn bloeddruk was. Angst kon de resultaten van dergelijke tests ernstig vertekenen en een goede acteur kon de tekenen dat hij loog onderdrukken.

De geleerden van de Evergreen Stichting richtten zich niet op uiterlijke fysieke veranderingen, maar keken met behulp van magnetische resonantieapparatuur rechtstreeks in de hersenen. De Waarheidskamer was in feite een grote MRI-ruimte waarin iemand kon zitten praten, eten en wat rondlopen. De man of vrouw die werd ondervraagd hoefde niet te weten wat er gaande was, zodat er sprake kon zijn van een groter scala aan reacties.

Wanneer je de hersenen bekeek van een persoon die vragen beantwoordde, kon je precies zien hoe verschillende gebieden van hersenweefsel reageerden op wat er werd gezegd. Wetenschappers van de stichting ontdekten dat het voor de hersenen veel gemakkelijker was om de waarheid te vertellen. Wanneer iemand loog, lichtten zijn linker prefrontale cortex en de voorste hersenplooi op als rode stukken gesmolten lava.

Lawrence liep verder de gang in naar een andere deur. Een slot sprong open en hij betrad een schemerige kamer. In een muur tegenover een hele rij computers en een lange tafel met een bedieningspaneel bevonden zich vier televisiemonitoren. Aan de tafel zat een gezette man met een baard instructies te typen op een computertoetsenbord. Gregory Vincent was de man die de apparatuur die vandaag zou worden gebruikt had gebouwd en geïnstalleerd.

'Heb je ervoor gezorgd dat hij al zijn metaal heeft achtergelaten?' vroeg Vincent.

'Ja.'

'Waarom ben je zelf niet naar binnen gegaan? Bang dat je iets zou zeggen terwijl ik zat te kijken?'

Lawrence reed een bureaustoel naar het bedieningspaneel en ging zitten. 'Ik heb gewoon mijn instructies opgevolgd.'

'Ja, ja. Tuurlijk.' Vincent krabde over zijn maag. 'Niemand wil de Waarheidskamer in.'

Toen hij op de monitoren keek zag Lawrence dat Richardsons lichaam was veranderd in een wazig beeld dat uit verschillende lichtvlekken bestond. Wanneer Richardson ademde, slikte of nadacht over zijn situatie veranderde het licht van kleur en intensiteit. Hij was nu een digitaal mens dat door de computers achter hen kon worden gekwantificeerd en geanalyseerd.

'Ziet er goed uit,' zei Vincent. 'Dit wordt een makkie.' Hij keek omhoog naar de kleine beveiligingsmonitor die aan het plafond hing. Door de gang kwam een kale man aan lopen. 'Precies op tijd. Daar heb je de generaal.'

Lawrence zette het passende masker op. Nauwgezet. Geconcentreerd. Terwijl hij naar de monitoren bleef kijken ging Kennard Nash de Waarheidskamer binnen. De generaal was in de zestig; hij had een stompe neus en de kaarsrechte rug van een echte militair. Lawrence had bewondering voor de manier waarop Nash zijn onbuigzaamheid wist te verbergen onder de gemoedelijke houding van een succesvolle sportcoach.

Richardson stond op en Nash schudde hem de hand. 'Dr. Richardson! Fijn u te ontmoeten. Ik ben Kennard Nash, directeur van de Evergreen Stichting.'

'Ik vind het een eer u te ontmoeten, generaal Nash. Ik weet nog dat u vroeger voor de regering werkte.'

'Inderdaad. Dat was een echte uitdaging, maar het werd tijd voor iets anders. Het is geweldig om leiding te geven aan Evergreen.'

De mannen gingen aan tafel zitten. In de controlekamer tikte Vincent de commando's in op de computer. Op de monitoren verschenen verschillende beelden van Richardsons hersenen.

'Ik heb begrepen dat u het "Groenboek" hebt gelezen. Het is een samenvatting van alles wat wij van de Reizigers weten.'

'Het is ongelooflijke informatie,' zei Richardson. 'Is het waar?'

'Jazeker. Bepaalde mensen hebben het vermogen om hun neurale energie uit hun lichaam te projecteren. Het is een genetische abnormaliteit die van ouder op kind kan worden doorgegeven.'

'En waar gaat de energie naartoe?'

Kennard Nash ontvouwde zijn handen en verborg ze onder de tafel. Hij bleef Richardson een paar tellen aankijken en zijn ogen bewogen nauwelijks terwijl hij het gezicht van de dokter bestudeerde. 'Zoals u in onze verslagen hebt kunnen lezen, gaan ze naar een andere dimensie en keren vervolgens weer terug.'

'Dat is onmogelijk.'

De generaal keek geamuseerd. 'O, we weten al jarenlang van het bestaan van andere dimensies. Het is een van de grondslagen van de moderne kwantumtheorie. Het wiskundige bewijs hebben we altijd gehad, maar niet de middelen om de reis te maken. Het was een hele verrassing toen we erachter kwamen dat deze mensen het al eeuwenlang deden.'

'U moet de gegevens die uw experimenten hebben opgeleverd vrijgeven. Dan kunnen geleerden over de hele wereld experimenten gaan uitvoeren om deze ontdekking te verifiëren.'

'Dat is nu precies wat we niet willen. Ons land wordt bedreigd door terroristen en subversieve elementen. Maar de stichting en onze vrienden over de gehele wereld zijn bang dat bepaalde groepen de macht van de Reizigers zouden misbruiken om het economische systeem te verwoesten. Reizigers zijn over het algemeen niet erg sociaal ingesteld.'

'U hebt meer informatie nodig over die mensen.'

'Daarom zijn we hier in het centrum bezig met de ontwikkeling van een nieuw onderzoeksproject. Op dit moment brengen we de apparatuur in gereedheid en zijn we op zoek naar een Reiziger die bereid is ons te helpen. Er is een kans dat we twee van hen daartoe bereid zullen vinden – twee broers. We hebben een neuroloog met uw achtergrond nodig om de sensoren in hun hersenen te implanteren. Vervolgens kunnen we onze kwantumcomputer gebruiken om na te gaan waar de energie naartoe gaat.'

'Naar andere dimensies?'

'Inderdaad. Hoe de energie er komt en hoe hij weer terugkomt. De kwantumcomputer zal ons in staat stellen precies te volgen wat er gebeurt. U hoeft niet te weten hoe die computer werkt, dokter. U hoeft alleen de sensoren te implanteren en onze Reizigers op weg te helpen.' Generaal Nash hief zijn beide handen op alsof hij een godheid aanriep. 'Wij staan op het punt een enorme ontdekking te doen die onze hele beschaving zal veranderen. Ik hoef u niet te vertellen hoe spannend dit is, dr. Richardson. Ik zou het een eer vinden als u zich bij ons team wilt aansluiten.'

'Maar alles moet in het geheim gebeuren?'

'In eerste instantie wel. Uit veiligheidsoverwegingen zou u naar het researchcentrum moeten verhuizen en gebruik moeten maken van ons personeel. Als we in onze opzet slagen, krijgt u van ons toestemming uw onderzoek te publiceren. Het bewijs leveren voor het bestaan van verschillende werelden brengt natuurlijk automatisch een Nobelprijs met zich mee, maar u begrijpt zelf ook wel dat het hier om meer gaat dan dat. Het zou een ontdekking zijn die op hetzelfde niveau staat als het werk van Albert Einstein.'

'En als het niet lukt?' vroeg Richardson.

'Onze beveiligingsmaatregelen beschermen ons tegen kritische blikken van de media. Als het experiment niet slaagt, hoeft niemand dat te weten. Dan worden de Reizigers weer een volkslegende zonder enige wetenschappelijke onderbouwing.'

Richardsons hersenen vertoonden een helderrode kleur toen hij alle mogelijkheden tegen elkaar afwoog. 'Ik zou me beter op mijn gemak voelen als ik op Yale kon werken.'

'Ik weet hoe het er in de meeste universiteitslaboratoria aan toe gaat,' zei Nash. 'Je hebt er te maken met beoordelingscommissies en een eindeloze papierwinkel. In ons onderzoekscentrum is geen sprake van bureaucratie. Als u iets nodig hebt, wordt het binnen achtenveertig uur in uw laboratorium bezorgd. Ongeacht de kosten. Wij betalen alles – en daarbij bieden wij u een aanzienlijk honorarium voor uw persoonlijke bijdrage.'

'Op de universiteit moet ik een aanvraag in drievoud indienen voor elk nieuw doosje reageerbuisjes.'

'Dergelijke onzin is een verspilling van uw intelligentie en creativiteit. Wij stellen alles tot uw beschikking wat u nodig hebt om een belangrijke ontdekking te doen.'

Richardson ontspande zich. Zijn voorhoofdskwab vertoonde kleine roze gebieden van activiteit. 'Het klinkt allemaal erg verleidelijk...'

'Wij staan wel onder een bepaalde tijdsdruk, doctor. Ik ben bang dat ik nu meteen wil weten wat u beslist. Als u aarzelt gaan wij andere wetenschappers benaderen. Ik geloof dat uw collega, Mark Beecher, ook op de lijst staat.'

'Beecher mist de klinische achtergrond,' zei Richardson. 'U hebt een neuroloog nodig die ook is opgeleid als neurochirurg. Wie had u nog meer in gedachten?'

'David Shapiro van Harvard. Hij schijnt belangrijke experimenten te hebben uitgevoerd met de cortex.'

'Ja, maar alleen op dieren.' Richardson probeerde weifelend te kijken, maar zijn brein was bijzonder actief. 'Ik denk dat ik de logische keuze ben voor dit project.'

'Geweldig! Ik wist wel dat we op u konden rekenen. Ga terug naar New Haven en tref voorbereidingen om de universiteit een paar maanden te verlaten. U zult erachter komen dat de Evergreen Stichting heel wat hooggeplaatste contacten heeft aan de universiteit, dus het zal geen probleem zijn om vrij te nemen. Lawrence Takawa is uw contactpersoon.' Generaal Nash stond op en schudde Richardson de hand. 'Wij gaan de wereld voorgoed veranderen, doctor. En u gaat daar een belangrijke bijdrage aan leveren.'

Lawrence zag het oplichtende lichaam van generaal Nash de kamer verlaten. Op een van de monitoren was nog steeds dr. Richardson te zien, die onrustig heen en weer schoof op zijn stoel. De andere schermen toonden digitale weergaven van verschillende segmenten van het voorafgaande gesprek. Over de schedel van de neuroloog was een netwerk van groene lijnen geplaatst. Het analyseerde de reacties van zijn hersenen tijdens het spreken.

'Ik zie geen enkel misleidingspatroon in Richardsons uitlatingen,' zei Vincent.

'Mooi zo. Ik had niet anders verwacht.'

'De enige misleiding was afkomstig van generaal Nash. Kijk maar...' Vincent tikte een commando in en een van de monitoren liet een digitale weergave zien van het brein van Kennard Nash. Een close-up van de cortex toonde aan dat de generaal tijdens het grootste deel van het gesprek iets verborgen had gehouden.

'Om technische redenen maak ik altijd beelden van beide personen in de Waarheidskamer,' zei Vincent. 'Zo kan ik beter zien of er problemen zijn met de sensoren.'

'Daar had je geen toestemming voor. Verwijder alle beelden van generaal Nash uit het systeem.'

'Natuurlijk. Geen probleem.' Vincent tikte een nieuw commando in en Nash' misleidende brein verdween van het scherm.

Een beveiligingsman bracht dr. Richardson naar buiten. Vijf minuten later zat de neuroloog op de achterbank van een verlengde limousine die hem terugbracht naar New Haven. Lawrence ging terug naar zijn kantoor en stuurde een e-mail naar een van de

Broeders die contacten had op de medische faculteit van Yale. Hij opende een dossier over Richardson en typte de persoonlijke gegevens van de arts in.

De Broeders plaatsten al hun werknemers in een van hun tien beveiligingsniveaus. Kennard Nash was een niveau één en volledig op de hoogte van alle projecten. Dr. Richardson kreeg niveau vijf; hij wist nu van de Reizigers, maar zou nooit iets te weten komen over de Harlekijns. Lawrence was een betrouwbare niveau-drie-werknemer; hij had toegang tot een enorme hoeveelheid informatie, maar zou nooit op de hoogte worden gebracht van de grote plannen van de Broeders.

De bewakingscamera's volgden Lawrence toen hij zijn kantoor verliet, de gang uit liep en de lift nam naar de ondergrondse parkeergarage onder het administratiegebouw. Toen Lawrence de poort van het complex uit reed werden zijn bewegingen gevolgd door een GPS-systeem en de informatie werd doorgestuurd naar een computer van de Evergreen Stichting.

In de tijd dat hij op het Witte Huis werkte, had generaal Nash voorgesteld alle Amerikaanse staatsburgers een Protective Link, of 'PL' bij zich te laten dragen. Het 'Vrij van angst'-programma van de regering benadrukte zowel de binnenlandse veiligheid als de praktische aspecten van het pasje. Door middel van bepaalde codes kon de PL worden gebruikt als universele creditcard. Hij gaf toegang tot al je medische gegevens voor het geval je een ongeluk zou krijgen. Als alle loyale, gezagsgetrouwe Amerikanen een PL hadden, zou er binnen enkele jaren geen straatcriminaliteit meer zijn. In een tijdschriftadvertentie stopten twee jonge ouders met een PL in hun hand een slapend dochtertje in wier PL-identiteitspasje werd vastgehouden door haar teddybeer. De reclamekreet was eenvoudig maar doeltreffend: BESTRIJD HET TERRORISME IN JE SLAAP.

Duizenden Amerikanen – voornamelijk bejaarden of mensen met ernstige medische problemen – hadden al een radiofrequentie-identificatiechip onder hun huid laten aanbrengen. Andere identiteitspasjes volgden werknemers van grote bedrijven. De meeste Amerikanen waren positief over een pasje dat hen kon beschermen tegen

114

onbekende gevaren en hen bij hun buurtsupermarkt langs de kassa kon helpen. Maar de PL was onder vuur komen te liggen van een ongebruikelijke alliantie van linkse burgerrechtengroeperingen en rechtse liberalen. Nadat hij de steun van het Witte Huis was kwijtgeraakt, had generaal Nash zich genoodzaakt gezien om ontslag te nemen.

Toen Nash de Evergreen Stichting overnam zette hij onmiddellijk een privé-PL-systeem op. Werknemers konden hun pasje in hun borstzakje stoppen of aan een koordje om hun nek hangen, maar bij alle topemployés was er een chip onder de huid geplaatst. Het litteken op de rug van hun rechterhand was een bewijs van hun hoge positie binnen de stichting. Eén keer per maand moest Lawrence zijn hand op een elektrische oplader leggen. Het gaf een warm, tintelend gevoel wanneer de chip weer voldoende kracht oplaadde om te blijven uitzenden.

Lawrence wilde dat hij al aan het begin van het programma had geweten hoe de PL werkte. Een GPS-satelliet volgde je bewegingen en de computer stelde voor elke werknemer een Frequent Bestemmingsgebied samen. Net als de meeste mensen bracht Lawrence negentig procent van zijn leven in hetzelfde bestemmingsgebied door. Hij deed zijn inkopen bij bepaalde winkels, trainde bij dezelfde sportschool en reisde heen en weer tussen zijn huis en zijn werkplek. Als Lawrence had geweten hoe het systeem werkte, zou hij die eerste maand een paar ongewone dingen hebben gedaan.

Zodra hij afweek van zijn Frequente Bestemmingsgebied, verscheen er een vragenlijst op zijn computer. *Waarom was u woensdag om 21.00 uur in Manhattan? Wat deed u op Times Square? Waarom bent u via 42nd Street naar Grand Central Station gegaan?* De vragen kwamen van de computer, maar je moest ze allemaal beantwoorden. Lawrence vroeg zich af of zijn antwoorden meteen in een dossier gingen dat niemand ooit zou lezen of dat ze door een ander programma werden gescand en beoordeeld. Wanneer je voor de Broeders werkte, wist je nooit wanneer je in de gaten werd gehouden – dus kon je er maar beter van uitgaan dat het altijd was.

115

Toen Lawrence thuiskwam schopte hij zijn schoenen uit, maakte zijn stropdas los en gooide zijn attachékoffertje op de salontafel. Hij had zijn huis ingericht met hulp van een binnenhuisarchitect die in dienst was van de Evergreen Stichting. De vrouw beweerde dat Lawrence een lentetype was, dus waren alle meubels en alles wat aan de muren hing qua kleur op elkaar afgestemd in pastelblauwe en groene tinten.

Wanneer hij eindelijk alleen was volgde Lawrence altijd een vast ritueel – hij begon te gillen. Daarna liep hij naar een spiegel en glimlachte en fronste en schreeuwde als een idioot. Wanneer de spanning eraf was nam hij een douche en trok een ochtendjas aan.

Een jaar geleden had Lawrence thuis in de kast van zijn werkkamer een geheim kamertje gebouwd. Hij was maanden bezig geweest om het kamertje te bedraden en achter een boekenkast te verbergen die op onzichtbare wieltjes stond. Lawrence was drie dagen geleden in de kamer geweest en nu was het weer tijd voor een bezoekje. Hij rolde de kast een eindje opzij, glipte naar binnen en knipte het licht aan. Op een klein boeddhistisch altaar stonden twee kiekjes van zijn ouders, genomen op een warme lentedag in Nagano, Japan. Op een van de foto's hielden ze elkaars hand vast en lachten ze naar elkaar. Op de tweede foto zat zijn vader met een verdrietige blik in de verte te kijken, naar de bergen. Op de tafel voor hem lagen twee antieke Japanse zwaarden: een met een gevest met jade beslag, de ander met een gouden beslag.

Lawrence opende een ebbenhouten kistje en nam er een satelliettelefoon en een laptop uit. Even later was hij online en surfte hij over het internet tot hij de Franse Harlekijn Linden had gevonden, in een chatroom die zich bezighield met *trance*-muziek.

'Zoon Sparrow hier,' typte Lawrence in.

'Veilig?'

'Ik denk het wel.'

'Nieuws?'

'We hebben een arts gevonden die bereid is sensoren in de hersenen van de proefpersoon te implanteren. De behandeling begint binnenkort.'

'Verder nog nieuws?'

'Volgens mij heeft het computerteam weer een doorbraak bereikt. Tijdens de lunch in de eetzaal leken ze erg blij. Ik heb nog steeds geen toegang tot hun onderzoek.'

'Hebben ze de twee belangrijkste elementen voor het experiment al gevonden?'

Lawrence staarde naar het beeldscherm en begon toen snel te typen. 'Ze zijn op dit moment naar hen op zoek. We hebben niet veel tijd meer. Je moet de broers vinden.'

13

De hoofdingang van het drie verdiepingen tellende gebouw waarin Mr. Bubbles kledingfabriek was gevestigd, werd bewaakt door
twee stenen obelisken. In de ontvangsthal op de begane grond
stonden Egyptische grafbeelden van gips en de muren langs de
trappen waren versierd met hiëroliefen. Gabriel vroeg zich af of
ze een professor hadden gevonden om echte hiëroliefen te schil-
deren of dat de symbolen uit een encyclopedie waren gehaald.
Wanneer hij 's nachts door het verlaten gebouw liep, raakte hij de
hiëroliefen vaak aan en volgde hun vormen met zijn wijsvinger.

Elke werkdag arriveerden de werknemers 's ochtends bij de fabriek. De begane grond was voor verzenden en ontvangen. Hier
werkten jonge mannen van Latijns-Amerikaanse afkomst, die wijde broeken en witte T-shirts droegen. Binnengekomen stoffen werden met de vrachtlift naar de coupeurs op de tweede verdieping
gestuurd. Op dit moment maakten ze lingerie en de coupeurs legden de lappen zijde en kunstzijde op grote houten tafels en sneden
met elektrische scharen door de stof. De naaisters op de eerste verdieping waren illegale immigranten uit Mexico en Midden-Ameri-
ka. Mr. Bubble betaalde hun tweeëndertig cent voor elk stuk dat
ze naaiden. Ze werkten keihard in de stoffige, lawaaiige ruimte,
maar zaten altijd te lachen en te kletsen. Enkelen van hen hadden
afbeeldingen van de Maagd Maria op hun naaimachines geplakt,
alsof de Heilige Moeder over hen waakte terwijl zij de rode

bustiers met kleine gouden hartjes aan de ritssluiting in elkaar stikten.

Gabriel en Michael hadden de afgelopen paar dagen op de derde verdieping doorgebracht, een opslagruimte voor lege dozen en oud kantoormeubilair. Deek had bij een kampeerwinkel slaapzakken en veldbedden gekocht. Er bevonden zich geen douches in het gebouw, maar 's avonds gingen de broers naar beneden om zich in de personeelstoiletten af te sponzen. Als ontbijt aten ze donuts of bagels. Tijdens de lunch stond er een cateringtruck voor de fabriek en dan haalde een van de lijfwachten in piepschuimbakjes verpakte burrito's of broodjes kalkoen voor hen.

Overdag werden ze bewaakt door twee mannen uit El Salvador. Wanneer het fabriekspersoneel naar huis ging, arriveerde Deek, samen met de kale Latijns-Amerikaanse man – een voormalige nachtclubuitsmijter, Jesus Morales genaamd. Jesus bracht het grootste deel van zijn tijd door met het lezen van autotijdschriften en het luisteren naar *ranchero*-muziek op de radio.

Als Gabriel zich verveelde en om een praatje verlegen zat, ging hij vaak naar beneden om met Deek te praten. De grote Samoaan dankte zijn bijnaam aan het feit dat hij diaken was in een fundamentalistische kerk in Long Beach.

'Ieder mens is verantwoordelijk voor zijn eigen ziel,' zei hij tegen Gabriel. 'Als er iemand naar de hel gaat, is er in de hemel weer meer plek voor de rechtschapenen.'

'En als jij naar de hel gaat, Deek?'

'Dat gebeurt niet, vriend. Ik weet zeker dat er daarboven een mooi plekje voor mij is.'

'Maar als je nu eens iemand moet doden?'

'Dat hangt van de persoon af. Als hij een echte zondaar is, dan maak ik de wereld er een klein stukje beter mee. Vuilnis hoort in de vuilnisbak. Snap je wat ik bedoel, vriend?'

Gabriel had zijn Honda en een paar boeken meegenomen naar de derde verdieping. Hij haalde de motor helemaal uit elkaar, maakte elk onderdeel afzonderlijk schoon en zette alles weer in elkaar. Wanneer hij er even genoeg van had, las hij oude tijdschriften of een vertaling in pocket van *The Tale of Genji*.

119

Gabriel miste het gevoel van vrijheid dat hem beving wanneer hij op zijn motor reed of uit een vliegtuig sprong. Nu zat hij opgesloten in de fabriek. Hij bleef maar over brand dromen. Hij bevond zich in een oud huis en keek hoe een schommelstoel in heldergele vlammen opging. Diep ademhalen. Wakker worden in het pikkedonker. Michael lag een paar meter bij hem vandaan te snurken, terwijl een vuilniswagen voor het gebouw een vuilcontainer stond te legen.

Overdag liep Michael voortdurend heen en weer over de derde verdieping en voerde telefoongesprekken via zijn mobieltje. Hij probeerde zijn aankoop van het kantoorpand aan Wilshire Boulevard door te laten gaan, maar kon de bank geen verklaring geven voor zijn plotselinge verdwijning. De koop kwam op losse schroeven te staan en hij smeekte om meer tijd.

'Laat toch zitten,' zei Gabriel. 'Je vindt wel weer een ander gebouw.'

'Dat kan jaren duren.'

'We kunnen altijd nog naar een andere stad verhuizen. Een nieuw leven beginnen.'

'Dit is mijn leven.' Michael ging op een krat zitten. Hij haalde een zakdoek uit zijn zak en probeerde een vetvlek van de neus van zijn rechterschoen te vegen. 'Ik heb keihard gewerkt, Gabe. En nu voelt het alsof ik alles ga kwijtraken.'

'We hebben altijd weten te overleven.'

Michael schudde zijn hoofd. Hij zag eruit als een bokser die zojuist een kampioensgevecht heeft verloren. 'Ik wilde ons beschermen, Gabe. Dat hebben onze ouders nooit gedaan. Zij probeerden zich alleen maar te verstoppen. Geld biedt bescherming. Het is een muur tussen jezelf en de rest van de wereld.'

14

Het vliegtuig vloog in westelijke richting boven de Verenigde Staten, de nacht achterna. Toen het cabinepersoneel het licht aandeed, schoof Maya het kleine plastic luikje omhoog en keek uit het raampje. De woestijn onder haar werd verlicht door een felle streep zonlicht aan de oostelijke horizon. Het vliegtuig vloog boven Nevada of Arizona; daar was ze niet helemaal zeker van. Ze zag de glinsterende lichtjes van een klein stadje. In de verte kronkelde een rivier als een donkere lijn door het land.

Ze weigerde een ontbijt en gratis champagne, maar nam wel een warme scone, geserveerd met aardbeien en slagroom. Maya herinnerde zich hoe haar moeder soms scones bakte voor 's middags bij de thee. Dat was het enige moment van de dag dat ze zich een normaal kind voelde, wanneer ze aan de kleine tafel een stripboekje zat te lezen terwijl haar moeder in de keuken bezig was. Indiase thee met veel melk en suiker. Vissticks. Rijstpudding. Zelfgebakken cakejes.

Ongeveer een uur voor de landing ging Maya naar het toilet en deed de deur achter zich op slot. Ze sloeg het paspoort dat ze gebruikte open, plakte het met een stukje plakband aan de spiegel en vergeleek het gezicht op de foto met hoe zij er op dit moment uitzag. Maya's ogen waren nu bruin, dankzij de speciale contactlenzen. Jammer genoeg was het vliegtuig met drie uur vertraging van Heathrow vertrokken en begon de vloeistof die ze in haar gezicht had gespoten uitgewerkt te raken.

Ze maakte haar tasje open en pakte de injectienaald en de verdunde steroïden om zich een beetje bij te werken. De steroïden zaten in een insulineverpakking en in het doosje zat een officieel uitziende verklaring van een arts dat zij diabetespatiënte was. Terwijl ze in de spiegel keek, stak Maya de naald diep in haar wangspier en spoot de helft van de vloeistof in.

Toen ze klaar was met de steroïden liet ze de wasbak vollopen, haalde een reageerbuisje uit haar tas en liet een vingerschildje in het koude water vallen. Het gelatineschildje was grijsachtig wit, dun en heel fragiel; het leek op een stukje darm van het een of andere dier.

Maya haalde een namaakparfumflesje uit haar tas en spoot lijm op haar linkerwijsvinger. Ze stak haar hand in het water, schoof de vinger in het schildje en haalde vervolgens snel haar hand weer uit het water. Het schildje bedekte haar vingerafdruk met een andere afdruk voor de digitale scan bij de douane. Vlak voor de landing zou ze met behulp van een kartonnen nagelvijltje het deel wegvijlen dat haar vingernagel bedekte.

Het duurde twee minuten voordat het eerste schildje droog was. Toen opende Maya een tweede buisje, met daarin het schildje voor haar rechter wijsvinger. Op dat moment stuitte het vliegtuig op turbulentie en begon op en neer te gaan. In het toilet begon een rood waarschuwingslampje te branden. *Please Return to Your Seat.*

Concentreer je, zei ze tegen zichzelf. Je mag nu geen fouten maken. Op het moment dat ze haar vinger in het schildje schoof, dook het vliegtuig naar voren en scheurde het tere materiaal.

Met een misselijk gevoel in haar maag leunde Maya tegen de wand. Ze had maar één reserveschildje en als dat ook mislukte, bestond er grote kans dat ze na haar landing in Amerika gearresteerd zou worden. Waarschijnlijk hadden de Tabula haar vingerafdrukken al verkregen toen ze voor de ontwerpstudio in Londen werkte. Het zou voor hen een peulenschil zijn de Amerikaanse douanecomputers valse informatie te voeren die op het scherm zou verschijnen door een vingerscan. *Verdacht persoon. Terroristische contacten. Onmiddellijk in hechtenis nemen.*

Maya opende een derde reageerbuisje en liet haar enige reserveschildje in het water vallen. Ze spoot nogmaals wat van de gele lijm op haar rechterwijsvinger. Ze haalde diep adem en stak haar hand in het water.

'Neemt u mij niet kwalijk!' De stewardess klopte op de deur van het toilet. 'Wilt u onmiddellijk terugkeren naar uw stoel!'

'Een ogenblikje nog.'

'De rode lampjes voor de veiligheidsgordels branden al! Alle passagiers moeten terug naar hun stoelen!'

'Ik – ik voel me niet lekker,' zei Maya. 'Een ogenblikje nog. Ik kom eraan.'

Ze voelde de zweetdruppels in haar nek. Ze ademde heel langzaam in, vulde haar longen met lucht, stak toen haar vinger in het schildje en haalde haar hand uit het water. De natte gelatine glinsterde aan haar vinger.

Toen Maya terugliep naar haar plaats keek de stewardess, een oudere vrouw, haar boos aan. 'Had u het lampje niet gezien?'

'Het spijt me werkelijk,' fluisterde Maya. 'Maar ik ben zo misselijk. Ik hoop dat u het begrijpt.'

Het vliegtuig bleef hobbelen terwijl zij haar gordel vastgespte en zich mentaal voorbereidde op de strijd. Wanneer een Harlekijn voor het eerst in een vreemd land aankwam, was het de bedoeling dat hij werd opgevangen door een lokale contactpersoon die hem van wapens, geld en identiteitspapieren voorzag. Maya had haar zwaard en haar messen bij zich, verborgen in het camerastatief. Zowel de wapens als het statief waren in Barcelona vervaardigd door een Catalaanse zwaardenmaker die alles testte met zijn eigen röntgenapparatuur.

Shepherd had beloofd haar op het vliegveld op te wachten, maar de Amerikaanse Harlekijn gaf weer eens blijk van zijn gebruikelijke incompetentie. Gedurende de drie dagen voor Maya's vertrek uit Londen, was Shepherd verschillende keren van gedachten veranderd en had haar ten slotte een e-mail gestuurd met de mededeling dat hij gevolgd werd en goed op zijn tellen moest passen. Shepherd had contact opgenomen met een Jonesie, en er was afgesproken dat die nu op het vliegveld zou staan.

'Jonesie' was de bijnaam voor een lid van de Heilige Kerk van

Isaac T. Jones. Dit was een kleine groep zwarte Amerikanen die geloofden dat de Reiziger Isaac Jones de grootste profeet was die ooit op aarde had rondgelopen. Jones was een schoenlapper die rond 1880 in Arkansas had gewoond. Net als zovele Reizigers begon hij met het prediken van een religieuze boodschap, waarna hij ideeën begon te verspreiden die de heersende orde ondermijnden. In zuidelijk Arkansas werden zwarte en blanke boeren gecontroleerd door een kleine groep machtige landeigenaren. De Profeet zei deze arme boeren de contracten te verbreken die hen tot economische slaven maakten.

In 1889 werd Isaac Jones valselijk beschuldigd van het lastigvallen van een blanke vrouw die naar zijn winkel was gekomen om een paar schoenen op te halen. Hij werd gearresteerd door de sheriff en nog diezelfde avond gelyncht door een woedende menigte die de deur van zijn cel intrapte. Op de avond dat Jones een martelaar werd, was een handelsreiziger, Zachary Goldman genaamd, naar de gevangeniscel gegaan. Toen de menigte binnenstormde, slaagde Goldman erin drie mannen te doden met het geweer van de sheriff en twee anderen met een koevoet. De menigte overweldigde Goldman en de jongeman werd gecastreerd en vervolgens levend verbrand in hetzelfde vreugdevuur dat het lichaam van Isaac Jones verteerde.

Alleen de ware gelovigen kenden het echte verhaal: dat Zachary Goldman een Harlekijn met de naam Leeuw van de Tempel was, die met voldoende geld naar Jackson City was gekomen om de sheriff om te kopen en de Profeet mee de stad uit te nemen. Toen de sheriff op de vlucht sloeg, bleef Goldman bij de cel en gaf zijn leven om de Reiziger te beschermen.

De kerk was altijd een bondgenoot van de Harlekijns geweest, maar het afgelopen decennium was de relatie aan verandering onderhevig geraakt. Sommige Jonesies geloofden niet dat Goldman werkelijk in de gevangenis was geweest, maar dat de Harlekijns het verhaal in hun eigen voordeel hadden verzonnen. Anderen waren de mening toegedaan dat de kerk zoveel voor de Harlekijns had gedaan dat de schuld vanwege Goldmans moedige daad al jaren geleden was ingelost. Het zat hun niet lekker dat er nog meer Reizigers bestonden, want de leer van de Profeet mocht natuurlijk nooit het veld ruimen voor nieuwe openbaringen. Slechts een handjevol eigenwijze Jonesies noemde zichzelf 'NIS' – een afkorting voor 'Niet-ingeloste schuld'. Toen de Profeet zijn martelaarsdood stierf was er aan zijn zijde een Harlekijn gestorven en het was hun plicht deze ereschuld in te lossen.

Op de luchthaven van Los Angeles haalde Maya haar weekend-tas, cameratas en statief op en ging toen met haar Duitse paspoort door de douane. De contactlenzen en de vingerschildjes werkten uitstekend.

'Welkom in de Verenigde Staten,' zei de man in uniform en Maya glimlachte beleefd. Ze volgde de groene bordjes voor passagiers die niets aan te geven hadden en liep de lange gang door naar de aankomsthal.

Honderden mensen verdrongen zich achter de stalen hekken, wachtend op net aangekomen passagiers. Een limousinechauffeur hield een kartonnen bordje omhoog met de naam J. Kaufman erop. Een jonge vrouw in een strak rokje en kletterende hoge hakken rende naar voren om een Amerikaanse soldaat te omhelzen. De vrouw stond tegelijkertijd te lachen en te huilen en haar vriend was een broodmager type, maar toch voelde Maya een steek van jaloezie. Liefde maakte je kwetsbaar; als je je hart aan iemand schonk kon hij je in de steek laten of doodgaan. En toch zag zij zich hier aan alle kanten omringd door liefdevolle taferelen. Mensen omhelsden elkaar en zwaaiden met zelfgemaakte bordjes. We houden van je, David! Welkom thuis!

Ze had geen idee hoe ze de Jonesie moest vinden. Terwijl ze net deed of ze uitkeek naar een kennis, dwaalde Maya door de aankomsthal. Die klootzak van een Shepherd, dacht ze. Zijn grootvader was een Let die tijdens de Tweede Wereldoorlog honderden levens had gered. De kleinzoon had de eervolle Harlekijnnaam aangenomen, maar hij was altijd een stuk onbenul geweest.

Maya bereikte de uitgang, draaide zich om en liep weer terug naar de beveiliging. Misschien kon ze beter weggaan en proberen de reservecontactpersoon te vinden die Linden haar had gegeven: ene Thomas die ten zuiden van de luchthaven woonde. Haar vader had dit zijn leven lang gedaan, naar vreemde landen reizen waar hij huurlingen in dienst nam en op zoek ging naar Reizigers. Nu was zij helemaal op zichzelf aangewezen en ze voelde zich onzeker en een beetje bang.

Ze besloot nog vijf minuten te wachten en zag toen opeens een jonge zwarte vrouw in een witte jurk bij de informatiebalie staan. De vrouw had een klein boeketje rozen bij zich als welkomstcadeau. Tussen de bloemen had zij drie glinsterende kartonnen ruiten – een Harlekijnteken – gestoken. Toen Maya naar de balie liep, zag ze dat de jonge vrouw een klein footootje van een ernstig kijkende man op haar jurk had gespeld. Het was de enige foto die ooit van Isaac T. Jones was gemaakt.

15

Met de rozen in haar hand stond Victory From Sin Fraser in het midden van de hal. Net als de meeste leden van haar kerk, had zij Shepherd tijdens een van zijn bezoekjes aan Los Angeles leren kennen. De man leek zo conventioneel, met zijn vriendelijke glimlach en elegante kleren, dat Vicki maar moeilijk kon geloven dat hij een Harlekijn was. In haar fantasie waren de Harlekijns exotische krijgers die langs muren omhoog konden lopen en kogels opvingen tussen hun tanden. Wanneer zij iemand een wreedheid zag begaan hoopte ze altijd dat er opeens een Harlekijn door het raam of van het dak zou springen om ervoor te zorgen dat er gerechtigheid geschiedde.

Vicki draaide zich om van de balie en zag een vrouw op zich afkomen. De vrouw droeg een canvas reistas, een zwarte koker met een schouderriem, een videocamera en een camerastatief. Ze droeg een donkere zonnebril en had kort, donker haar. Hoewel de vrouw een slank figuur had, was haar gezicht pafferig en onaantrekkelijk. Toen zij dichterbij kwam, realiseerde Vicki zich dat deze persoon iets woests en gevaarlijks uitstraalde, een bijna ongecontroleerde intensiteit.

De vrouw bleef vlak voor Vicki staan en nam haar taxerend op. 'Zoekt u mij?' Zij sprak met een licht Brits accent.

'Ik ben Vicki Fraser. Ik sta hier op iemand te wachten die een vriend van onze kerk kent.'

'Dat moet Mr. Shepherd zijn.'

Vicki knikte. 'Hij heeft mij gevraagd u onder mijn hoede te nemen tot hij een veilige ontmoetingsplaats heeft gevonden. Hij wordt op dit moment in de gaten gehouden.'

'Goed. Laten we dan maar gaan.'

Ze verlieten de internationale terminal te midden van een menigte en staken een smalle weg over naar een drie verdiepingen tellende parkeergarage. De vrouw weigerde Vicki haar bagage te laten dragen. Ze keek voortdurend achterom, alsof ze verwachtte dat iemand haar volgde. Toen zij de betonnen trap op liepen, greep zij Vicki plotseling bij de arm en draaide haar om.

'Waar gaan we naartoe?'

'Ik – ik sta op de eerste verdieping geparkeerd.'

'Kom mee naar beneden.'

Ze keerden terug naar de begane grond. Onderweg werden zij op de trap gepasseerd door een Latijns-Amerikaans gezin dat Spaans liep te kletsen. De Harlekijn keek bliksemsnel om zich heen. Niets.

Ze gingen weer naar boven en Vicki liep naar een Chevrolet personenwagen met een bumpersticker op de achterruit: ONTDEK DE WAARHEID! ISAAC T. JONES IS VOOR *JOU* GESTORVEN!

'Waar is mijn geweer?' vroeg de vrouw.

'Welk geweer?'

'U zou mij voorzien van wapens, geld en Amerikaanse papieren. Zo hoort het te gaan.'

'Het spijt me Miss – Miss Harlekijn. Daar heeft Shepherd niets over gezegd. Hij heeft me alleen verteld dat ik iets ruitvormigs mee moest nemen en u van de luchthaven moest gaan halen. Mijn moeder wilde eigenlijk niet dat ik het deed, maar ik heb het toch gedaan.'

'Maak de kofferbak open.'

Vicki pakte haar sleutels en opende de kofferbak. Die lag vol aluminium blikken en plastic flessen die ze nog naar de recycling moest brengen. Ze vond het vervelend dat de Harlekijn de rommel zag.

De jonge vrouw legde de cameratas en het statief in de achterbak. Ze keek om zich heen. Niemand keek naar hen. Zonder een woord van uitleg knipte ze de geheime bergplaatsen in het statief open en haalde er twee messen en een zwaard uit. Dit was afschuwelijk. Vicky dacht aan de denkbeeldige Harlekijns in haar dromen, die gouden zwaarden droegen en aan lange touwen door de lucht zwaaiden. Het wapen dat ze voor zich zag was een echt zwaard, dat zo te zien heel erg scherp was. Ze wist niet wat ze moest zeggen, maar herinnerde zich een passage uit de *Verzamelde brieven van Isaac T. Jones*.

'Wanneer de Laatste Boodschapper komt, zal de Boze in het Duisterste Rijk storten en zullen zwaarden veranderen in Licht.'

'Klinkt geweldig.' De Harlekijn liet het zwaard in een draagkoker glijden. 'Maar tot die tijd zal ik mijn eigen zwaard scherp moeten houden.'

Ze stapten in de auto en de Harlekijn stelde de rechterzijspiegel zo in dat zij kon zien of er iemand achter hen reed. 'Laten we hier weggaan,' zei ze. 'We moeten ergens naartoe waar geen camera's zijn.'

Ze verlieten de parkeergarage, reden de rotonde voor de luchthaven op en namen de afslag naar Sepulveda Boulevard. Het was november, maar het was warm en de zon weerkaatste in elke voorruit en elk glazen oppervlak. Ze reden door een winkelwijk met gebouwen van twee en drie verdiepingen, moderne kantoorgebouwen tegenover kruidenierswinkeltjes van immigranten en nagelstudio's. Er liepen niet veel mensen op de stoep: een paar armoedige types, bejaarden en een man met woest haar die wel iets weg had van Johannes de Doper.

'Een paar kilometer hiervandaan is een park,' zei Vicki. 'Daar zijn geen bewakingscamera's.'

'Weet je dat zeker of denk je dat alleen maar?' De Harlekijn zat aan één stuk door in de zijspiegel te kijken.

'Ik vermoed het. Maar het lijkt me wel logisch.'

Haar antwoord leek de jonge vrouw te amuseren. 'Goed dan. We zullen eens zien of logica in Amerika beter werkt.'

Het park was een smalle strook gras met een paar bomen, aan de straatkant tegenover de Loyola Universiteit. Er was niemand op het parkeerterrein en op het eerste gezicht leken er geen bewakingscamera's te zijn. De Harlekijn nam het terrein zorgvuldig in zich op, zette toen haar zonnebril en bruine pruik af en deed haar gekleurde contactlenzen uit. Haar echte haar was dik en zwart en haar ogen waren heel licht – met slechts een zweempje blauw. Haar pafferige gezicht had ze te danken aan een soort medicijn. Naarmate dat uit begon te werken, begon ze er veel sterker en zelfs agressiever uit te zien.

Vicki probeerde niet naar het zwaardfoedraal te kijken. 'Hebt u honger, Miss Harlekijn?'

De jonge vrouw propte haar pruik in haar reistas. Ze keek opnieuw in de achteruitkijkspiegel. 'Ik heet Maya.'

'Mijn kerknaam is Victory From Sin Fraser. Maar ik vraag mensen altijd of ze me Vicki willen noemen.'

'Verstandige keuze.'

'Heb je honger, Maya?'

In plaats van haar vraag te beantwoorden, haalde Maya een klein elektronisch apparaatje uit haar schoudertas. Het was ongeveer zo groot als een lucifersdoosje. Ze drukte op een knopje en er verschenen cijfers op een klein schermpje. Vicki begreep niet wat de cijfers betekenden, maar de Harlekijn gebruikte ze om een besluit te nemen. 'Oké. Laten we wat gaan eten,' zei Maya. 'Breng me ergens naartoe waar we iets te eten kunnen kopen en waar we het in de auto kunnen opeten. Parkeer met je voorkant naar voren, richting straat.'

Ze kwamen terecht bij een Mexicaans eettentje, Tito's Tacos genaamd. Vicki haalde burrito's en frisdrank en nam alles mee naar de auto. Maya zei niets en prikte met een klein plastic vorkje in de vleesvulling. Omdat ze niet wist wat ze anders moest doen, keek Vicki naar het komen en gaan van mensen op de parkeerplaats. Een oude vrouw met de gedrongen lichaamsbouw en de indiaanse trekken van een Guatemalteekse boerin. Een Filippijns echtpaar van middelbare leeftijd. Twee jonge Aziaten – waarschijnlijk Koreanen – met de opzichtige kleding en gouden sieraden van zwarte rappers.

Vicki keek de Harlekijn aan en deed haar best zelfverzekerd te klinken. 'Wil je mij vertellen wat je in Los Angeles komt doen?'

'Nee.'

130

'Gaat het om een Reiziger? De pastoor van mijn kerk zegt dat er geen Reizigers meer bestaan. Ze zijn allemaal opgespoord en vermoord.'

Maya liet haar blikje frisdrank zakken. 'Waarom wilde je moeder niet dat je mij ging ophalen?'

'De Heilige Kerk van Isaac T. Jones gelooft niet in geweld. Iedereen in de kerk weet dat Harlekijns...' Vicky zweeg en sloeg haar oogleden neer.

'Mensen doden?'

'Ik weet zeker dat de mensen tegen wie jij strijdt slecht en wreed zijn.' Vicki gooide de rest van haar eten in een papieren zak en keek Maya recht in de ogen. 'In tegenstelling tot mijn moeder en haar vrienden, geloof ik in de Niet-ingeloste schuld. Wij mogen nooit vergeten dat de Leeuw van de Tempel de enige was die moedig genoeg was om het op de avond van zijn martelaarschap voor de Profeet op te nemen. Hij stierf samen met de Profeet en brandde in dezelfde vlammen.'

Maya liet de ijsklontjes in haar beker rammelen. 'Wat doe je eigenlijk, wanneer je geen wildvreemde mensen van vliegvelden ophaalt?'

'Ik heb dit jaar mijn middelbare-schooldiploma gehaald en nu wil moeder dat ik bij de posterijen ga werken. Veel van de Gelovigen hier in Los Angeles zijn postbode. Het is een prima baan met goede arbeidsvoorwaarden. Althans, dat zeggen ze.'

'En wat zou je zelf het liefste willen doen?'

'Ik zou het geweldig vinden om de wereld rond te reizen. Er zijn zoveel plaatsen die ik alleen uit boeken of van de televisie ken.'

'Doe dat dan.'

'Ik heb geen geld en vliegtickets zoals jij. Ik heb zelfs nog nooit in een echt restaurant gegeten en ben nog nooit naar een nachtclub geweest. Harlekijns zijn de meest vrije mensen ter wereld.'

Maya schudde haar hoofd. 'Geloof me, je zou geen Harlekijn willen zijn. Als ik vrij was, zou ik nu niet in deze stad zijn.'

Het mobieltje in Vicki's tas begon het thema te spelen van Beethovens *Ode an die Freude*. Vicki aarzelde, pakte toen het toestel en hoorde Shepherds opgewekte stem.

'Heb je het pakketje opgehaald van het vliegveld?'

'Ja, sir.'

'Ik wil haar graag even spreken.'

Vicki gaf de telefoon aan Maya en hoorde de Harlekijn drie keer achter elkaar 'ja' zeggen. Toen verbrak ze de verbinding en liet het toestel naast zich op de stoel vallen.

'Shepherd heeft mijn wapens en papieren. Je moet naar 489 Southwest rijden – wat dat dan ook mag betekenen.'

'Het is een code. Hij heeft gezegd dat ik heel voorzichtig moest zijn met gesprekken met de mobiele telefoon.'

Vicki pakte een telefoonboek van Los Angeles van de achterbank en sloeg pagina 489 op. In de linkerbenedenhoek – het zuidwestelijke gedeelte van de pagina dus – stond een advertentie van een bedrijf dat Verrijzenis Auto Onderdelen heette. Het adres was in Marina del Rey, een paar kilometer van zee. Ze verlieten de parkeerplaats en reden in westelijke richting over Washington Boulevard. Maya tuurde uit het raam alsof ze herkenningspunten zocht die ze kon onthouden.

'Waar is het centrum van Los Angeles?'

'Er is eigenlijk geen echt centrum. De stad bestaat uit allemaal kleine, aparte wijken.'

De Harlekijn stak haar hand in de mouw van haar trui omdat een van haar messen niet goed zat.

Ze reden langs winkelcentra en benzinestations en woonwijken. Sommige buurten waren erg armoedig, met kleine woningen in Spaanse stijl of boerderijachtige huizen met platte, met grind bedekte daken. Aan de voorkant van elk huis lag een gazon van bermudagras en een paar bomen, meestal palmen of iepen.

Verrijzenis Auto Onderdelen was gevestigd in een smalle zijstraat, tussen een T-shirtfabriek en een zonnestudio. Op de gevel van het raamloze gebouw had iemand een cartoonversie van Gods hand uit de Sixtijnse Kapel geschilderd. In plaats van Adam het leven te schenken, hing de hand nu boven een knalpot.

Vicki parkeerde aan de overkant van de straat. 'Ik kan hier wel op je wachten. Dat vind ik niet erg.'

'Dat is niet nodig.'

Ze stapten uit de auto en laadden de bagage uit. Vicki verwachtte dat Maya iets zou zeggen als 'tot ziens' of 'bedankt voor alles', maar de Harlekijn had alleen nog maar oog voor deze nieuwe omgeving. Ze keek links en rechts de straat in, bestudeerde elke oprit en elke geparkeerde auto, pakte toen haar tas en camerastatief op en wilde weglopen.

'Is dat alles?'

Maya bleef staan en keek over haar schouder. 'Hoe bedoel je?'

'Zien we elkaar nu verder niet meer?'

'Natuurlijk niet. Je hebt je werk gedaan, Vicki. Het is het beste als je het er met niemand over hebt.'

Met al haar bagage in haar linkerhand, stak Maya de straat over naar Verrijzenis Auto Onderdelen. Vicki probeerde zich niet beledigd te voelen, maar was toch wel een beetje boos. Als klein meisje had ze zoveel verhalen over de Harlekijns gehoord en over de onverschrokken manier waarop zij de rechtschapenen verdedigden. Nu had ze twee Harlekijns ontmoet: Shepherd was een doodgewone man en deze jonge vrouw, Maya, was egocentrisch en onbeschoft.

Het was tijd om naar huis te gaan en eten klaar te maken voor moeder. Vanavond om zeven uur was er een gebedsdienst in de Goddelijke Kerk. Vicki stapte in haar auto en reed terug naar Washington Boulevard. Toen ze voor een rood stoplicht stond, dacht ze aan Maya en hoe zij met haar bagage in haar linkerhand de straat was overgestoken. Zo hield ze haar rechterhand vrij. Ja, dat was het. Vrij om haar zwaard te trekken en iemand te doden.

16

Maya vermeed de hoofdingang van Verrijzenis Auto Onderdelen. Ze liep de parkeerplaats op en begon om het gebouw heen te lopen. Aan de achterzijde bevond zich een nooduitgang met een ruitvormig Harlekijnsymbool in het roestige metaal gekrast. Ze trok de deur open en liep naar binnen. De geur van olie en een schoonmaakmiddel. Stemmen in de verte. Ze bevond zich in een ruimte met rekken vol gebruikte carburateurs en uitlaatpijpen. Alles was gesorteerd op merk en model. Terwijl ze haar zwaard iets verder uit de schede trok, liep ze in de richting van het licht. Ze zag een deur die op een kier stond en toen ze naar binnen gluurde zag ze Shepherd met twee andere mannen om een kleine tafel staan.

Toen Maya binnenkwam keken ze verbaasd op. Shepherd reikte onder zijn jasje naar zijn wapen, herkende haar toen en glimlachte. 'Daar is ze! Helemaal volwassen en wat is ze mooi geworden. Dit is de beroemde Maya over wie ik jullie heb verteld.'

Ze had Shepherd zes jaar geleden ontmoet toen hij op bezoek was bij haar vader in Londen. De Amerikaan had een plan om miljoenen te verdienen aan illegaal gekopieerde Hollywoodfilms, maar Thorn weigerde de operatie te financieren. Hoewel Shepherd achter in de veertig was, zag hij er veel jonger uit. Zijn blonde haar was in stekeltjes geknipt en hij droeg een grijs zijden overhemd en een op maat gemaakt sportief jasje. Net als Maya droeg hij zijn zwaard in een foedraal over zijn schouder.

De twee andere mannen waren zo te zien broers. Ze waren allebei in de twintig, met slechte tanden en gebleekt blond haar. De oudste van de twee had wazige gevangenistatoeages op zijn armen. Maya vermoedde dat het mispels waren – de Harlekijnterm voor minderwaardige huurlingen – en besloot hen te negeren.

'Wat is er aan de hand?' vroeg ze aan Shepherd. 'Door wie word je geschaduwd?'

'Daar hebben we het later wel over,' zei Shepherd. 'Nu wil ik je voorstellen aan Bobby Jay en Tate. Ik heb je geld en je papieren. Maar Bobby Jay zorgt voor de wapens.'

Tate, de jongere broer, stond haar aan te gapen. Hij droeg een trainingsbroek en een oversized rugbyshirt waaronder hij waarschijnlijk een handwapen verborg. 'Ze heeft net zo'n zwaard als jij,' zei hij tegen Shepherd.

De Harlekijn glimlachte gemoedelijk. 'Het is een lastig ding om mee rond te lopen, maar het hoort er nu eenmaal bij.'

'Wat is je zwaard waard?' vroeg Bobby Jay aan Maya. 'Wil je het verkopen?'

Ze wendde zich geërgerd tot Shepherd. 'Waar heb je deze mispels gevonden?'

'Maak je niet druk. Bobby Jay koopt en verkoopt allerlei wapens. Hij is altijd op zoek naar nieuwe handel. Kies uit wat je wilt hebben. Ik betaal en dan gaan zij weg.'

Er stond een metalen koffer op de tafel. Shepherd maakte hem open en liet haar vijf handwapens zien die op een schuimrubber onderlaag lagen. Toen Maya dichterbij kwam zag ze dat een van de wapens van zwart plastic was gemaakt, met een patroon boven aan het frame.

Shepherd pakte het plastic wapen op. 'Heb je er zo een weleens eerder gezien? Het is een Taser en hij geeft een elektrische schok. Je moet natuurlijk ook een echt wapen hebben, maar dit ding geeft je de keus om de ander niet te doden.'

'Geen belangstelling,' zei Maya.

'Ik zweer het je. Ik heb zelf ook een Taser. Als je iemand neerschiet met een pistool, komt er altijd politie bij. Dit geeft je meer opties.'

'De enige optie is aanvallen of niet aanvallen.'

'Oké. Mij best. Jij je zin...'

Shepherd grijnsde en haalde de trekker over. Voordat ze iets kon doen, schoten er twee aan draden verbonden pijltjes uit de loop en raakten haar in de borst. Een gigantische elektrische schok wierp haar achterover op de grond. Terwijl ze worstelde om overeind te komen voelde ze de volgende schok en na de laatste was er alleen nog duisternis.

17

Zaterdagochtend belde generaal Nash Lawrence om te vertellen dat Nathan Boone om vier uur 's middags een telefonische vergadering met het uitvoerend comité van de Broeders zou hebben. Lawrence reed onmiddellijk van zijn huis naar het researchcentrum in Westchester County en overhandigde een deelnemerslijst aan de bewaker bij de hoofdingang. Hij ging even naar zijn eigen kantoor om zijn e-mail te checken en ging toen naar de tweede verdieping om voorbereidingen te treffen voor de vergadering.

Nash had de opdracht om Lawrence toe te laten in de vergaderruimte al ingetypt. Toen Lawrence naar de deur liep, las de scanner zijn PL-identificatiechip en het slot klikte open. In de vergaderruimte stonden een mahoniehouten tafel, bruin lederen stoelen en een televisiescherm dat een hele muur bedekte.

Bij dit soort vergaderingen was het gebruik van alcohol nooit toegestaan, dus zette Lawrence flessen water en glazen op tafel. Het was zijn taak ervoor te zorgen dat het televisiesysteem werkte. Met behulp van het controlepaneel legde hij verbinding met een videocamera die stond opgesteld in een gehuurde kantoorsuite in Los Angeles. De camera toonde een bureau en een lege stoel. Daar zou Boone gaan zitten wanneer de vergadering begon en van daaruit zou hij verslag uitbrengen over de gebroeders Corrigan. Binnen twintig minuten verschenen er vier kleine vierkantjes onder aan het televisiescherm en gaf het controlepaneel aan dat de Broeders in

Londen, Tokio, Moskou en Dubai ook bij het gesprek aanwezig zouden zijn.

Lawrence deed zijn best om een ijverige indruk te wekken, maar hij was blij dat er niemand anders in de kamer was. Hij was bang en zijn gebruikelijke masker was niet in staat zijn emoties te verhullen. Een week eerder had Linden hem een piepkleine, op batterijen werkende videocamera toegestuurd, een zogenaamde Spider. De Spider zat nu in Lawrences zak en voelde als een tijdbom die elk moment tot ontploffing kon komen.

Hij controleerde nog een keer of de waterglazen wel schoon waren en liep toen naar de deur. Ik kan het niet, dacht hij. Het is te gevaarlijk. Maar zijn lichaam weigerde de kamer te verlaten. Lawrence begon stilletjes te bidden. *Help me, Vader. Ik ben niet zo moedig als u.*

Opeens werd zijn instinct tot overleven overschaduwd door de woede die hij voelde om zijn eigen lafheid. Eerst schakelde hij de bewakingscamera uit die tijdens de vergadering zou worden gebruikt, toen bukte hij zich en trok zijn schoenen uit. Daarna stapte hij via een stoel boven op de tafel. Lawrence schoof de Spider in een plafondrooster van de airconditioning, controleerde of de magneetjes goed contact maakten met het metaal en sprong weer op de grond. Er waren vijf seconden verstreken. Acht seconden. Tien seconden. Lawrence zette de bewakingscamera weer aan en begon de stoelen terug te schuiven.

In zijn jeugd had Lawrence er nooit enig vermoeden van gehad dat zijn vader Sparrow, de Japanse Harlekijn, was. Zijn moeder vertelde hem dat zij zwanger was geraakt toen ze aan de Universiteit van Tokio studeerde. Haar rijke minnaar weigerde met haar te trouwen en zij wilde geen abortus. Omdat het in de Japanse samenleving niet meeviel een buitenechtelijk kind groot te brengen, emigreerde zij naar Amerika en voedde haar zoon op in Cincinnati, Ohio. Lawrence geloofde haar op haar woord. Hoewel zijn moeder hem Japans leerde lezen en spreken, voelde hij nooit de drang om naar Tokio te vliegen en de een of andere egoïstische zakenman op te sporen die een zwangere studente in de steek had gelaten.

Tijdens zijn derde jaar aan de universiteit stierf zijn moeder aan kanker. In een oude kussensloop, die achter in een kast verborgen lag, vond hij brieven van haar familie in Japan. De liefdevolle brieven verrasten hem. Zijn moeder had hem verteld dat haar familie haar op straat had gezet toen zij zwanger bleek te zijn. Lawrence schreef de familie een brief en zijn tante Mayumi vloog naar Amerika voor de begrafenis.

Na de plechtigheid bleef Mayumi nog wat langer om haar neef te helpen alles in huis in te pakken en op te laten slaan. Bij het uitzoeken van de spullen vonden ze de dingen die Lawrences moeder uit Japan had meegenomen: een antieke kimono, wat oude studieboeken en een fotoalbum.

'Dat is je grootmoeder,' zei Mayumi, wijzend op een oude vrouw die glimlachend in de camera keek. Lawrence sloeg de bladzijde om. 'En dat is je moeders nichtje. En haar schoolvriendinnen. Het waren zulke mooie meisjes.'

Toen Lawrence weer een bladzijde omsloeg vielen er twee foto's uit het album. Op de ene zat zijn jonge moeder naast Sparrow. Op de andere foto stond Sparrow alleen met de twee zwaarden.

'En wie is dit?' vroeg Lawrence. De man op de foto zag er kalm en heel ernstig uit.

'Wie is die man? Vertel het me alsjeblieft.' Toen hij zijn tante aankeek begon zij te huilen.

'Dat is je vader. Ik heb hem maar één keer ontmoet, samen met je moeder, in een restaurant in Tokio. Hij was een hele sterke man.'

Tante Mayumi wist maar heel weinig over de man op de foto's. Hij noemde zichzelf Sparrow, maar gebruikte af en toe de naam Furukawa. Lawrences vader was betrokken bij iets heel gevaarlijks. Misschien was hij een spion. Hij was jaren geleden samen met een groep Yakuza-gangsters omgekomen bij een vuurgevecht in het Osaka Hotel.

Toen zijn tante was teruggekeerd naar Japan, begon Lawrence elke vrije minuut die hij had door te brengen op het internet, op zoek naar informatie over zijn vader. Informatie over de schietpartij in het Osaka Hotel was gemakkelijk te vinden. In alle Japanse kranten, maar ook in de internationale pers waren artikelen over de slachtpartij verschenen. Er waren achttien Yakuza bij om het leven gekomen. Een gangster met de naam Hiroshi Furukawa stond vermeld als een van de doden en een Japans tijdschrift had zelfs een foto afgedrukt van zijn dode vader. Lawrence vond het vreemd dat er in geen van de artikelen een reden voor het incident werd vermeld. Meestal noemde de verslaggever het een 'ruzie binnen het criminele circuit' of een 'onenigheid over illegaal verkregen verdiensten'. Twee gewonde Yakuza hadden het overleefd, maar zij weigerden vragen te beantwoorden.

Aan de Duke Universiteit had Lawrence computerprogramma's leren schrijven die grote hoeveelheden statistische informatie konden verwerken. Na zijn afstuderen werkte hij voor een game website van het Amerikaanse leger, die de reacties analyseerde van tieners die online teams vormden en elkaar in een platgebombardeerde stad te lijf gingen. Lawrence werkte mee aan het creëren van een programma dat van elke speler een psychologisch profiel maakte. De door de computer samengestelde profielen vertoonden veel overeenkomsten met de werkelijke bevindingen van het leger bij het rekruteren van nieuwe soldaten. Het programma liet zien wie geschikt was om sergeant te worden, wie de radio moest bedienen en wie zich vrijwillig zou opgeven voor gevaarlijke missies.

De baan bij het leger leidde tot een baan in het Witte Huis en Kennard Nash. De generaal zag in Lawrence een goede administrateur en vond dat hij zijn talenten niet moest verspillen met het schrijven van computerprogramma's. Nash onderhield goede contacten met de CIA en de NSA. Lawrence besefte dat het werken voor Nash hem een vertrouwenspositie kon bezorgen waarmee hij toegang kon krijgen tot geheime informatie over zijn vader. Hij had de foto van zijn vader met de twee zwaarden grondig bestudeerd. Sparrow had niet de overdadige tatoeages die zo kenmerkend waren voor Yakuza.

Uiteindelijk had Nash Lawrence bij zich geroepen en hem datgene gegeven wat de Broeders 'de Kennis' noemden. Hij kreeg de meest eenvoudige versie te horen: dat er een terroristische groepering bestond die zich de Harlekijns noemde en die dwalende geesten beschermde die Reizigers werden genoemd. In het belang van de samenleving dienden de Harlekijns vernietigd te worden en moesten de zieners in de gaten worden gehouden. Lawrence keerde naar zijn bureau terug met zijn eerste toegangscodes van de Broeders, typte zijn vaders naam in en ontving zijn informatie. NAAM: *Sparrow.* ALIAS: *Hiroshi Furukawa.* RESUMÉ: *Bekende Japanse Harlekijn.* MIDDELEN: *Niveau twee.* DOELTREFFENDHEID: *Niveau een.* HUIDIGE STATUS: *Geëlimineerd - Osaka Hotel - 1975.*

Naarmate Lawrence meer over de Kennis te weten kwam en de beschikking kreeg over meer toegangscodes, kwam hij tot de ontdekking dat de meeste Harlekijns waren uitgeschakeld door huurlingen van de Broeders. Nu werkte hij dus voor de mensen die zijn vader hadden vermoord. Hij werd omringd door het kwaad, maar als een echte Noh-acteur hield hij te allen tijde zijn masker op.

Toen Kennard Nash het Witte Huis verliet, volgde Lawrence hem naar een nieuwe baan bij de Evergreen Stichting. Hij kreeg toestemming de groen-, rood- en blauwboeken te lezen met daarin beschrijvingen van de Reizigers en Harlekijns en een beknopte geschiedenis van de Broeders. In dit nieuwe tijdperk wezen de Broeders de hardvochtige totalitaire staatsvorm van Stalin en Hitler af en kozen liever voor het meer intellectuele Panopticon-systeem dat was ontwikkeld door de achttiende-eeuwse filosoof Jeremy Bentham.

'Je hoeft niet iedereen in de gaten te houden als iedereen gelooft dat hij in de gaten wordt gehouden,' legde Nash uit. 'Straffen is niet noodzakelijk, maar de onontkoombaarheid van straffen moet wel in het brein worden geprogrammeerd.'

Jeremy Bentham geloofde dat de ziel niet bestond en dat er geen andere realiteit was dan de fysieke wereld. Kort voor zijn dood beloofde hij zijn vermogen na te laten aan de Universiteit van Londen, op voorwaarde dat zijn lichaam zou worden geconserveerd, dat hij in zijn lievelingskleren zou worden gestoken en in een glazen vitrine zou worden gelegd. Het lichaam van de filosoof was voor de Broeders een privé-heiligdom en zij lieten nooit na het te bezoeken wanneer zij in Londen waren.

Een jaar geleden was Lawrence naar Amsterdam gevlogen voor een vergadering met een van de internetcontroleteams van de Broeders. Hij had een tussenstop van een dag in Londen en nam een taxi naar de Universiteit van Londen. Hij was via de ingang aan Gower Street naar binnen gegaan en was het grote plein overgestoken. Het was laat in de zomer en behoorlijk warm. Op de wit marmeren trappen van het Wilkinsgebouw zaten studenten in korte broeken en T-shirts en Lawrence was jaloers op hun nonchalante vrijheid.

Bij de ingang naar de zuidelijke kruisgang zat Jeremy Bentham op een stoel in een kast van glas en hout. Hij was opgevuld met stro en watten, waarna men hem zijn lievelingskleren had aangetrokken. Oorspronkelijk had Benthams hoofd in een glazen bak aan zijn voeten gestaan, maar op een gegeven moment hadden een paar studenten het gestolen om er op het plein mee te kunnen voetballen. Nu lag het hoofd opgeslagen in de kluis van de universiteit. Het was vervangen door een wassen gezicht, dat er bleek en spookachtig uitzag.

Normaal gesproken zat er een meter of zes bij de filosoof vandaan een bewaker in een identieke vitrine van hout en glas. Broeders die eer kwamen bewijzen aan de uitvinder van het Panopticon maakten regelmatig het grapje dat je niet kon zien wie er doder was – Jeremy Bentham of de gedienstige sukkel die zijn lichaam bewaakte. Maar die middag was er geen bewaker en was Lawrence helemaal alleen in de hal. Langzaam liep hij naar de vitrine en keek naar het wassen gezicht. De Franse beeldhouwer die het gezicht had gemaakt had zijn werk goed gedaan en de opwaartse welving van Benthams lip suggereerde dat hij heel tevreden was met de ontwikkelingen in het nieuwe millennium.

Na enkele seconden naar het geconserveerde lichaam te hebben staan kijken, deed Lawrence een stap opzij om een kleine tentoonstelling over Benthams leven te bestuderen. Toen hij omlaagkeek zag hij dat er met rood waskrijt graffiti op het dof geworden koperen lijstwerk aan de onderkant van de vitrine was getekend. Het was een ovaal met drie rechte lijnen; uit zijn research wist Lawrence dat het een Harlekijnluit was.

Was het een teken van minachting? Een openlijk protest van de tegenstander? Hij bukte zich om het symbool beter te kunnen bekijken en zag dat een van de lijnen een pijl was die naar Benthams opgevulde skelet wees. Een teken. Een boodschap. Hij keek in de richting van een wandtapijt dat een eind verderop in de hal hing. Ergens in het gebouw viel een deur dicht, maar er kwam niemand. Doe iets, dacht hij. Dit is je enige kans. De deur van de kast was afgesloten met een klein koperen hangslot, maar hij gaf er een harde ruk aan en trok het in één keer open. Toen de deur krakend openging, stak hij zijn hand naar binnen en doorzocht de zakken van Benthams zwarte jas. Niets. Lawrence maakte de jas open, voelde aan de voering en vond een binnenzak. Daar zat iets. Een kaart. Ja, een ansichtkaart. Hij verstopte zijn schat in zijn attaché-koffer, deed de glazen deur weer dicht en liep snel weg.

Een uur later zat hij in een pub in de buurt van het British Museum en bekeek een ansichtkaart van La Palette, een café aan de Rue de Seine in Parijs. Een groene luifel. Tafeltjes en stoelen op het trottoir. Op een van de tafeltjes op de foto was een X getekend, maar Lawrence had geen idee wat dat betekende. Aan de achterkant van de ansichtkaart had iemand in het Frans geschreven: *Toen de tempel viel.*

Toen hij weer in Amerika was onderwierp Lawrence de ansichtkaart aan een nauwkeurig onderzoek en was hij uren aan het zoeken op het internet. Had een Harlekijn de kaart achtergelaten als aanwijzing? Welke tempel was ingestort? De enige tempel die hij kon bedenken was de oorspronkelijke joodse tempel in Jeruzalem. De Ark des Verbonds. Het Heilige der Heiligen.

Toen Lawrence op een avond thuiszat en een hele fles wijn had leeggedronken realiseerde hij zich opeens dat de oude orde van de tempelridders iets te maken had met de Harlekijns. De leiders van de tempeliers waren door de Franse koning gearresteerd en veroordeeld tot de brandstapel. Wanneer was dat gebeurd? Hij pakte zijn laptop, ging op het internet en even later wist hij het. Oktober 1307. Vrijdag de dertiende.

Dit jaar waren er twee vrijdagen de dertiende en een daarvan was over een paar weken. Lawrence verzette zijn vakantie en vloog naar Parijs. Op de ochtend van de dertiende ging hij, gekleed in een trui met een Harlekijnruitpatroon, naar La Palette. Het café zat in een zijstraat vol kleine kunstgalerietjes, vlak bij de Pont-Neuf. Lawrence ging buiten aan een van de kleine tafeltjes zitten en bestelde koffie. Hij was gespannen en opgewonden, klaar voor een avontuur, maar er ging een uur voorbij zonder dat er ook maar iets gebeurde.

Toen hij de ansichtkaart nog een keer goed bekeek, zag hij dat de X op een bepaald tafeltje helemaal links op het terras stond. Toen een paar Franse jongelui hun krant uit hadden en naar hun werk gingen, verhuisde hij naar het bewuste tafeltje en bestelde een stokbroodje met ham. Hij wachtte tot twaalf uur 's middags, toen er een oude kelner, gekleed in een wit overhemd met een zwart vest, naar zijn tafeltje toe kwam.

De man sprak Frans. Lawrence schudde zijn hoofd. De kelner probeerde het in het Engels. 'Zoekt u iemand?'

'Ja.'

'En wie mag dat zijn?'

'Dat weet ik niet. Maar ik zal hem zeker herkennen wanneer hij komt.'

De oude kelner haalde een mobieltje onder zijn vest vandaan en gaf het aan Lawrence. De telefoon ging bijna onmiddellijk over. Een zware stem sprak in het Frans, Duits en vervolgens in het Engels.

'Hoe hebt u deze plek gevonden?' vroeg de stem.

'Een ansichtkaart in de zak van een dode man.'

'U hebt een toegangsweg gevonden. Wij hebben over de hele wereld zeven van deze punten om contact te leggen met bondgenoten en huurlingen. Dit is slechts een toegangsweg. Het wil niet zeggen dat u toestemming zult krijgen om binnen te komen.'

'Dat begrijp ik.'

'Vertelt u mij eerst eens – wat is er vandaag gebeurd?'

'De orde van de tempelridders werd bijeengebracht en uitgemoord. Maar enkelen overleefden het.'

'Wie hebben het overleefd?'

'De Harlekijns. Een van hen was mijn vader, Sparrow.'

Stilte. Toen begon de man aan de telefoon zachtjes te lachen. 'Uw vader zou bijzonder van dit moment hebben genoten. Hij hield van het onverwachte. En wie bent u?'

'Lawrence Takawa. Ik werk voor de Evergreen Stichting.'

Weer die stilte. 'Ahhh, ja,' fluisterde de stem. 'De officiële façade van de groep die zich de Broeders noemt.'

'Ik wil meer te weten komen over mijn vader.'

'Waarom zou ik u vertrouwen?'

'Dat moet u zelf weten,' zei Lawrence. 'Ik blijf nog tien minuten aan dit tafeltje zitten, dan ga ik weg.'

Hij verbrak de verbinding en wachtte tot het mobieltje in zijn hand zou ontploffen, maar er gebeurde niets. Vijf minuten later kwam er een grote man met een kaalgeschoren hoofd aangelopen. Hij bleef voor zijn tafeltje staan. Er hing een zwarte metalen koker over zijn schouder en Lawrence realiseerde zich dat er een Harlekijn met een zwaard voor hem stond. '*Apportez-moi une eau-de-vie, s'il vous plaît,*' zei de man tegen de kelner en ging in een van de rieten stoelen zitten. De Harlekijn stak zijn rechterhand in de zak van zijn trenchcoat, alsof hij daar een handvuurwapen verborgen hield. Lawrence vroeg zich af of de Harlekijn hem meteen zou neerschieten of dat hij zou wachten tot zijn drankje was gebracht.

'Het verbreken van de verbinding was een slagvaardige daad, Mr. Takawa. Daar houd ik wel van. Misschien bent u werkelijk de zoon van Sparrow.'

'Ik heb een foto van mijn ouders. Die mag u zien als u dat wilt.'

'Ik zou u ook meteen kunnen doden.'

'Dat kan ook.'

De Fransman lachte voor het eerst. 'Waarom zet u uw leven op het spel om mij te ontmoeten?'

'Ik wil weten waarom mijn vader is gestorven.'

'Sparrow was de laatst overgebleven Harlekijn in Japan. Toen de Tabula Yakuza-gangsters inhuurden om drie bekende Reizigers te doden, verdedigde hij deze mensen en slaagde erin hen nog bijna acht jaar in leven te houden. Een van die Reizigers was een boeddhistische monnik die in een tempel in Kyoto leefde. De Yakuza-leiders stuurden er verschillende teams op uit om deze monnik te vermoorden, maar de moordenaars bleven maar verdwijnen. Sparrow maaide hen neer als hoog onkruid in een tuin. In tegenstelling tot veel moderne Harlekijns, gebruikte hij het liefst een zwaard.'

'Wat gebeurde er? Hoe hebben ze hem te pakken gekregen?'

'Hij ontmoette je moeder bij een bushalte voor de Universiteit van Tokio. Zij gingen een paar keer met elkaar uit en werden verliefd. Toen je moeder in verwachting raakte, kwamen de Yakuza daarachter. Ze ontvoerden je moeder en brachten haar naar een feestzaal in het Osaka Hotel. Daar werd ze vastgebonden en opgehangen aan een touw. De Yakuza waren van plan zich lam te drinken en haar te verkrachten. Ze konden Sparrow niet doden, dus wilden ze de enige belangrijke persoon in zijn leven bezoedelen.'

Een kelner kwam een glas cognac brengen en de grote man haalde zijn hand uit zijn jaszak. Het geluid van het verkeer en de gesprekken om hen heen verdween naar de achtergrond. Het enige dat Lawrence nog hoorde was de stem van de man.

'Je vader ging vermomd als kelner de feestzaal binnen. Hij bukte zich alsof hij iets onder een dienwagen vandaan wilde pakken en kwam weer tevoorschijn met een zwaard en een automatisch geweer met een roterend trommelmagazijn. Sparrow viel de Yakuza aan, doodde er een paar en verwondde de rest. Toen bevrijdde hij je moeder en zei tegen haar dat ze moest vluchten.'

'Deed ze dat?'

'Ja. Sparrow had samen met je moeder moeten vluchten, maar zijn eer was aangetast. Hij liep met zijn zwaard de feestzaal door en sabelde de Yakuza neer. Terwijl hij daarmee bezig was, trok een van de gewonde mannen een pistool en schoot hem in de rug. De politie werd omgekocht om de feiten te verhullen en de kranten schreven dat het om een bendenoorlog ging.'

'En de Reizigers?'

'Nu er niemand meer was om hen te beschermen, waren zij binnen enkele weken allemaal dood. Een Duitse Harlekijn, Thorn, vloog naar Japan, maar toen was het al te laat.'

Lawrence tuurde naar zijn koffiekopje. 'Zo is het dus gebeurd...'

'Of je het nu leuk vindt of niet, je bent de zoon van een Harlekijn en je werkt voor de Tabula. De grote vraag is nu: wat ben je van plan daaraan te gaan doen?'

Naarmate het tijdstip van de vergadering naderde werd Lawrence opnieuw bevangen door een intense angst. Hij deed de deur van zijn kantoor op slot, maar iedereen met een hoger beveiligings-niveau – zoals Kennard Nash – zou zomaar binnen kunnen komen. Om vijf minuten voor vier pakte hij het ontvangertje dat Linden met de Spider had meegestuurd en sloot het aan op zijn laptop. Op het scherm verschenen wazige rode strepen en opeens zag hij de vergaderruimte en hoorde hij stemmen op zijn koptelefoon.

Kennard Nash stond bij de lange tafel en heette de Broeders welkom op de bijeenkomst. Enkele mannen droegen golfkleding en hadden de middag doorgebracht op een plaatselijke Westchester countryclub. De Broeders schudden elkaar stevig de hand, wisselden grapjes uit en praatten wat over de huidige politieke situatie. Een nietsvermoedende buitenstaander had kunnen denken dat dit gezelschap goedgeklede oudere mannen aan het hoofd stond van een liefdadigheidsorganisatie die elk jaar een banket organiseerde en eervolle vermeldingen uitreikte.

'Goed, heren,' zei Nash. 'Neemt u plaats. Het is tijd voor ons gesprek.'

Lawrence gebruikte de computer om de lens van de Spider scherp te stellen. Hij zag hoe in de vergaderruimte Nathan Boone op het videobeeldscherm verscheen. Op de kleine vierkantjes onder aan het scherm waren de gezichten te zien van de Broeders in andere landen.

'Hallo allemaal,' zei Boone op kalme toon, als een financieel adviseur die de inkomsten ging bespreken. 'Ik wil u graag een overzicht geven van de huidige situatie betreffende Michael en Gabriel Corrigan.

Een maand geleden heb ik een bewakingsprogramma in gang gezet om deze twee mannen in de gaten te houden. In Los Angeles is tijdelijk personeel aangenomen en er zijn wat mensen overgekomen uit andere steden. Onze mensen kregen opdracht de broers te schaduwen en informatie te verzamelen over hun persoonlijke eigenschappen. Ze mochten de Corrigans alleen aanhouden als de kans bestond dat zij de streek zouden verlaten.'

Op het televisiescherm was een oud, twee verdiepingen tellend gebouw te zien. 'Een paar avonden geleden ontmoetten de broers elkaar in het verpleeghuis voor terminale patiënten waar hun moeder verbleef. Ons team had geen infraroodapparatuur bij zich, maar wel een audioscanner. Rachel Corrigan zei het volgende tegen haar zoons...'

Uit de speakers klonk de zwakke stem van de stervende vrouw. *'Jullie vader was een Reiziger... Een Harlekijn, Thorn, vond ons... Als jullie de gave blijken te hebben, moeten jullie je verbergen voor de Tabula.'*

Boones gezicht verscheen weer op het scherm. 'Die nacht is Rachel Corrigan gestorven en verlieten de twee broers het verpleeghuis. De leiding van het team was in handen van Mr. Prichett. Hij nam het besluit om Michael Corrigan aan te houden. Helaas reed Gabriel op de snelweg achter zijn broer en viel een van onze voertuigen aan. De Corrigans wisten te ontkomen.'

'Waar zijn ze nu?'

Lawrence zag een nieuw beeld op het scherm verschijnen. Een grote man die eruitzag alsof hij van een eiland in de Stille Oceaan kwam en een kale Latijns-Amerikaanse man met een geweer bewaakten de Corrigans bij het verlaten van een kleine woning.

'De volgende ochtend zag een van onze surveillanceteams de broers en de twee lijfwachten bij Gabriels huis. Een halfuur later ging hetzelfde groepje bij Michaels appartement langs om wat kleding op te halen.

'De vier mannen reden vanuit Los Angeles in zuidelijke richting naar een kledingfabriek. De fabriek is eigendom van ene Frank Salazar. Hij heeft geld verdiend met illegale activiteiten, maar bezit nu verschillende legale bedrijven. Salazar was een investeerder in een van Michaels kantoorpanden. Zijn mannen bewaken op dit moment allebei de broers.'

'En zij bevinden zich nog steeds in de fabriek?' vroeg Nash.

'Inderdaad. Ik verzoek om toestemming het gebouw vanavond binnen te vallen en de broers in hechtenis te nemen.'

De mannen rond de vergadertafel zwegen een ogenblik, maar toen nam de kale vertegenwoordiger in Moskou het woord. 'Staat die fabriek in een openbaar gebied?'

'Inderdaad,' zei Boone. 'Vijfhonderd meter verderop staan twee appartementencomplexen.'

'Het comité heeft een paar jaar geleden al besloten acties te vermijden die mogelijkerwijze de aandacht van de politie trekken.'

Generaal Nash boog zich naar voren. 'Als dit een routine-executie was, zou ik Mr. Boone vragen een betere mogelijkheid af te wachten. Maar de situatie is in korte tijd helemaal veranderd. Door de kwantumcomputer hebben we nu de kans een machtige bondgenoot te krijgen. Als Project Oversteek slaagt, zullen we eindelijk over de technologie beschikken die noodzakelijk is om de gehele bevolking te kunnen controleren.'

'Maar daar hebben we een Reiziger voor nodig,' zei een van de mannen aan tafel.

Generaal Nash tikte met zijn vinger op tafel. 'Ja. En voorzover wij weten bestaan er geen Reizigers meer. Deze twee jonge mannen zijn de zoons van een bekende Reiziger en dat betekent dat zij zijn gave wellicht hebben geërfd. We moeten hen oppakken. We hebben geen andere keus.'

18

Maya zat doodstil naar de drie mannen te kijken. Het had haar even gekost om bij te komen van de elektrische schok en ze had nog steeds een brandend gevoel in haar borst en linkerschouder. Terwijl ze buiten bewustzijn was, hadden de mannen een oude ventilatorriem aan stukken gesneden en gebruikt om haar benen bij elkaar te binden. Om haar polsen zat een paar handboeien die onder de stoel door waren geschoven. Op dit moment probeerde ze haar woede te bedwingen en een rustig plekje in haar hart te vinden. Denk aan een steen, zei haar vader vroeger altijd. Een gladde zwarte steen. Pak hem uit een ijskoud bergbeekje en houd hem in je hand.

'Waarom zegt ze niets?' vroeg Bobby Jay. 'Als ik haar was, zou ik jou uitschelden voor alles wat mooi en lelijk was.'

Shepherd keek naar Maya en lachte. 'Ze probeert een manier te verzinnen om jou je keel af te snijden. Toen ze nog een klein meisje was heeft haar vader haar al geleerd mensen te vermoorden.'

'Heftig.'

'Nee, krankzinnig,' zei Shepherd. 'Een andere Harlekijn, Mother Blessing, een Ierse, is eens naar een stadje op Sicilië gegaan en heeft daar binnen tien minuten dertien mensen vermoord. Ze probeerde een katholieke priester te redden die was ontvoerd door een paar lokale maffiosi die als huurlingen werkten. De priester werd neergeschoten en bloedde uiteindelijk dood in een auto, maar Mother

Blessing ontkwam. En nu, ik zweer het je, staat er ergens ten noorden van Palermo op een altaar in een kapelletje langs de weg een beeltenis van Mother Blessing als Engel des Doods. Totale waanzin. Ze is verdomme een psychopaat en niks anders.'

Kauwgom kauwend en zichzelf krabbend liep Tate naar de stoel en boog zich zo ver naar voren dat zijn mond slechts enkele centimeters van haar gezicht verwijderd was. 'Is dat zo, schatje? Zit je te bedenken hoe je ons kunt vermoorden? Dat is helemaal niet aardig van je.'

'Blijf uit haar buurt,' zei Shepherd. 'Laat haar maar gewoon op die stoel zitten. Maak vooral die handboeien niet los. Geef haar niets te eten en te drinken. Zodra ik Prichett heb gevonden kom ik terug.'

'Verrader.' Maya had haar mond moeten houden – met praten zou ze toch niets bereiken – maar het woord leek als vanzelf over haar lippen te komen.

'Dat zeg je nu wel,' zei Shepherd. 'Maar zal ik je eens iets vertellen? Er valt niets te verraden. Er bestaan geen Harlekijns meer.'

'We mogen de Tabula niet aan de macht laten komen.'

'Ik heb een nieuwtje voor je, Maya. De Harlekijns hebben geen werk meer omdat de Broeders geen Reizigers meer doden. Ze willen ze gevangennemen en hun krachten gebruiken. Dat hadden wij jaren geleden al moeten doen.'

'Jij verdient het niet een Harlekijnnaam te dragen. Je hebt de herinnering aan je familie bezoedeld.'

'Zowel mijn grootvader als mijn vader gaven alleen maar om Reizigers. Aan mij dachten ze geen moment. Wij zijn precies hetzelfde, Maya. We zijn allebei grootgebracht door mensen die voor een verloren zaak vochten.'

Shepherd wendde zich tot Bobby Jay en Tate. 'Verlies haar geen seconde uit het oog,' zei hij en liep de kamer uit.

Tate liep naar de tafel en pakte Maya's werpmes op. 'Moet je zien,' zei hij tegen zijn broer. 'Perfecte balans.'

'Wanneer Shepherd terugkomt nemen wij de messen, haar Harlekijnzwaard en wat bonusgeld mee.'

Maya spande voorzichtig haar arm- en beenspieren aan. Ze

151

wachtte haar kansen af. Toen ze veel jonger was, had haar vader haar meegenomen naar een club in Soho waar hij haar op het grote biljart het driebandenspel leerde. Het leerde haar vooruit te denken en een snelle opeenvolging van handelingen tot stand te brengen: de witte bal raakte de rode bal en kaatste vervolgens tegen de banden.

'Shepherd is veel te bang van haar.' Met het mes in zijn hand liep Tate naar Maya toe. 'De Harlekijns hebben een enorme reputatie, maar ik merk er niks van. Moet je haar nu zien. Ze heeft gewoon twee armen en twee benen, net als ieder ander.'

Tate drukte de punt van het mes tegen Maya's wang. De huid was flexibel en gaf mee. Toen hij wat meer kracht zette verscheen er een druppeltje bloed. 'Kijk nou eens. Ze bloeden ook gewoon.' Heel voorzichtig, als een kunstenaar die natte klei modelleert, trok Tate een ondiepe snee van de zijkant van Maya's hals naar haar sleutelbeen. Ze voelde het bloed uit de wond en over haar huid sijpelen.

'Kijk. Rood bloed. Net als jij en ik.'

'Hou op met die onzin,' zei Bobby Jay. 'Straks gebeurt er nog wat.'

Tate grijnsde en liep weer terug naar de tafel. Hij stond maar een paar seconden met zijn rug naar haar toe en benam daarmee bovendien zijn broer het zicht. Maya viel naar voren, op haar knieën, en trok haar armen zo ver mogelijk naar achteren. Toen ze zich van de stoel had bevrijd, schoof ze haar armen onder haar achterwerk en benen door. Nu hield ze haar handen voor zich.

Maya stond op – polsen en enkels nog steeds geboeid – en sprong langs Tate heen. Ze maakte een koprol over de tafel, greep haar zwaard en landde vlak voor Bobby Jay. Geschrokken zocht hij in zijn leren jack naar zijn pistool. Maya zwaaide het zwaard met twee handen naar voren en legde zijn hals open; het bloed spoot uit de doorgesneden slagader. Bobby Jay zakte langzaam op de grond, maar zij dacht al niet meer aan hem. Ze zette het zwaard achter het zwarte rubber van de ventilatorriem en sneed haar benen los.

Sneller nu. Ze liep om de tafel heen naar Tate, die bezig was zijn pistool onder zijn wijde T-shirt vandaan te halen. Terwijl hij het wapen optilde, stapte Maya naar links, bracht het zwaard met kracht omlaag en hakte zijn onderarm af. Tate wankelde gillend

152

achteruit, maar zij sprong onmiddellijk op hem af en hakte met het zwaard in op zijn nek en borst.

Tate viel op de grond en Maya stond met haar zwaard in beide handen geklemd op hem neer te kijken. Op dat moment leek de wereld ineen te krimpen, als een duistere ster die wordt samengeperst tot één kleine speldenknop van angst en woede en vreugde.

19

De gebroeders Corrigan woonden nu al vier dagen boven de kledingfabriek. Die middag werd Michael opgebeld door Mr. Bubble, die hem verzekerde dat zijn onderhandelingen met de familie Torrelli in Philadelphia uitstekend verliepen. Over ongeveer een week zou Michael een paar overdrachtsdocumenten moeten tekenen en dan zouden ze vrij zijn.

Toen Deek die avond kwam bestelde hij iets te eten bij de Chinees. Hij stuurde Jesus Morales naar beneden om te wachten tot het werd bezorgd en begon een spelletje schaak met Gabriel. 'In de nor wordt veel geschaakt,' legde Deek uit. 'Maar ze spelen er allemaal op dezelfde manier. Ze vallen aan en blijven aanvallen tot een van de koningen eraan gaat.'

Wanneer de naaimachines niet aanstonden en de arbeiders allemaal naar huis waren, was het heel stil in de fabriek. Gabriel hoorde een auto de straat in rijden en voor het gebouw tot stilstand komen. Hij keek uit het raam en zag een Chinese chauffeur uit zijn auto stappen met twee zakken eten.

Deek keek naar het schaakbord en dacht na over zijn volgende zet. 'Hij wordt vast kwaad wanneer Jesus hem gaat betalen. Die chauffeur heeft een heel eind moeten rijden en die zuinige Jesus geeft hem vast niet meer dan een dollar fooi.'

De chauffeur kreeg het geld van Jesus en begon terug te lopen naar zijn auto. Opeens stak hij zijn hand onder zijn donsjack en haalde een vuurwapen tevoorschijn. Hij liep achter Jesus aan, richtte het wapen en schoot de lijfwacht dwars door het hoofd. Deek hoorde het schot. Hij rende naar het raam en op dat moment kwamen er twee auto's de straat binnen. Een heel stel mannen sprong eruit en volgde de Chinees het gebouw binnen.

Deek toetste een nummer in op zijn mobiele telefoon en begon snel te praten. 'Stuur als de sodemieter een paar mannen hier naartoe. Op dit moment komen er zes gewapende mannen binnen.' Vervolgens pakte hij zijn M-16-geweer en keek naar Gabriel. 'Ga Michael zoeken. Blijf bij hem tot Mr. Bubble ons komt helpen.'

De grote man liep behoedzaam de trap af. Gabriel rende de gang op en trof Michael naast de veldbedden aan.

'Wat is er aan de hand?'

'Ze vallen het gebouw binnen.'

Ze hoorden een geweersalvo, gedempt door de muren. Deek stond in het trappenhuis en schoot van bovenaf op de indringers. Michael keek verward en angstig. Hij stond in de deuropening en keek hoe Gabriel een roestige schop oppakte.

'Wat ga je doen?'

'We moeten hier weg.'

Gabriel stak de schop tussen een raam en het kozijn en wrikte het raam open. Hij gooide de schop op de grond, trok het raam met de hand verder omhoog en keek naar buiten. Een tien centimeter brede betonnen rand liep om de zijkant van het gebouw heen. Het dak van een volgend gebouw bevond zich bijna twee meter bij hen vandaan, aan de andere kant van een steegje, één verdieping lager dan waar zij op dit moment in de val zaten.

Er explodeerde iets in het gebouw en de stroom viel uit. Gabriel liep naar een hoek van de kamer en greep het Japanse zwaard van zijn vader. Hij stak het met het gevest omlaag in zijn rugzak zodat alleen de punt van de schede er nog uitstak. Nog meer schoten. Toen hoorden ze dat Deek het uitschreeuwde van de pijn.

Gabriel deed zijn rugzak om en liep terug naar het open raam.

'Kom op. We kunnen naar het andere gebouw springen.'

'Dat kan ik niet,' zei Michael. 'Ik spring vast mis.'

'Je moet het proberen. Als we hier blijven, zullen ze ons doden.'

'Ik praat wel met ze, Gabe. Ik kan met iedereen praten.'

'Vergeet het maar. Dat zijn geen mensen met wie je het op een akkoordje kunt gooien.'

Gabriel klom uit het raam en ging, terwijl hij zich met zijn linkerhand aan het kozijn vasthield, op de betonnen rand staan. De straatverlichting zorgde voor voldoende licht om het dak te kunnen zien, maar de steeg tussen de twee gebouwen was een donker gat. Hij telde tot drie, zette zich af en viel omlaag op het geteerde oppervlak van het dak. Hij krabbelde overeind en keek omhoog naar het fabrieksgebouw.

'Schiet op!'

Michael aarzelde, leek even aanstalten te maken om uit het raam te klimmen, maar deinsde toch weer terug.

'Je kunt het best!' Opeens bedacht Gabriel dat hij beter bij zijn broer had kunnen blijven om hem te helpen als eerste te springen. 'Denk aan wat je zelf altijd zegt. We moeten bij elkaar blijven. Dat is de enige manier.'

Aan de hemel daverde een helikopter met een schijnwerper. De lichtstraal doorkliefde de duisternis, viel even op het open raam en vervolgde zijn weg over het dak van de fabriek.

'Kom op, Michael!'

'Ik kan het niet! Ik zoek wel een plek om me te verstoppen.'

Michael reikte in zijn binnenzak, haalde er iets uit en gooide het naar zijn broer. Toen het voorwerp op het dak viel zag Gabriel dat het een gouden geldklem was met een creditcard en een stapeltje biljetten van twintig dollar.

'Morgenmiddag om twaalf uur zie ik je op de hoek van Wilshire Boulevard en Bundy,' zei Michael. 'Als ik er niet ben, wacht je vierentwintig uur en probeer je het nog een keer.'

'Ze zullen je vermoorden.'

'Maak je geen zorgen. Ik red me wel.'

Michael verdween in de duisternis en Gabriel bleef alleen achter. De helikopter vloog terug over het gebouw en bleef met ronkende motor in de lucht hangen. De grote rotorbladen deden stof en vuil opwaaien. Het licht van de schijnwerper scheen in Gabriels ogen; het was alsof hij recht in de zon keek. Half verblind door het felle licht, strompelde hij over het dak naar een brandtrap, greep de stalen ladder en liet zich door de zwaartekracht mee naar beneden trekken.

20

Maya trok haar met bloed besmeurde kleren uit en propte ze in een plastic vuilniszak. De twee dode lichamen lagen maar een paar meter bij haar vandaan en ze probeerde niet te veel na te denken over wat er was gebeurd. Blijf in het heden, zei ze tegen zichzelf. Concentreer je op wat je doet. Geleerden en dichters hadden over het verleden geschreven – hadden het bewonderd, ernaar terugverlangd of het juist betreurd – maar Thorn had zijn dochter geleerd zich er niet door te laten afleiden.

Shepherd was weggegaan omdat hij een afspraak had met ene Prichett, maar hij kon elk moment terugkomen. Hoewel Maya het liefst wilde blijven om de verrader te vermoorden, was haar belangrijkste doel het opsporen van Gabriel en Michael Corrigan. Misschien waren ze al gevangengenomen, dacht zij. Of misschien hadden zij niet de macht om Reizigers te worden. Er was maar één manier om deze vragen te beantwoorden: ze moest de broers zo snel mogelijk zien te vinden.

Maya haalde wat kleren uit haar reistas en trok een spijkerbroek, een T-shirt en een blauwe katoenen trui aan. Ze wikkelde aan repen gescheurde vuilniszakken om haar handen, zocht tussen Bobby Jays vuurwapens en koos een klein automatisch pistool met een enkelholster van Duitse makelij uit. In de langwerpige metalen koffer zat een automatisch pistool met een pistoolgreep en een inklapbare kolf en zij besloot dat ook maar mee te nemen. Toen ze klaar was om te gaan legde ze een oude krant op de bloederige vloer en ging erop staan terwijl ze de zakken van de broers doorzocht. Tate had veertig dollar bij zich en drie plastic buisjes cocaine. Bobby Jay had meer dan negenhonderd dollar op zak, opgerold en met een elastiekje eromheen. Maya nam het geld mee en liet de drugs naast Tates lijk liggen.

Met de geweerkoffer en haar andere spullen verliet ze via de nooduitgang het gebouw, liep een paar blokken naar het westen en gooide daar de bebloede kleren in een vuilcontainer. Nu stond ze op Lincoln Boulevard, een vierbaansweg met aan beide zijden meubelwinkels en fastfoodrestaurants. Het was warm en ze had het gevoel alsof de bloedspetters nog op haar huid kleefden.

Maya had slechts één andere contactpersoon. Een paar jaar geleden had Linden een bezoek aan Amerika gebracht voor valse paspoorten en creditcards. Hij had een postadres geregeld bij ene Thomas, die ten zuiden van Los Angeles in Hermosa Beach woonde.

Ze belde vanuit een telefooncel een taxi. De chauffeur was een oude Syriër die amper Engels sprak. Hij pakte er een plattegrond bij, bestudeerde die een hele tijd en zei toen dat hij haar wel naar het adres kon brengen.

Hermosa Beach was een klein stadje ten zuiden van Los Angeles Airport. Er was een toeristisch centrum met restaurants en barretjes, maar de meeste gebouwen waren kleine bungalows, vlak bij het strand. De taxichauffeur raakte tot twee keer toe de weg kwijt. Hij stopte, vouwde de plattegrond weer open en slaagde er uiteindelijk toch in het huis aan Sea Breeze Lane te vinden. Maya betaalde de chauffeur en keek hoe de taxi de straat weer uit reed. Misschien zaten de Tabula haar binnen al op te wachten.

Ze liep de veranda op en klopte op de deur. Er werd niet opengedaan, maar ze hoorde muziek uit de achtertuin komen. Maya opende een poort aan de zijkant van het huis en even later bevond ze zich in een doorgang tussen het huis en een betonnen muur. Om haar handen vrij te hebben, liet ze al haar bagage bij de poort staan. Bobby Jays automatische pistool zat in een holster aan haar linkerenkel. Het zwaardfoedraal hing om haar schouder. Ze haalde diep adem, bereidde zich voor op een gevecht en liep verder.

Vlak bij de muur groeiden een paar pijnbomen, maar de rest van de tuin was helemaal kaal. Iemand had een ondiepe kuil in de zanderige bodem gegraven en die bedekt met een anderhalve meter hoge rieten koepel van stokken die met touw aan elkaar waren gebonden. Terwijl een draagbare radio country&western-muziek ten gehore bracht, was een man met ontbloot bovenlijf bezig de koepel te bedekken met donkere stukken gelooide koeienhuid.

Toen de man Maya zag hield hij op met werken. Hij was een Amerikaan van indiaanse afkomst met lang zwart haar en een slappe buik. Toen hij glimlachte zag ze een donker gat tussen zijn kiezen. 'Het is morgen,' zei hij.

'Pardon?'

'De datum voor de zweethutceremonie is verzet. Alle vaste bezoekers hebben een e-mail gekregen, maar ik neem aan dat jij een van Richards kennissen bent.'

'Ik ben op zoek naar ene Thomas.'

De man bukte zich en zette de radio uit. 'Dat ben ik. Ik ben Thomas Walks the Ground. En met wie heb ik het genoegen?'

'Jane Stanley. Ik ben net aangekomen uit Engeland.'

'Ik ben een keer in Londen geweest om een lezing te geven. Verschillende mensen vroegen me waarom ik geen veren in mijn haar droeg.' Thomas ging op een houten bankje zitten en begon een T-shirt aan te trekken. 'Ik vertelde dat ik tot de stam van de Absaroka behoorde, de vogelmensen. Jullie blanken noemen ons de Crow. Ik hoef geen adelaar kaal te plukken om een indiaan te zijn.'

'Een vriend heeft me verteld dat je heel veel weet.'

'Misschien. Misschien ook niet. Dat mag je zelf beslissen.'

Maya bleef voortdurend om zich heen kijken; er was niemand anders te bekennen. 'En nu bouw je zweethutten?'

'Inderdaad. Over het algemeen organiseer ik elk weekend een ceremonie. De afgelopen paar jaar heb ik veel weekends georganiseerd voor gescheiden mannen en vrouwen. Na twee dagen zweten en op een trommel slaan, komen mensen vaak tot de conclusie dat ze geen hekel meer hebben aan hun ex.' Thomas glimlachte en gebaarde met zijn handen. 'Het stelt niet veel voor, maar het helpt de wereld. Wij voeren allemaal dagelijks een gevecht, maar we weten het alleen niet. Liefde doet haar best om haat te overwinnen. Moed vernietigt angst.'

'Volgens mijn vriend kan jij me vertellen hoe de Tabula aan hun naam komen.'

Thomas' blik gleed naar een draagbare koelbox en een opgevouwen sweater die in het zand lag. Daar lag het wapen dus verborgen. Waarschijnlijk een pistool.

'De Tabula. Juist ja. Daar heb ik misschien weleens van gehoord.' Thomas geeuwde en krabde over zijn buik alsof zij hem zojuist iets over een groepje padvinders had gevraagd. 'Tabula komt van de Latijnse term *tabula rasa* – wat "onbeschreven blad" betekent. De Tabula denken dat de menselijke geest bij de geboorte een onbeschreven blad is. Dat betekent dat machtige mensen je brein kunnen vullen met geselecteerde informatie. Als je dat bij grote aantallen mensen doet kan je het grootste deel van de wereldbevolking beheersen. De Tabula haten iedereen die kan aantonen dat er een andere realiteit bestaat.'

'Zoals een Reiziger?'

Thomas keek opnieuw in de richting van zijn verborgen wapen. Hij aarzelde en leek toen tot de slotsom te komen dat hij er toch niet snel genoeg bij kon komen om het vege lijf te redden.

'Hoor eens, Jane – of hoe je ook mag heten. Als je me wilt doden, ga dan je gang maar. Het zal me een zorg zijn. Een van mijn ooms was een Reiziger, maar ik bezit niet het vermogen om de overgang te maken. Toen mijn oom terugkeerde naar deze wereld, probeerde hij de stammen zover te krijgen dat wij de alcohol zouden afzweren en ons leven weer in eigen hand zouden nemen. De machthebbers vonden dat maar niets. Er was sprake van land en olievelden. Een halfjaar nadat mijn oom begon te preken, reed iemand hem dood op de weg. Jullie hebben het expres op een ongeluk laten lijken, nietwaar? Een aanrijding zonder getuigen, met een automobilist die na het ongeluk is doorgereden.'

'Weet je wat een Harlekijn is?'

'Misschien…'

'Een aantal jaren geleden heb je een Franse Harlekijn ontmoet, Linden. Hij heeft jouw adres gebruikt om aan valse paspoorten te komen. Ik zit op dit moment in de problemen. Linden heeft gezegd dat jij me kunt helpen.'

'Ik vecht niet met Harlekijns. Zo iemand ben ik niet.'

'Ik heb een auto of een pick-up nodig, maar in elk geval een voertuig dat niet kan worden achterhaald door de Grote Machine.'

Thomas Walks the Ground bleef haar een hele tijd zitten aanstaren en zij voelde de intensiteit van zijn blik. 'Oké,' zei hij langzaam. 'Daar kan ik wel voor zorgen.'

21

Gabriel liep door de greppel die langs de San Diego Freeway liep. Het was bijna ochtend. Aan de oostelijke horizon straalde een dunne streep oranje zonlicht. Hij werd gepasseerd door auto's en vrachtwagens, allemaal op weg naar het zuiden.

Degene die Mr. Bubbles fabriek was binnengevallen verwachtte waarschijnlijk dat hij zou terugkeren naar het huis in het westen van Los Angeles. Gabriel had zijn Honda achtergelaten bij de fabriek en had een andere motor nodig. In New York of Hongkong – eigenlijk in elke wereldstad – kon hij verdwijnen in de metro of in de mensenmassa. Maar in Los Angeles verplaatsten alleen daklozen en illegale immigranten zich te voet. Op een motorfiets zou hij opgaan in het verkeer dat vanuit de straten van de stad naadloos overging in de anonieme drukte op de snelwegen.

Twee huizen naast dat van Gabriel woonde een oude man die Foster heette. Foster had een schuur met een aluminium dak in zijn achtertuin. Gabriel klom boven op de betonnen muur die de snelweg scheidde van de huizen in zijn straat en sprong vervolgens op de schuur. Toen hij over de daken keek, zag hij dat er aan de overkant van de straat een onderhoudswagen van het elektriciteitsbedrijf geparkeerd stond. Terwijl hij zich stond af te vragen wat hij nu moest doen, zag hij op de plaats van de bestuurder opeens een geel vlammetje oplichten. Iemand die in de schaduw zat had zojuist een sigaret opgestoken.

Gabriel sprong van het schuurtje en klauterde over de muur naar de snelweg. Inmiddels begon achter een rij pakhuizen de zon als een grauwe ballon op te komen. Ik kan het maar beter meteen doen, dacht hij. Als ze de hele nacht hebben zitten wachten, zitten ze waarschijnlijk half te pitten.

Hij keerde terug naar de muur en hees zich eroverheen, in zijn eigen met onkruid overwoekerde achtertuin. Zonder een ogenblik te aarzelen rende hij naar de garage en trapte de zijdeur in. Zijn Italiaanse Moto Guzzi stond in het midden van de garage. De grote motor, de zwarte brandstoftank en het kleine, sportieve stuur hadden hem altijd doen denken aan een vechtstier die op een toreador staat te wachten.

Gabriel sloeg met zijn vuist op de knop die de elektrische garagedeur bediende, sprong op de motor en trapte hem aan. De metalen garagedeur rolde met een knarsend geluid omhoog. Zodra Gabriel anderhalve meter ruimte zag, gaf hij gas.

Drie mannen sprongen uit de onderhoudswagen en renden op hem af. Terwijl Gabriel met hoge snelheid de oprit af reed, hief een man in een blauw jack een wapen dat eruitzag als een automatisch pistool waar een soort granaat op leek te zijn bevestigd. Gabriel hobbelde over de stoep de weg op en de man schoot. De granaat bleek een dikke plastic zak te zijn die met iets zwaars gevuld was. Hij raakte de zijkant van de motor, die prompt een zijwaartse slingerbeweging maakte.

Niet stoppen, dacht Gabriel. Niet afremmen. Hij gaf een ruk aan het stuur, hervond zijn evenwicht en reed de straat door naar het eind van het blok. Toen hij achteromkeek zag hij de drie mannen naar hun auto rennen.

Gabriel nam een scherpe bocht, waarbij het grind opspatte onder het achterwiel van de Guzzi. Hij gaf een dot gas en de snelheid duwde hem achteruit in het zadel. Zijn lichaam leek deel te gaan uitmaken van de machine en terwijl hij zich stevig vasthield racete hij door een rood stoplicht.

Hij bleef binnen de bebouwde kom en reed in zuidelijke richting naar Compton, waarna hij rechtsomkeert maakte en terugreed naar Los Angeles. Om twaalf uur 's middags passeerde hij de hoek van Wilshire en Bundy, maar Michael was er niet. Gabriel reed naar Santa Barbara en bracht de nacht door in een armoedig motelletje, een paar kilometer van het strand. De volgende dag keerde hij terug naar Los Angeles, maar Michael stond nog steeds niet op de hoek op hem te wachten.

Gabriel kocht een paar kranten en las alle artikelen. Er werd geen melding gemaakt van de schietpartij in de kledingfabriek. Hij wist dat kranten en televisiejournaals verslag uitbrachten op een bepaald realiteitsniveau. Wat hem op dit moment overkwam speelde zich af op een heel ander niveau, in een soort parallel universum. Overal om hem heen breidden verschillende samenlevingen zich uit of werden juist vernietigd, werden nieuwe tradities gevormd of werden alle regels met voeten getreden, terwijl het Netwerk net deed alsof de gezichten op de televisie de enige belangrijke verhalen vertelden.

De rest van de dag bracht hij door op zijn motorfiets en hij stopte alleen om te tanken of wat water te drinken. Gabriel wist dat hij een schuilplaats moest zien te vinden, maar een soort nerveuze energie dwong hem in beweging te blijven. Naarmate hij vermoeider raakte, viel Los Angeles in kleine stukjes uiteen: geïsoleerde beelden zonder enig verband. Dode palmbladeren in de goot. Een reusachtige gipsen kip. Een aanplakbiljet voor een zoekgeraakte hond. Overal reclamekreten: HALVE PRIJZEN! TEGEN ELK AANNEMELIJK BOD! WIJ LEVEREN GOED WERK! Een oude man die de bijbel las. Een tienermeisje dat op straat liep te telefoneren. En dan sprong het stoplicht weer op groen en racete hij weer verder, nergens naartoe.

Gabriel was in Los Angeles met verschillende vrouwen uit geweest, maar de relaties duurden zelden langer dan een of twee maanden. Zij zouden hem dus niet kunnen helpen als hij opeens bij hen voor de deur stond, op zoek naar onderdak. Hij had een paar mannelijke vrienden die van parachutespringen hielden en andere die op motoren reden, maar hij had met niemand een speciale band. Teneinde het Netwerk te ontwijken, had hij zich van iedereen afzijdig gehouden, behalve van zijn broer.

Terwijl hij over Sunset Boulevard reed dacht hij aan Maggie Resnick. Ze was advocate en hij vertrouwde haar; zij zou wel weten wat hem te doen stond. Hij verliet Sunset en volgde de kronkelweg die naar Coldwater Canyon voerde.

Maggies huis was op een steile helling gebouwd. Aan de onderkant van het huis bevond zich een garagedeur, met daarboven drie verdiepingen van glas en staal die steeds kleiner werden, en wel iets weg hadden van de lagen van een bruidstaart. Het was bijna middernacht, maar binnen brandde nog licht. Gabriel belde aan en Maggie deed open in een rode flanellen ochtendjas en pluizige pantoffels.

'Ik hoop dat je me geen ritje op je motor komt aanbieden. Het is koud en donker en ik ben moe. Ik moet nog drie getuigenverklaringen doornemen.'

'Ik moet met je praten.'

'Wat is er gebeurd? Zit je in de problemen?'

Gabriel knikte.

Maggie deed een stap opzij. 'Kom dan maar binnen. Deugdzaamheid is bewonderenswaardig, maar stomvervelend. Ik denk dat ik daarom strafrecht ben gaan doen.'

Hoewel Maggie een hekel had aan koken, had zij haar architect opdracht gegeven een extra grote keuken te ontwerpen. Koperen pannen hingen aan plafondhaken. Op een houten plank stonden kristallen wijnglazen. In een reusachtige roestvrij-stalen koelkast stonden vier flessen champagne en een bakje van een Chinees afhaalrestaurant. Terwijl Maggie theezette, ging Gabriel aan de keukentafel zitten. De kans bestond dat zijn aanwezigheid hier haar in gevaar bracht, maar hij moest iemand vertellen wat er was gebeurd. Nu alles op losse schroeven leek te staan, drongen allerlei herinneringen aan zijn kindertijd zich aan hem op.

Maggie schonk een kop thee voor hem in, ging tegenover hem zitten en stak een sigaret op. 'Oké. Op dit moment ben ik je advocaat. Dat betekent dat alles wat je me vertelt onder ons blijft, tenzij je overweegt in de toekomst een misdrijf te plegen.'

'Ik heb niets verkeerds gedaan.'

Ze wuifde met haar hand en een streep sigarettenrook dreef door de lucht. 'Natuurlijk wel, Gabriel. We hebben allemaal misdrijven begaan. De eerste vraag is: zit de politie achter je aan?'

Gabriel vertelde haar in het kort over het overlijden van zijn moeder en beschreef toen de mannen die Michael op de snelweg hadden aangevallen, de ontmoeting met Mr. Bubble en het incident in de kledingfabriek. Maggie viel hem nauwelijks in de rede, en vroeg alleen af en toe hoe hij een bepaald feit te weten was gekomen.

'Ik dacht al dat Michael je weleens in moeilijkheden zou kunnen brengen,' zei ze. 'Mensen die hun geld voor de overheid verbergen zijn meestal betrokken bij andere soorten misdrijven. Als Michael hun geen huur meer betaalde voor zijn kantoorgebouw, zouden ze dat nooit hebben aangegeven bij de politie. Dan hadden ze wel een paar spierbundels ingehuurd om hem op te sporen.'

'Het kan ook nog iets anders zijn,' zei Gabriel. 'Toen wij nog klein waren en in South Dakota woonden, kwamen er een paar mannen naar ons huis die op zoek waren naar mijn vader. Ze staken ons huis in brand en mijn vader verdween, maar we hebben nooit geweten waarom. Vlak voor haar dood vertelde mijn moeder ons een vreemd verhaal.'

Gabriel had altijd vermeden mensen over zijn familie te vertellen, maar nu kon hij niet meer ophouden. Hij vertelde iets over hun leven in South Dakota en beschreef vervolgens wat haar moeder op haar sterfbed had gezegd. Maggie was eraan gewend dat haar cliënten haar hun misdaden vertelden. Zij had zichzelf aangewend geen scepsis te tonen voordat het verhaal was afgelopen.

'Is dat alles, Gabriel? Ben je niets vergeten?'

'Het is alles wat ik me kan herinneren.'

'Wil je een cognacje?'

'Nu even niet.'

Maggie pakte een fles Franse cognac en schonk een glas voor zichzelf in. 'Ik wil datgene wat je moeder je heeft verteld niet in twijfel trekken, maar ik kan me er niets bij voorstellen. Meestal komen mensen in de problemen vanwege seks, trots of geld. Soms zelfs door alledrie tegelijk. Die gangster over wie Michael je heeft verteld – die Vincent Torrelli – is vermoord in Atlantic City. Naar wat jij me over Michael hebt verteld, denk ik dat hij in de verleiding kan zijn gekomen zijn project uit illegale middelen te laten financieren en vervolgens een manier te verzinnen om het niet terug te hoeven betalen.'

'Denk je dat Michael nog leeft?'

'Waarschijnlijk wel. Als ze hun investering willen beschermen zullen ze hem in leven moeten houden.'

'Wat kan ik doen om hem te helpen?'

'Je kunt niet veel doen,' zei Maggie. 'De vraag is dus of ik me hiermee ga bemoeien. Ik neem aan dat je geen geld hebt?'

Gabriel schudde zijn hoofd.

'Ik mag je graag, Gabriel. Je hebt nog nooit tegen me gelogen en dat vind ik een ware verademing. Ik breng hele dagen door in het gezelschap van professionele leugenaars. Op den duur is dat erg vermoeiend.'

'Ik wil alleen goede raad, Maggie. Ik wil je niet in iets betrekken wat misschien gevaarlijk is.'

'Het leven is nu eenmaal gevaarlijk. Dat maakt het juist zo interessant.' Ze dronk haar glas leeg en nam een besluit. 'Goed. Ik zal je helpen. Het is een *mitswa* en ik kan meteen mooi mijn ongebruikte moederlijke instincten botvieren.' Maggie trok een keukenkastje open en pakte er een potje pillen uit. 'Doe me nu een lol en slik wat vitamientjes.'

22

Toen Victory From Sin Fraser acht jaar was, vertelde een nichtje dat in Los Angeles op bezoek was haar over een moedige Harlekijn die zijn leven had gegeven voor de Profeet. Het verhaal was zo dramatisch dat zij zich meteen verbonden voelde met deze mysterieuze strijders. Toen Vicki ouder werd hadden haar moeder, Josetta, en haar geestelijk leidsman, dominee J. T. Morganfield, hun best gedaan haar over te halen zich niet aan te sluiten bij de Niet-ingeloste schuld. Over het algemeen was Vicki Fraser een gehoorzame dienares van de kerk, maar wat dit betreft liet ze zich niet op andere gedachten brengen. Niet-ingeloste schuld werd haar substituut voor het drinken van alcohol en het 's avonds stiekem uitgaan: het was haar enige echte daad van rebellie.

Josetta was woedend toen haar dochter bekende dat zij op het vliegveld een Harlekijn had ontmoet. 'Je moest je schamen,' zei ze. 'De Profeet heeft gezegd dat het een zonde is om je ouders niet te gehoorzamen.'

'De Profeet heeft ook gezegd dat je kleine regels mag overtreden zolang je de grotere wil van God maar volgt.'

'Harlekijns hebben niets te maken met de wil van God,' zei Josetta. 'Ze zijn in staat je de keel door te snijden en dan boos te worden omdat je op hun schoenen ligt te bloeden.'

De dag nadat Vicki naar de luchthaven was geweest, reed er een auto van het elektriciteitsbedrijf hun straat binnen. Een zwarte man en zijn twee blanke collega's klommen in masten om kabels te controleren, maar Josetta liet zich niet om de tuin leiden. De zogenaamde controleurs namen lunchpauzes van twee uur en leken nooit klaar te zijn met hun werk. Het huis van de Frasers werd voortdurend in de gaten gehouden. Josetta zei tegen haar dochter dat ze binnen moest blijven en niet in de buurt van de telefoon mocht komen. Dominee Morganfield en andere leden van de kerk trokken hun beste kleren aan en kwamen in groepjes langs voor gebedsbijeenkomsten. Niemand zou hier de deur intrappen en deze dienares van God ontvoeren.

Vicki zat in moeilijkheden omdat ze Maya had geholpen, maar ze had er geen spijt van. Er luisterde bijna nooit iemand naar haar en nu had de hele gemeente het over wat zij had gedaan. Aangezien ze niet naar buiten kon, had ze veel tijd om aan Maya te denken. Was de Harlekijn in veiligheid? Had iemand haar gedood?

Drie dagen na haar daad van ongehoorzaamheid keek ze uit het achterraam en zag opeens Maya over het hek springen. Een ogenblik lang had Vicki het gevoel dat ze de Harlekijn vanuit haar dromen tevoorschijn had getoverd.

Terwijl Maya over het gazon liep, trok ze een automatisch pistool uit haar jaszak. Vicki trok de glazen schuifdeur open en wuifde met haar hand. 'Kijk uit,' zei ze. 'Op straat zijn drie mannen aan het werk. Ze doen alsof ze van het elektriciteitsbedrijf zijn, maar wij denken dat het Tabula zijn.'

'Zijn ze ook binnen geweest?'

'Nee.'

Toen ze van de woonkamer naar de keuken liep zette Maya haar zonnebril af. Het pistool verdween weer in haar zak, maar ze hield haar rechterhand op het zwaardfoedraal dat om haar schouder hing.

'Heb je honger?' vroeg Vicki aan Maya. 'Zal ik een ontbijt voor je klaarmaken?'

De Harlekijn stond voor het aanrecht en liet haar blik langs alle voorwerpen in de keuken glijden. Vicki bekeek de keuken opeens heel anders, alsof ze hem voor het allereerst zag. De avocadogroene potten en pannen. De plastic wandklok. Het snoezige kleine boerinnetje dat bij haar porseleinen waterputje stond. Het was allemaal heel normaal en veilig.

'Shepherd is een verrader,' zei Maya. 'Hij werkt voor de Tabula. En jij hebt hem geholpen. En dat betekent dat jij wellicht ook een verrader bent.'

'Ik heb je niet verraden, Maya. Dat zweer ik in naam van de Profeet.'

De Harlekijn zag er moe en kwetsbaar uit. Ze keek voortdurend om zich heen, alsof ze elk moment een aanval verwachtte. 'Ik vertrouw je niet helemaal, maar ik heb op dit moment niet veel keus. Ik ben bereid je voor je hulp te betalen.'

'Ik wil geen Harlekijngeld.'

'Het zou me meer het gevoel geven dat ik je kon vertrouwen.'

'Ik help je, Maya. Ik wil er niets voor terug. Je hoeft het me alleen maar te vragen.' Toen ze Maya aankeek, realiseerde ze zich dat ze iets van haar vroeg wat voor een Harlekijn heel moeilijk was om te geven. Iemand anders om hulp vragen vereiste een bepaalde mate van nederigheid en het erkennen van je eigen zwakheid. De Harlekijns ontleenden hun kracht juist aan hun trots en hun onwankelbare zelfvertrouwen.

Maya mompelde iets en probeerde het toen nog een keer, maar nu sprak ze heel duidelijk. 'Ik zou graag willen dat je me helpt.'

'Goed. Graag zelfs. Heb je een plan?'

'Ik moet twee broers zien te vinden voordat de Tabula ze vinden. Je hoeft geen mes of pistool aan te raken. Je hoeft niemand kwaad te doen. Je moet me alleen helpen een huurling te vinden die me niet zal verraden. De Tabula hebben heel veel macht in dit land en Shepherd helpt hen. Ik kan dit niet alleen.'

'Vicki?' Haar moeder had hun stemmen gehoord. 'Wat is er aan de hand? Hebben we bezoek?'

Josetta was een grote vrouw met een breed gezicht. Die ochtend droeg ze een mosgroen broekpak en een hartvormig hangertje met daarin een fotootje van haar overleden man. Toen ze de onbekende vrouw zag bleef ze in de deuropening staan. De twee vrouwen keken elkaar argwanend aan en Maya legde haar hand weer op haar zwaard.

'Moeder, dit is...'

'Ik weet wie dit is – een moordzuchtige zondares die de dood in ons leven heeft gebracht.'

'Ik ben op zoek naar twee broers,' zei Maya. 'Het is mogelijk dat zij Reizigers zijn.'

'Isaac T. Jones was de laatste Reiziger. Er bestaan geen Reizigers meer.'

Maya raakte Vicki's arm aan. 'De Tabula houden dit huis in de gaten. Soms hebben ze apparatuur die hen in staat stelt om door muren heen te kijken. Ik kan hier niet lang blijven. Dat is gevaarlijk voor ons allemaal.'

Vicki stond tussen haar moeder en de Harlekijn in. Tot nu toe had zoveel in haar leven onduidelijk en vaag geleken, als een onscherpe foto waarop wazige figuren wegrennen van de camera. Maar op dit moment stond ze voor een echte keuze. Lopen is gemakkelijk, zei de Profeet. Maar er is vertrouwen voor nodig om het juiste pad te vinden.

'Ik ga haar helpen.'

'Nee,' zei Josetta. 'Daar geef ik je geen toestemming voor.'

'Ik heb geen toestemming nodig, moeder.' Vicki pakte haar pas en liep naar buiten, de achtertuin in. Maya haalde haar in toen ze de rand van het gazon bereikte.

'Onthoud één ding goed,' zei Maya. 'We werken samen, maar ik vertrouw je nog steeds niet.'

'Mij best. Je vertrouwt me dus niet. Wat is het eerste wat ons te doen staat?'

'Over het hek springen.'

Thomas Walks the Ground had Maya een Plymouth bestelbusje bezorgd. Het had geen zijramen, zodat ze achterin kon slapen als dat nodig was. Toen Vicki was ingestapt, gaf Maya haar opdracht al haar kleren uit te trekken.

'Waarom zou ik dat doen?'

'Zijn jij en je moeder de afgelopen twee dagen voortdurend in huis gebleven?'

'We zijn alleen bij dominee Morganfield langs geweest.'

'Dan zijn de Tabula binnen geweest en hebben ze het huis doorzocht. Waarschijnlijk hebben ze traceerknopjes in jullie kleren en tassen aangebracht. Zodra jullie deze omgeving verlaten worden jullie gevolgd door een satelliet.'

Enigszins beschaamd kroop Vicki achterin en trok haar schoenen, blouse en broek uit.

Opeens had Maya een mes in haar hand, en gebruikte het wapen om elke zoom en naad mee te doorzoeken. 'Heb je deze schoenen onlangs laten repareren?' vroeg ze.

'Nee. Nog nooit.'

'Hier is een hamer op gebruikt.' Maya stak de punt van het mes onder de hak en wrikte hem los. Aan de binnenkant van de hak was een kleine opening gemaakt. Toen ze de schoen omdraaide viel er een wit knopje in de palm van haar hand.

'Geweldig. Nu weten ze dat je het huis hebt verlaten.'

Maya gooide het knopje uit het raam en reed naar een Koreaanse wijk in de buurt van Western Avenue. Ze kochten een paar nieuwe schoenen voor Vicki, reden toen naar de kerk van de zevendedagadventisten en namen daar een tiental godsdienstige pamfletten mee. Zich voordoend als missionaris van de adventisten, ging Vicki naar Gabriels huis aan de snelweg en klopte aan. Er was niemand thuis, maar ze had het gevoel dat er iemand naar haar keek.

De twee vrouwen reden naar het parkeerterrein van een groot warenhuis en gingen achter in het busje zitten. Terwijl Vicki toekeek, verbond Maya een laptop met een satelliettelefoon en toetste een telefoonnummer in.

'Wat doe je?'

'Ik ga op het internet. Dat is gevaarlijk vanwege Carnivoor.'

'Wat is dat?'

'De naam van een internet-beveiligingsprogramma dat is ontwikkeld door jullie FBI. De NSA heeft zelfs nog betere hulpmiddelen ontwikkeld, maar mijn vader en zijn Harlekijnvrienden gebruikten altijd de term "Carnivoor". De oude naam herinnerde hen eraan heel voorzichtig te zijn op het internet. Carnivoor is een snuffelprogramma dat alles bekijkt wat via een bepaald netwerk binnenkomt. Het is gericht op bepaalde websites en e-mailadressen, maar slaat ook alarm bij bepaalde woorden en uitdrukkingen.'

'En de Tabula kennen dat programma?'

'Zij hebben ongeautoriseerde toegang tot het programma via hun internet-monitoroperatie.' Maya begon te typen. 'Je kunt Carnivoor omzeilen door vage taal te gebruiken die gevaarlijke woorden vermijdt.'

Vicki ging voor in het busje zitten en keek uit over het parkeerterrein terwijl Maya op zoek ging naar een andere Harlekijn. Uit het warenhuis kwamen burgers met boodschappenkarren vol etenswaren, kleding en elektrische apparatuur. De karren zaten boordevol en het kostte de burgers soms de grootste moeite ze naar hun auto's te duwen. Vicki herinnerde zich van de middelbare school het verhaal van Sisyphus, de zoon van de Griekse koning die gedoemd was om eeuwig een grote steen een berg op te duwen.

Na een aantal websites te hebben afgezocht en verschillende codewoorden te hebben ingetikt, vond Maya Linden. Vicki keek over Maya's schouder mee toen zij boodschappen begon te versturen, waarbij ze vage, verhullende taal gebruikte. De verraderlijke Harlekijn, Shepherd, werd 'de kleinzoon van een goede man' die zich had aangesloten bij een 'concurrerend bedrijf' en daarmee 'onze mogelijke zakelijke onderneming' in de kiem had gesmoord.

'Ben je goed gezond?' vroeg Linden.

'Ja.'

'Problemen met de onderhandelingen?'

'Tweemaal koud vlees,' typte Maya.

'Voldoende hulpmiddelen?'

'Net genoeg.'

'Fysieke toestand?'

'Vermoeid, maar geen schade.'

'Heb je hulp?'

'Eén plaatselijke werknemer van Jones & Co. Neem vandaag een professional in dienst.'

'Prima. Middelen beschikbaar.'

Het scherm bleef even leeg, maar toen typte Linden: 'Heb achtenveertig uur geleden voor het laatst iets van mijn vriend vernomen. Stel voor dat je gaat kijken...'

Lindens informant binnen de Evergreen Stichting had hem zes

adressen opgegeven waar hij Michael en Gabriel Corrigan eventueel kon vinden. Er stonden korte notities bij zoals: 'Speelt golf met M.' of 'Vriend van G.'

'Bedankt.'

'Zal proberen meer gegevens te vinden. Succes.'

Maya schreef de adressen over en zette de computer uit. 'We moeten nog een paar locaties gaan bekijken,' zei ze tegen Vicki. 'Maar ik heb echt een huurling nodig – iemand die me terzijde kan staan.'

'Ik ken wel iemand.'

'Maakt hij deel uit van een stam?'

'Wat bedoel je daarmee?'

'Sommige mensen die de Grote Machine afwijzen verzamelen zich in groepen die op verschillende niveaus ondergronds leven. Sommige stammen wijzen voedsel af dat door de Machine is gekweekt. Sommige willen niets te maken hebben met Machinemuziek en -kledingstijlen. Sommige proberen te leven van het geloof. Zij wijzen de angst en de vooroordelen van de Machine af.'

Vicki begon te lachen. 'Dan is de Kerk van Isaac T. Jones ook een stam.'

'Inderdaad.' Maya startte het busje en verliet het enorme parkeerterrein. 'Een stam van strijders is een groep die in staat is zich fysiek te verdedigen tegen de Machine. Harlekijns gebruiken hen als huurlingen.'

'Hollis Wilson hoort bij geen enkele groep. Maar vechten kan hij wel.'

Terwijl ze naar Zuid-Los Angeles reden, legde Vicki uit dat de Goddelijke Kerk heel goed besefte dat hun jonge volgelingen zich wellicht zouden laten verleiden door het opzichtige materialisme van New Babylon. Tieners werden aangemoedigd om missiewerk te gaan doen in Zuid-Afrika of het Caribisch gebied. Dat werd beschouwd als een goede manier om jeugdige energie in goede banen te leiden.

Hollis Wilson maakte deel uit van een bekende familie, maar hij weigerde missionaris te worden en begon om te gaan met bendeleden in de buurt waar hij woonde. Zijn ouders baden voor hem en

175

sloten hem op in zijn kamer. Op een dag kwam hij om twee uur 's nachts thuis en trof in zijn kamer een Jonesie-dominee aan die klaarstond om de duivel uit het hart van de jongeman te verdrijven. Toen Hollis in de buurt van een gestolen auto werd gearresteerd, nam Mr. Wilson zijn zoon mee naar een karatecursus van de plaatselijke politiesportvereniging. Hij hoopte dat de karateleraar misschien wat structuur kon aanbrengen in Hollis' chaotische leven.

De gedisciplineerde wereld van de oosterse vechtkunsten bleek echter de werkelijke kracht die Hollis weglokte van de kerk. Na een vierde-dans zwarte band in karate te hebben behaald, volgde Hollis een van zijn leermeesters naar Zuid-Amerika. Hij kwam terecht in Rio de Janeiro, bleef daar zes jaar en werd een expert in een Braziliaanse vechtsport, *capoeira*.

'Daarna kwam hij terug naar Los Angeles,' zei Vicki. 'Ik heb hem leren kennen op de bruiloft van zijn zus. Hij is een vechtsportschool begonnen in South Central.'

'Beschrijf hem eens voor me. Hoe ziet hij eruit? Groot? Klein?'

'Brede schouders, maar slank. Van die staartjes in zijn haar, net een rastafari.'

'En wat is hij voor iemand?'

'Zelfverzekerd en ijdel. Hij beschouwt zichzelf als Gods grootste geschenk aan het vrouwelijk deel van de mensheid.'

Hollis Wilsons vechtsportschool was gevestigd aan Florence Avenue, ingeklemd tussen een slijterij en een videotheek. Iemand had met knalrode en gele verf teksten op het raam geschilderd: VERDEDIG JEZELF! KARATE, KICKBOKSEN EN BRAZILIAANSE CAPOEIRA. GEEN LIDMAATSCHAP. BEGINNERS WELKOM.

Toen ze naar de school toe liepen hoorden ze getrommel en dat geluid werd harder toen ze de voordeur openden. Met behulp van platen triplex had Hollis een ontvangstruimte gecreëerd, waar een bureau en een paar klapstoeltjes stonden. Op een mededelingenbord hing een lesrooster en posters van lokale karatetoernooien. Maya en Vicki liepen langs twee kleine kleedkamers met beddenspreien in plaats van deuren ervoor en keken een langwerpige ruimte zonder ramen in.

176

Een oude man zat in een hoekje op een conga te spelen en het geluid weerkaatste van de betonnen muren. Gekleed in T-shirts en witte katoenen broeken stonden de *capoeirista's* in een kring. Zij klapten op het ritme van de trommel in hun handen en keken naar twee mensen die aan het vechten waren. Een van de twee was een kleine Latijns-Amerikaanse man die een T-shirt droeg met de tekst: DENK KRITISCH! Hij probeerde zich te verdedigen tegen een zwarte man van halverwege de twintig die tussen het schoppen door aanwijzingen gaf. De man keek naar de twee bezoekers en Vicki legde haar hand op Maya's arm. Hollis Wilson had lange benen en gespierde armen. Zijn gevlochten dreadlocks hingen tot op zijn schouders. Na een paar minuten te hebben toegekeken, draaide Maya zich om en fluisterde Vicki iets in.

'Is dat Hollis Wilson?'

'Ja. Met dat lange haar.'

Maya knikte. 'Die kan ik wel gebruiken.'

Capoeira was een eigenaardige mengeling van gratie en geweld die eruitzag als een rituele dans. Toen Hollis en de andere man klaar waren met sparren, betraden twee andere mensen de cirkel. Zij begonnen naar elkaar uit te vallen en combineerden daarbij radslagen met stoten en trappen. Als een van hen neerging, drukte hij zich met zijn handen plat op de vloer meteen weer omhoog. Ze stonden geen moment stil en alle T-shirts waren dan ook doorweekt van het zweet.

De hele kring kwam aan de beurt en af en toe mengde Hollis zich erin als aanvaller of verdediger. De trommelaar begon sneller te slaan en men vocht nog een tweede keer, waarna er een laatste serie wedstrijdjes volgde waarbij de nadruk werd gelegd op zwaaien met de benen en bliksemsnelle trappen. Hollis knikte naar de trommelaar en toen was het vechten afgelopen.

De leerlingen gingen uitgeput op de grond zitten. Zij strekten hun benen en haalden diep adem. Hollis leek helemaal niet moe. Hij beende vlak voor hen heen en weer en sprak hen toe op de zangerige toon van een Jonesie-prediker.

'Je hebt drie verschillende soorten menselijke reacties: de bewuste, de instinctieve en de automatische. Bewust is wanneer je nadenkt over wat je doet. Instinctief is wanneer je gewoon reageert. Automatisch is wanneer je iets uit gewoonte doet omdat je het al eerder hebt gedaan.'

Hollis zweeg even en keek naar de leerlingen die voor hem zaten. Hij leek hun kracht en zwakheden te beoordelen. 'In New Babylon denken veel van de mensen die jullie kennen dat ze dingen bewust doen terwijl ze op de automatische piloot staan. Als een stelletje robots rijden ze met hun auto over de snelweg, gaan naar hun werk, krijgen hun salaris in ruil voor zweet, pijn en vernederingen en rijden dan weer naar huis om naar ingeblikt gelach te luisteren dat uit de televisie komt. Ze zijn eigenlijk al dood. Of stervende. Alleen weten ze het zelf niet.

Dan is er nog een groep mensen – de jongens en meisje die het leven als één groot feest beschouwen. Ze roken wat wiet. Drinken sterke drank. Proberen iemand te strikken voor snelle seks. Ze denken dat ze afgaan op hun instincten, maar zal ik jullie eens wat vertellen? Zij leven ook op de automatische piloot.

De strijder is anders. De strijder gebruikt de macht van het brein om bewust te leven en de macht van het hart om zijn instinct te volgen. Strijders doen niets automatisch, behalve hun tanden poetsen.'

Hollis zweeg even en spreidde zijn handen. 'Probeer te denken. Te voelen. Wees echt.' Hij klapte in zijn handen. 'Dat was het voor vandaag.'

De cursisten bogen voor hun leraar, pakten hun sporttassen, deden rubberen slippers aan hun blote voeten en verlieten de school. Hollis veegde met een handdoek wat zweet van de vloer en draaide zich met een glimlach om naar Vicki.

'Dat noem ik nog eens een verrassing,' zei hij. 'Jij bent Victory From Sin Fraser – Josetta Frasers dochter.'

'Ik was nog een klein meisje toen jij de kerk verliet.'

'Dat weet ik nog wel. Woensdagavond gebedsdienst. Vrijdagavond jeugdclub. Zondagavond zoete inval. Ik hield altijd erg van het zingen. Je hebt goede muziek in de kerk. Maar naar mijn smaak werd er wat te veel gebeden.'

'Kennelijk was je geen ware gelovige.'

'Ik geloof in heel veel dingen. Isaac T. Jones was een groot pro-

178

feet, maar hij is niet de laatste.' Hollis liep naar de deur. 'Maar wat kom je eigenlijk doen en wie is je vriendin? Beginnerscursussen zijn op woensdag-, donderdag- en vrijdagavond.'

'Wij zijn hier niet omdat we willen leren vechten. Dit is mijn vriendin, Maya.'

'En wat ben jij?' vroeg hij aan Maya. 'Een blanke bekeerling?'

'Dat is een domme opmerking,' zei Vicki. 'De Profeet accepteerde alle rassen.'

'Ik probeer alleen de feiten op een rijtje te krijgen, Kleine Miss Victory. Als je hier niet bent omdat je les wilt nemen, dan ben je hier om me uit te nodigen voor de een of andere kerkdienst. Dominee Morganfield dacht natuurlijk meer kans te maken door twee mooie vrouwen op me af te sturen. En mooi zijn jullie zeker, maar zo werkt het toch niet.'

'Dit heeft niets met de kerk te maken,' zei Maya. 'Ik wil je inhuren om te vechten. Ik neem aan dat je wapens hebt of daar in elk geval aan kunt komen.'

'En wie mag jij dan wel zijn?'

Vicki keek Maya met een vragende blik aan. De Harlekijn gaf haar een teken met haar ogen. Vertel het hem maar.

'Dit is Maya. Zij is een Harlekijn die naar Los Angeles is gekomen om twee toekomstige Reizigers te zoeken.'

Hollis keek verbaasd op en begon toen hard te lachen. 'Natuurlijk! En ik ben de koning van Amerika! Doe niet zo achterlijk, Vicki. Er zijn geen Reizigers of Harlekijns meer. Die zijn allemaal opgespoord en vermoord.'

'Laten we hopen dat iedereen dat denkt,' zei Maya rustig. 'Het is veel gemakkelijker voor ons als niemand gelooft dat we nog bestaan.'

Hollis staarde Maya aan en trok zijn wenkbrauwen op, alsof hij haar recht om hier te zijn wilde aanvechten. Toen zette hij zijn benen wijd, nam de houding van een vechter aan en deelde op halve kracht een boksstoot uit. Vicki gaf een gil, maar Hollis vervolgde de aanval met een kopstoot en een felle kick. Toen Maya achteruitwankelde, gleed haar zwaardfoedraal van haar schouder en rolde een eindje over de tegelvloer.

Hollis maakte een radslag die eindigde in een harde kick en Maya slaagde erin die te blokkeren. Hij bewoog nu sneller en viel met volle kracht en snelheid aan. Met trappen en stoten werkte hij Maya in de richting van de muur. Met haar vuisten en onderarmen sloeg zij zijn handen weg, verplaatste haar gewicht op haar rechtervoet en plaatste een rechtstreekse kick op Hollis' kruis. Hollis viel achterover, rolde over de grond en sprong weer overeind met een andere combinatie.

Het ging nu echt hard tegen hard en ze probeerden elkaar pijn te doen. Vicki riep dat ze moesten ophouden, maar ze leken haar geen van beiden te horen. Nu Maya van haar aanvankelijke verrassing was bekomen, was haar gezicht kalm, haar blik intens en geconcentreerd. Ze bleef dicht bij hem en probeerde met snelle stoten en trappen een maximum aan schade toe te brengen.

Hollis danste bij haar vandaan. Zelfs in deze situatie kon hij het niet laten iedereen te laten zien dat hij een sierlijke, fantasierijke vechter was. Met wijde zwaaistoten en roterende achterwaartse schoppen begon hij Maya door de kamer te duwen. De Harlekijn stopte toen ze met haar voet het zwaardfoedraal voelde.

Ze maakte een schijnbeweging naar Hollis' hoofd, bukte zich en pakte de koker. Toen trok ze het zwaard eruit, klikte het gevest op zijn plaats en deed een uitval naar haar aanvaller. Hollis verloor zijn evenwicht, viel achterover en Maya bleef staan. De punt van het zwaard bevond zich op nog geen vijf centimeter van Hollis Wilsons nek.

'Niet doen!' schreeuwde Vicki en de betovering was verbroken. De dreiging en de woede verdwenen uit de kamer. Maya liet haar zwaard zakken en Hollis kwam overeind.

'Weet je, ik heb altijd al eens een echt Harlekijnzwaard willen zien.'

'De volgende keer dat we op deze manier vechten, ben je dood.'

'Maar we zullen niet meer vechten. We staan aan dezelfde kant.' Hollis keek opzij en knipoogde naar Vicki. 'En hoeveel gaan deze twee mooie dames mij betalen?'

23

Hollis ging achter het stuur van het blauwe bestelbusje zitten en Vicki zat naast hem. Maya kroop achterin, zo ver mogelijk bij het raam vandaan. Toen ze door Beverly Hills reden ving ze allerlei beelden van de stad op. Sommige woningen waren in Spaanse stijl gebouwd, met rode dakpannen en binnenplaatsen. Andere leken meer op moderne uitvoeringen van Toscaanse villa's. Er waren ook huizen die gewoon erg groot waren, zonder enige herkenbare stijl; ze hadden overdadig versierde portieken rond de voordeur en zogenaamde Romeo-en-Julia-balkonnetjes. Het was vreemd zoveel gebouwen te zien die tegelijkertijd prachtig en karakterloos waren.

Hollis stak Sunset Boulevard over en begon aan de rit naar Coldwater Canyon. 'Oké,' zei hij. 'We komen in de buurt.'

'Het kan zijn dat ze het huis in de gaten houden. Minder je snelheid en parkeer voordat we er zijn.'

Een paar minuten later parkeerde Hollis de auto en kwam Maya naar voren om door de voorruit te turen. Ze stonden op een heuvel in een straat met huizen die dicht bij het trottoir stonden. Een paar meter voor Maggie Resnicks huis stond een wagen van het elektriciteitsbedrijf. Een man in een oranje overall was bezig in een elektriciteitsmast te klimmen terwijl twee andere mannen vanaf de straat stonden toe te kijken.

'Dat lijkt me wel oké,' zei Hollis.

Vicki schudde haar hoofd. 'Die mannen zijn ook op zoek naar de

Corrigans. Precies zo'n zelfde wagen heeft de afgelopen twee dagen voor mijn huis gestaan.'

Maya hurkte neer op de vloer van het busje, haalde het pompgeweer uit het koffertje en laadde het. Het wapen had een metalen kolf, die zij omlaagklapte zodat het op een groot pistool leek. Toen zij weer naar voren ging was er een SUV achter de wagen van het elektriciteitsbedrijf komen staan. Shepherd stapte eruit, knikte naar de zogenaamde monteurs en liep de houten trap op die naar de voordeur van het huis voerde. Hij belde aan en wachtte tot er een vrouw naar de deur kwam.

'Start het busje,' zei Maya. 'En rijd naar het huis.'

Hollis deed niet wat zij zei. 'Wie is die vent met het blonde haar?'

'Hij is een voormalige Harlekijn en hij heet Shepherd.'

'En die andere mannen?'

'Tabula-huurlingen.'

'Hoe wil je dit gaan aanpakken?' vroeg Hollis.

Maya zei niets. Het duurde even voordat het tot de anderen doordrong dat zij Shepherd en de huurlingen ging doden. Er verscheen een blik vol afschuw in Vicki's ogen en de Harlekijn zag zichzelf in de ogen van de jonge vrouw.

'Jij gaat helemaal niemand vermoorden,' zei Hollis zacht.

'Ik heb je ingehuurd, Hollis. Je bent een huurling.'

'Ik heb je verteld wat mijn voorwaarden zijn. Ik zal je helpen en je beschermen, maar ik laat je niet op de een of andere wildvreemde af lopen om hem overhoop te schieten.'

'Shepherd is een verrader,' zei Maya. 'Hij werkt voor...'

Voordat ze haar zin kon afmaken rolde de garagedeur open en kwam er een man naar buiten rijden op een motorfiets. Toen hij over de stoep stuiterde, zei een van de reparateurs iets in een radio die hij in zijn hand hield.

Maya raakte Vicki's schouder aan. 'Dat is Gabriel Corrigan,' zei ze. 'Linden zei al dat hij een motorrijder is.'

Gabriel sloeg rechtsaf en reed de heuvel op in de richting van Mulholland Drive. Enkele seconden later schoten er drie motorrijders met zwarte helmen langs het busje en zetten de achtervolging in.

'Zo te zien zijn er nog meer mensen naar hem op zoek.' Hollis startte de wagen en gaf een dot gas. Slingerend op zijn versleten banden, reed het bestelbusje de straat op. Even later draaiden ze Mulholland Drive op, de tweebaansweg die door de heuvels van Hollywood liep. Als je naar links keek kon je de bruine nevel zien boven een vallei die was volgebouwd met huizen, lichtblauwe zwembaden en kantoorgebouwen.

Maya ruilde van plaats met Vicki en ging met haar pompgeweer naast het raampje aan de passagierszijde zitten. De vier motoren reden een heel eind voor hen uit en op het moment dat de weg een bocht maakte verloren ze het groepje heel even uit het oog. Na de bocht kwam er weer een stuk rechte weg. Maya zag een van de achtervolgers een wapen trekken dat op een alarmpistool leek. Hij ging dichter bij Gabriel rijden, schoot op de rode motor en miste. De kogel raakte de dunne asfaltlaag aan de kant van de weg en het plaveisel explodeerde.

'Wat was dat in vredesnaam?' riep Hollis.

'Hij schiet met Hatton-kogels,' zei Maya. 'Die zijn gevuld met een mix van was en metaalpoeder. Ze proberen de achterband kapot te schieten.'

De Tabula-motorrijder nam onmiddellijk gas terug terwijl zijn twee collega's de achtervolging voortzetten. Op de andere weghelft naderde een pick-up. De geschrokken chauffeur claxonneerde en zwaaide met zijn armen in een poging Hollis te waarschuwen voor wat hij zojuist had gezien.

'Schiet hem niet dood!' schreeuwde Vicki toen zij de eerste motorrijder naderden.

De Tabula-huurling reed langzaam langs de rand van de weg en was intussen bezig zijn alarmpistool opnieuw te laden. Maya stak de loop van haar pompgeweer uit het open raampje en schoot de voorband van de motorfiets aan flarden. De motor slingerde naar rechts, raakte een betonnen muurtje en de bestuurder werd er zijdelings afgeworpen.

Maya pompte een nieuwe kogel in de patroonkamer van het pompgeweer. 'Rijden!' riep ze. 'We mogen ze niet kwijtraken!'

Het bestelbusje trilde alsof het niet sneller kon, maar Hollis gaf toch plankgas. Ze hoorden een harde knal en toen ze de volgende bocht om kwamen, zagen ze dat een tweede motorrijder vaart had geminderd om zijn wapen opnieuw te laden. Hij klapte de loop dicht en was alweer op de weg voordat ze bij hem konden komen.

'Sneller!' riep Maya.

Hollis greep het stuur en ze reden op slippende wielen een bocht in. 'We kunnen niet harder. De banden houden het niet.'

'Sneller!'

De tweede motorrijder hield het alarmpistool in zijn rechterhand terwijl hij met zijn linkerhand het stuur vasthield. Toen hij door een kuil reed verloor hij bijna de macht over het stuur. Zodra de motorrijder gas terugnam, haalde het bestelbusje hem in. Hollis rukte het stuur naar links. Maya schoot de achterband van de motor aan flarden en de berijder werd over het stuur geslingerd. Het busje bleef op de weg en ging weer een bocht in. Een grote groene personenwagen reed hen tegemoet en de automobilist toeterde en gebaarde met zijn hand dat ze rechtsomkeert moesten maken.

Ze passeerden de afslag naar Laurel Canyon, reden door een rood stoplicht en manoeuvreerden daarbij luid toeterend om andere auto's heen. Maya hoorde opnieuw een donderende knal, maar ze kon Gabriel en de derde motorrijder niet zien. Toen waren ze de bocht door en konden ze een heel eind vooruitkijken over de smalle weg. Gabriels achterband was geraakt, maar de motor reed nog steeds. De kapotte band rookte en je kon het schurende geluid van staal over asfalt goed horen.

'Daar gaan we!' riep Hollis. Hij ging op het midden van de weg rijden tot hij links van de motorrijder reed.

Maya leunde uit het raam, zette de kolf van haar pompgeweer tegen het portier van het busje en haalde de trekker over. De brandstoftank van de motorfiets werd geraakt door een lading hagel en explodeerde als een benzinebom. De Tabula-huurling werd in een greppel geslingerd.

Vijfhonderd meter verderop draaide Gabriel een oprit op. Hij stopte, sprong van zijn motor en begon te rennen. Hollis volgde hem en Maya sprong uit het busje. Gabriel was al te ver weg.

Straks was ze hem kwijt. Maar ze sprintte toch achter hem aan en riep het eerste wat haar zo snel te binnen schoot. 'Mijn vader heeft jouw vader gekend!'

Boven aan de helling bleef Gabriel staan. Nog een paar stappen en hij zou via een steile helling vol struikgewas naar beneden vallen.

'Hij was een Harlekijn!' schreeuwde Maya. 'Zijn naam was Thorn!'

En die woorden – de naam van haar vader – drongen tot Gabriel door. Op zijn gezicht was angst te zien, maar ook een enorme drang om te weten. Zonder acht te slaan op het pompgeweer in Maya's handen, zette hij een stap in haar richting.

'Wie ben ik?'

24

Nathan Boone keek op Michael neer terwijl het privé-vliegtuig in oostelijke richting over het patroon van vierkante en rechthoekige vlakken van het platteland van Iowa vloog. Voordat ze van Long Beach Airport waren vertrokken, had de jonge man eruitgezien alsof hij sliep. Nu was zijn gezicht slap en reageerde hij nergens meer op. Misschien was het verdovende middel te sterk, dacht Boone. Straks hield hij er nog hersenletsel aan over.

Hij draaide zich om in de lederen stoel en keek naar de arts die achter hem zat. Dr. Potterfield werd gewoon betaald, net als elke andere huurling, maar hij bleef maar net doen alsof hij speciale voorrechten genoot. Boone liet hem graag merken wie hier de baas was.

'Controleer eens of alles in orde is met de patiënt.'

'Dat heb ik een kwartier geleden nog gedaan.'

'Dan doet u het nog een keer.'

Dr. Potterfield knielde naast de brancard, voelde aan Michaels halsslagader en nam zijn pols op. Hij beluisterde Michaels hart en longen, trok een ooglid omhoog en bestudeerde de iris. 'Ik zou willen adviseren hem niet nog een dag verdoofd te houden. Zijn pols is krachtig, maar zijn ademhaling wordt zwakker.'

Boone keek op zijn horloge. 'En nog een uur of vier? Zo lang hebben we nog wel nodig om in New York te landen en hem naar het researchcentrum te vervoeren.'

'Vier uur kan geen kwaad.'

'Ik verwacht wel dat u erbij bent wanneer hij bijkomt,' zei Boone. 'En als er problemen ontstaan weet ik zeker dat u daar graag de verantwoordelijkheid voor zult willen nemen.'

Potterfields handen beefden enigszins toen hij een digitale thermometer uit zijn zwarte tas pakte en de sensor in Michaels oor stak. 'Op de lange termijn verwacht ik geen problemen, maar verwacht niet dat hij meteen weer in staat is een berg te beklimmen. Dit is net zoiets als herstellen van een volledige narcose. De patiënt kan nog enige tijd in de war en zwak zijn.'

Boone draaide weer terug naar de kleine tafel in het midden van het vliegtuig. Het zat hem dwars dat hij Los Angeles had moeten verlaten. Een van zijn ondergeschikten, een jongeman met de naam Dennis Prichett, had de gewonde motorrijders ondervraagd die Gabriel Corrigan hadden achtervolgd. Het was nu wel duidelijk dat Maya inmiddels bondgenoten had en de jongeman had gevonden. Het team in Los Angeles had leiding nodig, maar Boones opdracht was heel duidelijk. Project Oversteek had de allerhoogste prioriteit. Op het moment dat hij een van de twee broers had opgepakt, werd hij geacht hem persoonlijk naar New York te begeleiden.

Hij was bijna de hele vlucht met zijn computer in de weer geweest om Maya te zoeken. Al zijn inspanningen liepen via het internet-controlecentrum van de Broeders, dat zich ergens op een ondergrondse locatie in het centrum van Londen bevond.

Privacy was iets denkbeeldigs geworden. Kennard Nash had over dat onderwerp eens een lezing gegeven voor een groep werknemers van de Evergreen Stichting. De nieuwe elektronische controlesystemen hadden de samenleving veranderd; het was net alsof iedereen tegenwoordig in zo'n traditionele Japanse woning woonde met binnenmuren van bamboe en papier. Hoewel je mensen kon horen niezen, praten en vrijen, werd ervan uitgegaan dat je daar geen aandacht aan besteedde. Je hoorde net te doen of de muren dik en geluiddicht waren. Zo dachten de mensen ook wanneer ze langs een bewakingscamera liepen of een mobiele telefoon gebruikten. Tegenwoordig gebruikten de autoriteiten op luchthaven Heathrow speciale röntgenapparatuur die door de kleding van de passagiers heen kon kijken. Het was een verontrustend idee dat verschillende organisaties naar je keken, je gesprekken afluisterden en precies bijhielden wat je allemaal kocht – dus deden de meeste mensen gewoon net alsof het niet gebeurde.

Overheidsfunctionarissen die de Broeders steunden verschaften hun toegangscodes tot cruciale databanken. De belangrijkste bron was het *Total Information Awareness*-systeem dat de Amerikaanse overheid onmiddellijk na de goedkeuring van de United States Patriot Act had opgezet. De TIA-databank was bedoeld om elke computergestuurde transactie in het land te verwerken en te analyseren. Zodra iemand een creditcard gebruikte, een bibliotheekboek leende, geld overmaakte naar het buitenland of op reis ging, werd die informatie opgenomen in de gecentraliseerde databank. Enkele liberalen maakten bezwaar tegen deze inbreuk op de privacy, dus droeg de overheid het programma over aan de inlichtingendienst en veranderde de naam in *Terrorism Information Awareness*-systeem. Zodra het woord 'Total' was vervangen door het woord 'Terrorism' verstomde alle kritiek.

Andere landen keurden ook nieuwe veiligheidswetten goed en zetten hun eigen TIA-systemen op. Verder bestond er ook nog een veelheid aan particuliere bedrijven die persoonlijke informatie verzamelden en verkochten. Als de Tabula-medewerkers in het computercentrum in Londen niet aan de toegangscodes konden komen, hadden ze nog de beschikking over softwareprogramma's met namen als Kijkgaatje, IJzerzaag en Voorhamer die hen in staat stelden door alle beveiligingen heen te breken en elke databank ter wereld binnen te komen.

Boone was van mening dat de meest veelbelovende wapens in de strijd tegen de vijanden van de Broeders de nieuwe computer-immunologieprogramma's waren. De CI-programma's waren oorspronkelijk ontwikkeld om het computersysteem van de Engelse posterijen te controleren. De programma's van de Broeders konden nog veel meer. Zij behandelden het hele internet alsof het een gigantisch menselijk lichaam was. De programma's gedroegen zich als elektronische lymfocyten die zich richtten op gevaarlijke ideeën en informatie.

Gedurende de afgelopen paar jaar waren CI-programma's door het computerteam van de Broeders op het internet losgelaten. De op zichzelf staande programma's dwaalden onopgemerkt door duizenden computersystemen. Soms bleven ze als lymfocyten in iemands thuiscomputer een poosje hangen, wachtend tot er zich wellicht besmettelijke ideeën voordeden. Als het iets verdachts aantrof, keerde het programma voor verdere instructies terug naar de centrale computer in Londen.

De wetenschappers waren ook aan het experimenteren met een nieuw interactief programma dat de vijanden van de Broeders daadwerkelijk kon straffen, precies zoals een massa witte bloedlichaampjes een infectie te lijf ging. Het CI-programma identificeerde mensen die het in hun internetcommunicatie over Reizigers of Harlekijns hadden. Zodra dat gebeurde infecteerde het programma de computer van de eigenaar automatisch met een virus dat gegevens vernietigde. Een klein deel van de allergevaarlijkste computervirussen op het internet was ontwikkeld door de Broeders of hun bondgenoten bij de overheid. Het was helemaal niet moeilijk de schuld in de schoenen te schuiven van een zeventienjarige computerkraker in Polen.

Maya was opgespoord met behulp van zowel computerimmunologie als een conventionele datascan. Drie dagen eerder was de Harlekijn een opslagplaats voor auto-onderdelen binnengegaan en had daar een aantal huurlingen omgebracht. Op haar vlucht had ze moeten lopen, liften, een auto moeten kopen of gebruik moeten maken van het openbaar vervoer. Het computercentrum in Londen had in de politiedossiers in Los Angeles gezocht of ergens melding werd gemaakt van een jonge vrouw in dat gebied. Toen dat geen resultaat opleverde hadden ze in de computersystemen van taxibedrijven gezocht om te zien welke passagiers de eerste vier uur na de moord een taxi hadden genomen. Al die adressen werden vergeleken met informatie die was verkregen met de CI-programma's. De centrale computer beschikte over de namen en adressen van duizenden mensen die mogelijk bereid waren Reizigers of Harlekijns te helpen.

Vijf jaar geleden was het Psychologisch Evaluatie Team van de

Broeders aangesloten op de computers van alle Amerikaanse supermarkten. Wanneer iemand iets kocht en daarvoor zijn speciale kortingskaart gebruikte, werden de aankopen opgeslagen in een algemene databank. Aanvankelijk hadden de psychologen pogingen gedaan iemands voedsel- en alcoholconsumptie te koppelen aan zijn politieke overtuiging. Boone had weleens iets van de statistische overeenkomsten gezien en die waren ronduit fascinerend. Vrouwen die in North Carolina woonden en meer dan drie soorten mosterd kochten waren over het algemeen politieke liberalen. Mannen in Oost-Texas die duur gebotteld bier kochten waren meestal conservatief. Met een huisadres en gegevens van minimaal tweehonderd aankopen bij supermarkten, kon het Psychologisch Evaluatie Team exact voorspellen wat iemands mening was over het invoeren van een verplichte identiteitskaart voor alle burgers.

Boone vond het interessant om te zien wat voor soort mensen zich verzetten tegen sociale controle en gezag. Soms kwam de oppositie van mensen die niets van technologie moesten hebben, tegen bomen praatten, biologisch voedsel aten en zich verzetten tegen het fabrieksvoedsel dat door de Grote Machine werd geproduceerd. Maar er waren net zo goed lastige groepen die bestonden uit technologiefanaten die fastfood aten en het internet afzochten naar geruchten over Reizigers.

Tegen de tijd dat Boones vliegtuig boven Pennsylvania vloog, had het controlecentrum een boodschap naar Boones computer gestuurd. *Adres waar passagier is afgezet komt overeen met woonhuis van Thomas Walks the Ground – neef van een geëlimineerde indiaanse Reiziger. Computer Immunologie heeft vastgesteld dat deze persoon zich op een website van de Crowstam negatief heeft uitgelaten aangaande de Broeders.*

Het vliegtuig helde steil over toen zij het regionale vliegveld naderden dat vlak bij het researchcentrum van de Evergreen Stichting lag. Boone sloeg de boodschap op in zijn computer en keek even naar Michael. De Broeders hadden deze jongeman gevonden en gered van de Harlekijns, maar het was niet onmogelijk dat hij zou weigeren om mee te werken. Het ergerde Boone dat er nog steeds mensen waren die weigerden de waarheid onder ogen te zien. Het was niet meer nodig je druk te maken over godsdienst of filosofie; de waarheid werd bepaald door degene die aan de macht was.

Het vliegtuig landde op het vliegveld van Westchester County en taxiede naar een privé-hangar. Enkele minuten later liep Boone de vliegtuigtrap af. De hemel was grijs en bewolkt en er hing iets kils en herfstachtigs in de lucht.

Lawrence Takawa stond te wachten naast de ambulance die Michael naar het researchcentrum van de Evergreen Stichting zou brengen. Hij deelde instructies uit aan een team van paramedisch personeel en liep toen naar Boone.

'Welkom terug,' zei Takawa. 'Hoe is het met Michael?'

'Hij komt er wel weer bovenop. Is in het centrum alles in gereedheid gebracht?'

'We waren twee dagen geleden al helemaal klaar, maar we hebben op het laatste moment nog wat aanpassingen moeten doen. Generaal Nash heeft contact gehad met het Psychologisch Evaluatie Team en zij zijn met een nieuwe strategie gekomen om Michael te behandelen.'

Lawrence Takawa's stem had een enigszins gespannen klank en Boone keek de jongeman even aan. Altijd wanneer hij Nash' assistent zag, had Lawrence iets in zijn handen – een klembord, een dossiermap, een velletje papier – iets waarmee hij zijn autoriteit aantoonde.

'Heb je daar een probleem mee?' vroeg Boone.

'De nieuwe strategie lijkt me nogal *agressief*,' zei Lawrence. 'Ik weet niet of dat wel nodig is.'

Boone draaide zich om en keek naar het vliegtuig. Dr. Potterfield gaf aanwijzingen aan ziekenbroeders die op dat moment voorzichtig de brancard op de landingsbaan zetten. 'Alles is veranderd nu de Harlekijns Gabriel in handen hebben. We moeten er absoluut voor zorgen dat Michael aan onze kant komt te staan.'

Lawrence keek op zijn klembord. 'Ik heb de inleidende rapporten over de twee broers gelezen. Het lijkt erop dat ze een hechte band hebben.'

'Liefde is niets anders dan een middel om te manipuleren,' zei

Boone. 'Dat kunnen we dus net zo goed gebruiken als gevoelens van haat en angst.'

Michaels brancard werd op een stalen onderstel gezet en over de landingsbaan naar de ambulance gereden. Dr. Potterfield keek nog steeds bezorgd en bleef bij zijn patiënt.

'Begrijpt u wat ons doel is, Mr. Takawa?'

'Jazeker.'

Met een snel gebaar van zijn rechterhand wees Boone hem op het vliegtuig, de ambulance en alle medewerkers van de Broeders. 'Dit is ons leger,' zei hij. 'En Michael Corrigan is vanaf nu ons nieuwe wapen.'

25

Victory Fraser keek toe hoe Hollis en Gabriel de motorfiets op-
pakten en achter in het busje tilden. 'Jij rijdt,' zei Hollis terwijl hij
Vicki de sleuteltjes toewierp. Hij en Gabriel gingen achterin zitten
bij de motor en Maya bleef voorin zitten met het hagelgeweer op
haar schoot.

Ze reden in westelijke richting en raakten de weg kwijt in de
smalle straten die dwars door de heuvels van Hollywood liepen.
Gabriel stelde Maya aan de lopende band vragen over de achtergrond van zijn familie; hij leek zo snel mogelijk zo veel mogelijk te
weten te willen komen.

Vicki wist maar heel weinig over de Reizigers en de Harlekijns
en luisterde aandachtig naar het gesprek. Het vermogen om de
oversteek naar andere rijken te maken scheen genetisch bepaald te
zijn en kon worden doorgegeven door een van de ouders of een ander familielid, maar zo nu en dan verschenen er opeens nieuwe Reizigers bij wie de gave nog niet eerder in de familie was voorgeko-
men. Harlekijns hielden uitvoerige stambomen bij van Reizigers
uit het verleden en zo kwam het dat Thorn Gabriels vader had gekend.

Hollis woonde slechts een paar straten verwijderd van zijn ca-
poeira-school. De eengezinswoningen in deze wijk hadden allemaal voortuinen en bloemperken, maar muren en reclameborden
waren volgespoten met graffiti. Toen zij Florence Avenue verlieten,

zei Hollis tegen Maya dat ze achterin moest komen zitten. Zelf ging hij voorin zitten en steeds wanneer ze groepjes jongen mannen zagen met oversized kleren en blauwe sjaaltjes om hun hoofd vroeg hij Vicki langzamer te gaan rijden. Steeds wanneer ze stilstonden naast zo'n groepje bendeleden, schudde Hollis de jongens de hand en gebruikte hun straatnamen.

'Er kunnen wat mensen langskomen die naar mij vragen,' zei hij tegen hen. 'Zeg dan maar dat ze in de verkeerde wijk zitten.'

De oprit van Hollis' driekamerwoning was afgesloten met een gaashek waar repen plastic tussendoor waren gevlochten. Zodra zij de oprit waren op gereden en het hek hadden gesloten, was de wagen vanaf de straat niet meer zichtbaar. Hollis opende de achterdeur en ze gingen naar binnen. Alle kamers waren schoon en opgeruimd en Vicki zag geen aanwijzingen dat er sprake was van een vriendin. De gordijnen waren gemaakt van lakens, de sinaasappelen lagen in een schone wieldop en een van de slaapkamers lag vol gewichten en was in gebruik als sportruimte.

Vicki ging samen met Maya en Gabriel aan de keukentafel zitten. Hollis haalde een licht geweer uit een bezemkast, klikte er een nieuw magazijn in en legde het wapen op het aanrecht. 'We zitten hier veilig,' zei hij. 'Als het huis wordt aangevallen, houd ik ze bezig en springen jullie over de muur naar de achtertuin van mijn buren.'

Gabriel schudde zijn hoofd. 'Ik wil niet dat iemand zijn leven voor mij op het spel zet.'

'Ik krijg hiervoor betaald,' zei Hollis. 'Maya is degene die dit voor niets doet.'

Iedereen keek toe hoe Hollis een ketel water opzette voor de thee. Hij trok de koelkast open en haalde er brood, kaas, aardbeien en twee rijpe mango's uit. 'Hebben we allemaal honger?' vroeg hij. 'Ik denk dat ik wel genoeg te eten in huis heb.'

Vicki besloot een fruitsalade te maken, terwijl Hollis sandwiches maakte. Ze vond het leuk om aan het aanrecht te staan en aardbeien in plakjes te snijden. Het was nogal ongemakkelijk om naast Maya te zitten. De Harlekijn zag er doodmoe uit, maar leek zich niet te kunnen ontspannen. Het leek Vicki verschrikkelijk om op die manier door het leven te moeten gaan, altijd klaar om te doden, altijd op je hoede omdat je elk moment kon worden aangevallen. Ze herinnerde zich de brief die Isaac T. Jones aan zijn gemeente had geschreven over de hel. Natuurlijk bestond er een echte hel. De Profeet had hem met eigen ogen gezien. *Maar broeders en zusters, jullie grootste zorg zou de hel moeten zijn die jullie in je eigen hart creëren.*

'Je hebt me in de auto het een en ander over de Reizigers verteld,' zei Gabriel tegen Maya. 'Maar hoe zit het met de rest? Vertel me eens over de Harlekijns.'

Maya verstelde iets aan het koord aan de draagkoker van haar zwaard. 'Harlekijns beschermen Reizigers. Meer hoef je niet te weten.'

'Zijn er leiders en regels? Heeft iemand je opdracht gegeven om naar Amerika te gaan?'

'Nee, dat was mijn eigen beslissing.'

'Waarom is je vader niet meegekomen?'

Maya keek strak naar het zoutvaatje dat midden op tafel stond. 'Mijn vader is een week geleden in Praag vermoord.'

'Door de Tabula?' vroeg Hollis.

'Inderdaad.'

'Wat is er gebeurd?'

'Dat gaat je niet aan.' Maya's stem klonk beheerst, maar haar lichaam stond stijf van woede. Vicki voelde dat de Harlekijn zich moest bedwingen om niet op te springen en hen allemaal te doden. 'Ik ben de verplichting aangegaan om Gabriel en zijn broer te beschermen. Wanneer ik daarmee klaar ben, ga ik de man zoeken die mijn vader heeft vermoord.'

'Hebben Michael en ik iets met dit alles te maken?' vroeg Gabriel.

'Niet echt. De Tabula hebben bijna zijn hele leven lang achter mijn vader aangezeten. Twee jaar geleden hadden ze hem in Pakistan ook al bijna te pakken.'

'Ik vind het heel erg...'

'Je hoeft je emoties niet te verspillen,' zei Maya. 'Wij voelen niets voor de rest van de wereld en verwachten ook niets terug. Toen ik klein was zei mijn vader altijd: *Verdammt durch das Fleisch. Ge-*

195

rettet durch das Blut. Dat betekent: verdoemd door het vlees. Gered door het bloed. Harlekijns zijn gedoemd een gevecht te leveren waar nooit een eind aan komt. Maar misschien zorgen de Reizigers ervoor dat we niet in de hel terechtkomen.'

'En hoe lang voeren ze die strijd al?' vroeg Hollis.

Maya streek het haar uit haar gezicht. 'Volgens mijn vader maken wij deel uit van een ononderbroken lijn van strijders, die al duizenden jaren bestaat. Op de dag van het joodse paasfeest stak hij altijd kaarsen aan en las voor uit hoofdstuk 18 van het Evangelie van Johannes. Nadat Jezus de nacht heeft doorgebracht in de hof van Gethsémane, komt Judas langs met Romeinse soldaten en officieren die zijn gestuurd door de hogepriester.'

'Ik ken die passage uit de bijbel,' zei Hollis. 'In feite is het een eigenaardig detail. Jezus wordt beschouwd als de Vredevorst. In het hele Nieuwe Testament wordt nergens melding gemaakt van wapens of lijfwachten, maar opeens trekt een van de discipelen...'

'Petrus,' zei Vicki.

'Precies. Nu weet ik het weer. Hoe dan ook, Petrus trekt dus een zwaard en hakt het oor af van de dienaar van de hogepriester, ene...'

Ditmaal keek Hollis even naar Vicki, ervan overtuigd dat zij het zou weten.

'... Malchus.'

'Juist.' Hollis knikte. 'De slechterik staat daar dus in die tuin met maar één oor.'

'Sommige geleerden zijn de mening toegedaan dat Petrus lid was van de Zeloten,' zei Maya. 'Maar volgens mijn vader was hij de eerste Harlekijn die ooit genoemd is in een historisch document.'

'Wil je daarmee zeggen dat Jezus een Reiziger was?' vroeg Vicki.

'Harlekijns zijn strijders, geen theologen. Wij wagen ons niet aan uitspraken over welke Reiziger de ware belichaming is van het Licht. Jezus zou de belangrijkste Reiziger kunnen zijn, maar voor hetzelfde geld was dat Mohammed of Boeddha. Maar het kan ook een onbekende Chassidische rabbi zijn die is omgekomen in de holocaust. Wij beschermen Reizigers, maar wij oordelen niet over hun heiligheid. Dat laten we over aan de gelovigen.'

'Maar je vader citeerde wel uit de bijbel,' zei Gabriel.

'Ik stam af van een Europese tak van Harlekijns en wij hebben nauwe banden met het christendom. Sommige Harlekijns lezen zelfs nog verder in het Evangelie van Johannes. Nadat Jezus was weggevoerd wendde Petrus...'

'... zich af van Jezus.' Hollis draaide zich om van het fornuis. 'Hij was een discipel, maar hij verloochende zijn Heer tot driemaal toe.'

'Volgens de legende was dat de reden waarom de Harlekijns zijn verdoemd. Omdat Petrus op dat moment zijn Heer niet trouw bleef, moeten wij de Reizigers tot het einde der tijden blijven beschermen.'

'Zo te horen geloof jij daar niets van,' zei Hollis.

'Het is gewoon een verhaal in de bijbel. Ik geloof het niet, maar ik geloof wel dat er een geheime geschiedenis van de wereld bestaat. Er zijn altijd strijders geweest die pelgrims en andere spirituele zoekenden in bescherming hebben genomen. Tijdens de kruistochten beschermde een groep christelijke ridders de pelgrims die naar het Heilige Land reisden. Baldwin II, de kruisvaarder-koning van Jeruzalem, gaf deze ridders de beschikking over een deel van de voormalige joodse tempel. Vanaf dat moment noemden zij zich De Arme Ridders van Christus en van de Tempel van Salomo.'

'Stonden zij niet bekend als de tempeliers of tempelridders?' vroeg Gabriel.

'Ja, zo worden ze meestal genoemd. De tempelridders groeiden uit tot een rijke, machtige orde die in heel Europa kerken en kastelen had. Ze bezaten schepen en leenden geld aan Europese koningen. Uiteindelijk trokken de tempelridders weg uit het Heilige Land en verdedigden zij mensen die religieuze reizen maakten. Ze legden contact met ketterse groepen, de Bogomils in Bulgarije en de Katharen in Frankrijk. Deze mensen waren gnostici die geloofden dat de ziel gevangen zit in het lichaam. Alleen individuen die over geheime kennis beschikken zijn in staat deze gevangenis te ontvluchten en andere rijken te betreden.'

'En toen werden de tempeliers uitgemoord,' zei Gabriel.

Maya knikte langzaam, alsof ze probeerde zich een verhaal te herinneren dat zij langgeleden had gehoord. 'Koning Filips van Frankrijk vreesde hun macht en wilde zich hun schatten toe-eigenen. In 1307 zond hij zijn troepen naar het hoofdkwartier van de tempelridders en arresteerde hen wegens ketterij. De grootmeester van de tempelridders werd ter dood gebracht op de brandstapel en de orde hield op te bestaan – officieel. Maar er werden slechts enkele tempeliers gedood. De meeste zetten hun activiteiten ondergronds voort.'

'Tijd voor de lunch,' zei Hollis. Hij zette een schaal sandwiches op tafel en Vicki maakte snel de fruitsalade af. Iedereen ging zitten en begon te eten. Maya leek iets meer ontspannen, maar er hing nog steeds een ongemakkelijke atmosfeer. De Harlekijn zat Gabriel aan te staren alsof zij probeerde te zien of hij het vermogen had om over te steken. Gabriel leek haar gedachten te kunnen lezen. Hij keek omlaag op zijn bord en speelde een beetje met zijn eten.

'Maar waarom worden jullie eigenlijk Harlekijns genoemd?' vroeg Hollis aan Maya. 'Een Harlekijn is toch een soort acteur met een beschilderd gezicht, net als een clown?'

'Die naam hebben we in de zeventiende eeuw aangenomen. De Harlekijn is een van de personages in de Italiaanse commedia dell'arte, meestal een slimme dienaar. De Harlekijn draagt altijd een kostuum met een ruitpatroon. Soms speelt hij op een luit of draagt hij een houten zwaard. De Harlekijn draagt altijd een masker, om zijn identiteit te verbergen.'

'Maar dat is een Italiaanse naam,' zei Hollis. 'Mij is verteld dat er vroeger Harlekijns waren in Japan en Perzië en eigenlijk zo'n beetje in elk land ter wereld.'

'In de zeventiende eeuw begonnen de Europese Harlekijns contact te leggen met strijders uit andere culturen die ook Reizigers beschermden. Ons eerste verbond was met de Sikhs in de Punjab. Net als de Harlekijns dragen vrome Sikhs een ritueel zwaard dat zij een *kirpan* noemen. In diezelfde tijd sloten wij verbonden met boeddhisten en soefi's. In de achttiende eeuw volgde een orde van joodse strijders in Rusland en Oost-Europa die rabbi's beschermde die de kabbala bestudeerden.'

Vicki wendde zich tot Gabriel. 'Leeuw van de Tempel, de Harlekijn die de Profeet beschermde, kwam uit een joodse familie.'

Hollis leek geamuseerd. 'Weet je, ik ben in dat plaatsje in Arkansas geweest waar ze Isaac Jones hebben gelyncht. Dertig jaar geleden hebben de NAACP en de een of andere joodse groepering gezamenlijk een gedenkteken opgericht ter ere van Zachary Goldman. Ze hebben er een soort vredes- en liefdesbroederschap van gemaakt, omdat die Harlekijn twee racistische rotzakken heeft doodgeslagen met een koevoet.'

'Is er weleens een bijeenkomst van Harlekijns geweest?' vroeg Gabriel. 'Hebben de verschillende groepen elkaar weleens in één ruimte ontmoet?'

'Dat zal nooit gebeuren. Harlekijns respecteren de willekeur van de strijd. Wij houden niet van regels. Harlekijnfamilies zijn met elkaar verbonden door huwelijken, traditie en vriendschap. Sommige families zijn al honderden jaren bondgenoten. Wij kennen geen gekozen leiders en geen grondwet. We hebben als Harlekijns alleen gemeen dat wij op een bepaalde manier tegen de wereld aankijken. Sommige Harlekijns vechten omdat ze daar nu eenmaal toe zijn voorbestemd. Sommigen van ons vechten om onze vrijheid te verdedigen. En dan heb ik het niet over de vrijheid om veertien verschillende soorten tandpasta te kunnen kopen of de waanzin die een terrorist ertoe drijft om een bus op te blazen. Echte vrijheid is tolerant. Het geeft mensen het recht om op andere manieren te leven en te denken.'

'Toch wil ik graag weten wat je bedoelde met dat *verdoemd door het vlees, gered door het bloed*,' zei Hollis. 'Over wiens bloed heb je het dan? Dat van de Tabula, de Harlekijns of de Reizigers?'

'Kies zelf maar,' zei Maya. 'Misschien wel van iedereen.'

Het huis had maar één slaapkamer. Hollis stelde voor dat de twee vrouwen samen het bed zouden delen terwijl hij en Gabriel in de woonkamer zouden slapen. Vicki merkte dat Maya dit geen goed idee vond. Nu ze Gabriel eenmaal had gevonden, leek ze hem geen moment meer uit het oog te willen verliezen.

'Het is niet erg,' fluisterde Vicki. 'Gabriel ligt vlakbij. Als je wilt kunnen we de deur openlaten. Bovendien heeft Hollis dat geweer.'

'Hollis is een huurling. Ik weet niet hoeveel hij bereid is op te offeren.'

Maya liep een paar keer van de slaapkamer naar de woonkamer, alsof zij zich wilde inprenten hoe de muren en deuren precies waren geplaatst. Toen ging ze de slaapkamer binnen en schoof de lemmeten van haar twee messen tussen boxspring en matras. De heften staken uit. Als ze haar hand omlaagdeed kon ze het mes in één keer uit de schede trekken. Ten slotte stapte ze in bed en Vicki ging aan de andere kant van de matras liggen.

'Welterusten,' zei Vicki, maar Maya gaf geen antwoord.

Vicki had tijdens vakanties en logeerpartijen met haar oudere zus en verschillende nichtjes in één bed geslapen en was dus gewend aan rusteloos gewoel. Maya was in alle opzichten anders. De Harlekijn lag plat op haar rug, met haar handen tot vuisten gebald. Het leek alsof er een immens gewicht op haar lichaam drukte.

26

Toen Maya de volgende ochtend wakker werd zag ze een zwarte kat met een wit befje boven op de kast zitten. 'Wat wil je?' fluisterde ze, maar ze kreeg geen antwoord. De kat sprong op de grond, glipte de kamer uit en liet haar alleen.

Ze hoorde stemmen en keek uit het slaapkamerraam. Hollis en Gabriel stonden op de oprit en inspecteerden de beschadigde motor. Een nieuwe voorband kopen betekende dat er een geldelijke transactie moest plaatsvinden bij een zaak die ongetwijfeld was aangesloten op de Grote Machine. De Tabula wisten natuurlijk dat de motor beschadigd was en hadden hun zoekprogramma's allang opdracht geven alle verkopen van motorbanden in Los Angeles en omgeving te controleren. Piekerend over wat haar nu te doen stond, ging ze naar de badkamer en nam een snelle douche. De vingerschildjes die haar hadden geholpen Amerika binnen te komen begonnen als dode huid van haar twee wijsvingers te schilferen. Ze kleedde zich aan, bevestigde allebei de messen aan haar onderarmen en controleerde haar andere wapens. Toen ze de badkamer verliet stond de zwarte kat opeens weer voor haar. Hij liep voor haar uit de gang in. In de keuken stond Vicki de vaat te doen.

'Ik zie dat je al hebt kennisgemaakt met Garvey.'

'Heet hij zo?'

'Ja. Hij wordt niet graag aangeraakt en hij spint niet. Volgens mij is dat niet normaal.'

'Ik zou het niet weten,' zei Maya. 'Ik heb nooit een huisdier gehad.'
Op het aanrecht stond een koffiezetapparaat. Maya schonk koffie in een vrolijke gele mok en deed er wat melk bij.
'Ik heb maïsbrood gebakken. Heb je trek?'
'Absoluut.'
Vicki sneed een dikke snee maïsbrood af en legde het op een bord. De twee jonge vrouwen gingen aan de tafel zitten. Maya smeerde wat boter en bramenjam op het maïsbrood. De eerste hap was verrukkelijk en ze voelde een moment van onverwacht genoegen. Alles in de keuken was schoon en netjes. De zon scheen op de groene linoleumvloer. Hoewel Hollis met de kerk had gebroken, hing er naast de koelkast een ingelijste foto van Isaac T. Jones aan de muur.

'Hollis gaat motoronderdelen kopen,' zei Vicki. 'Maar hij wil dat Gabriel zich niet op straat vertoont en hier blijft.'

Maya knikte en slikte haar maïsbrood door. 'Dat lijkt me een goed plan.'

'En wat ga jij doen?'

'Dat weet ik nog niet precies. Ik moet eerst mijn vriend in Europa spreken.'

Vicki pakte de vuile borden op en bracht ze naar de gootsteen. 'Denk je dat de Tabula weten dat Hollis ons gisteren heeft gereden?'

'Misschien. Het hangt ervan af wat de drie motorrijders in het voorbijgaan hebben gezien.'

'En wat denk je dat er zal gebeuren wanneer zij te weten komen dat Hollis je helpt?'

Maya's stem klonk vlak en ongeëmotioneerd. 'Dan zullen ze proberen hem gevangen te nemen, hem martelen om aan informatie te komen en hem vermoorden.'

Vicki draaide zich met een theedoek in haar hand om. 'Dat heb ik ook al tegen Hollis gezegd, maar hij maakte er een grapje van. Hij zei dat hij altijd op zoek is naar nieuwe sparringpartners.'

'Ik denk dat Hollis wel voor zichzelf kan zorgen, Vicki. Hij kan heel goed vechten.'

'Hij heeft veel te veel zelfvertrouwen. Volgens mij moet hij…'

De gaasdeur ging krakend open en Hollis kwam binnen. 'Oké.

Ik heb mijn boodschappenlijstje.' Hij glimlachte naar Vicki. 'Waarom ga je niet met me mee? Dan gaan we die nieuwe band halen en doen we meteen inkopen voor de lunch.'

'Heb je geld nodig?' vroeg Maya.

'Heb jij dat dan?'

Maya haalde een paar biljetten van twintig dollar uit haar zak. 'Gebruik alleen contant geld. En zodra je de band hebt gekocht, moet je de zaak meteen verlaten.'

'Ik zou ook niet weten wat ik er verder nog zou moeten doen.'

'Vermijd winkels met bewakingscamera's op het parkeerterrein. De camera's kunnen kentekenplaten fotograferen.'

Vicki en Hollis gingen samen weg en Maya keek hen na. Gabriel was nog steeds met zijn motor bezig en trok de kapotte band van de velg. Maya controleerde of het hek goed dichtzat zodat Gabriel onzichtbaar was voor blikken vanaf de straat. Even overwoog ze de volgende zet met hem te bespreken, maar ze besloot toch eerst met Linden te overleggen. Gabriel was heel erg onder de indruk geweest van alles wat ze hem gisteren had verteld. Waarschijnlijk had hij tijd nodig om alles goed tot zich door te laten dringen.

Maya ging weer naar de slaapkamer, zette haar laptop aan en ging met haar satelliettelefoon op het internet. Óf Linden lag te slapen, óf hij was niet in de buurt van zijn computer. Het kostte haar een uur om hem te vinden en naar een veilige chatroom te volgen. Om te voorkomen dat Carnivoor werd geactiveerd, gebruikte ze vage taal om te beschrijven wat er was gebeurd.

'Onze zakelijke concurrenten reageerden met agressieve verkooptechnieken. Op dit moment bevind ik me samen met onze nieuwe compagnon in het huis van mijn werknemer.' Maya gebruikte een code die was gebaseerd op willekeurige priemgetallen om Linden het adres door te geven.

De Franse Harlekijn gaf geen antwoord en na enkele minuten typte zij: 'Begrepen?'

'Is onze nieuwe compagnon in staat naar afgelegen locaties te reizen?'

'Vooralsnog niet.'

'Zie je er wel aanwijzingen voor?'

'Nee. Hij is een doodgewone burger.'

'Je moet hem in contact brengen met een leraar die zijn krachten kan beoordelen.'

'Niet onze verantwoordelijkheid,' typte Maya. Harlekijns werden alleen geacht Reizigers te vinden en te beschermen. Ze bemoeiden zich niet met iemands spirituele leven.

Het scherm bleef opnieuw enkele minuten leeg. Kennelijk dacht Linden na over zijn antwoord. Eindelijk begonnen er woorden op het scherm te verschijnen. 'Onze concurrenten hebben de oudere broer meegenomen naar een researchcentrum in de buurt van New York City. Zij willen zijn vermogens testen en hem trainen. Op dit moment weten wij nog niet wat hun plannen op de langere termijn zijn. Maar wij moeten alles op alles zetten om hen te dwarsbomen.'

'En daarbij is onze nieuwe compagnon ons belangrijkste wapen?'

'Inderdaad. De race is begonnen. Op dit moment liggen onze tegenstanders op kop.'

'En als hij niet wil meewerken?'

'Dan gebruik je alle middelen die tot je beschikking staan om hem op andere gedachten te brengen. In het zuidwesten van de Verenigde Staten woont een leraar, beschermd door een hele gemeenschap van vrienden. Breng onze compagnon binnen drie dagen naar deze locatie. Intussen zal ik contact opnemen met onze vrienden en hun vertellen dat jullie eraan komen. Je bestemming is...' Na een korte pauze verscheen er een lange reeks gecodeerde cijfers op het scherm.

'Bevestig ontvangst,' typte Linden.

Maya antwoordde niet.

De woorden verschenen opnieuw, ditmaal in hoofdletters die dringend om instemming verzochten. BEVESTIG ONTVANGST.

Niet reageren, dacht Maya. Even overwoog ze het huis te verlaten en met Gabriel de grens over te steken naar Mexico. Dat zou het veiligste zijn. Na enkele seconden zette zij haar vingers op de toetsen en begon langzaam te typen. 'Informatie ontvangen.'

Het scherm werd leeg en Lindens aanwezigheid verdween. Maya decodeerde de getallen met haar computer en zag dat er van haar werd verwacht dat ze naar San Lucas, een stadje in zuidelijk Arizona, zou gaan. En wat gaat daar gebeuren? Nieuwe vijanden? Een volgende confrontatie? Ze wist dat de Tabula de achtervolging zouden inzetten met behulp van de Grote Machine.

Ze liep weer naar de keuken en opende de gaasdeur. Gabriel zat op de oprit, naast de motorfiets. Hij had een metalen kleerhanger gevonden, die hij recht had gebogen. Hij gebruikte het geïmproviseerde stuk gereedschap om zich ervan te overtuigen dat de as van het achterwiel goed was uitgelijnd. 'Gabriel, ik wil het zwaard dat je bij je hebt graag eens bekijken.'

'Ga je gang. Het steekt uit mijn rugzak en die staat naast de bank in de woonkamer.'

Niet wetend wat ze moest zeggen, bleef ze in de deuropening staan. Hij leek niet te beseffen hoe oneerbiedig hij zijn wapen behandelde.

Gabriel hield op met werken. 'Wat is er?'

'Dat zwaard van jou is heel bijzonder. Het lijkt me beter dat je het mij zelf overhandigt.'

Hij keek verbaasd, maar haalde toen glimlachend zijn schouders op.

'Ook goed. Als je dat liever wilt. Ik kom er zo aan.'

Maya bracht haar reistas naar de woonkamer en ging op de bank zitten. Ze hoorde water lopen toen Gabriel de keuken binnenging om het smeer van zijn handen te wassen. Toen hij de woonkamer binnenkwam, keek hij haar aan alsof zij de een of andere krankzinnige was die hem elk moment kon aanvallen. Maya besefte dat de omtrekken van haar messen te zien moesten zijn onder de mouwen van haar katoenen truitje.

Thorn had haar gewaarschuwd voor de ongemakkelijke relatie tussen Harlekijns en Reizigers. Het feit dat Harlekijns hun leven op het spel zetten om Reizigers te beschermen wilde nog niet automatisch zeggen dat de twee groepen goed met elkaar overweg konden. Mensen die naar andere werelden reisden waren over het algemeen spiritueler ingesteld. Maar Harlekijns zouden altijd heel aards blijven, getekend door de dood en het geweld van het Vierde Rijk.

Toen Maya veertien jaar oud was, had ze samen met Mother Blessing door Oost-Europa gereisd. Op het ogenblik dat de Ierse

Harlekijn een opdracht gaf, sprongen zowel burgers als sloebers op om haar te gehoorzamen. Ja, mevrouw. Natuurlijk, mevrouw. Wij hopen dat er geen problemen zijn, mevrouw. Mother Blessing was de een of andere grens gepasseerd en dat voelden mensen onmiddellijk haarfijn aan. Maya realiseerde zich dat zij nog steeds niet sterk genoeg was om over zoveel macht te kunnen beschikken.

Gabriel liep naar de rugzak en haalde het zwaard eruit – het zat nog in de zwart gelakte schede. Hij overhandigde het met twee handen aan Maya.

Ze voelde de volmaakte balans van het zwaard en wist meteen dat dit een heel bijzonder wapen was. Het glanzende gevest was omwikkeld en versierd met een beslag van donkergroene jade.

'Mijn vader heeft dit wapen aan jouw vader gegeven toen jij nog heel klein was.'

'Dat kan ik me niet herinneren,' zei Gabriel. 'In mijn herinnering is het er altijd geweest.'

Maya legde de schede op haar knie, trok het zwaard er langzaam uit, hield het omhoog en tuurde langs de hele lengte van de kling. Dit was een zwaard in de *tachi*-stijl, een wapen dat bedoeld was om met de snijkant omlaag te worden gedragen. De lijn was volmaakt, maar de werkelijke schoonheid lag in het *hamon*, de rand tussen de getemperde snijkant van de kling en het ongetemperde metaal van de rest van het zwaard. De glanzende delen van het staal, de zogenaamde *nie*, contrasteerden met een zacht parelwit waas. Het deed Maya denken aan een licht besneeuwd veld, waar op sommige plekken nog wat donkere aarde doorheen scheen.

'Waarom is dit zwaard zo belangrijk?' vroeg Gabriel.

'Het is gebruikt door Sparrow, een Japanse Harlekijn. Hij was de laatste Harlekijn van Japan: de enige overlevende van een nobele traditie. Sparrow stond bekend om zijn moed en vindingrijkheid. Totdat hij een zwakte toeliet in zijn leven.'

'Wat was dat?'

'Hij werd verliefd op een jonge studente. Yakuza die voor de Tabula werkten kwamen erachter en ontvoerden de vrouw. Toen Sparrow haar probeerde te redden, werd hij gedood.'

'Hoe is het zwaard dan in Amerika terechtgekomen?'

'Mijn vader heeft de studente opgespoord. Ze was zwanger en hield zich verborgen voor de Yakuza. Hij hielp haar naar Amerika te vluchten en toen heeft zij hem het zwaard gegeven.'

'Maar als dit zwaard zo vreselijk belangrijk is, waarom heeft je vader het dan niet gehouden?'

'Het is een talisman. Dat betekent dat het heel erg oud is en een geheel eigen macht bezit. Een talisman kan een amulet zijn of een spiegel – of een zwaard. Reizigers kunnen talismannen meenemen wanneer zij naar een ander rijk reizen.'

'Dus zo is het in ons bezit gekomen.'

'Je kunt een talisman niet bezitten, Gabriel. De kracht van de talisman staat geheel los van menselijke hebzucht en verlangen. Wij kunnen een talisman alleen gebruiken of hem doorgeven aan iemand anders.' Maya keek naar de snijkant van het zwaard. 'Deze talisman moet nodig worden schoongemaakt en in de olie worden gezet. Als je het niet erg vindt...'

'Tuurlijk. Ga vooral je gang.' Gabriel keek een beetje beschaamd. 'Ik heb hem eigenlijk nooit gepoetst.'

Maya had alle benodigdheden bij zich voor het onderhoud van haar eigen zwaard. Ze zocht in haar bagage en pakte een velletje zacht *hosho*-papier dat gemaakt was van de zachte binnenkant van de bast van moerbeibomen. Willow, de Chinese Harlekijn, had haar geleerd een wapen met respect te behandelen. Ze hield het zwaard een beetje schuin en begon stof en vuile vlekken van de kling te vegen.

'Ik heb slecht nieuws, Gabriel. Ik heb net via het internet contact gehad met een andere Harlekijn. Mijn vriend heeft een spion binnen de Tabula-organisatie en hij bevestigt dat ze je broer gevangen hebben genomen.'

Gabriel leunde naar voren op zijn stoel. 'Wat kunnen we doen?' vroeg hij. 'Waar houden ze hem vast?'

'Hij wordt vastgehouden in een bewaakt onderzoekscentrum in de buurt van New York City. Zelfs als ik de precieze locatie wist, zou het moeilijk zijn hem te bevrijden.'

'Waarom kunnen we de politie niet inschakelen?'

'De gemiddelde politieman is misschien wel eerlijk, maar daar hebben we niet zoveel aan. Onze vijanden zijn in staat de Grote Machine – het wereldwijde systeem van computers dat onze hele samenleving controleert – te manipuleren.'

Gabriel knikte. 'Mijn ouders noemden dat het Netwerk.'

'De Tabula kunnen inbreken in politiecomputers en valse rapporten toevoegen. Ze hebben waarschijnlijk informatie in het systeem ingevoerd dat jij en ik gezocht worden voor moord.'

'Goed, de politie kunnen we dus wel vergeten. Laten we dan naar de plek gaan waar Michael wordt vastgehouden.'

'Ik ben ook maar in mijn eentje, Gabriel. Ik heb Hollis ingehuurd om te vechten, maar ik weet niet of hij betrouwbaar is. Mijn vader noemde vechters altijd "zwaarden". Het is gewoon een andere manier om de mensen te tellen die aan jouw kant staan. Op dit moment beschik ik niet over voldoende zwaarden om een researchcentrum aan te vallen dat wordt verdedigd door de Tabula.'

'We moeten mijn broer helpen.'

'Ik verwacht niet dat ze hem zullen doden. De Tabula zijn wat van plan met iets dat ze een kwantumcomputer noemen en waarbij ze de hulp van een Reiziger nodig hebben. Ze willen je broer trainen om de overgang naar andere rijken te maken. Het is iets heel nieuws. Ik weet niet hoe ze het gaan doen. Meestal worden Reizigers opgeleid door iemand die een Padvinder wordt genoemd.'

'Wat is dat?'

'Een ogenblikje, dan zal ik het je uitleggen...'

Maya controleerde de kling nog een keer en zag een paar kleine krasjes en putjes in het metaal. Alleen een *togishi*, een Japanse zwaardenexpert, kon dit wapen slijpen. Zelf kon zij niet méér doen dan de kling in de olie zetten zodat hij niet zou roesten. Ze pakte een klein bruin flesje en goot wat kruidnagelolie op een katoenen gaasje. Terwijl zij de kling voorzichtig insmeerde vulde de kamer zich met de zoete geur van kruidnagelen. Opeens werd iets haar met absolute zekerheid duidelijk. Dit zwaard was heel erg machtig. Het had gedood en zou opnieuw doden.

'Een Padvinder is een bijzonder soort leraar. Meestal is het iemand met een spirituele achtergrond. Padvinders zijn geen Reizigers – zij kunnen niet oversteken naar andere rijken – maar ze kunnen iemand die de gave heeft wel helpen.'

'En waar vind je ze?'

'Mijn vriend heeft me het adres gegeven van een Padvinder die in Arizona woont. Deze man zal uitzoeken of jij de macht hebt.'

'Wat ik eigenlijk het liefst wil is mijn motor repareren en maken dat ik hier wegkom.'

'Dat zou heel erg dom zijn. Zonder mijn bescherming zullen de Tabula je op den duur vinden.'

'Ik heb geen bescherming nodig, Maya. Ik ben bijna mijn hele leven buiten het Netwerk gebleven.'

'Maar nu zetten ze alles op alles om jou te vinden. Je weet niet half wat ze allemaal kunnen.'

Gabriel keek boos. 'Ik heb gezien wat er met mijn vader is gebeurd. De Harlekijns hebben ons niet gered. Niemand heeft ons geholpen.'

'Ik denk dat je het beste met mij mee kunt gaan.'

'Waarom? Wat heeft het voor zin?'

Met het zwaard in haar handen begon ze langzaam te praten, denkend aan wat Thorn haar had geleerd. 'Sommige filosofen geloven dat de mensheid het van nature in zich heeft om intolerant, haatdragend en wreed te zijn. De machthebbers willen hun positie behouden en vernietigen iedereen die hen daarbij in de weg loopt.'

'Dat lijkt me vrij duidelijk,' zei Gabriel.

'De drang om anderen te overheersen is erg sterk, maar het verlangen naar vrijheid en het vermogen tot mededogen bestaan ook nog. De duisternis is overal, maar er is nog steeds Licht.'

'En jij denkt dat dat door de Reizigers komt?'

'Ze duiken in elke generatie op. De Reizigers verlaten deze wereld en keren vervolgens terug om andere mensen te helpen. Ze zijn een inspiratie voor de mensheid, geven ons nieuwe ideeën en leiden ons voorwaarts...'

'Misschien dat mijn vader zo iemand was, maar dat wil nog niet zeggen dat Michael en ik diezelfde gave hebben. Ik ga niet naar Arizona om die leraar te ontmoeten. Ik wil Michael gaan zoeken en hem helpen ontsnappen.'

Gabriel keek naar de deuropening alsof hij het besluit om weg te gaan al had genomen. Maya probeerde de kalmte in zichzelf te vinden die ze altijd voelde tijdens het vechten. Ze moest nu exact de juiste woorden vinden, anders was ze hem kwijt.

'Misschien vind je je broer in een ander rijk.'

'Dat weet je niet.'

'Ik kan je niets beloven. Als jullie allebei Reizigers zijn, zou het kunnen. De Tabula gaan Michael leren de oversteek te maken.'

Gabriel keek haar recht in de ogen. Even schrok ze van zijn moed en kracht. Toen liet hij zijn hoofd zakken en was hij weer een hele gewone jongeman in een spijkerbroek en een vaal T-shirt.

'Misschien lieg je wel tegen me,' zei hij op zachte toon.

'Dat risico moet je dan maar nemen.'

'Als we naar Arizona gaan, weet je dan zeker dat we die Padvinder zullen vinden?'

Maya knikte. 'Hij woont in de buurt van San Lucas.'

'Goed, laten we dan maar naar hem toe gaan. Dan kan ik ter plekke alsnog beslissen wat ik zal doen.'

Hij stond snel op en liep de kamer uit. Maya bleef met het zwaard op de bank zitten. De kling was perfect ingevet en toen ze het zwaard door de lucht zwaaide zag ze het staal glinsteren. Leg het weg, zei ze tegen zichzelf. Verberg deze macht in de duisternis.

Er klonken stemmen in de keuken. Heel voorzichtig, zodat de houten vloer niet zou kraken, ging Maya de eetkamer binnen en gluurde door een kier. Hollis en Vicki waren terug. Ze waren bezig met de lunch en roddelden intussen over hun kerk. Kennelijk hadden twee oude vrouwen ruzie gekregen over de vraag wie de beste huwelijkstaart kon bakken en had de gemeente partij gekozen.

'Dus toen mijn nichtje Miss Anne uitkoos om haar taart te bakken, kwam Miss Grace wel naar de receptie, maar deed ze net alsof ze misselijk werd toen ze ervan at.'

'Dat verbaast me niets. Het verbaast me eerder dat ze niet stiekem een dode kakkerlak in het taartbeslag had gedaan.'

Ze schoten gelijktijdig in de lach. Hollis glimlachte naar Vicki en wendde toen snel zijn blik af. Maya liet de vloer kraken om te laten merken dat zij in de eetkamer was, wachtte een paar tellen en ging toen de keuken binnen. 'Ik heb met Gabriel gepraat. Hij gaat nu de nieuwe band op de motor zetten en dan vertrekken we morgenochtend.'

'Waar gaan jullie naartoe?' vroeg Hollis.

'Weg uit Los Angeles. Meer hoeven jullie niet te weten.'

'Oké. Dat moet je zelf weten.' Hollis haalde zijn schouders op.

'Kan je me helemaal geen informatie geven?'

Maya ging aan de keukentafel zitten. 'Het is een risico om cheques te gebruiken of geld op te nemen van bankrekeningen. De Tabula zijn erg bedreven in het controleren van dergelijke dingen. Over een paar dagen zal je een tijdschrift of een catalogus ontvangen met een Duitse postzegel erop. Tussen de pagina's zullen biljetten van honderd dollar verborgen zitten. Het kan zijn dat we er twee of drie zendingen voor nodig hebben, maar we betalen je vijfduizend dollar.'

'Dat is veel te veel,' zei Hollis. 'We hadden duizend dollar per dag afgesproken en ik heb je maar twee dagen geholpen.'

Maya vroeg zich af of Hollis hetzelfde zou hebben gezegd als Vicki er niet bij was geweest. Als je iemand anders leuk vond, maakte dat je onbezonnen en kwetsbaar. Hollis wilde nobel overkomen op deze jonge vrouw.

'Je hebt mij geholpen Gabriel te vinden. Ik betaal je voor je diensten.'

'En dat is het dan?'

'Ja. Bij dezen is het contract beëindigd.'

'Kom op, Maya. De Tabula zullen het heus niet opgeven. Ze zullen jou en Gabriel blijven zoeken. Als je echt verwarring wilt zaaien, moet je hun valse informatie geven. Doe net alsof je nog in Los Angeles bent.'

'En hoe zou jij dat aanpakken?'

'Daar heb ik wel wat ideeën over.' Hollis keek naar Vicki. Ja, ze zat naar hem te kijken. 'Jullie Harlekijns betalen mij vijfduizend dollar, dus hebben jullie nog drie dagen werk van me te goed.'

27

De volgende ochtend werd Vicki vroeg wakker en zette koffie voor iedereen. Na het ontbijt gingen ze naar buiten. Hollis inspecteerde Maya's bestelbusje. Hij goot een liter olie in de carter en verwisselde de nummerplaten voor die van een afgedankte auto van zijn buurman. Vervolgens begon hij wat in zijn kasten te rommelen en zocht wat voorraden bij elkaar: plastic waterflessen en extra kleren voor Gabriel, een langwerpige kartonnen doos om het geweer in te verbergen en een landkaart die hen naar Arizona moest leiden.

Maya stelde voor dat ze de motorfiets achter in het busje zouden tillen – in elk geval tot ze Californië achter zich hadden gelaten – maar dat vond Gabriel geen goed idee. 'Je overdrijft,' zei hij tegen haar. 'Op dit moment rijden er meer dan honderdduizend voertuigen over de snelwegen van Los Angeles. Ik kan me niet voorstellen dat de Tabula mij daartussen kunnen vinden.'

'Je wordt niet gezocht door een mens, Gabriel. De Tabula hebben toegang tot de beveiligingscamera's die aan de verkeersborden zijn bevestigd. Op dit moment is een scanprogramma opnamen aan het verwerken, op zoek naar het kenteken van jouw motorfiets.'

Na vijf minuten te hebben gekibbeld, haalde Hollis een nylon touw uit zijn garage en bond Gabriels rugzak achter op de motorfiets. Het leek een nonchalante, geïmproviseerde manier om een rugzak te vervoeren, maar het verborg ook het kenteken. Gabriel knikte en startte de motor terwijl Maya in het busje klom. Ze draaide het raampje omlaag en knikte naar Vicki en Hollis.

Vicki was inmiddels gewend aan de Harlekijnmanieren. Maya vond het moeilijk om 'bedankt' te zeggen of 'tot ziens'. Misschien was haar gedrag niets anders dan onbeleefdheid of trots, maar Vicki was tot de slotsom gekomen dat er nog een reden was. De Harlekijns hadden een enorme taak op zich genomen, namelijk Reizigers met hun leven te verdedigen. Een vriendschap onderhouden met iemand buiten hun wereld zou een bijkomende last zijn. Daarom gaven zij de voorkeur aan huurlingen die ze na gebruik meteen weer konden afdanken.

'Van nu af aan moet je heel voorzichtig zijn,' zei Maya tegen Hollis. 'De Tabula hebben een volgsysteem ontwikkeld voor elektronische transacties. Ze experimenteren ook met splitsers – genetisch gemanipuleerde dieren die kunnen worden ingezet om mensen te doden. Het beste wat je kunt doen is gedisciplineerd zijn, maar onvoorspelbaar. Tabula-computers vinden het moeilijk om een berekening te maken met willekeurige elementen.'

'Stuur jij het geld nu maar gewoon op,' zei Hollis. 'Je hoeft je over mij geen zorgen te maken.'

Hollis duwde het hek open. Gabriel ging voor en Maya volgde hem. Het busje en de motor reden langzaam de straat door en de hoek om en waren toen verdwenen.

'Wat denk je?' vroeg Vicki. 'Gaan ze het redden?'

Hollis haalde zijn schouders op. 'Gabriel heeft altijd een onafhankelijk leven geleid. Ik weet niet of hij zich de wet laat voorschrijven door een Harlekijn.'

'En wat denk je van Maya?'

'In het vechtcircuit in Brazilië loop je aan het begin van de wedstrijd naar het midden van de ring, waar de scheidsrechters de tegenstanders voorstelt en jij de kans krijgt je tegenstander in de ogen te kijken. Sommige mensen denken dat het gevecht op dat moment al beslist is. De één kijkt zogenaamd heel stoer, terwijl de winnaar dwars door het obstakel naar de andere kant van de ring kijkt.'

'En zo iemand is Maya?'

'Ze accepteert de mogelijkheid van de dood en het lijkt haar geen angst aan te jagen. Dat is een enorm voordeel voor een strijder.'

Vicki hielp Hollis met afwassen en de keuken opruimen. Hollis vroeg of ze zin had om mee te gaan naar zijn sportschool en deel te nemen aan de beginnerscursus capoeira om vijf uur, maar Vicki zei nee, bedankt. Het was tijd om naar huis te gaan.

In de auto zwegen ze. Hollis keek haar telkens even aan, maar zij keek niet terug. Toen Vicki die ochtend een douche had genomen, had zij toegegeven aan haar nieuwsgierigheid en de badkamer doorzocht als een detective. In de onderste la van het gootsteenkastje vond ze een schone nachtjapon, een bus haarlak, maandverband en vijf nieuwe tandenborstels. Ze had niet verwacht dat Hollis celibatair leefde, maar de vijf tandenborstels, elk in een plastic doosje, schetsten een beeld van een eindeloze rij vrouwen die hun kleren uittrokken en bij hem in bed kropen. 's Ochtends zette Hollis dan natuurlijk koffie, reed de vrouw naar huis, gooide de gebruikte tandenborstel weg en begon van voor af aan.

Toen zij haar straat in Baldwin Hills in reden, vroeg Vicki hem op de hoek te parkeren. Ze wilde niet dat haar moeder hen in de auto zag zitten en meteen naar buiten kwam rennen. Josetta zou meteen van het ergste uitgaan – dat haar dochters opstandigheid was veroorzaakt door een geheime relatie met deze man.

Ze wendde zich tot Hollis. 'Hoe ga je de Tabula ervan overtuigen dat Gabriel nog in Los Angeles is?'

'Ik heb nog niet echt een plan, maar ik verzin wel iets. Vlak voordat hij wegging heb ik Gabriels stem opgenomen op mijn taperecorder. Als ze hem in een lokaal telefoongesprek horen praten, zullen ze aannemen dat hij nog in de stad is.'

'En wat ga je doen wanneer het allemaal achter de rug is?'

'Het geld gebruiken om mijn sportschool op te knappen. We hebben airconditioning nodig en daar wil de huisbaas geen geld aan uitgeven.'

Kennelijk liet ze haar teleurstelling blijken, want Hollis keek haar geërgerd aan. 'Kom op, Vicki. Gedraag je nu niet als een echt kerkmeisje. De afgelopen vierentwintig uur was je ook niet zo.'

'Hoe bedoel je?'

'Altijd meteen je oordeel klaar hebben. Elke kans aangrijpen om Isaac Jones te citeren.'

'O ja. Dat was ik even vergeten. Jij gelooft helemaal nergens in.'

'Ik geloof in het duidelijk zien van de dingen. En voor mij is het duidelijk dat de Tabula al het geld en alle macht bezitten. Je hebt goede kans dat ze Gabriel en Maya zullen vinden. Zij is een Harlekijn, dus zal ze zich nooit overgeven...' Hollis schudde zijn hoofd. 'Ik voorspel je dat ze binnen een paar weken dood is.'

'En jij bent niet van plan iets te doen om dat te voorkomen?'

'Ik ben geen idealist. Ik heb langgeleden met de kerk gebroken. Ik heb beloofd dat ik deze klus zou afmaken, en dat ga ik ook doen. Maar ik ga niet vechten voor een verloren zaak.'

Vicki haalde haar hand weer van de deurknop en keek hem aan. 'Waar is al die training dan goed voor geweest, Hollis? Om geld te verdienen? Is dat alles? Hoor je niet voor iets te vechten waarmee je anderen kunt helpen? De Tabula willen iedereen die een Reiziger zou kunnen zijn gevangennemen en in hun macht krijgen. En van de rest van ons willen ze kleine robotten maken, die precies doen wat de gezichten die wij op televisie zien ons vertellen, namelijk mensen haten en vrezen die we nog nooit hebben ontmoet.'

Hollis haalde zijn schouders op. 'Ik zeg niet dat je ongelijk hebt. Maar dat verandert nog niets.'

'En als het tot een grote strijd komt, aan wiens kant sta jij dan?'

Ze greep de deurknop weer vast, klaar om uit te stappen, maar Hollis pakte haar linkerhand. Met een klein rukje trok hij haar naar zich toe. Toen boog hij zich over haar heen en kuste haar op de lippen. Het voelde alsof er licht door hun lichaam stroomde, dat slechts heel even samenvloeide. Vicki trok zich los en opende het portier.

'Vind je me aardig?' vroeg hij. 'Geef toe dat je me aardig vindt.'

'Niet-ingeloste schuld, Hollis. Niet-ingeloste schuld.'

Vicki haastte zich de stoep op en rende over het gazon van een buurman naar haar eigen voordeur. Niet stil blijven staan, zei ze tegen zichzelf. Niet achteromkijken.

28

Maya bestudeerde de kaart en zag een autosnelweg die rechtstreeks van Los Angeles naar Tucson liep. Als ze die dikke groene
streep volgden konden ze er in zes, zeven uur zijn. Een rechtstreekse route was efficiënt, maar ook gevaarlijk. De Tabula zouden juist
op de belangrijkste snelwegen naar hen uitkijken. Maya besloot
dwars door de Mojavewoestijn naar zuidelijk Nevada te rijden en
eenmaal in Arizona de kleine wegen te volgen.

Het snelwegsysteem was verwarrend, maar Gabriel kende de
weg. Hij reed als een soort politie-escorte op zijn motor voor haar
uit, met zijn rechterhand gebarend wanneer ze vaart moest minderen, van rijbaan moest veranderen of een afslag moest nemen.
Aanvankelijk volgden ze de autosnelweg door Riverside County.
Ongeveer om de dertig kilometer passeerden ze een winkelcentrum
met reusachtige warenhuizen. In de buurt van de winkelcentra waren woonwijken gebouwd van identieke huizen met rode pannendaken en groene gazons.

Al deze stadjes hadden namen die ook op de routeborden stonden vermeld, maar in Maya's ogen waren ze net zo nep als triplex
decors. Ze kon gewoon niet geloven dat er ooit mensen in huifkar-
ren naar deze plaatsen waren getrokken om het land te bewerken
en een schooltje te bouwen. De plaatsjes langs de snelweg zagen er
geforceerd en kunstmatig uit, alsof de een of andere Tabula-onder-
neming ze zo had neergezet en de burgers het plan hadden gevolgd:

huizen kopen, baantjes vinden, kinderen krijgen en ze afgeven aan de Grote Machine.

Bij het plaatsje Twentynine Palms verlieten ze de snelweg en volgden ze een tweebaans asfaltweg die dwars door de Mojave-woestijn voerde. Dit was een heel ander Amerika dan de plaatsjes langs de snelweg. Eerst was het landschap vlak en onvruchtbaar en vervolgens begonnen zij grote bergen rode rotsen te passeren – elke heuvel weer heel anders en geheel op zichzelf staand, net als de piramides. Er groeiden yucca's met zwaardvormige bladeren en bomen met grillige takken die haar aan opgeheven armen deden denken.

Nu ze de snelweg hadden verlaten begon Gabriel plezier te krijgen in de tocht. Hij leunde van de ene kant naar de andere en maakte midden op de weg sierlijke S-bochten. Opeens begon hij veel sneller te rijden. Maya gaf gas om hem bij te kunnen houden, maar Gabriel schakelde in de vijfde versnelling en ging ervandoor. Woedend zag ze hem kleiner en kleiner worden, net zo lang totdat motor en motorrijder aan de horizon waren verdwenen.

Toen Gabriel niet terugkwam begon ze zich zorgen te maken. Had hij besloten de Padvinder te vergeten en er alleen vandoor te gaan? Of was er iets gebeurd? Misschien hadden de Tabula hem te pakken gekregen en wachtten zij haar nu op. Er gingen tien minuten voorbij. Twintig minuten. Toen ze bijna in paniek raakte zag ze in de verte een klein stipje op de weg verschijnen. Het werd groter en eindelijk dook Gabriel op uit de nevel. Hij reed heel hard toen hij in tegengestelde richting lachend en zwaaiend langs haar heen stoof. Idioot, dacht ze. Stomme idioot.

In haar achteruitkijkspiegel zag ze Gabriel rechtsomkeert maken en achter haar aankomen. Toen hij haar weer passeerde toeterde ze en seinde met haar koplampen. Toen Maya haar raampje omlaag-draaide, kwam Gabriel naast haar rijden.

'Dat kan je niet maken!' riep ze.

Gabriel deed opzettelijk iets met de motor om hem nog meer la-waai te laten maken. Hij wees naar zijn oor en schudde zijn hoofd. Sorry. Kan je niet verstaan.

'Rustig aan! Je moet bij mij blijven!'

Hij grinnikte als een ondeugend jongetje, gaf een dot gas en racete weer van haar weg. Even later werd hij opnieuw opgeslokt door de nevel. Er verscheen een luchtspiegeling boven een droge rivierbedding. Het valse water schitterde en sprankelde onder de gloeiende zon.

Toen ze het plaatsje Saltus bereikten, stopte Gabriel bij een winkel annex restaurant in blokhutstijl. Hij vulde zijn tank en liep het gebouw binnen.

Maya tankte eveneens, betaalde de oude man die in de winkel stond en liep het restaurant binnen. Aan de muren hingen werktuigen van een boerderij en opgezette koppen van herten en bergschapen en de lampen waren gemaakt van huifkarwielen. Het liep tegen het eind van de middag en zij waren de enige klanten.

Ze ging tegenover Gabriel aan een tafeltje zitten en ze bestelden bij een verveelde serveerster die een vlekkerig schortje droeg. Het eten stond snel op tafel. Gabriel schrokte zijn hamburger hongerig naar binnen en bestelde er nog een terwijl Maya af en toe een hapje van haar omelet met champignons nam.

Mensen die de oversteek naar andere rijken konden maken werden vaak geestelijk leiders, maar Gabriel Corrigan vertoonde geen enkel teken van spiritualiteit. Over het algemeen gedroeg hij zich als een gewone jongeman die van motoren hield en te veel ketchup op zijn eten deed. Hij was gewoon een burger – meer niet – en toch bezorgde hij Maya een ongemakkelijk gevoel. De mannen die zij in Londen had gekend luisterden graag naar hun eigen stem. Ze luisterden altijd maar met één oor naar je, terwijl ze ongeduldig wachtten tot ze zelf weer iets konden zeggen. Gabriel was anders. Hij keek haar aandachtig aan, luisterde naar wat ze zei en leek op haar verschillende stemmingen te reageren.

'Is Maya je echte naam?' vroeg hij.

'Ja.'

'En wat is je achternaam?'

'Die heb ik niet.'

'Iedereen heeft een achternaam,' zei Gabriel. 'Tenzij je een rockster bent, of een koning of zoiets.'

'In Londen noemde ik mezelf Judith Strand. Ik ben dit land binnengekomen met een paspoort waarin ik stond vermeld als Duits staatsburger met de naam Gretchen Voss. Ik heb reservepaspoorten voor drie verschillende landen. Maar mijn Harlekijnnaam is "Maya".'

'Wat betekent dat?'

'Wanneer Harlekijns een jaar of vijftien, zestien zijn, kiezen ze een speciale naam. Er is geen ritueel aan verbonden. Je kiest gewoon een naam en vertelt het aan je familie. Namen hebben niet altijd een duidelijke betekenis. De Franse Harlekijn die zichzelf "Linden" noemt, is genoemd naar een boom met een hartvormig blad. Een bijzonder onstuimige Harlekijn uit Ierland noemt zichzelf Mother Blessing.'

'En waarom heet jij Maya?'

'Ik heb een naam gekozen waaraan mijn vader zich zou ergeren. Maya is een andere naam voor de godin Devi, de gemalin van Shiva. Maar het betekent ook illusie, de valse wereld van de zintuigen. Want daarin wilde ik geloven – in de dingen die ik kon zien en horen en voelen. Niet in Reizigers en al die verschillende rijken.'

Gabriel keek om zich heen door het groezelige restaurantje. WIJ VERTROUWEN OP GOD, luidde de tekst op een bord aan de muur. VOOR IEDER ANDER GELDT: CONTANT BETALEN.

'En hoe zit het met je broers en zussen? Rennen die ook met zwaarden in het rond, op zoek naar Reizigers?'

'Ik ben enig kind. Mijn moeder kwam uit een familie van Sikhs die al drie generaties in Engeland woonde. Zij heeft me dit gegeven...' Maya tilde haar rechterpols op en liet haar stalen armband zien. 'Het is een zogenaamde *kara*. Hij herinnert je eraan dat je niets mag doen waarmee je schande over jezelf zou kunnen afroepen.'

'Wat was je vader voor iemand?' vroeg Gabriel.

'Over hem hoef je niets te weten.'

'Was hij gek? Sloeg hij je?'

'Natuurlijk niet. Meestal was hij ergens onderweg om een Reiziger te beschermen. Mijn vader vertelde ons nooit waar hij naartoe ging. We wisten nooit of hij dood was of nog in leven. Meestal miste hij mijn verjaardag of Kerstmis, maar dan dook hij op een onverwacht moment weer op. Vader deed altijd alsof het de gewoonste zaak van de wereld was; alsof hij even een biertje was gaan drinken in het café op de hoek. Ik geloof wel dat ik hem miste. Maar tegelijkertijd wilde ik niet dat hij thuiskwam. Dat betekende dat mijn lessen werden hervat.'

'Dus hij heeft je geleerd met een zwaard om te gaan?'

'Onder andere. Ik moest ook karate leren, en judo en kickboksen en ik moest met verschillende soorten vuurwapens leren omgaan. Hij probeerde me te leren op een bepaalde manier te denken. Als we ergens liepen te winkelen, vroeg hij me soms plotseling iemand te beschrijven die we hadden gezien. Als we samen in de metro zaten, moest ik iedereen in de wagon goed bekijken en de volgorde van tegenstanders bepalen. Je moet altijd eerst de sterkste persoon aanvallen en van daaruit naar de zwakste toe werken.'

Gabriel knikte alsof hij begreep waar ze het over had. 'Wat deed hij nog meer?'

'Toen ik wat ouder werd, betaalde vader dieven of drugsverslaafden om mij vanuit school naar huis te volgen. Ik moest ze opmerken en een manier verzinnen om te ontsnappen. Mijn training vond altijd op straat plaats, zo gevaarlijk mogelijk.'

Ze wilde hem net van het gevecht met de voetbalhooligans in het metrostation gaan vertellen toen gelukkig de serveerster naar hun tafeltje kwam met de tweede hamburger. Gabriel keek niet eens naar de hamburger en probeerde het gesprek voort te zetten.

'Zo te horen wilde je helemaal geen Harlekijn worden.'

'Ik heb geprobeerd het leven van een burger te leiden, maar dat was onmogelijk.'

'Vind je dat erg?'

'We kunnen onze weg niet altijd zelf kiezen.'

'Het lijkt alsof je kwaad bent op je vader.'

De woorden verrasten haar en beroerden haar hart. Even was ze bang dat ze zo hard zou gaan huilen dat het de wereld om haar heen zou verbrijzelen. 'Ik – ik had respect voor hem,' stamelde ze.

'Dat wil nog niet zeggen dat je niet kwaad op hem kunt zijn.'

'Laten we het niet over mijn vader hebben,' zei Maya. 'Hij heeft niets te maken met onze huidige situatie. Op dit moment zijn de Tabula naar ons op zoek en moet ik proberen jou te beschermen. Ik wil niet dat je zo ver vooruitrijdt op je motor. Ik wil je voortdurend kunnen zien.'

'We zitten midden in de woestijn, Maya. Niemand kan ons zien.'

'Ook al kun je de lijnen niet zien, het Netwerk is overal.' Maya stond op en hing het zwaard om haar schouder. 'Eet je bord leeg. Ik ben buiten.'

De rest van de dag bleef Gabriel vlak voor haar rijden en paste zijn snelheid aan aan die van het busje. Ze bleven in westelijke richting rijden en op een gegeven moment ging de zon onder en versmolt met de horizon. Een kleine zeventig kilometer van de grens met Nevada zag zij het groen-met-blauwe neonbord van een motelletje.

Maya haalde haar Willekeurige Getallen Generator uit haar tas. Een even getal betekende doorrijden. Oneven betekende dat ze hier kon stoppen. Ze drukte op het knopje. Het getal was 88167 en zij seinde met haar koplampen en draaide het grindpad naar het motel in. Het motel was gebouwd in een U-vorm. Twaalf kamers. Een leeg zwembad met gras op de bodem.

Maya stapte uit het busje en liep naar Gabriel toe. Ze moesten een kamer delen zodat zij hem kon bewaken, maar Maya besloot dat niet ter sprake te brengen. Voorzichtig aan, dacht ze. Verzin een excuus.

'We hebben niet veel geld. Het is goedkoper om een kamer te delen.'

'Mij best,' zei Gabriel en liep achter haar aan het verlichte kantoortje binnen.

De hoteleigenaresse was een kettingrokende oude vrouw die grijnsde toen Maya *Mr. en Mrs. Thompson* op een klein, wit kaartje schreef. 'We betalen contant,' zei Maya.

'Goed, liefje. Ik vind het best. Probeer alsjeblieft niets kapot te maken.'

Twee doorzakkende bedden. Een klein tafeltje en twee plastic stoelen. De kamer had airconditioning, maar Maya besloot die niet aan te zetten. Door de herrie van de ventilator zou ze niet goed kunnen horen of er iemand aankwam. Ze schoof het raam boven de bedden open en ging toen de badkamer binnen. Uit de douche kwam een dun straaltje lauw water. Het water rook muf en metaalachtig en het viel niet mee haar dikke haar uit te spoelen. Even later kwam ze gekleed in een T-shirt en een sportbroekje de badkamer uit en kon Gabriel zich gaan wassen.

Maya trok de deken van haar bed en ging onder het laken liggen, met haar zwaard een paar centimeter van haar rechterbeen. Vijf minuten later kwam Gabriel de badkamer uit met nat haar en gekleed in een T-shirt en zijn ondergoed. Hij liep over het versleten kleed en ging op de rand van zijn bed zitten. Maya dacht dat hij iets wilde zeggen, maar hij veranderde van gedachten en kroop onder de deken.

Op haar rug liggend, begon Maya de geluiden om haar heen te inventariseren. De wind die zachtjes tegen de jaloezieën blies. Heel af en toe een passerende vrachtwagen of auto. Ze zakte weg, al half in een droom, en opeens was ze weer een kind, helemaal alleen in die metrotunnel terwijl ze door drie mannen werd aangevallen. Nee. Niet aan denken.

Ze deed haar ogen open, draaide haar hoofd om en keek naar Gabriel. Zijn hoofd lag op het kussen en zijn lichaam was een zachte vorm onder het laken. Maya vroeg zich af of hij thuis in Los Angeles veel vriendinnetjes had die hem vertelden dat ze van hem hielden. Ze koesterde een diepe argwaan tegen de woorden *houden van*. Ze werden altijd zo gemakkelijk gebruikt in liedjes en televisiereclames. Maar als de uitdrukking 'houden van' zo vals en onecht was – echt iets voor burgers om tegen elkaar te zeggen – wat was dan het meest intieme wat een Harlekijn tegen iemand anders kon zeggen?

Opeens schoten de woorden haar weer te binnen, het allerlaatste wat ze haar vader in Praag had horen zeggen: *ik zou voor je willen sterven.*

Er klonk een luid gekraak toen Gabriel zich rusteloos omdraaide in zijn bed. Er verstreken een paar minuten en toen legde hij een tweede kussen onder zijn hoofd. 'Toen we vanmiddag zaten te eten werd je boos. Misschien had ik je niet zoveel vragen moeten stellen.'

'Je hoeft niet alles van mijn leven te weten, Gabriel.'

'Ik heb zelf ook geen normale jeugd gehad. Mijn ouders wantrouwden alles. Ze waren altijd op de vlucht of hielden zich ergens schuil.'

Stilte. Maya vroeg zich af of ze nu iets moest zeggen. Kon het eigenlijk wel dat Harlekijns persoonlijke gesprekken voerden met de mensen die zij beschermden?

'Heb je mijn vader weleens ontmoet?' vroeg ze. 'Kun je je hem herinneren?'

'Nee. Maar ik herinner me nog wel dat ik het jade zwaard voor het eerst zag. Ik zal een jaar of vijf, zes zijn geweest.'

Hij zweeg en zij vroeg niet verder. Sommige herinneringen waren net littekens die je het liefst voor andere mensen verborgen hield. Er reed een vrachtwagen met aanhanger langs het motel. Een auto. Nog een vrachtwagen. Als er nu een auto de binnenplaats op reed, zou ze de banden over het losse grind horen knerpen.

'Ik kan mijn familie vergeten wanneer ik uit een vliegtuig spring of op mijn motor rijd.' Gabriels stem klonk zacht en zijn woorden werden opgeslokt door de duisternis. 'Maar zodra ik geen snelheid meer heb komt alles weer terug...'

29

'Al mijn vroegste herinneringen hebben te maken met het rijden in onze auto of pick-up. We waren altijd bezig onze koffers te pakken en weer verder te trekken. Ik denk dat dat de reden is waarom Michael en ik geobsedeerd waren door het hebben van een eigen huis.

Als we ergens langer dan een paar weken bleven, deden we altijd net alsof we er voorgoed zouden blijven. Maar dan reed er weer een auto meer dan twee keer langs ons motel, of stelde iemand bij een benzinestation mijn vader een ongewone vraag. Dan begonnen onze ouders tegen elkaar te fluisteren en werden we midden in de nacht wakker gemaakt en moesten we ons in het donker gaan aankleden. Vervolgens zaten we nog voor zonsopgang weer in de auto, op weg naar nergens.'

'Gaven je ouders jullie nooit enige uitleg?' vroeg Maya.

'Niet echt. En dat maakte het juist zo beangstigend. Ze zeiden alleen "Het is hier gevaarlijk" of "Er zitten boze mannen achter ons aan". En dan pakten we onze spullen weer en gingen we weer weg.'

'En daar klaagden jullie nooit over?'

'Niet met mijn vader erbij. Hij droeg altijd sjofele kleren en werkschoenen, maar hij had iets – een bepaalde blik in zijn ogen – waardoor hij heel machtig en wijs leek. Wildvreemden vertelden mijn vader altijd geheimen, alsof hij hen kon helpen.'

'Wat was je moeder voor vrouw?'

Gabriel zweeg even. 'Ik moet telkens aan de laatste keer denken dat ik haar heb gezien, vlak voor ze stierf. Het is heel moeilijk om dat uit mijn hoofd te zetten. Toen we klein waren was ze altijd optimistisch over alles. Als onze auto het begaf op een verlaten weggetje, nam ze ons mee de velden in en gingen we veldbloemen plukken of een klavertje-vier zoeken.'

'En wat was jij voor een kind?' vroeg Maya. 'Was je een braaf jongetje, of juist heel ondeugend?'

'Ik was vrij rustig en ik was niet zo'n prater.'

'En Michael?'

'Hij was echt de zelfverzekerde grote broer. Als we een opslagruimte nodig hadden, of extra handdoeken van de hotelmanager, stuurden mijn ouders Michael eropaf.

Soms was het wel leuk om altijd onderweg te zijn. Op de een of andere manier leken we altijd geld genoeg te hebben, ook al werkte mijn vader niet. Mijn moeder had een hekel aan televisie, dus vertelde ze ons verhaaltjes of ze las ons voor uit boeken. Ze hield van Mark Twain en Charles Dickens en ik weet nog hoe spannend we het vonden toen ze ons voorlas uit *The Moonstone*, van Wilkie Collins. Van mijn vader leerden we hoe we een automotor moesten afstellen, hoe we kaart moesten lezen en hoe we ervoor konden zorgen dat we niet verdwaalden in een vreemde stad. In plaats van schoolboeken te bestuderen, stopten we onderweg bij alle historische plekken die we tegenkwamen.

Toen ik acht was en Michael twaalf, riepen mijn ouders ons bij zich en vertelden ons dat we een boerderij gingen kopen. We zouden naar kleine stadjes gaan, de krant lezen en bij boerderijen langsgaan waar borden met "Te Koop" voor het huis stonden. In mijn ogen zagen ze er allemaal prima uit, maar mijn vader kwam altijd hoofdschuddend terug naar de auto en zei dan tegen mijn moeder dat "de voorwaarden niet goed waren". Na een paar weken begon ik te denken dat "de voorwaarden" een stel gemene oude vrouwtjes waren die graag "nee" zeiden.

We reden naar Minnesota en vervolgens naar South Dakota. In Sioux Falls hoorde mijn vader dat er in het stadje Unityville een boerderij te koop moest staan. Het was een mooie streek met golvende heuvels en alfalfavelden. De boerderij stond zo'n achthonderd meter van de weg, verscholen achter een klein sparrenbos. Er stonden een grote rode schuur, een paar gereedschapsschuren en een gammel woonhuis van twee verdiepingen.

Na een tijdlang te hebben onderhandeld, kocht mijn vader de boerderij van een man die in contanten betaald wilde worden en twee weken later trokken we erin. Alles leek in orde, tot het eind van de maand, toen de elektriciteit uitviel. Eerst dachten Michael en ik dat er iets kapot was, maar toen riepen onze ouders ons naar de keuken en vertelden ons dat elektriciteit en een telefoon ons verbonden met de rest van de wereld.'

'Je vader wist dat er naar jullie werd gezocht,' zei Maya. 'Hij wilde niets te maken hebben met de Grote Machine.'

'Daar heeft hij het nooit met ons over gehad. Hij zei alleen dat we ons Miller zouden gaan noemen en dat iedereen een nieuwe voornaam mocht uitzoeken. Michael wilde zich Robin noemen, naar het hulpje van Batman, maar dat vond vader geen goed idee. Na veel overleg besloot Michael dat hij David wilde heten en ik koos de naam Jim, naar Jim Hawkins in *Treasure Island*.

Dat was dezelfde avond waarop vader ons alle wapens liet zien en ons vertelde waar hij ze allemaal zou verbergen. Het jade zwaard lag in de slaapkamer van onze ouders en we mochten het zonder toestemming niet aanraken.'

Maya glimlachte bij de gedachte aan het kostbare zwaard dat verstopt had gelegen in een kledingkast. Ze vroeg zich af of het ergens in een hoekje had gestaan, naast een paar oude schoenen.

'Achter de bank in de voorkamer lag het geweer en het pompgeweer was in de keuken verstopt. Wanneer hij aan het werk was droeg vader zijn .38 in een schouderholster onder zijn jasje. Toen Michael en ik klein waren stonden wij er niet zo bij stil. We accepteerden gewoon het feit dat wij al die wapens in huis hadden. Jij zei dat mijn vader een Reiziger was. Nou, ik heb hem nooit zien wegzweven of verdwijnen of zoiets.'

'Het lichaam van een Reiziger blijft in deze wereld,' zei Maya. 'Het is het Licht dat in hem zit dat de oversteek maakt.'

'Twee keer per jaar stapte vader in de pick-up en vertrok voor een paar weken. Hij vertelde ons altijd dat hij ging vissen, maar hij bracht nooit vis mee naar huis. Wanneer hij thuis was, maakte hij meubels of wiedde hij de tuin. Meestal hield hij om een uur of vier 's middags op met werken. Dan nam hij Michael en mij mee naar de schuur en leerde ons judo en karate en kendo met bamboe-zwaarden. Michael had daar een hekel aan. Hij vond het zonde van zijn tijd.'

'Zei hij dat weleens tegen je vader?'

'We durfden nooit tegen hem in te gaan. Wanneer mijn vader ons op een bepaalde manier aankeek, wist hij precies wat wij dachten. Michael en ik waren ervan overtuigd dat hij onze gedachten kon lezen.'

'Wat vonden de buren van hem?'

'Wij kenden niet veel mensen. Een eindje verder op de heuvel woonden de Stevensons, maar die waren niet zo aardig. Aan de andere kant van het riviertje woonde een ouder echtpaar, Don en Irene Tedford, en die kwamen op een middag bij ons langs met twee appeltaarten. Ze waren verbaasd dat wij geen elektriciteit hadden, maar ze leken er niets achter te zoeken. Ik weet nog dat Don zei dat televisie toch niks anders was dan tijdverspilling.

Daarna gingen Michael en ik elke middag naar de Tedfords om zelfgemaakte donuts te eten. Mijn vader bleef altijd thuis, maar moeder nam soms een vracht wasgoed mee naar hun huis om het te wassen in hun wasmachine. De Tedfords hadden een zoon, Jerry, die in de een of andere oorlog was gesneuveld en hun hele huis stond vol met foto's van hem. Hij was dood, maar ze praatten over hem alsof hij nog leefde.

Alles ging goed tot sheriff Randolph op een dag langskwam in zijn patrouillewagen. Hij was een grote man in uniform en hij droeg een pistool. Ik was heel bang toen hij kwam. Ik dacht dat hij van het Netwerk was en dat vader hem nu zou moeten doden...'

Maya viel hem in de rede. 'Ik zat eens in een auto met Libra, ook een Harlekijn, toen we werden aangehouden voor het overschrijden van de maximumsnelheid. Ik dacht echt dat Libra de keel van die politieman zou doorsnijden.'

'Ja, zo voelde het,' zei Gabriel. 'Michael en ik hadden geen idee

227

wat er zou gaan gebeuren. Mijn moeder schonk ijsthee in voor she-riff Randolph en we gingen met ons allen op de veranda zitten. Eerst zei Randolph allemaal aardige dingen over hoe netjes we de boerderij hadden opgeknapt en toen begon hij over de lokale on-roerendgoedbelasting. Omdat wij niet waren aangesloten op het elektriciteitsnet, dacht hij dat wij uit politieke overtuiging mis-schien zouden weigeren belasting te betalen.

In het begin zei vader niets en zat hij Randolph alleen maar aan te kijken. Opeens kwam hij met de mededeling dat hij de belasting natuurlijk zou betalen en leek iedereen zich te ontspannen. De eni-ge die niet blij keek was Michael. Hij ging naar de sheriff en zei dat hij zo graag naar school wilde, net als alle andere kinderen.

Toen de sheriff wegreed, nam vader ons mee naar de keuken voor een gezinsoverleg. Hij vertelde Michael dat school gevaarlijk was omdat het deel uitmaakte van het Netwerk. Michael zei dat we toch dingen moesten leren zoals wiskunde en natuurkunde en geschiedenis. Hij zei dat we ons nooit tegen onze vijanden zouden kunnen verdedigen als we geen opleiding kregen.'

'En wat gebeurde er toen?' vroeg Maya.

'De rest van die zomer werd er niet meer over gesproken. Toen zei vader dat we naar school mochten, maar dat we wel heel erg voorzichtig moesten zijn. We mochten niemand onze echte naam vertellen en we mochten het nooit over de wapens hebben.

Ik vond het eng om andere kinderen te gaan ontmoeten, maar Michael was dolblij. Op onze eerste schooldag stond hij twee uur te vroeg op om de kleren uit te zoeken die hij wilde aantrekken. Volgens hem droegen alle jongens in het stadje spijkerbroeken en flanellen overhemden. Zo moesten wij ons ook kleden. Dan zou-den we er hetzelfde uitzien als iedereen.

Moeder bracht ons met de auto naar Unityville en wij werden op de school ingeschreven onder onze valse namen. Michael en ik werden twee uur getest door de adjunct-directeur, Mrs. Batenor. Wij konden allebei heel goed lezen, maar ik was niet zo goed in re-kenen. Toen zij me een lokaal binnenbracht, staarden de andere kinderen me allemaal aan. Het was voor het eerst dat het werke-lijk tot me doordrong hoe anders ons gezin was en hoe andere mensen naar ons keken. De kinderen begonnen te fluisteren, totdat de leraar zei dat ze stil moesten zijn.

In de pauze trof ik Michael op de speelplaats en stonden we te kijken hoe de andere jongens liepen te voetballen. Ze droegen inderdaad allemaal een spijkerbroek. Vier oudere jongens verlieten het voetbalveld en kwamen naar ons toe. Ik zie nog de blik op het gezicht van mijn broer. Hij was zo opgewonden. Zo blij. Hij dacht dat de jongens ons kwamen vragen om ook mee te doen en dat we dan vrienden zouden worden.

Eén van de jongens, de grootste, zei: "Jullie zijn de Millers. Jullie ouders hebben de boerderij van Hale Robinson gekocht." Michael wilde hem een hand geven, maar de jongen zei: "Jullie ouders zijn gek."

Mijn broer bleef nog een paar seconden glimlachen, alsof hij niet kon geloven dat die jongen dat zojuist had gezegd. Hij was al die jaren onderweg bezig geweest een fantasie te creëren over school en vrienden en een normaal leven. Toen zei hij dat ik even uit de weg moest gaan en verkocht de grote jongen een knal in zijn gezicht. Ze sprongen met z'n allen boven op hem, maar ze hadden geen schijn van kans. Michael ging de plattelandsjongens te lijf met karatetrappen en -slagen. Hij werkte ze een voor een tegen de grond en als ik hem niet had weggetrokken zou hij op hen in zijn blijven beuken.'

'Dus jullie hebben nooit vrienden gemaakt?'

'Niet echt, nee. De leraren mochten Michael graag, omdat hij goed met volwassenen kon praten. Onze vrije tijd brachten we door op de boerderij. Dat was niet erg. Er was altijd wel iets waar we het druk mee hadden, zoals het bouwen van een boomhut of de training van Minerva.'

'Wie was Minerva? Jullie hond?'

'Zij was onze waakuil.' Gabriel glimlachte bij de herinnering. 'Een paar maanden nadat we op school waren begonnen, vond ik bij het riviertje dat over het land van Mr. Tedford liep een babyuil. Ik kon nergens een nest vinden, dus wikkelde ik haar in mijn T-shirt en nam haar mee naar huis.

Toen ze klein was hielden we haar in een kartonnen doos en

voerden we haar kattenvoer. Ik besloot haar Minerva te noemen omdat ik eens had gelezen dat de godin Minerva een uil als dienaar had. Toen Minerva groter werd, hakte Vader een gat in de keukenmuur en maakte aan beide zijden een platformpje en een luikje. We leerden Minerva hoe ze door het luik de keuken binnen kon komen.

Vader zette Minerva's kooi tussen een paar sparrenbomen aan het begin van de weg die naar onze boerderij voerde. Aan de kooi hing een gewicht dat het deurtje kon openen en dat gewicht was weer bevestigd aan een eind vislijn dat dwars over de weg was gespannen. Als er een auto de weg op zou rijden, zou hij de vislijn raken en de kooi openen. Vervolgens was het dan de bedoeling dat Minerva naar het huis zou vliegen om ons te vertellen dat we bezoek hadden.'

'Dat was een slim plan.'

'Misschien wel, maar destijds dacht ik daar anders over. Toen we nog in motels woonden, had ik op televisie veel spionagefilms gezien en ik herinnerde me alle technische hoogstandjes. Als er slechte mensen achter ons aanzaten, wilde ik eigenlijk wel wat meer bescherming dan een uil.

Maar goed, ik trok aan de vislijn, het deurtje ging open en Minerva vloog de heuvel op. Toen vader en ik de keuken binnenkwamen, was de uil al door het luikje naar binnen gegaan en zat zij haar kattenvoer te eten. We droegen Minerva weer terug naar de weg, testten de kooi een tweede keer en opnieuw vloog ze terug naar het huis.

Toen besloot ik mijn vader te vragen waarom die boze mensen ons wilden vermoorden. Hij zei dat hij alles zou uitleggen wanneer wij wat ouder waren. Ik vroeg hem waarom we niet naar de noordpool konden gaan, of een andere plek waar ze ons nooit zouden vinden.

Mijn vader keek me met een vermoeide, verdrietige blik aan. "Dat zou ik wel kunnen doen," zei hij tegen mij. "Maar dan zouden jij en Michael en je moeder niet mee kunnen. Ik wil jullie niet alleen achterlaten."'

'Vertelde hij je dat hij een Réiziger was?'

230

'Nee,' zei Gabriel. 'Daar zei hij niets over. Er gingen een paar jaar voorbij zonder dat er iets gebeurde. Michael vocht niet meer op school, maar de andere kinderen vonden hem een grote leugenaar. Hij vertelde hun over het jade zwaard en vaders geweer, maar hij zei ook dat we een zwembad in de kelder hadden en een tijger in de schuur. Hij vertelde zoveel verhalen dat niemand zich realiseerde dat een paar ervan wel degelijk waar waren.

Op een middag stonden we op de schoolbus te wachten die ons thuis zou brengen, toen een andere jongen over een brug begon die over de snelweg liep. Onder die brug liep een pijpleiding en een paar jaar eerder had de een of andere jongen, Andy genaamd, die gebruikt om de weg over te steken.

"Dat stelt niks voor," zei Michael tegen hen. "Dat kan mijn kleine broertje met zijn ogen dicht." Twintig minuten later stond ik op de dijk onder de brug. Ik sprong omhoog, greep de pijpleiding vast en begon de snelweg over te steken terwijl Michael en de andere jongens toekeken. Ik denk nog steeds dat ik het had kunnen halen, maar toen ik halverwege was brak de pijp en viel ik op de weg. Ik bezeerde mijn hoofd en brak mijn been op twee plaatsen. Ik weet nog dat ik mijn hoofd optilde, de weg afkeek en een enorme vrachtwagen met oplegger recht op me af zag komen. Ik verloor het bewustzijn en toen ik weer bijkwam lag ik op de afdeling spoedeisende hulp van een ziekenhuis met mijn been in het gips. Ik weet bijna zeker dat ik Michael tegen een verpleegster hoorde zeggen dat ik Gabriel Corrigan heette. Ik weet niet waarom hij dat deed. Misschien dacht hij dat ik dood zou gaan als hij mijn echte naam niet opgaf.'

'En zo hebben de Tabula jullie dus gevonden,' zei Maya.

'Misschien, maar wie zal het zeggen? Er ging weer een paar jaar voorbij zonder dat er iets gebeurde. Toen ik twaalf was en Michael zestien, zaten we 's avonds na het eten een keer in de keuken ons huiswerk te maken. Het was januari en buiten was het echt koud. Opeens kwam Minerva door het luikje naar binnen. Ze zat te krassen en met haar ogen te knipperen tegen het licht.

Dat was een paar keer eerder gebeurd toen de hond van de Stevensons tegen de vislijn aan was gelopen. Ik trok mijn laarzen aan en ging naar buiten om de hond te zoeken. Toen ik om het huis heen was gelopen en de heuvel af keek, zag ik vier mannen uit het sparrenbos tevoorschijn komen. Ze droegen donkere kleding en hadden geweren bij zich. Ze praatten met elkaar, gingen uit elkaar en begonnen de heuvel op te lopen.'

'Tabula-huurlingen,' zei Maya.

'Ik had geen idee wie het waren. Een ogenblik lang bleef ik als verstijfd staan, maar toen rende ik het huis binnen om het mijn familie te vertellen. Vader rende naar boven, naar de slaapkamer, en kwam terug met een plunjezak en het jade zwaard. Hij gaf het zwaard aan mij en de plunjezak aan mijn moeder. Toen gaf hij Michael het pompgeweer en zei dat we via de achterdeur naar buiten moesten gaan en ons in de aardappelkelder moesten verstoppen.

"En jij dan?" vroegen wij.

"Ga nu maar naar de kelder en blijf daar," zei hij tegen ons. "En kom niet naar buiten voordat jullie mijn stem horen."

Vader greep het geweer en wij verlieten het huis via de achterdeur. Hij had ons gezegd langs het hek te lopen, zodat we geen voetafdrukken zouden achterlaten in de sneeuw. Ik wilde bij hem blijven om hem te helpen, maar moeder zei dat we weg moesten. Toen we in de tuin waren, hoorde ik een schot en een schreeuw. Het was niet de stem van mijn vader. Dat weet ik zeker.

De aardappelkelder was niet meer dan een opslagplaats voor oude stukken gereedschap. Michael trok de deur open en wij klommen via de trap naar beneden, de kelder in. De deur was zo roestig dat Michael hem niet meer helemaal dicht kreeg. We gingen met z'n drieën op een betonnen rand zitten, in het donker. Een tijdlang hoorden we schoten, en toen was het stil. Toen ik wakker werd, scheen er zonlicht door de kieren rond de deur.

Michael duwde de deur open en wij volgden hem naar buiten. Het huis en de schuur waren tot de grond toe afgebrand. Minerva vloog boven ons hoofd alsof ze naar iets op zoek was. Vier dode mannen lagen op verschillende plekken – twintig, dertig meter bij elkaar vandaan – en hun bloed had de sneeuw om hen heen doen smelten.

Mijn moeder ging zitten, sloeg haar armen om haar knieën en begon te huilen. Michael en ik gingen kijken in wat er over was van ons huis, maar we troffen geen spoor aan van onze vader. Ik zei tegen Michael dat die mannen hem heus niet hadden vermoord. Hij was gevlucht.

Michael zei: "Vergeet dat maar. We moeten hier weg. Je moet me helpen met mama. We gaan naar de Tedfords en lenen hun stationcar."

Hij ging weer naar de aardappelkelder en kwam terug met het jade zwaard en de plunjezak. Toen we in de plunjezak keken zagen we dat hij vol zat met bundeltjes bankbiljetten van honderd dollar. Moeder zat nog steeds in de sneeuw te huilen en voor zich uit te mompelen alsof ze niet helemaal goed bij haar hoofd was. We namen het zwaard en de tas mee en liepen met haar door de velden naar de boerderij van de Tedfords. Toen Michael aanklopte, kwamen Don en Irene in hun ochtendjassen naar de deur.

Ik had Michael op school honderden keren horen liegen, maar niemand geloofde ooit zijn verhalen. Ditmaal was het net alsof hij zelf geloofde wat hij zei. Hij vertelde de Tedfords dat onze vader soldaat was geweest, en uit het leger was gedeserteerd. Afgelopen nacht hadden agenten van de overheid ons huis in brand gestoken en hem vermoord. Het hele verhaal klonk mij belachelijk in de oren, tot ik me herinnerde dat de zoon van de Tedfords in de oorlog was gesneuveld.'

'Een uitgekookte leugen,' zei Maya.

'Inderdaad. En het werkte. Don Tedford leende ons zijn stationcar. Michael had op de boerderij rijden geleerd en reed al een paar jaar. Wij laadden de wapens en de plunjezak in en reden naar de weg. Moeder lag op de achterbank. Ik dekte haar toe met een deken en zij viel in slaap. Toen ik uit het raampje keek, zag ik dwars door de rook Minerva door de lucht vliegen...'

Gabriel zweeg en Maya staarde naar het plafond. Op de snelweg passeerde een vrachtwagen en de koplampen schenen door de jaloezieën. Toen was het weer donker. En stil. De schaduwen die hen omringden leken dichter en zwaarder te worden. Maya had een gevoel alsof ze samen op de bodem van een diepe poel lagen.

'En wat gebeurde er daarna?' vroeg zij.

'We hebben een paar jaar rondgetrokken met de auto en toen konden we aan valse geboortebewijzen komen en zijn we in Austin, Texas, gaan wonen. Toen ik zeventien was, besloot Michael dat we naar Los Angeles gingen verhuizen om een nieuw leven te beginnen.'

'En toen hebben de Tabula jullie gevonden en nu ben jij hier.'

'Ja,' zei Gabriel zachtjes. 'Nu ben ik hier.'

30

Los Angeles beviel Boone helemaal niet. Op het eerste gezicht leek het allemaal heel gewoon, maar er heerste een neiging tot anarchie. Hij herinnerde zich een video-opname die hij eens had gezien van rellen in de gettowijken. Rook die opsteeg aan een zonovergoten hemel. Een palmboom die in vlammen opging. Los Angeles kende heel veel straatbendes die over het algemeen niet veel anders deden dan elkaar naar het leven staan. Dat was op zich niet zo erg. Maar een leider met visie, zoals een Reiziger, kon een einde maken aan het drugsgebruik en al die woede naar buiten richten.

Hij nam de snelweg naar Hermosa Beach, liet zijn auto achter op een openbaar parkeerterrein en wandelde naar Sea Breeze Lane. Aan de overkant van het huis van de indiaan stond een busje van het elektriciteitsbedrijf. Boone klopte op de achterdeur van het busje en Prichett trok het rolgordijn omhoog dat voor het raampje hing. Hij knikte glimlachend – blij dat je er bent. Boone trok de deur open en stapte in.

De drie Tabula-huurlingen zaten in lage strandstoelen achter in de bus. Hector Sanchez was een voormalige Mexicaanse *federale* die betrokken was geraakt bij een afpersingsschandaal. Ron Olson had bij de militaire politie gezeten, maar was beschuldigd van verkrachting.

De jongste van de groep was Dennis Prichett. Hij had kort bruin haar, een rond gezicht en een beleefde, serieuze manier van doen, zodat hij wel iets weg had van een jonge missionaris. Hij ging drie keer per week naar de kerk en gebruikte nooit grove taal. De laatste jaren waren de Broeders begonnen met het in dienst nemen van echte gelovigen van verschillende religies. Hoewel zij betaald werden als huurlingen, sloten zij zich om morele redenen bij de Broeders aan. Zij beschouwden de Reizigers als valse profeten die een bedreiging vormden voor wat zij zagen als het ware geloof. Deze nieuwe werknemers werden geacht betrouwbaarder en meedogenlozer te zijn dan de gewone huurlingen, maar Boone vertrouwde hen niet. Hij had meer begrip voor hebzucht en angst dan voor religieus fanatisme.

'Waar is onze verdachte?' vroeg hij.

'Op de veranda achter het huis,' zei Prichett. 'Hier. Kijk maar.'

Hij stond op en Boone ging voor de monitor zitten. Een van de leukere aspecten van zijn werk was dat het hem de mogelijkheid verschafte om door muren te kijken. Voor de operatie in Los Angeles was het busje uitgerust met infraroodapparatuur. De speciale camera gaf je een zwartwitbeeld van elk oppervlak dat warmte produceerde of reflecteerde. In de garage zag hij een witte vlek: dat was de geiser. In de keuken zag hij nog een vlek: waarschijnlijk een koffiezetapparaat. Een derde voorwerp bewoog in de schaduw en Prichett wees met zijn vinger. Thomas Walks the Ground zat op zijn veranda.

Het team hield het huis al drie dagen in de gaten, luisterde telefoongesprekken af en gebruikte het Carnivoorprogramma om e-mails te controleren. 'Zijn er nog berichten verzonden of ontvangen?' vroeg Boone.

'Hij is vanmorgen twee keer gebeld over een weekend in een zweethut,' zei Sanchez.

Olson keek naar een monitor. 'Zijn e-mail vertoont niks anders dan spam.'

'Mooi zo,' zei Boone. 'Laten we dan maar gaan. Heeft iedereen een penning?'

De drie mannen knikten. Ze hadden bij hun aankomst in Los Angeles alledrie een valse FBI-penning gekregen.

'Oké. Hector en Ron, jullie gaan door de voordeur. Mocht er

sprake zijn van verzet, dan hebben de Broeders ons toestemming gegeven het dossier van deze man te sluiten. Dennis, jij gaat met mij mee. Wij gaan via de oprit.'

De vier mannen stapten uit het busje en staken snel de straat over. Olson en Sanchez liepen naar de voordeur van het huis. Boone duwde de houten poort open en Prichett volgde hem. In de achtertuin stond een primitieve hut, gemaakt van stokken en stukken koeienhuid.

Toen ze de hoek om kwamen zagen ze Thomas Walks the Ground aan een kleine houten tafel op de veranda zitten. De indiaan had een kapotte afvalvergruizer uit elkaar gehaald en was nu bezig hem weer in elkaar te zetten. Boone keek naar Prichett en zag dat de jongere man zijn 9mm automatisch pistool had getrokken. Hij hield het stevig vast. Witte knokkels. Ze hoorden een hard, krakend geluid aan de voorkant van het huis, waar de twee andere huurlingen de voordeur intrapten.

'Niks aan de hand,' zei Boone tegen Prichett. 'Je hoeft je nergens zorgen om te maken.' Hij haalde een vervalst aanhoudingsbevel uit zijn binnenzak en liep de veranda op.

'Goedemiddag, Thomas. Mijn naam is Special Agent Baker en dit is Special Agent Morgan. Wij hebben hier een officieel huiszoekingsbevel.'

Thomas Walks the Ground legde zijn dopsleutel neer en nam de twee bezoekers onderzoekend op. 'Ik geloof niet dat jullie echte politieagenten zijn,' zei hij. 'En ik geloof ook niet dat dat een echt huiszoekingsbevel is. Helaas heb ik mijn pistool in de keuken laten liggen, dus ga ik deze eigenaardige situatie maar gewoon accepteren.'

'Dat lijkt me een verstandige keuze,' zei Boone. 'Gefeliciteerd.' Hij wendde zich tot Prichett. 'Ga terug naar de bus en licht de anderen in. Laat Hector een pak aantrekken en de snuffelaar gebruiken. Ron blijft aan de voorkant.'

'Ja, meneer.' Prichett stak het pistool weer weg in zijn schouderholster. 'En wat doen we met de verdachte?'

'Wij zitten hier goed. Ik ga een praatje maken met Thomas over zijn verschillende mogelijkheden.'

Vastbesloten zijn werk goed te doen, haastte Prichett zich terug naar de voorkant van het huis. Boone schoof een bankje naar de tafel en ging zitten. 'Wat mankeert er aan die afvalvergruizer?' vroeg hij.

'Hij is vastgelopen en toen is de motor verbrand. Weet je wat het probleem was?' Thomas wees naar een klein zwart dingetje op de tafel. 'Een pruimenpit.'

'Waarom heb je niet gewoon een nieuwe vergruizer gekocht?'

'Te duur.'

Boone knikte. 'Dat klopt. We hebben je bankrekening en je creditcard gecontroleerd. Je bent blut.'

Thomas Walks the Ground hervatte zijn werk en zocht tussen de onderdelen die op tafel lagen. 'Fijn dat een zogenaamde politieman zich zorgen maakt over mijn zogenaamde financiën.'

'Wil je dit huis niet graag houden?'

'Dat is onbelangrijk. Ik kan altijd terug naar mijn stam in Montana. Ik ben hier al veel te lang gebleven.'

Boone stak een hand in de binnenzak van zijn leren jack, haalde er een envelop uit en legde die op tafel. 'Hier zit twintigduizend dollar in contanten in. Dat is allemaal voor jou in ruil voor een eerlijk gesprek.'

Thomas Walks the Ground pakte de envelop op, maar maakte hem niet open. Hij hield hem in zijn handpalm alsof hij het gewicht probeerde te schatten. Toen gooide hij hem weer op tafel. 'Ik ben een eerlijk man, dus geef ik je dat gesprek helemaal voor niets.'

'Een jonge vrouw heeft een taxi genomen naar dit adres. Haar naam is Maya, maar waarschijnlijk gebruikte ze een valse naam. Ze is ergens in de twintig. Zwart haar. Lichtblauwe ogen. Ze is opgegroeid in Engeland en heeft een Engels accent.'

'Ik krijg hier zoveel mensen op bezoek. Misschien heeft ze mijn zweethut bezocht.' Thomas keek Boone glimlachend aan. 'Ik heb nog een paar plaatsen voor de ceremonie van dit weekend. Jij en je mannen zouden het eens moeten proberen. Beetje op een trommel slaan. Alle gifstoffen uit je lichaam zweten. Wanneer je daarna weer de koude lucht in stapt, voel je je als herboren.'

Sanchez kwam de oprit op lopen met een wit veiligheidspak en de snuffelapparatuur. De snuffelaar leek op een stofzuiger met een draagbare accu. Aan de accu zat een radiozender die de gegevens rechtstreeks doorgaf aan de computer in de bus. Sanchez zette de snuffelaar op een tuinstoel. Hij stapte in het pak en trok het over zijn benen, armen en schouders.

'Waar is dat voor?' vroeg Thomas.

'Wij hebben een DNA-monster van de jonge vrouw in kwestie. Het apparaat op die stoel verzamelt genetische informatie. Het gebruikt een microchip om het DNA van de verdachte te vergelijken met het DNA dat we in jouw huis aantreffen.'

Thomas vond drie passende schroeven en glimlachte. Hij legde ze naast een nieuwe elektrische motor. 'Zoals ik al zei: ik krijg heel veel bezoek.'

Sanchez trok het pak over zijn hoofd en begon door de luchtfilter te ademen. Nu kon zijn eigen DNA het monster niet beïnvloeden. De huurling opende de achterdeur, liep het huis binnen en ging aan de slag. De beste monsters werden gevonden op beddengoed, toiletbrillen en rugleuningen van bekleed meubilair.

Terwijl ze naar het gedempt gonzende geluid luisterden dat de snuffelaar binnen maakte, keken de twee mannen elkaar aan. 'Vertel me nu eens,' zei Boone. 'Is Maya hier geweest?'

'Waarom wil je dat zo graag weten?'

'Ze is een terrorist.'

Thomas Walks the Ground begon drie metalen ringetjes te zoeken die op de drie schroeven pasten. 'Er zijn echte terroristen in deze wereld, maar een klein groepje mannen gebruikt onze angst voor hen om hun eigen macht te vergroten. Die mannen maken jacht op sjamanen en mystici...' Thomas glimlachte opnieuw. 'En op mensen die zich Reizigers noemen.'

Het geluid van de snuffelaar was nog steeds te horen. Boone wist dat Sanchez van kamer naar kamer ging en allerlei meubels afzocht met het mondstuk van de snuffelaar.

'Alle terroristen zijn hetzelfde,' zei Boone.

Thomas leunde achterover in zijn tuinstoel. 'Ik zal je eens iets vertellen over een Paiute-indiaan, Wovoka genaamd. Rond 1880 begon hij naar andere werelden te reizen. Toen Wovoka terugkeerde, praatte hij met alle stammen en begon een beweging die de Geestdans werd genoemd. Zijn volgelingen dansten in kringen en zongen speciale liederen. Wanneer je niet danste, werd je geacht een deugdzaam leven te leiden. Geen alcohol. Niet stelen. Geen prostitutie.

Nu zou je denken dat de blanken die de reservaten bestuurden hier blij mee waren. Na jaren van verloedering begon de indiaan weer moreel en sterk te worden. Helaas werden de Lakota er niet gehoorzamer op. Dansers startten het ritueel in het Pine Ridge-reservaat in South Dakota en de blanken in de omgeving werden heel erg bang. Daniel Royer, een regeringsambtenaar, besloot dat de Lakota geen vrijheid en geen eigen land nodig hadden. Wat ze nodig hadden was honkbal. Hij probeerde de krijgers te leren werpen en omgaan met een knuppel, maar ze lieten zich niet afleiden van de Geestdans.

En de blanken zeiden tegen elkaar: "De indianen worden weer gevaarlijk."

'Dus stuurde de overheid soldaten naar een Geestdansceremonie bij Wounded Knee Creek en zij openden het vuur en slachtten 290 mannen, vrouwen en kinderen af. De soldaten groeven kuilen en gooiden de lijken in de bevroren grond. En mijn volk keerde weer terug naar alcohol en verwarring...'

Het geluid hield op. Even later ging de achterdeur krakend open en kwam Sanchez naar buiten. Hij verwijderde meteen zijn mondstuk en trok de capuchon van het witte pak van zijn hoofd. Zijn gezicht glinsterde van het zweet. 'Ik heb iets gevonden,' zei hij. 'Er lag een haar op de bank in de woonkamer.'

'Mooi zo. Dan kan je nu terug naar het busje.'

Sanchez trok het pak uit en vertrok. Boone en Thomas waren weer alleen.

'Maya is hier dus geweest,' zei Boone.

'Als we dat apparaat moeten geloven.'

'Ik wil weten wat ze heeft gedaan en gezegd. Ik wil weten of je haar geld hebt gegeven of ergens naartoe hebt gebracht. Was ze gewond? Heeft ze haar uiterlijk veranderd?'

'Ik zal je niet helpen,' zei Thomas heel rustig. 'Verlaat mijn huis.'

Boone trok zijn automatische pistool, maar liet het plat op zijn rechterbeen liggen. 'Je hebt niet echt een keus, Thomas. Dat moet je gewoon accepteren.'

'Ik heb de vrijheid om "nee" te zeggen.'

Boone zuchtte als een vader met een eigenwijs kind. 'Vrijheid is de grootste mythe die ooit is gecreëerd. Het is een destructief, onbereikbaar doel dat al heel veel pijn en verdriet heeft veroorzaakt. Er zijn maar weinig mensen die met vrijheid kunnen omgaan. Een samenleving is pas gezond en productief wanneer hij goed gecontroleerd wordt.'

'En jij denkt dat dat zal gebeuren?'

'Er komt een nieuw tijdperk aan. We naderen een tijdperk waarin wij over de technologie zullen beschikken die noodzakelijk is om grote aantallen mensen te controleren en te leiden. In de grote industrielanden is de structuur al aanwezig.'

'En jij gaat die leiding geven?'

'O, ik zal ook worden gecontroleerd. Iedereen wordt gecontroleerd. Het is een heel democratisch systeem. En het is onafwendbaar, Thomas. Het kan op geen enkele manier meer tot stilstand worden gebracht. Jouw offer voor de een of andere Harlekijn is volkomen zinloos.'

'Dat kan jij wel vinden, maar ik ben zelf degene die besluit wat in mijn leven zinvol is.'

'Je gaat me helpen, Thomas. Daar valt niet over te onderhandelen. Er is geen middenweg. Je zult de realiteit van de situatie onder ogen moeten zien.'

Thomas schudde meelevend zijn hoofd. 'Nee, mijn vriend. Jij bent het die de realiteit uit het oog hebt verloren. Jij kijkt naar mij en ziet een zwaarlijvige Crow-indiaan met een kapotte afvalvergruizer en geen geld. En jij denkt: aha, het is een doodgewone man. Maar laat mij je vertellen dat doodgewone mannen en vrouwen zullen zien waar jij mee bezig bent. En wij zullen opstaan, de deur openbreken en jouw elektronische kooi verlaten.'

Thomas stond op, stapte van de veranda en liep naar de oprit. Boone draaide zich bliksemsnel om. Hij greep het automatische pistool met twee handen vast en schoot de knieschijf van zijn vijand kapot. Thomas viel op de grond, rolde op zijn rug en bewoog niet meer.

Met het pistool nog in zijn hand liep Boone naar het lichaam toe. Thomas was nog bij kennis, maar zijn ademhaling ging heel snel. Zijn been lag er onder de knie bijna af en donkerrood bloed stroomde pulserend uit de slagader. Toen Thomas in shock begon te raken, keek hij op naar Boone en zei heel langzaam: 'Ik ben nog steeds niet bang voor je...'

Boone werd overmand door een intense woede. Hij richtte het pistool op Thomas' voorhoofd, alsof hij alle gedachten en herinneringen van de andere man wilde vernietigen, en haalde de trekker over.

Het tweede schot leek ondraaglijk luid en de geluidsgolven verspreidden zich, de wereld in.

31

Michael werd vastgehouden in een raamloze suite die uit vier kamers bestond. Af en toe hoorde hij gedempte geluiden en het geluid van stromend water door de waterleiding, dus ging hij ervan
uit dat er zich nog meer mensen in het gebouw bevonden. Er was
een badkamer, een slaapkamer, een woonkamer en een wachtruimte, waar twee zwijgende mannen in marineblauwe pakken hem be-
letten om weg te gaan. Hij wist niet of hij in Amerika was of in het
buitenland. Er was nergens een klok te bekennen en hij wist nooit
of het dag of nacht was.

De enige die tegen hem sprak was Lawrence Takawa, een jonge
Amerikaanse man van Japanse afkomst die altijd een wit overhemd
en een zwarte stropdas droeg. Lawrence zat naast Michaels bed
toen hij bijkwam uit zijn verdoving. Een paar minuten later kwam
er een dokter die Michael aan een snel lichamelijk onderzoek onderwierp. Hij fluisterde iets tegen Lawrence en kwam niet meer terug.

Michael was onmiddellijk vragen gaan stellen. Waar ben ik?
Waarom houden jullie mij hier vast? Lawrence glimlachte vriendelijk en gaf altijd dezelfde antwoorden. Je bent hier veilig. Wij zijn
je nieuwe vrienden. Wij zijn nu op zoek naar Gabriel, zodat hem
ook niets meer kan overkomen.

Michael wist dat hij een gevangene was en dat zij de vijand waren. Maar Lawrence en de twee bewakers deden veel moeite om
het hem naar de zin te maken. In de woonkamer stond een dure

televisie en een heel rek vol dvd's. In het gebouw waren vieren-twintig uur per dag koks aanwezig, die alles voor hem klaarmaak-ten waar hij trek in had. Toen Michael voor het eerst uit bed kwam, bracht Lawrence hem naar een inloopkast en liet hem kle-ding, schoenen en accessoires ter waarde van duizenden dollars zien. De mooie overhemden waren gemaakt van zijde of Egypti-sche katoen en de borstzakjes waren heel discreet voorzien van zijn initialen. De sweaters waren gemaakt van het zachtste kasjmier. Er stonden nette schoenen, sportschoenen en slippers – en alles in zijn maat.

Hij vroeg om sporttoestellen. Vrijwel onmiddellijk stonden er een loopband en een rek met gewichten in de woonkamer. Als hij een bepaald boek of tijdschrift wilde lezen, gaf hij zijn verzoek aan Lawrence door en werd het binnen een paar uur gebracht. Het eten was voortreffelijk en hij kon bestellen van een kaart met Franse en Amerikaanse wijnen. Lawrence Takawa verzekerde hem dat er uit-eindelijk ook vrouwen zouden komen. Hij had alles wat hij wens-te, behalve de vrijheid om te vertrekken. Volgens Lawrence was het op de eerste plaats van belang hem weer fit en gezond te krijgen na wat hij had moeten doorstaan. Uiteindelijk zou hij een bijzonder machtig man ontmoeten die hem alles zou vertellen wat hij wilde weten.

Toen Michael de badkamer uit kwam, zag hij dat iemand zijn kleding had uitgekozen en op bed had klaargelegd. Schoenen en sokken. Grijze wollen pantalon en een zwart shirt dat perfect paste. Hij liep de aangrenzende kamer binnen en trof daar Law-rence aan die met een glas wijn in zijn hand naar een jazz-cd zat te luisteren.

'Hoe is het, Michael? Goed geslapen?'

'Gaat wel.'

'Nog gedroomd?'

Michael had gedroomd dat hij over een oceaan vloog, maar zag niet in waarom hij dat zou moeten vertellen. Hij wilde hun niet la-ten weten wat er in hem omging. 'Nee, ik heb niet gedroomd. Ik kan het me althans niet herinneren.'

'Het moment waarop je hebt gewacht is nu aangebroken. Over

een paar minuten zul je kennismaken met Kennard Nash. Weet je wie hij is?'

Michael herinnerde zich een gezicht van een actualiteitenprogramma op tv. 'Heeft hij niet voor de overheid gewerkt?'

'Hij was ooit brigadegeneraal. Sinds hij het leger heeft verlaten werkt hij voor de president van Amerika. Iedereen respecteert hem. Op dit moment is hij president-directeur van de Evergreen Stichting.'

'Voor alle generaties,' zei Michael, de slogan citerend die de stichting gebruikte wanneer ze televisieprogramma's sponsorden. Hun logo was heel opvallend. Je zag een filmclip van twee kinderen, een jongetje en een meisje, die zich over een heel jong dennenboompje bogen en vervolgens veranderde het beeld in het gestileerde symbool van een boom.

'Het is bijna zes uur in de avond en je bevindt je in het administratiegebouw van het nationale onderzoekscentrum van de stichting. Het gebouw staat in Westchester County – ongeveer drie kwartier rijden van New York.'

'Waarom hebben jullie mij hier gebracht?'

Lawrence zette zijn wijnglas neer en glimlachte. Je kon niet aan hem zien wat hij dacht. 'We gaan nu naar boven, naar generaal Nash. Hij zal al je vragen beantwoorden.'

In de ruimte naast de woonkamer stonden de twee bewakers al op hen te wachten. Zonder een woord te zeggen, escorteerden ze Michael en Lawrence de kamer uit en een gang in naar een rij liften. Vlak bij de plek waar ze stonden bevond zich een raam en Michael zag dat het avond was. Toen de lift kwam, gaf Lawrence met een handgebaar te kennen dat hij kon instappen. Hij wuifde met zijn rechterhand even heen en weer voor een sensor en drukte op het knopje van de gewenste verdieping.

'Luister goed naar wat generaal Nash je te zeggen heeft, Michael. Hij is een bijzonder goed geïnformeerd man.' Lawrence stapte achterwaarts de gang weer in en Michael ging alleen naar de bovenste verdieping.

De liftdeur gaf rechtstreeks toegang tot een privé-kantoor. Het was een grote ruimte die was ingericht in de stijl van de bibliotheek van een Engelse herensociëteit. Langs de muren stonden eiken boekenkasten met lange rijen in leer gebonden boeken, en er stonden gemakkelijke leunstoelen en kleine, groene leeslampen. Het enige ongewone detail was dat er drie bewakingscamera's aan het plafond hingen. De camera's draaiden langzaam heen en weer en bestreken zo de gehele ruimte. Ze houden me in de gaten, dacht Michael. Er wordt voortdurend naar me gekeken.

Hij liep om de meubels en de lampen heen en probeerde niets aan te raken. In een hoek van de kamer verlichtten kleine spotlights een maquette die op een houten voetstuk stond. Het miniatuurgebouw bestond uit twee delen: een centrale toren omringd door een cirkelvormig gebouw. Het buitenste gebouw was verdeeld in kleine, identieke ruimtes, elk met een getralied raam in de buitenmuur en nog een raam in de bovenste helft van de toegangsdeur.

De toren zag eruit als een massieve monoliet, maar toen Michael om het voetstuk heen liep, zag hij een doorsnede van het gebouw. Het was een doolhof van ingangen en trappen. De ramen werden bedekt door strookjes balsahout die jaloezieën moesten voorstellen.

Michael hoorde een deur opengaan en zag Kennard Nash binnenkomen. Kaal hoofd. Brede schouders. Toen Nash glimlachte, herinnerde Michael zich de verschillende keren dat hij de voormalige generaal in talkshows had gezien.

'Goedenavond, Michael. Ik ben Kennard Nash.'

Generaal Nash liep snel de kamer door en gaf Michael een hand. Een van de bewakingscamera's draaide zachtjes mee, alsof hij het tafereel wilde opnemen.

'Ik zie dat je het Panopticon hebt gevonden.' Nash liep naar de maquette.

'Wat is het? Een ziekenhuis?'

'Het zou een ziekenhuis kunnen zijn, of zelfs een kantoorgebouw, maar het is een gevangenis, ontworpen door de achttiende-eeuwse filosoof Jeremy Bentham. Hoewel hij zijn plannen aan iedereen in de Britse regering liet zien, is het nooit gebouwd. Dit model is gebaseerd op Benthams tekeningen.'

Nash ging wat dichter bij de maquette staan en bestudeerde hem aandachtig. 'Elke kamer is een cel met zulke dikke muren dat er geen communicatie tussen de gevangenen mogelijk is. Het licht komt van buiten, zodat de gevangene altijd goed zichtbaar is.'

'En de bewakers zitten in de toren?'

'Bentham noemde het een toezichtsloge.'

'Ziet eruit als een doolhof.'

'Dat is het slimme van het Panopticon. Het is zo gebouwd dat je nooit het gezicht van je bewaker kunt zien en hem ook nooit hoort lopen. Denk je eens in wat dat betekent, Michael. Er kunnen dus twintig bewakers in de toren zitten of één bewaker of helemaal niemand. Het maakt geen enkel verschil. De gevangene kan niet anders dan ervan uitgaan dat hij voortdurend in de gaten wordt gehouden. Na enige tijd gaat dit besef deel uitmaken van het bewustzijn van de gevangene. Wanneer het systeem perfect functioneert kunnen de bewakers de toren verlaten om te gaan eten – of voor een lang weekend. Het maakt niet uit. De gevangenen hebben hun situatie geaccepteerd.'

Generaal Nash liep naar een boekenkast. Hij opende een valse boekenwand, waar een bar achter tevoorschijn kwam, compleet met glazen, een ijsemmer en flessen drank. 'Het is halfzeven. Meestal drink ik dan een glas whisky. We hebben bourbon, whisky, wodka en wijn. Als je iets anders wilt kan ik het voor je bestellen.'

'Doet u mij maar een malt whisky met een klein beetje water.'

'Uitstekend. Prima keuze.' Nash begon flessen te ontkurken. 'Ik hoor bij een groep die zich de Broeders noemt. We bestaan al heel lang, maar honderden jaren lang hebben wij eigenlijk alleen maar gereageerd op gebeurtenissen en getracht de chaos te beperken. Het Panopticon was voor onze leden een openbaring. Het veranderde onze hele manier van denken.

Zelfs bij de meest oppervlakkige bestudering van de geschiedenis kan men niet anders dan beseffen dat de mens hebzuchtig, impulsief en wreed is. Maar Benthams gevangenis liet ons zien dat sociale controle mogelijk is, als je maar over de juiste technologie beschikt. Er hoefde niet op elke straathoek een politieagent te staan. Het enige dat je nodig hebt is een Virtueel Panopticon dat de hele bevolking controleert. Je hoeft de mensen niet letterlijk onafgebroken in de gaten te houden, maar de massa moet die mogelijkheid accepteren en ook de onontkoombaarheid van straf. Je hebt de structuur nodig, het systeem, de impliciete dreiging die deel gaat uitmaken van het dagelijks leven. Wanneer mensen eenmaal hun ideeën over privacy overboord zetten, maken zij een vreedzame samenleving mogelijk.'

De generaal liep met twee glazen naar een bank en een paar stoelen die om een laag houten tafeltje heen stonden. Hij zette Michaels drankje op de tafel en de twee mannen namen tegenover elkaar plaats.

'Op het Panopticon.' Nash hief zijn glas in de richting van het schaalmodel op het voetstuk. 'Het was een mislukte uitvinding, maar een geweldig idee.'

Michael nipte van zijn whisky. Het proefde niet alsof er iets doorheen was gedaan, maar hij wist het niet zeker. 'Wat mij betreft filosofeert u maar raak,' zei hij. 'Maar het kan mij niet veel schelen. Het enige dat ik weet is dat ik hier een gevangene ben.'

'In feite weet je veel meer dan dat. Je familie heeft jarenlang onder een valse naam geleefd, totdat een groep gewapende mannen jullie huis in South Dakota overviel. Dat waren wij, Michael. Die mannen werkten voor ons en ze volgden onze oude strategie.'

'Jullie hebben mijn vader vermoord.'

'Is dat zo?' Kennard Nash trok zijn wenkbrauwen op. 'Onze mensen hebben de restanten van het huis grondig doorzocht, maar we hebben zijn lichaam nooit gevonden.'

De nonchalante toon van Nash' stem was om razend van te worden. Ellendeling, dacht Michael. Hoe kan je daar zitten met die glimlach op je gezicht? Er ging een golf van woede door hem heen en hij dacht eraan zich over de tafel te werpen en Nash bij de keel te grijpen. Dan kon hij eindelijk wraak nemen voor de vernietiging van zijn familie.

Generaal Nash leek zich niet te realiseren dat hij op het punt stond om te worden aangevallen. Toen zijn mobiele telefoon overging, zette hij zijn glas neer en haalde het toestel uit de zak van zijn colbert. 'Ik had gezegd dat ik niet gestoord wilde worden,' zei hij tegen de beller. 'O ja, is dat zo? Wat interessant. Nou, zal ik hem dat dan maar eens vragen?'

Nash liet het toestel zakken en keek Michael fronsend aan. Hij leek net een bankemployé die zojuist een klein probleempje had gevonden in een aanvraag voor een lening. 'Ik heb hier Lawrence Takawa aan de lijn. Volgens hem sta jij op het punt mij aan te vallen of een ontsnappingspoging te doen.'

Michaels ademhaling stokte, terwijl zijn handen zich om de leuningen van zijn stoel klemden. 'Ik – ik heb geen idee waar u het over hebt,' zei hij.

'Alsjeblieft, Michael. Verdoe je tijd niet met leugens. Je wordt op dit moment gevolgd door een infraroodscanner. Lawrence Takawa zegt dat je een versnelde hartslag hebt, een verhoogde galvanische reactie van de huid en dat er warmtesignalen rond de ogen zichtbaar zijn. Allemaal dingen die duidelijk wijzen op een "vecht-of-vlucht"-reactie. Hetgeen mij terugbrengt bij mijn oorspronkelijke vraag: "Ga je me aanvallen of wil je proberen te vluchten?"'

'Vertel me nu eerst maar eens waarom jullie mijn vader wilden vermoorden.'

Nash keek Michael een ogenblik strak aan en besloot toen het gesprek voort te zetten. 'Maak je geen zorgen,' zei hij tegen Lawrence Takawa. 'Volgens mij maken we hier goede vorderingen.' De generaal zette zijn mobieltje uit en stopte het weer in zijn zak.

'Was mijn vader een crimineel?' vroeg Michael. 'Had hij iets gestolen?'

'Herinner je je het Panopticon? Het model functioneert perfect als de hele mensheid binnen het gebouw leeft. Het functioneert echter niet als één individu een deur kan openen en buiten het systeem kan treden.'

'En dat kon mijn vader?'

'Ja. Hij was wat wij een "Reiziger" noemen. Jouw vader was in staat zijn neurale energie uit zijn lichaam te projecteren en naar andere werelden te reizen. Onze wereld is het Vierde Rijk. Er bestaan vaste barrières die men moet passeren om andere rijken binnen te kunnen komen. Wij weten niet of jouw vader ze allemaal heeft bezocht.' Nash keek Michael recht in de ogen. 'Het vermo-

249

gen om deze wereld te verlaten blijkt genetisch bepaald te zijn. Misschien kan jij het ook. Het kan zijn dat jij en Gabriel de gave ook bezitten.'

'En jullie zijn de Tabula?'

'Dat is een naam die door onze vijanden wordt gebruikt. Zoals ik je al heb verteld, noemen wij ons de Broeders. Wij zijn georganiseerd in de Evergreen Stichting.'

Michael keek naar zijn drankje terwijl hij intussen een strategie probeerde te verzinnen. Hij was nog in leven omdat ze iets van hem wilden. *Misschien kan jij het, Michael.* Ja. Dat was het. Zijn vader was verdwenen en ze hadden een Reiziger nodig.

'Het enige dat ik van jullie stichting weet zijn de reclameboodschappen die ik op televisie heb gezien.'

Nash stond op en liep naar het raam. 'De Broeders zijn echte idealisten. Wij willen wat voor alle mensen het beste is: vrede en voorspoed voor iedereen. De enige manier om dat te bereiken is het bewerkstelligen van sociale en politieke stabiliteit.'

'Dus jullie willen iedereen in een reusachtige gevangenis stoppen?'

'Begrijp je het dan niet, Michael? De mensen zijn tegenwoordig bang van de wereld om hen heen en die angst kan heel gemakkelijk aangewakkerd en in stand gehouden worden. De mensen willen zelf in ons Virtuele Panopticon leven. Wij zullen als goede herders over hen waken. Ze zullen worden gecontroleerd en tegen het onbekende in bescherming worden genomen.

Daar komt bij dat ze de gevangenis slechts zelden als zodanig herkennen. Er is altijd voldoende afleiding. Een oorlog in het Midden-Oosten. Een schandaal waarbij beroemdheden betrokken zijn. De Wereldbeker of de Super Bowl. Drugs, zowel illegaal als op recept. Advertenties. Een nieuwe hit. De laatste mode. Er mag dan angst voor nodig zijn om mensen zover te krijgen dat ze in ons Panopticon willen leven, maar wanneer ze er eenmaal in zitten zorgen wij voor voldoende amusement.'

'En intussen vermoorden jullie Reizigers.'

'Zoals ik al eerder zei, is dat een achterhaalde strategie. In het verleden reageerden wij als een gezond lichaam dat verschillende virussen afstoot. Alle wetten zijn opgeschreven, in een veelheid aan talen. De regels zijn duidelijk. Nu moet de mensheid alleen nog leren gehoorzamen. Maar zodra een samenleving in de buurt kwam van een bepaalde mate van stabiliteit, kwam er weer een Reiziger langs met nieuwe ideeën en een groot verlangen om alles te veranderen. Terwijl de rijken en de wijzen een enorme kathedraal trachtten te bouwen, bleven de Reizigers de funderingen ondermijnen – problemen veroorzaken.'

'Wat is er dan veranderd?' vroeg Michael. 'Waarom hebben jullie mij niet gedood?'

'Onze geleerden begonnen aan iets te werken dat zij een kwantumcomputer noemen en bereikten daar onverwachte resultaten mee. Ik ga je vanavond niet alle details vertellen, Michael. Het enige dat je hoeft te weten is dat een Reiziger ons kan helpen een ongelooflijke technologische doorbraak te bereiken. Als Project Oversteek slaagt, zal dat de geschiedenis voorgoed veranderen.'

'Dus jullie willen dat ik een Reiziger word?'

'Ja. Precies.'

Michael stond op van de bank en liep op generaal Nash af. Hij was inmiddels hersteld van zijn reactie op de infraroodscanner. Misschien konden deze mensen zijn hartslag en temperatuur meten, maar dat veranderde niets.

'Een paar minuten geleden zei u nog dat uw organisatie de overval op het huis van mijn familie heeft gepleegd.'

'Daar had ik persoonlijk niets mee te maken, Michael. Het was een betreurenswaardig incident.'

'Ook al zou ik bereid zijn het verleden te vergeten en jullie te helpen, dan zou dat nog niet betekenen dat het mogelijk is. Ik kan nergens naartoe "reizen". Mijn vader heeft ons niets anders geleerd dan zwaardvechten met bamboestokken.'

'Ja, dat weet ik. Heb je ons researchcentrum al gezien?' Nash gebaarde met zijn hand en Michael keek uit het raam. Het bewaakte gebouwencomplex werd uit veiligheidsoverwegingen helder verlicht. Nash' kantoor bevond zich op de bovenste verdieping van een modern kantoorgebouw dat door overdekte promenades in verbinding stond met drie andere gebouwen. In het midden van het vierkante plein stond een vijfde gebouw dat eruitzag als een witte kubus. De marmeren muren van de kubus waren zo dun dat de binnenverlichting van het gebouw voor een soort gloed van binnenuit zorgde.

'Als jij het in je hebt om een Reiziger te worden, dan hebben wij de mensen en de technologie om je te helpen de gave te ontwikkelen. In het verleden zijn Reizigers daarbij geholpen door ketterse priesters, afvallige dominees en rabbi's die opgesloten zaten in het getto. Het hele proces stond in het teken van religie en mystiek. Soms werkte het niet. Zoals je wel kunt zien is ons systeem bijzonder goed georganiseerd.'

'Oké. Het is me nu wel duidelijk dat jullie grote gebouwen hebben en een heleboel geld. Maar dat betekent nog steeds niet dat ik een Reiziger ben.'

'Als je slaagt, help je ons de geschiedenis te veranderen. Maar ook als je faalt, zullen wij ervoor zorgen dat je het de rest van je leven goed hebt. Je zult nooit meer hoeven werken.'

'En als ik weiger mee te werken?'

'Ik denk niet dat dat zal gebeuren. Je moet niet vergeten dat ik alles van je weet, Michael. Onze mensen hebben een diepgaand onderzoek naar jou ingesteld. In tegenstelling tot je broer ben jij ambitieus ingesteld.'

'Laat Gabriel hierbuiten,' zei Michael op scherpe toon. 'Ik wil niet dat jullie hem ook gaan zoeken.'

'We hebben Gabriel niet nodig. We hebben jou. En nu ga ik je een geweldig aanbod doen. Jij bent de toekomst, Michael. Jij zult de Reiziger zijn die de wereld echte vrede brengt.'

'Mensen zullen altijd blijven vechten.'

'Weet je nog wat ik je heb verteld? Het komt allemaal neer op angst en afleiding. Angst zal de mensen naar ons Virtuele Panopticon brengen en vervolgens zullen wij hen aangenaam bezighouden. Het zal de mensen vrijstaan om antidepressiva te gebruiken, schulden te maken en naar hun televisie te kijken. De samenleving mag dan ongeorganiseerd lijken, hij zal bijzonder stabiel zijn. Om de paar jaar kiezen we een nieuwe ledenpop om toespraken te houden vanuit de rozentuin van het Witte Huis.'

'Maar wie heeft er dan werkelijk de macht in handen?'

252

'De Broeders, natuurlijk. En jij zult deel uitmaken van onze familie en ons voorgaan naar de toekomst.'

Nash legde zijn hand op Michaels schouder. Het was een vriendschappelijk gebaar, als dat van een aardige oom of een nieuwe stiefvader. *Ons voorgaan naar de toekomst*, dacht Michael. *Deel van onze familie.* Hij staarde uit het raam naar het witte gebouw.

Generaal Nash draaide zich om en liep naar de bar. 'Ik zal je nog wat inschenken. We bestellen iets te eten – biefstuk of sushi – net wat je wilt. En dan praten we verder. De meeste mensen gaan door het leven zonder ooit de waarheid te kennen over de belangrijkste gebeurtenissen van hun tijd. Ze kijken naar een klucht die aan de rand van het podium wordt uitgevoerd, terwijl het echte drama zich achter de coulissen afspeelt.

Vanavond neem ik je mee voor een kijkje achter die coulissen en laat ik je zien hoe de toneelknechten werken en wat er achter de schermen gebeurt en hoe de acteurs zich in de kleedkamer gedragen. De helft van alles wat je op school hebt geleerd berust op pure fictie. Geschiedenis is een poppenkast voor kinderlijke geesten.'

32

Toen Gabriel wakker werd, zag hij dat Maya weg was. Zonder een geluid te maken was ze opgestaan en had zich aangekleed. Hij vond het vreemd dat ze de deken zo netjes had ingestopt en de twee kussens in de rafelige katoenen beddensprei had gevouwen. Het was net alsof ze alle bewijzen voor haar aanwezigheid en het feit dat zij samen de nacht in dezelfde kamer hadden doorgebracht had willen uitwissen.

Hij ging zitten en leunde tegen het krakende hoofdeinde. Al sinds ze uit Los Angeles waren vertrokken, had hij erover nagedacht wat het betekende om een Reiziger te zijn. Was ieder mens gewoon een biologische machine? Of had elk levend wezen iets eeuwigs in zich, een sprankje energie dat Maya het Licht noemde? Maar ook al was dat zo, dan betekende dat nog niet dat hij de gave had.

Gabriel probeerde zich een andere wereld voor te stellen, maar hij werd overspoeld door losse flarden van gedachte. Hij kon zijn gedachten niet beteugelen. Alles liep door elkaar heen, als een kwetterend aapje in een kooi, en hij zag beelden aan zich voorbij-trekken van vroegere vriendinnetjes, motorraces van een berg af en de teksten van een oud nummer. Hij hoorde een gonzend geluid en opende zijn ogen. Een dikke vlieg wierp zich tegen het raam.

Boos op zichzelf liep hij de badkamer binnen en plensde water in zijn gezicht. Maya, Hollis en Vicki hadden hun leven voor hem op het spel gezet, maar hij ging hen teleurstellen. Gabriel voelde zich

254

als iemand die onuitgenodigd op een feestje komt en zich voordoet als een belangrijk persoon. De Padvinder – als die bestond – zou erg moeten lachen om zijn pretenties.

Toen hij terugkwam in de kamer, zag hij dat Maya's reistas en laptop nog bij de deur stonden. Dat betekende dat ze in de buurt moest zijn. Had ze de auto meegenomen en was ze iets te eten gaan halen? Onmogelijk. Er waren geen restaurants of kruidenierszaken in de buurt.

Gabriel kleedde zich aan en liep het parkeerterrein op. De oude dame die het hotel runde had de neonverlichting uitgedaan en haar kantoortje was donker. De ochtendhemel had een lavendelblauwe kleur met dunne, zilverachtige wolkjes. Hij liep de hoek om en zag Maya op een betonnen plaat midden tussen de alsem staan. Het beton zag eruit als de fundering voor een huis waarover de woestijn zich had ontfermd.

Waarschijnlijk had Maya de stalen stang op de bouwplaats gevonden. Ze hield hem vast als een zwaard en voerde een serie rituele bewegingen en combinaties uit, die veel leken op wat hij op zijn kendo-school had gezien. Pareer. Stoot. Verdedig. Elke beweging vloeide sierlijk over in een volgende.

Van een afstandje kon hij Maya observeren en zich tegelijkertijd verre houden van haar doelbewuste intensiteit. Gabriel had nog nooit iemand ontmoet zoals deze Harlekijn. Hij wist dat zij een krijger was die zonder enige aarzeling zou doden, maar de manier waarop zij in de wereld stond had ook iets puurs en oprechts. Terwijl hij stond te kijken hoe zij haar oefeningen uitvoerde, vroeg Gabriel zich af of zij nog om iets anders gaf dan om die eeuwenoude verplichting en het geweld dat haar leven had opgeëist.

Naast de vuilcontainer van het motel lag een afgedankte bezem. Hij brak de steel eraf en nam hem mee naar de betonnen plaat. Toen Maya hem zag, bleef ze staan en liet ze haar geïmproviseerde wapen zakken.

'Ik heb wat kendo-lessen gehad, maar zo te zien ben jij een expert,' zei hij. 'Heb je behoefte aan een sparringpartner?'

'Harlekijns horen niet met Reizigers te vechten.'

'Misschien ben ik wel geen Reiziger, oké? Die mogelijkheid moeten we onder ogen zien.' Gabriel zwaaide met de bezemsteel. 'En dit is nu niet bepaald een zwaard.'

Hij greep de steel met beide handen vast en viel haar op halve snelheid aan. Maya pareerde behoedzaam en zwaaide haar wapen naar zijn linkerkant. De zolen van zijn motorlaarzen maakten een vaag schurend geluid op de rechthoekige betonnen plaat. Voor het eerst voelde hij dat Maya naar hem keek en hem als een gelijke behandelde. Ze glimlachte zelfs een paar keer toen hij haar aanval blokkeerde en haar met een onverwachte beweging trachtte te verrassen. Vechtend met sierlijke, precieze bewegingen, bewogen zij zich onder de oneindige hemel.

33

Het begon behoorlijk warm te worden toen zij de staatsgrens van Nevada passeerden. Op het moment dat zij Californië verlieten, zette Gabriel zijn motorhelm af en gooide hem in het busje. Hij zette een zonnebril op en reed voor Maya uit. Ze zag hoe de wind de mouwen van zijn T-shirt en zijn broekspijpen liet wapperen. Ze reden in zuidelijke richting naar de Colorado-rivier en het oversteekpunt van Davis Dam. Rode rotsen. Reuzencactussen. Zinderende warme lucht boven het asfalt. In de buurt van het stadje Searchlight zag Maya een hele serie met de hand beschreven borden langs de kant van de weg. WEGRESTAURANT PARADISE. ACHT KILOMETER. LEVENDE COYOTE! LEUK VOOR DE KINDEREN! VIJF KILOMETER. WEGRESTAURANT PARADISE. *ETEN!*

Gabriel gebaarde met zijn hand – laten we ontbijten – en toen het wegrestaurant in zicht kwam reed hij meteen het zanderige parkeerterrein op. Het restaurant was een gebouw dat eruitzag als een goederenwagon met ramen. Op het dak stond een grote airconditioninginstallatie. Met het zwaardfoedraal in haar hand stapte Maya uit om het gebouw zorgvuldig te bestuderen alvorens te besluiten naar binnen te gaan. Ingang aan de voorkant. Uitgang aan de achterkant.

Voor het restaurant stond een oude rode pick-up geparkeerd en een tweede pick-up stond aan de zijkant van het gebouw.

Gabriel liep op zijn gemak naar haar toe. Hij rolde zijn schouders en ontspande zijn pijnlijke spieren. 'Ik denk niet dat we dat nodig hebben,' zei hij, met een knikje naar het foedraal. 'We gaan alleen maar ontbijten, Maya. Het is de Derde Wereldoorlog niet.'

Ze bekeek zichzelf door Gabriels ogen. Harlekijnwaanzin. Constante paranoia. 'Mijn vader heeft me geleerd te allen tijde wapens te dragen.'

'Ontspan je,' zei Gabriel. 'Er gebeurt niets.' En zij zag zijn gezicht en zijn ogen en zijn bruine haar opeens op een heel andere manier.

Maya draaide zich om, haalde een keer diep adem en legde het zwaard weer in het busje. Maak je niet druk, zei ze tegen zichzelf. Er gebeurt heus niets. Maar ze controleerde nog wel even of de twee messen nog goed aan haar armen vastzaten.

De coyote zat in een ijzeren kooi die voor het restaurant stond. Op een betonnen plaat, bedekt met hoopjes uitwerpselen, zat het gevangen dier te hijgen van de hitte. Maya had nog nooit eerder een coyote gezien. Hij zag eruit als een bastaardhond, met de kop en de tanden van een wolf. Alleen zijn donkerbruine ogen waren wild; ze keken Maya strak aan toen ze haar hand optilde.

'Ik haat dierentuinen,' zei ze tegen Gabriel. 'Ze doen me aan gevangenissen denken.'

'Mensen kijken graag naar dieren.'

'Burgers willen altijd wilde dieren doden of in kooien stoppen. Het helpt hen vergeten dat ze zelf ook gevangenen zijn.'

Het restaurant was een langwerpige, smalle ruimte met tafeltjes bij het raam, een bar met krukken en een kleine keuken. Naast de voordeur stonden drie bontgekleurde gokautomaten. Circus of Jackpots. Big Winner. Happy Daze. Aan de bar zaten twee Mexicanen in bestofte werkkleding en cowboylaarzen roereieren en maïstortilla's te eten. Een jonge serveerster met blond haar en een klein schortje voor stond een ketchupfles in een andere leeg te maken. Maya zag een gezicht door het keukenraampje kijken: een oude man met waterige ogen en een stoppelbaard. De kok.

'Ga maar ergens zitten,' zei de serveerster en Maya koos voor de beste verdedigende positie – de laatste tafel van achteren, met zicht op de ingang. Terwijl ze ging zitten, keek ze naar het bestek op het formica tafelblad en probeerde de ruimte in gedachten te visualiseren. Dit was een goede plek voor een rustpauze. De twee Mexicanen zagen er ongevaarlijk uit en ze kon elke auto zien die het restaurant vanaf de weg naderde.

De serveerster kwam glazen ijswater brengen. 'Goedemorgen. Willen jullie koffie?' Ze had een hoog stemmetje.

'Jus d'orange graag,' zei Gabriel.

Maya stond op. 'Waar is het toilet?'

'Dat is buiten, aan de achterkant. En het zit op slot. Kom maar. Ik loop wel even mee.'

De serveerster – die een naamplaatje met 'Kathy' op haar borst droeg – liep voor Maya uit om het restaurant heen naar een deur met een hangslot erop. Al kwebbelend zocht ze in haar zakken naar de sleutel. 'Pa is altijd bang dat mensen zijn wc-papier stelen. Hij is hier de kok en de bordenwasser en alles.'

Kathy maakte de deur open en deed het licht aan. De ruimte stond vol kartonnen dozen met blikken voedsel en andere voorraden. Ze rommelde nog wat rond, keek of er voldoende papieren handdoekjes waren en veegde de wasbak schoon.

'Je vriend is een lekker ding,' zei Kathy. 'Ik zou ook weleens rond willen rijden met zo'n knappe vent als hij, maar ik zit hier vast in Paradise totdat pa dit restaurant verkoopt.'

'Jullie zitten hier wel een beetje afgelegen.'

'Het is hier uitgestorven, op ons en die ouwe coyote na. Plus een handjevol mensen die hier langskomen vanuit Vegas. Ben je weleens in Vegas geweest?'

'Nee.'

'Ik al zes keer.'

Toen ze eindelijk wegging, deed Maya de deur op slot en ging op een stapel kartonnen dozen zitten. Het zat haar dwars dat ze een soort vriendschap voelde voor Gabriel. Harlekijns hoorden geen vriendschap te sluiten met de Reizigers die zij beschermden. Je hoorde je juist superieur te voelen aan de Reizigers, alsof het argeloze kinderen waren die niets wisten van de grote boze buitenwereld. Haar vader zei altijd dat er een praktische reden was voor deze emotionele afstandelijkheid. Chirurgen opereerden ook maar zelden familieleden. Het zou hun oordeel kunnen beïnvloeden. Datzelfde gold voor de Harlekijns.

Maya ging voor de wasbak staan en keek in de gebarsten spiegel. Kijk nu eens naar jezelf, dacht ze. Klitten in je haar. Bloeddoorlopen ogen. Donkere, saaie kleren. Thorn had van haar een gevoelloze moordenaar gemaakt; iemand die het verlangen van de sloebers naar comfort en het verlangen van de burgers naar veiligheid niet kende. Reizigers mochten dan zwak en verward zijn, ze konden wel oversteken en uit de gevangenis van deze wereld ontsnappen. Harlekijns zaten tot aan hun dood opgesloten in het Vierde Rijk.

Toen Maya het restaurant weer binnenkwam, waren de Mexicanen weg. Nadat zij een ontbijt hadden besteld, leunde Gabriel achterover in zijn stoel en nam haar nauwlettend op.

'Laten we nu eens aannemen dat er werkelijk mensen zijn die naar andere werelden kunnen reizen. Hoe is het daar? Is het gevaarlijk?'

'Zoveel weet ik er zelf ook niet van. Daarom heb je een Padvinder nodig om je te helpen. Het enige dat mijn vader me heeft verteld is dat er twee mogelijke gevaren zijn. Wanneer je de oversteek maakt blijft je omhulsel – je lichaam – hier.'

'En wat is het tweede gevaar?'

'Je Licht, je geest, of hoe je het ook wilt noemen, kan in een ander rijk gedood worden of gewond raken. Als dat gebeurt kan je er nooit meer weg.'

Stemmen. Gelach. Maya keek hoe vier jonge mannen het restaurant binnenkwamen. Buiten op de parkeerplaats scheen de zon op hun donkerblauwe terreinwagen. Maya nam hen stuk voor stuk op en gaf hen bijnamen. Spierbal, Kaalkop en Dikzak droegen allemaal een combinatie van sporttruien en joggingbroeken. Ze zagen eruit alsof er zojuist brand was geweest in hun sportschool en zij de straat op waren gerend met kleren die uit verschillende kluisjes kwamen. Hun aanvoerder – de kleinste man, maar wel met de hardste stem – droeg cowboylaarzen om groter te lijken. Noem hem Snor, dacht ze. Nee. Zilvergesp. De gesp maakte deel uit van een opzichtige cowboyriem.

'Jullie kunnen gaan zitten waar je wilt,' zei Kathy.

'Reken maar,' zei Zilvergesp tegen haar. 'Dat waren we toch al van plan.'

Hun harde stemmen, hun verlangen om gezien te worden, maakte Maya nerveus. Ze at snel haar ontbijt, terwijl Gabriel op zijn gemak druivenjam op zijn geroosterde brood smeerde. De vier jongemannen kregen van Kathy de sleutel van de wc en deden hun bestellingen, waarna ze weer van gedachten veranderden en extra bacon bestelden. Ze vertelden Kathy dat ze in Las Vegas een bokswedstrijd hadden bijgewoond en nu op de terugreis waren naar Arizona. Ze hadden weddenschappen afgesloten op de uitdager, en daar flink op verloren, waarna ze met eenentwintigen nog meer geld waren kwijtgeraakt. Dikzak wisselde een briefje van twintig voor wat kleingeld en ging aan de gokautomaten zitten.

'Ben jij klaar met eten?' vroeg Maya aan Gabriel.

'Bijna.'

'Laten we weggaan.'

Gabriel keek geamuseerd. 'Die kerels bevallen je niet.'

Ze liet de ijsblokjes in haar glas rinkelen en loog: 'Ik besteed geen aandacht aan burgers, tenzij ze me in de weg lopen.'

'Ik dacht dat je Victory Fraser wel graag mocht. Jullie leken vriendinnen...'

'Dit ding deugt van geen kanten!' Dikzak beukte met zijn vuist op een van de automaten. 'Ik heb er verdomme twintig dollar ingegooid en ik krijg helemaal niks terug!'

Zilvergesp zat tegenover Kaalkop aan een tafeltje. Hij streek over zijn snor en grinnikte. 'Snap dat dan, Davey. Dat ding is afgesteld om nooit een cent uit te keren. Ze verdienen niet genoeg aan deze gore koffie, dus draaien ze de toeristen die een gokje willen wagen maar een poot uit.'

Kathy kwam achter de bar vandaan. 'Hij keert heus weleens geld uit. Twee weken geleden had een vrachtwagenchauffeur de jackpot.'

'Je moet niet liegen, schatje. Geef mijn vriend nu maar gewoon zijn twintig dollar terug. Volgens mij is het een wet of zo, dat je een bepaald percentage moet uitbetalen.'

'Dat kan ik niet doen. Die automaten zijn niet eens van ons. Wij leasen ze alleen maar van Mr. Sullivan.'

Spierbal kwam terug van het toilet. Hij bleef bij de gokautomaat staan en luisterde naar het gesprek. 'Dat interesseert ons niet,' zei hij. 'Die hele klotestaat Nevada is één grote oplichtersbende. Geef ons het geld terug en anders een gratis maaltijd.'

'Ja,' zei Kaalkop. 'Doe mij maar een gratis maaltijd.'

'Het eten heeft niets met de gokautomaten te maken,' zei Kathy. 'Als jullie een maaltijd hadden besteld, dan...'

Dikzak was in drie stappen bij de kassa en greep Kathy bij haar arm. 'Nou, ik neem ook nog wel met iets anders genoegen dan een gratis maaltijd.'

Zijn drie vrienden joelden instemmend. 'Weet je het zeker?' vroeg Spierbal. 'Denk je dat ze twintig dollar waard is?'

'Als ze ons allevier doet, is het vijf dollar de man.'

Op dat moment ging de keukendeur open en kwam Kathy's vader binnen met een honkbalknuppel. 'Laat haar los! Nu onmiddellijk!'

Zilvergesp begon te lachen. 'Bedreig je me soms, ouwe man?'

'Reken maar! Pak je spullen en maak dat je wegkomt!'

Zilvergesp reikte over de tafel en pakte de zware glazen suikerpot die naast het rode flesje tabasco stond. Hij kwam een klein stukje overeind en smeet de suikerpot zo hard mogelijk naar de oude man. Kathy's vader deinsde terug, maar de suikerpot raakte zijn linkerwang en brak in stukken. De suiker vloog alle kanten op en de oude man wankelde achteruit.

Kaalkop kwam achter zijn tafeltje vandaan. Hij greep het uiteinde van de honkbalknuppel, rukte hem uit de handen van de oude man en nam hem in een houdgreep. Met het stompe eind van de knuppel sloeg Kaalkop de oude man keer op keer op zijn hoofd. De oude man zakte ineen en Kaalkop liet hem op de grond vallen.

Maya legde haar hand op die van Gabriel. 'Ga via de keuken naar buiten.'

'Nee.'

'Wij hebben hier niets mee te maken.'

Gabriel wierp haar een blik vol minachting toe en Maya had het gevoel dat iemand haar met een mes had gestoken. Ze verroerde zich niet – kon zich niet verroeren – toen Gabriel opstond en op de mannen af liep.

'Wegwezen jullie.'

'En wie mag jij dan wel zijn?' Zilvergesp stond op. Nu stonden allevier de mannen bij de bar. 'Denk maar niet dat jij ons kunt vertellen wat we moeten doen.'

Kaalkop trapte de oude man tussen zijn ribben. 'Het eerste wat we nu gaan doen is die ouwe rotzak opsluiten bij die coyote.'

Kathy probeerde zich los te rukken, maar Dikzak hield haar stevig vast. 'En dan gaan we eens kijken wat voor vlees we hier in de kuip hebben.'

Gabriel vertoonde de onzekerheid van iemand die het vechten alleen maar had geoefend op de karateschool. Hij bleef staan, wachtend op de aanval. 'Jullie hebben gehoord wat ik zei.'

'Ja, dat hebben we gehoord.' Kaalkop zwaaide met de honkbalknuppel. 'Je krijgt vijf tellen om je uit de voeten te maken.'

Maya gleed achter haar tafeltje vandaan. Haar handen waren open en ze voelde zich ontspannen. Wij vechten alsof we een duik in de oceaan nemen, had Thorn haar eens verteld. Vallend, maar wel sierlijk. Aangetrokken door de zwaartekracht, maar wel beheerst.

'Blijf van hem af,' zei Maya. De mannen begonnen te lachen en zij deed een paar stappen naar voren, de gevarenzone in.

'Waar kom jij vandaan?' vroeg Zilvergesp. 'Zo te horen uit Engeland of zoiets. In deze contreien laten de vrouwen hun mannen hun eigen gevechten leveren.'

'Hé, ik vind het wel leuk als zij ook meedoet,' zei Spierbal. 'Ze heeft een lekker klein lijf.'

Maya voelde hoe kilte zich meester maakte van haar hart. Haar ogen begonnen instinctief afstanden en projectielbanen te schatten tussen haarzelf en de vier doelwitten. Haar gezicht was doods – ontdaan van elke emotie – maar ze probeerde haar woorden zo duidelijk en helder mogelijk te laten klinken. 'Als je hem aanraakt, vermoord ik je.'

'Oeh, nu word ik toch wel heel erg bang.'

Kaalkop keek even naar zijn vriend en grinnikte. 'Zit jij even in de nesten, Russ! Dat kleine juffie kijkt heel erg boos! Ik zou maar oppassen!'

Gabriel draaide zich om naar Maya. Voor het eerst leek hij hun relatie onder controle te hebben: als een Reiziger die zijn Harlekijn commandeert. 'Nee, Maya! Hoor je me? Ik verbied je om...'

Hij stond half naar haar toegewend, zonder oog te hebben voor het gevaar, en Kaalkop tilde de honkbalknuppel op. Maya sprong eerst op een kruk en vervolgens op de bar. Met twee lange stappen rende ze langs de ketchupflessen en mosterdpotjes, schopte haar rechterbeen naar voren en trapte Kaalkop tegen zijn keel. Hij spuwde en maakte een rochelend geluid, maar bleef de knuppel vasthouden. Maya greep de andere kant van de knuppel, sprong op de grond, rukte hem met één beweging uit zijn handen en zwaaide hem met een tweede beweging naar zijn hoofd. Er klonk een hard krakend geluid en hij viel voorover.

Vanuit haar ooghoeken zag ze Gabriel met Zilvergesp vechten. Met de knuppel in haar rechterhand en met haar linkerhand de stiletto trekkend, rende zij naar Kathy. Dikzak keek doodsbang. Hij hief zijn armen als een soldaat die zich overgeeft en zij stak de punt van de stiletto in zijn palm, zodat zijn hand aan de houten lambrisering werd gespietst. De burger gaf een schrille kreet, maar zij negeerde hem en rende verder naar Spierbal. Schijnbeweging naar het hoofd, maar lager mikken. Breek de rechterknie. Krak. Versplintering. Dan het hoofd. Haar slachtoffer viel voorover en zij draaide zich bliksemsnel om. Zilvergesp lag bewusteloos op de grond. Gabriel had korte metten met hem gemaakt. Toen zij op Dikzak af liep, begon hij te jammeren.

'Nee,' zei hij. 'Alstublieft god, nee.' Met één zwaai van de knuppel schakelde ze hem uit. Toen hij voorover op de grond viel, rukte hij het mes uit de muur.

Maya liet de knuppel vallen, bukte zich en trok de stiletto uit zijn hand. Hij zat onder het bloed, dat ze afveegde aan Dikzaks hemd. Toen ze zich weer oprichtte, begon de extreme helderheid van het gevecht alweer te vervagen. Er lagen vijf lichamen op de grond. Ze had Gabriel verdedigd, maar er was niemand dood.

Kathy staarde Maya aan alsof ze een geest zag. 'Ga weg,' zei ze. 'Ga alsjeblieft weg. Want ik ga straks de sheriff bellen. Wees maar niet bang. Als jullie naar het zuiden rijden, zeg ik wel dat jullie naar het noorden zijn gegaan. Ik zal ook een andere auto beschrijven en alles.'

Gabriel ging als eerste naar buiten en Maya volgde hem. Toen ze langs de coyote liep, maakte ze de deur van de kooi open. In eerste instantie bewoog het dier niet eens, alsof hij geen herinnering meer had aan vrijheid. Maya liep door en keek achterom. Hij zat nog steeds in zijn kooi. 'Toe dan!' riep ze. 'Dit is je enige kans!'

Terwijl ze het busje startte, liep de coyote heel voorzichtig de kooi uit en bleef even om zich heen staan kijken. Het dier schrok van het harde gebrul van Gabriels motor. Hij sprong weg, hervond zijn nonchalante houding en trippelde langs het restaurant.

Toen Gabriel de weg op reed keek hij niet achterom naar Maya. Er werd niet meer gelachen en gezwaaid, geen mooie S-bochten meer over de onderbroken witte streep. Zij had Gabriel beschermd – gered zelfs – maar op de een of andere manier leek het hen alleen maar verder uit elkaar te hebben gedreven.

Op dat moment wist ze met absolute zekerheid dat niemand ooit van haar zou houden of haar verdriet kon wegnemen. Net als haar vader zou ze omringd door vijanden sterven. Alleen sterven.

34

Gekleed in een operatieschort en met een wit maskertje voor zijn gezicht, stond Lawrence Takawa in een hoek van de operatiekamer. Het nieuwe gebouw in het midden van het rechthoekige plein was nog steeds niet volledig ingericht voor het uitvoeren van medische ingrepen. In de kelder van de bibliotheek was een tijdelijke voorziening ingericht.

Hij keek toe hoe Michael Corrigan op de operatietafel ging liggen. Miss Yang, de verpleegster, kwam aan met een verwarmde deken en wikkelde die om zijn benen. Eerder die dag had zij Michaels hoofd helemaal kaalgeschoren. Hij zag eruit als een legerrekruut die zojuist aan zijn opleiding is begonnen.

Dr. Richardson en dr. Lau, de anesthesist uit Taiwan, troffen de laatste voorbereidingen voor de operatie. Michael kreeg een naald in zijn arm en het plastic infuusbuisje werd aangesloten op een steriele oplossing. In een privé-kliniek van de Broeders, in Westchester County, waren al röntgenfoto's en MRI-scans van Michaels hersenen gemaakt. Miss Yang legde de foto's op lichtbakken.

Richardson keek op zijn patiënt neer. 'Hoe voel je je, Michael?'

'Gaat dit pijn doen?'

'Niet echt. We brengen je puur uit veiligheidsoverwegingen onder narcose. Tijdens de ingreep mag je hoofd absoluut niet bewegen.'

'Wat als er toch iets misgaat en ik hierdoor een hersenbeschadiging oploop?'

'Het is een kleine ingreep, Michael. Je hoeft je nergens zorgen om te maken.'

Richardson knikte naar dr. Lau en er werd een injectiespuit op het infuusbuisje gezet. 'Goed. Daar gaan we. Begin maar terug te tellen vanaf honderd.'

Binnen tien seconden was Michael buiten bewustzijn en was zijn ademhaling regelmatig. Met behulp van de verpleegster zette Richardson een stalen klem op Michaels schedel en draaide de schroeven aan. Zelfs al zou Michael nu hevige stuiptrekkingen krijgen, zijn hoofd zou niet meer bewegen.

'We gaan een kaartje tekenen,' zei Richardson tegen de verpleegster. Miss Yang overhandigde hem een flexibele stalen lineaal en een zwarte viltstift, en vervolgens was de neuroloog twintig minuten bezig met het tekenen van een coördinatenstelsel boven op Michaels hoofd. Hij controleerde zijn werk tot twee keer toe zorgvuldig en gaf er toen acht verschillende punten op aan voor een incisie.

De afgelopen jaren hadden neurologen al vaker permanente elektrodes aangebracht in de hersenen van patiënten die aan depressies leden. Deze diepe hersenstimulatie stelde artsen in staat een knop om te draaien, een kleine hoeveelheid elektriciteit in het weefsel te injecteren en daarmee rechtstreeks iemands stemming te beïnvloeden. Een van Richardsons patiënten – een jonge bakker, Elaine genaamd – gaf de voorkeur aan stand twee op de elektronische meter wanneer ze thuis televisie zat te kijken, maar zette haar brein graag op stand vijf als ze hard aan het werk was om een bruidstaart te bakken. Dezelfde technologie die geleerden hielp het brein te stimuleren zou nu worden gebruikt om Michaels neurale energie te lokaliseren.

'Heb ik hem de waarheid verteld?' vroeg Lawrence.

Dr. Richardson keek hem van de andere kant van de kamer aan. 'Wat bedoel je?'

'Kan de ingreep zijn hersenen beschadigen?'

'Als je iemands neurologische activiteit met een computer in de gaten wilt houden, moet je sensoren in het brein aanbrengen. Elektroden aan de buitenkant van de schedel zouden lang zo effectief niet zijn. Die zouden zelfs tegenstrijdige gegevens kunnen opleveren.'

'Maar kunnen die draden zijn hersencellen niet kapotmaken?'

'Wij beschikken allemaal over miljoenen hersencellen, Mr. Takawa. Het kan zijn dat de patiënt straks niet meer weet hoe hij het woord Constantinopel moet uitspreken of dat hij de naam kwijt is van het meisje dat op de middelbare school naast hem zat met wiskunde. Het is onbelangrijk.'

Toen hij tevreden was met de incisiepunten, ging dr. Richardson op een kruk naast de operatietafel zitten en bestudeerde de bovenkant van Michaels hoofd. 'Meer licht,' zei hij en zuster Yang stelde de operatielamp bij. Dr. Lau stond een paar meter verder op een monitor te kijken en hield bij hoe Michael eraan toe was.

'Alles in orde?'

Dr. Lau controleerde Michaels hartslag en ademhaling. 'U kunt beginnen.'

Richardson trok een schedelboor omlaag die aan een verstelbare arm was bevestigd en boorde voorzichtig een klein gaatje in Michaels schedel. Er klonk een hoog, schurend geluid; het klonk als de apparatuur in een tandartspraktijk.

Hij trok de boor weg. Er verscheen een klein druppeltje bloed op de huid, dat echter meteen groter begon te worden. Miss Yang veegde het weg met een plukje watten. Aan een tweede arm die aan het plafond hing was een neuropathisch injectieapparaat bevestigd. Richardson plaatste het boven het kleine gaatje en drukte op een knopje om een met teflon omhulde koperdraad met de doorsnede van een menselijke haar rechtstreeks in het brein te drukken.

De draad zat vast aan een kabel die gegevens doorgaf aan de kwantumcomputer. Lawrence had een mobieltje in zijn hand dat via een koptelefoon in directe verbinding stond met het computercentrum. 'Begin maar met testen,' zei hij tegen een van de technici. 'De eerste sensor zit in zijn hersenen.'

Er gingen vijf seconden voorbij. Twintig seconden. Toen bevestigde een technicus dat ze neurale activiteit opvingen.

'De eerste sensor functioneert,' zei Lawrence. 'Gaat u verder.'

Dr. Richardson schoof een klein elektrodeplaatje over de draad omlaag, plakte het op de huid en knipte de overtollige draad weg. Anderhalf uur later waren alle sensoren in Michaels brein gezet en vastgemaakt aan de plaatjes. Van een afstandje leek het net of er acht zilveren munten op zijn schedel waren geplakt.

Michael was nog steeds buiten bewustzijn, dus bleef de zuster bij hem terwijl Lawrence samen met de twee artsen de aangrenzende kamer binnenging. Ze trokken hun operatiekleding uit en gooiden die in een pedaalemmer.

'Wanneer komt hij bij?' vroeg Lawrence.

'Over een uurtje.'

'Heeft hij dan pijn?'

'Nauwelijks.'

'Mooi. Ik zal het computercentrum vragen wanneer we met het experiment kunnen beginnen.'

Dr. Richardson leek nerveus. 'Misschien moeten wij samen even praten.'

De twee mannen verlieten de bibliotheek en staken het rechthoekige plein over naar het administratiecentrum. Het had de vorige avond geregend en de lucht was nog grijs. De rozen waren teruggesnoeid en de irissen verdord. Het gras langs het pad was bijna dood. Alles leek ten prooi te vallen aan het verstrijken van de tijd, behalve het raamloze witte gebouw in het midden van de binnenplaats. De officiële naam voor het gebouw was het Neurologisch Cybernetisch Onderzoekscentrum, maar de jongere stafleden noemden het 'de Tombe'.

'Ik heb inmiddels nog wat meer over de Reizigers gelezen,' zei Richardson. 'Op dit moment voorzie ik toch wel wat problemen. We hebben hier een jongeman die misschien wel, maar misschien ook niet naar een andere wereld kan reizen.'

'Inderdaad,' zei Lawrence. 'Maar dat weten we pas wanneer hij het probeert.'

'Volgens het researchmateriaal zijn Reizigers in staat zichzelf te leren de overgang te maken. Dat kan een gevolg zijn van langdurige stress of een plotselinge shock. Maar de meesten hebben een soort leraar om hen te helpen...'

'Dat zijn de Padvinders,' zei Lawrence. 'We zijn wel op zoek naar iemand die deze functie kan vervullen, maar tot dusverre hebben we die nog niet gevonden.'

Bij de ingang van het administratiecentrum bleven ze even staan. Lawrence zag dat dr. Richardson liever niet naar de Tombe keek. De neuroloog keek naar de lucht en vervolgens naar een betonnen plantenbak met klimop – als hij maar niet naar het witte gebouw hoefde kijken.

'Wat gebeurt er als jullie geen Padvinder kunnen vinden?' vroeg Richardson. 'Hoe komt Michael dan te weten wat hij moet doen?'

'Er is nog een andere benadering. De ondersteunende staf onderzoekt verschillende drugs die als een neurologische katalysator kunnen dienen.'

'Dit is mijn werkterrein en ik weet zeker dat zo'n drug nog niet bestaat. Niets wat het lichaam tot zich kan nemen is in staat een snelle intensivering van neurale energie teweeg te brengen.'

'De Evergreen Stichting heeft veel contacten en middelen tot zijn beschikking. We doen er alles aan wat binnen onze mogelijkheden ligt.'

'Het is wel duidelijk dat mij niet alles wordt verteld,' zei Richardson. 'Ik zal u eens iets vertellen, Mr. Takawa. Die houding is niet bepaald bevorderlijk voor het welslagen van een experiment.'

'Wat zou u dan verder nog moeten weten, dokter?'

'Het gaat niet alleen om die Reizigers, is het wel? Zij vormen slechts een onderdeel van een veel groter doel – iets wat te maken heeft met de kwantumcomputer. Dus waar zijn we nu eigenlijk werkelijk naar op zoek? Kunt u mij dat vertellen?'

'Wij betalen u om een Reiziger naar een ander rijk te laten overstreken,' zei Lawrence. 'En het enige dat u goed moet begrijpen is dat generaal Nash geen genoegen neemt met mislukkingen.'

Weer terug in zijn kantoor moest Lawrence een tiental dringende telefoontjes en meer dan veertig e-mails afhandelen. Hij sprak met generaal Nash over de operatieve ingreep en bevestigde dat het computercentrum neurale activiteit had opgevangen vanuit elk deel van Michaels brein. Gedurende de daaropvolgende twee uur

270

stelde hij een zorgvuldig geformuleerd bericht samen dat via de e-mail naar alle geleerden werd verstuurd die subsidies van de Evergreen Stichting ontvingen. Hoewel hij de Reizigers niet kon noemen, verzocht hij wel om specifieke informatie over psychotrope drugs die mensen visioenen bezorgden over alternatieve werelden.

Om zes uur 's avonds volgde de Protective Link Lawrence toen hij het onderzoekscentrum verliet en naar huis reed. Daar trok hij de voordeur achter zich dicht, trok zijn werkkleding uit, hulde zich in een zwarte, katoenen ochtendjas en ging zijn geheime werkkamertje binnen.

Hij wilde Linden de laatste informatie geven over Project Oversteek, maar op het moment dat hij het internet startte begon er in de linkerbovenhoek van het scherm een klein, blauw icoontje te flikkeren. Twee jaar geleden, toen Lawrence een nieuwe toegangscode voor het computersysteem van de Broeders had gekregen, had hij een speciaal programma ontwikkeld om naar informatie over zijn vader te zoeken. Zodra het programma was geactiveerd, repte het zich over het internet als een fret die in een oud huis op ratten jaagt. Vandaag had het informatie over zijn vader gevonden in de dossiers van de gemeentepolitie van Osaka.

Op Sparrows foto waren twee zwaarden te zien: één met een gouden gevest en één met jade beslag. Destijds in Parijs had Linden verteld dat Lawrences moeder het jade zwaard aan een Harlekijn genaamd Thorn had gegeven, die het weer had doorgegeven aan de familie Corrigan. Lawrence vermoedde dat Gabriel Corrigan het zwaard nog steeds in zijn bezit had gehad toen Boone en zijn huurlingen de kledingfabriek hadden overvallen.

Een jade zwaard. Een gouden zwaard. Misschien waren er nog wel meer. Lawrence wist inmiddels dat de beroemdste zwaardenmaker in de Japanse geschiedenis een priester genaamd Masamune was geweest. Hij had zijn zwaarden in de dertiende eeuw gemaakt, toen de Mongolen Japan probeerden binnen te vallen. De heersende keizer had opdracht gegeven voor een serie gebedsrituelen in boeddhistische tempels en er werd een groot aantal beroemde zwaarden gesmeed bij wijze van religieuze offerandes. Masamune zelf had een volmaakt zwaard met een diamant in het gevest gesmeed om zijn tien leerlingen, de *Jittetsu,* te inspireren. Toen zij hadden geleerd om staal te smeden, had elk van de leerlingen één speciaal wapen gecreëerd als geschenk voor hun meester.

Lawrences computerprogramma had de website gevonden van een boeddhistische priester die in Kyoto woonde. De site vermeldde de namen van de tien Jittetsu en hun speciale zwaarden.

SMID	ZWAARD
I. *Hasabe Kinishige*	*Zilver*
II. *Kanemitsu*	*Goud*
III. *Go Yoshihiro*	*Hout*
IV. *Naotsuna*	*Paarlemoer*
V. *Sa*	*Been*
VI. *Rai Kunitsugu*	*Ivoor*
VII. *Kinju*	*Jade*
VIII. *Shizu Kaneuji*	*IJzer*
IX. *Chogi*	*Brons*
X. *Saeki Norishige*	*Koraal*

Een jade zwaard. Een gouden zwaard. De andere Jittetsu-zwaarden waren verdwenen – waarschijnlijk verloren gegaan bij aardbevingen of in oorlogen – maar de verdoemde familie Japanse Harlekijns had twee van deze heilige wapens weten te behouden. Nu had Gabriel Corrigan een van deze kostbare zwaarden in zijn bezit en was het andere gebruikt om Yakuza-gangsters te doden in een met bloedspetters besmeurde feestzaal.

Het zoekprogramma liep de lijst met bewijsmateriaal van de politie door en vertaalde de Japanse karakters in het Engels. ANTIEKE TACHI (LANG ZWAARD). GOUDEN GEVEST. STRAFRECHTELIJK ONDERZOEK 15433. BEWIJSSTUK VERMIST.

Niet vermist, dacht hij. Gestolen. De Broeders moesten het gouden zwaard van de politie van Osaka hebben gestolen. Misschien was het in Japan, of in Amerika. Misschien lag het wel opgeslagen in het researchcentrum, slechts enkele meters verwijderd van zijn bureau.

Lawrence Takawa stond op het punt om op te springen en terug te rijden naar het centrum. Hij bedwong echter zijn emoties en zette zijn computer uit. Toen Kennard Nash hem voor het eerst over het Virtuele Panopticon vertelde, was het nog maar een filosofische theorie, maar nu leefde hij werkelijk in de onzichtbare gevangenis. Binnen één of twee generaties zou elke burger in de industriële wereld tot dezelfde slotsom komen: dat de Grote Machine hen overal volgde en controleerde.

Ik ben alleen, dacht Lawrence. Ja. Helemaal alleen. Maar toch zette hij een nieuw masker op dat hem de uitstraling gaf van iemand die alert was, toegewijd en klaar om te gehoorzamen.

35

Af en toe had dr. Richardson het gevoel dat zijn oude leven helemaal was verdwenen. Hij droomde van zijn terugkeer naar New
Haven als een geest uit Dickens' *A Christmas Carol*. In zijn dromen stond hij in zijn eentje op straat in de koude duisternis, terwijl
zijn vroegere vrienden en collega's in zijn eigen huis lachten en wijn
dronken.

Het was hem nu wel duidelijk dat hij er nooit mee had moeten
instemmen om in het centrum in Westchester County te komen
wonen. Hij dacht dat het weken zou kosten om zijn vertrek van
Yale te regelen, maar de Evergreen Stichting scheen buitengewoon
veel invloed te hebben aan de universiteit. De decaan van de medische faculteit had persoonlijk toestemming gegeven voor een sab-
batical met volledig salaris en had vervolgens gevraagd of de stichting wellicht belangstelling had in het subsidiëren van een nieuw
genetisch-onderzoekslaboratorium. Lawrence Takawa had op de
Columbia Universiteit een neuroloog bereid gevonden elke dinsdag
en donderdag naar Yale te komen om Richardsons klassen over te
nemen. Vijf dagen na zijn onderhoud met generaal Nash stonden
er twee veiligheidsmensen voor Richardsons deur, die hem hielpen
pakken en hem naar het researchcentrum reden.

Zijn nieuwe wereld was comfortabel, maar erg beperkt. Lawrence Takawa had dr. Richardson een Protective Link gegeven, een
elektronische identiteitspas die hij op zijn jasje kon spelden, en

daarmee had hij toegang tot verschillende delen van het centrum. Richardson kon naar de bibliotheek en het administratiecentrum, maar de toegang tot de computerafdeling, het genetisch onderzoekscentrum en het raamloze gebouw dat de Tombe werd genoemd, werd hem ontzegd.

Gedurende zijn eerste week in het centrum oefende hij in de kelder van de bibliotheek zijn chirurgische vaardigheden, niet alleen op de hersenen van honden en chimpansees, maar ook op die van een dik lijk met een witte baard dat door de staf Kris Kringle werd genoemd. Nu de met teflon beschermde draden met succes in Michael Corrigans brein waren geïmplanteerd, bracht Richardson het grootste deel van zijn tijd door in zijn kleine appartement in het administratieve gebouw of aan een tafel in de bibliotheek.

Het Groene Boek gaf een samenvatting van het omvangrijke neurologische onderzoek dat op Reizigers was gepleegd. Geen van de verslagen was gepubliceerd en de namen van de verschillende onderzoeksteams waren met een dikke zwarte viltstift onleesbaar gemaakt. De Chinese geleerden hadden martelmethodes gebruikt op Tibetaanse Reizigers; de voetnoten beschreven chemische en elektrische shockbehandelingen. Als een Reiziger tijdens zo'n foltersessie overleed, werd er een discrete asterix naast het dossiernummer van de persoon in kwestie geplaatst.

Dr. Richardson had het idee dat hij inmiddels in grote lijnen wel begreep hoe het brein van een Reiziger werkte. Het zenuwcentrum produceerde een geringe elektrische lading. Wanneer de Reiziger in trance ging, werd die lading sterker en vertoonde een duidelijk pulserend patroon. Opeens leek alles in het cerebrum te worden uitgeschakeld. Ademhaling en cardiovasculaire activiteit waren minimaal. Afgezien van een minimale reactie van de medulla oblongata, was de patiënt technisch gesproken hersendood. Gedurende deze tijd verkeerde de neurologische energie van de Reiziger in een andere wereld.

De meeste Reizigers vertoonden een genetische overeenkomst met een ouder of een familielid die de gave bezat, maar dat was niet altijd het geval. Een Reiziger kon ook opeens in de binnenlanden van China opduiken, geboren als kind van een familie van boeren die nog nooit een ander rijk hadden bezocht. Een onderzoeksteam van de Universiteit van Utah werkte momenteel aan een geheime genealogische databank waarin alle bekende Reizigers en hun voorouders zouden worden opgenomen.

Dr. Richardson wist niet precies welke informatie geheim was en wat hij met de rest van de staf kon delen. Zijn anesthesist, dr. Lau, en de operatiezuster, miss Yang, waren speciaal voor het experiment overgevlogen vanuit Taiwan. Wanneer zij samen zaten te eten in de kantine, hadden zij het over praktische zaken of over miss Yangs passie voor ouderwetse Amerikaanse musicals.

Richardson had geen zin in discussies over *The Sound of Music* of *Oklahoma*. Hij maakte zich zorgen over het eventuele mislukken van het experiment. Er was geen Padvinder om Michael te begeleiden, en zijn team beschikte nog niet over speciale drugs die het Licht van de Reiziger uit zijn lichaam zou laten treden. De neuroloog stuurde door middel van een algemene e-mail een verzoek om hulp naar andere onderzoeksteams die in het centrum werkzaam waren. Twaalf uur later ontving hij een laboratoriumverslag vanuit het genetisch researchcentrum.

Het verslag beschreef een experiment met celregeneratie. Richardson had dat concept jaren geleden in zijn studietijd al bestudeerd. Hij en zijn laboratoriumpartner hadden een platworm in twaalf stukjes gesneden. Een paar weken later hadden ze twaalf identieke versies van de oorspronkelijke worm. Bepaalde amfibieen, zoals salamanders, konden een poot kwijtraken en een nieuwe laten groeien. Het Research Project Bureau van het Amerikaanse ministerie van Defensie had miljoenen dollars uitgegeven aan regeneratie-experimenten met zoogdieren. Het ministerie van Defensie zei dat het de bedoeling was gewonde veteranen nieuwe vingers en armen te bezorgen, maar er gingen geruchten over meer ambitieuze pogingen tot regeneratie. Een wetenschapper die voor de overheid werkte vertelde voor een onderzoekscommissie van congresleden dat de toekomstige Amerikaanse soldaat in staat zou zijn om na een ernstige verwonding zichzelf te genezen en vervolgens door te gaan met vechten.

Kennelijk was de Evergreen Stichting al veel verder dan dat eerste onderzoek naar regeneratie. Het laboratoriumverslag beschreef hoe bij een hybride dier, een zogenaamde 'splitser', een ernstige wond binnen enkele minuten ophield met bloeden en hoe het in staat was binnen een week een doorgesneden ruggenmergzenuw opnieuw te laten aangroeien. Hoe de geleerden deze resultaten hadden bereikt werd niet beschreven. Richardson zat het verslag net een tweede keer door te lezen toen Lawrence Takawa de bibliotheek binnenkwam.

'Ik heb net gehoord dat u ongeautoriseerde informatie van ons genetische researchteam hebt ontvangen.'

'En daar ben ik erg blij mee,' zei Richardson. 'Deze gegevens zien er heel veelbelovend uit. Wie heeft de leiding over het programma?'

In plaats van antwoord te geven, pakte Lawrence zijn mobiele telefoon en belde een nummer. 'Kunnen jullie iemand naar de bibliotheek sturen?' zei hij. 'Bedankt.'

'Wat is er aan de hand?'

'De Evergreen Stichting is er nog niet klaar voor om zijn ontdekkingen te publiceren. Als u iemand over dit verslag vertelt, zal Mr. Boone dat beschouwen als een overtreding van de veiligheidsvoorschriften.'

Er kwam een bewaker binnen en Richardson voelde zich een beetje misselijk worden. Lawrence stond met een uitdrukkingsloos gezicht naast zijn tafel.

'Dr. Richardson heeft een andere computer nodig,' zei Lawrence, alsof er een defect in het apparaat was opgetreden. De bewaker trok onmiddellijk de stekker eruit, tilde het apparaat op en liep ermee de bibliotheek uit. Lawrence keek op zijn horloge. 'Het is bijna één uur, doctor. Waarom gaat u niet lunchen?'

Richardson bestelde een broodje kipsalade en een kom soep, maar was te gespannen om alles op te eten. Toen hij terugkwam in de bibliotheek, stond er een nieuwe computer op zijn tafeltje. Op de nieuwe harde schijf ontbrak het laboratoriumverslag, maar de computermensen van de stichting hadden er wel een bijzonder geperfectioneerde schaaksimulator op gezet. De neuroloog probeerde niet aan de negatieve consequenties te denken, maar het viel niet mee zijn gedachten onder controle te houden. De rest van de dag bracht hij nerveus schakend door.

Op een avond bleef Richardson na het eten nog even in de personeelskantine zitten. Hij probeerde een artikel in de *New York Times* te lezen over iets dat Nieuwe Spiritualiteit werd genoemd, terwijl een groepje jonge computerprogrammeurs aan een tafeltje vlak bij hem luidruchtig grappen zat te maken over een pornografisch videospelletje.

Opeens legde iemand een hand op zijn schouder en toen hij zich omdraaide zag hij Lawrence Takawa en Nathan Boone staan. Richardson had de veiligheidsagent al een paar weken niet gezien en had besloten dat zijn aanvankelijke angst een irrationele reactie was geweest. Nu Boone zo naar hem stond te kijken, keerde de angst meteen weer terug. De man had iets uitermate intimiderends.

'Ik heb geweldig nieuws,' zei Lawrence. 'Een van onze contacten heeft zojuist gebeld over 3B3, een drug waar wij onderzoek naar doen. Wij denken dat deze drug Michael Corrigan kan helpen de oversteek te maken.'

'Wie heeft de drug ontwikkeld?'

Lawrence haalde zijn schouders op alsof dat niet van belang was. 'Dat weten we niet.'

'Kan ik de laboratoriumverslagen lezen?'

'Die zijn er niet.'

'Wanneer kan ik een voorraad van de drug krijgen?'

'U gaat met mij mee,' zei Boone. 'We gaan er samen naar op zoek. Als we het vinden, zult u het zelf snel moeten beoordelen.'

De twee mannen vertrokken onmiddellijk naar Manhattan in Boones SUV. Boone droeg een koptelefoon die was aangesloten op zijn mobieltje en voerde een hele reeks telefoongesprekken – steeds zonder iets specifieks te zeggen of namen te noemen. Terwijl Richardson zo naar de fragmentarische opmerkingen zat te luisteren, kwam hij tot de conclusie dat Boones mannen op zoek waren naar iemand in Californië die een gevaarlijke vrouwelijke lijfwacht had. 'Als jullie haar vinden, let dan goed op haar handen en laat haar niet te dichtbij komen,' zei Boone tegen iemand. 'Ik zou zeggen dat tweeëneenhalve meter zo'n beetje een veilige zone moet zijn.'

Het bleef een tijd stil terwijl Boone nieuwe informatie kreeg. 'Ik denk niet dat die Ierse in Amerika is,' zei hij. 'Volgens mijn Europese bronnen is ze volledig uit beeld. Als je haar ziet, neem dan extreme voorzorgsmaatregelen. Zij kent geen enkele terughoudendheid. Uitermate gevaarlijk. Weet je nog wat er op Sicilië is gebeurd? Ja? Nou, vergeet dat niet.'

Boone zette zijn telefoon uit en concentreerde zich op de weg. De lichtjes van het dashboardpaneel weerkaatsten in zijn brillenglazen. 'Dr. Richardson, ik heb vernomen dat u ongeautoriseerde informatie van het genetisch researchteam hebt ontvangen.'

'Dat is helemaal per ongeluk gebeurd, Mr. Boone. Het was echt niet mijn bedoeling om...'

'Maar u hebt niets gezien.'

'Helaas wel, maar...'

Boone keek Richardson aan met een blik alsof de neuroloog een eigenwijs kind was. 'U hebt niets gezien,' herhaalde hij.

'Nee, eigenlijk niet, nee.'

'Mooi zo.' Boone sorteerde rechts voor en nam de afslag naar New York City. 'Dan is er geen probleem.'

Het was ongeveer tien uur 's avonds toen ze in Manhattan aankwamen. Dr. Richardson keek uit het raam naar een dakloze die in een vuilnisbak stond te graaien en jonge vrouwen die lachend een restaurant verlieten. Na de rustige omgeving van het researchcentrum leek New York heel lawaaierig en hectisch. Had hij werkelijk met zijn ex-vrouw een bezoek aan deze stad gebracht, en waren ze toen echt naar toneelstukken en restaurants geweest? Boone reed naar de oostkant van de stad en parkeerde op Twenty-eighth Street. Ze stapten uit en liepen in de richting van de donkere torens van het Bellevue Hospital.

'Wat doen we hier?' wilde Richardson weten.

'We hebben een afspraak met een vriend van de Evergreen Stichting.' Boone wierp Richardson een snelle, onderzoekende blik toe. 'Vanavond zult u erachter komen hoeveel nieuwe vrienden u hebt in deze wereld.'

Boone overhandigde een visitekaartje aan de verveelde vrouw achter de balie en zij gaf hun toestemming de lift te nemen naar de afdeling psychiatrie. Op de zesde verdieping zat een geüniformeerde ziekenhuisbewaker achter een scherm van plexiglas. De bewaker keek niet vreemd op toen Boone een automatisch pistool uit zijn schouderholster nam en het wapen in een kleine grijze kluis legde. Ze liepen de afdeling op. Een kleine Latijns-Amerikaanse man in een witte laboratoriumjas stond al op hen te wachten. Hij glimlachte en stak hun zijn beide handen toe, alsof ze zojuist op een verjaardagsfeestje waren gearriveerd.

'Goedenavond heren. Wie van u is dr. Richardson?'

'Dat ben ik.'

'Aangenaam kennis met u te maken. Ik ben dr. Raymond Flores. De Evergreen Stichting zei al dat u vanavond langs zou komen.'

Dr. Flores liep met hen mee de gang door. Hoewel het al laat was, liepen er nog steeds enkele mannelijke patiënten in groene katoenen pyjama's en ochtendjassen over de gang. Ze slikten allemaal kalmeringsmiddelen en liepen heel langzaam. Ze hadden een dode blik in hun ogen en hun slippers maakten sloffende geluiden over de tegelvloer.

'Dus u werkt voor de stichting?' vroeg Flores.

'Ja. Ik heb de leiding over een speciaal project,' zei Richardson.

Dr. Flores liep langs enkele patiëntenkamers en bleef toen staan voor een gesloten deur. 'Iemand van de stichting, ene Takawa, heeft me gevraagd uit te kijken naar nieuwe patiënten die hier worden binnengebracht onder invloed van 3B3, een nieuwe straatdrug. Niemand heeft er nog een chemische analyse van gemaakt, maar het schijnt een bijzonder krachtig werkend hallucinogeen te zijn. Gebruikers krijgen visioenen van andere werelden.'

Flores opende de deur en zij gingen een detentiecel binnen waar het naar urine en braaksel stonk. Het enige licht was afkomstig van een enkel peertje achter beschermend gaas. Op de groene tegelvloer lag een jongeman die in een canvas dwangbuis was gewikkeld. Zijn hoofd was kaalgeschoren, maar op zijn schedel waren alweer wat lichtblonde stekeltjes te zien.

De patiënt opende zijn ogen en keek glimlachend op naar de drie mannen die om hem heen stonden. 'Hallo allemaal. Ik zou zeggen, trek je hersens uit en ga gezellig zitten.'

Dr. Flores streek de revers van zijn laboratoriumjas glad en glimlachte vriendelijk. 'Terry, deze heren willen graag het een en ander weten over 3B3.'

Terry knipperde met zijn ogen en Richardson vroeg zich af of hij nog iets zou zeggen. Opeens begon hij zich met zijn benen af te zetten en over de grond naar de muur te schuifelen, waar hij zich omhoogwerkte tot hij zat. 'Het is niet echt een drug. Het is een openbaring.'

'Moet je het spuiten, snuiven, inhaleren of slikken?' Boones stem was rustig en opzettelijk neutraal.

'Het is een vloeistof, lichtblauw als een zomerhemel.' Terry deed heel even zijn ogen dicht en opende ze toen weer. 'Ik heb het geslikt op de club en toen barstte ik uit dit lichaam en vloog, dwars door water en vuur, naar een prachtig bos. Jammer genoeg kon ik daar maar een paar seconden blijven.' Hij keek teleurgesteld. 'De jaguar had groene ogen.'

Dr. Flores keek naar Richardson. 'Hij heeft dit verhaal al heel vaak verteld, en het eindigt altijd met de jaguar.'

'Waar kan ik 3B3 krijgen?' vroeg Richardson.

Terry deed zijn ogen weer dicht en glimlachte sereen. 'Weet je wat hij voor één dosis vraagt? Driehonderddrieëndertig dollar. Volgens hem is dat een magisch getal.'

'En wie vangt al dat geld?' vroeg Boone.

'Pius Romero. Hij zit altijd in de Chan Chan Room.'

'Dat is een dancing in het centrum,' legde dr. Flores uit. 'We hebben verschillende patiënten gehad die daar een overdosis hebben gebruikt.'

'Deze wereld is veel te klein,' fluisterde Terry. 'Beseffen jullie dat wel? Het is een knikker in een plas water.'

Ze volgden Flores weer naar de gang. Boone ging een eindje verderop staan en begon onmiddellijk mensen te bellen.

'Heeft u ook andere patiënten onderzocht die deze drug hebben gebruikt?' vroeg Richardson.

'Dit is de vierde binnen twee maanden. We zetten hen een paar dagen op een combinatie van Fontex en Valdov, totdat ze catatonisch zijn, waarna we de dosering weer verlagen om hen terug te brengen naar de realiteit. Na een tijdje verdwijnt de jaguar vanzelf.'

Boone liep samen met Richardson terug naar de auto. Hij werd nog twee keer gebeld, zei tegen allebei de bellers 'ja' en zette toen zijn mobiele telefoon uit.

'Wat nu?' vroeg Richardson.

'Nu gaan we naar de Chan Chan Room.'

Voor de ingang van de nachtclub aan 53th Street stonden limousines en grote zwarte personenwagens dubbel geparkeerd. Achter een fluwelen koord stond een menigte mensen te wachten tot de uitsmijters hen met metaaldetectors hadden onderzocht. De vrouwen droegen korte jurken of dunne rokjes met splitten aan de zijkant.

Boone reed langs de wachtende menigte en stopte halverwege het blok naast een geparkeerde personenwagen. Twee mannen stapten uit en liepen naar Boones kant van de wagen. Een van de mannen was een kleine zwarte Amerikaan, gekleed in een duur suède jasje. Zijn partner was blank en had de bouw van een rugbyspeler. Hij droeg een legerjack uit een dumpzaak en keek alsof hij zin had een paar voetgangers op te tillen en weer op straat te smijten.

De zwarte man lachte. 'Hé, Boone. Lang niet gezien.' Hij knikte naar dr. Richardson. 'Wie is je nieuwe vriend?'

'Dr. Richardson, dit is rechercheur Mitchell en zijn partner, rechercheur Krause.'

'We hebben je bericht ontvangen, zijn hier naartoe gereden en hebben een praatje gemaakt met de uitsmijters van de club.' Krause had een zware, norse stem. 'Volgens hen is die Romero een uur geleden naar binnen gegaan.'

'Lopen jullie maar achterom naar de nooduitgang,' zei Mitchell. 'Dan brengen wij hem naar buiten.'

Boone draaide zijn raampje weer omhoog en reed de straat uit. Hij parkeerde twee straten verder en haalde een zwarte, leren handschoen onder de voorbank vandaan. 'Kom mee, doctor. Misschien kan Mr. Romero ons meer vertellen.'

Richardson volgde Boone naar een steegje aan de achterkant van de Chan Chan Room. Door de stalen branddeur klonk ritmische, dreunende muziek. Een paar minuten later ging de deur open en smeet rechercheur Krause een magere Porto Ricaan op het asfalt. Met een opgewekte blik op zijn gezicht wandelde rechercheur Mitchell naar de man toe en trapte hem in zijn maag.

'Heren, wij willen u graag voorstellen aan Pius Romero. Hij zat in de vip-ruimte een lekker sapje te drinken met een parapluutje erin. Dat is toch niet eerlijk? Krause en ik zijn toegewijde ambtenaren en wij worden nooit eens uitgenodigd in de vip-ruimte.'

Intussen lag Pius Romero op het asfalt naar adem te happen. Boone trok de zwart leren handschoen aan. Hij keek naar Romero alsof de jongeman een lege kartonnen doos was. 'Nu moet je eens goed luisteren, Pius. Wij zijn hier niet om je te arresteren. Ik wil alleen maar wat inlichtingen van je. Als je ergens over liegt, zullen mijn vrienden je weten te vinden en je een heleboel pijn bezorgen. Begrijp je dat? Laat eens zien dat je me begrijpt...'

Pius ging zitten en wreef over zijn geschaafde elleboog. 'Ik heb niks gedaan.'

'Van wie betrek jij je 3B3?'

Bij het horen van de naam van de drug ging de jongeman wat rechter zitten.

'Nooit van gehoord.'

'Je hebt het aan verschillende mensen verkocht. Van wie heb jij het gekocht?'

Pius krabbelde overeind en probeerde weg te rennen, maar Boone greep hem vast. Hij smeet de drugdealer tegen de muur en begon hem met zijn rechterhand te slaan. Telkens wanneer hij Romero in het gezicht raakte, maakte de leren handschoen een kletsend geluid. Het bloed stroomde uit zijn neus en mond.

Dr. Richardson wist dat dit geweld echt was – heel erg echt – maar hij voelde er niets bij. Het was net alsof hij een stap verwij-

derd was van wat hier gebeurde, alsof hij naar een film op tv stond
te kijken. Toen Boone niet ophield met slaan, wierp hij een blik op
de twee rechercheurs. Mitchell lachte, terwijl Krause stond te knikken als een basketbalfan die zojuist getuige is geweest van een perfecte driepunter.

Boones stem klonk kalm en redelijk. 'Ik heb je neus gebroken,
Pius. Nu ga ik hoger slaan en de neusschelpen vlak onder je ogen
verbrijzelen. In tegenstelling tot een been of een arm zullen die bot-
jes nooit meer volledig helen. Je zult de rest van je leven pijn blijven houden.'

Pius Romero hief als een klein kind zijn handen op. 'Wat wil je?'
jammerde hij. 'Namen? Ik zal je namen vertellen. Ik zal je alles vertellen...'

Tegen een uur of twee 's ochtends vonden ze het adres vlak bij JFK
Airport in Jamaica, Queens. De man die 3B3 produceerde woonde
in een wit, houten huis met aluminium tuinstoelen die met een ketting waren vastgemaakt aan zijn veranda. Het was een rustige ar-
beiderswijk, zo'n buurt waar mensen hun straatjes veegden en betonnen beelden van de Maagd Maria in hun kleine voortuintjes
zetten. Boone parkeerde zijn terreinwagen en zei tegen Richardson
dat hij uit moest stappen. Ze liepen naar de rechercheurs die in hun
auto zaten.

'Heb je hulp nodig?' vroeg Mitchell.

'Blijven jullie maar hier. Dr. Richardson en ik gaan naar binnen.
Mochten er problemen zijn, dan bel ik jullie wel.'

Het afstandelijke gevoel dat dr. Richardson had beschermd toen
Boone bezig was Pius Romero in elkaar te slaan, was gedurende de
rit naar Queens helemaal verdwenen. De neuroloog was moe en
bang. Het liefst wilde hij vluchten voor de drie mannen, maar hij
wist dat dit geen zin zou hebben. Rillend van de kou stak hij samen met Boone de straat over. 'Wat gaat u nu doen?' vroeg hij.

Boone stond op de stoep en keek omhoog naar een raam op de
tweede verdieping, waarachter een lichtje scheen. 'Dat weet ik nog
niet. Eerst moet ik de situatie eens even bekijken.'

'Ik haat geweld, Mr. Boone.'

'Ik ook.'

'U hebt die jongeman bijna vermoord.'

'Bij lange na niet.' Wanneer Boone praatte kwamen er witte ademwolkjes uit zijn mond. 'U zou de geschiedenisboeken er eens op na moeten slaan, dokter. Alle grote veranderingen zijn gebaseerd op pijn en verwoesting.'

De twee mannen liepen over het tuinpad naar de achterkant van het huis. Boone liep de veranda op en liet zijn vingertoppen langs de deurstijl glijden. Opeens deed hij een stap naar achteren en gaf vlak boven de deurknop een trap tegen de deur. Er volgde een krakend geluid en de deur vloog open. Richardson volgde hem naar binnen.

Het was heel erg warm binnen en er hing een scherpe, smerige lucht, alsof iemand met ammoniak had gemorst. De twee mannen liepen langs de donkere keuken en Richardson stapte per ongeluk in een schaaltje water. Door de keuken en over het aanrecht schoot van alles weg. Boone knipte het licht aan.

'Katten,' zei Boone, het woord bijna uitspuwend. 'Ik haat katten. Je kunt ze niets leren.'

Er zaten vier katten in de keuken en nog eens twee op de gang. Ze liepen op zachte pootjes en de binnenste membranen van hun ogen weerspiegelden het flauwe licht en kleurden goud en roze en donkergroen. Hun staarten krulden zich tot kleine vraagtekens terwijl ze met hun snorharen de lucht proefden.

'Boven brandt licht,' zei Boone. 'Laten we maar eens gaan kijken wie er thuis is.' Ze liepen achter elkaar aan de trap op, naar de tweede verdieping. Boone opende een deur en ze liepen een zolder op die tot laboratorium was verbouwd. Er stonden tafels en veel chemisch glaswerk. Een spectrograaf. Microscopen en een bunsenbrander.

Een oude man zat in een rieten stoel met een witte Perzische kat op schoot. De man was gladgeschoren en keurig gekleed en droeg een bril met dubbelfocusglazen op het puntje van zijn neus. Hij leek niet eens verbaasd de indringers te zien.

'Goedenavond, heren.' De man sprak elke lettergreep heel precies uit. 'Ik wist wel dat jullie vroeg of laat langs zouden komen.

Sterker nog, ik heb het voorspeld. Newtons derde bewegingswet zegt dat bij iedere kracht een even grote maar tegengestelde reactie hoort.'

Boone keek de oude man aan alsof hij het elk moment op een lopen kon zetten. 'Ik ben Nathan Boone. Wie bent u?'

'Lundquist. Dr. Jonathan Lundquist. Als u van de politie bent, kunt u nu meteen wel weer vertrekken. Ik heb niets illegaals gedaan. Er bestaat geen wet tegen 3B3 omdat de overheid niet weet dat het bestaat.'

Een lapjeskat probeerde kopjes te geven tegen Boones been, maar hij schopte haar weg. 'Wij zijn niet van de politie.'

Dr. Lundquist keek verbaasd. 'Dan moet u – ja natuurlijk – dan werkt u voor de Broeders.'

Boone keek alsof hij het liefst meteen zijn zwarte leren handschoen had willen aantrekken om de neus van de oude man te breken. Richardson schudde bijna onmerkbaar zijn hoofd. Dat was niet nodig. Hij liep naar de oude man toe en ging op een klapstoeltje zitten. 'Ik ben dr. Phillip Richardson, researchneuroloog aan de Universiteit van Yale.'

Lundquist leek blij te zijn een collega-wetenschapper te ontmoeten. 'En nu werkt u voor de Evergreen Stichting...'

'Ja. Ik werk aan een speciaal project.'

'Jaren geleden heb ik eens een aanvraag ingediend voor subsidie van de stichting, maar ik heb niet eens antwoord gekregen op mijn brief. Dat was nog voordat ik via illegale websites op het internet van het bestaan van Reizigers hoorde.' Lundquist lachte zachtjes. 'Het leek me het beste om alleen te werken. Dan hoefde ik nooit formulieren in te vullen en keek er niemand over mijn schouder mee.'

'Hebt u geprobeerd de ervaringen van een Reiziger na te bootsen?'

'Het is veel meer dan dat, dokter. Ik heb getracht antwoorden te vinden op enkele fundamentele vragen.' Lundquist hield op met het aaien van de Perzische kat en het dier sprong van zijn schoot. 'Een paar jaar geleden doceerde ik nog op Princeton, organische chemie...' Hij keek Richardson even aan. 'Ik had een respectabele carrière, maar niks bijzonders. Ik heb altijd belangstelling gehad voor het grote geheel. Niet alleen voor chemie, maar ook voor andere takken van wetenschap. Op een middag ging ik dus naar een college aan de faculteit natuurkunde over iets dat braantheorie heette.

Natuurkundigen hebben tegenwoordig grote problemen. De concepten die het universum verklaren, zoals Einsteins relativiteitstheorie, zijn niet verenigbaar met de subatomaire wereld van de kwantummechanica. Sommige fysici omzeilen deze tegenstelling met de snoertheorie, het idee dat alles bestaat uit piepkleine, subatomaire objecten in een multidimensionale ruimte. Nu zit daar in wiskundig opzicht wel wat in, maar de snoeren zijn zo klein dat je weinig kunt bewijzen door middel van experimenten.

De braantheorie is heel veelomvattend en probeert een kosmologische verklaring te geven. "Braan" staat voor "membraan". De theoretici geloven dat ons waarneembare universum beperkt is tot een soort membraan van ruimte en tijd. De gebruikelijke vergelijking die wordt getrokken is dat ons melkwegstelsel een soort algenlaag is – een dunne laag bestaan die drijft op een veel groter geheel van iets. Alle materie, inclusief onze eigen lichamen, zit opgesloten binnen ons membraan, maar de zwaartekracht kan weglekken in het grotere geheel of heel subtiel ons eigen fysieke fenomeen beïnvloeden. Andere membranen, andere dimensies, andere werelden – het maakt niet uit welk woord je ervoor gebruikt – kunnen heel dicht bij ons zijn zonder dat wij ook maar iets van hun bestaan weten. Dat komt doordat licht, geluid of radioactiviteit niet door hun eigen dimensie heen kunnen breken.'

Er kwam een zwarte kat naar Lundquist toe en hij krabde het dier achter de oren. 'Zo luidt althans, heel simpel verteld, de theorie. En die theorie had ik in gedachten toen ik in New York naar een lezing ging die werd gehouden door een monnik uit Tibet. Ik zit daar, hoor hem vertellen over de zes verschillende rijken van de boeddhistische kosmologie, en realiseer me opeens dat hij de membranen beschrijft – de verschillende dimensies en de barrières die hen scheiden. Maar er is één cruciaal verschil: mijn collega's op Princeton kunnen zich niet voorstellen dat het mogelijk is naar

287

deze verschillende plekken te reizen. Voor een Reiziger is het heel goed mogelijk. Het lichaam kan de reis niet maken, maar het Licht binnen in ons wel.'

Lundquist leunde achterover in zijn stoel en keek zijn gast glimlachend aan. 'Dit verband tussen spiritualiteit en fysica gaf me opeens een heel andere kijk op de wetenschap. Op dit moment werken we hard aan het splijten van atomen en chromosomen. We gaan naar de bodem van de oceaan en kijken omhoog, de ruimte in. Maar wat we niet echt onderzoeken is het gebied binnen onze schedel, behalve dan misschien heel oppervlakkig. Mensen gebruiken MRI-apparatuur en CAT-scans om het brein te bestuderen, maar het is allemaal erg klein en psychologisch. Niemand schijnt te beseffen hoe immens het bewustzijn in feite is. Het verbindt ons met de rest van het universum.'

Richardson keek de kamer door en zag een cyperse kat boven op een leren dossiermap zitten die vol zat met vellen gevlekt papier. Om Lundquist niet te laten schrikken, stond hij rustig op en liep wat dichter naar de tafel toe. 'En toen bent u met uw experimenten begonnen?'

'Inderdaad. Aanvankelijk op Princeton. Toen ging ik met pensioen en ben ik hier gaan wonen om geld te besparen. Vergeet niet dat ik chemicus ben, geen fysicus. Daarom besloot ik op zoek te gaan naar een stof die ons Licht uit ons lichaam kon bevrijden.'

'En daar kwam een formule uit...'

'Het is geen recept voor appeltaart.' Lundquist klonk enigszins geërgerd. '3B3 is een levend iets. Een nieuwe bacteriënstam. Wanneer je de vloeibare oplossing inneemt, wordt het opgenomen in je zenuwstelsel.'

'Klinkt gevaarlijk.'

'Ik heb het al tientallen keren ingenomen. En ik vergeet nog steeds niet om elke donderdag mijn vuilnisbak buiten te zetten en mijn elektriciteitsrekening te betalen.'

Toen Richardson bij de tafel stond, kwam de cyperse kat spinnend op hem af. 'En 3B3 stelt u in staat verschillende werelden te zien?'

'Nee. Het is een fiasco. Je kunt er zoveel van innemen als je wilt,

288

maar het maakt geen Reiziger van je. De reis is heel erg kort, een kortstondig contact in plaats van een echte landing. Je bent er lang genoeg om twee of drie beelden te zien en dan moet je weer weg.'

Richardson sloeg de map open en keek naar de smoezelige diagrammen en gekrabbelde aantekeningen. 'Wat gebeurt er wanneer we die bacterie van u meenemen en aan iemand toedienen?'

'U gaat uw gang maar. Er zit een beetje in dat petrischaaltje dat daar vlak voor u staat. Maar het zou tijdverspilling zijn. Zoals ik al zei: het werkt niet. Daarom ben ik het gaan weggeven aan Pius Romero, een jongeman die af en toe mijn tuinpad sneeuwvrij komt maken. Ik dacht dat er misschien iets mis was met mijn eigen bewustzijn. Dat 3B3 andere mensen misschien wel de overgang naar een andere wereld kon laten maken. Maar het lag niet aan mij. Telkens wanneer Pius een nieuwe voorraad komt halen, sta ik erop dat hij uitgebreid verslag uitbrengt. Mensen hebben wel visioenen van een andere wereld, maar ze kunnen er niet blijven.'

Richardson pakte het petrischaaltje van tafel. Een blauwgroene bacterie groeide in een sierlijke curve op de voedingsbodem van agar-agar. 'Is dit het?'

'Ja. Het fiasco. Zeg maar tegen de Broeders dat ze beter het klooster in kunnen gaan. Bidden. Mediteren. De bijbel, de koran of de kabbala bestuderen. Er bestaat geen snelle manier om aan dit kleine, armzalige wereldje van ons te ontkomen.'

'Maar wat als een Reiziger 3B3 zou gebruiken?' vroeg Richardson. 'Misschien zou het hem een eind op weg kunnen helpen en zou hij het op eigen kracht af kunnen maken.'

Dr. Lundquist boog zich naar voren en even dacht Richardson dat de oude man uit zijn stoel zou springen. 'Dat is een interessante gedachte,' zei hij. 'Maar alle Reizigers zijn toch dood? De Broeders hebben er heel wat geld in gestoken om hen uit te moorden. Maar wie weet. Misschien zit er nog ergens eentje ondergedoken in Madagascar of Katmandu.'

'We hebben een Reiziger gevonden die bereid is ons te helpen .'

'En jullie willen hem gebruiken?'

Richardson knikte.

'Ik geloof er niets van. Waarom zouden de Broeders dat doen?'

Richardson pakte de map en het petrischaaltje van de tafel. 'Dit is een geweldige ontdekking, dr. Lundquist. Dat wil ik u echt even zeggen.'

'Ik zit niet te wachten op complimentjes. Ik wil een verklaring. Waarom zijn de Broeders van strategie veranderd?'

Boone liep naar de tafel en vroeg op zachte toon. 'Is dit wat wij zoeken?'

'Ik denk het wel.'

'We komen hier niet meer terug. U moet dus wel zeker van uw zaak zijn.'

'Dit is alles wat we nodig hebben. Hoor eens, ik wil niet dat dr. Lundquist vervelende dingen overkomen.'

'Natuurlijk niet, doctor. Dat begrijp ik volkomen. Hij is geen crimineel zoals Pius Romero.' Boone legde vriendelijk een hand op Richardsons schouder en leidde hem naar de deur. 'Ga nu maar terug naar de auto en wacht daar op mij. Ik wil Lundquist nog even iets uitleggen over onze veiligheidsnormen. Dat duurt niet lang.'

Richardson stommelde de trap af, liep de keuken door en verliet het huis via de achterdeur. Een koude windvlaag bracht tranen in zijn ogen, bijna alsof hij huilde. Toen hij op de veranda stond voelde hij zich zo moe dat hij het liefst wilde gaan liggen en zich wilde oprollen tot een balletje. Zijn leven was voorgoed veranderd, maar zijn lichaam pompte nog steeds bloed rond, verteerde voedsel en nam zuurstof op. Hij was geen wetenschapper meer die artikelen schreef en van de Nobelprijs droomde. Op de een of andere manier was hij kleiner geworden, onbetekenend bijna, een piepklein onderdeeltje van een ingewikkeld mechanisme.

Met het petrischaaltje in zijn hand schuifelde Richardson over het tuinpad. Kennelijk had Boone niet veel met dr. Lundquist te bespreken gehad. Hij had de geleerde al ingehaald voordat deze bij de auto was.

'Alles in orde?' vroeg Richardson.

'Natuurlijk,' zei Boone. 'Ik wist wel dat het geen probleem zou zijn. Soms is het het beste om duidelijk en direct te zijn. Geen woord te veel. Geen valse diplomatie. Ik heb mezelf duidelijk gemaakt en daar kreeg ik een positieve reactie op.'

Boone opende het portier van de auto en maakte als een soort brutale chauffeur een overdreven buiginkje. 'U zult wel moe zijn, dr. Richardson. Het is een lange nacht geweest. Ik zal u terugbrengen naar het researchcentrum.'

36

Hollis reed om negen uur 's ochtends langs Michael Corrigans appartementencomplex en daarna weer om twee uur 's middags en om zeven uur 's avonds nog een keer. Hij keek uit naar Tabulahuurlingen die in geparkeerde auto's of op parkbankjes zaten, mannen die zich voordeden als werknemers van het elektriciteitsbedrijf of bouwvakkers. Na elke rit parkeerde hij voor een schoonheidssalon en schreef alles op wat hij had gezien. *Oude dame achter een winkelwagentje. Man met baard die kinderzitje in auto zet.* Toen hij vijf uur later terugkwam vergeleek hij zijn aantekeningen en zag geen overeenkomsten. Dat betekende alleen dat de Tabula dus niet buiten het gebouw stonden te wachten. Misschien zaten ze binnen, in het appartement tegenover dat van Michael.

's Avonds, na zijn capoeira-klas, bedacht hij een plan. De volgende dag trok hij een blauw katoenen overall aan en nam de zwabber en de emmer op wieltjes mee die hij gebruikte voor het schoonhouden van de vloer in zijn sportschool. Michaels appartementencomplex nam een compleet stadsblok aan Wilshire Boulevard, bij Barrington, in beslag. Het bestond uit drie wolkenkrabbers, een parkeergarage van vier verdiepingen en een groot binnenterrein met een zwembad en tennisbanen.

Loop alsof je een doel hebt, dacht Hollis. Je wilt niet met de Tabula vechten, je wilt hen alleen voor de gek houden. Hij parkeerde zijn auto twee straten bij de ingang vandaan, vulde de emmer op wieltjes met een sopje uit twee plastic jerrycans, zette de zwabber in het water en begon alles over de stoep te duwen. Bij het naderen van de ingang probeerde hij te denken als een huisbewaarder – een rol te spelen.

Twee oude dames verlieten juist het gebouw toen hij aan kwam lopen. 'Heb ik net de stoep schoongemaakt,' zei hij tegen hen. 'En nu heeft iemand de gang weer smerig gemaakt.'

'Mensen zouden eens manieren moeten leren,' zei een van de dames. Haar vriendin hield de deur open zodat Hollis de emmer de hal binnen kon duwen.

Hollis knikte glimlachend toen de oude dames wegliepen. Hij wachtte nog even en liep toen naar de liften. Hij nam de eerstvolgende lift naar de achtste verdieping. Michael Corrigans flat bevond zich aan het einde van de gang.

Als de Tabula zich in de tegenovergelegen flat verborgen hielden en hem door het kijkgaatje in de gaten hielden, moest hij meteen een smoes bij de hand hebben. Mr. Corrigan betaalt mij om zijn flat schoon te maken. Ja, meneer. Dat doe ik elke week. Is Mr. Corrigan weg? Dat wist ik niet. Hij heeft me al een maand niet betaald.

Gebruikmakend van de sleutel die Gabriel hem had gegeven, maakte Hollis de deur open en ging naar binnen. Hij was op zijn hoede, klaar om zich te verdedigen, maar er was niemand. Het was warm en stoffig in het appartement. Op de salontafel lag nog een twee weken oud nummer van de *Wall Street Journal*. Hollis liet de emmer en de zwabber bij de deur staan en haastte zich naar Michaels slaapkamer. Hij vond de telefoon, haalde een klein taperecordertje tevoorschijn en draaide Maggie Resnicks nummer. Ze was niet thuis, maar Hollis wilde haar toch niet spreken. Hij wist zeker dat de Tabula de telefoonlijnen afluisterden. Zodra hij Maggies antwoordapparaat hoorde, speelde Hollis het bandje af bij de hoorn.

'Hé, Maggie. Met Gabe. Ik ga de stad uit en een plek zoeken om een tijdje onder te duiken. Bedankt voor alles. Tot ziens.'

Hollis zette de taperecorder uit, hing de hoorn op de haak en verliet de flat. Met een gespannen gevoel duwde hij de emmer de gang door, maar toen arriveerde de lift en stapte hij in. Oké, dacht hij. Dat was een eitje. Niet vergeten dat je nog steeds de huisbewaarder bent.

Toen de lift de begane grond bereikte, duwde Hollis de emmer naar buiten en knikte naar een jong stel met een cockerspaniël. Toen ging de voordeur open en haastten drie Tabula-huurlingen zich naar binnen. Ze zagen eruit als politiemannen die dit voor het geld deden. Een van de mannen droeg een spijkerjack en zijn twee vrienden waren gekleed als schilders. De schilders droegen handdoeken en dekkleden die hun handen bedekten.

Hollis negeerde de Tabula, die langs hem heen liepen. Hij was nog geen anderhalve meter van de deur verwijderd toen een oudere Latijns-Amerikaanse man de deur opende die naar het zwembad leidde. 'Hé, wat gebeurt hier?' vroeg de man aan Hollis.

'Op de vijfde verdieping had iemand een fles cranberrysap op de grond laten vallen. Dat heb ik net schoongemaakt.'

'Dat stond anders niet in het ochtendverslag.'

'Het is net gebeurd.' Hollis was nu bij de deur en kon bijna de knop aanraken.

'Trouwens, is dat Freddy's werk niet? Voor wie werk jij eigenlijk?'

'Ik ben nog maar net aangenomen door...'

Maar voordat Hollis zijn zin kon afmaken, bespeurde hij beweging achter zich. Opeens voelde hij hoe de harde loop van een pistool tegen zijn rug werd geduwd.

'Hij werkt voor ons,' zei een van de mannen.

'Inderdaad,' zei een andere man. 'En hij is nog niet klaar.'

De twee mannen die eruitzagen als schilders kwamen naast Hollis staan. Ze dwongen hem zich om te draaien en brachten hem terug naar de lift. De man met het spijkerjack stond met de onderhoudsman te praten en liet hem een officieel uitziende brief zien die hun kennelijk toestemming gaf voor wat zij hier deden.

'Wat gebeurt hier?' Hollis probeerde verbaasd en angstig te kijken.

'Niet praten,' fluisterde de grootste man. 'Ik wil geen woord horen.'

Hollis en de twee schilders stapten in de lift. Net voordat de deur dichtgleed, kwam Spijkerjack binnen en drukte op het knopje voor de achtste verdieping.

294

'Wie ben je?' vroeg Spijkerjack.

'Tom Jackson. Ik ben hier de huisbewaarder.'

'Maak dat de kat wijs,' zei de kleinste schilder. Hij was degene met het wapen. 'Die vent in de hal wist niet wie je was.'

'Ik werk hier net twee dagen.'

'Hoe heet het bedrijf dat je in dienst heeft genomen?' vroeg Spijkerjack.

'Het was Mr. Regal.'

'Ik vroeg je de naam van het bedrijf.'

Hollis schuifelde een beetje opzij zodat het pistool niet langer op hem gericht was. 'Het spijt me, sir. Het spijt me echt. Het enige dat ik weet is dat ik ben aangenomen door Mr. Regal en dat hij me opdracht heeft gegeven om...'

Hij draaide zich half om, greep de man met het pistool bij zijn pols en duwde zijn hand naar buiten. Met zijn rechterhand gaf hij hem een harde klap tegen zijn adamsappel. Het pistool ging met een harde knal af en de andere schilder werd geraakt. Hij gilde het uit toen Hollis zich bliksemsnel omdraaide en zijn elleboog in Spijkerjacks mond stootte. Hollis draaide de arm van de man met het pistool om en de Tabula-huurling liet het wapen vallen.

Omdraaien. Aanvallen. Snel draaien en nog een vuistslag. Binnen een paar seconden lagen alledrie de mannen op de grond. De deur gleed open. Hollis zette de rode schakelaar om zodat de lift niet verder zou gaan en stapte uit. Hij rende de gang in, vond de nooduitgang en rende met twee treden tegelijk de trap af.

37

Toen Michael jong was reageerde hij altijd automatisch op zijn moeders wilde verhalen en Gabriels onpraktische plannetjes om geld te verdienen. *Hoog tijd om naar Realitystad te gaan,* zei hij dan tegen hen, hetgeen betekende dat er toch iemand in het gezin moest zijn die hun problemen objectief bekeek. Michael beschouwde zichzelf als burgemeester van Realitystad – misschien niet de plezierigste plek, maar je wist in elk geval waar je aan toe was.

Nu hij in het researchcentrum van de stichting woonde, vond hij het moeilijk om objectief te zijn. Het leed geen twijfel dat hij hier een gevangene was. Zelfs al zou hij een manier vinden om uit zijn afgesloten kamer te komen, dan nog zouden de bewakers van de Evergreen Stichting hem nooit de poort uit laten wandelen om de bus naar New York City te nemen. Misschien was hij zijn vrijheid kwijt – maar dat kon hem niet zoveel schelen. Voor het eerst in zijn leven behandelden de mensen hem met respect en ontzag.

Elke dinsdag ging hij naar het kantoor van Kennard Nash om samen wat te drinken en te eten. De generaal was dan veelvuldig aan het woord en legde hem uit wat de verborgen bedoelingen waren achter wat op het eerste gezicht willekeurige gebeurtenissen leken. Op een van die avonden vertelde Nash hem over de RFID-chip die in Amerikaanse paspoorten verborgen zat, en liet hem foto's zien van een uitvinding die 'skimmer' werd genoemd en die van bijna twintig meter afstand paspoorten kon lezen. Toen de nieuwe technologie voor het eerst ter sprake was gekomen, hadden enkele experts gevraagd om een 'contact'-paspoort dat als een creditcard in een gleuf moest worden gestoken, maar de vrienden van de Broeders op het Witte Huis hadden de radiofrequentiechip erdoor gedrukt.

'Is de informatie gecodeerd?' vroeg Michael.

'Natuurlijk niet. Dat zou het veel te moeilijk maken om de technologie te delen met andere landen.'

'Maar wat als terroristen skimmers zouden gebruiken?'

'Dat zou hun werk heel wat gemakkelijker maken. Laten we zeggen dat er in Cairo een toerist over de markt loopt. Een skimmer zou zijn paspoort kunnen lezen en zien of hij een Amerikaan is en of hij wel eens in Israël is geweest. Tegen de tijd dat de Amerikaan in kwestie het eind van de straat zou hebben bereikt, zou er al een moordenaar uit een portiek kunnen stappen.'

Michael bleef een ogenblik naar Nash' glimlachende gezicht zitten kijken. 'Toch begrijp ik het niet helemaal. De overheid zegt dat ze ons willen beschermen, maar intussen doen ze juist iets wat ons kwetsbaarder maakt.'

Generaal Nash keek alsof zijn lievelingsneefje zojuist een naïeve opmerking had gemaakt. 'Ja, dat is wel jammer. Maar je moet het verlies van een paar levens nu eenmaal afwegen tegen de macht die deze nieuwe technologie ons geeft. Dit is de toekomst, Michael. Niemand kan het tegenhouden. Over een paar jaar zijn het niet alleen de paspoorten. Dan zal iedereen een Protective Link bij zich dragen die hen vierentwintig uur per dag kan volgen.'

Het was tijdens een van deze wekelijkse gesprekken dat Nash hem vertelde wat er met Gabriel was gebeurd. Kennelijk was Michaels broer in handen gevallen van een fanatieke vrouw die werkte voor een terroristische organisatie die zich de Harlekijns noemde. Alvorens samen met Gabriel Los Angeles te ontvluchten had zij verschillende mensen vermoord.

'Mijn mensen blijven naar hen uitkijken,' zei Nash. 'Wij willen niet dat je broer iets overkomt.'

'Laat het me weten wanneer jullie hem vinden.'

'Natuurlijk.' Nash smeerde roomkaas en kaviaar op een toastje en druppelde er wat citroensap op. 'Ik vertel je dit omdat de kans bestaat dat de Harlekijns Gabriel willen opleiden om een Reiziger te worden. Als jullie allebei over de gave beschikken, bestaat er een kans dat jullie elkaar in een andere wereld tegenkomen. Wanneer dat gebeurt, moet je hem vragen waar zijn fysieke lichaam zich bevindt, Michael. Als wij dat eenmaal weten, kunnen we hem redden.'

'Vergeet het maar,' zei Michael. 'Gabe zou alleen naar een andere wereld gaan als hij er op de motor naartoe kon rijden. Misschien krijgen de Harlekijns dat ook door en laten zij hem vrij.'

Op de ochtend van het experiment werd Michael al vroeg wakker en nam een douche, waarbij hij een badmuts droeg om te voorkomen dat de zilveren plaatjes boven op zijn schedel nat zouden worden. Hij trok een T-shirt, een joggingbroek en rubberen badslippers aan. Geen ontbijt vanmorgen. Dat leek dr. Richardson geen goed idee. Hij zat op de bank naar muziek te luisteren toen Lawrence Takawa zachtjes op de deur klopte en de kamer binnenkwam. 'Het team staat klaar,' zei hij. 'Het is zover.'

'En als ik nu opeens besluit het toch maar niet te doen?'

Lawrence keek hem verschrikt aan. 'Dat is dan je eigen keuze, Michael. Je begrijpt dat de Broeders niet blij zouden zijn met die beslissing. Ik zou generaal Nash moeten bellen en...'

'Rustig maar. Ik ben niet van gedachten veranderd.'

Michael trok een gebreide wollen muts over zijn kale schedel en liep achter Lawrence aan de gang op. Daar stonden twee beveiligingsmensen, met hun gebruikelijke marineblauwe blazers en zwarte stropdassen. Ze vormden een soort erewacht – één man voorop en de ander achteraan. Het kleine gezelschap ging een deur door en de binnenplaats op.

Het verraste Michael dat iedereen die ook maar iets met Project Oversteek te maken had – secretaresses, chemici en computerprogrammeurs – naar buiten was gekomen om te zien hoe hij de Tombe binnenging. Hoewel de meeste stafleden niet op de hoogte waren van de werkelijke aard van het project, was hun verteld dat het een bijdrage zou leveren aan de bescherming van Amerika tegen haar vijanden en dat Michael een belangrijke rol in het geheel had.

Hij knikte hen toe als een atleet die de menigte groet, en wandelde toen op zijn gemak over de binnenplaats naar de Tombe. Al deze gebouwen waren speciaal gebouwd en al deze mensen hadden zich hier verzameld voor dit ene moment. Ik wil wedden dat dit een heleboel geld heeft gekost, dacht hij. Misschien wel miljoenen. Michael had altijd al het gevoel gehad dat hij bijzonder was, voorbestemd voor grote daden, en nu werd hij behandeld als een filmster in een dure film met maar één hoofdrol, één enkel gezicht op het scherm. Als hij werkelijk naar een andere wereld kon reizen, dan kwam dit respect hem ook toe. Het was geen toeval dat hij hier was. Het was zijn geboorterecht.

Een stalen deur gleed voor hen open en zij betraden een enorme, schemerige ruimte. Een met glasruiten afgesloten galerij, ongeveer zes meter boven de gladde betonvloer, liep langs allevier de muren. In de galerij gloeiden lichtjes op van controlepanelen en computermonitoren en Michael zag dat een aantal technici op hem neer zat te kijken. De lucht was koud en droog en hij hoorde een vaag gonzend geluid.

In het midden van de kamer stond een stalen operatietafel met een klein kussen voor zijn hoofd. Naast de tafel stond dr. Richardson. De operatiezuster en dr. Lau controleerden de monitoren en de inhoud van een metalen rek waarop reageerbuisjes lagen die gevuld waren met verschillend gekleurde vloeistoffen. Naast het kleine witte kussen lagen acht draden die waren verbonden aan zilverkleurige elektrodeplaatjes. De afzonderlijke draden waren samengevlochten tot een dikke zwarte kabel die van de tafel bungelde en in de vloer verdween.

'Gaat het nog?' vroeg Lawrence.

'Tot nu toe wel.'

Lawrence legde even zijn hand op Michaels arm en bleef toen samen met de twee beveiligingsmensen bij de deur staan. Ze deden net alsof ze bang waren dat hij het gebouw uit zou rennen, over de muur zou springen en zich in het bos zou verschuilen. Michael liep naar het midden van de Tombe, zette zijn gebreide muts af en gaf hem aan de verpleegster. Slechts gekleed in zijn T-shirt en joggingbroek, ging hij op zijn rug op de tafel liggen. Het was koud in de kamer, maar hij was er helemaal klaar voor, als een sportman die weet dat hij een belangrijke wedstrijd gaat spelen.

Richardson boog zich over hem heen en plakte de acht sensordraden aan de acht elektrodeplaatjes op zijn schedel. Nu stonden zijn hersenen in directe verbinding met de kwantumcomputer en konden de technici boven op de galerij zijn neurologische activiteit bestuderen. Richardson leek nerveus en Michael had liever gezien dat de doctor zijn gezicht achter een operatiemasker had verborgen. Hij kon de boom in. Het waren niet zijn hersenen waar dunne koperen draadjes in werden geprikt. Het is mijn leven, dacht Michael. Mijn risico.

'Veel succes,' zei Richardson.

'Laten we het nu maar gewoon doen en kijken wat er gebeurt.'

Dr. Richardson knikte en zette een koptelefoon met microfoon op zodat hij met de technici op de galerij kon praten. Hij was verantwoordelijk voor Michaels hersenen terwijl dr. Lau en de operatiezuster over de rest van zijn lichaam waakten. Zij plakten sensoren op zijn borst en hals, zodat zij zijn bloeddruk en hartslag in de gaten konden houden. De zuster verdoofde een stukje huid op zijn arm en stak er een infuusnaald in. Aan de naald was een rubberslangetje bevestigd en even later begon er een zoutoplossing in zijn aderen te druppelen.

'Hebben we al een golfbereik?' fluisterde Richardson in de microfoon. 'Mooi. Ja. Heel goed.'

'We hebben een basislijn nodig om van uit te gaan,' zei hij tegen Michael. 'Daarom geven we de hersenen nu verschillende soorten stimuli. Daar moet je niet te veel bij nadenken. Je reageert vanzelf.'

De zuster ging naar het metalen kastje en kwam terug met verschillende reageerbuisjes. De eerste reeks bevatte verschillende smaken: zout, zuur, bitter, zoet. Vervolgens verschillende geuren: roos, vanille en iets dat Michael aan verschroeid rubber deed denken. Terwijl hij aan één stuk door in het microfoontje bleef fluisteren, pakte Richardson een speciaal zaklampje op en scheen met verschillend gekleurde lichtjes in Michaels ogen. Ze speelden geluiden af op verschillende sterktes en raakten zijn gezicht aan met een veer, een blok hout en een ruw stuk metaal.

Tevreden met de resultaten, vroeg Richardson Michael om terug te tellen, getallen bij elkaar op te tellen en op te sommen wat hij de vorige avond had gegeten. Vervolgens gingen ze nog veel verder terug en moest Michael hem vertellen over de eerste keer dat hij de zee had gezien en daarna over de eerste naakte vrouw die hij had gezien. Had je als tiener thuis een eigen kamer? Hoe zag die eruit? Beschrijf de meubels en de posters aan de muur.

Ten slotte hield Richardson op met het stellen van vragen en spoot de zuster wat water in zijn mond. 'Oké,' zei Richardson tegen de technici. 'Volgens mij zijn we klaar.'

De zuster reikte in het kastje en pakte er een plastic zak uit, gevuld met een verdunde versie van de drug die 3B3 werd genoemd. Kennard Nash had Michael gebeld om over de drug te praten. Hij had hem verteld dat 3B3 een speciale bacteriestam was die in Zwitserland door een team vooraanstaande wetenschappers was ontwikkeld. De drug was bijzonder kostbaar en moeilijk te produceren, maar de toxische stoffen die uit de bacterie werden gehaald leken de neurale energie te verhogen. De zuster tilde het zakje op en de stroperige turkooisblauwe vloeistof klotste heen en weer.

Ze verwijderde de neutrale zoutoplossing, bevestigde het zakje met de nieuwe drug, en onmiddellijk begon een straaltje 3B3 door het plastic slangetje naar de naald in zijn arm te lopen. Richardson en dr. Lau keken op hem neer alsof hij elk moment kon wegzweven naar een andere dimensie.

'Hoe voel je je?' vroeg Richardson.

'Gewoon. Hoe lang duurt het voordat dit spul gaat werken?'

'Dat weten we niet.'

'Hartslag enigszins versneld,' zei dr. Lau tegen hem. 'Ademhaling onveranderd.'

Teneinde zijn teleurstelling niet te tonen, staarde Michael een paar minuten naar het plafond en deed toen zijn ogen dicht. Misschien was hij toch geen Reiziger, of misschien werkte de nieuwe drug niet. Alle inspanning en al dat geld waren op een fiasco uit-gelopen.

'Michael?'

Hij deed zijn ogen open. Richardson stond op hem neer te kij-ken. Het was nog steeds koel in de kamer, maar er parelden zweet-druppeltjes op het voorhoofd van de dokter.

'Begin eens terug te tellen vanaf honderd.'

'Dat hebben we al gedaan.'

'Ze willen terug naar een neurologische basislijn.'

'Vergeet het nu maar. Dit gaat gewoon niet...'

Michael bewoog zijn linkerarm en zag opeens iets heel vreemds. Een hand en een pols die uit hele kleine lichtpuntjes bestonden kwamen plotseling, als een spook dat dwars door een gesloten kastdeur heen komt, uit zijn gewone hand tevoorschijn. Zijn hand van vlees viel slap op tafel, terwijl de spookhand bleef.

Hij wist meteen dat dit ding – deze verschijning – altijd deel van hem had uitgemaakt, in zijn lichaam had gezeten. De spookhand deed hem denken aan eenvoudige afbeeldingen van sterrenbeelden als Tweelingen of Boogschutter. Zijn hand was samengesteld uit piepkleine sterretjes die onderling waren verbonden door dunne, bijna onzichtbare streepjes licht. Hij kon zijn spookhand niet ge-bruiken als de rest van zijn lichaam. Als hij dacht: beweeg duim, bal vuist, gebeurde er niets. Hij moest bedenken wat hij de hand in de toekomst wilde laten doen, waarna de hand, na een korte pau-ze, reageerde op zijn gedachte. Het was lastig. Alles gebeurde met een kleine vertraging, net als wanneer je je lichaam onder water be-weegt.

'Wat vind je ervan?' vroeg hij aan Richardson.

'Begin maar met terugtellen.'

'Wat vind je van mijn hand? Zie je niet wat er gebeurt?'

Richardson schudde zijn hoofd. 'Allebei je handen liggen op de operatietafel. Kan je beschrijven wat je ziet?'

Het kostte Michael moeite om te praten. Het probleem was niet het bewegen van zijn lippen en tong, maar de moeizame, zware in-spanning om ideeën te verbeelden en er woorden voor te bedenken. De geest was sneller dan woorden. Veel sneller.

'Ik – geloof – dat...' Hier zweeg hij en hij had het gevoel dat de stilte heel lang duurde. '... dit geen hallucinatie is.'

'Beschrijf het alsjeblieft.'

'Dit heeft altijd in mij gezeten.'

'Beschrijf wat je ziet, Michael.'

'Jullie – zijn – blind.'

Michaels ergernis groeide en sloeg om in woede en hij duwde zijn twee onderarmen tegen de tafel om overeind te komen. Hij had het gevoel dat hij losbrak uit iets dat oud was en broos, een capsule van vergeeld glas. Opeens realiseerde hij zich dat het bovenste gedeelte van zijn spooklichaam verticaal was, terwijl zijn vleselijke lichaam achterbleef. Waarom zagen de anderen dit niet? Het was allemaal zo duidelijk. Maar Richardson bleef maar naar het lichaam op de tafel staan staren, alsof het een vergelijking was die opeens met een eigen antwoord zou komen.

'Hij geeft geen enkel teken van leven meer,' zei Lau. 'Hij is dood of...'

'Waar heb je het in vredesnaam over?' snauwde Richardson.

'Nee. Ik zie een hartslag. Eén enkele hartslag. En zijn longen bewegen. Hij verkeert in een soort slaaptoestand, zoals iemand die onder een dikke laag sneeuw is begraven.' Lau bestudeerde het monitorscherm. 'Traag. Alles gaat heel erg traag. Maar hij leeft nog.'

Dr. Richardson boog zich over Michael heen, totdat zijn lippen nog maar enkele centimeters van Michaels linkeroor verwijderd waren. 'Kan je me horen, Michael? Kan je...'

En het was zo moeilijk om naar de menselijke stem te luisteren – er sprak zoveel spijt en zwakheid en angst uit – dat Michael de rest van zijn spooklichaam losrukte van zijn vleselijke lichaam en omhoogzweefde. Hij voelde zich wel wat ongemakkelijk, als een kind dat leert zwemmen. Hij zweefde omhoog. En weer omlaag. Hij keek neer op de wereld, maar had niets te maken met al die nerveuze commotie.

Hoewel hij niets zichtbaars kon zien, voelde hij dat er een kleine zwarte opening in de vloer van de kamer moest zijn, zoals de afvoer in de bodem van een zwembad. Het trok hem met zachte dwang naar beneden. Nee. Blijf ervandaan. Hij kon zich er best tegen verzetten. Maar wat was daar? Hoorde dit erbij wanneer je een Reiziger wilde worden?

De tijd verstreek. Een paar seconden misschien, of enkele minuten. Naarmate zijn lichtgevende lichaam lager zweefde, werd de kracht – de zachte dwang – steeds sterker en begon hij bang te worden. Hij zag opeens Gabriels gezicht voor zich en voelde een intens verlangen om zijn broer weer te zien. Dit moesten ze samen doen. Alles was veel gevaarlijker wanneer je alleen was.

Hij kwam nu wel heel dichtbij. Hij gaf de strijd op en voelde zijn spooklichaam ineenkrimpen tot een bol, een punt, een geconcentreerde kern die werd meegezogen in het zwarte gat. Geen longen. Geen stem. Weg.

Toen Michael zijn ogen opende dreef hij midden in een donkergroene oceaan. Boven hem hingen drie kleine zonnen in een driehoekige opstelling. Ze gloeiden witheet aan een strogele hemel.

Hij probeerde rustig te blijven en de situatie in zich op te nemen. Het water was warm en deinde zachtjes. Geen wind. Hij duwde zijn benen onder water en dobberde als een kurk op en neer en bekeek zo de wereld om hem heen. Hij zag de donkere, wazige lijn van een horizon, maar nergens land.

'Hallo!' riep hij. Heel even bezorgde het geluid van zijn stem hem een machtig, levend gevoel. Maar het woord verdween in de oneindige uitgestrektheid van de zee. 'Ik ben hier!' riep hij. 'Hier!' Maar er kwam geen antwoord.

Hij herinnerde zich de transcripties van de ondervraagde Reizigers die dr. Richardson in zijn kamer had achtergelaten. Er waren vier barrières die zijn toegang tot de andere rijken blokkeerden: Water, Vuur, Aarde, Lucht. Er zat geen vaste volgorde in de barrières en Reizigers gingen er op verschillende manieren mee om. Je moest uit elke barrière een uitweg zien te vinden, maar de Reizigers gebruikten verschillende bewoordingen om de beproeving te beschrijven. Er was altijd een deur. Een doorgang. Een Russische Reiziger had het *een scheur in het grote zwarte gordijn* genoemd.

Iedereen was het erover eens dat je naar een andere barrière kon ontsnappen of weer terug kon gaan naar je beginpunt in de oorspronkelijke wereld. Maar niemand had een instructieboek achtergelaten over hoe je dat moest doen. Je vindt wel een manier, had een vrouw uitgelegd. En anders vindt de manier jou. De verschillen in uitleg ergerden hem. Waarom konden ze niet gewoon zeggen: loop anderhalve meter vooruit, ga dan rechtsaf. Hij wilde een landkaart, geen filosofie.

Michael vloekte luidkeels en sloeg met zijn handen in het water, gewoon om het geluid te horen. Hij kreeg water in zijn gezicht en het liep langs zijn kin naar zijn mond. Hij verwachtte een scherpe, zoute smaak, net als de zee, maar het water smaakte volkomen neutraal. Het had geen enkele geur of smaak. Hij schepte wat water in zijn handpalm en bestudeerde het zorgvuldig. In de vloeistof dreven kleine vaste deeltjes. Zand misschien, of algen of sterrenstof; hij had geen flauw idee.

Was dit een droom? Kon hij hier echt verdrinken? Hij keek omhoog naar de hemel en probeerde zich verhalen te herinneren over vermiste vissers of toeristen die van cruiseschepen waren gevallen en in de oceaan hadden rondgedreven totdat zij waren gered. Hoe lang waren zij in leven gebleven? Drie of vier uur? Een dag?

Hij stak zijn hoofd onder water, kwam weer boven en spuwde het water uit dat in zijn mond was gekomen. Waarom stonden er drie zonnen aan de hemel? Was dit een ander universum met andere regels voor leven en dood? Hoewel hij alles in overweging probeerde te nemen zette de situatie zelf, het feit dat hij moederziel alleen was en nergens land zag, zich vast in zijn gedachten. Niet in paniek raken, dacht hij. Je kunt het een hele tijd uithouden.

Michael dacht aan oude rock-'n-roll-nummers en zong ze hardop. Hij telde terug van honderd en zong kinderliedjes – alles om zichzelf maar het gevoel te geven dat hij nog leefde. Adem in. Adem uit. Spetter. Draai je om. Spetter nog een beetje. Maar elke keer wanneer hij dat had gedaan, werden de golfjes en de rimpelingen weer opgeslokt door de stilte om hem heen. Was hij dood? Misschien was hij wel dood. Misschien stond Richardson zich op dit moment wel in het zweet te werken op zijn slappe lichaam. Misschien was hij bijna dood en zou, als hij kopje-onder ging, het laatste restje leven uit zijn lichaam wegebben.

Doodsbang koos hij een richting en begon te zwemmen. Hij begon met een eenvoudige borstcrawl, en toen zijn armen moe werden, zwom hij op zijn rug verder. Michael had geen idee hoeveel tijd er was verstreken. Vijf minuten. Vijf uur. Maar toen hij ophield met zwemmen en om zich heen keek zag hij nog dezelfde streep aan de horizon. Dezelfde drie zonnen. De gele lucht. Hij liet zich kopje-onder gaan, maar kwam snel weer boven, water uitspuwend en schreeuwend.

Michael lag op zijn rug, kromde zich en deed zijn ogen dicht. Het feit dat zijn omgeving niet veranderde, volkomen statisch van aard was, impliceerde dat het een product van zijn geest was. Maar in zijn eigen dromen kwam altijd Gabriel voor en ook andere mensen die hij kende. De absolute eenzaamheid van deze plek was vreemd en verontrustend. Als dit zijn droom was, had er een piratenschip in voor moeten komen, of een flitsende speedboot vol vrouwen.

Opeens voelde hij een snelle, kronkelende aanraking langs zijn been glibberen. Michael begon te zwemmen als een bezetene. Duw die armen naar voren. Grijp het water. Hij wilde alleen nog maar zo hard mogelijk zwemmen, weg van datgene dat hem had aangeraakt. Het water drong in zijn neusgaten, maar hij blies het weer naar buiten. Hij kneep zijn ogen dicht en zwom blindelings door, met klauwende, wanhopige bewegingen. Stop. Wacht. Het geluid van zijn eigen ademhaling. Toen voelde hij de angst wegebben en zwom hij weer verder, in de richting van de zich steeds verder terugtrekkende horizon.

De tijd verstreek. Droomtijd. Ruimtetijd. Hij wist helemaal niets meer zeker. Maar hij draaide zich op zijn rug in het water, uitgeput en naar adem happend. Het enige waaraan hij nog kon denken was het verlangen om te ademen. Als een enkel brok levend weefsel concentreerde hij zich op een handeling die in zijn vorige leven zo simpel en automatisch had geleken. Er verstreek nog meer tijd en hij werd zich bewust van een nieuwe sensatie. Hij voelde zich alsof hij in een bepaalde richting bewoog, en naar een deel van de horizon werd getrokken. Langzaam maar zeker werd de stroming sterker.

Michael hoorde water langs zijn oren stromen, gevolgd door een vaag ruisend geluid, als dat van een waterval in de verte. Hij draaide zich rechtop in het water, stak zijn hoofd omhoog en probeerde te zien waar hij naartoe ging. In de verte hing een fijne nevel in de lucht en rolden er kleine golven over het oceaanoppervlak. De stroming was nu behoorlijk sterk en het was moeilijk ertegenin te zwemmen. Het gebulder werd steeds harder, tot zijn eigen stem door het lawaai werd overstemd. Michael stak zijn rechterarm in de lucht, alsof een reusachtige vogel of engel zou neerdalen om hem van de ondergang te redden. De stroming bleef aan hem trekken totdat vlak voor hem de zee opeens omlaag leek te storten. Even verdween hij onder water, maar toen vocht hij zich weer terug naar het licht. Hij bevond zich op de rand van een gigantische draaikolk die zo groot was als een krater op de maan. Het groene water wervelde rond en rond naar een donkere maalstroom. Hij werd meegetrokken door de stroom, dieper en dieper, weg van het licht. In beweging blijven, zei Michael tegen zichzelf. Niet opgeven. Iets in hem zou voorgoed verwoest zijn als hij het water zijn mond en longen liet vullen.

Toen hij de bodem van het groene bekken begon te naderen, zag hij een kleine, zwarte schaduw die ongeveer de vorm en de afmetingen had van een patrijspoort. De schaduw stond volkomen los van de draaikolk. Als een donker rotsblok in een rivier verdween hij af en toe onder water en schuim, maar kwam dan steeds weer op dezelfde plek tevoorschijn.

Schoppend en maaiend met zijn armen, viel Michael omlaag naar de schaduw. Verloor hem uit het oog. Vond hem weer. En wierp zich vervolgens in de donkere kern ervan.

38

Het grootste deel van de door glazen wanden omsloten galerij die langs de muren van de Tombe liep werd gebruikt door de technische staf, maar de noordzijde was alleen toegankelijk via een bewaakte deur. Deze privé-observatieruimte was ingericht met vaste vloerbedekking, verschillende zitelementen en roestvrijs-talen staande lampen. Bij de getinte ramen stonden kleine zwarte tafels en suède stoelen met rechte rugleuningen.

Kennard Nash zat alleen aan een van de tafels terwijl zijn lijfwacht, een Peruviaanse politieman, Ramón Vega genaamd, een glas chardonnay voor hem inschonk. Ooit had Ramón vijf mijnwerkers van een kopermijn vermoord die zo dom waren geweest een staking te organiseren, maar Nash waardeerde de man vooral omdat hij een goede butler en ober was.

'Wat staat er op het menu, Ramón?'

'Zalm. Aardappelpuree met knoflook. Sperziebonen met amandelen. Ze komen het straks brengen.'

'Uitstekend. Let erop dat het eten niet koud is.'

Ramón ging weer naar het voorvertrek bij de beveiligde deur en Nash nipte van zijn wijn. Een van de lessen die Nash had opgestoken van zijn tweeëntwintig jaar in het leger was de noodzaak voor officieren om afstand te bewaren van de soldaten. Je was hun leider, niet hun vriend. Toen hij nog in het Witte Huis werkte, werd daar volgens hetzelfde principe gewerkt. Om de paar weken werd de president uit zijn afzondering gehaald om een balletje te trappen of de lichtjes in de nationale kerstboom aan te steken, maar verder werd hij beschermd tegen de gevaarlijke willekeur van onvoorziene gebeurtenissen. Hoewel Nash een echte militair was, had hij de president altijd gewaarschuwd voor het bijwonen van begrafenissen van Amerikaanse soldaten. Een aangeslagen weduwe kon gaan huilen en gillen. Een moeder kon zich op de kist werpen terwijl een vader een reden kon eisen voor de dood van zijn zoon. De filosofie van het Panopticon leerde de Broeders dat werkelijke macht gebaseerd was op controle en voorspelbaarheid.

Omdat Project Oversteek een onvoorspelbare uitkomst had, had Nash de Broeders er niet van op de hoogte gesteld dat het experiment daadwerkelijk in gang was gezet. Er waren eenvoudig te veel variabelen om een goede afloop te garanderen. Alles hing af van Michael Corrigan, de jonge man wiens lichaam nu midden in de Tombe op de operatietafel lag. Veel van de jonge mannen en vrouwen die 3B3 hadden gebruikt, waren in psychiatrische ziekenhuizen beland. Dr. Richardson klaagde dat hij de juiste dosering van de drug niet kon inschatten, en ook het effect ervan op een eventuele Reiziger niet kon voorspellen.

Als dit een militaire operatie was geweest, zou Nash de volledige verantwoordelijkheid hebben overgedragen aan een lagere officier en zich zelf verre hebben gehouden van de strijd. Het was gemakkelijker de blaam op iemand anders af te schuiven als je zelf niet in de buurt was. Nash kende die basisregel – had hem zijn hele carrière toegepast – maar vond het moeilijk om weg te blijven uit het researchcentrum. Het ontwerpen van de kwantumcomputer, de bouw van de Tombe en de poging een Reiziger te creëren, waren stuk voor stuk besluiten van hem geweest. Als Project Oversteek een succes bleek, zou hij de koers van de geschiedenis veranderen.

Het Panopticon begon de werkplek nu al te beheersen. Terwijl hij van zijn wijn nipte, genoot Kennard Nash even van een prachtig visioen. In Madrid telde een computer de aanslagen van een vermoeide jonge vrouw die creditcardinformatie verwerkte. Het computerprogramma dat haar werk controleerde, hield per uur bij of zij haar quota wel haalde. Zij kreeg automatisch boodschappen op haar scherm zoals GOED WERK, MARIA of IK MAAK ME ZORGEN, MISS SANCHEZ. U RAAKT ACHTER. Waarop de jonge vrouw zich over haar toetsenbord boog en sneller en sneller begon te typen, opdat zij haar baantje niet kwijt zou raken.

Ergens in Londen stond een beveiligingscamera op de gezichten in een menigte gericht en veranderde een menselijk wezen in een reeks cijfers die kon worden vergeleken met een gedigitaliseerd dossier. In Mexico City en Jakarta luisterden elektronische oren telefoongesprekken af en werd het onafgebroken chatten op het internet in de gaten gehouden. Overheidscomputers wisten dat ergens in Denver een bepaald boek werd gekocht terwijl in Brussel een ander boek in een bibliotheek werd uitgeleend. Wie kocht het ene boek? Wie las het andere? Trek de namen na. Controleer. Dag in dag uit hield het Virtuele Panopticon zijn gevangenen in de gaten en werd zo een deel van hun wereld.

Ramón Vega kwam de kamer weer binnen en maakte een lichte buiging. Nash nam aan dat er iets mis was gegaan met het eten.

'Mr. Boone staat voor de deur, generaal. Hij zei dat u hem wilde spreken.'

'Ja, natuurlijk. Stuur hem maar meteen naar me toe.'

Kennard Nash wist dat, als hij in de Waarheidskamer had gezeten, de linkerkant van zijn cortex nu leugenachtig rood zou opgloeien. Hij had een hekel aan Nathan Boone en werd zenuwachtig van zijn gezelschap. Boone was nog aangenomen door de voorganger van Nash en hij wist heel veel over de manier waarop de organisatie van de Broeders in elkaar zat. De afgelopen paar jaar had Boone zijn eigen contacten gelegd met de andere leden van het college van bestuur. De meeste Broeders vonden Mr. Boone een moedig en vindingrijk man: het volmaakte hoofd Beveiliging. Het zat Nash dwars dat hij niet exact wist wat Boone allemaal uitvoerde. Hij was er onlangs achter gekomen dat het hoofd Beveiliging een rechtstreeks bevel in de wind had geslagen.

Even later bracht Ramón Boone naar de galerij en liet de twee mannen vervolgens alleen. 'U wilde mij spreken?' vroeg Boone. Hij stond met zijn benen een eindje uit elkaar en zijn handen op zijn rug.

310

Nash werd geacht hier de baas te zijn, de man die het voor het zeggen had, en toch wisten beide mannen dat Boone hem binnen twee tellen de nek kon breken. 'Gaat u zitten, Mr. Boone. Drink een glas chardonnay met mij mee.'

'Nu even niet.' Boone liep naar het raam en keek omlaag naar de operatietafel. De anesthesist was net bezig een hartsensor op Michaels borst te plakken. 'Hoe gaat het?'

'Michael verkeert in een soort trance. Zwakke pols. Nauwelijks ademhaling. Ik hoop dat hij een Reiziger is geworden.'

'Of hij is halfdood. Voor hetzelfde geld heeft die 3B3 zijn hersenen gefrituurd.'

'Zijn neurale energie heeft zijn lichaam verlaten. Dat hebben onze computers vastgesteld.'

Beide mannen keken een ogenblik zwijgend uit het raam. 'Laten we aannemen dat hij echt een Reiziger is,' zei Boone. 'Kan hij dan op dit moment doodgaan?'

'De persoon die daar op de operatietafel ligt kan biologisch gezien ophouden te bestaan.'

'Maar wat gebeurt er dan met zijn Licht?'

'Dat weet ik niet,' zei Nash. 'Maar het kan niet meer terug naar zijn lichaam.'

'Kan hij in een andere wereld sterven?'

'Ja. Wij denken dat je, als je in een ander rijk wordt gedood, daar voor eeuwig zal moeten blijven.'

Boone wendde zich af van het raam. 'Ik hoop dat het werkt.'

'We moeten met alle mogelijkheden rekening houden. Daarom is het van cruciaal belang dat we Gabriel Corrigan vinden. Als Michael sterft, hebben we meteen een vervanger nodig.'

'Ik begrijp het.'

Generaal Nash liet zijn wijnglas zakken. 'Ik heb uit betrouwbare bron vernomen dat u onze veldmensen in Californië hebt teruggetrokken. Dat was het team dat op zoek was naar Gabriel.'

Boone liet zich niet uit het veld slaan door de beschuldiging. 'De elektronische bewaking gaat gewoon door. Ik heb ook een team dat op zoek is naar de Harlekijnhuurling die een valse aanwijzing in Michael Corrigans appartement heeft geplaatst. Ik denk dat het een instructeur in oosterse vechtsporten is, die vroeger lid was van de Kerk van Isaac Jones.'

'Maar niemand is daadwerkelijk op zoek naar Gabriel Corrigan,' zei Nash. 'U hebt een direct bevel genegeerd.'

'Het is mijn verantwoordelijkheid om onze organisatie te beschermen en te helpen onze doelen te bereiken.'

'Op dit moment is Project Oversteek ons belangrijkste doel, Mr. Boone. Niets is belangrijker.'

Boone ging wat dichter bij de tafel staan, als een politieman die op het punt staat de confrontatie met een verdachte aan te gaan. 'Misschien moeten we deze kwestie dan maar voorleggen aan de raad van bestuur.'

Generaal Nash keek naar de tafel en overwoog zijn opties. Hij had Boone niet alle feiten over de kwantumcomputer willen vertellen, maar hij kon ze onmogelijk geheimhouden.

'Zoals u weet beschikken wij over een werkende kwantumcomputer. Dit is niet het juiste moment om in te gaan op de technische aspecten van dit apparaat, maar het heeft te maken met het verdwijnen van subatomaire deeltjes uit een energieveld. Deze deeltjes verdwijnen voor een extreem korte tijd uit het krachtveld en keren dan weer terug. Waar blijven die deeltjes, Mr. Boone? Volgens onze wetenschappers reizen ze naar een andere dimensie – een andere wereld.'

Boone keek hem geamuseerd aan. 'Ze reizen mee met de Reizigers.'

'Deze deeltjes zijn naar onze computer teruggekeerd met boodschappen van een hoogontwikkelde beschaving. Eerst ontvingen we eenvoudige binaire codes en vervolgens werd de informatie steeds complexer. De beschaving in kwestie heeft onze geleerden nieuwe dingen geleerd op het gebied van fysica en computers. Ze hebben ons geleerd dieren genetisch te manipuleren en splitsers te creëren. Als we nog meer van deze geavanceerde technologie kunnen leren, kunnen we het Panopticon wellicht nog binnen onze generatie realiseren. Uiteindelijk zullen de Broeders de macht bezitten om een immense groep mensen te observeren en te controleren.'

'En wat wil die beschaving daarvoor in ruil?' vroeg Boone. 'Ze zullen het niet voor niets doen.'

312

'Ze willen naar onze wereld komen en ons ontmoeten. En daar hebben we de Reizigers voor nodig – om hun de weg te wijzen. De kwantumcomputer zal Michael Corrigan volgen wanneer hij heen en weer reist tussen verschillende rijken. Begrijpt u wat ik zeg, Mr. Boone? Is het u allemaal duidelijk?'

Boone leek zowaar onder de indruk. Terwijl hij zijn glas nog eens volschonk, nam Nash even de tijd om van het moment te genieten. 'Daarom heb ik u gevraagd Gabriel Corrigan voor ons te zoeken. En daarom ben ik niet blij met uw weigering bevelen op te volgen.'

'Ik heb onze veldmensen maar om één reden teruggehaald,' zei Boone. 'Ik denk dat we een verrader binnen de organisatie hebben.'

Nash' hand beefde toen hij zijn glas neerzette. 'Weet u dat zeker?'

'Thorns dochter, Maya, bevindt zich in de Verenigde Staten. Maar het is me nog niet gelukt haar te vinden. Tot nu toe lijken de Harlekijns elke zet die wij voorbereiden te voorzien.'

'En nu denkt u dat een van onze veldagenten ons heeft verraden?'

'Het is de filosofie van het Panopticon dat iedereen moet worden geobserveerd en geëvalueerd – zelfs diegenen die de leiding hebben.'

'Wilt u suggereren dat ik er iets mee te maken heb?'

'Absoluut niet,' zei Boone, maar hij keek de generaal aan alsof hij de mogelijkheid wel degelijk had overwogen. 'Op dit moment gebruik ik het internetteam om iedereen op te sporen die iets met het project te maken heeft.'

'En wie onderzoekt uw eigen activiteiten?'

'Ik heb nooit geheimen gehad voor de Broeders.'

Kijk hem niet aan, dacht Nash. Zorg dat hij je ogen niet ziet. Hij keek uit het raam naar Michaels lichaam.

Dr. Richardson liep nerveus heen en weer naast zijn bewegingloze patiënt. Op de een of andere manier was er een nachtvlindertje de Tombe binnengeglipt. De dokter keek verschrikt op toen het uit de schaduw tevoorschijn kwam en heen en weer fladderde door licht en schaduw.

313

39

Maya en Gabriel reden 's middags om een uur of een door het stadje San Lucas en vervolgden hun reis in zuidelijke richting over een tweebaans snelweg. Terwijl de kilometers wegtikten op de kilometerteller van het bestelbusje, probeerde Maya geen acht te slaan op het toenemende gevoel van spanning dat haar beving. In Los Angeles had de boodschap van Linden heel duidelijk geleken. RIJD NAAR SAN LUCAS, ARIZONA. VOLG HIGHWAY 77 NAAR HET ZUIDEN. KIJK UIT NAAR GROEN LINT. NAAM CONTACTPERSOON – MARTIN. Misschien hadden ze het lint over het hoofd gezien of had de woestijnwind het weggeblazen. Misschien was Linden om de tuin geleid door de internetgroep van de Tabula en liepen ze zo dadelijk in een hinderlaag.

Maya was wel gewend aan vage aanwijzingen die naar een onderduikadres of toegangsweg leidden, maar alles was anders nu zij een mogelijke Reiziger bewaakte. Sinds het gevecht in restaurant Paradise was Gabriel heel afstandelijk geweest en zei hij alleen iets als zij stopten om te tanken en op de kaart te kijken. Hij gedroeg zich als een man die ermee had ingestemd een gevaarlijke berg te beklimmen en bereid was alles wat hem daarbij in de weg stond op de koop toe te nemen.

Ze draaide het raampje omlaag en de woestijnlucht droogde het zweet op haar huid. Blauwe hemel. Een adelaar die op de thermiek zweefde. Gabriel reed anderhalve kilometer voor haar, maar opeens keerde hij om en kwam terug. Hij wees naar links en gebaarde met zijn hand. Gevonden.

Maya zag een stukje groen lint dat om een metalen kilometerpaaltje was gebonden. Precies op dat punt bevond zich een afslag naar een smalle zandweg, maar er stond geen enkel bord om aan te geven waar die naartoe voerde. Gabriel zette zijn helm af en hing hem aan zijn stuur. Ze begonnen de weg te volgen. Ze reden dwars door de woestijn – een vlak, dor landschap met cactussen, dode graspollen en acacia's die langs de zijkanten van het busje schuurden. Ze kwamen twee kruisingen tegen, maar Gabriel vond steeds de groene linten die hen naar het oosten voerden. Toen ze hoger kwamen begonnen er hier en daar mesquitebomen en eiken te verschijnen en zagen ze groene struiken met kleine gele bloemetjes die honingbijen aantrokken.

Gabriel leidde hen naar de top van een lage heuvel en bleef daar een ogenblik staan. Wat er vanaf de snelweg had uitgezien als een bergketen was in werkelijkheid een plateau dat twee enorme armen uitstrekte rond een beschutte vallei. Zelfs van deze afstand kon je een paar vierkante huizen zien die half tussen de pijnbomen verscholen stonden. Ver boven deze gemeenschap, aan de rand van het plateau, stonden drie windturbines. Op elk van de stalen torens stond een rotor met drie platte bladen die ronddraaide als een reusachtige vliegtuigpropeller.

Gabriel gebruikte een halsdoek om het stof van zijn gezicht te vegen en vervolgde zijn weg over het zandpad. Hij reed langzaam en liet zijn blik onafgebroken van links naar rechts glijden, alsof hij verwachtte dat iemand hem vanuit het struikgewas zou bespringen.

Het pompgeweer lag op de vloer van het busje, onder een oude deken. Maya pakte het wapen, pompte een kogel in de patroonkamer en legde het op de passagiersplek naast haar. Ze vroeg zich af of hier werkelijk een Padvinder woonde of dat de Tabula hem al hadden gevonden en gedood.

De weg liep rechtstreeks naar de vallei en ze bereikten een stenen brug die over een smal riviertje liep. Aan de andere kant van de rivier zag zij gestalten in het struikgewas en ze minderden vaart.

Vier – nee, vijf kinderen droegen grote stenen over een pad naar de rivier. Misschien werkten ze aan een soort dam of een zwemplek. Maya wist het niet. Maar ze bleven staan om naar de motor en het busje te kijken. Zo'n driehonderd meter verderop passeerden ze een jongetje met een plastic emmer. Hij zwaaide naar hen. Ze hadden nog steeds geen volwassenen gezien. Even stelde Maya zich een koninkrijk voor van kinderen die opgroeiden zonder de constante invloed van de Grote Machine.

Toen zij dichter bij de vallei kwamen, was de weg geplaveid met roodbruine bakstenen, iets donkerder dan de aarde aan weerskanten. Ze passeerden drie langgerekte glazen kassen en toen reed Gabriel een binnenplaats op waar kennelijk aan auto's werd gewerkt. Vier stoffige pick-ups stonden in een open paviljoen dat in gebruik was als garage. Naast een houten schuur vol gereedschappen stonden een bulldozer, twee jeeps en een oude schoolbus. Een stenen trapje leidde via de helling omhoog naar een grote ren vol witte kippen.

Maya liet het pompgeweer onder de deken liggen, maar hing het zwaardfoedraal om haar schouder. Toen ze het portier van het busje dichtgooide, zag ze een meisje van een jaar of tien op een stenen muurtje zitten. Het meisje was Aziatisch en had lang zwart haar dat tot op haar smalle schouders viel. Net als de andere kinderen droeg zij sjofele kleding – jeans en een T-shirt – en een paar stevige werklaarzen. Aan haar riem hing een groot jachtmes met een hoornen heft. Door haar mes en haar lange haar leek het meisje op een schildknaap, klaar om de paarden te gaan zadelen zodra ze bij het kasteel arriveerden.

'Hallo!' zei het meisje. 'Zijn jullie de mensen uit Spanje?'

'Nee, wij komen uit Los Angeles.' Gabriel stelde zichzelf en Maya voor. 'En wie ben jij?'

'Alice Chen.'

'Heeft deze plek een naam?'

'New Harmony,' zei Alice. 'Die naam hebben we twee jaar geleden gekozen. Iedereen mocht stemmen. Ook de kinderen.'

Het meisje sprong van het muurtje en ging Gabriels stoffige motorfiets bekijken. 'Wij wachten op twee kandidaten uit Spanje.

Kandidaten komen hier drie maanden wonen en dan kunnen wij stemmen of ze mogen blijven.' Ze draaide zich om en keek Maya aan. 'Als jullie geen kandidaten zijn, wat doen jullie hier dan?'

'Wij zoeken iemand die Martin heet,' legde Maya uit. 'Weet jij waar we hem kunnen vinden?'

'Ik denk dat je beter eerst met mijn moeder kunt praten.'

'Dat is niet nodig...'

'Kom maar mee. Ze is in het gemeenschapscentrum.'

Het meisje liep voor hen uit een andere brug over, op een plek waar het riviertje over rode rotsblokken stroomde en kleine draaikolkjes vormde. Aan beide zijden van de weg stonden grote huizen in de stijl van het zuidwesten. De huizen hadden gepleisterde buitenmuren, kleine ramen en platte daken die op warme avonden als patio konden worden gebruikt. De meeste huizen waren behoorlijk groot en Maya vroeg zich af hoe de bouwers al die tonnen baksteen en cement over dat smalle zandweggetje hadden aangevoerd.

Alice Chen keek steeds over haar schouder, alsof ze verwachtte dat de twee bezoekers opeens zouden wegrennen. Toen zij langs een pastelgroen geschilderd huis liepen, kwam Gabriel naast Maya lopen. 'We werden hier toch verwacht?'

'Kennelijk niet.'

'Wie is Martin? De Padvinder?'

'Ik weet het niet, Gabriel, maar we komen er gauw genoeg achter.'

Ze liepen tussen een aantal pijnbomen door en arriveerden bij een groepje van vier witte gebouwen rond een binnenplaats. 'Dit is het gemeenschapscentrum,' zei Alice, terwijl zij een zware houten deur opentrok.

Ze liepen achter haar aan door een korte gang naar een klaslokaal vol speelgoed. Een jonge lerares zat met vijf kinderen op een kleedje en las voor uit een prentenboek. Ze knikte naar Alice en staarde toen naar de vreemdelingen die langs de open deur liepen.

'De kleine kinderen hebben de hele dag school,' zei Alice. 'Maar ik ben om twee uur 's middags vrij.'

Ze verlieten de school, staken een binnenplaats met een stenen fontein in het midden over en gingen het tweede gebouw binnen. Hier bevonden zich drie kantoorruimtes zonder ramen, maar met een heleboel computers. In een van de ruimtes zaten mensen in afzonderlijke hokjes naar beeldschermen te kijken terwijl ze in hoofdmicrofoontjes praatten. 'Draai de muis eens om,' zei een jongeman. 'Zie je een rood lichtje? Dat betekent...' Hij zweeg even en staarde Gabriel en Maya aan.

Ze liepen weer verder, een derde gebouw binnen waar nog meer bureaus en computers stonden. Een Chinese vrouw in een witte doktersjas kwam een van de kamers uit. Alice rende naar de vrouw toe en begon te fluisteren.

'Goedemiddag,' zei de vrouw. 'Ik ben de moeder van Alice, dokter Joan Chen.'

'Zij heet Maya en dat is Gabriel. Ze komen niet uit Spanje.'

'Wij zijn op zoek naar...'

'Ja. Ik weet waarom jullie hier zijn,' zei Joan. 'Martin had het al over jullie op de vergadering. Maar er was geen overeenstemming. We hebben niet over de kwestie gestemd.'

'We willen alleen maar even met Martin praten,' zei Gabriel.

'Ja. Natuurlijk.' Joan legde haar hand op de schouder van haar dochter. 'Breng hen naar Mr. Greenwald, op de heuvel. Hij helpt bij de bouw van het nieuwe huis voor de familie Wilkins.'

Toen ze de kliniek verlieten rende Alice voor hen uit. 'Ik had echt geen welkomstcomité verwacht,' zei Gabriel. 'Maar je vrienden lijken me niet erg gastvrij.'

'Harlekijns hebben geen vrienden,' zei Maya. 'Wij hebben verplichtingen en bondgenoten. Laat mij de situatie beoordelen en zeg niets.'

De weg lag bezaaid met stukjes stro. Een paar honderd meter verder stond een berg strobalen naast een drukke bouwplaats. In de betonnen fundering van een nieuw huis stonden stalen stangen, waar de balen als reusachtige gele bakstenen op werden geprikt. Ongeveer twintig mensen van alle leeftijden waren aan het huis aan het werk. Tieners in bezwete T-shirts hamerden met voorhamers de stangen in de balen, terwijl drie oudere mensen de buitenmuren bekleedden met gegalvaniseerd plaatgaas. Twee timmerlieden met gereedschapsriemen om bouwden een triplex frame om de dakbalken te ondersteunen. Maya realiseerde zich dat alle gebouwen in het dal op dezelfde simpele manier waren gebouwd. De gemeenschap had geen enorme hoeveelheden stenen en cement nodig, alleen maar triplex planken, waterbestendige pleisterkalk en een paar honderd balen stro.

Een gespierde Latijns-Amerikaanse man van in de veertig zat op zijn knieën in het zand een stuk triplex op te meten. Hij droeg een korte broek, een smoezelig T-shirt en een veelgebruikte gereedschapsriem. Toen hij de twee vreemdelingen zag, stond hij op en kwam naar hen toe.

'Kan ik jullie helpen?' vroeg hij. 'Zoeken jullie soms iemand?'

Voordat Maya antwoord kon geven, kwam Alice het huis uit met een gedrongen oudere man met dikke brillenglazen. De man kwam snel naar hen toe en forceerde een glimlach.

'Welkom in New Harmony. Ik ben Martin Greenwald. En dit is mijn vriend, Antonio Cardenas.' Hij wendde zich tot de Latijns-Amerikaanse man. 'Dit zijn de bezoekers over wie we het op de vergadering hebben gehad. Ik heb contact gehad met onze vrienden in Europa.'

Antonio leek niet erg blij hen te zien. Zijn schouders spanden zich en hij zette zijn benen een eindje uit elkaar, alsof hij zich voorbereidde op een gevecht. 'Zie je wat er om haar schouder hangt? Weet je wat dat betekent?'

'Praat niet zo hard,' zei Martin.

'Ze is verdomme een Harlekijn. De Tabula zouden niet blij zijn als ze wisten dat zij hier was.'

'Deze mensen zijn mijn gasten,' zei Martin vastberaden. 'Alice brengt hen naar het Blauwe Huis. Om een uur of zeven kunnen ze naar het Gele Huis lopen en gaan we eten.' Hij wendde zich tot Antonio. 'En jij bent ook uitgenodigd, mijn vriend. We zullen het onder het genot van een glas wijn bespreken.'

Antonio aarzelde even, maar richtte zijn aandacht toen weer op zijn werk. Alice Chen wierp zich op als hun gids en bracht hen terug naar de parkeerplaats. Maya wikkelde haar wapens in de deken en Gabriel hing het jade zwaard om zijn schouder. Ze volgden Alice weer de vallei in naar een blauw geschilderd huis aan een zijweg, vlak bij de rivier. Het was vrij klein – een keuken, één slaapkamer, een woonkamer met een slaapzolder. Een paar openslaande deuren gaven toegang tot een ommuurde tuin met rozemarijnstruiken en wilde mosterd.

De badkamer had een hoog plafond en een ouderwetse badkuip op pootjes met groene plekken op de kranen. Maya trok haar vuile kleren uit en nam een bad. Het water rook vaag naar ijzer, alsof het heel diep uit de aarde kwam. Toen de kuip halfvol was, leunde ze achterover en probeerde zich te ontspannen. Iemand had een wilde roos in een donkerblauwe fles boven de wastafel gezet. Even vergat ze de gevaren die hen omringden en concentreerde zich op dit ene punt van schoonheid in de wereld.

Als Gabriel een Reiziger bleek te zijn, kon ze hem blijven beschermen. Als de Padvinder besloot dat Gabriel een doodgewone ziel was, dan zou ze hem voorgoed moeten verlaten. Terwijl ze zich onder water liet zakken, stelde ze zich voor dat Gabriel in New Harmony zou blijven en verliefd zou worden op een leuke jonge vrouw die graag brood bakte. Langzaam maar zeker trok haar fantasie haar mee over een duisterder pad en zag ze zichzelf 's avonds laat buiten voor een huis staan en door een raam naar binnen kijken terwijl Gabriel en zijn vrouw samen het eten klaarmaakten. Harlekijn. Bloed aan je handen. Niet aan denken.

Ze waste haar haar, vond een badjas in de kast en liep de gang in naar haar kamer. Gabriel zat op het bed op de slaapzolder die zich in de woonkamer bevond, op een entresol. Even later stond hij snel op en hoorde ze hem zachtjes vloeken. Nog iets later hoorde ze de houten ladder kraken toen hij naar beneden ging om een bad te nemen.

Tegen zonsondergang rommelde ze wat door haar reistas en vond een blauw mouwloos topje en een enkellange katoenen rok. Toen ze in de spiegel keek, zag ze tot haar genoegen dat ze er heel gewoon uitzag – net als elke willekeurige jonge vrouw die Gabriel in Los Angeles tegen had kunnen komen. Toen trok ze de rok omhoog en bevestigde de twee messen aan haar benen. De andere wapens lagen verborgen onder de sprei op het bed.

Toen ze de woonkamer binnenkwam stond Gabriel in de schaduw. Hij gluurde door een opening tussen de gordijnen. 'Ongeveer twintig meter heuvelopwaarts houdt iemand zich verborgen tussen de struiken,' zei hij. 'Ze houden het huis in de gaten.'

'Dat zal Antonio Cardenas wel zijn, of een van zijn vrienden.'

'En wat gaan we daaraan doen?'

'Niets. Laten we dat gele huis maar gaan zoeken.'

Maya probeerde er ontspannen uit te zien toen ze het pad afliepen, maar ze wist niet of ze werden gevolgd. Het was nog warm en onder de pijnbomen was het hier en daar erg donker. Vlak bij een van de bruggen stond een groot geel huis. Op het dakterras brandden olielampen en ze hoorden mensen praten.

Ze gingen het huis binnen en troffen er acht kinderen van verschillende leeftijden aan die aan een lange tafel zaten te eten. In de keuken was een kleine vrouw met rood kroezend haar aan het werk. Ze droeg een spijkerrok en een T-shirt met een opdruk van een beveiligingscamera met een rode balk erdoorheen. Dit was een verzetssymbool tegen de Grote Machine. Maya had het symbool eerder gezien op de vloer van een Berlijnse dancing en op een muur gespoten in het Malasaña-district in Madrid.

Met haar lepel in haar hand kwam de vrouw naar hen toe om hen te begroeten. 'Ik ben Rebecca Greenwald. Welkom in ons huis.'

Gabriel glimlachte en wees naar de kinderen. 'Je hebt een heleboel kinderen.'

'Er zijn er maar twee van ons. Antonio's drie kinderen eten ook mee, plus Joans dochter, Alice, plus twee vriendjes van andere families. De kinderen eten elke avond bij iemand anders. Na het eerste jaar hebben we een regel ingesteld: het kind moet het voor vier uur 's middags tegen minsten twee volwassenen hebben verteld. Ik bedoel, dat is de regel, maar af en toe is het wel een beetje hectisch. Vorige week waren we bakstenen aan het maken, dus toen zaten hier zeven modderige kinderen plus drie tienerjongens die elk voor twee aten. Toen heb ik een berg spaghetti gekookt.'

'Is Martin...?'

'Mijn man is op het dakterras met de anderen. Loop maar naar boven. Ik ben hier nog even bezig.'

Ze liepen door de eetkamer naar een tuin. Toen ze via de buitentrap naar het dak klommen, hoorde Maya ruziënde stemmen.

'Vergeet alle kinderen niet die hier wonen, Martin. We moeten onze kinderen beschermen.'

'Ik denk aan de kinderen die overal ter wereld opgroeien. De Grote Machine leert hun angst en hebzucht en haat...'

Zodra Maya en Gabriel verschenen stokte het gesprek. Op het dakterras was een houten tafel gezet, die werd verlicht door olielampen. Martin, Antonio en Joan zaten aan de tafel wijn te drinken.

'Nogmaals welkom,' zei Martin. 'Neem plaats.'

Maya maakte een snelle inschatting van de meest logische richting waaruit zij een aanval kon verwachten en ging naast Joan Chen zitten. Vanaf die plek kon ze precies zien wie er de trap op kwam. Martin zorgde ervoor dat ze bestek kregen en schonk twee glazen wijn in uit een fles zonder etiket.

'Dit is een Merlot die wij rechtstreeks van een wijnmakerij betrekken,' vertelde hij. 'Toen we voor het eerst over New Harmony begonnen na te denken, vroeg Rebecca mij wat ik voor ogen had en toen zei ik dat ik 's avonds graag een fatsoenlijk glas wijn wilde drinken met een stel goede vrienden.'

'Dat klinkt als een bescheiden doelstelling,' zei Gabriel.

Martin glimlachte en ging zitten. 'Ja, maar zelfs zo'n kleine wens heeft consequenties. Het betekent dat je een gemeenschap moet hebben met voldoende vrije tijd, een groep met voldoende inkomsten om de Merlot te kunnen kopen en een gedeeld verlangen om van de kleine geneugten des levens te genieten.' Hij hief lachend zijn glas. 'En als je het zo bekijkt, wordt zo'n glas wijn opeens een revolutionair statement.'

Maya wist niets van wijn, maar hij had een aangename smaak die haar aan kersen deed denken. Er waaide een licht briesje vanuit de canyon en de vlammen van de drie olielampen flakkerden zachtjes. Aan de heldere woestijnhemel boven hen straalden duizenden sterren.

'Ik wil jullie graag mijn excuses aanbieden voor de ongastvrije

322

ontvangst,' zei Martin. 'En ik wil ook mijn excuses aanbieden aan Antonio. Ik heb het op de raadsvergadering wel over jullie gehad, maar er is nooit gestemd. Ik had niet verwacht dat jullie al zo snel zouden komen.'

'Jullie hoeven ons alleen maar te vertellen waar de Padvinder is,' zei Maya. 'Dan vertrekken we meteen weer.'

'Misschien bestaat die Padvinder wel niet,' bromde Antonio. 'En misschien zijn jullie wel spionnen van de Tabula.'

'Vanmiddag was je boos omdat zij een Harlekijn was,' zei Martin. 'En nu beschuldig je haar ervan een spion te zijn.'

'Alles is mogelijk.'

Martin glimlachte toen zijn vrouw met een dienblad vol eten de trap op kwam. 'Zelfs al zijn het spionnen, ze zijn onze gasten en ze verdienen een goede maaltijd. Ik stel voor om eerst te eten. Praten gaat veel beter met een volle maag.'

Er werden schalen en kommen voedsel doorgegeven rond de tafel. Salade. Lasagne. Knapperig tarwebrood dat in de gemeenschappelijke oven was gebakken. Tijdens het eten raakten de vier leden van New Harmony wat meer op hun gemak en praatten vrijuit over hun verantwoordelijkheden. Een lekkende waterleiding. Een van de vrachtwagens waarvan de olie moest worden ververst. Over een paar dagen vertrok er een konvooi naar San Lucas en dan moesten ze vroeg weg omdat een van de tieners een toelatingsexamen voor de universiteit moest doen.

Vanaf hun dertiende werden de kinderen in het gemeenschapscentrum begeleid door één leraar, maar ze kregen les van leraren over de hele wereld – voornamelijk ouderejaarsstudenten die lesgaven op het internet. Een paar universiteiten hadden een meisje dat vorig jaar van de New Harmony School was gekomen een volledige beurs aangeboden. Ze waren erg onder de indruk van een studente die calculus had bestudeerd en de toneelstukken van Molière kon vertalen, maar ook in staat was een waterput te graven en een kapotte dieselmotor te repareren.

'Wat is hier jullie grootste probleem?' vroeg Gabriel.

'Er is altijd wel iets, maar we komen er altijd uit,' vertelde Rebecca. 'Zo hebben de meeste huizen bijvoorbeeld minstens één open haard, maar de rook bleef altijd in de vallei hangen. De kinderen begonnen te hoesten. Je kon de lucht amper zien. Dus toen hebben we in onderling overleg besloten dat niemand hout mag branden, tenzij er een blauwe vlag op het gemeenschapscentrum wappert.'

'En zijn jullie allemaal religieus?' vroeg Maya.

'Ik ben christen,' zei Antonio. 'Martin en Rebecca zijn joods. Joan is boeddhiste. We hebben hier een heel scala aan geloven, maar ons geestelijk leven is een privé-aangelegenheid.'

Rebecca keek naar haar man. 'Wij leefden allemaal in de Grote Machine. Maar alles werd anders toen Martins auto het midden op de grote weg begaf.'

'Ja, dat was eigenlijk het begin,' zei Martin. 'Acht jaar geleden woonde ik in Houston, waar ik werkte als onroerendgoedadviseur voor rijke families die bedrijfspanden in eigendom hadden. Wij hadden twee huizen en drie auto's en...'

'Hij was diepongelukkig,' zei Rebecca. 'Als hij thuiskwam van zijn werk ging hij naar de kelder met een fles whisky en keek oude films tot hij op de bank in slaap viel.'

Martin schudde zijn hoofd. 'De mens heeft een bijna onbeperkt vermogen om zichzelf te misleiden. Wij kunnen elk verdriet rechtvaardigen zolang het maar in onze eigen realiteit past. Waarschijnlijk zou ik de rest van mijn leven hetzelfde zijn blijven doen als er niet iets was gebeurd. Ik moest voor zaken naar Virginia en dat was een vreselijke ervaring. Mijn nieuwe cliënten waren net een stel hebberige kinderen, zonder enig verantwoordelijkheidsgevoel. Op een bepaald moment stelde ik voor dat zij één procent van hun jaarinkomen zouden afstaan aan liefdadige doelen binnen hun eigen gemeenschap, waarop zij begonnen te klagen dat ik niet hard genoeg was om hun belangen te behartigen.

Daarna werd het alleen maar erger. Op de luchthaven van Washington liepen honderden politiemensen rond, vanwege een of ander speciaal alarm. Ik werd tot twee keer toe gefouilleerd voordat ik door de beveiliging kon en even later zag ik in de vertrekhal een man een hartaanval krijgen. Mijn vliegtuig had zes uur vertraging. Die tijd bracht ik door met drinken en televisiekijken aan de bar.

Nog meer dood en vernietiging. Criminaliteit. Vervuiling. Alle nieuwsuitzendingen vertelden me dat ik bang moest zijn. Alle reclames vertelden me dat ik dingen moest kopen die ik helemaal niet nodig had. De boodschap luidde dat mensen maar twee dingen konden zijn: passieve slachtoffers of consumenten.

Toen ik weer terugkwam in Houston was het drieënveertig graden, met een luchtvochtigheid van negentig procent. Toen ik halverwege mijn huis was, begaf mijn auto het, midden op de snelweg. Natuurlijk stopte er niemand. Niemand wilde me helpen. Ik weet nog dat ik uitstapte en omhoogkeek, naar de hemel. Die had een vieze bruine kleur, vanwege de vervuiling. Overal rotzooi. Ik werd omringd door het lawaai van het verkeer. Ik realiseerde me dat ik niet bang hoefde te zijn voor een hel in het hiernamaals, omdat we al een hel op aarde hadden gecreëerd.

En toen gebeurde het. Achter mijn auto stopte een pick-up en er stapte een man uit. Hij was ongeveer van mijn leeftijd en hij droeg jeans en een werkhemd. In zijn hand had hij een oude keramische kom – zonder oortje – zoals ze in Japan wel gebruiken bij de theeceremonie. Hij kwam naar me toe en stelde zich niet voor en informeerde ook niet naar mijn auto. Toen hij me aankeek had ik het gevoel dat hij me kende, dat hij precies begreep wat ik op dat moment voelde. Toen bood hij me de kom aan en zei: "Hier is wat water. Je zult wel dorst hebben."

Ik dronk van het water, dat koud was en heerlijk smaakte. De man maakte de motorkap van mijn auto open, rommelde een beetje aan de motor en had hem binnen een paar minuten weer aan de praat. Normaal gesproken zou ik die man wat geld hebben gegeven en was ik weggereden, maar dat voelde niet goed, dus nodigde ik hem uit om met mij mee naar huis te gaan om iets te eten. Twintig minuten later waren we bij mij thuis.'

Rebecca schudde haar hoofd en glimlachte. 'Ik dacht dat Martin gek was geworden. Hij had langs de snelweg een man ontmoet en opeens zat er een wildvreemde samen met ons gezin aan tafel. Mijn eerste gedachte was dat het een dakloze was. Misschien wel een crimineel. Toen we klaar waren met eten ruimde hij de tafel af en begon aan de afwas terwijl Martin de kinderen naar bed bracht.

De vreemdeling vroeg mij naar mijn leven en om de een of andere reden begon ik hem alles te vertellen. Hoe ongelukkig ik was. Hoeveel zorgen ik me maakte om mijn man en mijn kinderen. Hoe ik pillen moest slikken om 's nachts te kunnen slapen.'

'Onze gast was een Reiziger,' zei Martin, terwijl hij Maya en Gabriel over de tafel heen recht in de ogen keek. 'Ik weet niet hoeveel jullie weten over wat zij kunnen.'

'Ik wil graag alles weten wat je me kunt vertellen,' zei Gabriel.

'Reizigers hebben onze wereld verlaten en zijn daarna weer teruggekomen,' zei Martin. 'Zij kijken heel anders tegen de dingen aan.'

'Omdat ze buiten de gevangenis zijn geweest waarin wij leven, kunnen Reizigers alles heel duidelijk zien,' zei Antonio. 'Daarom zijn de Tabula zo bang van hen. Zij willen ons doen geloven dat de Grote Machine de enige realiteit is.'

'Aanvankelijk zei de Reiziger niet veel,' zei Rebecca. 'Maar hij gaf je het gevoel dat hij in je hart kon kijken.'

'Ik nam drie dagen vrij,' zei Martin. 'Rebecca en ik praatten met hem, probeerden hem uit te leggen hoe wij in deze situatie verzeild waren geraakt. Na die drie dagen nam de Reiziger een motelkamer in Houston. Elke avond kwam hij naar ons huis en we begonnen ook goede vrienden uit te nodigen.'

'Ik was aannemer en had net een nieuwe slaapkamer aan het huis van de Greenwalds gebouwd,' zei Antonio. 'Toen Martin mij belde dacht ik dat hij me kennis wilde laten maken met de een of andere priester. Op een avond ben ik toch maar eens langsgegaan en toen heb ik de Reiziger leren kennen. De woonkamer zat vol met mensen en ik verstopte me in een hoekje. Op een gegeven moment keek de Reiziger me ongeveer twee seconden aan en dat veranderde mijn hele leven. Ik had het gevoel eindelijk iemand te hebben gevonden die mijn problemen echt begreep.'

'We hoorden pas veel later van het bestaan van Reizigers,' zei Joan. 'Martin zocht via het internet contact met andere mensen en ontdekte de geheime websites. Cruciaal om te weten is dat elke Reiziger anders is. Ze komen uit verschillende culturen en godsdiensten. De meesten bezoeken maar één of twee andere werelden.

Wanneer ze terugkeren naar deze wereld, hebben ze verschillende interpretaties van hun ervaringen.'

'Onze Reiziger had het Tweede Rijk van de hongerige geesten bezocht,' vertelde Martin. 'Wat hij daar zag deed hem beseffen waarom mensen zo verschrikkelijk graag de honger in hun ziel willen stillen. Ze blijven voortdurend op zoek naar nieuwe dingen en ervaringen, die hun honger echter slechts korte tijd kunnen wegnemen.'

'De Grote Machine houdt ons ontevreden en bang,' zei Antonio. 'Eigenlijk is het gewoon een manier om ons gehoorzaam te maken. Ik kwam langzaam tot het besef dat al die dingen die ik kocht mij helemaal niet gelukkiger maakten. Mijn kinderen schreeuwden de hele dag door. Mijn vrouw en ik hadden het over scheiden. Soms werd ik om drie uur 's morgens wakker en lag ik te piekeren over hoeveel schulden ik had op mijn creditcards.'

'De Reiziger liet ons voelen dat we niet in de val zaten,' zei Rebecca. 'Hij keek naar ons – een groepje doodgewone mensen – en hielp ons inzien hoe wij een beter leven konden leiden. Hij deed ons beseffen wat wij daar zelf aan konden doen.'

Martin knikte langzaam. 'Onze vrienden praatten erover met hun vrienden en na ongeveer een week kwam er elke avond een twaalftal gezinnen bij ons thuis bij elkaar. Drieëntwintig dagen nadat wij hem voor het eerst hadden ontmoet, nam de Reiziger afscheid van ons en vertrok.'

'Toen hij weg was, waren er vier gezinnen die niet meer naar de bijeenkomsten kwamen,' zei Antonio. 'Zonder zijn kracht konden zij zich niet losmaken van hun oude gewoontes. Toen gingen een paar andere mensen op het internet zoeken en kwamen erachter wat Reizigers precies waren en hoe gevaarlijk het was om tegen de Grote Machine in te gaan. Na een maand waren er nog maar vijf gezinnen over. Dat was de harde kern van mensen die hun leven echt wilden veranderen.'

'Wij wilden niet in een steriele wereld leven, maar we wilden ook niet zomaar driehonderd jaar technologie opgeven,' vervolgde Martin. 'Het beste voor onze groep was een combinatie van hightech en lowtech. Eigenlijk een soort "Derde Weg". Dus legden we al ons geld bijeen, kochten dit land en kwamen hier wonen. Het eerste jaar was ongelooflijk zwaar. Het viel niet mee de windturbines te bouwen, die we nodig hadden voor onze eigen onafhankelijke energievoorziening. Maar Antonio was geweldig. Hij vond voor alles een oplossing en kreeg de generatoren aan het werk.'

'Inmiddels waren we nog maar met vier gezinnen,' zei Rebecca. 'Martin haalde ons over eerst een gemeenschapscentrum te bouwen. Met behulp van satelliettelefoons konden we online. Nu bieden we technische ondersteuning aan klanten van drie verschillende bedrijven. Dat is onze belangrijkste bron van inkomsten.'

'Alle volwassenen in New Harmony moeten vijf dagen per week, zes uur per dag werken,' legde Martin uit. 'Je kunt in het gemeenschapscentrum werken, op de school helpen of in de kassen. Wat ons voedsel betreft zijn we voor ongeveer een derde deel selfsupporting – we hebben onze eigen groenten en eieren – en de rest kopen we. Er is hier geen criminaliteit. We hebben geen hypotheken of schulden. En wij hebben de ultieme luxe – een heleboel vrije tijd.'

'En wat doen jullie met die tijd?' vroeg Maya.

Joan zette haar glas neer. 'Ik maak veel wandeltochten met mijn dochter. Zij kent alle paden hier in de buurt. Een paar tieners hier leren me deltavliegen.'

'Ik maak meubels,' zei Antonio. 'Het zijn een soort kunstwerkjes, alleen kan je erop zitten. Voor Martin heb ik deze tafel gemaakt.'

'Ik zit op celloles,' zei Rebecca. 'Mijn leraar woont in Barcelona. Met een webcam kan hij naar me kijken en luisteren.'

'Ik spreek veel met andere mensen op het internet,' zei Martin. 'Verschillende van die nieuwe vrienden zijn inmiddels ook in New Harmony komen wonen. We zitten nu aan eenentwintig gezinnen.'

'New Harmony helpt ons bij het verspreiden van informatie over de Grote Machine,' zei Rebecca. 'Een paar jaar geleden heeft het Witte Huis een voorstel gedaan voor het invoeren van een zogenaamde Protective Link-identiteitskaart. Dat voorstel is toen door het Congres verworpen, maar wij hebben gehoord dat het systeem op dit moment toch wordt gebruikt door werknemers van grote ondernemingen. Over een paar jaar zal de overheid het idee opnieuw introduceren en het verplicht gaan stellen.'

'Maar jullie hebben niet helemaal gebroken met het moderne leven,' zei Maya. 'Jullie hebben computers en elektriciteit.'

'En moderne gezondheidszorg,' zei Joan. 'Ik overleg op het internet met andere artsen en we hebben als groep een gezamenlijke basisverzekering voor het geval er iemand ernstig ziek wordt. Ik weet niet of het door de beweging, het eten of het ontbreken van stress komt, maar de mensen zijn hier maar zelden ziek.'

'Wat we niet wilden was de wereld ontvluchten en net doen of we middeleeuwse boeren waren,' zei Martin. 'Ons doel was ons leven in eigen hand te nemen en te bewijzen dat die Derde Weg van ons echt werkt. Er zijn andere groepen zoals New Harmony – met dezelfde combinatie van hightech en lowtech – en wij staan allemaal met elkaar in contact via het internet. In Canada is twee maanden geleden nog een nieuwe gemeenschap opgezet.'

Gabriel had al een tijdje niets gezegd, maar hij zat voortdurend naar Martin te kijken. 'Vertel me eens,' zei hij. 'Hoe heette die Reiziger?'

'Matthew.'

'En wat was zijn achternaam?'

'Die heeft hij ons nooit verteld,' zei Martin. 'Ik geloof niet dat hij een rijbewijs had.'

'Hebben jullie een foto van hem?'

'Volgens mij hebben we er een in de kast liggen.' Rebecca stond op. 'Zal ik...'

'Laat maar,' zei Antonio. 'Ik heb er een.'

Hij stak zijn hand in zijn achterzak en haalde er een leren notitieboekje uit dat vol zat met lijstjes, oude bonnetjes en bouwplannen. Hij legde het boekje op tafel, bladerde er wat in en haalde er ten slotte een fotootje uit.

'Deze heeft mijn vrouw gemaakt, vier dagen voordat de Reiziger ons verliet. Hij kwam die avond bij ons eten.'

De foto voorzichtig vasthoudend, alsof het een kostbaar relikwie was, gaf Antonio hem over de tafel aan Gabriel. Gabriel pakte de foto aan en bleef er een hele tijd naar zitten kijken.

'En wanneer is deze foto gemaakt?'

'Ongeveer acht jaar geleden.'

Gabriel keek naar hen op. Zijn gezicht vertoonde verdriet, hoop, vreugde. 'Dit is mijn vader. Ik wist niet beter dan dat hij dood was, omgekomen bij een brand, maar hier zit hij – vlak naast jou.'

40

Gabriel zat onder de nachtelijke hemel en bestudeerde het fotootje van zijn vader. Het allerliefst had hij Michael nu bij zich willen hebben. De twee broers hadden samen voor de verkoolde resten van de boerderij in South Dakota gestaan. Ze hadden samen rondgereisd en 's avonds, wanneer hun moeder sliep, tegen elkaar zitten fluisteren. Leefde vader nog? Was hij naar hen op zoek?'

De Corrigans hadden constant naar hun vader gezocht en verwachtten hem elk moment bij een bushalte te zien zitten of achter het raam van een café. Soms, wanneer ze een nieuw plaatsje binnenreden, keken de broers elkaar aan en voelden de spanning en de opwinding stijgen. Misschien woonde hun vader hier wel. Misschien was hij vlakbij – heel vlakbij – twee straten rechtdoor en dan linksaf. Pas toen ze in Los Angeles arriveerden kondigde Michael aan dat het speculeren voorbij was. Vader was dood of voorgoed verdwenen. Laten we het verleden vergeten en verdergaan met ons leven.

Terwijl boven hun hoofd de sterren aan de hemel schitterden bestookte Gabriel de vier leden van New Harmony met vragen. Antonio en de anderen voelden met hem mee, maar konden hem weinig informatie verschaffen. Ze wisten niet waar ze de Reiziger konden vinden. Hij had niets meer van zich laten horen en ook geen adres achtergelaten.

'Heeft hij ooit gezegd dat hij een gezin had? Een vrouw? Twee zonen?'

Rebecca legde haar hand op Gabriels schouder. 'Nee, daar heeft hij nooit iets over gezegd.'

'Wat zei hij bij het afscheid?'

'Hij omhelsde ons één voor één en ging toen in de deuropening staan.' Martins stem klonk ontroerd. Hij zei dat machtige mannen zouden proberen ons angst aan te jagen en met haat te vervullen. Zij zouden proberen onze levens te beheersen en ons af te leiden...'

'... met oogverblindende illusies,' zei Joan.

'Ja. Met oogverblindende illusies. Maar wij mochten nooit vergeten dat het Licht in onze harten was.'

De foto – en Gabriels reactie erop – loste in elk geval één probleem op. Antonio dacht niet langer dat hij en Maya Tabula-spionnen waren. Terwijl zij hun wijn dronken vertelde Antonio dat de gemeenschap een Padvinder beschermde en deze persoon woonde op een afgelegen plek, zo'n dertig kilometer verder naar het noorden. Als ze dat nog steeds wilden, zou hij hen er morgenochtend naartoe brengen.

Toen zij terugliepen naar het Blauwe Huis was Maya heel stil. Bij de voordeur aangekomen, ging ze voor hem staan en ging als eerste het huis binnen. Het had iets agressiefs – alsof elke nieuwe locatie een plek was waar zij aangevallen konden worden. De Harlekijn deed geen licht aan. Ze leek de plek van elk meubelstuk al in haar geheugen te hebben geprent. Ze liep snel het hele huis door en even later stonden ze tegenover elkaar in de woonkamer.

'Het is in orde, Maya. We zijn hier veilig.'

De Harlekijn schudde haar hoofd alsof hij zojuist iets heel onzinnigs had gezegd. Veiligheid was wat haar betreft een onecht woord. Ook al een illusie.

'Ik heb je vader nooit ontmoet en ik weet niet waar hij is,' zei Maya. 'Maar ik wilde toch even zeggen dat – dat hij dit misschien heeft gedaan om jullie te beschermen. Jullie huis werd verwoest. Je familie dook onder. Volgens onze spion dachten de Tabula dat jullie dood waren. Als Michael niet was teruggekeerd op het Netwerk was er niets aan de hand geweest.'

'Dat kan de reden zijn geweest. Maar toch zou ik...'

'Toch zou je hem graag willen zien.'

Gabriel knikte.

'Misschien vind je hem op een dag. Als je de gave hebt om een Reiziger te worden, kom je hem misschien wel tegen in een ander rijk.'

Gabriel beklom de ladder naar de slaapvliering. Hij probeerde te slapen, maar het lukte niet. Toen er vanuit de canyon een koude wind op kwam zetten, die het raam liet rammelen, ging Gabriel rechtop in bed zitten en probeerde een Reiziger te worden. Niets van dit alles was echt. Zijn lichaam was niet echt. Hij kon het achterlaten. Gewoon. Zo.

Hij zat wel een uur lang op zichzelf in te praten. Stel dat ik de gave heb, dan hoef ik niets anders te doen dan dat feit accepteren. A plus B is C. Toen logica niet werkte, deed hij zijn ogen dicht en liet zich meeslepen door zijn eigen emoties. Als hij uit deze kooi van vlees kon breken, kon hij zijn vader gaan zoeken en met hem praten. Diep vanbinnen probeerde Gabriel van de duisternis naar het licht te lopen, maar toen hij zijn ogen weer opende zat hij nog steeds op het bed. Boos en gefrustreerd, sloeg hij met zijn vuist op de matras.

Ten slotte viel hij in slaap en werd tegen de ochtend wakker met de ruwe, wollen deken helemaal om zijn lichaam gedraaid. Toen de schaduwen uit de hoeken van de vliering verdwenen, kleedde Gabriel zich aan en ging naar beneden. Er was niemand in de badkamer en de slaapkamer was ook verlaten. Hij liep de gang in naar de keuken en keek door een kiertje naar binnen. Maya zat met haar zwaardfoedraal op haar schoot en haar linkerhand plat op tafel naar een plekje zonlicht op de rode tegelvloer te staren. Het zwaard en de geconcentreerde uitdrukking op haar gezicht gaven hem het gevoel dat de Harlekijn was afgesneden van elk echt menselijk contact. Hij betwijfelde of er een eenzamer leven bestond: altijd opgejaagd, altijd klaar om te vechten en te sterven.

Toen Gabriel de keuken binnenkwam, draaide Maya zich om. 'Hebben ze iets neergezet voor het ontbijt?' vroeg hij.

'In het keukenkastje staat thee en instantkoffie. In de koelkast staat melk en boter en er ligt een brood.'

'Daar heb ik wel genoeg aan.' Gabriel vulde een ketel met water en zette hem op een pit van het elektrische fornuis. 'Waarom heb je nog niets klaargemaakt?'

'Ik heb geen honger.'

'Weet jij iets van die Padvinder?' vroeg Gabriel. 'Is hij jong of oud? Waar komt hij vandaan? Ze hebben ons gisteravond helemaal niets verteld.'

'De Padvinder is hun geheim. Hem verbergen is hun daad van verzet tegen de Grote Machine. Op één punt had Antonio gelijk. Deze gemeenschap kan flink in de problemen raken als de Tabula erachter zouden komen dat wij hier zijn.'

'En wat gebeurt er wanneer we bij de Padvinder zijn? Blijf jij dan kijken hoe ik op mijn gezicht ga?'

'Ik heb wel wat anders te doen. Vergeet niet dat de Tabula nog steeds naar jou op zoek zijn. Ik moet hen op de een of andere manier het idee geven dat jij heel ergens anders bent.'

'En hoe wil je dat gaan doen?'

'Je zei dat je broer je geld en een creditcard heeft gegeven toen jullie in de kledingfabriek van elkaar werden gescheiden.'

'Ik gebruikte zijn kaarten wel eens,' zei Gabriel. 'Ik heb ze zelf niet.'

'Kan ik die kaart misschien even van je lenen?'

'En de Tabula dan? Die trekken het kaartnummer toch na?'

'Dat verwacht ik wel, ja,' zei Maya. 'Ik gebruik de kaart en je motorfiets.'

Gabriel wilde zijn motor niet kwijt, maar hij wist dat Maya gelijk had. De Tabula wisten het kentekennummer van de motor en kenden nog wel tien andere manieren om hem op het spoor te komen. Hij moest alles opgeven wat met zijn oude leven te maken had.

'Oké.' Hij gaf haar Michaels creditcard en het sleuteltje van de motor. Maya keek alsof ze hem nog iets belangrijks wilde vertellen, maar stond toen zonder een woord te zeggen op en liep naar de deur. 'Eet iets,' zei ze. 'Antonio zal zo wel komen.'

'Misschien doen we dit allemaal wel voor niets en ben ik helemaal geen Reiziger.'

'Dat kan.'

'Dus zet je leven niet op het spel en doe niks krankzinnigs.'

Maya keek hem glimlachend aan. Op dat moment had Gabriel even het gevoel dat ze echt contact hadden. Niet dat ze echte vrienden waren. Maar soldaten in hetzelfde leger. En toen, voor het eerst sinds hij haar kende, hoorde hij de Harlekijn lachen.

'Het is één grote waanzin, Gabriel. Maar je moet je eigen gezonde verstand gebruiken.'

Tien minuten later stond Antonio Cardenas voor de deur om te zeggen dat hij hen met de auto naar de Padvinder zou brengen. Gabriel nam het jade zwaard mee en de rugzak met zijn extra kleren. Achter in Antonio's pick-up stonden drie grote tassen vol blikken voedsel, brood en groenten uit de kassen.

'Toen de Padvinder er net was, heb ik daar een maand aan een windmolen gewerkt om energie te leveren voor een waterpomp en elektrische verlichting,' zei Antonio. 'Nu ga ik er elke twee weken naartoe met verse voorraden.'

'Wat is hij voor iemand?' vroeg Gabriel. 'Dat heb je ons eigenlijk nog helemaal niet verteld.'

De pick-up reed langzaam over het pad en Antonio zwaaide naar een paar kinderen. 'De Padvinder is een bijzonder sterke persoonlijkheid. Zolang je de waarheid maar vertelt, komt het allemaal goed.'

Ze bereikten de tweebaansweg die weer terug naar San Lucas voerde, maar na een paar kilometer namen ze een afslag naar een verlaten asfaltweg die in een rechte lijn door de woestijn liep. Overal stonden bordjes VERBODEN TOEGANG; sommige hingen aan metalen palen en andere lagen gewoon met de tekst naar boven op de gebarsten grond.

'Dit was vroeger een raketbasis,' vertelde Antonio. 'Die is bijna dertig jaar in bedrijf geweest. Omheind. Zeer geheim. Toen haalde het ministerie van Defensie de raketten weg en verkocht het land aan het afvalverwerkingsbedrijf. Toen die het niet meer wilde, heeft onze groep alle honderdzestig hectare gekocht.'

'Het ziet eruit als een woestenij,' zei Maya.

'Je zult zien dat het voor de Padvinder bepaalde voordelen heeft.'

Hoog gras en cactussen krasten langs de zijkanten van de wagen. De weg verdween ongeveer honderd meter onder een laag zand, maar was toen opeens weer terug. Toen de weg omhoog begon te lopen passeerden ze stapels rode rotsblokken en boomachtige yucca's. Elke woestijnboom hief zijn van puntige bladeren voorziene takken omhoog als de armen van een profeet die tot de hemel bidt. Het was snikheet en de zon leek steeds groter te worden.

Na twintig minuten behoedzaam rijden, bereikten ze een prikkeldraadomheining en een kapot hek. 'Vanaf hier moeten we lopen,' zei Antonio en ze stapten uit. Met de tassen in hun armen glipten ze door een gat in het hek en vervolgden hun weg.

In de verte zag Gabriel al een van Antonio's windmolens staan. De hitte die opsteeg van het zand zorgde ervoor dat de toren leek te trillen. Opeens kronkelde er een slang voor hen de weg over. Hij was bijna een meter lang, met een ronde kop en een zwart lijf met crèmekleurige ringen. Maya bleef staan en legde haar hand op haar zwaard.

'Die is niet giftig,' zei Gabriel. 'Ik denk dat het een kousebandslang is of een indigoringslang. Die zijn over het algemeen heel schuw.'

'Het is een koningsslang,' zei Antonio. 'En die zijn hier helemaal niet schuw.'

Toen ze verderliepen zagen ze nog een koningsslang door het zand kronkelen en even later lag een derde midden op de weg te zonnen. Alle slangen hadden een zwart lijf, maar het patroon en de kleur van hun ringen varieerde. Wit. Crème. Zachtgeel.

Er verschenen steeds meer slangen op de weg en Gabriel raakte de tel kwijt. Tientallen reptielen gleden en kronkelden door het zand en keken met hun kleine zwarte kraaloogjes om zich heen. Maya leek nerveus – angstig bijna.

'Houd je niet van slangen?'

Ze liet haar armen zakken en probeerde zich te ontspannen. 'Je ziet er niet zoveel in Engeland.'

Toen ze de windmolen naderden, zag Gabriel dat hij naast een rechthoekig betonnen oppervlak lag, dat ongeveer de grootte had van een voetbalveld. Het zag eruit als een reusachtige bunker die door het leger was achtergelaten. Vlak voor het betonnen oppervlak stond een kleine aluminium caravan waarin het woestijnlicht werd weerkaatst. Een parachute fungeerde als een zonnescherm boven een houten picknicktafel en plastic dozen vol gereedschappen en voorraden.

De Padvinder zat aan de voet van de windmolen op zijn knieën een extra steunbalk aan het voetstuk te lassen. Hij droeg een spijkerbroek, en geruit overhemd met lange mouwen en dikke leren handschoenen. Zijn gezicht werd bedekt door een lasbril en hij leek zich volkomen op de vlam te concentreren terwijl hij twee stukken metaal aan elkaar laste.

Er kronkelde een anderhalve meter lange koningsslang voorbij, die bijna de neus van Gabriels laarzen raakte. Hij zag dat het zand aan beide zijden van de weg bedekt was met duizenden vage S-bochten, een teken dat hier veel reptielen door het droge land gleden.

Toen ze de toren tot op een meter of honderd waren genaderd, begon Antonio te roepen en met zijn armen te zwaaien. De Padvinder hoorde hem, stond op en zette de lasbril af. Eerst dacht Gabriel dat de Padvinder een oude man met grijs haar was. Toen zij echter dichterbij kwamen zag hij dat ze kennis gingen maken met een vrouw van in de zeventig. Ze had een breed voorhoofd en een rechte neus. Het was een gezicht met bijzonder krachtige trekken, zonder een greintje sentimentaliteit.

'Goedemorgen, Antonio. Ik zie dat je vrienden hebt meegebracht.'

'Dr. Briggs, dit is Gabriel Corrigan. Hij is de zoon van een Reiziger en wil weten of...'

'Ja. Natuurlijk. Welkom.' De vrouw trok een van haar lashandschoenen uit en schudde Gabriel de hand. 'Ik ben Sophia Briggs.' Haar vingers waren sterk en de blik in haar blauwgroene ogen was intens en kritisch. Gabriel voelde dat ze hem taxerend opnam. Toen wendde zij zich van hem af. 'En jij bent...'

'Maya. Een vriendin van Gabriel.'

Dr. Briggs zag de zwarte metalen koker die om Maya's schouder hing en begreep wat erin zat. 'Interessant. Ik dacht dat jullie Harlekijns allemaal dood waren, afgeslacht na verschillende zelfvernietigende bewegingen. Misschien ben jij nog te jong voor dit werk.'

'En misschien ben jij wel te oud.'

'Zo mag ik het horen. Een beetje tegengas geven. Daar houd ik wel van.' Sophia liep terug naar haar caravan en gooide de lasspullen in een plastic melkkrat die op de grond stond. Opgeschrikt door het lawaai, kwamen twee grote koningsslangen uit de schaduw onder de caravan tevoorschijn en kronkelden naar de windmolen.

'Welkom in het land van de *Lampropeltis getula*, de gewone koningsslang. Hoewel er natuurlijk helemaal niets gewoons aan is. Het zijn moedige, intelligente, prachtige reptielen – een van Gods vele geschenken aan een gevallen wereld. Wat jullie hier zien is de subspecies *splendida*, die alleen in de woestijn van Arizona voorkomt. Ze eten koperkoppen en ratelslangen, maar ook kikkers, vogels en ratten. Ze maken graag ratten dood. Vooral van die gemene grote.'

'Dr. Briggs bestudeert slangen,' zei Antonio.

'Ik ben bioloog en gespecialiseerd in slangen. Ik heb achtentwintig jaar lesgegeven aan de Universiteit van New Hampshire, tot ze me dwongen om met pensioen te gaan. Je had Mitchell moeten zien, de directeur, een mal klein mannetje dat nauwelijks de trap op kan lopen zonder te blazen en te hijgen. En die ging mij dus vertellen dat ik te oud en te zwak was om nog voor de klas te kunnen staan. Wat een onzin. Een paar weken na mijn afscheidsdiner begon ik waarschuwingen van mijn internetvrienden te krijgen dat de Tabula erachter waren gekomen dat ik een Padvinder ben.'

Antonio zette zijn tas met etenswaren op tafel. 'Maar ze wilde niet weg.'

'Waarom zou ik? Ik ben geen lafaard. Ik heb drie vuurwapens in huis en daar kan ik uitstekend mee omgaan. Toen vonden Antonio en Martin deze plek en lokten me hier naartoe. Het zijn van die slimme jongetjes...'

'We wisten dat ze er geen weerstand aan zou kunnen bieden,' zei Antonio.

'Daar heb je gelijk in. Vijftig jaar geleden smeet de overheid miljoenen dollars over de balk om die belachelijke raketbasis daar te bouwen.' Sophia liep langs de caravan en wees hun de plek aan. Gabriel zag drie enorme betonnen schijven in roestende stalen constructies. 'Dat zijn de afsluiters van de raketsilo's. Die konden van binnenuit geopend en gesloten worden. Daar lagen de raketten opgeslagen.'

Ze draaide zich om en wees naar een berg zand, ongeveer achthonderd meter verderop. 'Toen de raketten waren weggehaald, werd dat terrein daar in gebruik genomen als vuilstortplaats. Onder vijfentwintig centimeter stenen en zand en een plastic dekzeil ligt twintig jaar rottend afval dat een reusachtige rattenpopulatie in leven houdt. De ratten eten het afval en vermenigvuldigen zich. De koningsslangen eten de ratten en vermenigvuldigen zich in de silo. Ik bestudeer de *splendida* en tot dusverre met veel succes.'

'En wat gaan wij nu doen?' vroeg Gabriel.

'Eerst gaan we lunchen. Dit brood moet op voordat het oud wordt.'

Sophia verdeelde de taken en samen bereidden zij een maaltijd met de beperkt houdbare etenswaren. Maya kreeg de taak brood te snijden en leek zich bijzonder te ergeren aan het botte mes. Het was een eenvoudige, maar verrukkelijke lunch. Verse tomaten, aangemaakt met olie en azijn. Stukken romige geitenkaas. Roggebrood. Aardbeien. Bij wijze van toetje haalde Sophia een reep Belgische chocolade tevoorschijn en gaf iedereen precies twee stukjes.

De slangen waren overal. Als ze in de weg lagen, pakte Sophia ze op en droeg ze naar een plekje vochtige grond, naast de schuur. Maya zat in kleermakerszit aan tafel, alsof ze bang was dat een van de reptielen langs haar been omhoog zou kronkelen. Terwijl ze zaten te eten kwam Gabriel nog het een en ander te weten over Sophia Briggs. Geen kinderen. Nooit getrouwd geweest. Enkele jaren geleden had zij toegestemd in een heupoperatie, maar verder deed ze haar best om bij artsen uit de buurt te blijven.

Toen ze een jaar of veertig was begon Sophia jaarlijks de Narcisse Snake Dens in Manitoba te bezoeken om de 50.000 roodzijdige kousenbandslangen te bestuderen die daar tijdens hun jaarlijkse voortplantingscyclus uit de kalksteengrotten tevoorschijn kwamen. Ze sloot vriendschap met een katholieke priester die er in de buurt woonde en haar na vele jaren vertelde dat hij een Padvinder was.

'Pater Morrissey was een bijzondere man,' zei zij. 'Net als de meeste priesters had hij duizenden doopplechtigheden, huwelijksinzegeningen en begrafenissen geleid, alleen had hij er werkelijk iets van geleerd. Hij was een heel fijngevoelig mens. Heel wijs. Soms had ik het gevoel dat hij mijn gedachten kon lezen.'

'Waarom koos hij juist jou?' vroeg Gabriel.

Sophia scheurde een stuk brood af. 'Mijn sociale vaardigheden zijn niet bepaald om over naar huis te schrijven. Sterker nog, ik houd eigenlijk niet zo van mensen. Ze zijn ijdel en dom. Maar ik heb mezelf leren observeren. Ik kan me op één ding concentreren en verder alles om me heen loslaten. Misschien had pater Morrissey wel een geschikter iemand kunnen vinden, maar hij kreeg lymfklierkanker en overleed zeventien weken na de diagnose. Ik nam een semester vrij, ging naast zijn ziekenhuisbed zitten en hij gaf mij zijn kennis door.'

Toen ze klaar waren met eten, stond Sophia op en keek naar Maya. 'En nu is het tijd dat jij vertrekt, jongedame. In de caravan heb ik een satelliettelefoon die het meestal wel doet. Ik bel Martin wel wanneer we klaar zijn.'

Antonio pakte de lege tassen en liep naar de weg. Maya en Gabriel stonden heel dicht bij elkaar, maar zeiden niets. Hij vroeg zich af wat hij tegen haar kon zeggen. Pas goed op jezelf. Goede reis. Tot gauw. Niet een van die algemene uitdrukkingen leek van toepassing op een Harlekijn.

'Dag,' zei zij.

'Dag.'

Maya liep een paar meter, bleef toen staan en keek nog even achterom. 'Hou het jade zwaard bij je,' zei ze. 'Niet vergeten. Het is een talisman.'

En toen was ze weg. Haar lichaam werd kleiner en kleiner, totdat ze helemaal verdwenen was.

'Ze vindt je aardig.'

Gabriel draaide zich om en zag dat Sophia naar hen had staan kijken. 'Wij respecteren elkaar...'

'Als een vrouw me dat vertelde, zou ik haar een buitengewoon dom gansje vinden, maar jij bent natuurlijk gewoon een man.' Sophia liep terug naar de tafel en begon de vuile borden op te stapelen. 'Maya vindt je aardig, Gabriel. Maar dat is voor een Harlekijn absoluut verboden. Zij hebben bijzondere krachten. In ruil voor die gave zijn ze zo ongeveer de eenzaamste mensen ter wereld. Ze kan zich geen enkele emotie veroorloven die haar gezonde verstand zou kunnen vertroebelen.'

Terwijl ze de tafel afruimden en de afwas deden in een plastic teiltje, ondervroeg Sophia Gabriel over zijn familie. Haar academische achtergrond was duidelijk waarneembaar in de systematische manier waarop ze haar informatie verzamelde. 'Hoe weet je dat?' vroeg ze telkens. 'Waarom denk je dat dat zo is?'

De zon gleed naar de westelijke horizon. Naarmate de rotsbodem begon af te koelen, nam de wind in kracht toe. De parachute boven hun hoofd begon te klapperen en op te bollen als een zeil. Sophia keek geamuseerd toen Gabriel haar vertelde van zijn mislukte pogingen om een Reiziger te worden. 'Sommige Reizigers zijn in staat het zichzelf aan te leren,' zei zij. 'Maar niet in deze hectische wereld.'

'Waarom niet?'

'Onze zintuigen worden overspoeld door al het lawaai en het oogverblindende licht om ons heen. In het verleden trok een potentiële Reiziger zich terug in een grot of zocht zijn toevlucht in een kerk. Je hebt een rustige omgeving nodig, zoals onze raketsilo.' Sophia was klaar met het afdekken van de bakjes met overgebleven eten en keek hem aan. 'Je moet me beloven dat je minstens acht dagen in de silo zal blijven.'

'Dat lijkt me wel heel erg lang,' zei Gabriel. 'Ik had verwacht dat je vrij snel zou weten of ik de kracht bezit om de oversteek te maken.'

'Jij moet er zelf achter komen, jongeman. Niet ik. Accepteer de regels en ga anders maar weer terug naar Los Angeles.'

'Oké. Acht dagen. Geen probleem.' Gabriel liep naar de tafel om zijn rugzak en het jade zwaard te pakken. 'Ik wil dit heel graag, dr. Briggs. Het is heel belangrijk voor me. Misschien kan ik contact krijgen met mijn vader en mijn broer...'

'Daar moet je niet aan denken. Daar heb je niets aan.' Sophia duwde een koningsslang weg van een kist en pakte een propaanlantaarn. 'Weet je waarom ik zo van slangen houd? God heeft ze geschapen om schoon en mooi te zijn – en zonder opsmuk. Door mijn studie van slangen ben ik geïnspireerd geraakt om me van alle overbodige rommel en onzin in mijn leven te ontdoen.'

Gabriel keek om zich heen naar de raketbasis en het woestijnlandschap. Hij had het gevoel dat hij alles achter ging laten en een lange reis voor de boeg had. 'Ik ben tot alles bereid.'

'Mooi zo. Laten we naar beneden gaan.'

41

Van de elektrische generator van de windmolen naar de raketsilo liep een dikke zwarte elektriciteitskabel. Sophia Briggs volgde de kabel over het pad naar een afrit die omlaagvoerde naar een beschutte ruimte met een stalen vloer.

'Toen ze de raketten hier opsloegen kon je er binnenkomen via een vrachtlift. Maar toen de overheid het terrein aan de county verkocht haalden ze de lift weg. De slangen hebben tientallen manieren om binnen te komen, maar wij moeten de noodtrap gebruiken.'

Sophia zette haar lantaarn op de grond en stak hem aan met een houten lucifer. Toen de lantaarn brandde, trok ze met twee handen een luik open, zodat er een stalen trap zichtbaar werd die regelrecht de duisternis in leidde. Gabriel wist dat de koningsslangen niet gevaarlijk waren voor mensen, maar hij vond het toch niet prettig om een groot exemplaar langs de treden omlaag te zien glijden.

'Waar gaat hij naartoe?'

'Dat kunnen meerdere plekken zijn. Er leven drie- tot vierduizend *splendida's* in die silo. Het is de plek waar ze zich voortplanten.' Sophia liep twee treden af en bleef toen staan.

'Heb je moeite met de slangen?'

'Dat niet. Maar het is wel een beetje ongewoon.'

'Elke nieuwe ervaring is ongewoon. De rest van het leven bestaat uit slapen en vergaderingen. Kom nu maar mee en trek het luik achter je dicht.'

Gabriel aarzelde even, maar deed toen wat ze zei. Hij stond op de bovenste treden van een metalen wenteltrap die om een liftschacht met een metalen kooiconstructie heen naar beneden voerde. Vlak voor hem lagen twee koningsslangen op de trap en in de kooi zaten er nog een heel stel. Ze gleden op en neer langs de oude elektriciteitspijpen alsof het afslagen waren van een slangensnelweg. De reptielen kronkelden langs elkaar heen en intussen schoten hun kleine tongetjes naar binnen en naar buiten, alsof ze de lucht proefden.

Hij liep achter haar aan de trap af. 'Heb je al eens eerder iemand begeleid die dacht dat hij een Reiziger was?'

'Ik heb de afgelopen dertig jaar twee leerlingen gehad: een jonge vrouw en een al wat oudere man. Zij waren geen van beiden in staat de oversteek te maken, maar dat kan ook mijn schuld zijn geweest.' Sophia keek over haar schouder. 'Je kunt mensen niet *leren* Reiziger te zijn. Het is eerder een kunst dan een wetenschap. Het enige dat een Padvinder kan doen is proberen de juiste techniek te vinden, zodat mensen op eigen kracht hun gave kunnen ontdekken.'

'En hoe doe je dat?'

'Pater Morrissey heeft me geholpen *De 99 paden* uit mijn hoofd te leren. Het is een handgeschreven boek met negenennegentig technieken en oefeningen die in de loop der jaren zijn ontwikkeld door profeten van verschillende godsdiensten. Als je niet zou weten wat het voor boek was, zou je denken dat het allemaal tovenarij en hocus-pocus was – een hele berg onzin, verzonnen door christelijke heiligen, joden die de kabbala hebben bestudeerd, boeddhistische monniken enzovoort. Maar *De 99 paden* is helemaal niet mystiek. Het is een praktische lijst van ideeën die allemaal hetzelfde tot doel hebben: het Licht bevrijden uit je lichaam.

Ze bereikten de bodem van de liftschacht en bleven staan voor een massieve veiligheidsdeur die nog maar aan één scharnier hing. Sophia verbond twee stukken elektriciteitskabel met elkaar en meteen ging er een lampje aan. Ze duwden de deur open, liepen een korte gang door en betraden een tunnel die breed genoeg was voor een pick-up. Langs de wanden liepen, als de ribben van een reusachtig dier, roestige steunbalken. De vloer was bedekt met stalen platen. Boven hun hoofd hingen oude ventilatiekanalen en waterleidingen. De oude tl-buizen deden het niet meer en het enige licht kwam van zes doodgewone peertjes die op de stroomkabel waren aangesloten.

'Dit is de hoofdtunnel,' zei Sophia. 'In totaal is hij zo'n zestienhonderd meter lang. Het hele complex lijkt op een gigantische ingegraven hagedis. Wij staan nu in het midden van het lijf van de hagedis. Wanneer je rechtdoor naar de kop loopt, kom je terecht in raketsilo één. De voorpoten van de hagedis vormen silo twee en drie en de twee achterpoten leiden naar het controlecentrum en de woonverblijven. Wanneer je naar het puntje van de staart loopt vind je de plek waar de ondergrondse radioantenne heeft gestaan.'

'Waar zijn de slangen?'

'Onder de vloer of in de kruipruimte boven je hoofd.' Sophia liep voor hem uit de tunnel in. 'Het is heel gevaarlijk om dit complex te gaan verkennen als je geen idee hebt waar je naartoe gaat. Alle vloeren zijn hol en staan op stalen veren die de schok van een explosie konden opvangen. Er zijn meerdere niveaus op elkaar gebouwd en op sommige plekken kan je heel diep vallen.'

Ze sloegen een zijgang in en betraden een grote, ronde ruimte. De buitenmuren waren gemaakt van witgeschilderde betonblokken, terwijl vier halfhoge muren de ruimte in slaapvertrekken verdeelden. In een van die vertrekken stond een veldbed met een slaapzak, een kussen en een schuimrubbermatrasje. Daarnaast stonden een tweede propaanlantaarn, een emmer met een deksel en drie flessen water.

'Dit was vroeger de slaapzaal van het personeel. Toen ik aan mijn eerste telling van de *splendida*-populatie werkte, heb ik hier ook een paar weken ondergronds doorgebracht.'

'En hier moet ik dus blijven?'

'Ja. Acht dagen lang.'

Gabriel keek om zich heen door de kale ruimte. Het deed hem aan een gevangeniscel denken. Niet klagen, dacht hij. Gewoon doen wat ze zegt. Hij liet zijn rugzak op de grond vallen en ging op het veldbed zitten.

'Oké, aan de slag.'

Sophia drentelde rusteloos heen en weer door de ruimte, raapte hier en daar stukjes afgebrokkeld beton op en gooide ze in een hoek. 'Laten we eerst de grondbeginselen maar eens doornemen. Alle levende wezens bezitten een speciaal soort energie dat we het Licht noemen. Als je wilt kan je het ook een "ziel" noemen. Ik heb niet zoveel op met theologie. Wanneer mensen sterven, keert hun Licht terug naar de energie die ons omringt. Maar Reizigers zijn anders. Hun Licht kan hun levende lichaam verlaten en er ook weer in terugkeren.'

'Maya zei dat het Licht naar verschillende rijken kan reizen.'

'Inderdaad. Mensen noemen het "rijken" of "parallelle werelden". Ook hier geldt dat je er elke term voor kunt gebruiken die je wilt. De heilige geschriften van elke wereldgodsdienst hebben verschillende aspecten van deze rijken beschreven. Ze zijn de bron van alle mystieke visioenen. Veel heiligen en profeten hebben over de rijken geschreven, maar de boeddhistische monniken die in Tibet leven hebben de eerste pogingen gedaan om ze te doorgronden. Voor de Chinese invasie was Tibet meer dan duizend jaar lang een theocratie. De boeren onderhielden monniken en nonnen die de verhalen van Reizigers onderzochten, informatie verzamelden en er systeem in aanbrachten. De zes rijken zijn geen boeddhistisch of Tibetaans concept. De Tibetanen zijn alleen de eersten die alles uitgebreid hebben beschreven.'

'Maar hoe kan ik er komen?'

'Het Licht maakt zich los van je lichaam. Om het proces te laten plaatsvinden moet je een beetje bewegen. De eerste keer is het een verrassing – en zelfs pijnlijk. Dan moet je Licht vier hindernissen nemen om elk van de verschillende rijken te bereiken. Die barrières bestaan uit water, vuur, aarde en lucht. Een speciale volgorde is er niet. Wanneer je Licht de doorgang eenmaal heeft gevonden, zal je die altijd weer terug kunnen vinden.'

'En dan ga je dus de zes rijken binnen,' zei Gabriel. 'Hoe is het daar?'

'Wij leven in het Vierde Rijk, Gabriel. Dat is de menselijke realiteit. Dus ja, hoe ziet onze wereld eruit? Prachtig. Afschuwelijk.

Pijnlijk. Opwindend.' Sophia raapte een betonscherf op en gooide die door de kamer. 'Elke realiteit met koningsslangen en chocolade-ijsjes heeft zijn goede kanten.'

'En die andere plekken...?'

'Ieder individu kan in zijn hart sporen van de andere rijken vinden. Elk van de rijken staat in het teken van een bepaalde karaktereigenschap. In het Zesde Rijk van de goden is trots de grote zonde. In het Vijfde Rijk van de halfgoden is de zonde jaloezie. Je moet goed begrijpen dat we het hier niet over God hebben, de macht die de kosmos heeft geschapen. Volgens de Tibetanen lijken de goden en halfgoden nog het meest op mensen, maar dan uit een andere realiteit.'

'En wij leven dus in het Vierde Rijk...'

'Waar begeerte de zonde is.' Sophia draaide zich om en keek naar een koningsslang die langzaam langs een ventilatiepijp omlaag kwam glijden. 'De dieren van het Derde Rijk zijn zich niet bewust van alle andere. Het Tweede Rijk wordt bevolkt door hongerige geesten wier honger nimmer kan worden gestild. Het Eerste Rijk is een stad van haat en woede, bestuurd door mensen zonder mededogen. Deze plek heeft vele andere namen: Sheol, Hades, Hel.'

Gabriel stond op als een gevangene die klaar is voor het vuurpeloton. 'Jij bent de Padvinder. Vertel me maar wat ik nu moet doen.'

Sophia Briggs glimlachte. 'Ben je moe, Gabriel?'

'Het was een lange dag.'

'Dan zou ik nu maar gaan slapen.'

Sophia haalde een viltstift uit haar zak en liep naar de muur. 'Je moet het onderscheid tussen deze wereld en je dromen zien af te breken. Ik ga je nu het eenentachtigste pad laten zien. Het is ontdekt door de kabbalistische joden die in het noorden van Galilea woonden, in het stadje Safed.'

Ze gebruikte de viltstift om vier Hebreeuwse letters op de muur te schrijven. 'Dit is het tetragrammaton – de vierletterige naam van God. Probeer deze letters vast te houden terwijl je in slaap valt. Denk niet aan jezelf of aan mij – of aan de *splendida*. Tijdens je slaap moet je je drie keer afvragen: "Ben ik wakker of droom ik?"

Doe je ogen niet open, maar blijf in je droomwereld en observeer wat er gebeurt.'

'En dat is alles?'

Ze glimlachte en begon de kamer uit te lopen. 'Het is een begin.'

Gabriel trok zijn laarzen uit, ging op het veldbed liggen en staarde naar de vier Hebreeuwse letters. Hij kon ze niet lezen of uitspreken, maar de vormen begonnen door zijn hoofd te dansen. Een van de letters leek op een afdakje voor een storm. Een wandelstok. Nog een afdakje. En dan een kleine kronkellijn die op een slang leek.

Hij viel in een diepe slaap en op een gegeven moment werd hij wakker, of half wakker, dat wist hij niet zeker. Hij keek neer op het tetragrammaton, dat met roodgekleurd zand op een grijze leisteenvloer was geschreven. Terwijl hij toekeek, blies een windvlaag de naam van God weg.

Gabriel werd volkomen bezweet wakker. Er was iets gebeurd met het peertje in de slaapzaal en de ruimte was donker. Vanuit de gang die naar de hoofdtunnel leidde scheen een flauw licht.

'Hallo!' riep hij. 'Sophia?'

'Ik kom eraan.'

Gabriel hoorde voetstappen de slaapzaal binnenkomen. Zelfs in het donker wist Sophia precies waar ze liep. 'Dit gebeurt aan de lopende band. Vocht dringt door het beton en komt in de lichtpunten terecht.' Sophia tikte met haar vinger tegen het peertje, dat meteen weer oplichtte. 'Zo, die doet het weer.'

Ze liep naar het veldbed en pakte de lantaarn. 'Dit is jouw lantaarn. Als het licht uitvalt of je hebt zin om op onderzoek uit te gaan, kan je hem maar beter meenemen.' Ze keek hem nauwlettend aan. 'Hoe heb je geslapen?'

'Gaat wel.'

'Ben je je bewust geweest van je droom?'

'Bijna. Op een gegeven moment was ik hem opeens kwijt.'

'Het heeft tijd nodig. Kom. En neem dat zwaard mee.'

Gabriel liep achter Sophia aan de hoofdtunnel in. Hij had geen idee hoe lang hij geslapen had. Was het ochtend of nog nacht? Hij zag dat de lampen steeds veranderden. Vijfentwintig meter boven zijn hoofd ruiste de wind door de bladeren van de yuccabomen en bracht de wieken van de windmolen in beweging. Soms blies de wind heel hard en brandden de lampen fel. Wanneer de wind afnam kwam de stroom van een accu en gloeiden de gloeidraden van de peertjes donkeroranje, als de sintels van een dovend vuur.

'Ik wil dat je nu aan het zeventiende pad gaat werken. Je hebt dat zwaard toch bij je, dus dat lijkt me wel een goed idee. Dit pad werd uitgevonden door mensen in Japan of China: in elk geval een cultuur met zwaarden. Het leert je je gedachten te concentreren door niet te denken.'

Aan het eind van de tunnel bleven ze staan en Sophia wees naar een plasje water op de roestige stalen vloerplaten. 'Daar gaan we...'

'Wat moet ik doen?'

'Kijk omhoog, Gabriel. Recht omhoog.'

Hij tilde zijn hoofd op en zag hoe zich aan een van de gewelfde steunbalken boven hem een waterdruppel vormde. Drie seconden later viel de druppel van de balk en spetterde voor zijn voeten op de stalen plaat.

'Trek je zwaard en snijd de druppel doormidden voordat hij de grond raakt.'

Even dacht hij dat Sophia hem plaagde met een onmogelijke opdracht, maar zij was volkomen ernstig. Gabriel trok het jade zwaard. De glimmend gepoetste kling glansde in de schaduw. Hij greep het wapen met beide handen vast, nam een kendo-houding aan en wachtte zijn moment af. De waterdruppel boven hem werd groter, trilde, en viel. Hij zwaaide met het zwaard en sloeg er helemaal naast.

'Niet anticiperen,' zei zij. 'Gewoon klaarstaan.'

De Padvinder liet hem alleen onder de steunbalk. Er vormde zich alweer een nieuwe druppel. Over twee seconden ging hij vallen. Eén seconde. Nu. De druppel viel en vol hoop en verlangen gaf hij een zwaai met het zwaard.

42

Na de confrontatie in Michaels appartementengebouw ging Hollis terug naar zijn vechtsportschool op Florence Boulevard en gaf nog een paar laatste lessen. Hij zei tegen zijn twee beste leerlingen – Marco Martinez en Tommy Wu – dat hij de school aan hen overdroeg. Marco zou de gevorderde leerlingen lesgeven en Tommy zou zich over de beginners ontfermen. Het eerste jaar zouden ze de kosten delen en vervolgens konden ze besluiten of ze hun samenwerking wilden voortzetten.

'Het kan zijn dat er een paar mannen langskomen die naar mij op zoek zijn. Het kunnen echte politiemensen zijn, maar misschien gebruiken ze een valse identificatie. Zeg maar dat ik terug ben gegaan naar Brazilië om daar weer wedstrijden te gaan vechten.'

'Heb je geld nodig?' vroeg Marco. 'Ik heb thuis driehonderd dollar liggen.'

'Nee, dat zit wel goed. Ik verwacht een betaling van een paar mensen in Europa.'

Tommy en Marco keken elkaar aan. Ze dachten waarschijnlijk dat hij in drugs handelde.

Onderweg naar huis ging Hollis eerst nog even langs een supermarkt, liep langs de schappen en gooide allerlei etenswaren in zijn mandje. Hij besefte dat alles wat hij vroeger als een grote beslissing had beschouwd – zijn breuk met de kerk, zijn reis naar Brazilië – hem alleen maar hadden voorbereid op het moment dat Victory

Fraser en Maya zijn school binnen waren gewandeld. Hij had kunnen weigeren hen te helpen, maar daar zou hij geen goed gevoel bij hebben gehad. Hij had zich zijn hele leven voorbereid op deze strijd.

Terwijl hij naar huis reed, lette Hollis voortdurend op of hij geen onbekenden zag die niet in de buurt thuishoorden. Toen hij de poort opende en zijn auto in de garage zette voelde hij zich kwetsbaar. Op het moment dat hij de achterdeur opende en de keuken binnenging, zag hij in de schaduw iets bewegen. Hij sprong achteruit, maar schoot in de lach toen hij Garvey, zijn kat, zag.

Inmiddels wisten de Tabula natuurlijk dat een zwarte man drie van hun huurlingen te slim af was geweest in een lift. Hollis nam aan dat het niet lang kon duren voordat zijn naam uit hun computer zou komen. Shepherd had Vicki gebruikt om Maya op te halen van het vliegveld. De Grote Machine beschikte waarschijnlijk over de namen van iedereen die lid was van de plaatselijke Jonesiekerk. Hollis had al een aantal jaren geleden met de kerk gebroken, maar de gemeente wist dat hij lesgaf in oosterse vechtkunsten.

Hij wist dat de Tabula hem wilden vermoorden, maar hij was niet van plan om te vluchten. Daar had hij praktische redenen voor – hij had de vijfduizend dollar nodig die de Harlekijns hem zouden betalen – maar het paste ook bij zijn manier van vechten om in Los Angeles te blijven. Hollis was iemand die terugsloeg. Wanneer hij een wedstrijd vocht, liet hij zijn tegenstander aan het begin van elke ronde aanvallen. Door het incasseren van klappen voelde hij zich sterk en gerechtvaardigd om terug te vechten. Zijn tegenstander moest de eerste zet doen, zodat hij hem kon vernietigen.

Hollis laadde zijn geweer en ging in de woonkamer zitten, in de schaduw. Hij zette geen tv of radio aan en at bij wijze van avondmaaltijd een kommetje havermout. Af en toe kwam Garvey binnen, met zijn staart in de lucht en een sceptische blik. Toen het donker werd, klom Hollis met een schuimrubbermat en een slaapzak op het dak van zijn huis. Verscholen achter de airconditioningsinstallatie, lag hij op zijn rug en keek omhoog naar de hemel. Maya zei dat de Tabula infraroodapparatuur gebruikten om door muren te kijken. Overdag kon Hollis zich goed verdedigen, maar hij wilde niet dat de Tabula wisten waar hij sliep. Hij liet de air-conditioning aan en hoopte dat door de hitte van de elektrische motor zijn eigen lichaamswarmte niet zou opvallen.

De volgende dag bezorgde de postbode een pakketje uit Duitsland: twee boeken over oosterse tapijten. Er zat niets tussen de bladzijden, maar toen hij met een scheermesje de omslagen opensneed, trof hij 5000 dollar aan in briefjes van honderd. Degene die het geld had gestuurd had ook een klein visitekaartje bijgesloten van een Duitse opnamestudio. Op de achterkant van het kaartje had iemand een websiteadres en een vriendelijke boodschap geschreven: EENZAAM? NIEUWE VRIENDEN WACHTEN OP JE. Hollis glimlachte terwijl hij het geld telde. Nieuwe vrienden wachten op je. Harlekijns. Levensechte. Nou, best mogelijk dat hij hulp kon gebruiken als hij het nog eens aan de stok kreeg met de Tabula.

Hollis sprong over de muur voor een praatje met zijn buurman, Deshawn Fox, een voormalige bendeleider bij wie je op bestelling siervelgen kon kopen. Hij gaf Deshawn achttienhonderd dollar om een tweedehands pick-up te kopen met een overkapte laadbak.

Drie dagen later stond de pick-up op Deshawns oprit, met een tas vol kleren, blikken etenswaren en munitie. Terwijl Hollis zijn kampeerspullen bij elkaar zocht, kroop Garvey op de kruipzolder. Hollis probeerde de kat naar beneden te lokken met een rubberen muis en een schoteltje tonijn, maar Garvey bleef zich schuilhouden onder de dakbalken.

Er reed een wagen van het elektriciteitsbedrijf de straat in en drie mannen met veiligheidshelmen deden net alsof ze iets repareerden aan een kabel op de hoek. Er verscheen opeens een nieuwe postbode: een al wat oudere blanke man met stekeltjeshaar die langdurig aanbelde voordat hij eindelijk weer wegging. Meteen na zonsondergang ging Hollis met zijn geweer en een paar flessen water naar het dak. De straatverlichting en de luchtvervuiling maakten het bijna onmogelijk om sterren te zien, maar hij ging op zijn rug liggen en keek hoe de vliegtuigen een halve cirkel beschreven om goed aan te kunnen vliegen op de luchthaven van Los Angeles. Hij probeerde niet aan Vicki Fraser te denken, maar bleef telkens haar gezicht voor zich zien. De meeste Jonesie-meisjes bleven tot hun huwelijk maagd. Hollis vroeg zich af of zij ook zo was, of dat zij er in het geheim toch vriendjes op na hield.

Om een uur of twee in de ochtend werd hij wakker doordat zijn hek zachtjes rammelde. Een paar mensen sprongen over het gesloten hek en belandden op de betonnen oprit. Enkele seconden later trapten de Tabula-huurlingen de achterdeur in en gingen het huis binnen. 'Hier niet!' riepen stemmen. 'Hier niet!' Een bord viel kapot en een pan kletterde op de grond.

Er verstreken tien, vijftien minuten. De achterdeur viel piepend dicht en even later werden er twee auto's gestart, die meteen wegreden. Het was weer stil. Hollis hing het geweer over zijn schouder en liet zich van het dak zakken. Zodra zijn voeten de grond raakten, haalde hij de veiligheidspal van het geweer over.

Hij stond in een bloemperk en luisterde naar de gedempte bastonen van een passerende autoradio. Hollis wilde net over de muur in de tuin van Deshawn springen toen hij aan de kat dacht. Misschien hadden de Tabula Garvey aan het schrikken gemaakt en was hij naar beneden gekomen.

Hij opende de achterdeur en glipte naar binnen. Er kwam maar heel weinig licht door de ramen, maar hij zag dat de Tabula alles overhoop hadden gehaald. De kastdeur stond open en de inhoud van de keukenkastjes lag op de grond. Hollis trapte op de scherven van een gebroken bord en schrok van het knerpende geluid. Rustig aan, zei hij tegen zichzelf. De slechteriken zijn weg.

De keuken bevond zich aan de achterkant van het huis. Een kort gangetje leidde naar de badkamer, een slaapkamer en een extra kamer waar zijn trainingsapparatuur stond. Aan het eind van de gang kwam je via een andere deur de L-vormige woonkamer binnen. De lange poot van de L was de plek waar Hollis naar muziek luisterde en televisiekeek. Van het kleine zijstuk had hij een 'herinneringskamer' gemaakt, met ingelijste foto's van zijn familie, oude karatetrofeeën en een plakboek over zijn professionele gevechten in Brazilië.

Hollis duwde de gangdeur open en rook een vieze stank. Het deed hem denken aan een vervuilde dierenkooi. 'Garvey?' fluisterde hij, opeens weer aan de kat denkend. 'Waar zit je in vredesnaam?' Hij liep behoedzaam de gang in en zag dat er iets op de vloer gesmeerd was. Bloed. Plukken haar. Die Tabula-rotzakken hadden Garvey gevonden en het diertje aan stukken gereten.

Toen hij de deur aan het eind van de gang bereikte werd de stank erger. Hij bleef even staan, nog steeds aan Garvey denkend. Toen hoorde hij een schril lachend geluid uit de woonkamer komen. Was dat een dier? Hij wist het niet. Hadden de Tabula een waakhond achtergelaten?

Hij bracht zijn geweer in de aanslag, trok de deur open en ging de woonkamer binnen. Het licht vanaf de straat werd gedempt door de beddenlakens die hij als gordijnen gebruikte, maar Hollis zag dat er in de hoek bij de bank een groot dier zat. Toen hij dichterbij kwam zag hij tot zijn verbazing dat het geen hond was, maar een hyena. Het dier had brede schouders, kleine oren en enorme, machtige kaken. Toen het Hollis zag, ontblootte het zijn tanden en grijnsde.

Vanuit de schaduw van de herinneringskamer kwam een tweede hyena, met een gevlekte vacht, tevoorschijn. De twee dieren keken elkaar aan en de leider – die bij de bank – gromde diep in zijn keel. In een poging afstand te bewaren, liep Hollis achteruit naar de gesloten voordeur. Toen hij achter zich een blaffend geluid hoorde – dat iets weg had van een nerveus lachje – en zich omdraaide, zag hij nog een hyena uit de gang komen. Dit derde dier had zich verborgen gehouden totdat Hollis de woonkamer binnen was gegaan.

De drie hyena's vormden een driehoek, met hem in het midden. Hij rook hun gore stank en hoorde hun nagels over de houten vloer tikken. Hollis had het gevoel dat hij geen lucht meer kreeg. Een gevoel van intense angst maakte zich van hem meester. De leider maakte een kort lachend geluid en ontblootte wederom zijn tanden.

'Sodemieter op,' zei Hollis en schoot.

Hij schoot de leider eerst neer, draaide zich toen om en vuurde een salvo af op de gevlekte hyena bij de herinneringskamer. Het derde dier sprong op hem af en Hollis wierp zich opzij. Hij voelde een scherpe pijn in zijn linkerbovenarm toen hij de vloer raakte. Hollis rolde zich op zijn zij en zag hoe de derde hyena zich bliksemsnel omdraaide om opnieuw aan te vallen. Hij haalde de trekker over en raakte het dier vanuit een lage hoek. De kogels troffen de hyena in de borst en het dier werd tegen de muur gesmeten.

Toen Hollis opstond en zijn arm aanraakte, voelde hij bloed. De hyena moest hem in zijn sprong met zijn klauwen hebben opengehaald. Nu lag het dier op zijn zij en maakte een zwaar, hijgend geluid terwijl het bloed uit een borstwond borrelde. Hollis keek naar zijn aanvaller, maar waagde zich niet dichterbij. De hyena staarde hem met een blik vol haat aan.

De salontafel lag op zijn kant. Hij liep eromheen en bekeek de leider. Het dier had kogelgaten in zijn borst en voorpoten. Zijn lippen waren teruggetrokken en het leek alsof hij grijnsde.

Hollis stapte in een plas bloed en smeerde het over de vloer. Zijn kogels hadden de nek van de gevlekte hyena doorzeefd; de kop lag er bijna af. Toen Hollis zich bukte zag hij dat het geelzwarte haar van het dier een dikke huid bedekte die veel op koeienhuid leek. Scherpe klauwen. Sterke kaken en tanden. Het was een perfecte moordmachine – heel anders dan de veel kleinere, schuwe hyena's die hij weleens in natuurfilms had gezien. Dit beest was speciaal gefokt om te jagen en onbevreesd aan te vallen en te doden. Maya had hem al gewaarschuwd dat de Tabula-geleerden de wetten der genetica op losse schroeven hadden gezet. Welk woord had zij gebruikt? Splitsers.

Er veranderde iets in de kamer. Hij wendde zich af van de dode splitser en realiseerde zich dat hij het hijgende geluid van de derde hyena niet langer hoorde. Toen Hollis zijn geweer optilde, zag hij links van zich een bewegende schaduw. Hij draaide zich om en net op dat moment krabbelde de leider overeind en sprong op hem af.

Hollis vuurde in het wilde weg. Een van zijn kogels trof de leider en het dier viel achterover. Hij bleef de trekker overhalen totdat het hele magazijn leeg was. Toen draaide Hollis het geweer om, rende op het dier af en begon met een hysterische woede op hem in te slaan, waarbij hij de schedel en de kaken van de splitser versplinterde. De houten kolf scheurde en brak toen af. Met het nutteloze wapen in zijn handen geklemd stond hij in het schemerduister.

Een krassend geluid. Klauwen op de vloer. Twee meter bij hem vandaan stond de derde hyena op. Hoewel zijn borst nat was van het bloed, maakte hij zich klaar voor de aanval. Hollis smeet zijn geweer naar de splitser en rende naar de gang. Hij trok de deur achter zich dicht, maar de hyena kwam er dwars doorheen.

Hollis bereikte de badkamer, sloot de deur en zette zich met zijn hele gewicht schrap tegen het dunne triplex. Hij overwoog uit het raam te klimmen, maar besefte toen dat de deur het hooguit enkele seconden zou houden.

De splitser wierp zich met zijn volle gewicht tegen de deur. Hij ging een paar centimeter open, maar Hollis duwde terug en slaagde erin hem weer dicht te slaan. Zoek een wapen, dacht hij. Wat dan ook. De Tabula hadden de handdoeken en toiletartikelen over de hele badkamervloer gesmeten. Nog steeds met zijn rug tegen de deur, liet hij zich op zijn hurken zakken en zocht wanhopig tussen de rommel. De splitser wierp zich opnieuw tegen de deur en duwde hem open. Hollis zag de tanden van het beest en hoorde het krankzinnige gelach toen hij uit alle macht de deur weer dichtduwde.

Er lag een bus haarlak op de grond. Naast de wasbak lag een gasaansteker. Hij graaide ze allebei van de vloer, strompelde achterwaarts naar het raam en de deur vloog open. Eén ogenblik lang staarde hij het dier in de ogen en zag het intense verlangen om te doden. Het was alsof hij een elektriciteitsdraad vastpakte die onder spanning stond en een boosaardige stroomstoot door zijn lichaam voelde gaan.

Hollis drukte het knopje op de spuitbus in, spoot het spul in de ogen van de hyena en stak toen de aansteker aan. De wolk haarlak vatte vlam en de splitser werd getroffen door een golf van oranje vlammen. De hyena krijste met een rochelend gejank dat veel leek op een menselijke kreet van pijn. Brandend wankelde het dier de gang in naar de keuken. Hollis rende de zijkamer in, pakte een stalen halter en volgde de splitser naar de keuken. Het huis was vergeven van de scherpe stank van schroeiend vlees en haar.

Hollis stond in de deuropening en tilde de halter op. Hij was klaar voor de aanval, maar de splitser schreeuwde en brandde alleen maar, totdat hij uiteindelijk onder de tafel op de grond viel en stierf.

43

Gabriel wist niet hoe lang hij al onder de grond leefde. Vier of vijf dagen misschien. Misschien ook wel langer. Hij voelde zich afgesneden van de buitenwereld en de dagelijkse cyclus van zonlicht en duisternis.

De muur die hij had gecreëerd tussen wakker zijn en dromen begon te verdwijnen. Thuis in Los Angeles waren Gabriels dromen altijd verwarrend en zonder enige betekenis. Nu leken ze een heel ander soort realiteit. Als hij zich tijdens het inslapen op het tetragrammaton concentreerde, kon hij zich in zijn dromen bewust blijven van zichzelf en er als een bezoeker in rondlopen. De droomwereld was heel intens – bijna overweldigend – dus meestal liep hij maar wat naar zijn voeten te kijken en keek af en toe heel even op om een glimp op te vangen van zijn nieuwe omgeving.

In een van zijn dromen liep Gabriel over een verlaten strand waar elke zandkorrel een minuscule ster was. Hij bleef staan en keek uit over een blauwgroene oceaan met geruisloze golven die op het strand rolden. Ook belandde hij een keer in een verlaten stad met bebaarde Assyrische standbeelden in hoge muren. Midden in de stad lag een park met lange rijen berken, een fontein en een perk met blauwe irissen. Elke bloem, elk blad en elke grasspriet was volmaakt en bijzonder: een ideale schepping.

Wanneer hij uit deze ervaringen ontwaakte, vond hij crackers, blikjes tonijn en vruchten in een plastic bak naast zijn bed. Het

357

voedsel leek als bij toverslag te verschijnen en hij kwam er niet achter hoe Sophia Briggs erin slaagde de slaapzaal binnen te komen zonder geluid te maken. Gabriel at tot hij genoeg had, verliet dan de slaapzaal en ging de hoofdtunnel in. Als Sophia er niet was, nam hij de kerosinelantaarn mee en ging op onderzoek uit.

Over het algemeen kwamen de koningsslangen niet in de buurt van de verlichting in de hoofdtunnel, maar hij trof ze altijd aan in zijkamers. Soms lagen ze verstrengeld in een golvende massa koppen en staarten en kronkelende lijven. Vaak lagen ze passief op de grond, alsof ze nog een grote rat aan het verteren waren. De slangen sisten nooit naar Gabriel en maakten ook geen dreigende bewegingen, maar hij vond het moeilijk om naar hun ogen te kijken, die op heldere kleine zwarte edelstenen leken.

De slangen deden hem niets, maar de silo zelf was wel gevaarlijk. Gabriel bekeek de verlaten controlekamer, de stroomgenerator en de radioantenne. De generator was overdekt met een soort schimmel die zich als een donzig groen tapijt op het metaal had vastgezet. In de controlekamer waren de meetinstrumenten en panelen kapotgeslagen of geroofd. De elektriciteitskabels bungelden aan het plafond als boomwortels in een grot.

Gabriel herinnerde zich dat hij een kleine opening had gezien in een van de betonnen platen die de raketsilo bedekten. Misschien was het mogelijk door dit gat naar buiten te kruipen en het zonlicht te bereiken, maar de plek waar de raketten hadden gestaan was het gevaarlijkste deel van het ondergrondse complex. Hij verdwaalde in schemerige gangen en viel bijna in een groot gat in de grond.

Vlak bij de lege brandstoftanks voor de stroomgenerator vond hij een tweeënveertig jaar oud exemplaar van een krant uit Phoenix, de *Arizona Republic*. De krant was vergeeld en de randen vielen bijna uit elkaar, maar hij was nog wel leesbaar. Gabriel was uren zoet met het lezen van de artikelen, de advertenties en de huwelijksaankondigingen. Hij deed net of hij een bezoeker uit een ander rijk was en dat de krant zijn enige bron van informatie was over het menselijk ras.

De beschaving waarmee de pagina's van de *Arizona Republic*

hem lieten kennismaken kwam hem wreed en gewelddadig voor. Maar er waren ook positieve dingen. Gabriel genoot van een artikel over een echtpaar uit Phoenix dat vijftig jaar getrouwd was. Tom Zimmerman was een elektricien die van modeltreintjes hield. Zijn vrouw Elizabeth, een voormalige onderwijzeres, was actief in de methodistenkerk. Liggend op zijn veldbed bestudeerde hij de vergeelde foto van het jubilerende echtpaar. Ze glimlachten naar de camera en hadden hun vingers met elkaar verstrengeld. Gabriel had in Los Angeles verschillende vriendinnen gehad, maar die ervaringen leken nu heel ver weg. De foto van de Zimmermans was een bewijs dat liefde de razernij van de wereld kon overleven.

De oude krant en gedachten aan Maya waren zijn enige afleiding. Wanneer hij de hoofdtunnel in liep kwam hij meestal Sophia Briggs tegen. Een jaar geleden had zij alle slangen in de raketsilo geteld en nu was zij bezig met een nieuwe volkstelling om te kijken of de populatie was gegroeid. Ze liep rond met een spuitbus nietgiftige verf en wanneer ze een slang vond markeerde ze die met de verf zodat ze wist dat hij geteld was. Gabriel vond het al heel normaal om koningsslangen tegen te komen met fluorescerend oranje strepen op de punt van hun staart.

Gabriel liep in een droom een lange gang door, deed toen zijn ogen open en merkte dat hij op zijn veldbed lag. Nadat hij wat water had gedronken en een handvol tarwecrackers had gegeten, verliet hij de slaapzaal en liep naar de controlekamer, waar hij Sophia aantrof. De biologe draaide zich om en keek hem met een scherpe blik taxerend aan. Gabriel voelde zich altijd net een nieuwe student bij een van haar hoorcolleges.

'Hoe heb je geslapen?' vroeg zij.

'Prima.'

'Heb je het eten gevonden dat ik voor je had achtergelaten?'

'Ja.'

Sophia zag een koningsslang bewegen in de schaduw. Snel spoot ze een streep op zijn staart en telde het exemplaar toen met haar handteller. 'En hoe gaat het met die prachtige waterdruppels? Heb je er al één gespleten met je zwaard?'

'Nog niet.'

'Misschien lukt het je deze keer, Gabriel. Probeer het nog maar eens.'

Even later stond hij weer voor de natte plek op de grond, keek omhoog naar het plafond en vervloekte alle 99 paden. De waterdruppel was te klein en te snel. De zwaardkling was te smal. Dit was echt een onmogelijke opdracht.

In het begin had hij nog geprobeerd zich op het gebeuren zelf te concentreren, naar de druppel te staren terwijl die zich vormde, zijn spieren te spannen en het zwaard vast te grijpen als een honkballer die op een goede worp wacht. Helaas zat er geen enkele regelmaat in wat er gebeurde. Soms duurde het twintig minuten voordat de druppel viel. Soms vielen er binnen tien seconden twee druppels. Gabriel zwaaide met zijn zwaard en miste. Hij vloekte binnensmonds en probeerde het nog een keer. Er maakte zich zo'n intense woede meester van zijn hart dat hij eraan dacht de silo te ontvluchten en terug te lopen naar San Lucas. Hij was niet het ontvoerde prinsje uit de verhalen van zijn moeder, maar gewoon een stomme jonge man die zich liet commanderen door een half gare oude vrouw.

Gabriel had het gevoel dat het vandaag allemaal weer niet ging lukken. Maar nadat hij urenlang in zijn eentje met het zwaard in de weer was geweest, begon hij geleidelijk aan zichzelf en zijn problemen te vergeten. Hoewel hij het wapen nog in zijn handen hield, was hij zich daar niet volledig van bewust. Het zwaard was eenvoudigweg een verlenging van zijn geest.

De waterdruppel viel, maar ditmaal leek het wel een vertraagde opname. Toen hij het zwaard bewoog, liep hij een stap achter op zijn eigen ervaring en zag het zwaard de druppel raken en in tweeen splitsen. Op dat moment stond de tijd stil en zag hij alles glashelder – het zwaard, zijn handen en de twee helften van de waterdruppel die in tegengestelde richting van elkaar wegzweefden.

Toen zette de tijd zich weer in beweging en verdween het eigenaardige gevoel. Er waren slechts enkele seconden verstreken, maar het voelde alsof hij zojuist een glimp van de eeuwigheid had opgevangen. Gabriel draaide zich om en rende de tunnel in. 'Sophia!' riep hij. 'Sophia!' Zijn stem weerkaatste tegen de betonnen wanden.

Zij was nog steeds in de controlekamer, waar zij in haar leren notitieboek zat te schrijven. 'Is er een probleem?'

Gabriel stamelde alsof zijn tong dienst weigerde. 'Ik – ik heb de druppel doorgesneden met het jade zwaard.'

'Mooi zo. Heel mooi.' Zij sloeg haar notitieboekje dicht. 'Je maakt vorderingen.'

'Er was nog iets, maar ik weet niet goed hoe ik dat moet uitleggen. Toen het gebeurde, voelde het alsof de tijd stilstond.'

'Heb je dat gezien?'

Gabriel keek naar de vloer. 'Ik weet dat het idioot klinkt.'

'Niemand kan de tijd tegenhouden,' zei Sophia. 'Maar er zijn mensen die hun zintuigen ver voorbij de grenzen van het normale kunnen scherpstellen. Misschien voelt het alsof de wereld langzamer gaat draaien, maar het gebeurt allemaal in je hoofd. Je waarneming is versneld. Sommige grote atleten kunnen het ook. Een bal wordt door de lucht gegooid of getrapt en zij zien haarscherp wat er gebeurt. Soms kunnen musici in een symfonieorkest op hetzelfde ogenblik alle afzonderlijke instrumenten horen. Het kan ook gewone mensen overkomen tijdens het mediteren of het bidden.'

'Overkomt het ook Reizigers?'

'Reizigers zijn anders dan de rest van de mensheid omdat zij kunnen leren deze geïntensiveerde waarneming onder controle te krijgen. Het geeft hun de macht om de wereld met ongelooflijke helderheid te zien.' Sophia bestudeerde Gabriels gezicht alsof ze in zijn ogen een antwoord hoopte te vinden.

'Kan jij dat, Gabriel? Kan jij in je hoofd een knop omdraaien en de wereld langzamer laten draaien of zelfs stil laten staan?'

'Nee. Het gebeurde gewoon.'

Ze knikte. 'Dan moeten we eraan blijven werken.' Sophia pakte haar kerosinelamp op en begon de kamer uit te lopen. 'Laten we het zeventiende pad maar eens proberen, om je gevoel voor evenwicht en beweging te verbeteren. Wanneer een Reiziger zijn lichaam een heel klein beetje beweegt, helpt dat het Licht zich los te maken.'

Een paar minuten later stonden zij op een richel halverwege de achttien meter hoge silo waar ooit de radioantenne van het complex had gestaan. Een stalen steunbalk van krap tien centimeter breed liep over de gehele lengte van de silo. Sophia tilde haar lantaarn op en liet hem zien dat het een val van negen meter was op een berg afgedankte machineonderdelen.

'Op de steunbalk ligt een stuiver. Ga die maar oprapen.'

'Als ik val breek ik allebei mijn benen.'

Sophia leek zich geen zorgen te maken. 'Ja, je kunt je benen breken. Maar het lijkt me waarschijnlijker dat je je beide enkels breekt. Tenzij je op je hoofd valt, want dan overleef je het waarschijnlijk niet.' Ze liet de lantaarn weer zakken en knikte. 'Toe maar.'

Gabriel haalde diep adem en stapte zijdelings op de balk, zodat zijn gewicht op de holtes van zijn voeten rustte. Voorzichtig begon hij van de richel weg te schuifelen.

'Je doet het niet goed,' zei Sophia. 'Je moet met je tenen naar voren lopen.'

'Dit is veiliger.'

'Nee, dat is het niet. Je moet je armen spreiden en wel in een hoek van negentig graden ten opzichte van de balk. Concentreer je op je ademhaling, niet op je angst.'

Gabriel draaide zijn hoofd om om iets tegen Sophia te zeggen en verloor zijn evenwicht. Hij zwaaide een ogenblik heen en weer, liet zich toen op zijn hurken zakken en greep de balk met beide handen vast. Hij dreigde opnieuw te vallen, totdat hij zijn benen naar buiten zwaaide en schrijlings op de balk ging zitten. Het kostte hem twee minuten om terug te schuifelen naar de richel.

'Dat was hopeloos, Gabriel. Probeer het nog maar eens een keer.'

'Nee.'

'Als je een Reiziger wilt zijn...'

'Ik wil niet dood! Hou nu eens op dingen van mij te vragen die je zelf ook niet kunt.'

Sophia zette haar lantaarn op de richel. Toen stapte ze als een koorddanseres op de steunbalk, liep snel naar het midden, bukte zich en pakte de stuiver op. Vervolgens sprong de oude vrouw in de lucht, maakte een volledige draai en kwam op één voet terecht. Snel liep ze terug naar de richel en wierp Gabriel het muntje toe.

'Ik zou maar wat gaan rusten, Gabriel. Je bent al veel langer wakker dan je denkt.' Ze pakte haar lantaarn weer op en liep de hoofdtunnel in. 'Wanneer ik weer beneden kom, proberen we het zevenentwintigste pad. Dat is een heel oud pad, dat in de twaalfde eeuw is verzonnen door een Duitse non, Hildegard von Bingen.'

Woedend smeet Gabriel de stuiver weg en liep achter haar aan. 'Hoe lang zit ik nu al onder de grond?'

'Maak je daar maar geen zorgen om.'

'Ik maak me geen zorgen. Ik wil het alleen maar weten. Hoe lang ben ik hier al en hoeveel dagen heb ik nog te gaan?'

'Ga nu maar slapen. En vergeet niet te dromen.'

Gabriel overwoog om weg te gaan, maar besloot dat toch niet te doen. Als hij vroegtijdig vertrok, zou hij Maya moeten uitleggen waarom. Als hij nog een paar dagen bleef en dan nog steeds niet verder was gekomen, zou het niemand meer iets kunnen schelen wat er met hem gebeurde.

Slaap. Een nieuwe droom. Toen hij zijn ogen opende, zag hij dat hij op de binnenplaats van een groot stenen gebouw stond. Het leek op een school of een klooster, maar er was niemand. De vloer lag bezaaid met stukjes papier die door de wind de lucht in werden geblazen.

Gabriel draaide zich om, liep een openstaande deur binnen en bevond zich in een lange gang met aan de linkerkant allemaal kapotte ramen. Er lagen geen lijken of plassen bloed, maar hij wist onmiddellijk dat hier gevochten was. De wind blies door de lege raamlijsten. Er dwarrelde een vel lijntjespapier over de vloer. Hij liep naar het einde van de gang, ging de hoek om en zag een vrouw met zwart haar op de grond zitten met een man in haar armen die half op haar schoot lag. Dichterbij gekomen zag hij dat het zijn eigen lichaam was. Zijn ogen waren gesloten en hij leek niet te ademen.

De vrouw keek op en veegde haar lange haar uit haar gezicht. Het was Maya. Haar kleren zaten onder het bloed en haar gebroken zwaard lag naast haar been op de grond. Ze hield zijn lichaam

stevig vast en wiegde het heen en weer. Maar het meest beangsti-
gende was dat de Harlekijn huilde.

Gabriel ontwaakte in een duisternis die zo ondoordringbaar was
dat hij even niet goed wist of hij leefde of dood was. 'Hallo!' riep
hij en het geluid van zijn stem weerkaatste tegen de betonnen wanden van de kamer. Er moest iets met de elektrische kabel of met de
stroomgenerator zijn gebeurd. Alle lichten waren uit en hij was gevangen in de duisternis. Hij deed zijn best om niet in paniek te raken en voelde onder het veldbed om zijn lantaarn en een doos lucifers te vinden. Hij schrok van de plotselinge helderheid van de
vlam. Hij stak de lantaarn aan en meteen vulde de kamer zich met
licht.

Terwijl hij het glaasje op de lantaarn zette, hoorde hij een hard
brommend geluid. Net toen Gabriel naar links keek richtte zich
een halve meter van zijn been een ratelslang op. Op de een of andere manier was de gifslang de silo binnengedrongen en toen aangetrokken door Gabriels lichaamswarmte. De staart van de slang
trilde heel snel en hij trok zijn kop naar achteren, klaar om toe te
slaan.

Opeens kwam er, als een rechte zwarte streep, een enorme koningsslang uit de schaduw tevoorschijn en beet de ratelslang vlak
achter zijn kop. De twee slangen vielen samen op de betonnen
vloer en de koningsslang wond zijn lichaam om zijn prooi.

Gabriel greep de lantaarn en rende de kamer uit. In de hele
hoofdtunnel was de verlichting uitgevallen en het kostte hem vijf
minuten om de noodtrap te vinden die naar de oppervlakte leidde.
Zijn laarzen maakten een hol, bonzend geluid terwijl hij de trap
op rende, naar het luik. Hij bereikte de overloop, duwde uit alle
macht en besefte dat hij opgesloten zat.

'Sophia!' riep hij. 'Sophia!' Maar er antwoordde niemand. Gabriel
keerde terug naar de hoofdtunnel. Al zijn pogingen om een Reiziger
te worden waren op niets uitgelopen. Het leek zinloos om hiermee
door te gaan. Als Sophia het luik niet wilde openen, moest hij zich
maar in de lanceersilo's wagen en een andere uitgang zoeken.

Gabriel rende verder de hoofdtunnel in en kwam in de doolhof van gangen terecht. De silo's waren ontworpen om op het moment dat de raketten werden afgevuurd de explosie van vlammen af te buigen en hij stuitte voortdurend op ventilatieschachten die nergens naartoe gingen. Ten slotte bleef hij staan en keek naar de lantaarn in zijn hand. Om de paar seconden begon het vlammetje te flakkeren alsof er ergens een briesje stond. Langzaam liep hij in die richting, totdat hij koele lucht door de tunnel voelde stromen. Hij glipte tussen een zware stalen deur en een verbogen deurlijst heen en stond op een platform dat uit de wand van de centrale lanceersilo stak.

De silo was een immense verticale grot met betonnen wanden. Jaren geleden had de overheid de op de Sovjet-Unie gerichte wapens al weggehaald, maar negentig meter onder zich zag hij nog steeds de vage omtrekken van het lanceerplatform. Een wenteltrap liep van de onderkant tot aan de opening om de silo heen. En ja, daar was het – een straal zonlicht die door een gat in de afsluiter van de silo scheen.

Er spetterde iets op zijn wang. Het grondwater sijpelde door scheuren in de betonnen wand. Met zijn lantaarn in een hand begon Gabriel in de richting van het licht te klimmen. Bij elke trede waar hij zijn voet op zette trilde de hele trap. Vijftig jaar water had de stalen bouten waarmee de structuur tegen de muur was bevestigd behoorlijk doen roesten.

Rustig aan, zei hij tegen zichzelf. Je moet voorzichtig zijn. Maar de trap begon te trillen als een levend wezen. Opeens schoot een van de bouten los uit de muur en viel in de donkere diepte. Gabriel bleef staan en luisterde hoe de bout op het platform kletterde. En toen, met het geluid van kogels uit een machinegeweer, schoten de bouten één voor één los en begon de trap los te komen van de wand.

Hij liet de lantaarn los en hield zich met twee handen aan de leuning vast toen het bovenste gedeelte van de trap boven hem begon in te storten. Het gewicht van de instortende constructie rukte nog meer bouten los en toen viel hij opzij, om vervolgens weer tegen het beton te smakken, zo'n zes meter onder de ingang. De trapleuning hing nog maar aan één steunhaak.

Overmand door angst bleef Gabriel een ogenblik aan de leuning hangen. Onder hem gaapte de silo, als het voorportaal van eeuwige duisternis. Op het moment dat hij langzaam langs de leuning omhoog begon te klimmen hoorde hij een bulderend geluid in zijn oren. Er was iets mis met de rechterkant van zijn lichaam. Deze leek wel verlamd. Toen hij zich vast probeerde te houden, zag hij een schaduwarm die uit kleine lichtpuntjes bestond uit zijn lichaam tevoorschijn komen, terwijl zijn rechterarm intussen bewegingloos langs zijn zij hing. Hij hing nog maar aan één arm, maar het enige dat hij deed was naar het licht staren.

'Houd je vast!' riep Sophia. 'Ik ben vlak boven je!'

De stem van de Padvinder liet de schaduwarm verdwijnen. Gabriel kon niet zien waar Sophia stond, maar wat hij wel zag was het nylon touw dat naar beneden viel en tegen de betonnen wand sloeg. Hij kon het touw nog net vastgrijpen voordat de steunhaak losschoot uit het beton. De trapleuning viel langs hem heen en sloeg te pletter op het lanceerplatform.

Gabriel hees zich omhoog naar de rand en bleef daar een tijdje hijgend liggen. Sophia stond met de lantaarn in haar hand op hem neer te kijken.

'Gaat het?'

'Nee.'

'Ik was boven toen de generator het begaf. Zodra ik hem weer aan de praat had ben ik naar beneden gekomen.'

'Je – je had me opgesloten.'

'Dat klopt. Je had nog maar één dag te gaan.'

Hij stond op en liep de gang weer in. Sophia kwam achter hem aan.

'Ik heb gezien wat er gebeurde, Gabriel.'

'Ja. Ik was er bijna geweest.'

'Daar heb ik het niet over. Je rechterarm werd even helemaal slap. Ik kon het zelf niet zien, maar ik weet zeker dat het Licht uit je lichaam kwam.'

'Ik weet niet eens of het dag of nacht is. Of ik droom of wakker ben.'

'Je bent een Reiziger, net als je vader. Besef je dat dan niet?'

366

'Vergeet het maar. Ik vind het helemaal niks. Ik wil gewoon een normaal leven leiden.'

Zonder nog een woord te zeggen zette Sophia snel een stap naar Gabriel toe. Ze stak haar hand uit, greep de achterkant van zijn riem en gaf er een harde ruk aan. Gabriel had een gevoel alsof er diep binnen in hem iets scheurde, losschoot. En toen voelde hij het Licht losbreken uit zijn kooi en omhoogzweven terwijl zijn lichaam met het gezicht omlaag op de grond viel. Hij was doodsbang en het enige dat hij wilde was dat alles weer normaal werd.

Gabriel keek naar zijn handen en zag dat ze veranderd waren in honderden minuscule lichtpuntjes, die stuk voor stuk schitterden als sterren. Terwijl Sophia neerknielde naast het afgeworpen lichaam, zweefde de Reiziger omhoog, dwars door het betonnen plafond.

De sterren leken dichter bij elkaar te komen tot al zijn energie zich samentrok in één punt. Hij was een hele oceaan in een druppel water, een berg in een zandkorrel. En toen ging het minuscule deeltje dat zijn energie, zijn ware bewustzijn, bevatte, een soort tunnel of gang binnen die hem verder voortstuwde.

Dit moment had duizend jaar kunnen duren of één enkele hartslag; hij had geen enkel tijdsbesef meer. Het enige dat hij wist was dat hij zich heel snel voortbewoog en door de duisternis racete langs de gebogen rand van een omsloten ruimte. En toen kwam er een einde aan de beweging en vond er een transformatie plaats. Een enkele ademtocht, essentiëler en doordringender dan longen en zuurstof, vulde zijn wezen.

Ga nu. Vind de weg.

44

Gabriel deed zijn ogen open en zag dat hij door blauwe lucht viel. Hij keek omlaag en van links naar rechts, maar zag niets. Er was geen grond onder hem. Geen landingsplek of eindbestemming. Dit was de barrière van lucht. Hij realiseerde zich dat hij altijd van het bestaan ervan had geweten. Vastgegespt aan een parachute had hij geprobeerd dit gevoel ook in zijn eigen wereld te creëren.

Maar nu was hij bevrijd van het vliegtuig en de onvermijdelijke afdaling naar de aarde. Gabriel deed zijn ogen even dicht, en toen meteen weer open. Hij kromde zijn rug, spreidde zijn armen en controleerde zijn beweging door de lucht. Zoek de doorgang. Dat had Sophia hem verteld. Er was een doorgang die door alle vier de barrières naar de andere rijken leidde.

Hij leunde naar rechts en zette een spiraalbeweging in, als een havik die op zoek is naar een prooi.

De tijd verstreek en opeens zag hij in de verte een dunne, zwarte lijn, als een schaduw die in de ruimte zweefde. Gabriel spreidde zijn armen, maakte zich los uit de strakke cirkel en viel snel in een scherpe diagonaal naar links. De schaduw werd een ovaal en hij gleed weg in de duistere kern ervan.

Hij voelde weer het samendrukken van licht, een voorwaartse beweging en de leven schenkende adem. Toen hij zijn ogen opende, stond hij midden in een woestijn, waarvan de rode aarde openscheurde alsof ze naar lucht hapte. Gabriel draaide zich om en overzag deze nieuwe omgeving. De hemel boven hem was saffierblauw. Hoewel de zon was verdwenen, gloeide er aan alle kanten van de horizon licht. Geen rotsen of planten. Geen valleien of bergen. Hij zat gevangen in de aardebarrière, als enige verticale object in een volkomen vlakke wereld.

Gabriel begon te lopen. Toen hij stilstond en om zich heen keek, was zijn perspectief onveranderd. Hij knielde en raakte met zijn vingers de rode aarde aan. Hij had een vast punt in het landschap nodig, iets wat zijn eigen bestaan zou bevestigen. Hij schopte en klauwde net zo lang in de aarde tot hij een berg zand bijeen had geschraapt van zo'n vijfentwintig centimeter hoog.

Als een klein kind dat een beker op de grond had gegooid en daarmee de wereld had veranderd, liep hij een paar keer om het bergje heen; gewoon om zich ervan te overtuigen dat het er nog was. Toen hij weer begon te lopen telde hij zijn passen. Vijftig. Tachtig. Honderd. Maar toen hij over zijn schouder keek was het bergje verdwenen.

Gabriel voelde een golf van paniek. Hij ging zitten, deed zijn ogen dicht en rustte wat uit. Daarna stond hij op en begon weer te lopen. Hoewel hij uit bleef kijken naar een doorgang, begon hij zich wanhopig en verloren te voelen. Hij stond een tijdje met de neus van zijn laars in de aarde te schoppen. Stukken aarde vlogen in de lucht, vielen weer omlaag en werden onmiddellijk opgeslokt door deze nieuwe realiteit.

Toen hij over zijn schouder keek zag hij achter zich een donkere vlek. Het was zijn eigen schaduw die hem volgde op deze doelloze tocht, maar het beeld had een ongebruikelijke diepte en scherpte, alsof iemand het in de grond had gekerfd. Was dit de manier om hieruit te komen? Was het er al die tijd al geweest? Hij deed zijn ogen dicht, viel naar voren en werd meegetrokken in de doorgang.

Door blijven ademen, zei hij tegen zichzelf. En nog eens. Hij zat op zijn knieën in een straat van aangestampte aarde die dwars door een stadje liep. Gabriel stond voorzichtig op, half en half verwachtend dat de bodem onder hem zou instorten en hem in lucht, water of de kale woestijnwereld zou laten vallen. Hij stampte met zijn voeten op de straat als een man met een woedeaanval, maar deze nieuwe realiteit was kennelijk blijvend en weigerde te verdwijnen.

Het stadje deed hem denken aan een kolonistenstadje in een ouderwetse western, echt een plek waar je cowboys, sheriffs en dansmeisjes kon aantreffen. De gebouwen waren één of twee verdiepingen hoog en opgetrokken uit planken en dakspanen. Houten trottoirs liepen aan beide zijden van de straat, alsof de bouwers wilden voorkomen dat de mensen te veel modder naar binnen zouden lopen. Maar er was geen modder en geen regen – er was helemaal geen water. De paar bomen langs de straat zagen er dood uit; hun bladeren waren dor en bruin.

Gabriel trok het jade zwaard en hield het stevig vast toen hij op het houten trottoir stapte. Hij probeerde een deurknop – niet op slot – en liep een kapperszaak met drie stoelen binnen. Er hingen spiegels aan de muur en Gabriel staarde naar zijn eigen gezicht en het zwaard in zijn hand. Hij zag er angstig uit, als een man die elk moment verwachtte te worden aangevallen. Wegwezen hier. Vlug. En toen was hij weer terug op het trottoir met de heldere hemel en de levenloze bomen.

Alle deuren waren open en hij begon elk gebouw te doorzoeken. Zijn schoenen maakten een hol geluid op het houten trottoir. Hij ontdekte een stoffenwinkel die vol lag met rollen stof. Boven de zaak was een appartement. Het had een gootsteen met een handpomp en een gietijzeren fornuis. De tafel was gedekt voor drie personen, maar de planken en de koelkast waren leeg. In een ander gebouw was een kuiperij gevestigd met houten vaten in verschillende stadia van voltooiing.

Het stadje had maar twee straten, die elkaar kruisten op een dorpsplein met bankjes en een stenen obelisk. Er stond geen tekst op het gedenkteken, alleen een reeks geometrische symbolen, waaronder een cirkel, een driehoek en een pentagram. Gabriel bleef de straat volgen tot hij het stadje achter zich had gelaten en hij een barrière van dode bomen en doornstruiken had bereikt. Hij bleef nog even naar een pad zoeken, maar uiteindelijk gaf hij het op en keerde terug naar het plein.

370

'Hallo!' riep hij. 'Is hier iemand?' Maar er kwam geen antwoord. Opeens gaf het zwaard hem het gevoel dat hij een lafaard was en hij stak het terug in de schede.

Een van de gebouwen aan het plein had een rond koepeldak en de voordeur was gemaakt van donker, zwaar hout met ijzeren scharnieren. Toen Gabriel naar binnen liep stond hij in een kerk met banken en gebrandschilderde ramen waarin ingewikkelde geometrische patronen waren afgebeeld. Voor in de kerk stond een houten altaar.

De ontbrekende bewoners van het stadje hadden het altaar versierd met rozen die nu dood en verbleekt waren en waaraan je nauwelijks meer kon zien welke kleur ze hadden gehad. Te midden van deze verdorde offerande stond een zwarte kaars te branden. Het heldere vlammetje flakkerde onrustig. Behalve hijzelf was dit het enige voorwerp in het hele stadje dat leefde en bewoog.

Hij ging voor het altaar staan en ademde diep in, als een zucht. De zwarte kaars viel uit de koperen kandelaar en de vlam beroerde de droge bloemen en bladeren. Een van de rozen vatte vlam en een oranje vlammetje gleed langs de stengel naar een volgende bloem. Gabriel zocht naar een fles water of een emmer zand, iets waarmee hij de vlammen kon blussen. Niets. Toen hij zich weer omdraaide, stond het altaar zelf in brand. De vlammen lekten aan de stijlen en de randen van het krulwerk.

Gabriel rende naar buiten en bleef in het midden van de straat staan. Zijn mond was open, maar hij maakte geen geluid. Waar kon hij zich verbergen? Was er een plek waar hij veilig was? Hij trachtte zijn angst te bedwingen en rende de straat in, langs de kapperszaak en de stoffenwinkel. Toen hij de rand van het stadje had bereikt, bleef hij staan en keek naar het bos. Alle bomen stonden in brand en de rook steeg als een massieve grijze muur op naar de hemel.

Een asdeeltje viel op zijn wang en hij veegde het weg. Gabriel wist dat er geen uitweg was, maar rende toch terug naar de kerk. De rook kwam door de kieren rond de zware deur naar buiten. De gebrandschilderde ramen gloeiden van binnenuit. Terwijl hij stond te kijken, verscheen er in het middelste raam een barst die steeds groter werd, als een diepe wond in iemands huid. De lucht in het gebouw zette uit en het raam explodeerde, zodat het op straat glasscherven regende. De vlammen schoten uit de kapotte ramen en zwarte rook dreef naar de zijkant van de witte koepel.

Hij rende de straat uit naar de andere kant van het stadje en zag daar een brandende pijnboom exploderen. Draai je om, dacht hij. Ren weg. Maar inmiddels brandden alle gebouwen. De intense hitte veroorzaakte een wind die de asdeeltjes liet ronddwarrelen als bladeren in een herfststorm.

Ergens in deze verwoesting moest een uitweg zijn, de donkere doorgang die hem terug zou leiden naar de menselijke wereld. Maar het vuur vernietigde alle schaduwen en de opstijgende rook veranderde de dag in nacht. Te heet, dacht hij. Krijg geen lucht. Hij keerde terug naar het plein en knielde neer naast de stenen obelisk. De parkbankjes en de droge struiken brandden. Alles om hem heen vatte vlam. Gabriel hield zijn armen boven zijn hoofd en rolde zich op tot een bal. Het vuur omringde hem en drong door zijn huid.

En toen was het voorbij. Toen Gabriel zijn ogen opende zag hij zich omringd door de verkoolde resten van het stadje en het bos. Grote stukken hout brandden nog na en rookpluimen kringelden omhoog naar een leigrijze hemel.

Gabriel verliet het plein en liep langzaam de straat in. De kerk, de kuiperij en de stoffenwinkel met het bovenhuis waren verwoest. Even later bereikte hij de rand van de stad en de restanten van het bos. Sommige bomen waren op de grond gevallen, maar enkele stonden nog overeind als zwarte, stakerige figuren met verwrongen armen.

Hij volgde zijn eigen voetstappen door de met as bedekte straten en zag dat er te midden van de verwoesting nog een houten paal van een luifel overeind stond. Gabriel raakte de paal aan en liet zijn hand over het gladde hout glijden. Was dit mogelijk? Hoe had deze paal de vlammen doorstaan? Hij bleef nog even staan kijken, zich afvragend wat het betekende, toen hij op nog geen zes meter afstand een witgepleisterde muur zag. Een paar minuten geleden had die muur er nog niet gestaan – of misschien had hij hem over het hoofd gezien. Hij liep verder en vond midden in de as een kapperstoel. Dit voorwerp was volkomen echt. Hij kon het aanraken en het groene leer en de houten armleuningen voelen.

Het begon tot hem door te dringen dat het stadje in exact dezelfde vorm zou terugkeren. Het zou weer helemaal heel worden, om vervolgens weer tot de grond toe af te branden – een proces dat zich eeuwig zou blijven herhalen. Dit was de vervloeking van de vuurbarrière. Als hij de doorgang niet kon vinden, zou hij gevangenzitten in deze oneindige cyclus van wedergeboorte en verwoesting. In plaats van naar een schaduw te zoeken, keerde hij terug naar het plein en leunde tegen de obelisk. Terwijl hij stond te kijken verscheen er een voordeur, en vervolgens een deel van het houten trottoir. Het stadje groeide als een levend wezen. De rook verdween en de hemel werd weer blauw. Alles was veranderd, maar toch hetzelfde, terwijl de as in de zon wegsmolt als vlokken zwarte sneeuw.

Eindelijk was het proces voltooid. Hij werd opnieuw omringd door een stad met lege kamers en dode bomen. Dat was tevens het moment waarop zijn geest weer enigszins helder werd. Vergeet de kronkels van de filosofie. Er waren slechts twee toestanden van zijn: evenwicht en beweging. De Tabula verheerlijkten het ideaal van politieke en sociale controle, de illusie dat alles hetzelfde moest blijven. Maar dit was de kille leegheid van de ruimte, niet de energie van het Licht.

Gabriel verliet zijn toevluchtsoord en ging op zoek naar een schaduw. Als een rechercheur die op zoek is naar aanwijzingen, ging hij de gebouwen een voor een binnen en trok alle lege kasten en laden open. Hij gluurde onder bedden en probeerde elk voorwerp vanuit verschillende hoeken te bekijken. Misschien kon hij de doorgang zien als hij op de goede plek stond.

Toen hij de straat weer op ging, leek de lucht een beetje warmer. Het stadje was nieuw en helemaal compleet, maar verzamelde zijn krachten alweer voor de volgende vlammenzee. Gabriel maakte zich kwaad om de onafwendbaarheid van de cyclus. Waarom kon hij datgene wat gebeuren ging niet tegenhouden? Hij begon een kerstliedje te fluiten en genoot van het zwakke geluid in de stilte.

Hij keerde terug naar de kerk, rukte de deur open en liep met grote stappen op het houten altaar af.

De kaars stond weer, alsof er niets was gebeurd, te branden in zijn koperen standaard. Gabriel likte aan zijn duim en wijsvinger en stak zijn hand uit om de vlam uit te drukken. Op het moment dat hij de kaars aanraakte, brak de vlam van de pit en begon als een heldergele vlinder om zijn hoofd te fladderen. Vervolgens zette hij zich op een verdroogde roos, die meteen vlamvatte. Gabriel probeerde het vuur met zijn handpalm uit te drukken, maar enkele vonkjes wisten te ontsnappen en vielen op de rest van het altaar.

In plaats dat hij voor het vuur op de vlucht sloeg, ging hij op een kerkbank zitten en keek hoe de verwoesting om zich heen greep. Kon hij hier sterven? Als zijn lichaam werd vernietigd, zou hij dan weer terugkeren, net als het altaar en de kappersstoel? Hij voelde een intense hitte, maar probeerde de nieuwe realiteit te ontkennen. Misschien was dit allemaal een droom en had hij het verzonnen.

De rook begon naar buiten te drijven en trok naar de half open deur. Toen Gabriel opstond en de kerk wilde verlaten, veranderde het altaar in een vlammenzee. De rook drong in zijn longen. Hij begon te hoesten, maar toen hij naar links keek zag hij opeens een schaduw verschijnen in een van de gebrandschilderde ramen. De schaduw was donker en diep; hij zweefde heen en weer, als een weifelend stukje nacht. Gabriel greep een kerkbank en sleepte hem naar de muur. Hij klom op de bank en hees zich op de smalle vensterbank van het raam.

Hij trok zijn zwaard, sloeg ermee naar de schaduw en zag zijn hand in de duisternis verdwijnen. Spring, dacht hij. Hij begon in de donkere doorgang te vallen en werd meegetrokken in de ruimte. Het was pas op het allerlaatste moment dat hij nog een keer achteromkeek en Michael in de ingang van de kerk zag staan.

45

Met Gabriels motor achter in het busje reed Maya in noordelijke richting naar Las Vegas. Ze zag tientallen borden van verschillende casino's en opeens verscheen er een groot aantal helder verlichte torens aan de horizon. Nadat zij langzaam langs verschillende motels buiten de stad was gereden, nam zij ten slotte een kamer in de Frontier Lodge – tien aparte kamers die eruitzagen als blokhutten. In de douche waren de kranen groen uitgeslagen en haar matras zakte door, maar ze legde haar zwaard naast zich en sliep twaalf uur aan één stuk door.

Maya wist dat de casino's beveiligingscamera's hadden en dat sommige camera's ongetwijfeld waren aangesloten op Tabula-computers. Toen ze wakker werd, pakte ze een injectienaald en injecteerde het gezichtsmiddel in haar lippen en de huid onder haar ogen. Nu leek ze dik en uitgezakt, als een vrouw met een drankprobleem.

Ze reed naar een winkelcentrum en kocht goedkope, opzichtige kleren – een capribroek, een roze T-shirt en sandalen . Vervolgens ging ze naar een winkel waar een oudere vrouw in een cowgirlkostuum make-up en synthetische pruiken verkocht. Maya wees een blonde pruik aan die op een schuimrubberhoofd achter de toonbank stond.

'Dat is ons model Champagne Blondje, schat. Zal ik hem inpakken of wil je hem meteen dragen?'

'Ik zet hem meteen op.'

De verkoopster knikte goedkeurend. 'Mannen zijn dol op dat blonde haar. Het maakt ze helemaal gek.'

Nu was ze klaar. Ze reed de stad in, liet het busje achter op een parkeerterrein achter het Paris Las Vegas en liep door de achteringang de hal binnen. Het hotel was een pretparkuitvoering van de Lichtstad. Er stond een model op halve grootte van de Eiffeltoren en gebouwen met beschilderde gevels die op het Louvre en de Opéra leken. Er waren restaurants en bars en een enorme gokzaal waar mensen blackjack speelden of achter de kleurig verlichte gokautomaten stonden.

Maya wandelde naar een ander hotel en zag hoe gondeliers toeristen door kanalen roeiden die nergens naartoe gingen. Afgezien van een ander kleurenschema leek het Venetiaanse hotel precies op het Parijse. De gokzalen hadden geen klokken of ramen. Je was er en tegelijk was je helemaal nergens. De allereerste keer dat Maya in een casino kwam, hielp haar goede evenwichtsgevoel haar iets te voelen dat de meeste toeristen nooit zouden beseffen. De begane grond liep enigszins schuin, zodat de zwaartekracht je ongemerkt van het hotelgedeelte naar de gokautomaten en de blackjacktafels zou lokken.

Voor de meeste mensen was Las Vegas een leuke bestemming waar je lekker veel kon drinken en gokken en naar vreemde vrouwen kon kijken die hun kleren voor je uittrokken. Maar deze stad van plezier was een driedimensionale illusie. Bewakingscamera's hielden je doorlopend in de gaten, computers hielden precies bij wat je vergokte en een heel leger van beveiligingsmensen met Amerikaanse vlaggen op de mouwen van hun uniformen zorgde ervoor dat er geen echt vervelende dingen gebeurden. Dit was het doel van de Tabula: de schijn van vrijheid met de realiteit van controle.

In zo'n goed georganiseerde omgeving zou het niet meevallen de autoriteiten om de tuin te leiden. Maya deed haar hele leven al niet anders dan de Grote Machine ontlopen, maar nu moest ze al hun sensors alarmeren en ontkomen zonder gepakt te worden. Ze wist zeker dat de computerprogramma's van de Tabula binnen de Grote Machine op zoek waren naar een verscheidenheid aan informatie –

zoals het gebruik van Michaels creditcard. Als de kaart als gestolen was opgegeven, kreeg ze wellicht te maken met beveiligingsmensen die niets van de Tabula wisten. Harlekijns vermeden het om burgers en sloebers te verwonden, maar soms kon het niet anders.

Nadat ze de rest van de hotels had bekeken, besloot ze dat het New York-New York Hotel haar de meeste ontsnappingskansen bood. Maya bracht de middag door in een winkel van het Leger des Heils, waar ze twee tweedehands koffers en wat herenkleding kocht. Ze kocht een toilettas en vulde die met een bus scheer-schuim, een half lege tube tandpasta en een tandenborstel die ze een paar keer over de stoep voor haar motelkamer heen en weer had gehaald. Het laatste detail was tevens het belangrijkste: we-genkaarten waarop met potlood een route van kust tot kust stond aangegeven, met New York City als eindbestemming.

Gabriel had zijn helm, handschoenen en motorjack in het busje achtergelaten. Eenmaal terug in haar motelkamer, trok Maya de motorkleding aan. Het was net alsof Gabriels huid, zijn aanwezig-heid, haar omhulde. Toen Maya in Londen woonde, had ze een scooter gehad, maar deze motor van Italiaanse makelij was een grote, machtige machine. Het viel niet mee de motor te besturen en telkens wanneer ze schakelde hoorde ze een knarsend geluid.

Die avond zette ze de motor op het parkeerterrein van het hotel, ging het New York-New York binnen en gebruikte een telefooncel om een suite te reserveren. Twintig minuten later liep ze met twee koffers naar de balie.

'Mijn man heeft gereserveerd,' zei ze tegen de receptionist. 'Zijn vlucht landt later vanavond.'

De receptionist was een gespierde jongeman met blond stekel-tjeshaar. Hij zag eruit alsof hij leiding zou moeten geven aan een zomersportkamp in Zwitserland. 'Dan wens ik u beiden een leuk weekend,' zei hij, waarna hij haar om een identiteitsbewijs vroeg.

Maya overhandigde hem haar valse paspoort en Michael Corri-gans creditcard. Nummers gingen van de deskcomputer naar een centrale computer en vervolgens naar een mainframe ergens ter wereld. Maya bleef strak naar het gezicht van de receptionist kij-ken, wachtend op een licht verstrakken als de woorden *gestolen kaart* op zijn beeldscherm verschenen. Ze stond klaar om te liegen, te vluchten, zo nodig te doden – maar de receptionist glimlachte en gaf haar een plastic sleutelkaartje. Toen Maya in de lift stapte moest ze het kaartje in een gleuf steken en het juiste verdiepingnummer intikken. Nu wist de hotelcomputer exact waar zij zich bevond: in de lift, op weg naar de veertiende verdieping.

In haar tweekamersuite stond een reusachtige televisie. De meubels en de hele inrichting van de badkamer waren allemaal veel groter dan wat je in een Engels hotel aantrof. Amerikanen waren betrekkelijk grote mensen, dacht Maya. Maar dit was overdreven – een bewust verlangen om je overweldigd te voelen door een overdadige inrichting.

Maya hoorde gegil, gevolgd door een diep, donderend geluid. Toen ze de gordijnen opentrok, zag ze dat er op ongeveer honderdvijftig meter van het raam een achtbaan op het dak van een gebouw stond. Zonder hier verder aandacht aan te schenken, liet ze het bad en de wasbak vollopen, gebruikte een stuk zeep en bevochtigde een paar handdoeken. In de zitkamer van de suite legde ze de wegenkaarten en het potlood op een tafeltje. Een zak met de vettige verpakkingen van een fast-foodrestaurant zette ze naast de televisie. Met elk stukje afval en kleding zette ze een verhaaltje in elkaar dat door een Tabula-huurling zou worden gelezen en geïnterpreteerd. Het was nu ongeveer tien minuten geleden dat het nummer van de creditcard in de Grote Machine was ingevoerd. Ze ging naar de slaapkamer, maakte de koffers open en legde wat van de kleren in een la. Toen pakte Maya het kleine Duitse pistool, dat ze bij Verrijzenis Auto Onderdelen had gevonden, en legde het onder een opgevouwen shirt.

Het wapen was het ultieme bewijs dat ze in het hotel was geweest. De Tabula zouden nooit geloven dat een Harlekijn bewust een wapen op zou geven. Als de politie het pistool ontdekte, zou het in hun databank worden geregistreerd en zouden de Tabulacomputers die het internet afzochten het onmiddellijk opmerken.

Maya was net bezig de lakens en dekens om te woelen toen ze in de andere kamer een vaag klikgeluid hoorde. Iemand had een sleutelkaart in het slot gestoken en nu deden ze de deur open.

Haar rechterhand ging naar haar zwaardfoedraal. Ze voelde het Harlekijnverlangen om aan te vallen – altijd aan te vallen – en datgene wat haar veiligheid bedreigde te vernietigen. Maar dat was niet de manier om haar doel te bereiken, namelijk het in verwarring brengen van de Tabula door middel van valse informatie. Maya keek om zich heen en zag een glazen schuifdeur die toegang gaf tot een balkon. Ze trok de stiletto en liep naar de gordijnen; het kostte haar slechts enkele seconden om twee stroken stof af te snijden.

In de andere kamer kraakte de vloer toen de indringer zachtjes over het tapijt liep. Voor de deur van de slaapkamer bleef de insluiper even staan en Maya vroeg zich af of hij moed stond te verzamelen voor de aanval.

Met de stroken gordijnstof in haar handen duwde ze de schuifdeur open en stapte het balkon op. Ze werd omringd door de warme woestijnlucht. Er stonden nog geen sterren aan de hemel, maar in de straat beneden haar flitste groene en rode neonverlichting aan en uit. Geen tijd om een touw te maken. Ze bond beide stroken aan de reling en klom over de rand.

De gordijnen waren gemaakt van dun katoen en konden haar gewicht niet dragen. Terwijl Maya zich omlaag liet zakken scheurde een van de stroken af. Ze bungelde nog aan één strook in de lucht en vervolgde haar afdaling naar de verdieping onder haar. Toen hoorde ze boven zich een stem. Misschien zagen ze haar.

Ze had geen tijd om te denken of te voelen of bang te zijn. De Harlekijn greep de ijzeren reling en hees zich op het balkon. Ze trok opnieuw haar stiletto en zag dat ze haar handpalm had opengehaald. Verdoemd door het vlees. Verlost door het bloed. Ze rukte de glazen schuifdeur open en rende een lege kamer door.

46

Een van de redenen waarom Michael het prettig vond om in het researchcentrum te wonen was de manier waarop de staf in al zijn behoeftes voorzag. Toen hij de eerste keer terugkeerde van de barrières, voelde hij zich kwetsbaar en verdwaasd, niet helemaal zeker van zijn eigen lichaam. Na enkele medische onderzoeken brachten dr. Richardson en Lawrence Takawa hem naar de galerij op de eerste verdieping, waar generaal Nash op hem wachtte. Toen Michael om een glas jus d'orange vroeg, kwamen ze na vijf minuten terug met een kartonnen pakje, waarschijnlijk uit het lunchdoosje van de een of andere conciërge.

Nu was hij net terug van zijn tweede ervaring met een barrière en stond alles klaar om het hem naar de zin te maken. Op een bijzettafeltje stond een glazen karaf met gekoeld sinaasappelsap. Daarnaast stond een zilveren schaal met vers gebakken chocoladekoekjes, alsof een heel peloton moeders met keukenschorten voorbereidingen had getroffen voor zijn thuiskomst.

Kennard Nash zat tegenover hem in een zwart leren stoel en nam een slok van zijn wijn. Toen ze net met hun gesprekken waren begonnen, had het Michael verbaasd dat de generaal nooit aantekeningen maakte. Nu realiseerde hij zich dat de bewakingscamera's altijd aanstonden. Michael vond het een prettig idee dat alles wat hij zei en deed zo belangrijk was dat het moest worden vastgelegd en geanalyseerd. Het hele onderzoekscentrum was afhankelijk van zijn macht.

Nash boog zich naar voren en zei zachtjes: 'En toen begon de brand?'

'Ja. De bomen begonnen te branden. Dat was het moment waarop ik een pad vond dat naar een klein stadje voerde. Het stadje stond ook in brand.'

'Was er iemand?' vroeg Nash. 'Of was je alleen?'

'Eerst dacht ik dat het stadje verlaten was. Toen liep ik een kerkje binnen en zag ik mijn broer, Gabriel. We hebben elkaar niet gesproken. Hij ging net door een doorgang die waarschijnlijk terugvoerde naar deze wereld.'

Nash haalde een mobiele telefoon uit zijn zak, drukte op een knopje en praatte even met Lawrence Takawa. 'Kopieer de laatste vijf seconden van ons gesprek en stuur die naar Mr. Boone. Hij heeft deze informatie zo snel mogelijk nodig.'

De generaal klapte het toestelletje dicht en pakte zijn glas wijn weer op. 'Je broer is nog steeds de gevangene van een terroristische groepering die zich de Harlekijns noemt. Kennelijk hebben zij hem opgeleid om de oversteek te maken.'

'Gabriel had het Japanse zwaard van onze vader bij zich. Hoe kan dat dan?'

'Onze bevindingen wijzen erop dat een Reiziger bepaalde objecten die we talismannen noemen, kunnen meenemen.'

'Het kan me niet schelen hoe we ze noemen. Zorg maar dat jullie er een voor me vinden. Ik wil ook een wapen wanneer ik oversteek.'

Generaal Nash knikte snel, alsof hij zeggen wilde: *U zegt het maar, Mr. Corrigan. Geen probleem. Het wordt geregeld.* Michael leunde achterover in zijn stoel. Hij voelde zich zeker genoeg om zijn volgende eis te stellen.

'Dat wil zeggen – als ik besluit de verschillende rijken te bezoeken.'

'Natuurlijk doe je dat,' zei Nash.

'Ik houd niet van dreigementen, generaal. Ik dien niet in uw leger. Als u me wilt doden, doe dat dan. Maar dan verliest u wel het belangrijkste element van dit hele project.'

'Als het geld is wat je wilt, Michael...'

'Natuurlijk wil ik geld. Maar daar gaat het nu niet om. Wat ik werkelijk wil is volledige informatie. De eerste keer dat wij elkaar spraken vertelde u mij dat ik u ging helpen een technologische doorbraak te bereiken. U zei dat we samen de geschiedenis gingen veranderen. Oké, nu ben ik dus een Reiziger. Waarom heb ik dan die draden in mijn hoofd? Wat is het doel van dit alles?'

Nash liep naar de tafel en pakte een chocoladekoekje. 'Kom, Michael. Ik wil je iets laten zien.'

De twee mannen verlieten de galerij en wandelden de gang in, naar de lift. 'Dit alles is jaren geleden begonnen, toen ik nog op het Witte Huis werkte en het Vrij van angst-programma ontwikkelde. Iedereen in Amerika zou een Protective Link gaan dragen. Het zou een eind hebben gemaakt aan criminaliteit en terrorisme.'

'Maar het werkte niet,' zei Michael.

'Destijds was onze technologie nog niet zover gevorderd. We hadden geen computersysteem dat zoveel informatie aankon.'

Toen zij het gebouw verlieten, liepen twee beveiligingsmensen achter hen aan over het vierkante plein in het midden van het complex. De lucht was kil en vochtig en de nachtelijke hemel ging verscholen achter een dicht wolkendek. Tot zijn verrassing zag Michael dat ze op weg waren naar het computercentrum. Daar mochten alleen speciale technici naar binnen.

'Toen ik het leiderschap van de Broeders op me nam, ben ik me meteen gaan inzetten voor de ontwikkeling van een kwantumcomputer. Ik wist dat die in staat zou zijn complexe problemen op te lossen en gigantische hoeveelheden informatie te verwerken. Met een hele rij kwantumcomputers konden we letterlijk de dagelijkse activiteiten van iedereen ter wereld volgen en in de gaten houden. Misschien dat een enkeling bezwaar zou maken, maar de meesten zouden graag een beetje privacy opgeven om zich veilig te kunnen voelen. Denk je de voordelen eens in. Geen afwijkend gedrag meer. Geen onaangename verrassingen...'

'Geen Reizigers meer,' zei Michael.

Generaal Nash lachte. 'Inderdaad. Dat moet ik toegeven. Oorspronkelijk was het de bedoeling om mensen zoals de Reizigers te elimineren. Maar dat is allemaal veranderd. Nu hebben we jou in ons team.'

De bewakers bleven buiten staan toen Michael en Nash de ver-laten lobby van het computercentrum binnengingen. 'Een gewone computer werkt volgens een binair systeem. Hoe groot of krachtig hij ook is, hij kent maar twee getallen: 0 of 1. Gewone computers kunnen heel snel werken, of naast elkaar, maar ze blijven beperkt tot die twee mogelijkheden.

Een kwantumcomputer is gebaseerd op kwantummechanica. Het lijkt logisch dat een atoom omhoog of omlaag kan: 0 of 1. Nogmaals, het is een binair systeem. Maar de kwantummechanica leert ons dat een atoom omhoog of omlaag kan of allebei tegelijk. Daarom kunnen verschillende berekeningen tegelijkertijd en heel snel worden uitgevoerd. Aangezien een kwantumcomputer kwan-tumschakelingen gebruikt in plaats van conventionele heeft hij een gigantisch vermogen.'

Ze gingen een kamertje zonder ramen binnen en achter hen viel een stalen deur dicht. Nash drukte zijn handpalm tegen een glazen paneel. Met een zacht sissend geluid gleed een tweede deur open en zij betraden een schemerig verlichte ruimte.

Midden in de ruimte stond een afgesloten glazen tank, ongeveer één meter tachtig in het vierkant, boven op een zwaar stalen voet-stuk. Over de vloer kronkelden dikke kabels van het voetstuk naar een hele rij binaire computers tegen een muur. Drie technici in wit-te jassen stonden om de glazen tank heen als misdienaars rond een altaar, maar generaal Nash hoefde maar één blik in hun richting te werpen of ze liepen onmiddellijk weg.

De tank was gevuld met een dikke groene vloeistof die langzaam bewoog en kolkte. In verschillende delen van de vloeistof vonden voortdurend kleine explosies plaats. Michael hoorde een gonzend geluid en rook een schroeilucht, alsof iemand een handvol dode bladeren in brand had gestoken.

'Dit is onze kwantumcomputer,' zei Nash. 'Het zijn elektronen die in supergekoeld vloeibaar helium drijven. De energie die door het helium stroomt dwingt de elektronen tot interactie en het uit-voeren van logische handelingen.'

'Het lijkt meer op een aquarium.'

'Ja. Alleen zitten er geen goudvissen in maar subatomaire deeltjes. De kwantumtheorie heeft ons geleerd dat materiedeeltjes heel even naar andere dimensies verdwijnen en vervolgens weer terugkeren.'

'Net als een Reiziger.'

'En dat is precies wat er is gebeurd, Michael. Gedurende ons eerste experiment met de kwantumcomputer kregen we boodschappen door uit een andere wereld. Eerst wisten we niet wat er aan de hand was. We dachten dat het een fout in het softwareprogramma was. Toen realiseerde een van onze geleerden zich opeens dat we binaire versies van standaard mathematische vergelijkingen doorkregen. Toen wij soortgelijke boodschappen terugstuurden, ontvingen we diagrammen die ons lieten zien hoe we een veel krachtiger computer konden bouwen.'

'En zo hebben jullie dit apparaat gebouwd?'

'Dit is zelfs al onze derde versie. Het is een proces dat zich continu blijft evolueren. Zodra we onze computer hadden verbeterd, konden we weer geavanceerder informatie ontvangen. Het was als het bouwen van een serie sterke radio's. Met elke nieuwe ontvanger hoor je meer woorden en krijg je meer informatie. En we hebben niet alleen informatie over computers ontvangen. Onze nieuwe vrienden hebben ons ook geleerd hoe we chromosomen kunnen manipuleren en verschillende hybridesoorten kunnen creëren.'

'Wat willen ze?' vroeg Michael.

'Die andere beschaving weet alles van de Reizigers en volgens mij zijn ze een beetje jaloers.' Nash glimlachte. 'Zij zitten vast in hun eigen rijk, maar willen onze wereld graag bezoeken.'

'Is dat mogelijk?'

'De kwantumcomputer heeft jou gevolgd bij het doorkruisen van de barrières. Daarom hebben we die draden in je hersenen geplaatst. Jij bent de verkenner die onze nieuwe vrienden een routekaart gaat verschaffen. Als jij de oversteek naar een andere wereld maakt, hebben zij beloofd ons het ontwerp voor een nog krachtiger computer te sturen.'

Michael ging vlak bij de kwantumcomputer staan en keek naar de kleine bliksemflitsen. Nash dacht nu wel dat hij macht in al zijn verschijningsvormen begreep, maar Michael besefte opeens de be-

384

perkingen van de visie van de generaal. De Broeders waren zo ge-obsedeerd door het controleren van de mensheid dat zij niet veel verder keken dan hun neus lang was. Ik ben de poortwachter, dacht Michael. Ik ben degene die de touwtjes in handen heeft. Als die andere beschaving echt naar onze wereld wil komen, besluit ik hoe dat gaat gebeuren.

Hij haalde diep adem en deed toen een stap naar achteren. 'Bij-zonder indrukwekkend, generaal. Wij gaan samen grote dingen doen.'

47

Maya nam de verkeerde afslag in de woestijn en raakte verdwaald bij het zoeken naar de verlaten raketbasis. Tegen de tijd dat ze het prikkeldraadhek en de kapotte toegangspoort had gevonden, was het al laat op de dag.

Ze voelde zich het meest op haar gemak in donkere maatkleding, maar dat zou in deze omgeving onnodig de aandacht hebben getrokken. In Las Vegas was ze naar de winkel van het Leger des Heils gegaan en had daar joggingbroeken, rokjes en topjes gekocht – allemaal niet te strak bij schouders en benen. Die middag droeg Maya een katoenen truitje en een plooirok – een beetje in de stijl van Britse schoolmeisjes. Aan haar voeten droeg ze werkschoenen met stalen neuzen, heel effectief wanneer je iemand een flinke trap wilde geven.

Ze stapte uit het busje, hing haar zwaardfoedraal over haar schouder en bekeek zichzelf even in de zijspiegel. Dat had ze beter niet kunnen doen. Haar verwarde, zwarte haar leek wel een vogelnest. Het maakt niet uit, dacht Maya. Ik ben hier alleen om hem te beschermen. Ze liep naar de poort, aarzelde en voelde zich opeens genoodzaakt om terug te gaan naar het busje en haar haar te borstelen – ze leek verdorie wel niet goed bij haar hoofd. Maya was woedend en schreeuwde het bijna uit van woede, maar bleef toch borstelen. Idioot, dacht ze. Stomme idioot. Je bent een Harlekijn. Hij geeft niks om jou of je haar. Toen ze klaar was smeet ze de borstel met een boos gebaar in het busje.

De woestijnlucht begon af te koelen en er kronkelden tientallen koningsslangen over de asfaltweg. Omdat er toch niemand naar haar keek, trok ze haar zwaard en hield het paraat voor het geval de reptielen te dichtbij zouden komen. Deze erkenning van haar eigen angst was misschien nog wel ergerlijker dan het incident met de haarborstel. Ze zijn niet gevaarlijk, hield ze zichzelf voor. Doe niet zo laf.

Al deze gedachten verdwenen toen ze de kleine caravan naast de windmolen naderde. Gabriel zat aan de picknicktafel onder de parachute. Toen hij haar zag, stond hij op en begon te zwaaien. Maya keek naar zijn gezicht. Zag hij er anders uit? Was hij veranderd? Gabriel lachte alsof hij zojuist was teruggekeerd van een verre reis. Hij leek blij haar te zien.

'Negen dagen,' zei hij. 'Ik begon me al zorgen over je te maken toen je er gisteravond nog niet was.'

'Martin Greenwald heeft me via het internet een berichtje gestuurd. Hij had niets van Sophia gehoord, dus ging hij ervan uit dat alles in orde was.'

De deur van de caravan ging open. Sophia Briggs kwam naar buiten met een plastic kan en een paar bekers. 'En op dit moment is alles ook in orde. Goedemiddag, Maya. Welkom terug.' Sophia zette de kan op tafel en keek Gabriel aan. 'Heb je het haar al verteld?'

'Nee.'

'Hij is door de vier barrières heen,' zei ze tegen Maya. 'Je beschermt een Reiziger.'

In eerste instantie voelde Maya zich gesterkt. Alle opoffering was de moeite waard geweest om een Reiziger te beschermen. Maar vervolgens gingen er meer duistere overwegingen door haar hoofd. Haar vader had gelijk; de Tabula waren te machtig geworden. Uiteindelijk zouden ze Gabriel vinden en hem vermoorden. Alles wat zij had gedaan – het vinden van deze man en hem bij de Padvinder brengen – had hem alleen maar dichter bij de dood gebracht.

'Dat is geweldig,' zei Maya. 'Ik heb vanmorgen contact gehad met mijn vriend in Parijs. Onze spion heeft hem verteld dat Michael de oversteek ook heeft gemaakt.'

Sophia knikte. 'Dat wisten wij al eerder dan jij. Vlak voordat hij de vuurbarrière verliet, heeft Gabriel hem gezien.'

Toen de zon onderging, gingen zij onder de parachute zitten en dronken poederlimonade. Sophia bood aan te koken, maar Maya sloeg haar aanbod af. Gabriel was hier al veel te lang gebleven en het was tijd om te vertrekken. Sophia raapte een verdwaalde koningsslang op die zich onder de tafel had opgerold en droeg hem naar de silo. Toen ze terugkwam keek ze moe en een beetje verdrietig.

'Dag Gabriel. Kom nog eens langs als je in de buurt bent.'

'Ik doe mijn best.'

'Wanneer in het oude Rome een generaal terugkeerde van een grote overwinning, maakte hij een triomftocht door de straten van de stad. Eerst kwam de wapenrusting van de mannen die hij had gedood en de vaandels die hij had veroverd en vervolgens de gevangen genomen soldaten en hun gezinnen. Daarna kwam het leger van de generaal en zijn officieren en ten slotte de grote man zelf in een gouden strijdwagen. Eén dienaar liep naast de paarden terwijl een andere dienaar achter de overwinnaar stond en hem in zijn oor fluisterde: 'Je bent een sterveling. Je bent een sterfelijk mens.'

'Is dat een waarschuwing, Sophia?'

'Een reis naar de andere rijken leert je niet altijd mededogen. Een Koude Reiziger is iemand die de verkeerde weg heeft gekozen. Hij gebruikt zijn macht om nog meer leed in de wereld te brengen.'

Maya en Gabriel liepen naar het busje en volgden toen de tweebaansweg door de woestijn. Aan de westelijke horizon schitterden de lichtjes van de stad Phoenix, maar de hemel boven hen was helder en ze konden een halvemaan zien en de nevel van de Melkweg.

Maya reed en legde intussen haar plan aan hem voor. Op dit moment hadden ze geld nodig, een veilige plek om zich te verbergen en verschillende valse identificatiebewijzen. Linden stuurde Amerikaanse dollars naar een contactpersoon in Los Angeles. Daar waren Hollis en Vicki nog en het was fijn om bondgenoten te hebben.

'Je moet hen geen bondgenoten noemen,' zei Gabriel. 'Het zijn vrienden.'

388

Maya wilde Gabriel vertellen dat ze geen vrienden konden hebben – geen echte althans. Hij was haar belangrijkste zorg. Ze kon haar leven slechts voor één persoon op het spel zetten. Gabriels belangrijkste taak was bij de Tabula uit de buurt te blijven en te overleven.

'Het zijn vrienden,' herhaalde hij. 'Dat begrijp je toch wel?'

Ze besloot van onderwerp te veranderen. 'En hoe was het?' vroeg ze. 'Hoe voelde het om de barrières over te steken?'

Gabriel beschreef de oneindige hemel, de woestijn en de uitgestrekte oceaan. Ten slotte vertelde hij haar over het moment dat hij zijn broer had gezien in de brandende kerk.

'En heb je met hem gesproken?'

'Dat heb ik wel geprobeerd, maar ik bevond me al in de doorgang. Tegen de tijd dat ik terugkwam, was Michael al verdwenen.'

'Volgens onze spion bij de Tabula werkt je broer heel goed mee.'

'Je weet niet of dat waar is. Hij probeert ook alleen maar te overleven.'

'Het is meer dan dat. Hij helpt hen.'

'En nu ben jij bang dat hij een Koude Reiziger zal worden?'

'Dat zou kunnen. Een Koude Reiziger is iemand die corrupt wordt door macht. Zij kunnen de wereld heel veel leed berokkenen.'

De volgende vijftien kilometer reden ze in stilte. Maya keek voortdurend in haar achteruitkijkspiegel, maar ze werden niet gevolgd.

'Beschermen Harlekijns ook Koude Reizigers?'

'Natuurlijk niet.'

'Vermoord je ze dan?'

De stem van de Reiziger klonk anders en Maya draaide haar hoofd om om hem aan te kijken. Gabriel zat haar aan te staren met een scherpe intensiteit in zijn ogen.

'Vermoord je ze?' vroeg hij nogmaals.

'Soms. Als we de kans krijgen.'

'Zou je mijn broer kunnen vermoorden?'

'Als dat nodig was.'

'En mij? Zou je mij kunnen vermoorden?'

'Dat is allemaal speculatie, Gabriel. Daar hoeven we niet over te praten.'

'Lieg niet. Ik zie het antwoord in je ogen.'

Maya greep het stuur vast en durfde hem niet meer aan te kijken. Honderd meter voor hen schoot een donkere schaduw over de weg en verdween in de struiken.

'Ik heb de gave, maar ik kan hem niet controleren,' fluisterde Gabriel. 'Ik kan mijn waarnemingsvermogen heel even versnellen en alles heel duidelijk zien.'

'Je kunt alles zien wat je wilt, maar ik wil niet tegen je liegen. Als jij een Koude Reiziger wordt, zal ik je vermoorden. Dan zou ik geen andere keus hebben.'

De voorzichtige solidariteit tussen hen, hun plezier in elkaars gezelschap, was verdwenen. Zwijgend reden ze over de verlaten weg.

48

Lawrence Takawa legde zijn rechterhand op de keukentafel en staarde naar het kleine bobbeltje waar de Protective Link-chip onder zijn huid was geplaatst. Met zijn linkerhand pakte hij een scheermes en hij bekeek de scherpe rand. Doe het, zei hij tegen zichzelf. Je vader was ook niet bang. Hij hield zijn adem in en maakte een kleine, diepe snee. Bloed sijpelde uit de wond en droop op het tafelblad.

Nathan Boone had de bewakingsfoto's bestudeerd die waren genomen bij de balie van het New York-New York Hotel in Las Vegas. Hij wist dat Maya de blonde jonge vrouw was die met Michael Corrigans creditcard een kamer boekte in het hotel. Er was meteen een huurling naar het hotel gestuurd, maar de Harlekijn was ontkomen. Vierentwintig uur later trof een van Boones teams Gabriels motorfiets aan op de parkeerplaats van het hotel. Reisde zij samen met Gabriel? Of was het een valstrik?

Boone besloot naar Nevada te vliegen en iedereen te ondervragen die de Harlekijn had gezien. Hij was net op weg naar Westchester County Airport toen hij een telefoontje kreeg van Simon Leutner, het hoofd administratie van het ondergrondse computercentrum van de Broeders in Londen.

'Goedemorgen, sir. U spreekt met Leutner.'

'Wat is er aan de hand. Hebben jullie Maya gevonden?'

'Dat niet. Dit gaat over iets anders. Een week geleden heeft u ons gevraagd alle werknemers van de Evergreen Stichting aan een veiligheidscontrole te onderwerpen. Behalve het standaardonderzoek naar telefoongesprekken en creditcardgegevens, hebben we geprobeerd te kijken of iemand zijn toegangscodes heeft gebruikt om ons systeem binnen te komen.'

'Dat lijkt me logisch.'

'De computer kijkt elke vierentwintig uur of er iets is veranderd. Wij zijn er zojuist achter gekomen dat een niveau-driewerknemer, Lawrence Takawa genaamd, een ongeautoriseerd gegevensbestand heeft bezocht.'

'Ik werk met Mr. Takawa samen. Weet je zeker dat dit geen vergissing is?'

'Absoluut. Hij gebruikte de toegangscode van generaal Nash, maar de informatie ging rechtstreeks naar zijn eigen computer. Ik neem aan dat hij niet wist dat we vorige week een programma hadden geïnstalleerd waarmee we kunnen zien waar bepaalde gegevens naartoe gaan.'

'En voor welke informatie had Mr. Takawa belangstelling?'

'Hij zocht naar speciale zendingen vanuit Japan naar ons administratiecentrum in New York.'

'Waar bevindt deze werknemer zich op dit ogenblik? Heb je de locatie van de Protective Link bepaald?'

'Hij bevindt zich in zijn woonhuis in Westchester County. Hij heeft gemeld dat hij een virus onder de leden heeft en vandaag niet komt werken.'

'Laat me weten wanneer hij zijn huis verlaat.'

Boone belde de piloot die op het vliegveld op hem wachtte en verzette zijn vlucht. Als Lawrence Takawa de Harlekijns hielp, was het beveiligingssysteem van de Broeders ernstig in gevaar. Een verrader was als een tumor die zich verscholen hield in een lichaam. Ze hadden een chirurg nodig – iemand zoals Boone – die niet bang was om het kwaadaardige weefsel weg te snijden.

De Evergreen Stichting bezat een kantoorgebouw aan Fifty-fourth Street en Madison Avenue in Manhattan. Tweederde van het gebouw werd gebruikt door werknemers die de supervisie hadden over subsidieaanvragen voor wetenschappelijk onderzoek en de toewijzing daarvan behandelden. Deze werknemers – ook wel de Lammeren genoemd – wisten niet van het bestaan van de Broeders en hun activiteiten.

De Broeders hadden de bovenste acht verdiepingen van het gebouw in gebruik. Op de telefoonlijst van het gebouw stonden deze verdiepingen vermeld als het hoofdkwartier van Nations Stand Together, een non-profitorganisatie die derdewereldlanden hielp hun verdediging tegen terroristen op niveau te brengen. Twee jaar geleden, tijdens een bijeenkomst van de Broeders in Londen, had Lawrence Takawa de jonge vrouw uit Zwitserland ontmoet die de telefoontjes en e-mails beantwoordde die naar Nations Stand Together werden gestuurd. Zij was een expert in het op beleefde doch onverstoorbare wijze afwimpelen van alle verzoeken om inlichtingen. De VN-ambassadeur van Togo was er bijvoorbeeld van overtuigd dat Nations Stand Together zijn land een grote donatie wilde schenken om röntgenapparatuur voor het vliegveld aan te schaffen.

Lawrence wist dat het gebouw één zwakke plek had; de beveiligingsbeambten op de begane grond waren Lammeren die niets wisten van de geheime agenda van de Broeders. Nadat hij zijn auto op Forty-eighth Street had geparkeerd, ging hij te voet naar het gebouw en liep naar binnen. Hoewel het buiten koud was, had hij zijn overjas en colbert in de wagen laten liggen. Geen attachékoffertje – alleen een beker koffie met een dekseltje en een bruine envelop. Dat hoorde allemaal bij het plan.

Lawrence liet de al wat oudere bewaker aan het bureau zijn identiteitskaart zien en glimlachte. 'Ik moet naar het kantoor van Nations Stand Together op de drieëntwintigste verdieping.'

'Gaat u maar op het gele vierkantje staan, Mr. Takawa.'

Lawrence ging met zijn gezicht voor de irisscanner staan, een grote grijze doos op het bureau van de bewaker. De bewaker drukte op een knopje en Lawrences ogen werden gefotografeerd, waarna de onvolkomenheden van zijn iris werden vergeleken met de gegevens in het beveiligingsdossier. Er ging een groen lampje branden. De bewaker knikte naar een Latijns-Amerikaanse jongeman, die naast het bureau stond. 'Enrique, help Mr. Takawa even op weg naar de drieëntwintigste.'

De jonge bewaker liep met Takawa mee naar de liften, hield een pasje voor de beveiligingssensor, en liet Lawrence weer alleen. Terwijl de lift omhoogging, opende hij de bruine envelop en haalde er een klembord uit met een paar officieel ogende documenten. Als hij een overjas had gedragen of een tas bij zich had gehad, zouden de andere mensen in de hal hem wellicht hebben gevraagd waar hij naartoe wilde. Maar een keurig geklede en zelfverzekerd ogende jongeman met een klembord moest wel een collega zijn. Misschien was hij de nieuwe van de afdeling computeronderhoud die net terugkwam van zijn koffiepauze. Dieven hadden geen bekers verse koffie bij zich.

Lawrence had al snel de postkamer gevonden en gebruikte zijn pasje om naar binnen te gaan. Een grote hoeveelheid dozen stond opgestapeld tegen de muren en de gewone post was al over de verschillende postvakjes verdeeld. De postkameremployé liep waarschijnlijk met zijn karretje door de gangen en zou binnen een paar minuten terug zijn. Lawrence moest het pakketje zoeken en het gebouw zo snel mogelijk weer verlaten.

Toen Kennard Nash het idee opperde een talismanzwaard aan te schaffen, had Lawrence gehoorzaam geknikt en beloofd een oplossing te vinden. Een paar dagen later belde hij de generaal, maar hield zijn informatie zo vaag mogelijk. Volgens het gegevensbestand was een Harlekijn genaamd Sparrow bij een schermutseling in het Osaka Hotel om het leven gekomen. Er bestond een kans dat de Japanse Broeders het zwaard van de dode man nu in hun bezit hadden.

Kennard Nash zei dat hij contact zou opnemen met zijn vrienden in Tokio. De meesten van hen waren machtige zakenlieden die vonden dat Reizigers de stabiliteit van de Japanse samenleving ondermijnden. Vier dagen later gebruikte Lawrence de code van Nash om toegang te krijgen tot het berichtenbestand van de generaal. WIJ HEBBEN UW VERZOEK ONTVANGEN. BLIJ U VAN DIENST TE KUNNEN ZIJN. HET VOORWERP WAAROM U HEBT GEVRAAGD IS NAAR HET ADMINISTRATIECENTRUM IN NEW YORK VERSTUURD.

Toen Lawrence om een half muurtje heen liep, zag hij in een hoek een plastic pakkrat staan. Op de vrachtsticker stonden Japanse karakters en verder stond er een mededeling van de douane op die de inhoud omschreef als *samoerai filmrekwisieten voor filmpremière*. De Broeders wilden de overheid natuurlijk niet laten weten dat zij een dertiende-eeuws zwaard verscheepten, een nationale kunstschat, vervaardigd door een van de Jittetsu.

Er lag een papiermes op een bureau en Lawrence gebruikte het om plakband en douaneverzegelingen door te snijden. Hij opende het deksel en zag tot zijn grote teleurstelling dat er een fiberglas wapenrusting in zat die gemaakt was voor een samoeraifilm. Borstplaat. Helm. Kaphandschoenen. En toen, bijna op de bodem van de krat, een in bruin papier gewikkeld zwaard.

Lawrence pakte het wapen op en wist meteen dat het veel te zwaar was om van fiberglas te zijn gemaakt. Snel scheurde hij het papier van het gevest en zag dat het beslag van glanzend goud was. Het zwaard van zijn vader. Een talisman.

Boone koesterde altijd argwaan wanneer een lastige werknemer besloot om niet naar zijn werk te komen. Vijf minuten na zijn gesprek met de staf in Londen stuurde hij een lid van zijn veiligheidsteam naar Lawrence Takawa's privé-adres. Toen Boone zelf arriveerde stond er al een surveillancebusje aan de overkant van de woning. Hij stapte achter in het busje en trof daar een technicus, Dorfman genaamd, aan die maïschips zat te knabbelen en intussen naar het beeldscherm van de infraroodapparatuur zat te staren.

'Takawa is nog binnen, sir. Hij heeft vanmorgen het researchcentrum gebeld om te zeggen dat hij griep had.'

Boone hurkte op de vloer van het busje en bestudeerde het beeld. Flauwe lijnen gaven muren en leidingen aan. In de slaapkamer bevond zich een heldere warmtevlek.

'Dat is de slaapkamer,' zei Dorfman. 'En dat daar is onze zieke werknemer. De Protective Link is nog steeds actief.'

Terwijl zij zaten te kijken sprong het lichaam van het bed en leek naar de open deur te kruipen. Het aarzelde een ogenblik en keerde toen weer terug naar het bed. Gedurende al die tijd kwam het lichaam geen moment meer dan tachtig, negentig centimeter van de grond.

Boone trapte de achterdeur van het busje open en stapte op straat. 'Volgens mij wordt het tijd om een bezoekje te gaan afleggen bij Mr. Takawa – of bij datgene wat er op zijn bed ligt.'

Het kostte hun vijfenveertig seconden om de voordeur open te breken en nog eens tien seconden om Lawrences slaapkamer binnen te gaan. Er lagen hondenkoekjes op de beddensprei, waar een bastaardhond op een bot zat te kluiven. Het dier jankte zachtjes toen Boone dichterbij kwam. 'Brave hond,' mompelde hij. 'Brave hond.' Aan de halsband van de hond was met plakband een boterhammenzakje bevestigd. Boone scheurde het zakje open en vond een met bloed besmeurde Protective Link.

Toen Lawrence over Second Avenue reed, spatte er een regendruppel op zijn voorruit. Donkergrijze wolken trokken langs de hemel en een Amerikaanse vlag aan een ijzeren paal wapperde wild in de wind. Zware storm op komst. Hij zou voorzichtig moeten rijden. De rug van Lawrences rechterhand was bedekt met een pleister, maar de wond deed nog steeds pijn. Hij probeerde niet aan de pijn te denken en keek over zijn schouder naar de achterbank. De vorige dag had hij een complete set golfclubs gekocht, en ook een golftas en een reistas. Het zwaard en de schede zaten verstopt tussen de ijzers en de putter.

Met zijn eigen auto naar het vliegveld rijden was een risico dat hij bereid was te nemen. Lawrence had overwogen een tweedehands auto zonder GPS te kopen, maar de kans bestond dat die aankoop werd opgemerkt door het Tabula-veiligheidssysteem. Het laatste wat hij wilde was dat de computer hem zou vragen: WAAROM HEBT U EEN ANDERE AUTO GEKOCHT, MR. TAKAWA? WAT MANKEERT ER AAN UW LEASEWAGEN VAN DE EVERGREEN STICHTING?

Hij kon maar het beste zo normaal mogelijk doen. Hij zou naar Kennedy Airport rijden, een vliegtuig naar Mexico nemen en die avond om acht uur in de vakantiestad Acapulco landen. Op dat moment zou hij uit de Grote Machine verdwijnen. In plaats van naar een hotel te gaan, zou hij een van de Mexicaanse chauffeurs huren die altijd bij het vliegveld stonden en zich naar het zuiden laten rijden, richting Guatemala. Hij zou in kleine pensionnetjes logeren en om de paar uur een andere chauffeur zoeken. Door naar het Midden-Amerikaanse platteland te gaan, zou hij de gezichtsscanners en de Carnivoorprogramma's van de Broeders vermijden.

In de voering van zijn regenjas zat twaalfduizend dollar in contanten genaaid. Lawrence had geen idee hoe lang hij met dat geld kon doen. Misschien moest hij de autoriteiten ermee omkopen of een huis kopen in een dorpje op het platteland. Het geld was het enige dat hij had. Elke transactie met een cheque of creditcard zou onmiddellijk door de Tabula worden opgemerkt.

Er vielen nog meer regendruppels, twee of drie tegelijk. Lawrence stopte voor een stoplicht en zag dat de mensen snel doorliepen onder hun paraplu's. Ze wilden zo snel mogelijk binnen zijn voordat de bui losbrak. Hij sloeg linksaf, in de richting van de Midtown Tunnel. *Het is tijd om een nieuw leven te beginnen*, zei hij tegen zichzelf. *Tijd om mijn oude leven af te danken*. Hij draaide het raampje omlaag en begon zijn creditcards op straat te gooien. Als een vreemdeling ze vond – en gebruikte – zou dat voor nog meer verwarring zorgen.

Toen Boone in het researchcentrum van de stichting aankwam, stond er een helikopter op hem te wachten. Hij stapte uit zijn auto, liep snel over het gras en stapte in. Terwijl de helikopter langzaam opsteeg, sloot Boone zijn koptelefoon aan en hoorde de stem van Simon Leutner.

'Takawa was twintig minuten geleden in het administratiecentrum in Manhattan. Hij is met zijn identiteitskaart de postkamer binnengegaan en heeft het gebouw zes minuten later weer verlaten.'

'Kunnen we achterhalen wat hij daar heeft gedaan?'

'Niet meteen, sir. Maar er wordt op dit moment een inventarisatie gemaakt van de poststukken en pakketten die in de postkamer hebben gelegen.'

'Ik wil een volledige informatiescan van Takawa. Laat een van je teams zich met name concentreren op zijn creditcards en eventuele mutaties op zijn bankrekening.'

'Daar heb ik al opdracht toe gegeven. Hij heeft gisteren al het geld van zijn spaarrekening opgenomen.'

'Geef een ander team opdracht om in het datasysteem van de luchtvaartmaatschappijen te zoeken naar een vluchtreservering.'

'Goed, sir.'

'Het belangrijkste is nu het opsporen van zijn auto. Op dit moment hebben we één voordeel. Takawa rijdt ergens naartoe, maar hij weet niet dat wij hem zoeken.'

Boone keek uit het zijraampje van de helikopter. Hij zag de tweebaans asfaltwegen van Westchester County en in de verte een snelweg. Auto's en andere voertuigen waren op weg naar verschillende bestemmingen. Een schoolbus. Een FedEx-vrachtwagen. Een groen sportwagentje dat zigzaggend door het verkeer reed.

In het verleden hadden mensen veel geld uitgegeven aan GPS-technologie voor hun auto's, maar langzaam maar zeker begon het tot de standaarduitrusting te behoren. De GPS-systemen gaven routebeschrijvingen en hielpen de politie gestolen wagens terug te vinden. Ze stelden beveiligingsdiensten in staat portieren te openen of met koplampen te seinen als iemand zijn auto kwijt was op een groot parkeerterrein, maar ze maakten van elke auto ook een bewegend voorwerp dat gemakkelijk kon worden gevolgd door de Grote Machine.

De meeste burgers realiseerden zich niet dat hun auto's ook een zwarte doos bevatten die informatie verschafte over wat er enkele seconden voor een botsing in de auto was gebeurd. Bandenfabrikanten plaatsten microchips in de band die op afstand door sensoren konden worden gevolgd. De sensoren koppelden de band aan het identificatienummer van het voertuig en de naam van de eigenaar.

Terwijl de helikopter op hoogte kwam, drongen de computers in Londen door in gecodeerde datasystemen. Ze gleden als digitale geesten door muren en doken weer op in gegevensbestanden. De externe wereld zag er nog steeds hetzelfde uit, maar de geesten konden de verborgen torens en muren van het Virtuele Panopticon zien.

Toen Lawrence de Midtown Tunnel uitkwam, regende het dat het goot. De regendruppels explodeerden op het plaveisel en kletterden op het dak van de auto. Het verkeer kwam volledig tot stilstand en reed vervolgens met een slakkengangetje verder, als een leger vermoeide soldaten. Hij nam de afslag naar Grand Central Parkway en zag hoe het gordijn van regen bijna horizontaal naar beneden kwam

Hij had nog één ding te doen voordat hij in de jungle verdween. Lawrence hield zijn blik op de remlichten van de auto voor hem gevestigd en toetste het nummer voor noodgevallen in dat Linden hem had gegeven toen zij elkaar in Parijs hadden ontmoet. Er nam niemand op. In plaats daarvan hoorde hij een opgenomen stem die hem vertelde over weekendvakanties in Spanje: laat een boodschap achter en wij bellen u terug.

'Dit is je Amerikaanse vriend,' zei Lawrence, waarna hij de datum en het tijdstip noemde. 'Ik ga een lange reis maken en ik kom niet terug. Ga er maar vanuit dat mijn bedrijf ervan op de hoogte is dat ik voor onze concurrent heb gewerkt. Dat betekent dat zij al mijn voorgaande contacten en elk verzoek dat ik aan het gegevenssysteem heb gedaan aan een nauwkeurig onderzoek zullen onderwerpen. Ik zal van het Netwerk verdwijnen, maar je kunt er wel van uitgaan dat de oudste broer in ons researchcentrum blijft. Het experiment verloopt goed...'

Zo is het genoeg, dacht hij. Nu niets meer zeggen. Maar het was moeilijk de verbinding te verbreken. 'Het beste. Ik vond het een voorrecht je te leren kennen. Ik hoop dat jij en je vrienden het overleven.'

Lawrence drukte op het knopje in de armsteun en liet het elektrische raampje zakken. Het regende naar binnen en hij voelde de druppels op zijn gezicht en handen prikken. Hij liet het mobieltje op de weg vallen en bleef rijden.

Met de wind in de rug vloog de helikopter naar het zuiden. De regen kletterde keihard tegen de plexiglas voorruit van de piloot. Boone zat voortdurend andere telefoonnummers te bellen en raakte af en toe het signaal kwijt. De helikopter kwam in een luchtzak terecht, stortte honderd meter naar beneden, maar hervond zijn stabiliteit.

'Het doelwit heeft zojuist zijn mobiele telefoon gebruikt,' zei Leutner. 'We weten waar hij zich bevindt. Hij is in Queens. Begin van de Van Wyck Expressway. Zijn GPS bevestigt die locatie.'

'Hij is op weg naar Kennedy Airport,' zei Boone. 'Ik ben er binnen twintig minuten. Een aantal van onze vrienden komt daar ook naartoe.'

'Wat wilt u doen?'

'Heb je toegang tot zijn locatiezoeksysteem?'

'Dat is een makkie.' Leutner klonk heel trots op zichzelf. 'Dat kost me hooguit vijf minuten.'

Lawrence pakte het kaartje uit het apparaat en reed het terrein voor lang parkeren op. Hij zou de auto moeten achterlaten. Wanneer de Broeders erachter kwamen dat hij hen had verraden, kon hij nooit meer terug naar Amerika.

Het regende nog steeds en enkele mensen schuilden bij de kiosken op het parkeerterrein terwijl zij op de shuttlebus stonden te wachten die hen naar de vertrekhal van de luchthaven zou brengen. Lawrence vond een plekje en zette de auto tussen de half weggesleten witte lijnen. Hij keek op zijn horloge; nog tweeëneenhalf uur voordat zijn vliegtuig naar Mexico vertrok. Tijd genoeg om zijn bagage en de golfclubs in te checken, door de douane te gaan en een kopje koffie te drinken in de wachtruimte.

Toen Lawrence het portier wilde openen, zag hij de knopjes van de automatische deurvergrendeling omlaagglijden alsof ze door onzichtbare handen werden ingedrukt. Een harde klik. Stilte. Iemand die ergens ver weg achter een computer zat had zojuist allevier de deuren van zijn auto vergrendeld.

Boones helikopter landde op een landingszone bij de particuliere terminal van Kennedy Airport. De grote propeller draaide nog langzaam door toen Boone al door de regen naar de Ford personenwagen rende die naast de landingsbaan op hem stond te wachten. Hij rukte het achterportier open en sprong in de wagen. De rechercheurs Mitchell en Krause zaten op de voorbank bier te drinken en sandwiches te eten. 'Kom maar op met die ark,' zei Mitchell. 'De zondvloed komt eraan...'

'Opschieten. Volgens de GPS-zoeker staat Takawa's auto bij de vertrekhal, op parkeerplaats één of twee.'

Krause keek zijn partner aan en rolde met zijn ogen. 'Het kan zijn dat die auto er staat, Boone. Maar zelf zal hij inmiddels wel weg zijn.'

'Dat denk ik niet. We hebben hem zojuist opgesloten.'

Rechercheur Mitchell startte de wagen en reed naar de bewaakte uitgang. 'Er staan duizenden auto's op die terreinen. Het gaat ons uren kosten om hem te vinden.'

Boone zette zijn koptelefoon op en toetste een nummer op zijn mobieltje in. 'Daar kan ik ook iets aan doen.'

Lawrence probeerde het knopje omhoog te trekken en de vergrendeling te forceren. Niets. Hij had het gevoel dat hij opgesloten zat in een doodskist. De Tabula wisten alles. Misschien hadden ze hem al urenlang gevolgd. Hij wreef met zijn koude handen over zijn gezicht. Rustig blijven, zei hij tegen zichzelf. Probeer te denken als een Harlekijn. Ze hebben je nog niet.

Opeens begon zijn claxon te toeteren en flitsten de koplampen aan en uit. Het lawaai leek een messteek in zijn lichaam. Lawrence raakte in paniek en begon met zijn vuisten op het raam te beuken, maar het veiligheidsglas brak niet. Lawrence draaide zich om, kroop naar de achterbank en maakte de golftas open. Hij haalde een ijzer tevoorschijn en begon ermee op de zijruit in te slaan. Op een gegeven moment sprongen er ragfijne barstjes in en even later stootte de stalen kop van de club dwars door het glas.

De twee rechercheurs trokken hun wapens toen ze op de auto af liepen, maar Boone had de ingeslagen ruit en de nylon reistas die in een plas lag al gezien.

'Leeg,' zei Krause, terwijl hij in de auto keek.

'We moeten het parkeerterrein afzoeken,' zei Mitchell. 'Hij moet ergens zijn.'

401

Boone liep terug naar de wagen en lichtte intussen het team in Londen in. 'Hij is uit zijn auto ontsnapt. Zet het inbraakalarm maar uit en start gezichtsscanning met alle beveiligingscamera's op de luchthaven. Houd vooral de aankomstzone buiten de terminal in de gaten. Als Takawa een taxi pakt, wil ik het kentekennummer.'

De metrotrein schoot naar voren en de stalen wielen piepten toen hij wegreed uit het Howard Beach-station. Met natte haren en een doorweekte regenjas zat Lawrence in een van de wagons. Het zwaard lag op zijn schoot. De zwarte schede en het gouden gevest zaten nog steeds ingepakt in bruin pakpapier.

Lawrence wist dat de twee bewakingscamera's op het vliegveld hem hadden gefotografeerd toen hij in de shuttlebus stapte die bezoekers naar het station van de ondergrondse vervoerde. Bij de ingang van het station, bij de tourniquets en op het perron hingen nog meer camera's. De Tabula zouden deze opnames in hun eigen computers invoeren en naar hem op zoek gaan met behulp van gelaatsherkenningstechnologie. Ze wisten inmiddels waarschijnlijk al dat hij op de A-lijn zat, op weg naar Manhattan.

Aan die wetenschap hadden ze echter niet veel zolang hij in de trein zat en in beweging bleef. Het New Yorkse metrosysteem was enorm uitgebreid; veel stations hadden meerdere niveaus en verschillende uitgangen. Lawrence glimlachte bij de gedachte dat hij de rest van zijn leven in de ondergrondse zou moeten doorbrengen. Nathan Boone en zijn andere huurlingen zouden machteloos op de perrons van lokale stations staan wachten terwijl hij voorbijdenderde in een sneltrein.

Onmogelijk, dacht hij. Uiteindelijk zouden ze hem vinden en hem opwachten. Hij moest een manier zien te vinden om de stad uit te komen zonder dat de Grote Machine dat in de gaten had. Het zwaard en de schede voelden gevaarlijk aan in zijn handen; het gewicht maakte dat hij zich heel moedig voelde. Hij had in de derde wereld willen onderduiken, maar moest nu gelijksoortige plekken in Amerika zien te vinden. In Manhattan waren alle taxi's aangesloten bij centrales, maar in de buitenwijken kon je gemakkelijk een ongeregistreerde taxi vinden. Een ongeregistreerde, rijdende taxi was ongetwijfeld moeilijk te traceren. Als de chauffeur hem over de rivier naar Newark kon brengen, kon hij daar misschien ongemerkt een bus naar het zuiden nemen.

Bij station East New York stapte Lawrence uit en haastte zich naar boven om de Z-lijn te nemen die naar het zuiden van Manhattan ging. Het regenwater druppelde uit een plafondrooster en de lucht voelde klam en schimmelig aan. Hij stond in zijn eentje op het perron totdat hij in de tunnel de koplampen van de trein zag aankomen. In beweging blijven. Altijd in beweging blijven. Dat was de enige manier om te ontsnappen.

Nathan Boone zat met Mitchell en Krause in de helikopter, die aan de grond stond. De regen plensde nog steeds neer op de betonnen landingsbaan. De rechercheurs keken verstoord toen Boone hun verbood om te roken. Hij lette niet op hen, deed zijn ogen dicht en luisterde naar de stemmen die uit zijn koptelefoon kwamen.

Het internetteam van de Broeders had zich toegang verschaft tot de beveiligingscamera's van twaalf verschillende overheids- en commerciële organisaties. Terwijl de mensen zich over de trottoirs van New York en door de gangen van de ondergrondse haastten, terwijl zij even bleven staan op straathoeken en op bussen stapten, werden de knooppunten van hun gezichten teruggebracht tot een reeks getallen. Vrijwel onmiddellijk werden die getallen vergeleken met de specifieke algoritme die Lawrence Takawa vertegenwoordigde.

Boone hield van dit beeld van constante informatie die als donker, ijskoud water door kabels en computernetwerken stroomde. Allemaal nummers, dacht hij. In principe zijn we niet meer dan dat – nummers. Toen Simon Leutner begon te praten deed hij zijn ogen open.

'Oké. We zitten nu in het beveiligingssysteem van de Citybank. In Canal Street staat een geldautomaat met een beveiligingscamera. Het doelwit is zojuist langs die automaat gelopen, in de richting van Manhattan Bridge.' Leutner klonk alsof hij glimlachte. 'Hij zal de camera wel niet hebben opgemerkt. Ze horen inmiddels gewoon bij het landschap.'

Een korte stilte.

'Oké. Nu loopt het doelwit op het voetpad van de brug. Dat is een makkelijke. We zaten al in het beveiligingssysteem van de havenautoriteiten. De camera's hangen aan de lichtmasten, uit het zicht. We kunnen hem helemaal naar de overkant volgen.'

'Waar gaat hij naartoe?' vroeg Boone.

'Brooklyn. Het doelwit loopt heel snel en draagt in zijn rechterhand een soort paal of stok.'

Een korte stilte.

'Hij bereikt nu het einde van de brug.'

Een korte stilte.

'Het doelwit loopt naar Flatbush Avenue. Nee. Wacht. Hij zwaait naar de chauffeur van een auto met een bagagerek op het dak.'

Boone reikte omhoog en zette de intercom van de helikopter aan. 'We hebben hem,' zei hij. 'Ik vertel je wel waar je naartoe moet.'

De taxichauffeur was een al wat oudere Haïtiaanse man die een plastic regenjas droeg en een honkbalpet van de Yankees. Het dak van de auto lekte en de achterbank was nat. Lawrence voelde het koude regenwater door zijn broek dringen.

'Waar wilt u naartoe?'

'Newark, New Jersey. Neem de weg over de Verrazano-brug maar. Ik betaal het tolgeld.'

De oude man keek sceptisch. 'Te veel kilometers en geen ritje terug. Niemand in Newark wil naar Fort Greene.'

'Wat kost een rit naar Newark?'

'Vijfenveertig dollar.'

'Dan geef ik je honderd dollar. Laten we gaan.'

Blij met het extraatje schakelde de oude man in de eerste versnelling en reed de gedeukte Chevrolet met veel herrie de straat op. De chauffeur begon een Creools liedje te neuriën terwijl hij intussen de melodie meetikte op het stuur.

'*Ti chéri. Ti chéri...*'

Opeens klonk er boven hen een bulderend geluid en Lawrence keek toe hoe een intense windvlaag de regendruppels tegen de geparkeerde auto's sloeg. De chauffeur ging boven op zijn remmen staan. Met grote ogen keek hij naar het tafereel voor hem: een helikopter die langzaam landde op de kruising van Flatbush en Tillary Street.

Lawrence greep het zwaard en trapte de deur open.

Boone rende door de regen. Toen hij achteromkeek zag hij dat de twee rechercheurs al naar adem hapten en met hun armen liepen te zwaaien. Takawa lag ongeveer tweehonderd meter op hen voor en rende over Myrtle Avenue in de richting van St. Edwards. Boone passeerde een tandartspraktijk en een klein boetiekje met een knalroze met paars bord aan de gevel.

De torens van het Fort Greene woningbouwproject domineerden de skyline als een grillige muur. Toen de mensen op de trottoirs de drie blanke mannen achter de jonge Aziatische man aan zagen rennen, schoten zij instinctief weg in portieken of haastten zich naar de overkant van de straat. Een drugdealer die werd opgepakt, dachten ze. Politie. Niet mee bemoeien.

Boone bereikte de hoek van St. Edwards en keek de straat in. De regen kletterde op de trottoirs en de geparkeerde auto's. Het water stroomde door de goten en vormde grote plassen op de kruising. Daar bewoog iets. Nee. Een oude vrouw met een paraplu. Takawa was verdwenen.

Boone wachtte niet op de rechercheurs en begon weer te rennen. Hij passeerde twee vervallen appartementengebouwen, keek toen een steegje in en zag Takawa door een gat in de muur glippen. Om plastic vuilniszakken en een oude matras heen stappend, bereikte Boone het gat en zag een grote staalplaat waarmee de deuropening ooit hermetisch afgesloten was geweest. Iemand, waarschijnlijk de plaatselijke drugsverslaafden, had de plaat teruggebogen en nu was Takawa binnen.

Mitchell en Krause hadden de ingang van het steegje nu ook bereikt. 'Houd de uitgangen in de gaten!' riep Boone. 'Ik ga naar binnen om hem te zoeken!'

Behoedzaam duwde hij de metalen plaat weg en betrad een grote ruimte met een betonnen vloer en een hoog plafond. Overal rotzooi. Kapotte stoelen. Jaren geleden was het gebouw in gebruik geweest als garage. Langs een van de muren stond een werkbank en in de vloer zat een smeerput, waar de monteurs ooit hadden gestaan om onder de auto's te kunnen werken. De rechthoekige put stond vol olieachtig water, en in het schemerige licht zag het eruit alsof hij naar een onderaardse grot kon leiden. Bij het betonnen trapje bleef Boone even staan luisteren. Hij hoorde water op de vloer druppelen en toen een krassend geluid van boven.

'Lawrence! Nathan Boone hier! Ik weet dat je daar boven zit!'

Lawrence stond op de eerste verdieping. Zijn regenjas was doorweekt en zwaar van de duizenden dollars die in de voering waren genaaid. Snel trok hij de jas uit en gooide hem op de grond. De regen spetterde op zijn schouders, maar dat gaf niets. Hij voelde zich alsof er een immense last van hem was afgevallen.

'Kom naar beneden!' riep Boone. 'Als je nu meteen naar beneden komt, zal je niets overkomen!'

Lawrence pakte het zwaard van zijn vader uit. Toen al het pakpapier eraf was, trok hij het zwaard uit de schede en bekeek de glanzende wolkjes op de kling. Het gouden zwaard. Een Jittetsuzwaard. Gesmeed in vuur en aan de goden geofferd. Er gleed een waterdruppel langs zijn gezicht. Weg. Alles was weg. Afgedankt. Hij had alles weggegooid. Zijn baan en zijn positie. Zijn toekomst. De enige twee dingen die hij nog bezat waren zijn zwaard en zijn moed.

Lawrence legde de schede op de natte vloer en liep toen met het zwaard naar de trap. 'Blijf daar!' riep hij. 'Ik kom eraan!'

Hij liep de trap af. Met elke stap die hij zette, viel er meer van het zware gevoel van hem af, meer van de illusies die zijn hart hadden bezwaard. Eindelijk begreep hij de eenzaamheid die uit de foto van zijn vader had gesproken. Een Harlekijn te worden was zowel een bevrijding als een aanvaarding van je eigen dood.

Hij was beneden. Boone stond midden in de met rommel gevulde ruimte en had een automatisch pistool in zijn hand. 'Laat je wapen vallen!' riep Boone. 'Gooi het op de grond!'

Na een leven van maskers, ging het laatste masker nu af. Met het gouden zwaard in zijn hand stormde de zoon van Sparrow op zijn vijand af. Hij voelde zich vrij, verlost van twijfel en aarzeling, toen Boone langzaam zijn pistool hief en een kogel afvuurde op Lawrences hart.

49

Vicki was een gevangene in het huis van haar moeder. Ze werd zowel door de Tabula als door haar kerkelijke gemeente in de gaten gehouden. De onderhoudswagen van het elektriciteitsbedrijf stond er niet meer, maar had plaatsgemaakt voor andere surveillanceteams. Twee mannen die voor een televisiekabelmaatschappij werkten waren begonnen de relaiskasten boven op de telefoonpalen te vervangen. 's Avonds deed men geen pogingen zich te vermommen. Een zwarte en een blanke man zaten in een auto aan de overkant van de straat. Eén keer stopte er een politiewagen naast de auto, en zeiden de twee agenten iets tegen de Tabula. Terwijl Vicki tussen de gordijnen door stond te gluren, lieten de huurlingen hun identificatie zien en schudden de agenten vriendelijk de hand.

Haar moeder vroeg de kerk om bescherming. 's Nachts sliepen er een paar mensen in de woonkamer. 's Ochtends vertrok de nachtploeg en arriveerden er twee nieuwe gelovigen om de rest van de dag in het huis door te brengen. Jonesies geloofden niet in geweld, maar beschouwden zichzelf als verdedigers van het geloof, gewapend met het woord van de Profeet. Als het huis zou worden aangevallen, zouden zij gezangen zingen en voor auto's gaan liggen.

Vicki bracht een week door met televisiekijken, maar uiteindelijk zette zij het toestel uit. De meeste shows leken kinderachtig of leugenachtig wanneer je eenmaal doorhad wat er onder de oppervlakte allemaal werkelijk plaatsvond. Ze leende een paar gewichten van een kerkdiaken en trainde daar elke middag mee in de garage totdat haar spieren pijn begonnen te doen. 's Avonds bleef ze laat op en zocht op het internet naar geheime websites uit Polen, Zuid-Korea en Spanje waarin men het over Reizigers en de Grote Machine had. De meeste leken het erover eens dat alle Reizigers waren verdwenen, vernietigd door de Tabula en hun huurlingen.

Als klein meisje had Vicki zich altijd verheugd op de zondagsdienst in de kerk; dan stond ze vroeg op, spoot een lekker luchtje op haar haar en trok haar speciale witte jurkje aan. Nu leken alle dagen van de week op elkaar. Op zondagochtend lag ze nog steeds in bed toen Josetta haar kamer binnenkwam.

'Je moet je aankleden, Vicki. Ze sturen een auto om ons op te halen.'

'Ik heb geen zin.'

'Je hoeft nergens bang voor te zijn. De gemeente zal je beschermen.'

'Ik ben niet bang van de Tabula. Ik maak me zorgen om mijn vrienden.'

Josetta's gezicht verstrakte en Vicki wist wat haar moeder dacht: *dat zijn je vrienden niet*. Ze bleef bij het bed staan tot Vicki eruit kwam en een jurk aantrok.

'Isaac Jones heeft ooit eens tegen zijn broer gezegd...'

'Hou toch op met die citaten van de Profeet, moeder. Hij heeft zoveel gezegd en soms sprak hij zichzelf ook tegen. Wanneer je naar de basisgedachten kijkt, is het wel duidelijk dat Isaac Jones in vrijheid en mededogen en hoop geloofde. Wij kunnen zijn woorden niet zomaar klakkeloos herhalen en denken dat we gelijk hebben. De mensen moeten hun leven veranderen.'

Een uur later zat ze naast haar moeder in de kerk. Alles was hetzelfde – de vertrouwde gezangen, de gammele kerkbanken en de gezichten om haar heen – maar ze had niet het gevoel dat ze deelnam aan de dienst. De hele gemeente wist dat Victory From Sin Fraser zich had ingelaten met Hollis Wilson en een gewelddadige Harlekijn die Maya heette. Ze staarden Vicki aan en gaven tijdens de openbare bekentenis uiting aan hun angsten.

De bekentenis was iets unieks van de Jonesie-kerk, een ei-

genaardige mengeling van baptistenopwekking en een quakerbij-
eenkomst. Die ochtend nam de dienst wel een heel bijzondere wen-
ding. Eerst hield dominee J. T. Morganfield een preek over manna
in de woestijn, niet alleen het voedsel dat de Israëlieten kregen,
maar tevens de rijkdom die elke gelovige ten deel viel. Toen een
driekoppige band een meeslepend gospelritme begon te spelen,
zong de gemeente *Call Your Faith Forward*, een oud Jonesie-ge-
zang. Tijdens het zingen stonden er mensen op en na elk refrein
spraken zij hun zorgen uit.

Bijna iedereen had het over Vicki Fraser. Ze maakten zich zorgen
om haar; ze waren bang; maar ze wisten dat God haar zou beschermen. Vicki staarde strak voor zich uit en probeerde niet ge-
geneerd te kijken. De mensen vonden kennelijk dat het allemaal
haar eigen schuld was, omdat zij in Niet-ingeloste schuld geloofde.
Weer een refrein. Nog een bekentenis. Een refrein. Een bekentenis.
Ze had zin om de kerk uit te rennen, maar ze wist dat ze achter
haar aan zouden komen.

Tijdens het zingen ging opeens de deur naast het altaar open en
kwam Hollis Wilson binnen. Iedereen stopte met zingen, maar dat
leek hem niet te deren. Hij ging voor de gemeente staan, stak zijn
hand in zijn zak en haalde er een in leer gebonden uitgave uit van
de *Verzamelde brieven van Isaac T. Jones.*

'Ik wil een schuldbelijdenis afleggen,' zei Hollis. 'Ik wil jullie allemaal iets vertellen. In de vierde brief, geschreven vanuit Meri-
dian, Mississippi, schrijft de Profeet dat er niet zoiets bestaat als
een waarlijk gevallen man of vrouw. Iedereen, zelfs de ellendigste
zondaar, kan het besluit nemen terug te keren naar God en de
kring der gelovigen.'

Hollis keek naar dominee Morganfield en deze reageerde, bijna
automatisch. 'Amen, broeder.'

De gehele kerk van gelovigen durfde weer adem te halen en leek
zich te ontspannen. Ja, er stond een gevaarlijk man bij het altaar,
maar zij wisten allemaal waar dit naartoe ging. Nu keek Hollis
voor het eerst naar Vicki en knikte bijna onmerkbaar, alsof hij
daarmee de band die er tussen hen bestond wilde bevestigen.

'Ik ben vele jaren dolende geweest,' zei Hollis. 'Ik heb een verdorven leven geleid van ongehoorzaamheid en zonde. Ik bied mijn verontschuldigingen aan aan iedereen die ik heb gekwetst of voor het hoofd heb gestoten, maar ik vraag niet om vergeving. In zijn negende brief vertelt Isaac Jones ons dat alleen God vergiffenis kan schenken – en dat doet Hij ook, aan elke man en vrouw, van elk volk en ras onder de zon.' Hollis sloeg het groene boek open en las een passage voor. 'Wij, die gelijk zijn in de Ogen van God, behoren ook gelijk te zijn in de Ogen van de Mensheid.'

'Amen,' zei een oude dame.

'Ook vraag ik niet om vergeving voor het feit dat ik me heb aangesloten bij een Harlekijn om in verzet te komen tegen de Tabula. Aanvankelijk deed ik dat voor het geld – als een huurmoordenaar. Maar nu zijn de schellen van mijn ogen gevallen en heb ik de macht van de Tabula en hun plan om de mensen van New Babylon te controleren en te manipuleren gezien.

Vele jaren lang is deze kerk verdeeld geweest door de kwestie van de Niet-ingeloste schuld. Ik ben er heilig van overtuigd dat dit meningsverschil geen enkele betekenis meer heeft. Zachary Goldman, de Leeuw van de Tempel, is samen met de Profeet gestorven. Dat is een feit en dat zal niemand ontkennen. Maar wat veel belangrijker is, is het kwaad dat *op dit moment* geschiedt, de bereidheid van de Tabula om de mensheid te verraden. Zoals de Profeet al zei: "De Rechtvaardigen moeten de Draak zowel in de duisternis als in het licht bestrijden."'

Vicki keek om zich heen. Hollis had sommigen weten te overtuigen, maar daartoe behoorde dominee Morganfield in elk geval niet. De oudere gelovigen knikten en baden en fluisterden: 'Amen.'

'Wij moeten de Harlekijns en hun bondgenoten steunen, niet alleen met onze gebeden, maar ook met onze zonen en dochters. Daarom ben ik hier vandaag naartoe gekomen. Ons leger heeft de hulp nodig van Victory From Sin Fraser. Ik vraag haar zich bij ons aan te sluiten en onze beproevingen te delen.'

Hollis hief zijn rechterhand op en wenkte alsof hij wilde zeggen: ga met me mee. Vicki wist dat dit de belangrijkste keuze was die ze ooit zou maken. Toen ze haar moeder aankeek, zag ze dat Josetta zat te huilen.

'Ik wil jouw zegen,' fluisterde Vicki.

'Doe het niet. Ze zullen je vermoorden.'

'Dit is mijn leven, moeder. Het is míjn keus. Je weet dat ik hier niet kan blijven.'

Huilend omhelsde Josetta haar dochter. Vicki voelde hoe haar moeders armen haar stevig vasthielden, maar haar uiteindelijk loslieten. Iedereen keek toe hoe Vicki opstond en naast Hollis voor het altaar ging staan.

'Tot ziens,' zei ze tegen de gemeente. Ze stond versteld van haar eigen stem. Die klonk krachtig en vol zelfvertrouwen. 'In de komende paar weken kan het gebeuren dat ik sommigen van jullie om hulp kom vragen. Ga naar huis en bid. Besluit of je aan onze kant wilt staan.'

Hollis greep haar hand en liep snel naar de deur. In het zijstraatje naast de kerk stond een pick-up met een overdekte laadbak geparkeerd. Toen zij instapten, haalde Hollis een automatisch pistool uit zijn broekband en legde dat tussen hen in. 'Aan de voorkant van de kerk staan twee Tabula-huurlingen,' zei hij. 'Laten we hopen dat ze geen tweede team hebben dat ons in de gaten houdt.' Langzaam reed hij het straatje uit, een onverharde oprit op die tussen twee rijen gebouwen in liep. Ten slotte bereikten zij, een aantal huizenblokken van de kerk verwijderd, een verharde straat.

'Alles goed?' Vicki keek naar Hollis en hij glimlachte.

'Ik heb wat onenigheid gehad met drie splitsers, maar dat vertel ik je allemaal nog wel. De afgelopen paar dagen heb ik door de stad gereden, heb ik openbare bibliotheken bezocht en heb ik hun computers gebruikt. Ik heb contact gehad met Linden, een Harlekijn in Frankrijk. Hij is een vriend van Maya, de man die mij het geld heeft gestuurd.'

'Wie zit er nog meer bij dat "leger" waar je het over had?'

'Op dit moment alleen jij, ik, Maya en Gabriel. Zij heeft hem weer teruggebracht naar Los Angeles. Maar luister…' Hollis sloeg met zijn vuist op het stuur. 'Gabriel is door de barrières heen. Hij is een Reiziger. Een echte.'

Ze reden nu de snelweg op en Vicki keek naar het verkeer. Duizenden mensen helemaal alleen in hun kleine doos op wielen. De burgers staarden naar de achterbumpers vóór hen, luisterden naar de herrie uit hun radio's en dachten dat deze tijd en plek de enige echte realiteit was. Voor Vicki was alles veranderd. Een Reiziger had de boeien die hem aan deze wereld bonden verbroken. De snelweg, de auto's en de chauffeurs waren geen laatste antwoord, maar hooguit een mogelijk alternatief.

'Bedankt voor je komst naar de kerk, Hollis. Dat was voor jou erg gevaarlijk.'

'Ik wist dat jij er zou zijn en ik herinnerde me het zijstraatje. Bovendien had ik de toestemming van de gemeente nodig. Ik zag dat de meesten me wel steunden.'

'Over wat voor toestemming heb je het?'

Hollis leunde naar achteren en lachte. 'We houden ons verborgen in Arcadia.'

Arcadia was een kerkelijk kamp in de heuvels ten noordwesten van Los Angeles. Rosemary Kuhn, een blanke vrouw die graag gezangen zong in de Jonesie-kerk, had de parochie vijftien hectaren van haar ranch in Malibu geschonken. Zowel Vicki als Hollis waren als kinderen in Arcadia geweest. Ze hadden er gewandeld, gezwommen en op zaterdagavond liedjes gezongen rond het kampvuur. Een paar jaar geleden was de waterput van het kamp droog komen te staan en was het terrein door het college van ruimtelijke ordening ongeschikt verklaard voor jeugdkampen vanwege het overtreden van verschillende verordeningen. De Jonesie-kerk probeerde het stuk grond nu te verkopen, terwijl Rosemary Kuhns kinderen naar de rechter waren gestapt om het terug te krijgen.

Hollis nam Route One langs de kust en vervolgens de tweebaansweg die door Topanga Canyon voerde. Toen ze bij het postkantoor van Topanga linksaf sloegen, werd de weg heel erg smal en steil. Aan weerskanten van de weg groeiden eiken en hoog struikgewas. Ten slotte reden zij onder een houten toegangspoort door, waaraan een vernield bord hing met de letters CADIA, en even later hadden zij de top van de heuvel bereikt. Een lange onverharde weg, uitgesleten door het water, voerde hen naar een parkeerplaats.

De kampgebouwen waren de afgelopen twintig jaar niet veranderd. Het kamp had mannen- en vrouwenslaapzalen, een leeg zwembad met kleedhokjes, en een groot gemeenschapscentrum dat voor maaltijden en kerkdiensten was gebruikt. De langgerekte witte gebouwen hadden rode pannendaken. De bloemperken en de moestuin, die ooit keurig door de Jonesies waren onderhouden, waren nu overwoekerd door onkruid. Alle ramen waren ingegooid en de grond lag bezaaid met lege bierblikjes. Boven op de heuvel kon je aan de ene kant de bergen zien en aan de andere kant de Grote Oceaan.

Vicki dacht al dat ze alleen waren toen ze Maya en Gabriel naar buiten zag komen uit het gemeenschapscentrum. Ze kwamen meteen naar de parkeerplaats om hen te begroeten. Maya zag er nog precies hetzelfde uit: sterk en agressief. Vicki keek naar Gabriel, om te zien of er aan hem iets veranderd was. Zijn glimlach was niet veranderd, maar zijn ogen bekeken haar met een nieuwe intensiteit. Ze voelde zich een beetje nerveus, totdat Gabriel hallo zei en haar omhelsde.

'We hebben ons zorgen om je gemaakt, Vicki. Blij dat je er bent.'

Hollis was naar een legerdumpzaak geweest en had veldbedden en slaapzakken gekocht voor de twee slaapzalen. In de keuken van het gemeenschapscentrum stond een kampeerkookstel, flessen water en blikken voedsel. Ze gebruikten een oude bezem om het ergste stof weg te vegen en gingen toen aan een van de lange tafels zitten. Maya zette haar computer aan en liet hen persoonlijke informatie zien over Amerikanen van hun leeftijd die om het leven waren gekomen bij auto-ongelukken. In de komende paar weken zouden ze de geboortebewijzen van deze dode mensen krijgen en vervolgens rijbewijzen en paspoorten voor verschillende identiteiten. Uiteindelijk was het de bedoeling de Mexicaanse grens over te steken en een veilige plek te zoeken om zich verborgen te houden.

'Ik voel er weinig voor om in een Mexicaanse gevangenis te belanden,' zei Hollis. 'Als we het land uitgaan, hebben we geld nodig.'

Maya legde uit dat Linden duizenden dollars naar Amerika had gestuurd, verstopt in een antiek boeddhabeeld. Het pakketje werd voor hen bewaard door een kunsthandelaar in West Hollywood. Het was gevaarlijk om geld te versturen en pakketjes op te halen als de Tabula naar je op zoek waren. Hollis bood aan de achterkant van het gebouw in de gaten te houden wanneer zij door de voordeur naar binnen ging.

'Ik kan Gabriel niet achterlaten.'

'Ik red me wel,' zei Gabriel. 'Niemand kent deze plek. Zelfs als de Tabula erachter zouden komen, zouden ze nog steeds langs die kronkelweg omhoog moeten rijden. We zouden hun auto al tien minuten van tevoren zien aankomen.'

De Harlekijn veranderde tijdens de lunch nog twee keer van gedachten, maar besloot uiteindelijk dat het toch wel heel belangrijk was om het geld op te halen. Vicki en Gabriel stonden op de parkeerplaats en keken hoe Hollis' pick-up de heuvel af reed.

'Wat vind jij van Maya?' vroeg Gabriel.

'Ze is heel erg moedig.'

'Maya's vader heeft keiharde trainingsmethodes gebruikt om een Harlekijn van haar te maken. Ik geloof niet dat ze ook maar iemand vertrouwt.'

'De Profeet heeft eens een brief geschreven aan zijn nichtje van twaalf, Evangeline. Hij zei dat onze ouders ons een wapenrusting geven om te dragen en dat wij zelf nog meer aantrekken naarmate wij ouder worden. Wanneer we volwassen zijn blijken die verschillende uitrustingsstukken vervolgens niet bij elkaar te passen en ons niet helemaal te beschermen.'

'Maya is bijzonder goed beschermd.'

'Ja. Maar onder die wapenrusting is ze precies hetzelfde. Wij zijn allemaal hetzelfde.'

Vicki pakte de oude bezem en begon de vloer van de gemeenschapsruimte aan te vegen. Af en toe keek ze uit het raam en zag ze Gabriel over de onverharde parkeerplaats ijsberen. De Reiziger leek rusteloos en ongelukkig. Hij dacht over iets na, probeerde een oplossing te vinden voor een probleem. Vicki was klaar met vegen en stond net met een vochtige doek de tafels schoon te maken toen Gabriel in de deuropening verscheen.

'Ik heb besloten om over te steken.'

'Waarom juist nu?'

'Ik moet mijn broer, Michael, vinden. We zijn elkaar in de eerste barrière net misgelopen, maar misschien is hij in een van de rijken.'

'Denk je dat hij de Tabula helpt?'

'Dat baart me nu juist zoveel zorgen, Vicki. Misschien dwingen ze hem er wel toe.'

Ze volgde Gabriel naar de mannenslaapzaal en keek hoe hij met zijn benen recht voor zich uit op een van de veldbedden ging zitten. 'Zal ik weggaan?' vroeg zij.

'Nee. Dat hoeft niet. Mijn lichaam blijft hier. Geen vlammen of engelen.'

Gabriel nam het jade zwaard in beide handen en ademde een paar keer diep in en uit. Opeens liet hij zijn bovenlichaam naar achteren vallen. De snelle beweging leek alles te veranderen. Hij ademde nog een laatste keer in en toen zag Vicki de transformatie. Er ging een huivering door zijn lichaam en hij werd helemaal slap. Nu deed hij Vicki aan een afbeelding denken van een stenen ridder op het deksel van een graftombe.

Bevond Gabriel zich nu boven haar? Zweefde hij door de ruimte? Ze keek om zich heen en zag niets anders dan de vochtplekken op de betonnen muren en het vieze plafond. Waak over hem, bad ze. Lieve God, bescherm deze Reiziger.

50

Gabriel had de oversteek gemaakt en zijn Licht had de vier barrières gepasseerd. Toen hij zijn ogen opende stond hij boven aan een
trap in een oud huis. Hij was alleen. Er heerste een doodse stilte.
Door een smal raam viel wat schemerig licht.

Op de overloop achter hem stond een ouderwetse salontafel. Op
de tafel stond een vaas met een zijden roos en Gabriel raakte de
harde, gladde blaadjes aan. De roos en de vaas en de kamer om
hem heen waren net zo onecht als de voorwerpen in zijn eigen
wereld. Alleen het Licht was oneindig en echt. Zijn lichaam en zijn
kleren waren schimmige beelden die hem naar deze plek waren gevolgd. Gabriel trok het jade zwaard een paar centimeter uit de
schede en zag de stalen kling glanzen met een zilveren energie.

Hij trok de kanten gordijnen open en keek uit het raam. Het was
vroeg in de avond, net na zonsondergang. Hij bevond zich in een
stad met trottoirs en schaduwrijke bomen. Aan de overkant van de
straat stond een rij geschakelde woningen en de hele omgeving
deed hem denken aan de wijken met patriciërswoningen in New
York City of Baltimore. In een paar van de appartementen brandde licht en de jaloezieën hadden een zachtgele kleur, als vellen oud
perkament.

Gabriel hing het zwaard zo dat de draagband over zijn ene
schouder hing en de schede zijn rug raakte. Zo geruisloos mogelijk
liep hij de trap af naar de tweede verdieping. Rekening houdend

met een aanval, opende hij een van de deuren, maar het bleek een lege slaapkamer te zijn. Al het meubilair was donker en zwaar: een grote kledingkast met koperbeslag en een bed met een gebeeldhouwd houten ledikant. De kamer straalde iets ouderwets uit dat hem deed denken aan films die zich afspeelden in de jaren twintig. Hij zag nergens een wekkerradio of een televisietoestel, niets nieuws en glimmends. Van de eerste verdieping kwam het geluid van een piano. De muziek was traag en droevig: een simpele melodie die met kleine variaties steeds werd herhaald.

Gabriel probeerde de treden niet te laten kraken toen hij het laatste stukje van de trap af liep. Op de benedenverdieping leidde een open deur naar een eetkamer met een lange tafel en zes stoelen met hoge rugleuningen. Op het dressoir stond een schaal namaakfruit, gemaakt van was. Hij liep de hal in, passeerde een studeerkamer met lederen clubfauteuils en een enkele leeslamp, en ging toen een achterkamer binnen.

Met haar rug naar de deur zat een vrouw piano te spelen. Ze droeg een lange, zwarte rok en een lavendelblauwe blouse met pofmouwen. Haar grijze haar was met spelden opgestoken. Gabriel liep naar de vrouw toe. De vloer kraakte en zij keek achterom. Hij schrok van haar gezicht. Het was uitgemergeld en bleek, alsof ze in het huis was opgesloten en bezig was te verhongeren. Alleen haar ogen leefden en keken hem aan met een heldere, intense blik. Ze leek verbaasd maar niet geschrokken dat er opeens een vreemdeling in de kamer stond.

'Wie ben jij?' vroeg de vrouw. 'Ik heb jou nog nooit gezien.'

'Mijn naam is Gabriel. Kunt u mij vertellen waar ik ben?'

Haar zwarte rok maakte een ruisend geluid toen zij naar hem toe kwam. 'Je ziet er anders uit, Gabriel. Je bent zeker nieuw.'

'Ja. Dat kan wel kloppen.' Hij deed een stap naar achteren, maar de vrouw volgde hem. 'Het spijt me dat ik in uw huis ben.'

'O, dat hoeft je niet te spijten hoor.' Voordat hij haar kon tegenhouden, greep de vrouw zijn rechterhand. Er verscheen een verwonderde blik op haar gezicht. 'Je huid is warm. Hoe kan dat nu?' Gabriel probeerde zich los te trekken, maar de vrouw hield hem vast met een kracht die niet bij haar tengere lichaam leek te passen.

Zachtjes huiverend bukte ze zich en kuste de rug van zijn hand. Gabriel voelde de aanraking van koude lippen op zijn huid, gevolgd door een scherpe pijn. Hij rukte zijn hand los en zag dat hij bloedde.

In een van de mondhoeken van de vrouw zat een kleine druppel bloed – zijn bloed. Ze raakte het bloed met haar wijsvinger aan, bestudeerde de helderrode kleur en stak de vinger toen in haar mond. Met een blik vol extase, bevangen door genot, sloot zij huiverend haar ogen. Gabriel rende de kamer uit en de gang door, naar de voordeur. Hij worstelde even met de knop, maar stond toen buiten op de stoep.

Voordat hij een plek had gevonden om zich te verschuilen, reed er een zwarte auto langzaam de straat in. De wagen leek op een vierdeurs personenauto uit de jaren twintig, maar het ontwerp had iets vaags. Het zag eruit als de idee van een auto, in plaats van een echt stuk machinerie dat in een fabriek in elkaar was gezet. De chauffeur was een oude man met een benepen, verschrompeld uiterlijk. Hij staarde Gabriel in het voorbijgaan aan.

Gabriel zag geen andere auto's toen hij door de donkere straten liep. Hij kwam bij een stadsplein, met in het midden een klein parkje met bankjes, een muziektent en een paar bomen voor de schaduw. Op het straatniveau van de twee verdiepingen tellende gebouwen bevonden zich winkels met etalages. Achter de ramen op de bovenetages brandde licht. Er liep een twaalftal mensen op het plein. Ze droegen dezelfde formele, ouderwetse kleding als de vrouw achter de piano: donkere kostuums, lange rokken, hoeden en overjassen die hun magere lichamen verborgen.

Gabriel voelde zich heel erg uit de toon vallen in zijn spijkerbroek en sweatshirt. Hij probeerde in de schaduw van de gebouwen te blijven. In de winkeletalages stonden vitrines van dik glas en metaal waarin normaal gesproken juwelen werden uitgestald. Elke winkel had één etalage en in elke etalage stond één uitgelicht object. Hij liep langs een magere, kale man met een zenuwtrek in zijn gezicht. De man stond naar een antiek gouden horloge te kijken dat in de etalage lag. Hij leek bijna gehypnotiseerd door het voorwerp. Twee deuren verder bevond zich een antiekwinkel met een wit marmeren standbeeld van een naakte jongen in de etalage. Een vrouw met donkerrode lippenstift stond heel dicht bij de etalageruit en staarde naar het beeld. Toen Gabriel haar passeerde boog zij zich naar voren en kuste het glas.

Aan het eind van het blok zat een kruidenierswinkel. Het was geen moderne zaak met brede gangpaden en vrieskasten met glazen deuren, maar alles zag er schoon en goed georganiseerd uit. Klanten met rode draadmandjes liepen tussen de schappen door. Achter de kassa stond een jonge vrouw met een wit schort.

Het winkelmeisje staarde Gabriel aan toen hij binnenkwam en hij liep snel een pad in om haar blik te ontwijken. Op de planken stonden dozen en potten zonder opdruk. In plaats daarvan stonden er kleurige tekeningen op van de producten die erin zaten. Getekende kinderen en hun ouders lachten vrolijk terwijl zij hun ontbijtgranen of tomatensoep zaten te eten.

Gabriel pakte een doosje crackers; het woog bijna niets. Hij pakte een ander doosje, scheurde het open en zag dat het leeg was. Hij bekeek nog een paar andere potten en pakjes en liep het volgende gangpad in, waar een kleine man op zijn knieën vakken zat te vullen. Zijn gesteven witte jasschort en zijn rode vlinderstrikje gaven hem iets keurig netjes. De man werkte heel nauwkeurig en lette erop dat alle pakjes met de goede kant naar voren stonden.

'Wat is er aan de hand?' vroeg Gabriel. 'Alles is leeg.'

De kleine man stond op en keek Gabriel nauwlettend aan. 'Jij bent hier zeker nieuw.'

'Hoe kunt u nu lege verpakkingen verkopen?'

'Omdat zij willen hebben wat erin zit. Dat willen we allemaal.'

De man werd aangetrokken door de warmte van Gabriels lichaam. Hij zette gretig een stap naar voren, maar Gabriel duwde hem weg. Terwijl hij probeerde niet in paniek te raken, verliet hij de winkel en keerde terug naar het plein. Zijn hart bonsde als een bezetene en hij voelde een kille golf van angst door zijn lichaam trekken. Sophia Briggs had hem over deze plek verteld. Hij bevond zich in het Tweede Rijk van de hongerige geesten. Het waren allemaal verdwaalde geesten, fragmenten van het Licht die constant op zoek waren naar iets om hun pijnlijke leegte te vullen. Als hij de uitgang niet kon vinden, zou hij hier eeuwig moeten blijven. Hij haastte zich de straat door en kwam tot zijn verrassing een slagerij tegen. Lamskoteletjes, karbonaadjes en runderlappen lagen in de helder verlichte winkel op metalen schalen. Achter de toonbank stond een zwaarlijvige slager met blond haar en zijn hulpje, een jongeman van een jaar of twintig. Een negenjarig jongetje met een groot mannenschort was bezig de witte tegelvloer aan te vegen. Het eten was echt. De twee mannen en de jongen zagen er gezond uit. Gabriel legde zijn hand op de koperen deurklink. Hij aarzelde even en ging toen naar binnen.

'Zo te zien ben jij hier nieuw,' zei de slager met een opgewekte glimlach. 'Ik ken hier in de buurt zo'n beetje iedereen en jou heb ik nog nooit gezien.'

'Heeft u iets te eten?' vroeg Gabriel. 'Die hammen bijvoorbeeld?'

Hij wees naar de drie gerookte hammen die aan haken boven de toonbank hingen. De slager keek geamuseerd en zijn hulpje lachte smalend. Zonder om toestemming te vragen, stak Gabriel zijn hand omhoog en raakte een van de hammen aan. De ham voelde vreemd aan. Er klopte iets niet. Hij trok de ham van de haak, liet hem op de grond vallen en zag het keramische voorwerp in duizend stukjes uiteenspatten. Alles in de winkel was nep: namaaketen dat was uitgestald alsof het echt was.

Hij hoorde een scherpe klik en draaide zich bliksemsnel om. De jongen had de deur op slot gedaan. Toen hij zich weer omdraaide zag Gabriel de slager en zijn hulpje achter de toonbank vandaan komen. De slagershulp trok een twintig centimeter lang mes uit de leren schede die aan zijn riem hing. De eigenaar had een groot hakmes in zijn hand. Gabriel trok zijn zwaard en liep naar achteren tot hij met zijn rug tegen de muur stond. De jongen zette zijn bezem weg en haalde een dun, krom mes tevoorschijn – het soort mes dat werd gebruikt om filetjes van het bot te snijden.

Met een brede glimlach tilde het hulpje zijn arm op en wierp zijn mes. Gabriel schoot naar links en het lemmet boorde zich in de houten lambrisering. Nu kwam de slager zelf, zwaaiend en draaiend met zijn hakmes, op hem af. Gabriel voerde een schijnbeweging uit naar het hoofd, en hakte de slager vervolgens in zijn arm.

De geest grijnsde en liet hem de wond zien: kapotte huid, spier-weefsel en bot, maar helemaal geen bloed.

Gabriel viel aan; het hakmes kwam omhoog en blokkeerde zijn zwaard. Twee lemmeten raakten elkaar en het staal piepte als een gekooide vogel. Gabriel sprong opzij, zodat hij achter de slager stond en maakte een lage zwaai met zijn zwaard, waarmee hij het been van de geest in één klap onder de knie afhakte. De slager viel voorover op de tegelvloer. Hij lag op zijn buik te kreunen en strek-te zijn armen opzij, alsof hij op het droge probeerde te zwemmen.

Het slagershulpje stormde met een mes in zijn hand op hem af en Gabriel zette zich schrap om zich te verdedigen. In plaats daarvan knielde de jongeman naast de slager op de grond en stak hem in zijn rug. Hij sneed heel diep en het mes gleed dwars door het spier-weefsel naar de heupen. De jongen kwam er ook al aan en begon hompen droog vlees af te snijden en in zijn mond te proppen.

Gabriel ontgrendelde de deur en rende naar buiten. Hij stak de straat over naar het kleine parkje in het midden van het plein en zag dat er mensen uit de gebouwen kwamen. Hij herkende de vrouw die piano had gespeeld en de kleine winkelbediende met het vlinderstrikje. De geesten wisten dat hij in hun stad was. Ze waren naar hem op zoek, in de hoop dat hij hun leegte kon vullen.

Gabriel stond helemaal alleen naast de muziektent. Moest hij nu voor hen op de vlucht slaan? Was ontsnapping mogelijk? Opeens hoorde hij een auto en toen hij zich omdraaide zag hij een paar koplampen op zich afkomen uit een van de zijstraten. Toen de wa-gen dichterbij kwam, zag hij dat het een ouderwetse taxi was met een geel licht op het dak. Iemand begon hard te claxonneren en toen kwam de taxi tot stilstand naast de stoep. De chauffeur draai-de het raampje omlaag en lachte naar hem: het was Michael.

'Spring erin!' riep hij.

Gabriel liet zich in de wagen vallen en zijn broer reed toeterend om het plein en de geesten heen. Toen sloeg hij een zijstraat in en ging sneller rijden. 'Ik stond op het dak van een gebouw en toen ik naar beneden keek zag ik jou opeens op het plein staan.'

'Hoe kom je aan de taxi?'

'Ik ben de straat op gerend en toen zag ik opeens een taxi aankomen. De taxichauffeur was een mager oud mannetje dat me de hele tijd maar bleef vragen of ik "nieuw" was of zoiets, dus sleurde ik hem uit zijn taxi, sloeg hem buiten westen en reed weg.' Michael begon hard te lachen. 'Ik weet niet waar we zijn, maar ik kan me niet voorstellen dat ze me hier zullen arresteren voor autodiefstal.'

'We zijn in het Tweede Rijk van de hongerige geesten.'

'Dat klopt wel met wat ik heb gezien. Ik ging een restaurant binnen en daar zaten vier mensen aan tafeltjes. Maar nergens iets te eten. Alleen maar lege borden.'

Michael gaf een harde ruk aan het stuur en reed een steegje binnen. 'Schiet op,' zei hij. 'We moeten dat gebouw binnen zien te komen voordat iemand ons ziet.'

De twee broers stapten uit. Michael had een zwaard bij zich met een gouden driehoek in het gevest.

'Hoe kom je daaraan?' vroeg Gabriel.

'Van vrienden.'

'Het is een talisman.'

'Dat weet ik. En ik ben blij dat ik het bij me heb.'

De gebroeders Corrigan verlieten het steegje en renden over het trottoir naar een drie verdiepingen tellend gebouw met een granieten voorgevel. De enorme ingang was van donker metaal en verdeeld in vierkanten met bas-reliëfsculpturen van tarwe, appels en andere soorten voedsel. Michael trok de deur open en de broers glipten naar binnen. Ze stonden in een lange, raamloze gang met een zwart-witte tegelvloer en lampen die aan koperen kettingen hingen. Michael rende de gang in en bleef staan voor een deur waar BIBLIOTHEEK op stond. 'Ziezo, we zijn er. Veiligste plek in de hele stad.'

Gabriel volgde zijn broer een ruimte met twee verdiepingen binnen met aan één kant een raam van gebrandschilderd glas. Tegen alle wanden stonden eiken boekenkasten vol met boeken. Er stonden ladders die door middel van rails aan de wanden waren bevestigd en waarmee je overal bij kon komen. Op een hoogte van viereneenhalve meter liep een loopbrug die toegang gaf tot weer een andere serie boekenkasten. In het midden van de ruimte stonden zware houten stoelen en leestafels met een groen leren tafelblad. Lampen van donkerblauw glas verlichtten de tafels. De bibliotheek ademde geschiedenis en traditie. Elk boek van wijsheid kon hier worden gevonden.

Michael liep heen en weer alsof hij de bibliothecaris zelf was. 'Mooi, hè?'

'En hier komt dus helemaal niemand?'

'Natuurlijk niet. Waarom zouden ze?'

'Om een boek te lezen.'

'Vergeet het maar.' Michael pakte een dik boek met een zwarte leren band en gooide het naar zijn broer. 'Kijk zelf maar...'

Gabriel sloeg het boek open en vond niets anders dan blanco pagina's. Hij gooide het op een tafel en trok en ander boek uit een kast. Blanco pagina's. Michael begon te lachen.

'Ik heb in de bijbel gekeken en in een woordenboek. Alles is blanco. De mensen die hier wonen kunnen niet eten, niet drinken en niet lezen. Ik wil wedden dat ze ook geen seks kunnen hebben of in slaap kunnen vallen. Als dit een droom is, dan is het beslist een nachtmerrie."

'Het is geen droom. Wij zijn hier allebei.'

'Dat is zo. Wij zijn Reizigers.' Michael knikte en legde zijn hand op de arm van zijn broer. 'Ik heb me zorgen om je gemaakt, Gabe. Ik ben blij dat alles goed is met je.'

'Vader leeft nog.'

'Hoe weet je dat?'

'Ik ben in een plaatsje in zuidelijk Arizona geweest, New Harmony. Acht jaar geleden heeft pa een aantal mensen ontmoet en hen geïnspireerd om een woongemeenschap te stichten die niet is aangesloten op het Netwerk. Hij kan overal zijn, in onze wereld of in deze, ik weet het niet.'

Michael liep heen en weer tussen de leestafels. Hij pakte een boek op alsof het hem een antwoord kon verschaffen en smeet het toen weer weg. 'Goed,' zei hij. 'Pa leeft dus nog. Dat is interessant, maar niet echt relevant. We moeten ons nu concentreren op ons huidige probleem.'

'En dat is?'

'Op dit moment ligt mijn lichaam op een tafel in een research-centrum in de buurt van New York City. Waar ben jij, Gabe?'

424

'In een verlaten kerkelijk kamp in de heuvels van Malibu.'

'Ben je omringd door bewakers?'

'Natuurlijk niet.'

'Wanneer ik terugkeer naar de gewone wereld, zal ik hun vertellen waar je bent...'

'Ben je gek geworden?' Gabriel ging wat dichter bij zijn broer staan. 'Jij bent gevangengenomen door de Tabula. Dat zijn dezelfde mensen die ons huis hebben overvallen en in brand hebben gestoken.'

'Daar weet ik alles van, Gabe. Dat heeft Kennard Nash me allemaal uitgelegd. Maar dat was vroeger. Nu hebben ze een Reiziger nódig. Ze hebben contact gelegd met een hoogontwikkelde beschaving.'

'En wat maakt dat uit? Ze willen elke vorm van persoonlijke vrijheid vernietigen.'

'Dat is het plan voor de gewone mensen, maar niet voor ons. Dit is geen kwestie van goed of slecht. Het gaat gewoon gebeuren. Je kunt het niet meer tegenhouden. De Broeders zijn het systeem al aan het voorbereiden.'

'Onze ouders zagen de wereld heel anders.'

'En wat heeft ons dat opgeleverd? We hadden geen geld. We hadden geen vrienden. We konden niet eens onze eigen namen gebruiken en we zijn ons hele leven op de vlucht geweest. Je kunt niet aan het Netwerk ontsnappen. Dan kunnen we ons toch net zo goed aansluiten bij de mensen die het voor het zeggen hebben?'

'De Tabula hebben je gehersenspoeld...'

'Nee, Gabe. Het is precies andersom. Ik ben de enige van de familie die de dingen ooit duidelijk heeft gezien.'

'Dit keer toch niet.'

Michael legde zijn hand op het gevest van het gouden zwaard. De twee Reizigers keken elkaar recht in de ogen. 'Ik heb je beschermd toen je klein was,' zei Michael. 'En ik geloof dat ik het nu weer moet doen.' Hij draaide zich om en haastte zich de zaal uit.

Gabriel stond tussen de tafels. 'Kom terug!' riep hij. 'Michael!' Hij wachtte nog enkele seconden en rende toen de hal in. Leeg. Niemand. De deur piepte zachtjes toen hij achter hem dichtviel.

51

Michael zat midden in de Tombe op de operatietafel. Dr. Richardson en de anesthesist deden een stapje naar achteren en keken toe hoe Miss Yang de sensoren van zijn lichaam verwijderde. Toen de zuster klaar was, pakte ze een sweatshirt en hield hem op haar open handpalmen. Michael pakte de trui van haar aan en trok hem langzaam aan. Hij voelde zich uitgeput en had het heel erg koud.

'Misschien kun je ons vertellen wat er is gebeurd.' Dr. Richardson klonk bezorgd.

'Waar is generaal Nash?'

'We hebben hem meteen gebeld,' zei dr. Lau. 'Hij was in het administratiegebouw.'

Michael pakte het zwaard op dat naast hem op de tafel lag. Het was als een soort beschermgeest met hem meegereisd door de barrières. De glanzende kling en het gouden gevest zagen er in het Tweede Rijk precies hetzelfde uit.

De deur ging open en er viel een dun streepje licht op de donkere vloer. Michael legde het zwaard weer op de tafel toen hij Kennard Nash binnen zag komen.

'Is alles in orde, Michael? Ze zeiden dat je me wilde spreken.'

'Stuur die mensen weg.'

Nash knikte. Richardson, Lau en Miss Yang verdwenen door de laboratoriumdeur onder de galerij. De computertechnici zaten nog steeds naar beneden te kijken.

'Dat was alles!' zei Nash hardop. 'En zet alsjeblieft alle microfoons uit! Hartelijk bedankt!'

De computertechnici reageerden als schooljongetjes die werden betrapt bij het naar binnen gluren van de lerarenkamer op school. Ze gingen onmiddellijk bij de ramen vandaan en keerden terug naar hun monitoren.

'Waar ben je geweest, Michael? Een nieuw rijk?'

'Daar zal ik je straks alles over vertellen. Eerst iets belangrijkers. Ik heb mijn broer ontmoet.'

Generaal Nash kwam dichter bij de tafel staan. 'Dat is fantastisch! Hebben jullie elkaar kunnen spreken?'

Michael draaide zich om zodat hij op de rand van de operatietafel zat. Toen hij en Gabriel nog samen door het land trokken, zat Michael altijd uren naar buiten te kijken, naar het voorbijtrekkende landschap. Soms concentreerde hij zich op een bepaald voorwerp langs de weg en hield hij dat beeld secondenlang vast tot het ten slotte verdween. Nu had hij weer datzelfde gevoel, alleen veel sterker. Er bleven allerlei beelden in zijn geest hangen en hij kon de kleinste details onderscheiden.

'Toen we klein waren keek Gabriel nooit vooruit en maakte nooit plannen. Ik was degene die altijd moest zeggen wat we gingen doen.'

'Natuurlijk, Michael. Ik begrijp het.' De stem van Nash klonk zacht en sussend. 'Jij bent de oudste.'

'Gabe heeft altijd malle ideeën. Ik moet objectief blijven. De juiste keuzes maken.'

'Ik weet zeker dat de Harlekijns je broer al hun idiote legendes hebben verteld. Hij ziet het grote geheel niet. Niet zoals jij.'

Het leek alsof de tijd vertraagde. Het kostte Michael geen enkele moeite de bliksemsnelle veranderingen in de uitdrukking op het gezicht van Nash te zien. Normaal gesproken gebeurde alles tijdens een gesprek heel erg snel. De ene persoon was aan het woord terwijl de ander wachtte tot hij kon reageren. Er was geluid, beweging, verwarring en al die factoren hielpen mensen hun werkelijke emoties te verbergen. Nu was alles glashelder.

Hij herinnerde zich hoe zijn vader zich in het gezelschap van vreemden had gedragen en hoe hij altijd aandachtig naar hen keek wanneer ze iets zeiden. Zo deed je dat dus, dacht Michael. Je las hun gedachten niet – maar alleen hun gezichten.

'Gaat het een beetje?' vroeg Nash.

'Nadat wij elkaar hadden gesproken ben ik weggegaan en heb ik de doorgang gevonden om terug te keren. Gabriel is nog in het Tweede Rijk, maar zijn lichaam ligt in een kerkelijk kamp in de heuvels van Malibu, ten noorden van Los Angeles.'

'Dat is geweldig nieuws. Ik zal er meteen een team op af sturen.'

'Dat wil niet zeggen dat jullie hem pijn mogen doen. Hij moet alleen in bedwang worden gehouden.'

Nash keek naar de grond alsof hij de waarheid wilde verbergen. Hij hield zijn hoofd een beetje schuin en zijn mondhoeken trokken omlaag alsof hij zijn best deed om niet te grijnzen. De Reiziger knipperde met zijn ogen en opeens was de wereld weer normaal. De tijd kwam weer in beweging en elk nieuw ogenblik viel als een onderdeel van een lange rij dominostenen in de toekomst.

'Wees maar niet bang, Michael. We zullen er alles aan doen om je broer te beschermen. Bedankt. Je hebt de juiste keus gemaakt.'

Generaal Nash draaide zich om en haastte zich naar de uitgang. De hakken van zijn nette zwarte schoenen maakten een scherp geluid op de glimmende betonnen vloer. Klik-klik. Klik-klik. Het geluid weerkaatste tegen de muren van de Tombe.

Michael pakte het gouden zwaard en hield de schede stevig vast.

52

Het was bijna vijf uur 's middags, maar Hollis en Maya waren nog steeds niet terug. Vicki voelde zich als een Harlekijn die de Reiziger moest beschermen die op het veldbed voor haar lag. Om de paar minuten voelde ze even aan Gabriels hals. Zijn huid was warm, maar hij had geen hartslag.

Vicki zat hooguit een meter bij hem vandaan en las een paar oude modetijdschriften die ze in een kast had gevonden. De tijdschriften gingen over kleding en make-up en het vinden van en weer kwijtraken van mannen en het goed op de hoogte zijn van seks. Vicki vond sommige artikelen een beetje gênant om te lezen, dus las ze ze alleen maar een beetje vluchtig door. Ze vroeg zich af of zij zich prettig zou voelen in strakke kleren waarin haar hele lichaam zichtbaar was. Hollis zou haar vast aantrekkelijker vinden, maar dan zou ze misschien een van die meisjes worden die een tandenborstel van hem kregen en de volgende ochtend door hem naar huis werden gebracht. Dominee Morganfield had het altijd over schaamteloze moderne vrouwen en de hoer die langs de straat stond. 'Schaamteloos,' fluisterde zij. 'Schaamteloos.' Het was een woord dat als een veertje kon klinken of als een kronkelende slang.

Vicki gooide de tijdschriften in een vuilnisbak, liep naar buiten en keek de heuvel af. Toen zij weer terugkwam in de slaapzaal was Gabriels huid bleek en voelde hij koud aan. Misschien was de Reiziger in een gevaarlijk rijk terechtgekomen. Misschien was hij wel gedood door demonen of hongerige geesten. Ze voelde haar angst groeien als een zachte stem die luider en luider werd. Gabriel werd zwakker. Hij was bezig te sterven. En zij kon niets voor hem doen.

Ze knoopte Gabriels overhemd open. Boog zich over hem heen en legde haar oor tegen zijn borst. Vicki luisterde of ze een hartslag hoorde. Opeens klonk er een zacht bonzend geluid, maar Vicki realiseerde zich meteen dat het van buiten het gebouw kwam.

Ze liet Gabriel liggen, rende de deur uit en zag een zwarte helikopter landen op het vlakke terrein naast het lege zwembad. Er sprongen mannen uit die helmen droegen met kogelbestendige vizieren en lichaamspantsers die hen nog het meest op robots lieten lijken.

Vicki rende terug naar de slaapzaal. Ze sloeg haar armen om Gabriels borst en trok hem omhoog, maar hij was te zwaar voor haar om op te tillen. Het veldbed viel om en ze moest het lichaam op de vloer laten zakken. Ze hield de Reiziger nog steeds in haar armen toen een grote man in een lichaamspantser de kamer binnenkwam.

'Laat hem los!' riep hij en richtte zijn geweer op haar.

Vicki verroerde zich niet.

'Loop achteruit en leg je handen op je hoofd!'

De vinger van de man begon de trekker over te halen en Vicki wachtte op de kogel. Zij zou naast de Reiziger sterven, net zoals de Leeuw van de Tempel voor Isaac Jones was gestorven. Na al die jaren zou de schuld eindelijk vereffend zijn.

Even later kwam Shepherd de slaapzaal binnengewandeld. Hij zag er net zo modieus uit als altijd, met zijn blonde stekeltjeshaar en zijn maatkostuum. 'Zo is het wel genoeg,' zei hij. 'Dat lijkt me allemaal niet nodig.'

De grote man liet zijn geweer zakken. Shepherd knikte goedkeurend en liep toen op Vicki af alsof hij te laat was voor een feestje. 'Hallo, Vicki. We zijn al een tijdje naar je op zoek.' Hij boog zich over het lichaam van de Reiziger, nam het zwaard weg en legde zijn vingers tegen Gabriels halsslagader. 'Zo te zien is Mr. Corrigan naar een ander rijk vertrokken. Dat geeft niet. Vroeg of laat zal hij toch terug moeten komen.'

'Jij was vroeger een Harlekijn,' zei Vicki. 'Het is een zonde om voor de Tabula te werken.'

'Ik vind zonde zo'n ouderwets woord. Maar jullie Jonesies zijn altijd een beetje ouderwets geweest.'

'Jij bent uitschot,' zei Vicki. 'Begrijp je dat woord?'

Shepherd schonk haar een welwillende glimlach. 'Je moet dit allemaal maar beschouwen als een bijzonder ingewikkeld spel. En ik heb me aangesloten bij het winnende team.'

53

Maya en Hollis waren nog ongeveer zes kilometer van Arcadia verwijderd toen zij de helikopter zagen. Hij steeg op en cirkelde als
een roofvogel die op zoek is naar een prooi boven het kamp.

Hollis reed de pick-up van de weg en zette hem tussen de doornstruiken die naast een steunmuur groeiden. Ze gluurden tussen de
takken van een eik door en zagen de helikopter wegvliegen over de
heuvel.

'Wat nu?' vroeg Hollis.

Maya wilde het raam inslaan, trappen en schreeuwen; alles om
uiting te geven aan haar woede. Maar ze dreef haar emoties naar
een klein kamertje in haar hoofd en draaide de deur op slot. Toen
ze klein was, liet Thorn haar altijd in een hoek staan en deed dan
net alsof hij haar aanviel met een zwaard, een mes of een vuist. Als
ze ineenkromp of in paniek raakte, was haar vader teleurgesteld.
Als ze kalm bleef, prees hij de kracht van zijn dochter.

'De Tabula zullen Gabriel niet meteen doden. Ze zullen hem
eerst ondervragen om erachter te komen wat hij weet. Intussen zullen ze een team in het kamp achterlaten om iedereen in een hinderlaag te laten lopen die terugkeert.'

Hollis tuurde uit het raampje. 'Je bedoelt dat daar iemand op
ons wacht om ons te vermoorden?'

'Inderdaad.' Maya zette haar zonnebril op zodat Hollis haar
ogen niet kon zien. 'Maar dat zal ze niet lukken...'

432

Om zes uur ging de zon onder en begon Maya de heuvel naar Arcadia te beklimmen. Het struikgewas was een verwarde massa dorre vegetatie; het rook naar dode bladeren, en had ook de zoete, scherpe geur van wilde anijs. Het kostte de Harlekijn moeite zich in een rechte lijn te bewegen. Het was alsof de takken en de ranken naar haar benen graaiden en het zwaard van haar schouder probeerden te trekken. Halverwege de heuvel werd haar weg versperd door een woud van Californische berendruif en dwergeiken die haar dwongen een beter begaanbaar pad te zoeken.

Ten slotte bereikte ze het ijzeren hek dat het kamp omringde. Ze greep de bovenrand en hees zich eroverheen. De twee slaapzalen, het zwembad, de watertank en het gemeenschapshuis waren goed zichtbaar in het maanlicht. De Tabula-huurlingen moesten zich ergens in de schaduw verborgen houden. Ze dachten waarschijnlijk dat de onverharde weg die langs de heuvel omhoogvoerde de enige toegangsweg was. Een aanvoerder van de oude stempel zou zijn mannen in een driehoek rond het parkeerterrein hebben opgesteld.

Ze trok haar zwaard en herinnerde zich de les zachtjes lopen die ze van haar vader had geleerd. Je bewoog je alsof je een meer overstak dat bedekt was met een dun laagje ijs: voet uitsteken, de bodem testen en dan pas je gewicht op je voet zetten.

Maya bereikte een donkere plek naast de watertank en zag iemand op zijn hurken bij de badhokjes zitten. Het was een kleine, breedgeschouderde man met een automatisch geweer. Toen zij hem van achteren naderde, hoorde ze hem in de microfoon van een radiokoptelefoon fluisteren.

'Heb jij nog water? Dat van mij is op.' Hij zweeg even en antwoordde toen geërgerd: 'Dat snap ik ook wel, Frankie. Maar ik had niet net als jij twee flessen meegenomen.'

Ze zetten een stap naar links, rende toen naar voren en zwaaide haar zwaard naar de achterkant van zijn nek. De man stortte voorover als een gevelde stier. Het enige geluid was het gekletter van zijn wapen dat op het beton viel. Maya boog zich over het lichaam en trok de koptelefoon van de oren van de dode man. Ze hoorde nog meer stemmen tegen elkaar fluisteren.

433

'Daar zijn ze,' zei een stem met een Zuid-Afrikaans accent. 'Zie je die koplampen daar? Ze komen de heuvel op...'

Hollis reed zijn pick-up het onverharde pad op, stopte op het parkeerterrein en zette de motor af. Er was net voldoende maanlicht om zijn silhouet achter het stuur te zien.

'Wat nu?' vroeg een Amerikaanse stem.

'Zie jij een vrouw?'

'Nee.'

'Als de man uitstapt schiet je hem neer. Als hij daar blijft wacht je op de Harlekijn. Boone heeft me opgedragen de vrouw meteen neer te schieten.'

'Ik zie alleen de man,' zei de Amerikaan. 'En jij, Richard?'

De dode man gaf geen antwoord meer. Maya liet zijn geweer op de grond liggen en haastte zich naar het gemeenschapshuis.

'Richard? Hoor je me?'

Geen antwoord.

Hollis bleef in de pick-up zitten, als afleiding van het werkelijke gevaar. Maya vond de volgende Tabula op het tweede punt van de driehoek. Hij zat op één knie naast het gemeenschapshuis en hield een sluipschuttersgeweer op de pick-up gericht. Maya's voetstappen maakten geen geluid op de aangestampte aarde, maar hij moest haar nadering hebben gevoeld. De Tabula draaide zich half om en het zwaard raakte de zijkant van zijn keel. Het bloed spoot uit een slagader en de man stortte neer.

'Volgens mij gaat hij uitstappen,' zei de Zuid-Afrikaan. 'Richard? Frankie? Zijn jullie daar nog?'

Maya maakte de snelle, zekere keuze van een Harlekijn in het heetst van de strijd en rende naar de vrouwenslaapzaal. En ja, de derde man stond op de hoek van dat gebouw. De Tabula was zo bang dat hij hard praatte. 'Kunnen jullie me horen? Schiet de man in de auto neer!'

Ze kwam uit de schaduw tevoorschijn en hakte naar zijn linkerarm. De Zuid-Afrikaan liet zijn geweer vallen en ze viel opnieuw aan en sneed de hamstringpezen achter zijn linkerknie door. Schreeuwend van pijn viel hij voorover.

Het was bijna voorbij. Ze stond naast de man en gebaarde met haar zwaard. 'Waar zijn de twee gevangenen? Waar hebben jullie ze naartoe gebracht?'

De huurling probeerde weg te komen, maar zij reageerde door de hamstrings van zijn andere been door te snijden. Nu lag hij plat op zijn buik, kruipend als een dier, en begroef zijn vingers in de zachte aarde.

'Waar zijn ze?'

'Ze zijn naar Van Nuys Airport gebracht. Daar worden ze aan boord gebracht van een...' Hij kreunde en zijn lichaam kromde zich. 'Privé-vliegtuigje.'

'Wat is hun bestemming?'

'Westchester County, vlak bij New York City. Het researchcentrum van de Evergreen Stichting.' De man rolde zich op zijn rug en hief zijn handen op. 'Ik zweer dat het de waarheid is. Het is de Evergreen...'

Haar zwaard flitste door de schaduwen.

54

De stralenbundel van de koplampen van de pick-up schoot over de weg toen Hollis de heuvel af reed.

Maya leunde tegen het portier met het Harlekijnzwaard op haar schoot. Vanaf het moment dat ze in Amerika was aangekomen was ze alleen nog maar bezig geweest met vechten en vluchten, en nu had ze jammerlijk gefaald. Op dit moment werden Gabriel en Vicki in een privé-vliegtuig naar de oostkust gebracht. De Tabula hadden beide Reizigers in hun macht.

'We zullen het researchcentrum van de Evergreen Stichting moeten overvallen,' zei ze. 'Rij naar het vliegveld, dan nemen we een vliegtuig naar New York.'

'Dat lijkt me geen goed idee,' zei Hollis. 'Ik heb geen vals paspoort en het zal heel moeilijk worden om onze wapens mee te smokkelen. Jij bent zelf degene die me over de Grote Machine heeft verteld. De Tabula hebben zich hoogstwaarschijnlijk al toegang verschaft tot alle datasystemen van de politie en onze foto's in de categorie "voortvluchtig" geplaatst.'

'Kunnen we de trein nemen?'

'Amerika heeft geen hogesnelheidslijnen zoals Europa of Japan. Met de trein doen we er vier, vijf dagen over.'

Maya verhief haar stem in woede. 'Wat moeten we dan, Hollis?'

'We gaan gewoon met de auto. Dat heb ik al eerder gedaan. Dan doen we er ongeveer tweeënzeventig uur over.'

'Dat is veel te lang.'

'Laten we zeggen dat een vliegend tapijt ons nu regelrecht naar het researchcentrum zou kunnen brengen. Dan zouden we nog steeds eerst een manier moeten verzinnen om binnen te komen.' Hij lachte naar Maya en probeerde optimistisch te kijken. 'Het enige dat je nodig hebt om Amerika te doorkruisen is cafeïne, benzine en goede muziek. Onderweg hebben we drie dagen de tijd om een plan te bedenken.'

Maya staarde strak voor zich uit en knikte toen bijna onmerkbaar. Het zat haar dwars dat haar beslissingen wellicht werden beïnvloed door emoties. Hollis had gelijk; hij dacht tenminste als een Harlekijn.

Tussen hen in stonden een paar schoenendozen vol cd's. De pickup had een paar forse speakers en twee compact-discspelers boven op elkaar. Toen ze de snelweg op reden, stopte Hollis een cd in de speler en drukte op de 'play'-knop. Maya verwachtte housemuziek met een dreunende beat, maar in plaats daarvan hoorde zij de zigeunergitarist Django Rheinhardt *Sweet Georgia Brown* spelen.

Hollis vond verborgen verbanden tussen jazz, rap, klassieke en wereldmuziek. Terwijl zij over de snelweg reden, hield hij zijn linkerhand op het stuur, terwijl zijn rechterhand tussen de cd's in de schoenendozen zocht. Hij verzorgde een onafgebroken soundtrack voor hun reis en liet het ene nummer in het andere overgaan, zodat een saxofoonsolo van Charlie Parker overvloeide in zingende Russische monniken die op hun beurt weer leidden tot Maria Callas met een aria uit *Madame Butterfly*.

De woestijnen en bergen leken als een prachtige droom van openheid en vrijheid aan hen voorbij te glijden. Het Amerikaanse landschap had iets surrealistisch; de realiteit vond je alleen terug in de reusachtige vrachtwagens met oplegger die met grote snelheid over de snelweg reden en zaken vervoerden als benzine, triplex of honderd doodsbange varkens die hun snuiten door de openingen van een container staken.

Terwijl Hollis reed, zat Maya naast hem en gebruikte haar satelliettelefoon en laptop om op het internet te gaan. Ze vond Linden in een chatroom en vertelde hem in voorzichtige taal waar ze naartoe ging. De Franse Harlekijn stond in contact met de nieuwe stammen die zich vormden in Amerika, Europa en Azië – en die voornamelijk uit jonge mensen bestonden die zich verzetten tegen de Grote Machine. Een van die groepen maakte gebruik van een rebelse website, de Stuttgart Social Club. Hoewel niemand van deze hackers werkelijk in Stuttgart woonde, beschermde de club hun identiteit en stelde de leden in staat rechtstreeks met elkaar te communiceren. Linden vertelde hun dat er een dringende noodzaak bestond om zoveel mogelijk informatie te verzamelen over het researchcentrum van de Evergreen Stichting in Purchase, New York.

Eerst stuurde de Stuttgart Social Club Maya van het internet gehaalde krantenartikelen over de Evergreen Stichting. Enkele uren later begonnen de clubleden in te breken in datasystemen van de overheid en van grote ondernemingen. Een Spaanse hacker, Hercules genaamd, verschafte zich toegang tot de computer van het architectenbureau dat het researchcentrum had ontworpen en opeens verschenen er elektronische blauwdrukken op Maya's computerscherm.

'Het is een groot complex in een buitenwijk van de stad,' zei Maya, terwijl ze de informatie snel doorliep. 'Het bestaat uit vier grote gebouwen die om een centraal plein zijn gebouwd. In het midden staat een gebouw zonder ramen.'

'Hoe is het met de beveiliging gesteld?' vroeg Hollis.

'Het is een soort modern kasteel. Omringd door een drie meter hoge muur. Beveiligingscamera's.'

'We hebben één voordeel. Ik wil wedden dat de Tabula zo trots en zelfverzekerd zijn dat zij geen aanval verwachten. Is er een manier om binnen te komen zonder alle alarmen af te laten gaan?'

'Het gebouw dat voor genetisch onderzoek is ontworpen heeft vier ondergrondse niveaus. Er zijn waterleidingen, elektriciteitskabels en airconditioningbuizen die door een paar ondergrondse tunnels lopen. Een van de onderhoudspunten voor het ventilatiesysteem bevindt zich ongeveer twee meter buiten de muur.'

'Klinkt veelbelovend.'

'We zullen gereedschap nodig hebben om in te breken.'

Hollis schoof een nieuwe cd in de speler en uit de speakers klonk dancemuziek van een groep die Funkadelic heette. 'Geen probleem!' riep hij en de muziek stuwde hen voort door het immense landschap.

55

Het was bijna middernacht toen Gabriels lichaam het researchcentrum werd binnengebracht. Een beveiligingsman klopte op de deur van dr. Richardsons kamer in het administratiegebouw en zei dat hij zich moest aankleden. De neuroloog stopte een stethoscoop in zijn jaszak en werd naar buiten gebracht, naar het centrale plein. Het was een koude najaarsavond, maar de hemel was helder. De Tombe was van binnenuit verlicht en leek als een massieve kubus in de duisternis te zweven.

Dr. Richardson en zijn bewaker begaven zich naar een privé-ambulance en een zwart passagiersbusje bij de toegangspoort en liepen achter het konvooi aan als twee rouwenden die een begrafenisstoet volgden. Toen de voertuigen het genetisch onderzoekscentrum bereikten, stapten er twee medewerkers van de stichting en een Afro-Amerikaanse vrouw uit het busje. De jongste medewerker zei dat hij Dennis Prichett heette. Hij had de leiding over de overdracht en was vastbesloten geen fouten te maken. De oudere man had stekeltjeshaar en een slap gezicht. Prichett noemde hem de hele tijd 'Shepherd' – alsof dat zijn enige naam was. Om Shepherds linkerschouder hing een zwarte metalen koker en hij had een Japans zwaard in een schede bij zich.

De jonge zwarte vrouw bleef dr. Richardson voortdurend aankijken, maar hij ontweek haar blik. Richardson had het idee dat zij een soort gevangene was, maar hij had niet de macht om haar te helpen. Als zij 'help mij, alstublieft' tegen hem fluisterde, zou hij moeten toegeven dat hij hier zelf ook niet vrijwillig was – en bovendien een lafaard was.

Prichett opende de achterkant van de ambulance. Dr. Richardson zag dat Gabriel Corrigan op een brancard was vastgebonden met de dikke katoenen banden die op de afdeling spoedeisende hulp van de meeste ziekenhuizen ook werden gebruikt voor gewelddadige patiënten. Gabriel was bewusteloos. Toen de brancard uit de ambulance werd getrokken, rolde zijn hoofd heen en weer.

De jonge vrouw wilde naar Gabriel toe, maar Shepherd greep haar arm vast en hield haar tegen. 'Laat hem nu maar,' zei hij. 'We moeten hem naar binnen brengen.'

Ze reden de brancard naar het genetisch onderzoekscentrum en bleven daar staan. Niemand had een Protective Link waarmee je het gebouw binnen kon gaan. Terwijl het groepje buiten in de kou moest blijven staan, moest Prichett met zijn mobiele telefoon de beveiliging bellen. Uiteindelijk zorgde een technicus die in Londen achter een computer zat ervoor dat zij met hun identiteitskaarten toegang kregen tot het gebouw. Prichett duwde de brancard door de deuren en de groep volgde hem.

Sinds Richardson per ongeluk het laboratoriumverslag over hybride dieren had gelezen, was hij nieuwsgierig geweest naar het gebouw waar het uiterst geheime genetische onderzoek plaatsvond. De laboratoriumruimtes op de begane grond hadden in elk geval niets indrukwekkends. Tl-lampen tegen het plafond. Een elektronenmicroscoop. Het gebouw stonk naar een kennel, maar Richardson zag geen laboratoriumdieren – en al helemaal niets wat je een 'splitser' zou kunnen noemen. Shepherd leidde de jonge vrouw de gang in terwijl Gabriel een lege kamer werd binnengereden.

Prichett stond naast Gabriels lichaam. 'We denken dat Mr. Corrigan zich in een ander rijk bevindt. Generaal Nash wil weten of zijn lichaam gewond is of niet.'

'Ik heb hier alleen maar een stethoscoop.'

'Doe wat u kunt, maar wel snel. Nash zal hier binnen een paar minuten zijn.'

Richardson drukte zijn vingertoppen tegen Gabriels nek en zocht naar een hartslag. Niets. Hij pakte een potlood uit zijn borstzakje, prikte ermee in de voetzool van de jongeman en kreeg een spierreactie. Terwijl Prichett toekeek, knoopte de neuroloog Gabriels overhemd los en zette de stethoscoop op de borst van de Reiziger. Tien seconden. Twintig seconden. En toen, eindelijk, een enkele hartslag.

Op de gang klonken stemmen. Richardson deed een stap achteruit van het lichaam vandaan toen Michael, Nash en de lijfwacht van de generaal gehaast de kamer binnenkwamen.

'En?' vroeg Nash. 'Is alles in orde?'

'Hij leeft nog. Ik weet niet of er neurologische schade is.'

Michael liep naar de brancard en raakte het gezicht van zijn broer aan. 'Gabe is nog in het Tweede Rijk, op zoek naar een uitweg. Ik had de doorgang al gevonden, maar ik heb hem niets verteld.'

'Dat was een verstandig besluit,' zei Nash.

'Waar is de talisman van mijn broer? Het Japanse zwaard?'

Shepherd keek alsof hij zojuist van diefstal was beschuldigd. Hij gaf het zwaard aan Michael, die het op zijn broers borst legde.

'Je kunt hem niet eeuwig vastgebonden houden,' zei Richardson. 'Dan krijgt hij huidzweren, net als patiënten met aandoeningen aan het ruggenmerg. Het zal zijn spierweefsel aantasten.'

Generaal Nash leek er niet blij mee te zijn dat iemand een bezwaar maakte. 'Daar zou ik me maar geen zorgen om maken als ik u was, doctor. We houden het zo totdat wij hem op andere gedachten hebben gebracht.'

De volgende ochtend probeerde Richardson niet al te veel op te vallen in het neurologisch laboratorium in de kelder van de bibliotheek. Hij had toegang gekregen tot een online schaakspel op de computer van het researchcentrum en het spel fascineerde hem. Zijn zwarte schaakstukken en de witte stukken van de computer waren kleine geanimeerde figuurtjes met gezichten, armen en benen. Wanneer ze niet over het bord liepen, lazen de lopers in hun gebedenboeken, terwijl de paarden rusteloos stonden te steigeren.

De verveelde pionnen stonden voortdurend te gapen, zichzelf te krabben en in slaap te vallen.

Toen Richardson er eenmaal aan gewend was dat zijn schaakstukken leefden, ging hij door naar het tweede interactieve niveau. Op dit niveau slingerden de stukken elkaar beledigingen naar het hoofd of deden Richardson suggesties aan de hand. Als hij een verkeerde zet deed, gingen de schaakstukken met hem in discussie over zijn strategie en sjokten vervolgens schoorvoetend naar hun nieuwe vak. Op het derde interactieve niveau hoefde Richardson alleen nog maar toe te kijken. De stukken bewogen nu zelf en de betere stukken vermoordden de zwakkere, sloegen ze de hersens in met strijdknotsen of doorstaken ze met zwaarden.

'Hard aan het werk, doctor?'

Richardson keek over zijn schouder en zag Nathan Boone in de deuropening staan. 'Ik zit een spelletje te schaken op de computer.'

'Mooi.' Boone liep naar de laboratoriumtafel. 'Het is belangrijk dat we af en toe wat uitdaging hebben. Dat houdt de geest scherp.'

Boone ging aan de andere kant van de tafel zitten. Iedereen die toevallig naar binnen zou hebben gekeken, zou hebben gedacht dat twee collega's over een wetenschappelijke kwestie zaten te discussiëren.

'Hoe gaat het ermee, doctor? We hebben elkaar al een poosje niet gesproken.'

Dr. Richardson keek naar het computerbeeldscherm. De kleine schaakstukken stonden met elkaar te overleggen, klaar om aan te vallen. Richardson vroeg zich af of de schaakstukken zelf ook dachten dat ze echt waren. Misschien zeiden ze hun gebeden wel en droomden ze en genoten ze van hun kleine overwinningen, zonder te beseffen dat hij de controle had.

'Ik – ik zou nu wel graag naar huis willen.'

'Dat begrijpen we.' Boone glimlachte vriendelijk. 'Uiteindelijk kunt u ook weer terug naar uw collegezaal, maar op dit moment bent u een belangrijk lid van ons team. Ik heb gehoord dat u hier gisteravond ook was, toen ze Gabriel Corrigan binnenbrachten.'

'Ik heb hem oppervlakkig onderzocht. Meer niet. Hij leeft nog.'

'Inderdaad. Hij is hier, hij leeft en nu moeten we kijken hoe we

hem gaan aanpakken. Dat stelt ons voor een nogal uniek probleem
– hoe houd je een Reiziger opgesloten in een kamer? Volgens Michael kan een Reiziger, zolang je hem helemaal insnoert, niet van
zijn lichaam loskomen. Maar dat zou weer tot fysieke problemen
kunnen leiden.'

'Precies. Dat heb ik ook tegen generaal Nash gezegd.'

Boone leunde naar voren en drukte een toets van de laptop in.
Het schaakspel verdween. 'De afgelopen vijf jaar heeft de Evergreen Stichting veel onderzoek gefinancierd naar de neurologische
werking van pijn. Zoals u zonder enige twijfel zult weten is pijn
een vrij complex fenomeen...'

'Pijn wordt bestuurd door verschillende gebieden van de hersenen en verplaatst zich langs parallelle zenuwbanen,' zei Richardson. 'Dat betekent dat wij, als een deel van het brein het niet meer
doet, nog steeds kunnen reageren op een verwonding.'

'Inderdaad, doctor. Maar nu hebben onze onderzoekers ontdekt
dat we in vijf verschillende gebieden van de hersenen, waarvan de
belangrijkste het cerebellum en de thalamus zijn, draden kunnen
implanteren. Kijkt u maar eens...' Boone haalde een dvd uit zijn
zak en schoof die in Richardsons computer. 'Dit is ongeveer een
jaar geleden gefilmd in Noord-Korea.'

Op het beeldscherm verscheen een bruinachtig-geel resusaapje.
Het zat in een kooi en er staken verschillende draden uit zijn schedeltje. De draden zaten vast aan een radiozendertje dat op het lichaam van het diertje was gebonden. 'Ziet u? Niemand snijdt in dit
diertje of verbrandt zijn huid. Je hoeft alleen maar op een knopje
te drukken en...'

Het aapje schreeuwde en viel met een blik van intense pijn op
zijn gezichtje op de grond. Het lag op de bodem van de kooi te
schokken en zachtjes te jammeren.

'Ziet u wat er gebeurt? Er is geen sprake van een fysiek trauma,
maar het zenuwstelsel wordt overweldigd door een omvangrijke
neurologische gewaarwording.'

Richardson kon amper een woord uitbrengen. 'Waarom laat u
mij dit zien?'

'Had u dat nog niet begrepen, doctor? Wij willen dat u draden in

Gabriels hersenen implanteert. Wanneer hij terugkeert van zijn reis, zullen wij hem van zijn boeien bevrijden. Hij zal goed worden behandeld en wij zullen ons best doen zijn rebelse opvattingen over bepaalde kwesties te veranderen. Maar op het moment dat hij ons wil verlaten, drukt er iemand op een knopje en...'

'Dat kan ik niet doen,' zei Richardson. 'Dat is marteling.'

'Dat is een onjuiste term. Wij zorgen alleen voor een onmiddellijke consequentie voor bepaalde negatieve keuzes die hij zou kunnen maken.'

'Ik ben arts. Ik ben opgeleid om mensen te genezen. Dit – dit is verkeerd.'

'U moet toch werkelijk eens aan uw vocabulaire gaan werken, doctor. De ingreep is niet verkeerd. Hij is noodzakelijk.'

Nathan Boone stond op en liep naar de deur. 'Bestudeer de informatie op de dvd. Over een paar dagen sturen wij u nog wat meer gegevens.' Hij glimlachte nog een laatste keer en liep toen de hal in.

Dr. Richardson voelde zich als een man die zojuist heeft gehoord dat er kanker in zijn lichaam is gevonden en dat de verwoestende cellen zich door zijn bloed en botten aan het verspreiden zijn. Uit angst en ambitie had hij de symptomen tot nu toe genegeerd en nu was het te laat.

Zittend in het laboratorium keek hij hoe er steeds weer andere aapjes op het computerbeeldscherm verschenen. Ze zouden uit die kooi moeten ontsnappen. Ze zouden weg moeten lopen en zich verstoppen. Maar er werd een opdracht gegeven, iemand drukte een knop in en zij waren gedwongen te gehoorzamen.

56

Inbreken in gebouwen werd beschouwd als een belangrijke vaardigheid voor Harlekijns. Toen Maya nog een tiener was, had Linden haar drie dagen onderwezen over deursloten, beveiligingspasjes en beveiligingssystemen. Ter afsluiting van dit informele college hielp de Franse Harlekijn haar in te breken in de Universiteit van Londen. Zij dwaalden samen door de verlaten gangen en verstopten een ansichtkaart in de zak van de zwarte jas die Jeremy Benthams beenderen bedekte. Op de elektronische blauwdruk van het researchcentrum stond een ventilatiepijp die ondergronds naar de kelder van het gebouw van de genetische research leidde. Op verschillende punten op de blauwdruk had de architect in kleine letters PIR geschreven, verwijzend naar een systeem van passieve infrarood-bewegingsdetectors. Er was wel een manier om dat specifieke probleem te omzeilen, maar Maya was bang dat er later wellicht nog een ander beveiligingssysteem aan was toegevoegd.

Hollis stopte bij een winkelcentrum ten westen van Philadelphia. Bij een sportzaak kochten ze een uitrusting voor bergbeklimmers en bij een winkel in medische apparatuur een klein busje vloeibare stikstof. Vlak bij het winkelcentrum vonden ze een grote doe-het-zelfzaak waar ze bijna een uur ronddwaalden. Maya vulde het winkelwagentje met een hamer en een beitel, een zaklantaarn, een koevoet, een kleine propaanbrander en een kniptang. Ze had het gevoel dat iedereen naar hen keek, maar Hollis maakte een grapje met de jonge vrouw achter de kassa en ze verlieten ongehinderd de winkel.

Laat in de middag bereikten ze het stadje Purchase. Het was een welvarende gemeente met grote woningen, particuliere scholen en grote bedrijfspanden, omgeven door verzorgde parken. Maya kon wel begrijpen dat deze omgeving een ideale locatie was voor een geheim onderzoekscentrum. Het complex bevond zich dicht bij de stad New York en de grote luchthavens, maar de Tabula konden hun activiteiten gemakkelijk achter een stenen muur verborgen houden.

Ze namen een motelkamer en Maya ging een paar uur slapen, met haar zwaard naast zich. Toen ze wakker werd, stond Hollis zich in de badkamer te scheren. 'Ben je er klaar voor?' vroeg ze.

Hollis trok een schoon shirt aan en bond zijn dreadlocks bij elkaar. 'Heel even nog,' zei hij. 'Een man moet er goed uitzien voor een gevecht.'

Tegen tienen die avond verlieten ze het motel, reden langs de Old Oaks Country Club en vervolgden hun weg in noordelijke richting over een tweebaansweg. Het onderzoekscentrum was gemakkelijk te vinden. Aan de muur hingen natriumveiligheidslampen en in een hokje bij de ingang zat een bewaker. Hollis keek voortdurend in zijn achteruitkijkspiegel, maar ze werden niet gevolgd. Na anderhalve kilometer sloeg hij een zijweggetje in en parkeerde in de berm, vlak bij een kleine appelboomgaard. De appels waren weken geleden al geplukt en de grond lag vol dode bladeren.

Het was stil in de auto. Maya realiseerde zich dat ze gewend was geraakt aan de verschillende muzieksoorten die uit de luidsprekers kwamen; ze hadden er onderweg kracht uit geput.

'Dit gaat lastig worden,' zei Hollis. 'Ik weet zeker dat het hele complex vergeven is van de beveiligingsmensen.'

'Niemand dwingt je om te gaan.'

'Ik weet dat je dit voor Gabriel doet, maar we moeten Vicki ook redden.' Hollis keek naar de nachtelijke hemel. 'Ze is heel slim en moedig en zet zich in voor de goede zaak. Een man zou zich gelukkig kunnen prijzen haar leven te mogen delen.'

'Het klinkt alsof jij die man wel zou willen zijn.'

Hollis lachte. 'Als ik gelukkig was zou ik hier niet samen met een Harlekijn in een krakkemikkige pick-up zitten. Jullie hebben echt véél te veel vijanden.'

Ze stapten uit en baanden zich een weg door een dichte haag van braamstruiken. Maya had haar zwaard en haar pompgeweer bij zich. Hollis droeg een halfautomatisch geweer en een canvas tas met al hun gereedschap. Toen ze bij de noordmuur van het researchcentrum tussen de bomen vandaan kwamen, zagen ze een ventilatiebuis uit de grond omhoogsteken. De opening was bedekt met een zwaar metalen rooster.

Met behulp van de kniptang verwijderde Hollis twee hangsloten, waarna hij met de koevoet het rooster optilde. Hij scheen met de zaklamp in de buis, maar de lichtbundel reikte niet verder dan een meter of drie. Maya voelde warme lucht op haar huid.

'Volgens de blauwdruk loopt die buis regelrecht naar de kelder,' zei ze tegen Hollis. 'Ik weet niet of er voldoende ruimte is om je nog om te draaien, dus ga ik met mijn hoofd eerst.'

'Hoe weet ik of alles goed gaat?'

'Door me telkens één meter tegelijk te laten zakken. Als ik twee keer aan het touw trek kan je het weer wat laten vieren.'

Maya trok de klimgordel aan, terwijl Hollis een musketonhaak en een katrol aan de rand van het rooster vastmaakte. Toen alles goed vastzat, ging de Harlekijn met een paar instrumenten onder haar jack de buis in. De stalen buis was donker, warm en net groot genoeg voor één persoon. Het was net alsof ze in een grot werd neergelaten.

Toen ze op een diepte van twaalf meter was gekomen, bereikte Maya een T-splitsing waar de buis in twee richtingen verderliep. Ondersteboven hangend haalde ze de hamer en de beitel tevoorschijn en maakte zich op om een gat in het plaatstaal te maken. Toen de beitel de buis raakte, klonk het geluid overal om haar heen. Het zweet liep langs haar gezicht terwijl ze de hamer keer op keer liet neerkomen. Opeens schoot de beitel door het staal en verscheen er een dun straaltje licht. Maya hakte een opening uit en boog het staal terug. Ze rukte twee keer aan het touw en Hollis liet haar in een ondergrondse tunnel zakken met een betonnen vloer en wanden van B-2-blokken. Langs de tunnelwanden liepen water-, elektriciteits- en ventilatiebuizen. De enige verlichting was afkomstig van een serie tl-buizen die om de zes meter in de tunnel waren geplaatst.

Het kostte tien minuten om het touw weer terug te halen en een rugzak met gereedschap te laten zakken. Vijf minuten later stond Hollis naast haar.

'Hoe komen we boven?' vroeg hij.

'Aan de noordkant van het gebouw is een brandtrap. Die trap moeten we zien te vinden zonder het alarmsysteem in werking te stellen.'

Ze gingen de tunnel in en stopten bij de eerste de beste open deur. Maya pakte een spiegeltje en hield het in een bepaalde hoek. Aan de andere kant van de deur zag ze een kleine, witte plastic doos met een gebogen overstrooiingslens.

'Volgens de blauwdrukken maken ze gebruik van PIR-bewegingsdetectors. Die vangen de infrarode energie op die voorwerpen afgeven en zetten een alarm in werking zodra dat boven een bepaald niveau komt.'

'En daarom hebben we die stikstof?'

'Precies.' Ze opende de rugzak en haalde de vloeibare stikstof eruit. Het blik zag eruit als een thermoskan met een mondstuk. Voorzichtig stak ze haar hand door de deur en spoot op de bewegingsdetector. Toen hij bedekt was met witte rijp, vervolgden ze hun tocht door de tunnel.

De ingenieurs die de ondergrondse ruimte hadden gebouwd, hadden sectornummers op de muren geschilderd, maar Maya begreep niet wat ze betekenden. In bepaalde gedeeltes van de tunnel hoorden ze een constant mechanisch geronk dat als een stoomturbine klonk, maar de machines zelf kregen ze niet te zien. Na zo'n tien minuten te hebben rondgekeken, bereikten ze een splitsing. Twee gangen leidden in verschillende richtingen, zonder dat ze ergens aan konden zien welke ze moesten hebben. Maya haalde de Willekeurige Getallen Generator uit haar zak. Oneven getallen betekenden rechts, besloot ze, en drukte op het knopje. Nummer 3531 verscheen in beeld.

'Rechtsaf,' zei ze tegen Hollis.

'Hoezo?'

'Zomaar.'

'Die tunnel aan de linkerkant ziet er groter uit. Volgens mij moeten we daarheen.'

Ze sloegen linksaf en verspilden tien minuten aan het rondkijken in lege opslagruimtes. Ten slotte liep de gang dood. Op de terugweg zagen ze de Harlekijnluit die Maya met haar mes in de muur had gekrast.

Hollis keek haar geërgerd aan. 'Dat wil nog niet zeggen dat dat apparaatje van jou ons de goede weg heeft gewezen. Kom nou, Maya. Zo'n getal betekent toch niks?'

'Het betekent dat we rechtsaf gaan.'

Ze liepen de tweede gang in en maakten een tweede bewegingsdetector onklaar. Opeens bleef Hollis staan en wees naar boven. Aan het plafond hing een klein zilveren doosje. 'Is dat een bewegingsdetector?'

Maya schudde haar hoofd. Nee. Niks meer zeggen.

'Je kunt me toch gewoon vertellen wat het is?'

Ze greep zijn arm en ze renden de gang door. Even later duwden ze een stalen deur open en betraden een ruimte zo groot als een voetbalveld die vol stond met betonnen steunpilaren.

'Wat is er in vredesnaam aan de hand?'

'Dat was hun back-upsysteem. Een geluidsdetector. Het is waarschijnlijk aangesloten op het computerprogramma Echo. De computer filtert de mechanische geluiden eruit en herkent het geluid van een menselijke stem.'

'Dus nu weten ze dat we hier zijn?'

Maya opende haar zwaardfoedraal. 'De detector kan onze stemmen al minuten geleden hebben opgepikt. Kom, we moeten die trap zien te vinden.'

De funderingsruimte had slechts vijf lichtpunten: een enkel lampje in elk van de hoeken en een vijfde in het midden. Ze verlieten de hoek en liepen langzaam tussen de grijze pilaren door naar het lichte gedeelte in het midden. De betonnen vloer was stoffig en de lucht was warm en muf.

De kale peertjes flikkerden, en gingen toen uit. Een ogenblik lang stonden ze in volmaakte duisternis, totdat Hollis hun enige zaklantaarn aanknipte. Hij zag er gespannen uit en klaar om te vechten. Ze hoorden een piepend, krassend geluid, alsof er een deur werd opengeduwd. Stilte. Toen viel de deur met een holle dreun dicht. Maya's vingertoppen tintelden. Ze legde haar hand op Hollis' arm – verroer je niet – en opeens hoorden ze allebei een kort blaffend geluid dat op lachen leek.

Hollis scheen met de zaklantaarn tussen twee rijen pilaren door en ze zagen iets bewegen in de schaduw. 'Splitsers,' zei hij. 'Die hebben ze naar beneden gestuurd om ons te doden.'

Maya zocht in de rugzak en haalde de propaanbrander tevoorschijn. Onhandig draaide ze de stalen knop om en stak hem aan met een sigarettenaansteker. Met een zacht gonzend geluid kwam de blauwe vlam uit het mondstuk. Ze hield hem omhoog en liep een eindje naar voren.

Tussen de pilaren bewogen zich donkere gestaltes. Nog meer gelach. De splitsers veranderden hun positie en hadden hen nu omsingeld. Maya en Hollis gingen binnen de kleine cirkel van licht met hun rug tegen elkaar staan.

'Ze zijn niet gemakkelijk dood te krijgen,' zei Hollis tegen haar. 'En als je op ze schiet, geneest de wond meteen.'

'Dus de kop is het beste?'

'Als je dat voor elkaar krijgt. Ze blijven aanvallen tot ze dood zijn.'

Maya draaide zich om en zag de horde hyena's een meter of zes bij hen vandaan. Het waren er een stuk of tien – en ze waren heel snel. Gelige vacht met zwarte stippen. Stompe, donkere snuiten.

Een van de splitsers maakte een hoog lachend geluid. De horde verspreidde zich, rende tussen de pilaren door en viel van twee kanten aan. Maya zette de brander voor zich op de grond en laadde haar pompgeweer door. Ze wachtte tot de horde haar tot op drie meter was genaderd en schoot toen op de leider. De hagelkorrels troffen hem in de borst en hij werd naar achteren geworpen, maar de rest bleef komen. Hollis bleef vlak naast haar en schoot op de andere groep.

Ze haalde de trekker keer op keer over, totdat het magazijn leeg was. Toen liet ze het pistool vallen, trok haar zwaard en stak dat als een lans naar voren. Een splitser die haar wilde bespringen werd gespietst. Zijn zware lichaam viel aan haar voeten. Wanhopig trok ze het zwaard eruit en toen de volgende twee splitsers aanvielen begon ze met snelle, hakkende bewegingen om zich heen te maaien. Ze krijsten en schreeuwden toen het zwaard door hun dikke huid drong.

Toen Maya zich omdraaide, zag ze Hollis wegrennen en tegelijkertijd proberen een nieuw magazijn in zijn geweer te klikken. Intussen werd hij door drie splitsers achternagezeten. Hij draaide zich om, gooide de zaklamp op de grond en zwaaide met het geweer naar de eerste aanvaller, die hij een eind van zich af wist te slaan. De andere twee splitsers besprongen hem en hij viel achterover in de schaduw.

Maya pakte met haar linkerhand de brander op en greep met haar rechterhand haar zwaard stevig vast. Ze rende naar Hollis, die zijn best deed om de twee splitsers van zich af te houden. Zij zwaaide het zwaard omlaag, hakte een van de dieren de kop af en stak de andere in de buik. Hollis' jack was opengescheurd. Zijn gezicht zat onder het bloed.

'Sta op!' riep ze. 'Je moet opstaan!'

Hollis krabbelde overeind, vond een nieuw magazijn en klikte het in het geweer. Een gewonde splitser probeerde weg te kruipen, maar Maya liet haar zwaard neerkomen als dat van een beul. Haar armen trilden toen ze op het dode lichaam stond neer te kijken. De bek van de splitser stond open en ze kon zijn tanden zien.

'Zet je schrap,' zei Hollis. 'Daar komen ze weer.' Hij tilde zijn geweer op en begon een Jonesie-gebed te prevelen. 'Ik bid met heel mijn hart tot God. Dat Zijn Licht mij moge beschermen tegen het kwade dat...'

Achter hen klonk een blaffend gelach en toen werden ze van drie kanten aangevallen. Maya vocht met haar zwaard en haalde uit naar de tanden en klauwen die op haar af kwamen, de rode tongen en de woeste ogen die gloeiden van haat. Om munitie te sparen probeerde Hollis het eerst met gerichte schoten, maar vervolgens schakelde hij over op automatisch vuren. De splitsers bleven keer op keer aanvallen, totdat het laatste dier op haar af stormde. Maya hief haar zwaard, klaar om toe te slaan, maar op dat moment stapte Hollis naar voren en schoot het dier door zijn kop.

Ze stonden zij aan zij, omringd door de dood. Maya voelde zich verdoofd, overweldigd door de razernij van de aanval.

'Alles goed met jou?' Hollis' stem klonk scherp en gespannen.

Maya draaide zich naar hem om. 'Ik geloof het wel. En jij?'

'Een van die beesten heeft mijn schouder opengehaald, maar ik kan mijn arm nog bewegen. Kom op. We moeten verder.'

Maya stak haar zwaard weer in het foedraal. Met het jachtgeweer in één hand leidde ze hen naar de zijkant van de ondergrondse ruimte. Het kostte hun maar een paar minuten om een stalen veiligheidsdeur te vinden, beschermd door elektromagnetische sensoren. Een kabel liep van de deur naar een schakeldoos en Hollis maakte hem open. Het was een wirwar van draden en schakelaars, maar ze hadden kleurcodes. Dat maakte het gemakkelijker.

'Ze weten al dat we in het gebouw zijn,' zei Maya. 'Ze mogen niet doorkrijgen dat we de trap hebben bereikt.'

'Welke draad knippen we door?'

'Nooit iets doorknippen. Dat schakelt het alarm in.'

Ga nooit een moeilijke beslissing uit de weg, had haar vader haar altijd voorgehouden. *Alleen stommelingen denken dat zij de juiste keus kunnen garanderen.* Maya besloot dat de rode draden de stroomdraden moesten zijn. Ze gebruikte de brander om het plastic beschermlaagje van de rode draden weg te smelten, en verbond ze toen met kleine krokodillenklemmetjes.

'Denk je dat dat werkt?'

'Misschien niet.'

'Staan ze ons op te wachten?'

'Waarschijnlijk wel.'

'Nou, dat klinkt veelbelovend.' Hollis glimlachte en dat gaf haar een goed gevoel. Hij was niet zoals haar vader of Mother Blessing, maar hij begon wel als een Harlekijn te denken. Je moest je lot aanvaarden, en moedig zijn.

Er gebeurde niets toen ze de stalen deur forceerden. Ze stonden onder aan een betonnen brandtrap met op elke verdieping een lichtpunt. Maya zette haar voet op de eerste trede en begon toen sneller te lopen.

Zoek de Reiziger.

57

Kennard Nash stond met een van de technici te praten die de kwantumcomputer in de gaten hielden. Als een trainer die een van zijn spelers het veld weer in stuurt, gaf hij de man een schouderklopje, liep toen de kamer door en ging naast Michael zitten.

'We hebben een inleidend bericht van onze vrienden ontvangen,' zei Nash. 'Dat betekent over het algemeen dat de grote transmissie over vijf tot tien minuten zal plaatsvinden.'

De lijfwacht van de generaal, Ramón Vega, schonk beide wijnglazen nog eens vol, terwijl Michael op een toastje knabbelde. Hij vond het prettig om in de schemerige ruimte te zitten en naar de verzegelde glazen tank met vloeibaar helium te kijken. In de groene vloeistof vonden steeds kleine explosietjes plaats omdat de elektronenwissels in het hart van de computer werden gemanipuleerd in een kooi van energie.

De elektronen bestonden in deze wereld, maar de kwantumeigenschap van superpositie stelde deze subatomaire deeltjes in staat hier en daar te zijn, onder of boven, naar links of naar rechts te springen – en allemaal op hetzelfde moment. Eén nauwelijks waarneembaar ogenblik lang waren ze zowel hier als daar, overstekend naar een parallelle dimensie. In dat andere rijk wachtte een hoogontwikkelde beschaving met een andere computer. De computer ving de elektronen op, ordende ze tot een pakket informatie en stuurde ze weer terug.

'Wacht u op iets in het bijzonder?' vroeg Michael.

'Een boodschap. Een beloning misschien. Drie dagen geleden hebben wij hun alle informatie gestuurd over jouw bezoek aan het Tweede Rijk. Dat was wat ze van ons wilden – een routekaart van een Reiziger.'

Nash drukte op een knopje en drie tv's met plasmaschermen zakten uit het plafond omlaag. Een technicus aan de andere kant van de ruimte zat naar een computermonitor te kijken en begon commando's in te tikken. Een paar tellen later verschenen er aan de linkerkant van het tv-scherm lichtpuntjes en donkere vlekken.

'Dat is wat ze ons sturen. Het is een binaire code,' legde Nash uit. 'Licht en niet-licht is de basistaal van het universum.'

De computers vertaalden de code en aan de rechterkant van het scherm verschenen getallen. Even later zag Michael op de middelste monitor een patroon van rechte en hoekige lijnen verschijnen. Het leek op een blauwdruk van een ingewikkeld apparaat.

Generaal Nash gedroeg zich als een ware gelovige die zojuist het gezicht van God heeft aanschouwd. 'Hier hebben we al die tijd op gewacht,' mompelde hij. 'Wat je hier voor je ziet is de nieuwste versie van onze kwantumcomputer.'

'Hoe lang duurt het om hem te bouwen?'

'Mijn staf zal de gegevens analyseren en met een leverdatum komen. Tot die tijd moeten we onze nieuwe vrienden tevreden zien te houden.' Nash glimlachte zelfverzekerd. 'Ik speel een spelletje met die andere beschaving. Wij willen de macht van onze technologie vergroten. Zij willen vrijelijk heen en weer reizen tussen de verschillende rijken. Jij bent degene die hun gaat laten zien hoe dat moet.'

Binaire code. Getallen. En het ontwerp voor een nieuw apparaat. De informatie van de hoogontwikkelde beschaving vloeide over de drie beeldschermen en Michael ging helemaal op in de beelden die voor hem langsflitsten. Hij had het amper in de gaten toen Ramón Vega naar generaal Nash toe kwam en hem een mobiele telefoon overhandigde.

'Ik ben bezig,' zei Nash tegen de beller. 'Kan je niet wachten tot...' Opeens veranderde de uitdrukking op het gezicht van de generaal. Hij leek gespannen, stond op en begon door de kamer te ijsberen. 'Waar is Boone?' vroeg hij. 'Hebben jullie hem al gebeld? Nou, doe dat dan. Zeg tegen hem dat hij meteen naar het computercentrum moet komen.'

'Problemen?' vroeg Michael, toen Nash de verbinding verbrak.

'Er is een indringer in het researchcentrum. Misschien wel een van die Harlekijnfanatici over wie ik je heb verteld.'

'Is de persoon in kwestie in het gebouw zelf?'

Generaal Nash schrok zichtbaar toen hij aan die mogelijkheid dacht. Hij keek even naar zijn lijfwacht en had zichzelf onmiddellijk weer in bedwang. 'Natuurlijk niet. Dat is onmogelijk. We hebben alles onder controle.'

58

Nadat hij een tijdlang door de donkere stad had gedwaald, had Gabriel eindelijk de doorgang naar huis gevonden. Nu had hij het gevoel dat hij op de bodem van een diepe vijver lag en omhoogkeek naar het glinsterende oppervlak. De lucht in zijn longen trok hem omhoog – eerst heel langzaam en toen steeds sneller. Hij was bijna bij het oppervlak, toen hij terugkeerde in zijn lichaam.

De Reiziger opende zijn ogen en realiseerde zich dat hij niet langer op een veldbed in de slaapzaal van een kerkelijk kamp lag. In plaats daarvan lag hij vastgebonden op een ziekenhuisbrancard en werd hij door een lange gang met gedempte verlichting gereden. Het jade zwaard lag, in zijn beschermende schede, op zijn borst en buik.

'Waar...' fluisterde hij. Maar zijn lichaam was ijskoud en spreken kostte hem moeite. Opeens kwam de brancard tot stilstand en keken twee gezichten op hem neer – Vicki Fraser en een oudere man in een witte laboratoriumjas.

'Welkom terug,' zei de oudere man.

Met een bezorgde blik in haar ogen legde Vicki haar hand op die van de Reiziger. 'Is alles in orde, Gabriel? Kan je me horen?'

'Wat is er gebeurd?'

Vicki en de man in de laboratoriumjas duwden de brancard een kamer binnen die vol stond met lege dierenkooien en maakten zijn boeien los. Toen Gabriel overeind kwam en probeerde zijn armen te bewegen, vertelde Vicki hem dat de Tabula Arcadia hadden overvallen en hen hadden overgebracht naar een researchcentrum in de buurt van New York. De man in de laboratoriumjas was Phillip Richardson, een neuroloog. Hij had Vicki uit een afgesloten kamer bevrijd en daarna waren zij samen Gabriel gaan zoeken.

'Ik heb dit niet echt zo gepland. Het gebeurde gewoon.' Dr. Richardson klonk zowel bang als opgelucht. 'Er zat een bewaker bij je, maar die werd opeens weggeroepen. Kennelijk is iemand het researchcentrum binnengedrongen...'

Vicki keek naar Gabriel en probeerde in te schatten hoe sterk hij was. 'Als we de ondergrondse parkeergarage kunnen bereiken, denkt dr. Richardson dat we wellicht kunnen wegkomen in een van de busjes van de onderhoudsdienst.'

'En dan?' vroeg Gabriel.

'Ik sta open voor suggesties,' zei Richardson. 'Ik heb een oude studievriend die een boerderij in Canada heeft, maar het zou weleens een probleem kunnen zijn om de grens over te komen.'

Toen Gabriel opstond merkte hij dat zijn benen slap aanvoelden, maar hij kon inmiddels wel weer helder en geconcentreerd nadenken. 'Waar is mijn broer?'

'Dat weet ik niet.'

'We moeten hem gaan zoeken.'

'Dat is veel te gevaarlijk.' Dr. Richardson keek bezorgd. 'Binnen een paar minuten zal de staf zich realiseren dat jij en Vicki verdwenen zijn. Wij kunnen niet tegen hen op. Dat is onmogelijk.'

'Dr. Richardson heeft gelijk, Gabriel. Misschien kunnen we later terugkomen en je broer hier weghalen. Maar op dit moment moeten we maken dat we hier wegkomen.'

Er werd nog wat over en weer gefluisterd, maar uiteindelijk ging Gabriel akkoord met het plan. Inmiddels begon Richardson in paniek te raken. 'Waarschijnlijk weten ze alles al,' zei hij. 'Misschien zijn ze op dit moment al naar ons op zoek.' Hij gluurde door een kier in de deur naar buiten en leidde hen toen door een lange gang naar de lift.

Een paar tellen later stonden ze in de parkeergarage. Het was een enorme ruimte die uit niets anders bestond dan beton en steunpilaren. Ongeveer zes meter bij de liften vandaan stonden drie witte busjes geparkeerd. 'Ze laten de sleuteltjes meestal in het contact-slot zitten,' zei Richardson. 'Als we door de poort kunnen komen, hebben we een kans.'

Richardson liep naar het eerste busje en probeerde het portier aan de kant van de bestuurder te openen. Het portier zat op slot, maar hij bleef trekken, alsof hij het niet kon geloven. Vicki kwam naast hem staan. Haar stem klonk kalm en geruststellend. 'Maakt u zich geen zorgen, doctor. We proberen gewoon de volgende.'

Vicki, Gabriel en Richardson hoorden een piepend geluid toen een van de branddeuren werd geopend, gevolgd door voetstappen over de betonnen vloer. Even later kwam Shepherd de brandtrap af.

'Dit is werkelijk geweldig.' Shepherd liep langs de liften, bleef staan en grijnsde. 'Ik dacht dat de Tabula misschien zouden pro-beren mij uit de weg te ruimen, maar nu krijg ik zowaar nog een bonus van ze. De afvallige Harlekijn brengt redding.'

Gabriel keek naar Vicki en trok toen het jade zwaard. Hij zwaai-de er langzaam mee door de lucht en dacht aan wat Maya hem had verteld. Sommige door mensen gemaakte voorwerpen, heel weinig maar, waren zo mooi – zo zuiver – ze dat ze vrij waren van heb-zucht en verlangen.

Schepherd snoof alsof hij zojuist een slechte mop had gehoord. 'Doe niet zo stom, Gabriel. Misschien vindt Maya mij geen echte Harlekijn, maar dat doet niets af aan mijn vechtkunsten. Ik vecht al vanaf mijn vierde met zwaarden en messen.'

Gabriel draaide zijn hoofd wat opzij. 'Vicki, kijk in het andere busje of de sleuteltjes er nog in zitten.'

Shepherd reikte naar zijn draagkoker. Hij trok zijn Harlekijn-zwaard en klikte de beugel op zijn plek. 'Ook goed. Jij je zin. Gaat er toch nog iets leuks gebeuren. Ik heb altijd al eens een Reiziger willen vermoorden.'

Shepherd nam de vechthouding aan en Gabriel verraste hem door meteen tot de aanval over te gaan. Hij rende naar voren en deed net of hij naar Shepherds gezicht wilde steken. Toen Shepherd de stoot wilde afwenden, draaide Gabriel zich om en deed een uitval naar zijn hart. Tot drie, vier keer toe kletterde staal tegen staal, maar Shepherd wist zich met gemak te verdedigen. De twee zwaarden haakten in elkaar. Shepherd deed een halve stap naar achteren, maakte een snelle beweging met zijn polsen en draaide het jade zwaard uit Gabriels handen.

Het zwaard kletterde op de betonnen vloer. In de lege parkeergarage klonk het geluid hard en onmiskenbaar. De twee mannen keken elkaar aan en de Reiziger zag zijn tegenstander heel duidelijk. Shepherds gezicht had het Harlekijnmasker aangenomen, maar er was iets mis met zijn mond. Die vertrok een beetje, alsof de lippen niet konden besluiten of ze wilden glimlachen of dreigen.

'Toe maar, Gabriel. Probeer het maar op te rapen...'

Opeens werd er gefloten – een schril, doordringend geluid. Op het moment dat Shepherd zich omdraaide vloog er een werpmes door de lucht en begroef zich in zijn keel. Hij liet het zwaard uit zijn handen vallen en viel op zijn knieën.

Maya en Hollis kwamen door de open deur naar binnen. De Harlekijn wierp een korte blik op Gabriel – om zich ervan te overtuigen dat hem niets mankeerde – en liep toen op de gewonde man af. 'Je hebt mijn vader verraden,' zei ze. 'Weet je wat ze met hem hebben gedaan, Shepherd? Weet je hoe hij is gestorven?'

Shepherds blik was troebel, maar hij knikte alsof hij zijn leven kon redden door schuld te bekennen. Maya drukte haar handen tegen elkaar als een non die op het punt staat te gaan bidden. Toen gaf ze een snelle, korte trap tegen het heft van het mes en dreef het dieper in het lichaam.

59

Maya richtte haar geweer op de lange man in de witte laboratoriumjas.

'Niet doen!' riep Vicki snel. 'Dat is dr. Richardson. Hij is een geleerde. Een vriend. Hij helpt ons hier weg te komen.' Maya maakte een snelle beoordeling en besloot dat Richardson bang was, maar ongevaarlijk. Als hij in de tunnels in paniek raakte, zou ze wel verder zien. Gabriel leefde nog en dat was het belangrijkste.

Terwijl Hollis vertelde hoe zij het onderzoekscentrum waren binnengekomen, liep Maya naar Shepherds lichaam. Ze stapte in het bloed dat in helderrode strepen over de betonnen vloer sijpelde, knielde naast de dode man neer en pakte haar mes. Shepherd was een verrader, maar Maya was niet blij met zijn dood. Ze dacht aan wat hij haar had verteld in de voorraadkamer van Verrijzenis Auto Onderdelen. *Wij zijn hetzelfde, Maya. Wij zijn allebei opgegroeid met mensen die voor een verloren zaak vochten.*

Toen zij terugkeerde naar de groep, zag ze Hollis ruziemaken met Gabriel. Vicki stond tussen de twee mannen in alsof zij een compromis probeerde te bereiken.

'Wat is het probleem?'

'Vraag dat maar aan Gabriel,' zei Hollis. 'Hij wil zijn broer gaan zoeken.'

Het idee om in het onderzoekscentrum te moeten blijven, leek Richardson doodsbang te maken. 'We moeten hier meteen weg. Ik weet zeker dat de bewakers naar ons op zoek zijn.'

Maya legde haar hand op Gabriels arm en leidde hem een eindje bij de anderen vandaan. 'Ze hebben gelijk. Het is heel gevaarlijk om hier te blijven. Misschien kunnen we op een ander tijdstip terugkomen.'

'Je weet best dat dat niet gaat gebeuren,' zei Gabriel. 'En zelfs al zouden we terugkomen, dan is Michael hier natuurlijk niet meer. Ze zullen hem naar een andere plek brengen, met nog meer bewaking. Dit is mijn enige kans.'

'Ik kan niet toestaan dat je dit doet.'

'Jij hebt niets over mij te zeggen, Maya. Dit is mijn beslissing.'

Maya had een gevoel alsof zij en Gabriel aan elkaar vastzaten, als twee bergbeklimmers op een rotswand. Als de één uitgleed of als er een rotsrichel afbrokkelde, zouden ze allebei vallen. Geen van haar vaders lessen had haar op deze situatie voorbereid. Verzin een plan, zei ze tegen zichzelf. Zet je eigen leven op het spel. Niet het zijne.

'Oké. Ik heb een ander idee.' Ze probeerde haar stem zo rustig mogelijk te laten klinken. 'Als jij nu met Hollis meegaat, dan helpt hij je om hier weg te komen. Ik beloof je dat ik hier blijf om je broer te zoeken.'

'Zelfs al zou je hem vinden, dan zou hij je niet vertrouwen. Michael koestert altijd meteen argwaan tegen iedereen. Maar naar mij luistert hij wel. Dat weet ik zeker.'

Gabriel keek haar recht in de ogen en één onderdeel van een seconde – één harteklop lang – voelde zij een band tussen hen. Maya probeerde wanhopig de juiste beslissing te nemen, maar dat was onmogelijk. Ditmaal was er geen juiste beslissing, alleen het lot.

Ze haastte zich naar dr. Richardson en griste het identiteitspasje mee dat aan zijn laboratoriumjas zat geklemd. 'Krijg je hier deuren mee open?'

'Ongeveer de helft van alle deuren hier.'

'Waar is Michael? Weet u waar ze hem vasthouden?'

'Hij is meestal in een bewaakte suite in het administratiegebouw.

Wij bevinden ons nu aan de noordzijde van het researchcentrum. Administratie zit aan de andere kant van de binnenplaats, aan de zuidzijde.'

'En hoe komen we daar?'

'Gebruik de tunnels en vermijd de hoge galerijen.'

Maya haalde een paar kogels uit haar jaszak en laadde haar pompgeweer. 'Ga terug naar de kelder,' zei ze tegen Hollis. 'Help deze twee door de ventilatiebuis terwijl ik samen met Gabriel terugga.'

'Doe het niet,' zei Hollis.

'Ik heb geen andere keuze.'

'Dwing hem om met ons mee te gaan.'

'Dat is wat de Tabula zouden doen, Hollis. Zoiets doen wij niet.'

'Gabriel wil zijn broer helpen. Oké. Daar heb ik begrip voor. Maar dit kost jullie allebei je leven.'

Ze stopte een kogel in de patroonkamer en het klikkende geluid echode door de verlaten parkeergarage. Maya had haar vader nog nooit 'dankjewel' horen zeggen. Harlekijns hoorden geen gevoelens van dankbaarheid te hebben, maar ze wilde toch iets zeggen tegen degene die aan haar zijde had gevochten.

'Succes, Hollis.'

'Dat kan ik beter tegen jou zeggen. Kijk zo snel mogelijk rond en maak dan dat je hier wegkomt.'

Een paar minuten later liepen zij en Gabriel door de betonnen tunnel die onder de binnenplaats door liep. Het was er warm en benauwd. Ze hoorde water door de zwarte pijpen langs de muren stromen.

Gabriel wierp haar steelse blikken toe. Hij keek ongemakkelijk, bijna schuldbewust. 'Het spijt me dat we dit moeten doen. Ik weet dat je liever samen met Hollis was weggegaan.'

'Dit was mijn eigen keus, Gabriel. Toen we in Los Angeles waren heb ik je broer niet beschermd. Nu heb ik een nieuwe kans.'

Ze bereikten het administratiegebouw aan de andere kant van het plein en met behulp van dr. Richardsons pasje konden ze via een trap naar de hal. Maya gebruikte het pasje om de lift te openen en ze gingen naar de vierde verdieping. Ze liepen snel een gang door en keken in lege kantoren en vergaderruimtes.

Maya vond het maar een vreemd gevoel om met een pompgeweer in haar handen naar een koffieautomaat te kijken en naar dossierkasten, en een screensaver op een computer met allemaal kleine engeltjes die langs een blauwe hemel zweefden. Ze dacht aan haar baan bij de ontwerpstudio in Londen. Daar had ze uren achtereen in haar witte werkhoekje gezeten, met een ansichtkaart van een tropisch eiland aan de muur. Elke dag om vier uur kwam er een mollige Indiase vrouw langs met een theekarretje. Nu leek het wel of dat leven thuishoorde in een andere wereld.

Ze pakte een prullenbak uit een van de kantoren en ze stapten weer in de lift. Toen ze de derde verdieping bereikten, klemde ze de prullenbak tussen de liftdeuren. Langzaam liepen ze de gang in. Maya liet Gabriel anderhalve meter achter zich lopen terwijl zij één voor één de deuren opende.

De gangen waren verlicht met lichtpanelen die eigenaardige schaduwen op de vloer wierpen. Aan het eind van de gang leek een van de schaduwen donkerder dan de rest. Het kon van alles zijn, dacht Maya. Misschien een kapotte lamp. Toen ze dichterbij kwam begon de schaduw te bewegen.

Maya wendde zich tot Gabriel en legde haar vinger op haar lippen. Stil. Ze wees naar een kantoorruimte en gebaarde dat hij zich achter het bureau moest verstoppen. Toen zij terugliep naar de hoek, keek ze de gang in. Iemand had een schoonmaakkarretje bij een van de kantoren laten staan, maar de schoonmaker was verdwenen.

Ze bereikte het einde van de gang, keek voorzichtig om de hoek en trok snel haar hoofd terug toen drie mannen hun handwapens op haar leeg begonnen te schieten. De kogels drongen in de muren en maakten een groot gat in een kantoordeur.

Met het geweer in haar handen rende Maya weer terug en schoot intussen op de sprinklerkop in het midden van het plafond. De leiding werd geraakt en onmiddellijk klonk er een brandalarm. Een van de Tabula gluurde om een hoekje en schoot in het wilde weg in haar richting. De muur naast haar leek te exploderen en de stukken pleisterwerk vlogen haar om de oren. Toen Maya terugschoot, trok de man zich onmiddellijk terug.

Het water sproeide uit de verbrijzelde sprinklerkop. Als mensen in een gevaarlijke situatie terechtkomen, is het meestal zo dat hun gezichtsvermogen wordt vernauwd, alsof ze in een lange tunnel kijken. Kijk om je heen, zei Maya tegen zichzelf en ze keek omhoog naar het plafond. Ze tilde haar geweer op en schoot twee keer op een lichtpaneel boven het schoonmaakkarretje. Het plastic rooster viel uiteen en er verscheen een gat in het pleisterwerk.

Maya schoof het pistool tussen haar riem en klom op het schoonmaakkarretje. Ze stak haar hand in het gat en greep de waterleiding. Met een snelle trap schopte ze het karretje de gang in en hees zichzelf op naar de ruimte boven het plafond. Het enige dat ze kon horen was het brandalarm en het water dat uit de sprinklerinstallatie sproeide. Maya trok het pistool weer tussen haar riem vandaan. Ze sloeg haar benen om de waterleiding en hing ondersteboven, als een spin aan het plafond.

'Zorg dat je klaarstaat,' zei een stem. 'Nu!' De Tabula stapten de gang in en begonnen te schieten. Enkele seconden later hield het alarm op met rinkelen en opeens was het heel erg stil.

'Waar is ze gebleven?' vroeg een stem.

'Geen idee.'

'Voorzichtig,' zei een derde stem. 'Misschien zit ze in een van die kamers.'

Maya gluurde door het gat in het plafond naar beneden en zag één, twee, drie gewapende Tabula-huurlingen onder zich langslopen.

'Prichett hier,' zei de derde stem. Het klonk alsof hij in een radio praatte, of in een mobiele telefoon. 'We hebben haar op de derde verdieping gezien, maar ze is ontsnapt. Natuurlijk, sir. We controleren alle...'

Met haar benen om de waterleiding geklemd, liet Maya zich door het gat omlaagzakken. Nu hing ze echt op haar kop, en haar zwarte haar bungelde omlaag. Ze zag de ruggen van de drie Tabula en vuurde op de eerste man.

Door de terugslag van het pompgeweer schoot ze naar achteren en ze maakte een salto door de lucht en landde op haar voeten in het midden van de gang. De sprinklerinstallatie sproeide nog steeds water, maar ze sloeg er geen acht op en schoot de tweede man neer op het moment dat hij zich omdraaide. De derde man stond nog met zijn mobieltje in zijn hand toen de kogels in zijn borst drongen. Hij viel tegen de muur en gleed op de grond.

De sprinkler hield op met sproeien en ze stond helemaal alleen neer te kijken op de drie lichamen. Het was te gevaarlijk om in dit gebouw te blijven. Ze moesten terug naar de tunnels. Opnieuw zag ze de schaduwen op de muur bewegen en vervolgens verscheen er aan het eind van de gang een gewapende man. Zelfs zonder de familiegelijkenis wist ze dat dit de tweede Reiziger moest zijn. Ze liet haar pistool onmiddellijk zakken.

'Hallo, Maya. Ik ben Michael Corrigan. Iedereen hier is bang voor jou, maar ik niet. Ik weet dat je hier bent om mij te beschermen.'

Achter haar ging een deur open en Gabriel kwam de gang binnen. De broers stonden tegenover elkaar en zij stond tussen hen in.

'Kom met ons mee, Michael.' Gabriel glimlachte geforceerd. 'Dan ben je veilig en kan niemand je meer commanderen.'

'Ik heb een paar vragen voor onze Harlekijn. Dit is een vreemde situatie, vinden jullie niet? Als ik met jullie mee zou gaan, zou het net zijn of we samen een vriendinnetje deelden.'

'Helemaal niet,' zei Gabriel. 'Maya wil ons alleen maar helpen.'

'En wat als ze tussen ons moest kiezen?' Michael deed een stap naar voren. 'Wie zou je dan redden, Maya? Gabriel of mij?'

'Jullie allebei.'

'Het is een gevaarlijke wereld. Misschien kan dat wel niet.'

Maya keek naar Gabriel, maar hij gaf geen enkele aanwijzing wat ze nu moest zeggen. 'Dan zou ik diegene redden die in staat is deze wereld een klein beetje beter te maken.'

'Dat ben ik.' Michael zette nog een stap naar voren. 'De meeste mensen weten niet wat ze willen. Ik bedoel, ze willen een groot nieuw huis of een glimmende nieuwe auto. Maar ze durven niet zelf de richting van hun leven te bepalen. Dat moeten wij dus voor hen doen.'

'Dat hebben de Tabula je verteld,' zei Gabriel. 'Maar zo is het niet.'

Michael schudde zijn hoofd. 'Jij doet precies hetzelfde wat onze vader deed – een onopvallend leven leiden en je onder een grote steen verborgen houden. Ik had toen we klein waren zo'n hekel aan dat gezeur over het Netwerk. Wij hebben allebei een gave, maar jíj wilt hem niet gebruiken.'

'Die gave komt niet van ons, Michael.'

'We zijn opgegroeid als een stelletje idioten. Zonder elektriciteit. Zonder telefoon. Herinner je je die eerste paar dagen op school nog? Weet je nog hoe die mensen onze auto nawezen wanneer we het stadje binnen kwamen rijden? Zo hoeven wij niet te leven, Gabe. Wij kunnen de controle krijgen over alles en iedereen.'

'Mensen moeten hun eigen leven kunnen leiden.'

'Hoe komt het dat je het nog steeds niet begrijpt, Gabe? Zo moeilijk is het niet. Je doet gewoon wat het beste voor jezelf is en de rest van de wereld kan doodvallen.'

'Daar word je niet gelukkig van.'

Michael keek Gabriel aan en schudde zijn hoofd. 'Je praat alsof je alle antwoorden hebt, maar één feit is duidelijk.' Michael hief zijn handpalmen op alsof hij zijn broer zegende. 'Er kan maar één Reiziger zijn...'

Op dat moment kwam er een man met kort, grijs haar en een bril met een stalen montuur de gang in en hief een automatisch pistool. Gabriel keek alsof hij zijn familie voorgoed kwijt was. Verraden.

Op het moment dat Boone vuurde duwde Maya Gabriel de volgende gang in. De kogel raakte Maya in haar rechterbeen, smeet haar tegen de muur en zij viel voorover op de grond. Het voelde alsof alle lucht uit haar longen werd geperst.

Gabriel sprong naar voren en tilde haar op. Hij rende een paar meter en sprong in de lift terwijl Maya zich van hem los probeerde te maken. Red jezelf, wilde ze tegen hem zeggen, maar haar lippen weigerden de woorden te vormen. Gabriel schopte de prullenmand die de deuren openhield weg en drukte op de knopjes. Schoten. Schreeuwende mensen. De deuren gleden dicht en zij zakten naar de begane grond.

Maya verloor het bewustzijn en toen ze haar ogen weer opendeed waren ze in de tunnel. Gabriel zat op één knie en hield haar stevig vast. Ze hoorde iemand praten en realiseerde zich dat Hollis er ook was. Hij maakte een stapel van de flessen chemicaliën die hij uit het researchgebouw had meegenomen.

'Ik herinner me nog goed al die kleine rode waarschuwingslampjes in het laboratorium van mijn middelbare school. Al dat spul is gevaarlijk als je er een vlammetje bij houdt.' Hollis draaide een groene spuitbus open. 'Zuivere zuurstof.' Hij pakte een glazen fles en goot een heldere vloeistof over de grond. 'En dit is vloeibare ether.'

'En wat nog meer?'

'Meer hebben we niet nodig. Laten we maken dat we wegkomen.'

Gabriel droeg Maya naar de brandtrap aan het eind van de tunnel. Hollis stak de propaanbrander aan, stelde het sissende blauwe vlammetje in en gooide het ding toen achter zich.

Ze gingen een tweede tunnel binnen. Enkele seconden later klonk er een harde knal en vloog door de toegenomen luchtdruk de branddeur open.

Toen Maya haar ogen weer opende, gingen ze net via de brandtrap naar beneden. Opeens klonk er een veel luidere explosie, alsof het gebouw zojuist was getroffen door een gigantische bom. De stroom viel uit en zij bleven in het donker op hun hurken zitten totdat Hollis de zaklantaarn aandeed. Maya probeerde bij bewustzijn te blijven, maar ze zakte telkens weg. Ze herinnerde zich Gabriels stem en een touw rond haar schouders toen ze omhoog werd gehesen door de ventilatiebuis. Toen lag ze op haar rug in het natte gras, omhoog te staren naar de sterren. Ze hoorde nog meer explosies en het geluid van een politiesirene, maar dat was allemaal onbelangrijk. Maya wist dat ze dood lag te bloeden; het voelde alsof alle leven uit haar lichaam werd opgezogen door de koude grond.

'Hoor je me?' zei Gabriel. 'Maya?'

Ze wilde iets tegen hem zeggen – nog één keer iets tegen hem zeggen – maar iemand had haar stem gestolen. Een zwarte vloeistof verzamelde zich rond de rand van haar gezichtsveld en toen begon het zich te verspreiden en steeds donkerder te worden, als een druppel inkt in een glas helder water.

60

Rond een uur of zes 's ochtends keek Nathan Boone omhoog naar de hemel boven het onderzoekscentrum en zag een wazige vlek zonlicht. De huid en kleding van Boone waren bedekt met een dikke laag roet. Het vuur in de tunnels scheen onder controle te zijn, maar uit de ventilatieopeningen kwam nog steeds zwarte rook met een scherpe chemische stank. Het leek alsof de aarde brandde.

De hele binnenplaats was omringd door brandweerwagens en politieauto's. 's Nachts hadden hun flitsende rode lichten fel en overheersend geleken. In de vroege ochtend knipperden de lichtjes nog maar zwakjes. Canvas brandweerslangen die eruitzagen als gigantische boa constrictors, leidden van de brandweerwagens naar de ventilatieopeningen. Een paar van de slangen spoten nog steeds water naar beneden, terwijl brandweermannen met beroete gezichten koffie dronken uit kartonnen bekertjes.

Boone had een uur of twee geleden de situatie in ogenschouw genomen. De explosie in de tunnels en de daaropvolgende stroomstoring had in alle gebouwen schade aangericht. De kwantumcomputer was uitgevallen en een deel van het mechanisme was vernietigd. Een jonge computertechnicus schatte in dat het negen maanden tot een jaar zou duren voordat alles weer was hersteld. De kelders waren ondergelopen. Alle laboratoria en kantoren waren zwart van de rook. Een computergestuurde koelinstallatie in het genetisch onderzoekslaboratorium was uitgevallen, waardoor verschillende splitserexperimenten waren geruïneerd.

De verwoesting kon Boone niets schelen. Wat hem betreft hadden alle gebouwen van het complex in kunnen storten. De werkelijke ramp was dat er een Harlekijn en een Reiziger waren ontsnapt.

Zijn kans om meteen een zoektocht op touw te zetten was de grond ingeboord door een onderbetaalde bewaker in het hokje bij de toegangspoort van het complex. Toen de explosies begonnen, was de jongeman in paniek geraakt en had de politie en de brandweer gebeld. De Broeders hadden invloed over de hele wereld, maar Boone had niets te vertellen over een team lokale brandweerlieden die vastbesloten waren hun werk te doen. Terwijl de brandweer een commandopost had ingericht en de tunnels was gaan blussen, hielp hij generaal Nash en Michael Corrigan onder begeleiding van een gewapend konvooi de binnenplaats te verlaten. De rest van de nacht was Boone bezig ervoor te zorgen dat niemand de lichamen van Shepherd en de drie andere mannen in het administratiegebouw zou vinden.

'Mr. Boone? Neemt u mij niet kwalijk, Mr. Boone...'

Toen hij over zijn schouder keek zag hij brandweercommandant Vernon McGee naar zich toe komen. De steviggebouwde, kleine commandant liep al sinds middernacht rond op het binnenplein, maar bruiste zo te zien nog van de energie – hij leek bijna vrolijk. Boone vermoedde dat brandweerlieden in de voorsteden zich dood verveelden met het controleren van brandkranen en het bevrijden van katten uit hoge bomen.

'Ik denk dat we nu wel met de inspectie kunnen beginnen.'

'Waar hebt u het over?'

'De brand is onder controle, maar het zal nog wel een paar uur duren voordat we de onderhoudstunnels in kunnen. We gaan nu dus eerst alle gebouwen controleren op structurele schade.'

'Dat is uitgesloten. Zoals ik u vannacht al heb verteld, houden de mensen zich hier bezig met uiterst geheim onderzoek voor de overheid. Voor bijna elke ruimte is een speciaal pasje vereist.'

Commandant McGee wiegde zachtjes heen en weer op de hakken van zijn laarzen. 'Dat interesseert me helemaal niets. Ik ben brandweercommandant en dit is mijn district. Ik ben verantwoordelijk voor de openbare veiligheid en heb derhalve het recht om al deze gebouwen binnen te gaan. Maar het staat u natuurlijk vrij een paar mensen met me mee te sturen.'

Boone probeerde zijn woede te verbergen toen McGee met zwierige tred terugliep naar zijn mannen. Misschien konden de brandweerlieden een inspectie uitvoeren. Het was mogelijk. Alle lichamen waren al in plastic gewikkeld en achter in een busje gegooid. Later die dag zouden ze naar Brooklyn worden gereden, waar een behulpzame begrafenisondernemer hen tot as zou verwerken en in zee zou dumpen.

Boone besloot eerst zelf een kijkje te nemen in het administratiegebouw, voordat McGee er zou gaan rondneuzen. In de gang van de derde verdieping waren twee beveiligingsmensen bezig het met bloedvlekken besmeurde tapijt weg te halen. Hoewel de beveiligingscamera's niet meer werkten, ging Boone er altijd vanuit dat er iemand naar hem keek. Hij deed zijn best om een zelfverzekerde indruk te maken en liep met grote stappen de binnenplaats over. Op dat moment ging zijn mobiele telefoon en toen hij opnam, hoorde hij de bulderende stem van Kennard Nash.

'Hoe staan de zaken ervoor?'

'De brandweer gaat een veiligheidsinspectie uitvoeren.'

Nash vloekte hartgrondig. 'Wie kan ik bellen? De gouverneur? Kan de gouverneur dat tegenhouden?'

'Er is geen reden om het tegen te houden. We hebben de belangrijkste problemen al opgeruimd.'

'Ze zullen erachter komen dat iemand de brand heeft gesticht.'

'Maar dat is juist mijn bedoeling. Ik heb een team naar het appartement van Lawrence Takawa gestuurd. Zij zullen een half voltooide bom op zijn keukentafel achterlaten en een wraakbrief tikken op zijn computer. Wanneer de brandweer dan komt vertellen dat er sprake is van brandstichting, kan ik hun vertellen over onze ontevreden werknemer...'

'En gaan ze op zoek naar een man die al verdwenen is.' Nash begon zachtjes te lachen. 'Goed werk, Mr. Boone. Ik spreek u vanavond.'

Generaal Nash verbrak de verbinding zonder afscheid te nemen en Boone stond alleen voor de ingang van het administratiegebouw. Als hij nu terugkeek op wat hij de afgelopen paar weken had gedaan, moest hij erkennen dat hij een paar fouten had gemaakt. Hij had Maya's kwaliteiten onderschat en niet voldoende aandacht besteed aan zijn eigen argwaan ten opzichte van Takawa. Hij had een paar keer in woede gehandeld en dat had zijn beslissingen beïnvloed.

Naarmate het vuur doofde, veranderde de kleur van de rook van zwart in vuilgrijs. Het leek wel of er uitlaatgassen – doodgewone luchtvervuiling – uit de ventilatiegaten kwam. De rook steeg op en loste langzaam op. Misschien betekende dit voor de Broeders een tijdelijke tegenslag, maar de overwinning was onvermijdelijk. Politici mochten hun mond dan vol hebben van vrijheid, maar hun woorden waren niet meer dan confetti in de lucht. Het betekende allemaal niets; het traditionele idee van vrijheid begon langzaam te vervagen. Voor de eerste keer die ochtend drukte Boone op het knopje van zijn polshorloge en zag tot zijn voldoening dat zijn hartslag normaal was. Hij richtte zich op, rechtte zijn schouders en ging het gebouw binnen.

61

Maya zat, voor de zoveelste keer, gevangen in haar droom. Ze stond alleen in de donkere tunnel, viel de drie voetbalhooligans aan en wist via de trap te ontkomen. Terwijl op het perron mannen vochten en probeerden de ramen van de metro in te slaan, greep Thorn haar met zijn rechterhand vast en trok haar het treinstel binnen.

Ze had zo vaak aan dit incident gedacht dat het een permanent onderdeel vormde van haar hersenen. *Word wakker*, zei ze tegen zichzelf. *Genoeg.* Maar ditmaal bleef ze nog wat langer in de herinnering hangen. De trein schoot naar voren en zij drukte haar gezicht tegen de wollen overjas van haar vader. Haar ogen waren gesloten toen ze op haar lip beet en bloed in haar mond proefde.

Maya's woede was oorverdovend, maar in de duisternis hoorde ze een andere stem fluisteren. En toen wist ze dat er een geheim zou worden onthuld. Thorn was altijd sterk en moedig en zelfverzekerd geweest. Die middag in Noord-Londen had hij haar verraden, maar er was nog iets anders gebeurd.

De trein had het station verlaten en toen ze opkeek naar haar vader zag ze dat hij huilde. Op het moment zelf had het onmogelijk geleken dat Thorn ooit zwakheid zou tonen. Maar nu wist ze dat het waar was. Een enkele traan op de wang van een Harlekijn was iets heel zeldzaams en kostbaars. Vergeef me. Had hij dat gedacht? Vergeef me wat ik je heb aangedaan.

Toen ze haar ogen opendeed zag ze dat Vicki op haar neer stond te kijken. Even bleef Maya nog dralen in een schaduwland tussen haar droom en de echte wereld; terwijl haar hand de rand van een deken aanraakte, zag ze Thorns gezicht nog voor zich. Adem uit. En haar vader verdween.

'Kan je me horen?' vroeg Vicki.

'Ja. Ik ben wakker.'

'Hoe voel je je?'

Maya stak haar hand onder het laken en voelde het verband om haar gewonde been. Als ze een snelle beweging maakte, voelde ze een scherpe pijn, alsof ze met de punt van een mes werd gestoken. Als ze heel stil bleef liggen voelde het alsof iemand een brandijzer tegen haar been hield. Thorn had haar geleerd dat je pijn kon negeren; je probeerde het gewoon terug te brengen tot een bepaald punt dat niets te maken had met de rest van je lichaam.

Ze keek om zich heen en herinnerde zich dat ze in een bed was gelegd. Ze bevonden zich in een strandhuis aan de kust van Cape Cod, het grillige schiereiland van Massachusetts dat uitstak in de Atlantische Oceaan. Vicki, Hollis en Gabriel hadden haar hier naartoe gebracht nadat zij een paar uur hadden doorgebracht in de particuliere kliniek van een arts in Boston. De arts was lid van Vicki's kerk en gebruikte dit huis als zomerverblijf.

'Wil je nog een pil?'

'Geen pillen. Waar is Gabriel?'

'Die maakt een strandwandeling. Wees maar niet bang. Hollis is bij hem.'

'Hoe lang heb ik geslapen?'

'Een uurtje of acht, negen.'

'Ga Hollis en Gabriel zoeken,' zei Maya. 'Zoek al onze spullen bij elkaar. We kunnen hier niet blijven.'

'Dat kan best. We zijn hier veilig – in elk geval voor een paar dagen. Niemand weet dat we hier zijn, behalve dr. Lewis en die gelooft in de Niet-ingeloste schuld. Hij zou nooit een Harlekijn verraden.'

'De Tabula zijn naar ons op zoek.'

'Er is niemand op het strand omdat het veel te koud is. Het huis hiernaast staat de hele winter leeg. De meeste winkels in de stad zijn gesloten en we hebben nergens beveiligingscamera's gezien.'

Vicki leek heel zeker van zichzelf en Maya dacht aan het verlegen meisje dat nog maar een paar weken geleden op de luchthaven van Los Angeles naar haar toe was gekomen. Alles was nu anders, vanwege de Reiziger.

'Ik moet Gabriel spreken.'

'Hij zal zo wel terugkomen.'

'Help me om op te staan, Vicki. Ik wil niet in bed blijven.'

Maya gebruikte haar ellebogen om zich overeind te duwen. De pijn was meteen weer terug, maar het lukte haar om de uitdrukking op haar gezicht onder controle te houden. Ze zette haar gewicht op haar goede been, legde een arm om Vicki's schouder en zo liepen de twee vrouwen langzaam de slaapkamer uit en een gang in.

Bij elke voorzichtige stap gaf Vicki Maya meer informatie. Nadat zij uit het researchcentrum van de Evergreen Stichting waren ontsnapt, had dr. Richardson ervoor gezorgd dat ze niet doodbloedde terwijl Hollis naar Boston reed. Op dit moment was Richardson op weg naar Canada, naar een oude studievriend die in Newfoundland een melkveehouderij had. Hollis had zijn pick-up in een arme wijk geparkeerd en de sleuteltjes in het contact laten zitten. Nu gebruikten ze een bestelbusje van weer een ander lid van de Jonesie-kerk.

In het strandhuis lag een dik berbertapijt; het houten en leren meubilair was schoon en eenvoudig. Een glazen schuifpui leidde naar een terras en Maya haalde Vicki over met haar naar buiten te gaan. Toen Maya op een chaise longue lag besefte ze pas hoeveel inspanning het haar had gekost om tien meter te lopen. Haar gezicht was nat van het zweet en ze rilde over haar hele lichaam.

Vicki ging weer naar binnen en kwam even later terug met een deken. Ze wikkelde hem stevig om Maya's onderlichaam en de Harlekijn begon zich iets beter te voelen. Het huis stond naast de zandduinen, die hier en daar waren begroeid met wilde rozen en helmgras en donkergroene heide. Er stond genoeg wind om de dorre grasstengels heen en weer te laten wuiven en Maya kon de zee ruiken. Boven de hoofden van de twee vrouwen cirkelde een eenzame stern, op zoek naar een plekje om uit te rusten.

Een houten trapje leidde van het huis naar het strand. Het was eb en Gabriel stond ongeveer honderdvijftig meter bij haar vandaan aan de rand van de zee. Hollis zat halverwege het huis en de Reiziger in het zand. Op zijn schoot lag iets wat in een vrolijk gekleurde badhanddoek was gewikkeld en Maya nam aan dat het haar pompgeweer was. In dit vredige, afgelegen huis was een Harlekijn niet nodig. Vicki en Hollis hadden alles zonder haar hulp geregeld. Het was haar taak Gabriel te beschermen, maar hij was degene die zijn leven had gewaagd om haar uit de tunnels te dragen.

De bewolkte hemel en het grijsgroene water vloeiden in elkaar over; het was moeilijk om de horizon te zien. Elke golf viel met een gedempt geluid op het strand; het water stroomde over het harde zand en liep vervolgens weer terug naar zee. Gabriel droeg een spijkerbroek en een donker sweatshirt; het leek net of hij maar één stap hoefde te zetten om te worden opgeslokt door al dat grijze en van deze wereld zou verdwijnen.

De Reiziger wendde zich af van het water en keek achterom naar het huis. 'Hij ziet ons,' zei Vicki.

Maya voelde zich net een klein kind dat in dekens was gewikkeld, maar ze bleef rustig zitten toen de twee mannen het strand verlieten en het trapje naar het terras beklommen. Gabriel bleef bij de houten reling staan, terwijl Hollis met een brede grijns op zijn gezicht naar haar toe kwam. 'Maya! Hoe voel je je nu? We hadden verwacht dat je nog wel een paar dagen onder zeil zou blijven.'

'Het gaat best. We moeten contact opnemen met Linden.'

'Dat heb ik al gedaan vanuit een internetcafé in Boston. Hij stuurt geld naar drie verschillende locaties in New England.'

'Is dat alles wat hij heeft gezegd?'

'Volgens Linden is Sparrows zoon verdwenen. Ik neem aan dat de Tabula erachter zijn gekomen dat...'

Vicki viel hem in de rede. 'Laten we even koffie gaan zetten, Hollis.'

'Ik hoef geen koffie.'

'Anderen misschien wel.' Vicki's stem had opeens een klank die

Maya deed denken aan de zachte druk van iemands hand. Hollis leek de boodschap te begrijpen.

'O ja. Natuurlijk. Verse koffie.' Hollis keek nog even achterom naar Gabriel en liep toen achter Vicki aan naar binnen.

Nu waren ze dan eindelijk alleen, maar Gabriel zei nog steeds niets. In de verte verscheen een zwerm zeevogels – de zwarte vlekjes cirkelden in de vorm van een trechter die langzaam afdaalde naar de aarde.

'Volgens dr. Lewis kan je over een maand of zo weer lopen. Je hebt geluk gehad dat de kogel het bot niet heeft versplinterd.'

'Zo lang kunnen we hier niet blijven,' zei Maya.

'Vicki heeft heel veel contacten binnen de kerk en Hollis kent mensen uit de wereld van de oosterse vechtsporten. Er zijn voldoende adressen waar we onder kunnen duiken totdat we aan valse papieren en paspoorten kunnen komen.'

'En dan moeten we weg uit de Verenigde Staten.'

'Dat weet ik nog niet zo zeker. Mensen geloven graag dat er altijd wel een tropisch eiland of een grot in de bergen is waar je je kunt verbergen, maar dat is niet meer zo. Of we het nu leuk vinden of niet, we zijn allemaal met elkaar verbonden.'

'De Tabula zullen je blijven zoeken.'

'Ja. En daarbij zullen ze worden geholpen door mijn broer.' Gabriel kwam naast haar zitten. Hij zag er moe en verdrietig uit. 'Toen wij jong waren, had ik altijd het gevoel dat Michael en ik het samen opnamen tegen de hele wereld. Ik zou alles voor mijn broer hebben gedaan. Ik vertrouwde hem blindelings.'

Maya dacht aan de droom over de metro – het verdriet van haar vader – en stond zichzelf toe medelijden te voelen met een ander menselijk wezen. Ze stak haar hand uit en Gabriel greep hem stevig vast. Zijn warme huid op haar ijskoude hand. Ze voelde zich een ander mens. Het was geen geluk. Nee, geluk was een kinderlijke, tijdelijke illusie. Haar innerlijke pijn smolt weg en het voelde alsof zij samen een middelpunt hadden gevormd, iets bestendigs, een eenheid.

'Ik ben mijn moeder en Michael kwijt. Ik ben alles kwijtgeraakt,' zei Gabriel. 'Maar met jou voel ik me verbonden, Maya. Jij bent heel belangrijk voor me.'

Hij keek haar aan met een intense energie in zijn ogen, maar liet toen haar hand los en stond snel op. Het was pijnlijk om zo dicht bij elkaar te zijn; het voelde alsof zij een grens hadden overschreden.

Alleen en onbeschermd liep Gabriel het trapje weer af naar het strand. Maya bleef op het terras en probeerde haar gevoelens in bedwang te krijgen. Als ze deze Reiziger wilde beschermen, kon zij zichzelf niet toestaan gevoelens voor hem te koesteren. Elke emotie zou haar alleen maar kwetsbaar maken en doen aarzelen. Als ze die zwakheid toeliet, zou ze hem wellicht voorgoed kwijtraken.

Help me, dacht ze. Het was de allereerste keer dat ze bad. Help me alstublieft. Laat me zien wat ik moet doen.

Een koude wind blies door haar zwarte haar en ze voelde een tinteling door haar lichaam trekken, een nieuwe kracht. Er waren zoveel mensen die doelloos door hun leven dwaalden, toneelstukjes opvoerden voor anderen en hun eigen lotsbestemming niet kenden. Alle twijfels en aarzelingen die ze in Londen had gevoeld waren verdwenen. Maya wist wie zij was: een Harlekijn. Nee, het zou niet gemakkelijk zijn, maar ze zou bij Gabriel blijven.

Ze kwam iets overeind en keek naar de oceaan. De zwerm zeevogels was op het strand neergedaald om te rusten en toen de Reiziger hen naderde, stegen zij weer krijsend op.

Einde van boek één van Het Vierde Rijk